DAS
NEUE
BERLIN

Kerstin Jentzsch

SEIT DIE GÖTTER RATLOS SIND

Roman

VERLAG
DAS NEUE BERLIN

FÜR MICH

ISBN 3-359-00728-X

1. Auflage 1994

Gestaltung: P. Fischer Sternaux
Satz: Pencil, Text-Satz-Korrekturbüro
Printed in Germany

Am Anfang war die Frau. Gott verehrte die Frau, und er wollte nicht, daß sie einsam bliebe. Er hüllte sie in einen tiefen Schlaf und nahm ihr das Beste, was sie besaß: die Brust in der Mitte. Aus dem weichen Fleisch schuf er den Mann. Es ist deshalb nicht verwunderlich, daß die Männer auf Busen fliegen. Sie sind ständig auf der Suche nach ihrem Ursprung.

1. Kapitel

Abschied von Berlin
59 Tage deutscher Einheit

„Das Übergewicht müssen sie bezahlen!" sagte die Hosteß hinter dem Abfertigungsschalter. Lisa Meerbusch wiederholte in Gedanken: *Das Übergewicht müssen Sie bezahlen!* Das war ein Schock. Teddy samt Sorbas-Roman, Odyssee, Oxford Dictionary, Kosmetik für Monate, die Badeschuhe, der Heizlüfter, der Tauchsieder und der Schmuckkasten kosteten plötzlich soviel wie ein halbes Flugticket. *Der Kapitalismus entpuppt sich in seiner wahren Gestalt.* Lisa deutete auf eine Gruppe gepäckbeladener Griechen: „Andere haben noch viel mehr Gepäck als ich."

„Die bezahlen das auch", sagte die Hosteß.

Die eiserne Reserve, die tausend Mark im Kuvert von Onkel Willi? Nein, kommt nicht in Frage. Es wäre ja gelacht, wenn ich mit dieser Situation nicht fertig würde!

„Können Sie keine Ausnahme machen?"

Die Hosteß schüttelte ihren blonden Pony. *Sie hat kein bißchen Mitgefühl, sie will Geld. Alle wollen nur Geld.*

Lisa gab nicht auf. „Der Herr mit dem Schnauzbart hat doch bloß eine Aktentasche. Schreiben Sie mein Gepäck einfach auf sein Tikket!"

„Tut mir leid, das geht nicht. Das ist gegen die Bestimmungen."

„Wenn Sie einverstanden sind?" fragte Lisa den Schnauzbärtigen. Der lachte nur kurz auf. Lisa wandte sich an den nächsten in der Schlange: „Könnten Sie nicht eine Reisetasche von mir übernehmen? Sie würden mir damit einen großen Gefallen tun!"

Lisa war an einen Griechen geraten, der stolz den Kopf zurückwarf, für eine Zehntelsekunde seine Augen schloß, dabei die Finger seiner rechten Hand spreizte und gleichzeitig mit der Zunge schnalzte, als wollte er einen Hund anlocken. *Ochi! Das heißt: nein, eindeutig und unwiderruflich. Warum kann er nicht höflich nein sagen?*

Ein dicker, schweißtriefender Berliner, buntes Hemd, Strohhut, mit pelzbemäntelter Begleitung, mischte sich ein. „Da könnte ja 'ne Bombe drin sein!"

Der Pinscher unterm Arm des Dicken kläffte. Die Ehefrau des verhinderten Detektivs stützte ihre Hände auf die wulstigen Hüften.

„'ne Bombe?" fragte sie entsetzt.

„Was geht Sie das an?" rief Lisa. Schnell wandte sie sich wieder der Hosteß zu. „Ich ..."

Die Hosteß wurde ungeduldig. Sie hob ihre Stimme wie eine Sachbearbeiterin auf dem Arbeitsamt: „Ich sagte Ihnen schon ..."

„... mit meinem Gepäck bin ich leichter als die mit dem Hund ohne Koffer."

Nervös klopfte die Hosteß mit dem Kugelschreiber auf die Tastatur ihres Computers. „Ich habe meine Anweisungen."

Das Blut pulsierte in Lisas Schläfen. Die Passagiere hinter ihr wurden unruhig.

„Pah, Anweisungen! Das ist ja ungerecht!" rief Lisa erregt. „Wie ermitteln Sie eigentlich das Startgewicht, wenn mehr Dicke als Dünne mitfliegen?"

Die Hosteß schnappte nach Luft, zögerte einen Moment, doch Lisa freute sich zu früh. „Also was ist, zahlen Sie nun?"

Verfluchte Marktwirtschaft! Kreta adieu. Du bleibst eine Fata Morgana. Lisa riß der Hosteß das Ticket aus der Hand. Mit einem Ruck hievte sie ihren ganzen Haushalt zurück auf den Gepäckwagen. Sie stolperte über ihren langen Mantel. Keiner der Passagiere würdigte sie noch eines Blickes. Der Köter kläffte, als sich Lisa zur Snackbar flüchtete.

Im Neonlicht der Vitrine lockten scharlachrot glänzende Lachsbrötchen, appetitlich mit Meerrettich und Petersilie garniert. Lisa konnte nicht widerstehen. *Mit fünf Mark bin ich dabei.* Während sie mit der Zunge langsam den Lachs zerdrückte, betrachtete sie ihr Spiegelbild in der Alufolie, die hinter den teuren Lachsbrötchen drapiert war. Extra für die Reise hatte sie ihre Haare lässig, ohne sie durchzukämmen, gefönt. *Mit meinen wilden Locken habe ich wohl die Hosteß verschreckt?* Lisa beobachtete die kürzer werdende Schlange am Abfertigungsschalter. *Vierzig Lachsbrötchen könnte ich essen für das Geld. Ich spüle die Klamotten einfach im Klo runter. Laufe ich eben nackt und dumm im warmen Kreta rum.*

„Wir bitten die noch fehlenden Passagiere nach Athen, sich umgehend zum Abfertigungsschalter Nummer sechzehn zu begeben. Ihre Maschine ist startbereit", mahnte eine Lautsprecherstimme. Wütend stieß Lisa mit dem Fuß gegen den Gepäckwagen, spürte einen stechenden Schmerz. Sie ließ sich auf einen der harten Stühle fallen und fluchte. Eine ruhige Männerstimme fragte: „Kann ich Ihnen helfen?"

Langsam blickte Lisa auf. Sie erkannte das Signet ihrer Fluggesellschaft am Jackett des Mannes. *Älterer Typ. Der steht auf junge Frauen. Warum guckt der so lange? Findet er mich attraktiv? Muß ich ausgerechnet jetzt rot werden!* In Gedanken landete Lisa schon in Athen. Sie schlang die Reste des Brötchens hinunter und verschluckte sich, hustete. Der Mann klopfte ihr auf den Rücken, der Hustenreiz legte sich. *Von meinen Geliebten hat mich keiner so in Verlegenheit gebracht wie dieser Typ. Kaum bin ich allein, mache ich Eindruck auf ältere Herren. Weder Thomas noch Oliver noch Bo haben mir je durch Blicke vermittelt, daß ich attraktiv bin. Da muß erst so ein älterer Typ kommen. Sein Blick tut mir gut.* Lisa erzählte ausführlich von ihren griechischen Begleitern Sokrates und Odysseus und Sorbas, die ihr die Reise so schwer machten. *Er starrt mich immer noch an, als wäre ich nackt! Nein, gierig guckt der nicht. Er ist ja auch im Dienst. Er genießt es, mich anzuschauen. Nur zu schauen, soll er. Mein Make-up müßte in Ordnung sein. Gerade sitzen, Lisa, Bauch rein, Brust raus. Ob ich aufstehe, damit er meinen Hintern … Den kann er unter dem Mantel sowieso nicht sehen. Das scheint ihn alles nicht zu interessieren, der guckt ja auf meine Beine. Sieht er denn meine viel zu kurzen Beine nicht? Ich hätte meine längsgestreifte Hose anziehen sollen, die etwas streckt. Für Thomas hatte ich Krokodilsbeine, für Onkel Willi Beine wie die Dietrich. Und dieser Typ macht mich verlegen. Warum ist keinem meiner Liebhaber aufgefallen, daß ich ganz passable Beine habe?*

„Ich regle das", sagte der Mann nach Beendigung seines Erkundungsblicks. Per Funk gab er Anweisungen. Eilig schob Lisa ihren Wagen zurück zum Schalter, wo die Hosteß sie erwartete. *Sie ist beleidigt, aber willig.* Lisa korrigierte den verwischten Lidstrich mit dem Handrücken. *Lisa, deine Ausstrahlung macht dich begehrenswert.*

Lisa Meerbusch liebte den Platz im Mittelgang. Von dort aus konnte sie während des Starts und manchmal auch beim Anflug ins Cockpit sehen. Auf ihrem Schoß lag die New York Herald Tribune. Durch die Scheiben sah sie Männer in Overalls das Gepäck verladen. Ein Cateringwagen dockte rumsend an. Die Stimme einer Stewardeß unterbrach die Lautsprechermusik. Ein paar Passagiere stopften bunt verpackte Weihnachtsgeschenke in die Klappfächer über den Sitzen. Eine Griechin trennte sich erst unter heftigem Protest von ihrer Handtasche. Neben ihr palaverten Männer über Autos: Aftukinito hin, Aftukinito her, und über das Wetter: o Kairos. *Wie in einem griechischen Café, wie in einem Kafeneon.*

Plötzlich nüchternes Englisch: „Excuse me, is this your bag?"

Der Steward zeigte auf die Reisetasche, die Lisa unter ihren Beinen verstaut hatte. *Er läßt sich durch die Zeitung täuschen.*

„Sie können ruhig deutsch mit mir reden."

„Die Sicherheitsvorschriften", sagte der Steward. Er trug die Tasche in die leere erste Klasse, kam von dort mit einigen englischen Magazinen zurück und zwinkerte ihr zu.

Die Motoren heulten auf. Das Flugzeug preschte über die Startbahn. Lisa wurde in den Sitz gedrückt. Sie schloß die Augen, genoß den Start. Ein Lied fiel ihr ein. *Nach Süden, nach Süden wollte ich fliegen.* Sie freute sich auf das kleine Dorf im Süden Kretas, das ihr neues Zuhause werden sollte. *Diesmal komme ich nicht als Touristin.*

Das Flugzeug flog über Berlin. *Es ist noch zu sehen, wo die Mauer stand; ein totes, leeres Band trennt die Stadthälften. Die Bornholmer Brücke, auf der ich Oliver wiedergetroffen habe. Meine Pankower Wohnung, wo zahllose Flugzeuge in meinen Träume abstürzten. Was für eine Stadt. Berlin. Ein siamesischer Zwilling; der rechte Kopf weiß nicht, was der linke denkt. Die Menschen sprechen dieselbe Sprache, doch sie kommen nicht zueinander. Willi sagt, zwei Generationen hätten ausgereicht, um sie so zu entfremden. Matthias Vogt, mein Westchef, dagegen meint, es könnte relativ schnell gehen, wenn wirtschaftliche Gleichberechtigung hergestellt würde. Nun, nach den „ersten freien Wahlen", denkt er sicher anders. Im Westen sind mir Leute meines Alters um zehn Jahre voraus. Ehe ich das alles an Lebenserfahrung nachgeholt habe, bin ich dreißig, eine alte Frau.*

Köpenick. In diesem Neubauviertel da unten bin ich zur Schule gegangen, habe ich mit der Pioniergruppe Altstoffe gesammelt. Selbst die Badestelle am Müggelsee ist deutlich zu erkennen, wo ich mit Silvy Jungs ärgerte.

Regenwolken nahmen Lisa die Sicht. *Typisches Dezemberwetter, das macht mir den Abschied leicht. Nichts zählt mehr, was früher wichtig war. Meine Ausbildung ist wertlos geworden, das Leben hat eine ungewohnte Härte. Es ist wie ein neues Gesellschaftsspiel, nur mit dem Handicap, daß die eine Spielpartei die Regeln nicht beherrscht. Jeder Spieler erhält am Anfang hundert Mark. Rot würfelt eine Sechs. Ereignisfeld: Sie treffen einen Westler, der Ihnen einen Job anbietet. Drei Felder vor. Grün würfelt eine Eins, kommt auf Feld Intelligenztest. Fragekarte ziehen: Wie hieß der vierte amerikanische Präsident, und wie lange war er im Amt? Rot kann die Antwort nicht nachprüfen, weil Rot nur die KPdSU-Sekretäre kennt. Grün zieht zehn Felder weiter. Rot würfelt. Schicksalskarte: Mobbing im Büro. Zurück zum Arbeitsamt, drei Runden aussetzen. Grün würfelt eine Drei; kommt auf das Feld: Freiwurf und würfelt eine Sechs. Ereignisfeld: Sie haben es im Beruf zu etwas gebracht und schließen einen Bausparvertrag ab. Imageaufbesserung, vier Felder vor. Rot kommt nicht zum Zug. Grün kauft eine Schicksalskarte: Ihre reiche Tante ist verstorben, und Sie sind Alleinerbe; zwanzig Felder vor. Rot steht immer noch auf dem Feld Arbeitsamt, die Bezüge werden auf Arbeitslosenhilfe gekürzt, der Spieler gilt als schwer vermittelbar. Rot würfelt eine Eins: Ereignisfeld: Sie sind seit zwei Monaten Mietschuldner und müssen ein wertvolles Erbstück verkaufen; drei Felder zurück. Beim nächsten Wurf gewinnt Grün in einer Spielshow eine Australienreise; Imageauf-*

besserung, vier Felder vor. Rot arbeitet schwarz. Schicksalskarte: Ein Arbeitsunfall macht Sie erwerbsunfähig. Zum Sozialamt: Eene meene muh, und raus bist du …

Sorbas und Odysseus flogen erster Klasse in Lisas Lieblingstasche, einem Geschenk von Onkel Willi. Das Geheimnis der Tasche war ihr doppeltes Gesicht. Zog man ihr Inneres nach außen, verwandelte sie sich in einen kuschligen Eisbären: in das Kopfkissen ihrer Kindheit. Jetzt klemmte Teddys Kopf zwischen Euripides' Iphigenie und der Antigone des Sophokles, zwischen dem Oxford Dictionary und Kassetten. Blues Brothers, Vivaldis Vier Jahreszeiten, das Kölner Konzert von Keith Jarret. Daneben die verblichenen Stretchjeans, um die sie jahrelang von ihren Freundinnen beneidet worden war, die Nickis aus Baumwolle von ihrer Stuttgarter Tante, die Schuhe, denen man auf den ersten Blick die VEB-Herkunft ansah, der sündhaft teure Bikini aus dem Exquisit, die Intershopslips mit den aufgedruckten Wochentagen. Dazu der selbstgenähte und eigenhändig gefärbte Rock, die warmen Socken, obligatorische Weihnachtsgeschenke ihrer Eltern, und natürlich der geliebte selbstgestrickte Pullover.

Lisa blickte auf dic Wolken draußen. Sie wollte an die kretische Sonne denken, die Gedanken gehorchten nicht, wanderten zu Bo, ihrem Westgeliebten. *Der Anfang war wunderschön mit dir …* Wild durcheinander wirbelten Bilder ekstatischer Liebesszenen und böser Streitereien. *Du hast alles zerstört!*

Lisa versuchte, in einem Magazin zu lesen. Die Worte flimmerten, sprangen aus den Zeilen, verschwammen mit den Bildern zu einer undefinierbaren grauen Masse. Der Streß beim Einchecken war noch nicht überwunden. *Diese kleinkarierte Hosteß!*

Die Büchsen und Flaschen auf dem Servierwagen schepperten. Es duftete nach gebratenem Fleisch. Als der Steward das Essen servierte, fragte sie ihn: „Wie ist das Wetter in Athen?"

„So um die zehn Grad und Regen."

Lisa stöhnte. „Bei dem Wetter hätte ich auch in Berlin bleiben können."

„Was möchten Sie trinken?"

„Auf diesen Schock einen Kognak, bitte!"

Der Steward öffnete eine kleine braune Flasche, eine zweite, noch verschlossene, stellte er augenzwinkernd neben das Tablett. *Seine adrette Uniform wirkt wie ein Faschingskostüm. Ob er das höfliche Lächeln vor dem Spiegel geübt hat? Mit der Pomade im Haar würde er sogar meine Erfurtomi beeindrucken … Von einem Mann wurde ich noch nie so zuvorkommend bedient. Interessant, daß Männer in Flugzeugen servieren.* Lisa schmunzelte und fragte: „Haben Sie ein Glas?" Kognak wollte sie nicht aus einem Plastikbecher trinken. *Inhalt und Form müssen überein-*

stimmen. Der Steward flirtet bestimmt in jeder Maschine mit einer anderen hübschen Reisenden. Oder er rüpelt die Stewardessen, wenn die nicht mit dem Kapitän ins Bett gehen.

Über diesen Schlag Männer hatte Silvy sie aufgeklärt: „Die sehen alle ganz schneidig aus, aber wenn du tiefer schaust, sind sie Nieten, durchweg.“ Silvy war seit der vierten Klasse Lisas beste Freundin. Sie war Facharbeiterin für Gastronomie und arbeitete an der Rezeption des Grandhotels in der Berliner Friedrichstraße. „Stewards und Kellner“, hatte Silvy gesagt, „genießen das Überangebot an alleinstehenden Frauen; sie müssen sich keine Mühe geben, denn sie meinen niemals dich.“ *Von meinen Männern hat Silvy nur Oliver akzeptiert. Komisch, nach Oliver war ich nur mit den Falschen zusammen, erst Thomas, dann Bo. Der eine lebte von meinem Geld, der andere ging ständig fremd. Und ich Idiot habe bis zum Schluß gehofft, Bo würde sich ändern. Wie naiv! Liebe macht blind und geduldig. Eine typische Ostmauke, die zu langsam lernt, zu langsam begreift.*

Transit Athen
59 Tage deutscher Einheit

Sanft setzte die Maschine in Athen auf. Die Passagiere schleppten Kartons und Taschen, drängelten zum Ausgang, schubsten im Zubringerbus, eilten zur Paßkontrolle. Die Teddytasche war schwer. Lisa ließ sich Zeit.

Sie betrachtete ihren neuen Ausweis. Zeitgemäß und mit guter Westadresse: Berlin-Schöneberg. *Das wiedervereinigte Deutschland macht mich zum vollwertigen Bürger der Europäischen Gemeinschaft. Wieviel ein Stück Plastik wert sein kann!*

Der griechische Beamte im Glaskasten betrachtete ihr Paßbild, musterte ihr Gesicht, zündete sich in Seelenruhe eine Zigarette an, nahm einen langen Zug und ordnete die Stifte auf seinem Schreibtisch. Lässig schob er ihren Ausweis durch den schmalen Schlitz. „Fihje!“ zischte er. Hau ab!

In der Halle mit den Förderbändern herrschte heilloses Durcheinander. Die Anzeigetafeln funktionierten nicht, die Lautsprecheransagen waren unverständlich. Passagiere aus mindestens zehn Maschinen warteten auf ihr Gepäck. Menschentrauben umlagerten die Schlünde, aus denen Koffer, Taschen und Kisten auf die Förderbänder fallen sollten. *Dieses Warten aufs Gepäck! Eines Tages reise ich nur noch mit Handtasche und Scheckkarte.*

Der Junge, der die Gepäckwagen ausgab, ein Kind noch, warf den Kopf nach hinten und rieb seinen Daumen am Zeigefinger. „Money!“ Mit dem Fuß schob er Lisa einen Gepäckwagen zu. Zwischen den zwei

Stäben, die wie Antennen vom Griff nach oben ragten, klapperte ein Werbeschild für Ouzo, den griechischen Anisschnaps.

Der Zöllner blickte gelangweilt auf Lisas Gepäck und setzte seine Unterhaltung fort.

„Ich komme aus Deutschland“, sagte Lisa auf griechisch. Der Zöllner hörte und sah nicht hin. Seine Kollegen dagegen glotzten Lisa an und redeten offensichtlich über sie. Lisa verstand etwas von hübscher Puppe.

„Wie bitte?“ fragte sie, wieder auf griechisch. Verdutzt winkten die Zöllner sie durch. *Na bitte, es funktioniert! Lange genug habe ich die griechischen Floskeln auswendig gelernt, einschließlich Schimpfwörter und Flüche.*

Hinter dem Zoll stand eine Wand von Griechen. Gereckte Hälse, Begrüßungsschreie, gerufene Namen, Tränen, Küsse. In dieser Menschenmenge brauchte Lisa einiges Geschick, um mit ihrem Ouzowagen zum Ausgang zu steuern. Vor dem Flughafengebäude peitschte kühler Wind Nieselregen. Ein Verkehrspolizist ruderte mit den Armen und pfiff ständig auf einer Trillerpfeife. Sein Bemühen um griechische Ordnung vergrößerte nur das Chaos.

„Piräus!“ sagte Lisa dem Taxifahrer.

Es begann, dicke, nasse Flocken zu schneien. Die Palmen am Straßenrand waren gegen den Frost eingepackt. Der Asphalt war glatt, doch der Taxifahrer raste mit achtzig über die Autobahn dicht am Meer. In der einen Hand hielt er eine Schachtel Zigaretten, aus der er sich mit den Lippen alle paar Minuten Nachschub herausfischte. Über das Funkgerät in der anderen Hand unterhielt er sich mit einer Frau in der Zentrale, mit dem Knie lenkte er.

„Wie heißt dein Schiff?“ fragte er nebenbei.

„Kriti, Anek Line“, antwortete Lisa.

Im weiten Bogen fuhren sie durch das Hafenareal in Piräus. Die Kafeneons und Büros an den Straßen sandten weißes Neonlicht aus. Kannenweise ergoß sich Schneeregen über die breiten Kais. Bei solchem Wetter war Alexis Sorbas, der schelmische Grieche, von Piräus mit dem Schiff nach Kreta gefahren. Überall im Hafenareal rangierten Taxis, Laster und Busse, Leute schimpften und fluchten. *Die Romantik der vierziger Jahre, die Nikos Kazantzakis in seinem Buch beschrieben hat, gibt es nicht mehr.* In der Dämmerung glichen die modernen, riesigen Fährschiffe mit ihren aufgesperrten Heckklappen hungrigen Raubfischen. Sie verschlangen Menschen und Fahrzeuge. Lisas Taxi hielt vor der Kriti, der Fahrer nannte den Preis. In seiner Hand wippte das dicke Geldbündel. *Alle griechischen Männer haben Geldbündel, die gehören zu ihnen wie die ewig brennenden Zigaretten.*

Stare lärmten auf einer großen Platane am Kai. *Sie ruhen sich vor ihrem Weiterflug nach Süden aus.* Als ein Laster hupte, flog der Schwarm auf und kreiste wie eine schwarze Wolke über den vielen Fährschiffen. Von der Last befreit, richteten sich die Zweige des Baumes auf. Er stand mit seinen kahlen Ästen nackt im Regen, bis der Vogelschwarm seine Runde über dem Hafen beendet hatte und sich wieder im Baum niederließ.

Lisa stolperte mit ihrem Gepäck die rutschige Heckklappe zu den Autodecks hinauf. Der Rucksack auf dem Rücken zog sie nach hinten. Die Teddytasche vor dem Bauch nahm ihr die Sicht. Über der Schulter baumelte ihre Handtasche. Neben ihr hupte ein Jeep, vor ihr vernebelte ein Laster die Luft. *Verflucht, warum hilft mir denn keiner von den Matrosen, die da untätig herumstehen? Sie helfen auch nicht der schwer beladenen Griechin, die sich mit ihren zwei Kindern die steile Treppe hinaufquält.*

Grünlich strahlte die Rezeption im Neonlicht. Eine Spiegelwand, begrenzt von violetten Säulen, warf das Bild der wartenden Touristen zurück, die sich an der Theke anstellten, während die Griechen gleich zu ihren Kabinen stürmten. *Die Einheimischen kennen sich eben aus.*

An der Theke das Empfangskomitee: fünf geschniegelte Stewards in blütenweißen Hemden, schwarzen Hosen und weinroten Westen. Alle beugten ihren Oberkörper im gleichen Winkel, einen Arm aufgestützt, den anderen lässig an der Hüfte. Die Gesäße reihten sich in gleicher Höhe aneinander wie beim Ballett des Friedrichstadtpalastes. Ein junger Matrose lief mit einem Stapel Handtücher durch die Rezeption. Das fünfköpfige Ballett starrte auf den schlanken Matrosen, als liefe eine nackte Frau vorbei. Lisa lächelte und ließ ihr Gepäck auf die Erde fallen. Die Stewards taxierten sie für einen Augenblick, dann wendeten und senkten sich ihre Köpfe wieder synchron zu den Handbewegungen des dicken Zahlmeisters hinter der Theke. Lisa ließ sich in einen der violetten Sessel fallen. *Morgen, an meinem vierundzwanzigsten Geburtstag, werde ich in einer Luxuskabine aufwachen.*

„Ticket!" schnauzte der Zahlmeister quer durch den Raum. *Griechische Männlichkeit zeigt sich in Arroganz. Sie lassen in jeder Sekunde ihren Launen freien Lauf.* Als Lisa ihr Luxusklassenticket auf die Marmorplatte fallen ließ, kam Bewegung in die Stewards. Einer suchte den Schlüssel am Brett, ein zweiter riß umständlich ein Blatt aus ihrem Ticket, das der feiste Zahlmeister abheftete, nachdem er die Angaben in ein dickes Buch eingetragen hatte. Die anderen wechselten nach geheimem Reglement ihre Positionen. Der Zahlmeister fragte Lisa nach ihrem Mann. Sie drehte sich um und guckte, wo denn ihr „Husband" geblieben sein könnte.

„Kommt noch", sagte sie extra auf deutsch. Der Zahlmeister fuhr den ersten Steward an, der gab lautstark den Befehl weiter an den jüngsten. Gemächlich löste sich der Angesprochene von der Theke und nuschelte: „In Ordnung!“ Er nahm Lisa die Handtasche ab und ging voran. Lisa hatte Mühe, mit dem Gepäck durch die schmalen Gänge zu folgen. Ihr wurde schwindlig beim Anblick der unzähligen Kabinentüren rechts und links. Am liebsten hätte sie ihre Taschen hingeworfen. *Das Grinsen der Stewards kann ich mir gut vorstellen! Keinen Mann, aber die beste Kabine an Bord!* Der Steward schloß die Tür mit der Nummer zwei auf. Sie gab ihm den erwarteten Drachmenschein, den er sofort in seine Brusttasche steckte. Lisa wollte die Tür verriegeln. Der Steward hatte den Schlüssel mitgenommen.

„Den Schlüssel“, rief sie ihm hinterher. Der Steward gab ihn Lisa mit verächtlicher Miene und murmelte eine Entschuldigung. Sie knallte die Tür hinter ihm zu. *Ich muß lernen, mit dem schnellen Wechsel dieser südländischen Launen fertig zu werden. Mit ihnen verglichen, sind meine mitteleuropäischen Liebhaber echte Langweiler. Sie können weder richtige Leidenschaft in die Nacht legen noch einen ordentlichen Krach vom Zaun brechen.*

Vom Gang her klang griechische Lautsprechermusik durch die dünnen Wände. Lisa befreite ihre Füße von Kletterschuhen und Schweißstrümpfen. Aus dem Rucksack kramte sie Duty-free-Sekt und stellte ihn in den Kabinenkühlschrank. Es klopfte, und eine höfliche Männerstimme fragte, ob sie Kaffee wünsche. „Ja, sicher“, entgegnete sie und nahm dem Steward die Tasse an der Türschwelle ab. Er empfahl „breakfast and coffee“ bei der Ankunft in Kreta.

„Ja, eine halbe Stunde, bevor das Schiff anlegt. Und klopfen Sie bitte an.“

Durch die Fenster ihrer Kabine schien das grelle Hafenlicht. Sie zog die Gardinen zu. Im Fernsehen lief ein englischer Film mit griechischen Untertiteln. Lisa hatte die Beine hochgelegt und trank auf dem Sofa den heißen Kaffee. Dann räumte sie die Teddytasche aus und stülpte sie um. Zärtlich legte sie Teddy aufs Bett, wie ein Baby, streichelte seine Schnauze und die schwarze Ledernase. *Teddy ist reichlich zerliebt.* Lisa stopfte ihm ein Kissen in den Bauch. Da sie fror, schichtete sie alle verfügbaren Decken in der Kabine auf das obere Laken ihres Bettes und kroch darunter. Teddys Kopf in den Armen, die Vorderpfoten um den Hals. *Bis zum Ablegen des Schiffes habe ich noch Zeit.*

Lautsprecherdurchsagen in Griechisch, Englisch und Französisch forderten alle Leute ohne Ticket auf, das Schiff zu verlassen. Es war kurz vor acht Uhr, sie hatte über eine Stunde geschlafen. Die Ansagen wiederholten sich in immer kürzeren Abständen. Auf dem Vorderdeck schrien Männer, das Schiff begann zu beben. Lisa schob die Gardine einen Spalt breit auseinander, um zu sehen, was da vor ihrem Fenster geschah. Hinter den grünen Scheiben der Minos am gegenüberliegenden Kai nahmen Passagiere gerade von den Kabinen Besitz. Unter Lisa dröhnten zwei riesige Winden und lichteten die Anker. Das Schiff erzitterte. Langsam setzte sich die Kriti in Bewegung und glitt in die Fahrrinne. *Wie exakt die Steuermänner diese großen, trägen Schiffe im Hafen manövrieren.*

Mit Ticket und Geld ausgestattet, ging Lisa zum Speisesaal der Touristenklasse. Lisa fand es dort lustiger als im steifen First-class-Restaurant. Einen Moment schwankte sie zwischen Hühnchen und Spaghetti mit Tomatensoße, entschied sich dann für den Rinderbraten, der gerade auf den Selbstbedienungstresen gestellt wurde. Lisa tippte mit dem Finger vorsichtig auf das Fleisch. *Immer dasselbe: In Griechenland gibt es nur heißes Essen, wenn man es ausdrücklich verlangt.* Sie kaufte eine Flasche Retsina. *Den herben Geschmack des geharzten Weines liebe ich. Er erinnert mich an meine erste Reise nach Kreta mit Elke im April.*

Vorsichtig balancierte sie ihr Tablett durch den schwankenden Saal. Dutzende Augenpaare beobachteten sie, die Fremde, die mitten im Winter reiste, zudem noch allein. *Hier gibt es keine Frauen, die allein reisen. Jede Frau hat ihren Mann oder Kinder bei sich, zumindest eine Freundin oder die Mutter. Wo soll ich jetzt eine Mutter auftreiben? Ich hätte meine Mutter mitnehmen sollen, wie das letzte Mal ... Da vorn guckt schon so ein Dürrer und leckt sich die Lippen! Sorbas, du mußt mir beistehen! Wo soll ich mich hinsetzen?*

Lisa faßte Mut und ging geradenwegs zu einem Tisch, an dem drei kräftige Männer saßen. Man sah ihnen an, daß sie schwer arbeiteten. Wie selbstverständlich setzte sich sie auf den letzten freien Platz, grüßte mit einem „Yassas!“ – Seid gegrüßt! – und machte sich über das Essen her. Die drei Männer verstummten. Sie schauten Lisa verdutzt an. *Das Schweigen wird langsam peinlich. Warum sagen die nichts?*

Lisa nahm die Flasche Retsina, stellte vor jeden ein Glas und füllte es. Ihrem Trinkspruch antworteten die drei im Chor: „Yashou!“ – Auf dich! – und tranken bedächtig. *Na bitte.*

„Sprichst du griechisch?“ fragte der mit dem dichten Bart.

„Nein, ein wenig englisch“, sagte Lisa mit vollem Mund. „Woher kommt ihr?“ *Wer fragt, braucht nicht zu antworten.*

Die drei waren Lastwagenfahrer aus Athen, die Möbel für die Hotels auf Kreta lieferten. *Das sind die lackierten hellen Holzmöbel, mit denen nahezu jedes Hotelzimmer ausgestattet ist. Als ob es in Griechenland nur eine einzige Möbelfabrik gäbe.* Der Wellengang hatte spürbar zugenommen, und die Gläser rutschten über den Tisch. Mit erhobenem Glas rezitierte Lisa einen in Berlin auswendig gelernten Satz: „Stin kriti ine panda orejos kairos!“ – Auf Kreta ist immer schönes Wetter!

Die drei lachten und lobten Lisas Griechisch. Der kräftigste der Männer zündete sich eine Zigarette an. Der Bärtige nahm sie ihm aus dem Mund und rügte, am Tisch sitze eine Dame, die speise.

„Ochi Problem.“ Lisa winkte ab. Der Kräftige legte die angerauchte Zigarette in die Schachtel zurück. Als Lisa aufgegessen hatte, holte sie ihre eigenen Zigaretten aus der Tasche. Der Jüngste griff nach der Packung und fragte: „Jermania?“ Als sie nickte, bot er Lisa eine von seinen Zigaretten an. Lisa griff zu. Er berührte absichtlich ihre Hand. *Vorsicht Lisa, erst die Hand, dann den ganzen Körper.* Drei Feuerzeuge flammten vor ihrer Nase auf. Lisa machte eine verzweifelte Geste, als könne sie sich nicht entscheiden, und gab sich selbst Feuer. Die drei lachten.

Der Jüngste nahm erneut Anlauf, er versuchte, ihr klarzumachen, auf Kreta sei es in den letzten Tagen sehr kalt gewesen. *Hoffentlich verstehe ich ihn falsch.* Lisa schenkte Retsina nach. Der Bärtige wollte jetzt auch etwas spendieren. „Raki?“ fragte er, wobei er das Wort kretisch aussprach: Ratschi. Lisa sah am Eingang des Speisesaals die Stewards vom Empfangsballett. *Ticketkontrolle!*

„Danke, danke!“ sagte Lisa, stand auf und wünschte den erstaunten Männern eine gute Nacht. *Die drei am Tisch erfahren sonst bei der Ticketkontrolle, in welcher Kabine ich schlafe. Sicher ist sicher.*

Im großen Salon plärrten vier Fernseher von der Decke herab. Zigarettenqualm hing in Schwaden unter der Decke. Auf den Polstern der Sitzecken tobten Kinder. An den beiden Bars herrschte Hochbetrieb. In kleinen Gruppen saßen Frauen zusammen und schwatzten, einige häkelten. Männer spielten Tavli, tranken Wein und Raki, palaverten. *Die wenigsten haben eine Kabine. In ein paar Stunden schlafen sie auf den Sofas.*

Die Ticketkontrolleure postierten sich an einem Ende des Salons und begannen, ihn durchzukämmen. Der Steward betrachtete Lisas Ticket lange, drehte es hin und her, blätterte es durch. Dabei verzog er keine Miene. *Er gebärdet sich, als wäre er der Kapitän persönlich. Eine alleinreisende Frau, die eine Doppelkabine gebucht hat, kommt ihm sicher merkwürdig vor.* Mit süffisantem Lächeln gab er ihr das Ticket zurück. *Keine Chance, mein Lieber, meine Tür ist heute nacht verschlossen!*

Lisa ging übers Oberdeck. Kalt war es, und es regnete; der salzige Wind pfiff und nahm ihr den Atem. Sie mußte sich an der Reling festhalten. Hohe Wellen warfen das Schiff von einer Seite auf die andere. Der Lichtschein aus den unteren Kajüten fiel auf die meterhohe Gischt, die mit dem Regen aufs Deck spritzte. *Ob ich heute nacht seekrank werde? Ich hätte direkt nach Heraklion fliegen können. Aber ich will wie Sorbas mit dem Schiff nach Kreta fahren. Am liebsten würde ich die ganze*

Nacht hier draußen an Deck bleiben. Ich möchte spüren, wie es südwärts langsam wärmer wird.

In den Gängen wurden die Behälter mit Papiertüten aufgefüllt. Der Weg durch die schmalen Gänge und Treppen zu ihrer Kabine im Vorderschiff war beschwerlich.

Meine Luxuskabine ist billiger als ein Flug. Unten im Schiffsbauch, ohne Bullaugen, hätte ich jetzt bei dem Wellengang Angst. Zwei europäische Hauptstädte habe ich an einem Tag gesehen, bin den Globus etliche Zentimeter nach Süden gereist. Mit Oliver war ich bis ins bulgarische Achtopol kurz vor der türkischen Grenze getrampt, dem südlichsten Punkt für einen Tramper made in GDR. Damals sah ich in drei Wochen fünf europäische Hauptstädte, Berlin, Prag, Budapest, Sofia, Bukarest. Wir haben allabendlich auf Landkarten die zurückgelegte Strecke eingezeichnet und ausgemessen. Das Übertreten der tschechisch-ungarischen Grenze war für mich der aufregendste Moment. Ich betrat Neuland und begann, den weißen Fleck in meiner persönlichen Landkarte mit Erlebnissen auszumalen. In Ungarn habe ich die erste Pepsi-Cola meines Lebens getrunken, mir in einer Budapester Boutique zum ersten Mal selbst ein elegantes Kleid gekauft, in Rumänien habe ich zum ersten Mal mit Westmenschen geredet, mit Holländern, die uns zum Frühstück eingeladen hatten, und ich fand sie gar nicht so anders als mich.

Jetzt bin ich noch südlicher, tausend Kilometer südlicher. Für mich endete die Welt vor nicht all zu langer Zeit am Schwarzen Meer, und Menschen, die nur ein paar S-Bahnstationen weiter im Westen wohnten, konnten überall hinreisen. Oliver konnte das nicht ertragen. Nach diesem Trampurlaub hatte er seinen Ausreiseantrag gestellt.

Ankunft auf Kreta
60 Tage deutscher Einheit

„Ich schreibe den zweiten Dezember 1990, es ist sieben Uhr, und ich befinde mich an der Küste Kretas. Herzlichen Glückwunsch zum Geburtstag“, wünschte sich Lisa und trank den Morgenkaffee.

Es dauerte eine Ewigkeit, ehe die Kriti am Pier von Souda, dem Hafen von Chania, zur Ruhe kam. *Vor einem Jahr, an meinem dreiundzwanzigsten, hatte mich Bo ins Hotel Esplanade zum Frühstück ausgeführt. Die Ostmauke sollte lernen, mit Luxus umzugehen. Wie enttäuscht war er, als ich mich nur an gebratetenen Pilzen satt gegessen habe. Dieser Westwichtigtuer.*

Lisa schleppte ihr Gepäck an mürrischen Stewards vorbei, die in den Kabinen über Wäscheberge fluchten. *So also ist die rauhe griechische Wirklichkeit: Jeden Morgen verwandeln sich die Mitglieder des Ballettensembles in Zimmermädchen. Kapitalistische Metamorphose. Elke würde das anders sehen: „Du siehst, mein Töchterchen, auf Kreta herrscht noch das Matriarchat!"*

Kühle, feuchte Luft schlug Lisa auf der Gangway entgegen. Fünfundvierzig steile Stufen vom Schiff zum Pier trennten Lisa vom kretischen Boden. *Kreta, die Insel der Minoer, Sorbas' Heimat, liegt vor mir, eine vertraute und fremde Welt zugleich.* Über der von Nebelschwaden durchzogenen Landschaft hing noch die Nacht. Wind blies durch Lisas ungekämmtes Haar und kroch durch die Jacke bis auf die Haut. Der Naturhafen war so groß wie der Wannsee. Lisa dachte an ihren Trabi. *Der Pier ist lang genug, um meine Rennpappe von null auf hundert zu beschleunigen und wieder zum Stillstand zu bringen. Hoffentlich klaut den keiner aus Opas Scheune.* Durch den Nebel konnte sie das gegenüberliegende Ufer nur ahnen. Im Hintergrund wies ein Lichterband den Weg nach Chania, der schönsten Stadt Kretas. Der Himmel rötete sich von Sekunde zu Sekunde mehr; das blasse Rot wurde zu lichtem Blau. Die ersten Sonnenstrahlen beleuchteten die Gipfel des Lefka Ori, des Weißen Gebirges. Die feingliedrigen Silhouetten der Masten und Radaranlagen von Militärschiffen piekten in den Morgen. Dickbäuchige Lagerhäuser begrenzten das Hafengelände.

Über der Kriti kreiste eine einsame Möwe. Ihre Schreie gingen im Chaos an der Heckklappe unter, wo qualmende und stinkende Lastwagen sich den Weg frei hupten. Taxis umlagerten das Schiff wie Fliegen einen faulen Apfel. Lisa hatte sich auf die kretische Hektik gefreut. Die gehörte zur Insel wie das kristallklare Meer an der Südküste. *Die flotten Frauen und schneidigen Männer von gestern abend sehen übermüdet und zerzaust aus. Der Seegang hat ihnen übel mitgespielt.* Ein altes Paar schob sich Schritt für Schritt, einander an den Händen haltend, die schräge Laderampe hinunter. Ölige Seile hatten die helle Tasche der Frau beschmutzt. Eine Familie stürzte auf die Alten zu. Begrüßung mitten auf der Fahrbahn, die Laster fuhren millimeterdicht vorbei.

Lisa nahm ein Taxi. „Zur Busstation, bitte!" Sie staunte über die frischen Narzissen, die in einer kleinen Vase über dem Autoradio wie Sonnen leuchteten. Ein kleines Amulett mit der Mutter Gottes baumelte am Rückspiegel und tippte bei jedem Schlagloch gegen die Windschutzscheibe.

„Holiday?" nuschelte der Fahrer, ein schmächtiges Männchen, das in dem großen Auto verloren wirkte. Kerzengerade klemmte er hinter dem Lenkrad und kurvte waghalsig durch die engen Gassen.

„Ne", antwortete Lisa. Ein langgezogenes „Ne" benutzte sie zu Hause nur, wenn sie etwas strikt ablehnte. Im Griechischen aber bedeutete das Wörtchen „ja".

„England?" fragte der Taxifahrer.

„Nein."

„Amerika?"

„Nein."

„Woher dann?" fragte er.

„Deutschland, Berlin."

„Aaah", machte er und nickte. „Wie lange in Kreta?"

„Mal sehen", sagte Lisa. *Er spekuliert wohl auf eine lange Fahrt? Kein Geschäft zu machen mit mir.*

„Zur Busstation, bitte." Der Fahrer brummte verdrossen. Die Busstation sah aus wie der Kudamm zum Winterschlußverkauf. Mit ihrem Gepäck beladen, eilten die Leute zeternd zwischen hupenden und einparkenden Bussen hin und her. Lisa nahm sich Zeit. Der Kassierer in der Gepäckaufbewahrung riß einen Nummernzettel vom Block und winkte Lisa mit einer Kopfbewegung in den Abstellraum, wo Koffer, Rucksäcke, Kartons, Tüten, zusammengeklappte Kinderwagen, Reisetaschen, ein Tretauto nebeneinander, übereinander, durcheinander lagen. *Das sieht aus, als wäre ein Güterzug entgleist.* Der Kassierer kümmerte sich nicht um die Menschen, die ein- und ausgingen. Er unterhielt sich lauthals mit dem Imbißbudenbesitzer nebenan.

Um die Busstation herum schlief die Stadt noch. Nur ein Moped durchbrach die Stille in den Häuserzeilen. Es kam näher, bog um die Ecke. Zwischen den Zeitungspaketen, die sich auf dem Gefährt türmten, saß ein klappriger, älterer Mann mit einem Vierzehntagebart. Er hielt vor einem Kiosk und warf, ohne abzusteigen, zwei Packen vor die Tür auf den Bürgersteig, fuhr zwanzig Meter weiter zum nächsten Kiosk, warf wieder einen Packen herunter, dicht neben eine Pfütze. *Jetzt hat er wenigstens den Lenker frei und kann etwas sehen.*

Von weitem konnte Lisa das Gebrüll der Händler in der Markthalle hören. Kaum hatte sie die Halle betreten, zerrte sie ein Händler zu lebenden Krabben. Die Frau des Händlers hielt eine Tüte für Lisas Bestellung bereit. Fische mit aufgesperrten Mäulern gafften Lisa an, an Fleischerhaken hingen umgestülpte Kopffüßer, die Oktopusse. Eine fette schwarze Katze lauerte unter dem Tisch auf herabfallende Fische. Mühsam befreite Lisa sich aus dem Griff des Händlers, der die nächste vorbeikommende Frau mit seinen Gesten bestürmte.

Ein Süßigkeitenstand lockte mit bunten Bonbongläsern. Genüßlich griff Lisa in die Gläser, nahm von jeder Sorte der schillernd eingewickelten Bonbons eine Handvoll. *Für die Kinder im Dorf. Und für die alte, zahnlose Georgia, bei der ich wohnen will. Vorsorglich.* Der Verkäufer pries eine große Pralinenschachtel an.

„Sind die mit Nüssen?" fragte Lisa und dachte an ihre Oma in Erfurt. Die schwärmte für Pralinen, konnte aber mit ihren „Volkseigenen", wie die Erfurtomi ihre dritten Zähne nannte, Nüsse nicht kauen. Der Verkäufer versicherte, diese Pralinen seien likörgefüllt, und Lisa kaufte sie.

Fasziniert verharrte Lisa vor einem schmalen Restaurant zwischen Fisch- und Geflügelstand. Drinnen war nur für drei Tische Platz. Der Besitzer hatte seine Kochstelle im Hallengang aufgebaut. In riesigen blankpolierten Töpfen, die das Licht der elektrischen Lampen reflektierten, dampften Suppen: eine Suppe, in der große Scheiben Fisch schwammen, eine Suppe vom Schwein, eine weiße Suppe aus Mägen und eine rote mit Rindfleischstücken. Auf die bekam Lisa Appetit. Dazu bestellte sie Wein, der wie Blut aus dem Plastikfaß floß. *Fleischsuppe und Wein zum Frühstück, wie soll das enden?*

Gesättigt und leicht beschwipst verließ Lisa die Markthalle. In einer Seitengasse entdeckte sie einen kleinen Krämerladen. Die Hände auf einen Schäferstock gestützt, saß ein Greis auf einem typisch kretischen Stuhl mit geflochtener Sitzfläche und forderte Lisa gestikulierend auf, in seinen Laden zu schauen. Der war mit Ikonen, Kerzenständern, Kinderspielzeug und Souvenirs vollgestopft. *Ist das ein Staub! Der Kram liegt sicher schon Jahre hier.* Auf einer Fläche, die vor Zeiten mal ein Ladentisch war, türmten sich bergeweise Bleistifte, Messingkettchen, Nippes, Tücher, Schlüsselanhänger, Ringe, kleine Puppen, von denen manche keine Arme mehr hatten. Auf der Erde standen Kisten voller Bücher, die zum Teil schon zerfielen, und Kartons mit welligen, vergilbten Postkarten. Es waren Fotos von einem Kreta, das an die Zeit der venezianischen Besetzung erinnerte, und das interessierte Lisa. Auf den Fotos war der alte Hafen von Chania noch in Betrieb, zwei- und dreimastige Segelschiffe lagen im ummauerten Hafenbecken, kleine Nachen waren an den Stegen vertäut. Garküchen waren zu sehen und Kafeneons. Auf einigen Karten erblickte sie menschenleere Palmenstrände, auf anderen Porträts von jungen Griechinnen mit Kopftüchern und in traditionellen Kleidern, Körbe voller Früchte auf den Armen. Bilder einer längst vergessenen Zeit. *So hat Kreta ausgesehen, als Sorbas hier lebte! Ob der Alte weiß, welche Schätze er besitzt?* Lisa zeigte auf den Karton mit den Karten und fragte: „Wieviel kosten die?"

Das Gesicht des Alten erhellte sich, verjüngte sich, er richtete seinen Körper auf, soweit es seine Rückenschmerzen zuließen. Er fummelte eine Postkarte aus der Kiste, drehte und wendete sie eine kleine Ewigkeit lang, sah Lisa an und schätzte ab, wieviel sie wohl bereit wäre zu zahlen. Schließlich entschied er, es seien alte Postkarten und somit billig.

„Zwanzig", sagte er und lehnte sich nach hinten, in dem Bewußtsein, ein überaus faires Angebot gemacht zu haben. Lisa hatte keine Lust zum Feilschen. Sie beschrieb mit einer Hand einen Kreis über der

Kiste, der Alte verfolgte mit den Augen ihre Hand, dann zeichnete er den Luftkreis mit seinen knochigen Fingern nach und blickte Lisa ungläubig an.

„Ne, ne, ne“, beteuerte Lisa. *Ja, ja, ja, ich will sie alle.* Der Alte konnte sein Glück gar nicht fassen. Er begann, die Karten zu zählen, verzählte sich und begann wieder von vorn. Lisa hielt ihm einen Fünftausender hin und fragte: „Okay?“ Die Augen des Alten weiteten sich. Dann steckte er den Schein achtlos in seine Hosentasche.

Lisa bestand auf einem Volvo als Taxi. Bo, ihr Westgeliebter, hatte mal gesagt, das sei das sicherste Auto: drei voneinander unabhängige Bremssysteme, Seitenaufprallschutz, zwei Millimeter dickes Blech, große Knautschzone; dazu ein bequemer Innenraum, starke Heizung. Lisa kannte die Strecke, die vor ihr lag: zweitausend Meter in Haarnadelkurven hoch und wieder hinunter. *Der Umweg über Rethymnon ist mir zu weit. Und ich will das Risiko so gering wie möglich halten.* Sie mußte sich bis zum Mittag gedulden, ehe sie ein Volvotaxi fand.

Soweit das Auge reichte, leuchteten überall in den Tälern die zwiebelbraunen Orangenhaine. Das Grün der Blätter und das Weiß der neuen Blüten vermischten sich mit der Farbe der reifen Apfelsinen. Am Straßenrand boten Händler frisch geerntete Orangen an. Das Weiß der schneebedeckten Gipfel war weit. Dennoch blendete es. Lisa schloß die Augen. Der Motor des Taxis surrte. Sie versuchte zu schlafen.

Lisa erschrak, als sie die Augen wieder öffnete. Die Landschaft hatte sich inzwischen verwandelt, war weiß, schneeweiß. Durch einen Fensterspalt pfiff eisige Gebirgsluft. Lisas Atem kondensierte. Die Scheiben des Autos waren beschlagen, der Fahrer wischte sich mit der Faust einen Sehschlitz frei. Meterhoher Schnee hatte die Serpentinen noch schmaler gemacht, es gab nur selten Ausweichkehren. Pausenlos hupte der Fahrer, um entgegenkommende Fahrzeuge auf sich aufmerksam zu machen.

Ein Motorrad folgte dem Taxi. Lisa schüttelte ungläubig den Kopf. *Diese Kreter! Ihnen macht das Wetter anscheinend nichts aus. Ich möchte nicht tauschen mit dem Motorradfahrer.* Die Dörfer im Tal waren zugeschneit, abgeschnitten von der Umwelt. Nur der Rauch einzelner Schornsteine zeugte von Leben. In einer Ortschaft kurz vor dem Gipfel entdeckte Lisa im letzten Haus Licht. Die Wolken hingen tief. Der Wind blies nicht stark genug, um sie über die Berge zu treiben. Vor dem Gipfel stauten sie sich zu einer grauen, schier undurchdringlichen Wand. Es wurde dunkel, die Umgebung versank in dichtem Nebel. Lisa machte sich Mut. *Noch eine halbe Stunde, dann bin ich in meinem Dorf.*

2. Kapitel

Die Götter in ihrer Taverne

Am Rande eines Bergdorfes, an der Paßstraße, die von Norden nach Süden führt, steht eine einsame Taverne mit großen Fenstern, dicken Mauern aus Feldsteinen und einem flachen Dach. Im Winter finden nur wenige Sterbliche hierher. Nur die Götter, die sonst kein Dasein in der Wirklichkeit haben und seit Jahrhunderten immer aufs neue in den Menschenköpfen um ihre Individualität ringen, versammeln sich einmal im Monat, als Griechen getarnt, auf Kreta, in der Nähe des Geburtsortes des Göttervaters. Die kretische Taverne ist die wichtigste aller olympischen Filialen.

Über dem zweiflügligen Eingang steht in blaßblauen Lettern: Taverne „Zum weisen Zeus". Doch nur der vordere Teil des Raumes, vor einem alten Tresen, ist mit blauen Tischen und Stühlen wie in einer griechischen Taverne eingerichtet, auf einer Terrasse bieten die Götter im Sommer den durchreisenden Touristen Erfrischungen an. Der restliche Platz dient als Werkstatt. Zwei Motorräder, eines ist die Harley-Davidson des Göttervaters Zeus, sind rechts am Eingang aufgebockt. Ein roter Pritschenwagen ist in seine Einzelteile zerlegt. Die gesamte Rückwand, die nach Osten zeigt, ist ein Ersatzteillager für die verschiedenen Fahrzeugtypen, die auf Kreta zur Zeit herumfahren. In der Mitte der Taverne führt eine Holztreppe auf die Empore, die sich wie eine Galerie rings um den Raum erstreckt. Dorthin ziehen sich meist die Göttinnen zurück, die für die neue Leidenschaft der Götter, wie Sterbliche an Motoren herumzubasteln, kein Verständnis haben. Unter der Holztreppe spuckt ein Laserdrucker ein endloses Papyrusband mit kunstvollen Schriftzeichen, Grafiken, Tabellen und Illustrationen aus. Es riecht nach Autolack und Öl.

„Kein Mensch glaubt mehr an uns!" schimpft der Meeresgott Poseidon und umrundet die Harley-Davidson.

„Ach ja", pflichtet ihm Aphrodite bei. Die Göttin der Liebe sitzt gelangweilt auf der Treppe und schaut hinaus in den Nebel.

„Früher", erinnert sich Dionysos, Gott des Weines und der Dichter, „da konnten wir vor lauter Weihrauch kaum atmen. Da war unsere Tafel reich gedeckt mit Opfergaben. Wir lenkten der Menschen Geschicke, und sie huldigten uns aus Dank in wohlklingenden Liedern."

„Die Menschen nahmen ihr gottgewolltes Schicksal an", sagt Aphrodite. „Und sie glaubten an uns."

Dionysos geht mit einem Krug Retsina auf die Empore und schenkt Wein ein. Hera zwinkert ihm zu, worauf er sich angstvoll vergewissert, ob Zeus, ihr Göttergatte, es gesehen hat. Dann erwidert er die Geste und berührt beim Einschenken zart ihre Hand. Hera fühlt sich geschmeichelt. Sie weiß, sie ist nicht mehr die jüngste. Für ihre Schönheit investiert sie Morgen für Morgen mehr Zeit.

Athene, die Göttin der Weisheit, ruft von der Empore herab: „Und heute existieren wir nur noch im Vorwort von Reiseprospekten, damit die Fremden unsere ehemaligen Wirkungsstätten besuchen, die Tempel, die Diktihöhle, wo Zeus geboren wurde. Laßt euch nicht von den vielen Menschen, die hierherkommen, täuschen! Sie huldigen uns nicht mehr, sie suchen bloß für ein paar Drachmen die Illusion vergangener Zeiten."

Ares, der Kriegsgott, schwärmt: „Der Mythos zieht im Sommer die Frauen an unsere Strände."

„Gib doch zu", unterbricht Athene, „du läßt dich von den Körpern der Frauen korrumpieren. Welch armseliges Götterschicksal, wenn ihr in Menschengestalt in den Tavernen am Strand herumlungert."

Zeus knurrt unwillig, doch Aphrodite lenkt ihn ab: „Wißt ihr noch", erinnert sie sich in einem Gedächtnisakt, dem die anderen Götter folgen, „wie ich seinerzeit durch das Orakel von Delphi Theseus geraten habe, unter meinem Schutz nach Kreta in den Palast des Königs Minos zu reisen? Mit meiner Hilfe hat er den Minotaurus besiegt."

„Theseus allein hat das Untier besiegt", widerspricht Hera, die vor einem übergroßen Wandspiegel ihr Aussehen überprüft. Sie ist sehr weiblich gekleidet; ein schillerndes Kleid schmiegt sich wie eine zweite Haut an ihren Körper, lange, duftende Tücher umhüllen ihre schneeweißen Schultern.

„Er hätte ohne meinen Rat nicht aus dem Labyrinth herausgefunden", beharrt Aphrodite.

„Es war der Ariadnefaden, der ihm den Weg ins Licht wies", sagt Hera und probt ein verführerisches Lächeln.

„Hört auf zu streiten", fordert Dionysos. Er zapft ein neues Weinfaß an.

Aphrodite läßt sich nicht beirren: „Ich habe Theseus Schönheit verliehen und damit Ariadnes Liebe zu ihm entfacht. Sonst wäre ihr sein Schicksal und das seiner Gefährten gleichgültig gewesen. So aber hat sie sich vom berühmten Baumeister und Erfinder Dädalos das rettende Fadenknäuel geben lassen."

„Dafür hat Theseus sie auf Naxos sitzenlassen", spottet Poseidon.

„Das hattet ihr fein eingefädelt", sagt Dionysos und grinst. Er war zu dieser Zeit in Ariadne verliebt, hatte die Flucht des Theseus ausgenutzt und die verschmähte Braut zu seiner Gemahlin gemacht.

„Ich habe Iphigenie den Traum von ihrem Bruder Orest und vom Untergang des Königshauses in Argos gesandt", rühmt sich Hera mit einem Seitenblick auf ihren Göttergatten. Zeus brummt eine Bestätigung und schraubt an den Ventilen seiner Harley. Draußen rüttelt der Wintersturm an den großen Fenstern …

Vor Heras innerem Auge zieht noch einmal vorbei, wie die Griechen dreitausendsechshundertfünfzig Tage lang erfolglos um Troja kämpften, wie der griechische König Agamemnon die Götter in Versuchung brachte und seine Tochter Iphigenie opferte, in der Hoffnung, endlich den Sieg davonzutragen, wie die Götter sich auf dem Olymp stritten und das Opfer nicht annahmen, statt dessen Iphigenie retteten und nach Taurus trugen, wie Iphigenie dort den Frevel ihres Vaters an den Göttern sühnte und alle Fremdlinge, die Taurus betraten, im Tempel opfern mußte. Hera denkt daran, wie sie Zeus einschläferte, um ohne sein Wissen selbst in das Kriegsgeschehen um Troja einzugreifen. Zur Strafe hängte Zeus sie an goldene Fesseln hoch oben in den kalten Lüften. Nein, daran will sie lieber nicht denken; ihre Jugend hatte bei dieser Tortur empfindlich gelitten. Und Hera erinnert sich an das Ende des Krieges, an Odysseus, der das hölzerne Pferd in die Stadt brachte. Mit dieser List, die ihm kein Gott gesandt hatte, erzürnte er die Götter. Er mußte elf Jahre lang auf den Meeren umherirren, ehe er sein geliebtes Ithaka wiedersehen durfte.

Eris, Göttin der Zwietracht, spürt Heras Gedanken und platzt heraus: „Erinnert ihr euch, wieviel Überredungskunst vonnöten war, ehe wir die Zyklopen, die Sirenen und Skylla und Carybdis, die Ungeheuer und Halbgötter, die Riesen und all die gräßlichen Geschöpfe gegen Odysseus aufgebracht hatten?"

„Die meisten haben Odysseus gefürchtet", erinnert sich Aphrodite. „Andere haben ihn geliebt wie Kirke, die es nicht übers Herz brachte, ihn in ein Schwein zu verwandeln. Oder Kalypso, die ihm Proviant für die Reise schenkte."

„Weiber", murrt Poseidon. „Wir konnten uns schon damals nicht auf sie verlassen. Den kleinsten Sturm mußte ich selber machen."

„Mir scheint", sagt Eris spitz, „die Ungeheuer sind träge geworden. Wie ihr."

Hera greift ihre Gedanken wieder auf.

Agamemnon machte die junge Seherin Kassandra zur Geliebten und brachte sie als Kriegsbeute nach Hause ins griechische Argos. Seine Gattin, Klytemnestra, tötete aus Eifersucht zuerst Agamemnon, dann Kassandra. Als Orest, der Sohn des Königshauses, aus Troja zurückkehrte, rächte er seinen Vater, indem er Klytemnestra, seine Mutter, und ihren Buhlen tötete. Von da an quälten ihn die Furien Tag und Nacht. Ruhe vor ihnen sollte Orest erst dann finden, weissagte ihm ein Orakel, wenn er ein Göttinnenbild von Taurus nach Athen brächte. Auf Taurus begegnete er nach Jahren seiner Schwester Iphigenie, die nach dem Willen der Götter alle Fremdlinge opfern mußte.

Die Stimme des Blutes hielt Iphigenie vom Töten ab. Gemeinsam flohen sie nach Argos, wo Athene über den Muttermörder Gericht hielt. Bei dem Gedanken an ihre Widersacherin Athene verzieht Hera ihr Gesicht. Doch Athene liest ihre Gedanken und hält ihr entgegen: „Die weißen Urteilssteine seiner Unschuld wogen ebenso schwer wie die schwarzen seiner Schuld. Denn Orest hatte in Klytemnestra nicht mehr seine Mutter, sondern die Mörderin seines Vaters gesehen."

Dionysos mischt sich ein: „Agamemnon mußte büßen, weil er seine Tochter leichtfertig opfern und uns Götter erpressen wollte. Doch seine Schuld mußte Iphigenie abtragen. Klytemnestra hat für den Mord an ihrem Mann und Kassandra mit ihrem Leben gebüßt; ihre Schuld aber hat Orest abgetragen, indem er in Taurus Todesängste ausstehen mußte. Warum müssen immer die Kinder die Schuld der Eltern abtragen?"

Athene antwortet: „Weil die Eltern nie lange genug leben, um die Schuld, die sie sich aufgeladen haben, allein abzutragen."

Aphrodite seufzt leise. „Es ist so langweilig geworden auf dem Olymp und hier in der Taverne."

Zeus kann das Gejammer der Götter nicht mehr hören und sagt: „Seid doch froh! So haben wir unsere Ruhe."

„Wozu sind wir dann noch da?" keift Hera.

„Nur Ares", sagt Aphrodite neidisch, „nur Ares, dem Gott des Krieges, huldigen die Menschen noch."

Ares, der die Speichen der Harley geprüft hat, wirft sich in die Brust und blickt zufrieden um sich. Zeus respektiert Ares, wenn auch widerwillig, um wenigstens die letzte Gottesfurcht der Menschen zu erhalten.

„Wie wahr", sagt Ares stolz, „bis zum heutigen Tag fürchten mich die Menschen. Ich bin der personifizierte Aggressionstrieb, früher, heute und in alle Ewigkeit."

Hermes, der Sohn des Zeus und Götterbote, stürzt vor der Taverne mit seinem Motorrad. Er landet in einer Schneewehe, flucht, rappelt sich auf, rückt seine Mütze, auf der „Geflügelter Bote" steht, zurecht und öffnet die Tür zur Kfz-Werkstatt. Der eisige Wind fegt den Schnee bis zum Tresen. Dionysos schreit: „Tür zu, es ist kalt!" Ares ist verärgert, da er nicht mehr mit seinen Kriegen prahlen kann.

„Tür zu!" brüllt Dionysos erneut. Völlig außer Atem läßt sich Hermes auf einen Stuhl fallen und keucht: „Ein Eindringling!"

„Wo? Wo?"

„O mein Zeus, mein Vater, hier auf Kreta, in deiner Kinderstube! Europa ist eben angekommen!"

„Europa? Die Jungfrau?" erkundigt sich Zeus, während er zurückdenkt an sein Liebesabenteuer mit Danaë, der er als Goldregen im Kerkerturm erschien, er erinnert sich an Leda, die er beim Bade als Schwan beglückte, und an Io, die er in dichtem Nebel schwängerte.

Hera liest eifersüchtig die Gedanken ihres Gemahls: „Willst du dich vor diesem Weib als Stier im Staube wälzen, wie du es bei der phönizischen Prinzessin Europa vor genau zwei Millionen und einunddreißigtausendsechshundertdreiundfünfzig Tagen getan hast?"

„Ich möchte nur wissen, was ihn an irdischen Weibern so reizt", provoziert Aphrodite.

„Wisse, mein Lieber", Hera dreht sich selbstverliebt vor dem Spiegel, „ich kann in meinem Zorn grausam sein!"

Zeus wird wütend. „Elende, wage es nicht, die Schöne in eine Insel zu verwandeln, wie du es mit meiner letzten Geliebten getan hast!"

Athene, die Göttin der Weisheit, schreitet, ihre Eule auf dem Arm, die Treppe hinunter. Auf der letzten Stufe angekommen, verkündet sie: „Die Fremde ist keine Jungfrau mehr."

Zeus setzt sich würdevoll auf den Motorradsitz. Er versucht, ein grimmiges Gesicht zu machen, was ihm mißlingt. „Wer ist diese Frau? Woher kommt sie?"

Nervös winkt Hermes dem diensthabenden Boten, der das lange Papyrusband vom Laserdrucker reißt und es Hermes übergibt.

„Lisa Meerbusch", liest Hermes vor, „wurde achttausendsiebenhundertsechs Tage vor der deutschen Vereinigung in Berlin-Köpenick geboren."

„So alt ist die?" Zeus verliert sein Interesse. „Die deutsche Einheit war Anno 1871!" Er steigt von seiner Harley und bastelt an der Einspritzpumpe herum. Ares reicht ihm eine Handvoll Muttern und Schrauben und justiert das Vorderrad.

„Nein", belehrt ihn Hera, „Hermes meint die neue deutsche Einheit, die vor sechzig Tagen über das Land kam."

„Schon wieder eine deutsche Einheit?" braust Zeus auf. „Ohne mein Wissen?"

„Und ohne dein Zutun", stichelt Aphrodite.

„Hüte deine Zunge, meine Schöne", befiehlt ihr Zeus und richtet seine hünenhafte Gestalt auf. In seiner geballten Faust beginnt ein Blitz zu wachsen und zischt für Sekundenbruchteile durch den Raum. Hermes flieht mit den Papyrusdokumenten sofort hinter das rote Pritschenauto. Hera duckt sich hinter das Geländer, denn sie kennt die Zornesausbrüche ihres Gatten. Poseidon haut wütend auf den Tisch und heult wie das Meer bei Sturm. Dionysos reißt den Weinkrug an sich und rettet sich unter den Tresen. Athenes Eule flattert aufgeregt. Ares springt in Kampfstellung und richtet seine Handkanten auf Zeus. Aphrodite wirft sich Zeus dekorativ zu Füßen.

Zeus ist verwundert über soviel Respekt, und sein Groll verfliegt. Der Blitz löst sich in Nebel auf. Die Götter beruhigen sich. Zeus nickt seinem Sohn Hermes aufmunternd zu.

Hermes referiert: „Die fremde Frau ist die Tochter des Ernst Meerbusch, Familienrichter am Stadtbezirksgericht Berlin-Mitte, und seiner Gemahlin, der Elke Meerbusch, studierte Kunsthistorikerin, zur Zeit tätig bei der schreibenden Zunft in einer Zeitschrift. Lisa Meerbusch erhielt sechstausenddreihundertdreiunddreißig Tage vor der deutschen Vereinigung, am 1. Juni 1973, die „Goldene Eins", ein Abzeichen für hervorragende Kenntnisse im

Straßenverkehr. Ein Jahr später, in der zweiten Klasse, wurde sie mit dem Abzeichen für gute Arbeit in der Schule ausgezeichnet. In der dritten Klasse gehörte sie zu den sechs fleißigen Schülern, deren Fotos in der ‚Straße der Besten', einer Wandzeitung, gezeigt wurden …"

„Mumpitz!" regt sich Zeus auf. „Goldene Eins, Abzeichen, Straße der Besten … Purer Atheismus! Huldigt sie uns?"

Hermes sucht ratlos im Papyrus. „Viertausendneunhundertachtzehn Tage vor der deutschen Vereinigung, am Geburtstag von Ernst Thälmann, wurde Lisa Meerbusch auf dem Schulappell vom Direktor mit einer Urkunde ausgezeichnet."

„Ich kenne keinen Gott namens Ernst Thälmann!" Zeus schüttelt sein Haupt. Hermes liest immer schneller: „In der neunten Klasse erwarb Lisa Meerbusch innerhalb des FDJ-Studienjahres das Abzeichen für gutes Wissen in Bronze, weil sie sich vorbildlich an den Politdiskussionen beteiligte", seine Stimme überschlägt sich. „Das Abzeichen für gutes Wissen in Silber wurde ihr verliehen, nachdem sie die mündliche Prüfung im FDJ-Studienjahr bestanden hatte. Zweitausendsechshundertneunundsiebzig Tage vor der deutschen Vereinigung schrieb sie im ersten Semester am Institut für Lehrerbildung in ihrer Belegarbeit zur Erringung des Abzeichens für gutes Wissen in Gold: ‚Die Arbeiterklasse muß die Grundfrage der Philosophie konsequent materialistisch beantworten. Sie darf keine Kompromisse mit dem wachsenden Idealismus im Kapitalismus und den bürgerlichen Eigenschaften wie Egoismus, Individualismus …'"

Dionysos krümmt sich bei jedem Ismus.

„‚… Raffgier und Spießbürgertum und anderen Erscheinungen der bürgerlichen Ideologie, die im Sozialismus noch häufig anzutreffen sind, eingehen, da sonst keine ideologische Geschlossenheit der Arbeiterklasse mehr gewährleistet ist, denn das dient nur dem Idealismus. Deshalb ist der Marxismus-Leninismus die einzig richtige Weltanschauung.'"

„Gotteslästerung!" Zeus wird vor Zorn violett. „Diese Frau ist eine … ist eine …"

„Eine Kommunistin", hilft ihm Aphrodite aus der Verlegenheit.

„Eine Gottlose!" brüllt Zeus. „Sie muß von der Insel verschwinden, ehe sie mir meine Kreter mit ihrem Heidentum durcheinanderbringt! Die sind ohnehin verwirrt genug durch den Sextourismus."

Dionysos faßt sich gequält an die Stirn. „Ja, sie muß weg, ehe sie auf Kreta das Parteilehrjahr einführt!"

„Warum hat sie all diesen Quatsch mitgemacht?" fragt Poseidon.

„Köpenick? Das ist doch in Deutschland", vermutet Aphrodite.

„Im Osten, wo die Sonne aufgeht", spottet Hermes.

„Das ist dort", sagt Athene, „wo es eine Partei gab, die immer recht hatte."

„Eine Partei?" wütet Zeus. „Nicht die Götter? Warum weiß ich von all dem nichts?"

„Weil du dich in den letzten vierzigtausend Tagen nicht dafür interessiert hast", belehrt ihn Athene. „Du hast den östlichen Teil Deutschlands ignoriert, wie die meisten in dieser Runde."

„Dann wird es Zeit", donnert Zeus. „Ich verlange, alles über diese Frau und dieses Land zu erfahren!"

„Jeder", erklärt Athene den Göttern, „jeder, der dort etwas vom Leben erwartete, machte mit. Die einen, um ihre Ruhe zu haben, andere, um ihre bescheidenen menschlichen Vorstellungen von irdischer Karriere umzusetzen. Es gab Leute, die sind in die Einheitspartei eingetreten, um sich privat oder beruflich kleine Vorteile zu verschaffen. Männer haben sich bereit erklärt, doppelt so lange wie vorgeschrieben beim Militär zu dienen, um studieren zu können. Viele von ihnen haben ihre Vergangenheit verdrängt und sich den neuen Gegebenheiten der Marktwirtschaft schnell angepaßt. Nur einzelne durchschauten das System und wehrten sich, gingen in die Opposition, lange bevor die Mauer fiel. Diese wenigen Mutigen, die wahren Helden der Revolution, sind zu Verlierern geworden."

„Schicksal", spottet Hera.

„Die Menschen", denkt Poseidon laut, „machen nur etwas, wenn sie auch etwas dafür bekommen."

„Die Menschen waren zufrieden", ruft Ares vorlaut, „sie sind ja jedes Jahr auf die Straße gegangen und haben auf Plakaten und mit Fahnen ihre Zufriedenheit demonstriert."

„Du Narr, denkst du, sie konnten auf ihre Fahnen schreiben, was sie wollten?" sagt Athene. „In den Zeitungen wurden die hundert erlaubten Losungen veröffentlicht, zum Beispiel", sie winkt Hermes, der aus den Papyrusrollen zitiert: „‚So wie wir heute arbeiten, werden wir morgen leben.'"

„So wie ich heute meinen Göttergatten anlächle", säuselt Hera, „werde ich morgen …"

„Nicht für diese Menschen", widerspricht Athene und winkt zu Hermes, der eine weitere Losung vorliest: „‚Weiter voran unter dem Banner von Marx, Engels und Lenin.'"

„Kommunistische Götter!" Zeus ist wütend.

„‚Je stärker der Sozialismus, desto sicherer der Frieden!'" liest Hermes weiter.

Ares mischt sich ein: „Sozialismus und Frieden? Lügen! Ich habe gesehen, wie die Staatsmänner dieses Volkes mit Waffen handelten, wie sie Terroreinheiten ausbildeten und ins Ausland schickten."

„‚Vierzig Jahre DDR – alles mit dem Volk, alles durch das Volk, alles für das Volk!'" zitiert Hermes euphorisch und fährt fort: „‚Durch die Verwirklichung der ökonomischen Strategie zu hoher Arbeitsproduktivität, Effektivität und Qualität!'"

„Aufhören", schreit Dionysos und hält sich die Ohren zu. „Aufhören!"

Onkel Willi in Berlin-Köpenick
5859 Tage vor der deutschen Vereinigung

Im Innenhof ertönte die Dreiklanghupe, und die achtjährige Lisa stürzte zum Fenster. Mit seinem Auto, einem weißen Lieferwagen, drehte Onkel Willi noch eine Ehrenrunde und parkte auf seinem Stammplatz, im Parkverbot.

Vom siebenten Stock aus sah Lisa, wie ihr Onkel noch einmal um sein Auto lief und prüfte, ob alle Türen verschlossen waren, dann nach oben winkte, sich den großen schwarzen Koffer griff und zur Haustür ging. Der Koffer gehörte zu Onkel Willi wie der goldene Eckzahn links. Solange sie denken konnte, brachte Onkel Willi jedesmal, wenn er kam, Geschenke mit.

Lisa rannte zur Flüstertüte, der Wechselsprechanlage im Flur, drückte den Knopf mit dem Lautsprecher und wartete auf Onkel Willis „Kick-kiju", ein Geräusch, das nur er hervorbringen konnte und das wie eine quietschende Tür klang. Daraufhin drückte Lisa den Knopf für den Türsummer, dann den für das Mikrofon und fragte: „Gut?"

Das „Okay" hallte im Treppenhaus. Onkel Willi sprach es aus, als hätte er einen Tischtennisball im Mund.

Im nächsten Moment surrte der Aufzug. Lisa preßte ihre Nase an das kleine Fenster zum Aufzugschacht, bis die Kabine sichtbar wurde. Sie hüpfte vor Aufregung, in ihrem Bauch kribbelte es, als säße sie in der Achterbahn. Auch Onkel Willi drückte das Gesicht an die Scheibe. Zwei Plattnasen begrüßten sich.

Im Wohnzimmer öffnete Onkel Willi seinen Koffer. Lisa durfte nicht hineinsehen. Es war wie im Puppentheater. Über dem Deckel erschien „eine Tüte Besonderes". Das waren Sachen „aus dem Westen", Schokolade, Armkettchen, Haarspangen, Bilderbücher, Luftballons, aus denen man Tiere formen konnte, große Filzstiftpakkungen, Bonbons. Lisa strahlte.

Eines Tages übergab Onkel Willi ihr im Kinderzimmer ein golden glitzerndes Päckchen, etwas größer und dicker als ein Schulheft und sehr leicht. Das Einwickelpapier knisterte bei jeder Berührung. Vorsichtig löste Lisa die breite rote Schleife. Sie schloß die Augen, ehe sie das Geschenk gänzlich freilegte. Sie tastete über zarten Stoff auf der Ober- und Unterseite. Das paßte nicht zu ihrer Vermutung, es könnte sich um ein Buch handeln. Bücher haben keinen Stoffumschlag. Bücher haben auch keine Riemchen.

Onkel Willi drängelte: „Nun schau dir's endlich an! Ich muß doch wissen, ob es dir gefällt."

Lisa öffnete neugierig die Augen. In den Händen hielt sie ein

Büchlein. Auf dem hellblauen Umschlag stand in goldenen verschnörkelten Schreibbuchstaben ihr Name, am Rand war ein weißblühender Zweig gemalt. „Das ist chinesische Seide", erklärte Onkel Willi geheimnisvoll. „Das Buch kommt von der anderen Seite der Welt."

Was Lisa am meisten wunderte, war ein kleines goldenes Schloß mit zwei zierlichen Schlüsseln. Onkel Willi schloß behutsam das Buch auf.

„Da steht ja gar nichts drin!" rief Lisa überrascht.

In diesem Augenblick kam die Mutter ins Kinderzimmer. „Ach, ist das hübsch! Ein Tagebuch! Und ich?"

Lisa drückte es fester an den Bauch.

„Das ist Lisas Buch", erklärte Onkel Willi. „Das darf niemand sonst anfassen." Lisa lächelte ihren Onkel dankbar an. Elke nahm seufzend das Einwickelpapier und glättete es sorgfältig. Während sie die Schleife um die Finger wickelte, ermahnte sie ihre Tochter: „Du mußt dir ganz genau überlegen, was du in dein Tagebuch schreibst."

„Mach doch dem Kind nicht gleich wieder Vorschriften", tadelte Onkel Willi. In Onkel Willis Gegenwart konnte einfach niemand Lisa etwas anhaben. Er nahm sie in den Arm und sagte: „Wenn dein Herz und deine Seele überlaufen und du deine Tränen oder dein Glück nicht für dich behalten kannst, dann vertraust du es deinem Buch an. Du wirst sehen, daß es mit der Zeit voller wird, und immer, wenn du es liest, werden vergangenes Leid und Freude dir gegenwärtig sein. Es bewahrt deine Geheimnisse, weil du es wie deinen Mund verschließen kannst."

„... in meinem Herzen versloten seyn", zitierte Elke Walther von der Vogelweide, atmete hörbar aus und verließ das Zimmer.

Mit feierlicher Geste fädelte Onkel Willi die Schlüssel auf ein Kettchen, das er Lisa um den Hals legte.

„Mein Seidenbuch", flüsterte sie und strich noch einmal über den weichen, glänzenden Umschlag, ehe sie es unten im Bettkasten versteckte.

„Kannst du nicht mal ohne deinen Koffer kommen", sagte Lisas Mutter vorwurfsvoll am Kaffeetisch, „einfach nur so, wie du bist? Du weißt genau, Lisa darf mit den Sachen von dir die Wohnung nicht verlassen."

Mutti ist nur neidisch, weil Onkel Willi ihr nichts mitgebracht hat.

„In der Schule haben doch alle Westsachen", sagte Lisa.

„Ich fürchte", mischte sich Lisas Vater Ernst ein, „Lisa mag bloß deinen Koffer und nicht dich."

Onkel Willis Kettchen und Nickis durfte sie nie in der Schule tragen, nur zu Hause. „Die Lehrer denken sonst, wir hätten Westkontakte", sagte Lisas Mutter. „Ein Familienrichter darf keine Westkontakte haben." Lisa Meerbusch wußte damals nicht, was das bedeutete: Westkontakte. Manchmal haßte sie Vater und Mutter für deren Unnachgiebigkeit.

Onkel Willi konnte zuhören. Wenn er kam, hatte er Zeit für Lisa. Er erfand für sie Spiele, brachte ihr Kartentricks bei. Von seinen Reisen brachte Onkel Willi bunte Postkarten mit, aus Zürich und New York, Paris, London, von der Insel Kreta. Die Postkarten bewahrte Lisa in ihrer Schatzkiste unter dem Bett auf. Zu jeder Karte gab es eine Geschichte. Am besten gefielen Lisa die drei ägyptischen Postkarten und deren Geschichten von Kalifen und Pharaonen, von Basaren und von Pyramiden, die wie Milchtüten aussahen und seltsame Namen hatten. Diese Geschichten malte Onkel Willi bei jedem Besuch bunter aus.

„Was machst du so oft in Ägypten?" wollte Lisa wissen.

„Ich versuche", antwortete Onkel Willi verschmitzt, „hinter das Geheimnis der Schönheit von Nofretete zu kommen. Das war die Königin von Ägypten. Mit ihrer Schönheit hat sie sogar Cäsar besiegt. Seitdem nehme ich mich vor Frauen in acht."

Onkel Willi untersuchte den Verband an Lisas Knie. Sie schrie vor Schmerz auf.

„Was ist denn das?" fragte Onkel Willi. Lisa zog das Bein unter die Bettdecke.

„Ich war bei den Tschechen und Markus bei den Rumänen ...", begann sie.

„Wo wart ihr?" unterbrach Onkel Willi.

„Von der Schule aus hatten wir Pioniermanöver", erzählte Lisa. „Hätte ich mich nicht ganz tief in den Büschen versteckt, hätte Markus mich gefunden."

„Das hast du nun davon", sagte Onkel Willi und streichelte Lisa über den Kopf. „Du hättest auf dich aufpassen müssen. Die Wunde sieht böse aus."

„Zu Hause hat Mutti meine blutige Strumpfhose gesehen."

„Und Elke hat dir die Dornen herausgezogen?"

„Einen, und der saß direkt unter der Kniescheibe, wie ein Nagel." Lisa wickelte den Dorn aus, den sie zwischen Watte in einer kleinen Schachtel aufbewahrt hatte.

„Mann, ist der riesig", sagte Onkel Willi und verzog das Gesicht. „Und was hat Mutti gesagt?"

„Ich soll Sepso draufmachen." Lisa begann zu weinen.

Onkel Willi ging zu seinen Koffer und holte ein Männer-T-Shirt mit King Kong darauf.

„Es ist ein bißchen groß, aber als Nachthemd für Madame ideal."

In der Nacht grübelte Lisa noch lange darüber nach, warum sich die

Ägypter so große Gräber bauten und wie wohl Nofretete einen Krieger besiegen konnte. Sie stand leise auf und klebte die drei ägyptischen Postkarten auf die ersten Seiten ihres Seidenbuches.

Zum zwölften Geburtstag schenkte Onkel Willi Lisa einen großen, weißen Teddy. Er roch nach Leder wie ihr Schulranzen. Lisa schloß den Teddy sofort ins Herz.

„Wenn die Dame auf Reisen geht, braucht sie eine große Tasche." Onkel Willi führte ihr vor, wie man den Teddy in eine Tasche verwandeln konnte. „Wenn du mal verreist, machst du aus dem Kopfkissen eine Reisetasche, du mußt ihm dann das Fell über die Ohren ziehen."

Onkel Willi öffnete den Reißverschluß, stülpte das Innere nach außen, dabei zwängte er den Kopf des Teddys nach innen. Er zeigte ihr auch die kleine Geheimtasche im Ohr. „Wer kann schon sein halbes Bett mit auf Reisen nehmen?"

Als Ernst Meerbusch das Monstrum im Kinderzimmer erblickte, verfinsterte sich sein Gesicht. „Der Westmist kommt aus dem Haus."

Lisa heulte los. Onkel Willi nahm sie in Schutz: „Laß dem Kind doch die Tasche!"

Lisa verkrallte sich im Fell des Teddys und schluchzte laut. „Nein, nein!"

„Willi, da siehst du, was du angerichtet hast", schimpfte die Mutter. „Ernst hat recht, Willi. Du mußt das Ding wieder mitnehmen!"

„Die Puppenstube, die sich Lisa gewünscht hat, habe ich nicht bekommen, Elke. Der Teddy ist so ein schönes Kopfkissen, später hat Lisa eine Reisetasche!" Onkel Willi tupfte Lisas Tränen mit einem Taschentuch weg. Leise murmelte er: „Was seid ihr nur für Rabeneltern!"

„Nicht vor dem Kind", kreischte Elke und rannte heulend in die Küche.

„Elke, hör doch", rief ihr Willi hinterher. Er saß hilflos auf dem Kinderbett. „Mein Geburtstag!" jammerte Lisa. Onkel Willi nahm sie in den Arm und tröstete: „Madame, ich regle das. Dein Teddy bleibt hier." *Wenn wir allein sind, redet er mich mit Madame an; das gefällt mir an meinem Monsieur Onkel.* Lisa gab ihm einen Kuß.

Sie gingen ins Wohnzimmer, wo Elke den Geburtstagstisch gedeckt hatte. Lisa zeigte Onkel Willi ihre Geschenke. Ein paar Kinderski, ein Kinderlexikon und eine Puppe, die mit den Augen kullern konnte. Onkel Willi hob das Paket von Tante Elfi und Onkel Hubert aus Stuttgart an, schüttelte daran und sagte verärgert: „Keksbruch, jedesmal Keksbruch. Sicher haben sie heute abend eine Kerze für ihre armen Verwandten im Osten ins Fenster gestellt."

„Willi, das Wichtigste ist, die Kekse schmecken", sagte Elke, nahm ihm das Paket ab und gab es Lisa zurück. *Wenn ich den Teddy behalten darf, verzichte ich auch auf den Kindergeburtstag am Wochenende.*

Ernst holte eine Flasche und zwei Gläser und goß Weinbrand ein, die beiden Brüder prosteten Lisa zu: „Auf unser Geburtstagskind!"

Später schauten sie die Aktuelle Kamera an, wie jeden Abend. Danach wollte Willi noch sehen, „was der Klassenfeind so sagt". Weil ihr Onkel da war, traute sich Lisa zu fragen: „Warum dürfen die anderen Kinder Westfernsehen gucken und ich nicht?" Der Vater fuhr ihr über den Mund: „Dabei verblödet man nur! Die hetzen immer gegen den Sozialismus. Wenn du größer bist, wirst du das verstehen."

Als sie schon im Bett war, hörte Lisa, wie sich Elke und Willi im Flur unterhielten. Sie lauschte.

„Ich habe bei Elfi in Stuttgart ein Konto auf deinen Namen eröffnet."

„Wenn das Ernst erfährt, dreht der durch", sagte Elke leise.

„Es ist für den Notfall, und Notfälle gibt es genug", meinte Willi. *Onkel Willi hat meine Mutter und mich sehr lieb …*

Am nächsten Tag sagte Ernst Meerbusch zu seiner Tochter: „Wenn du in der Schule ordentlich und diszipliniert bist, darfst du den Teddy behalten." Lisa bemerkte, wie ihre Mutter aufatmete. Der Vater fuhr fort: „Allerdings darf der Teddy nicht aus der Wohnung." So wurde der Teddy zum Kopfkissen und idealen Versteck.

Seit jenem Krach öffnete Onkel Willi seinen Koffer nicht mehr im Wohnzimmer, sondern stellte ihn im Flur ab. Wenn er mit dem Finger schnippte, war für Lisa etwas darin. Dann trug sie den Koffer heimlich in ihr Zimmer und öffnete ihn. Alles, was in Glitzerpapier eingewickelt war, durfte sie behalten; das war das Erkennungszeichen. Sie verbarg die Schätze im Bauch des Teddys, wo Elke nie hineinschaute.

Kurz vor den Sommerferien holte Onkel Willi Lisa mit seinem weißen Lieferwagen von der Schule ab. Vor den neugierigen Augen ihrer Freundinnen stieg sie in das Auto, kurbelte das Fenster herunter und winkte. Das Auto hatte ein Fahrerhaus, von dem aus man durch eine Schiebetür in den Laderaum steigen konnte.

„Ich habe dir schon heute ein Geschenk zum Zeugnis mitgebracht", sagte Onkel Willi und hielt in einer ruhigen Seitenstraße an. Er wiegte seinen Kopf, öffnete langsam seinen Koffer und ließ ein Päckchen in Lisas Schoß fallen. „Pack's aus!"

Lisa betrachtete das bunte Geschenkpapier, war gespannt darauf, was es wohl verbarg. *Ein Nicki? Eine Decke? Einen Schlafanzug?*

„Nun mach endlich auf", drängte Onkel Willi und grinste. „Ich bin selber schon ganz neugierig!"

Lisa löste die Schleife, entfaltete behutsam das Papier und sah bunten, glänzenden Stoff. Mit feuchten Augen flüsterte sie: „Ein Kleid!“

„Willst du es nicht anprobieren?“ fragte Onkel Willi.

„Ob ich … Na klar, und ob ich will! Was wohl meine Freundinnen dazu sagen, wenn ich morgen damit in die Schule komme? Die werden ja platzen vor Neid“, sprudelte es aus Lisa heraus. Urplötzlich erstarb ihre Freude: „Das darf ich doch nicht anziehen. Vati wird sagen, das ist Westmist.“ Lisa war den Tränen nahe. Onkel Willi nahm sie in den Arm und sagte listig: „Das ist für die Ferien an der Ostsee!“

Er schob die Tür zum Laderaum auf, in dem sich Kartons stapelten.

„S-a-n-y-o“, las Lisa, „S-o-n-y“. Onkel Willi erklärte: „Das sind bestellte Sachen, die wir noch ausfahren müssen. Günstige Gelegenheit, dein Kleid einzuweihen.“

Lisa zwängte sich zwischen die Kartons und zog Sandaletten, Söckchen, Hosen, Nicki aus und streifte sich das Kleid über. Es hatte einen tiefen Rückenausschnitt und betonte ihre knabenhafte Figur. Lisa blickte kritisch an sich hinunter. Sie fand, ihre Beckenknochen spießten zu sehr hervor.

„Du siehst toll aus“, schwärmte Onkel Willi, „du machst ja alle Männer verrückt!“

„Kann ich denn so rumlaufen?“ fragte sie unsicher und hoffte auf Zuspruch.

„Eine Kleinigkeit“, wandte er ein, „der Schlüpfer zeichnet sich ab. Den wirst du wohl ausziehen müssen.“

„Meinst du?“

„Hm“, machte Onkel Willi und lehnte sich zurück.

Lisa drehte ihm den Rücken zu, hob das Kleid hoch und zog ihren Schlüpfer aus.

„Na, du brauchst dich nicht zu schämen! Ich bin dein Onkel und hab dich als Baby gewickelt!“

Lisa spürte seine Blicke, sie waren nicht unangenehm, doch sie errötete.

„Du hast eine schöne Figur“, sagte Onkel Willi. Irgend etwas in seiner Stimme klang anders, Lisa wußte nicht, was. Hastig krempelte sie das Kleid wieder herunter.

„Komm, gib mir deine Hand“, sagte er, „ich helfe dir aus dem Auto, und du machst ein paar Probeschritte.“

Er packte ihre Hüften und hob sie die Trittstufen hinunter. Barfuß wand sie sich vor dem Außenspiegel, in dem sie nur ihr Gesicht sah.

„Moment“, rief er und holte ihre Sandalen aus dem Laderaum. Dann hockte er sich vor sie hin und streifte ihr umständlich die Sandalen an die Füße.

Lisa lachte: „Onkel Willi, du hast ja hinten eine Glatze!"

Er stupste seinen Kopf an ihren Körper. Seine Nase traf sie zwischen den Beinen, und in ihrem Bauch kribbelte es.

„Sei nicht so frech!" schnaufte er und fummelte an den Schnallen der Sandalen.

„Laß, ich mach schon", sagte Lisa, bückte sich und schloß die Schuhe. Onkel Willi trat hinter sie und hielt die Autotür auf.

„Madame, bitte einsteigen!" Er gab ihr einen Klaps auf den Hintern, Lisa stieg ein. Er schlug die Tür zu.

„Ich bin noch nie ohne Schlüpfer rumgelaufen", kicherte sie, als er den Motor anließ. „Ist ein komisches Gefühl."

„Wenn du mit mir zusammen bist, kannst du rumlaufen, wie du willst!"

„Ich möchte mich in einem großen Spiegel sehen", bat Lisa.

„Später", sagte Onkel Willi und gab Lisa die Liste mit den Lieferadressen. Sie fuhren zu Eigenheimen in Hönow, Schildow, Karow und Stolzenhagen. Geliefert wurden an diesem Tag: eine Sony-Hi-Fi-Anlage, ein Paar exklusive Pirschstiefel, ein Farbfernsehgerät, vier Autoradios der Marke Grundig, ein Infrarotstrahler, ein Heizluftgerät und diverse Kisten mit Lebensmitteln aus dem Westberliner KaDeWe. Lisa fuhr gern mit ihrem Onkel Sachen aus. Sie wußte, das waren Lieferungen für „Sonderbedarfsträger".

Onkel Willi hielt vor Waldgrundstücken mit versteckten Villen. Während er die Kartons aus dem Laderaum in die Häuser schleppte, hakte Lisa die Lieferungen auf der Liste ab und suchte die Straßennamen auf dem so merkwürdig gefalteten Stadtplan: Seestraße, Niedere Seestraße, Lindengrund, Grüne Trift, Am Wiesenrain.

Auf der Rückfahrt nach Berlin folgte Onkel Willi den Wegweisern zum Zentrum. Er fluchte wie immer über „Sonntagsfahrer", „Lackaffen" und „Anfänger".

„Mein Gott, jetzt trägt der sein Auto um die Kurve", schimpfte er. Lisa lachte. Ginge es nach ihr, könnten die Straßen alle hoffnungslos verstopft sein. Erhobenen Hauptes saß sie auf dem Beifahrersitz. Alle sollten sie so sehen. Es konnte ja ein Bekannter dabei sein, Ralf, der Angeber, oder Ingo aus ihrer Schule.

Onkel Willi schaltete das Autoradio ein, schob eine Kassette in den Schlitz: Smokies „Needles and Pins", Lisas Lieblingslied. Sie sang den Text mit, schlug den Takt auf ihren nackten Schenkeln, zupfte das Kleid zurecht, das immer wieder hochrutschte.

„Gefällt es dir?" fragte Onkel Willi und tätschelte ihr Knie. Lisa nickte nur, sie fand keine Worte für all ihr Glück. Ihr Onkel fuhr auf die Auffahrt eines großen Hotels nahe dem Alexanderplatz. *Hier in der Nähe ist auch Onkel Willis Büro. Dorthin hat er mich noch nie mitge-*

nommen. Vielleicht geht das nicht. Wie bei Vati auf dem Gericht.

„Madame, wir sind da."

Er stieg aus, öffnete die Beifahrertür und reichte Lisa die Hand. Die Kühle der Hotelhalle und das gedämpfte Licht waren angenehm. Aus unsichtbaren Lautsprechern klang leise Musik. Lisa schritt an Onkel Willis Arm zur Rezeption. Dahinter stand eine elegante blonde Frau, die Onkel Willi herzlich begrüßte, Lisa mit einem Seitenblick musterte und einen Schlüssel über den Tresen reichte. Lisa reckte ihre kleinen Brüste, die sich seit einigen Monaten hervorwagten. Die Frau war ihr unsympathisch. Im fünften Stock schloß Onkel Willi das Zimmer fünfhundertdrei auf. „Hier hast du alles, was du brauchst." Er gab Lisa ein ledernes schwarzes Kosmetiktäschchen. Sie wußte, das war Schminkzeug.

„Übertreibe es nicht", warnte er und setzte sich auf das Sofa. Seinen Koffer hatte er neben sich auf die Erde gestellt. Lisa lief ins Badezimmer. *Endlich ein großer Spiegel. Das Kleid steht mir!* Aus dem Zimmer hörte sie Stimmen. Onkel Willi hatte den Fernseher eingeschaltet.

„Laß dir ruhig Zeit", sagte er. Lisa frohlockte. Das geräumige Bad, Kacheln unter den Füßen, der große Spiegel und ihr Bild darin. Mit zittrigen Händen bemalte sie Lider und Lippen, puderte die Wangen, wusch alles noch einmal ab, begann von vorn. Lisa hörte, wie zwei Männer ins Zimmer kamen. Durch den Türspalt sah sie, sie trugen ähnliche Koffer wie ihr Onkel. Onkel Willi ging zur Minibar und holte Schnaps und Gläser. Lisa war beruhigt, denn sie wußte von den letzten Treffen, es waren Arbeitskollegen von Onkel Willi aus Leipzig oder Dresden. Diese Treffen dauerten nie lange. Er reichte Zettel über den Tisch. Der Fernseher war sehr laut, und Lisa konnte nur Fetzen von dem Gespräch verstehen. „Quittieren Sie hier!" – „Soll ich nachzählen?" – „Wie geht's Ihrer Frau?" – „Ersatzteile." – „Zweihunderttausend." Onkel Willi stapelte Geldbündel auf den Tisch. Als Lisa der Lippenstift auf den Kachelfußboden herunterfiel, fragte er laut: „Alles klar?"

Sie huschte zurück zum Spiegel und rief: „Ja-ha!"

„Für die nächste Rate kontaktieren Sie bitte unser Büro in der Thulestraße", sagte Onkel Willi, als er die Männer verabschiedete, „die Übernahme findet am besten wieder hier statt." Das Schloß klappte. Jetzt telefonierte Onkel Willi: „Geben Sie mir zuerst die Intrac und dann den AHB Fisch-Impex!" Beim Telefonieren war er sehr förmlich und sagte sehr oft „Jawoll, mache ich!" Dann sprach er mit jemandem, den er duzte und Manfred nannte. Lisa verstand nur, er könne erst nächste Woche kommen, aber dann mit den „benötigten Valuta". Onkel Willi stellte den Fernseher leiser. Lisa hörte, wie er mit ihrer Mutter telefonierte: „Ja, ja, mach dir keine Sorgen, Elke! Ja, ich fahre immer vorsichtig! Acht Uhr und keine Minute später. Okay."

Er kam ins Bad: „Laß dich anschauen!"

Er trat einen Schritt zurück und betrachtete Lisa von oben bis unten. „Komm mal raus ins Tageslicht!"

Im Zimmer nahm er ihr Gesicht in die Hände und sah es sich genau an. Mit einem Taschentuch korrigierte er den Lidstrich.

„Perfekt!"

Sie setzten sich auf das Sofa. „Willst du etwas trinken? Sekt?"

Lisa schaute ihren Onkel groß an: „Alkohol?"

„Irgendwann mußt du lernen, wie man Sekt trinkt!"

Er holte eine kleine grüne Flasche aus der Minibar, entkorkte sie mit lautem Knall, goß ein. Lisa balancierte die Sektschale mit beiden Händen. Sie stießen an. Das klingende Geräusch hallte lange in Lisas Ohren nach. Das Prickeln auf der Zunge war ihr unangenehm, der Sekt gluckste die Kehle hinunter, und die Kohlensäure stieg in die Nase. *Das soll Sekt sein? So sauer?* Lisa war enttäuscht. Sie rülpste laut und verschluckte sich. Onkel Willi brach in Gelächter aus. Tränen sammelten sich in ihren Augen. Sie merkte, wie ihre Stirn heiß wurde, und schüttelte sich.

„Nicht so hastig", sagte Onkel Willi, „in kleinen Schlucken, wie eine Dame."

„Schmeckt ja komisch", stieß sie hervor und hustete.

Der Fernseher lief noch immer, Westfernsehen, ein Trickfilm über Kinder auf einer Farm. Lisa ließ sich faszinieren. *Ist doch gar keine Hetze! Man lernt sogar, wie man einen Hund dressiert.* Als der Hund ein Baby aus dem Feuer gerettet hatte und von den weinenden Eltern gestreichelt wurde, mußte Lisa auch heulen. Jetzt erst bemerkte sie, wie ihr Onkel sie die ganze Zeit angeschaut hatte.

„Was ist?" fragte sie.

„Da stimmt was nicht." Er betrachtete sie nachdenklich. „Die Sandalen passen nicht zum Kleid und nicht zu deinem hübschen Gesicht. Die sehen unmöglich aus."

Für Lisa brach eine Welt zusammen. *Onkel Willi hat recht.*

„Komm", sagte er bestimmt. „Wir kaufen Schuhe." Er nahm Lisa bei der Hand, ließ den Fernseher einfach laufen und ging mit ihr zum Fahrstuhl. Über einen Flur mit weiß angepinseltem Beton kamen sie zu einer Tür, auf der Intershop stand. Lisa kannte Intershops, dort gab es nur „Westmist" zu kaufen. Onkel Willi riß die Tür auf und führte sie vorbei an Süßigkeiten, Schmuck und Matchboxautos in die Boutique. Dort setzte er sie auf einen weichen Lederhocker und tuschelte mit einer Verkäuferin, die bald mit einem Stapel Schuhkartons zurückkam.

„Ohne Strümpfe dürfen Sie nicht probieren", sagte sie zu Lisa.

„Na, dann bringen Sie welche!“ herrschte Onkel Willi sie an.

Die Verkäuferin brachte sechs Päckchen: „Welche Farbe wünschen Sie?“

Lisa wollte in Ruhe aussuchen. *Die roten? Oder die schwarzen? Ich finde, die grünen passen zum Kleid.*

Onkel Willi zog wahllos ein Päckchen heraus – weiße Kniestrümpfe – und riß die Folie auf.

Mein schönes Kleid ist zum Schuhekaufen unpraktisch. Hätte ich nur einen Schlüpfer an. Onkel Willi hatte ihr schon die Strümpfe übergestreift, und der erste Schuh glänzte an ihrem Fuß.

„Na? Sag was“, forderte er.

Sie trat ungeschickt auf, humpelte zum Spiegel und mußte lachen. Der hochhackige Schuh, dazu die weißen Kniestrümpfe, es war scheußlich.

„Nein, nein, nein“, stöhnte Onkel Willi, „sehen Sie denn nicht, eine junge Dame ist bei Ihnen zu Gast. Bringen Sie etwas Passendes!“

Die Verkäuferin öffnete einen zweiten Karton und zeigte flache rote Sandaletten, deren Riemchen mit einem Goldstreifen versehen waren.

„Probier sie an!“

„Keine roten“, protestierte Lisa, „ich sehe ja wie Natti aus!“

„Wie was?“ Er feixte.

„Na, wie eine Nutte“, flüsterte sie ihm ins Ohr.

„Aber sie stehen dir“, beharrte Onkel Willi. „Du mußt ein bißchen Mut haben.“

„Passen tun sie.“ Lisa war unschlüssig.

„Okay“, sagte Onkel Willi, „die nehmen wir.“

Die Verkäuferin packte die alten Sandalen in den Schuhkarton, spendierte eine weiße Plastiktüte. Im Vorübergehen staunte Lisa über die Auslagen.

„Brauchst du noch etwas?“ fragte Onkel Willi.

„Nein, nein“, beeilte sich Lisa zu sagen, „ich bin wunschlos glücklich!“ Sie war ein bißchen verlegen.

„Ein Eis?“ schlug er vor. „Dann müssen wir allmählich in Richtung Heimat.“

Sie liefen um das Hotel herum, Lisa freute sich über die bewundernden Blicke manches Passanten. Sie spiegelte sich in den großen Fensterscheiben des Hotelcafés. Drinnen versank Lisa in den weichen Polstern. *Auch zum Eisessen ein unpraktisches Kleid, wer schön sein will, muß leiden.* „Ein großes Eis für Madame mit allem Komfort!“

Der Kellner entschwand.

„Du entschuldigst mich für einen Moment?“ fragte Onkel Willi.

„Du kannst mich nicht alleine lassen!“

„Nur für eine Minute", beruhigte er sie und ging mit seinem Koffer hinter die Rezeption.

Lisa fühlte sich von allen Seiten beobachtet. *Wenn ich jetzt wenigstens etwas zu lesen hätte!* Der Stapel fremder bunter Zeitungen lag zu weit weg.

Der Kellner brachte einen Eisbecher, so groß, wie sie noch nie einen gesehen hatte: Vanilleeis mit heißen Himbeeren, Schlagsahne und einem Fähnchen mit dem Berliner Bären. „Guten Appetit", wünschte er und stellte noch eine Flasche Bier auf den Tisch.

„Was war?" fragte Lisa, als Onkel Willi wiederkam.

„Alles okay." Er goß sich das Bier ein.

Lisa schimpfte: „Es ist verboten, Auto zu fahren, wenn man getrunken hat. Wenn dich die Polizei erwischt!"

„Mich erwischt niemand", sagte er, trank das Glas in einem Zuge aus und schenkte nach. Er zahlte mit einem Zwanzigmarkschein. Das Wechselgeld lehnte er ab.

„Wir müssen uns beeilen", sagte er.

Im Auto zog sie schweren Herzens ihre Alltagssachen an. *Nie werden meine Freundinnen glauben, was ich heute erlebt habe, nie. Nicht mal das Kleid darf ich ihnen zeigen. Ich bin so traurig wie Aschenputtel. Es durfte sein Ballkleid auch nicht behalten.*

„Kopf hoch, meine kleine Lisa", sagte Onkel Willi, der ihre Traurigkeit bemerkte. „Das Kleid bleibt bei mir. In zwei Wochen, in Zinnowitz, kannst du es jeden Tag anziehen, von morgens bis abends."

Eine Viertelstunde später saß Lisa am elterlichen Abendbrottisch und erzählte vom Rieseneis. Der Vater murmelte unverständliche Worte.

Bevor sie sich ins Bett legte, holte Lisa das Seidenbuch hervor. Sie vermerkte das Datum und zeichnete Markstücke. Zweihunderttausend sollten es werden. Nachdem sie eine halbe Seite voller Kreise mit jeweils einer Eins darin gezeichnet hatte, schmerzten die Finger. Lisa erleichterte sich die Arbeit und zeichnete einen verschlossenen, prall gefüllten Sack, auf den sie eine Zwei mit sechs Nullen schrieb und das Wort, das sie aufgeschnappt hatte: Fisch-Impex.

„Was machen wir heute?" fragte sie einige Tage später ihren Onkel. Das Kleid und die roten Sandaletten hatte sie schon an.

„Zuerst müssen wir fünfzehn Videorecorder ausliefern, dann Eis, Kino, was du willst."

Lisa wußte nicht, was ein Videorecorder war. Onkel Willi erklärte es ihr. *Ich könnte die Aktuelle Kamera aufnehmen und mir so oft angucken, bis ich alles auswendig kann. Dann bin ich die Beste in der Politinformation!* Abends zu Hause sagte sie: „So ein Videorecorder ist doch praktisch, nicht wahr?"

Ihre Mutter sah sie überrascht an, dann sagte sie streng: „Vati würde das nie erlauben."

Lisa fühlte sich ungerecht behandelt. *Ich will doch nur lernen mit dem Gerät!*

Beim nächsten Treffen erzählte sie alles Onkel Willi. Er schwieg eine Weile und sagte dann: „Madame, ich werde das regeln."

Er lieferte Lisa zu Hause ab, nahm aus seinem Koffer eine Tüte mit Weintrauben, eine große Packung Kaffee, eine grüne Gurke, Tomaten, Blumenkohl und eine Packung mit Abwaschschwämmen und ging zu Elke in die Küche. Lisa lauschte im Flur, immer mit einem Blick zum Wohnzimmer, in dem ihr Vater arbeitete. Sie verstand einzelne Satzfetzen: „... kann ich organisieren."

„Und Ernst? ... Niemals."

„Mit dem werde ich schon fertig."

„Ich kann ihm das doch nicht vorschlagen", zweifelte die Mutter. „Das mußt du schon machen." Lisa huschte ins Kinderzimmer und ließ die Tür einen Spalt breit offen.

„Seid ihr alle übergeschnappt?" schrie Ernst. „Du machst mir das Kind ganz verrückt. Stell dir vor, die erzählt das in der Schule! Ich sage nein. Und zwar endgültig. Und wenn du nicht aufhörst, das Kind mit dem Westmist zu verwöhnen, dann verbiete ich Lisa, sich mit dir zu treffen!"

„Jetzt mal langsam", rief Onkel Willi. „Laß das Mädchen aus dem Spiel!"

Ernst wurde leiser: „Wenn mal eine Freundin von Lisa kommt oder ... Von meinen Problemen ganz zu schweigen! Da weiß am nächsten Tag das ganze Gericht, die Meerbuschs haben Westkontakte. Lebensmittel sind was anderes."

Onkel Willi kam ins Kinderzimmer, wo sich Lisa flugs auf ihr Bett gelegt hatte und so tat, als lese sie im Geographiebuch.

„Tut mir leid, meine kleine Lisa." Er legte den Zeigefinger auf den Mund. „Psst."

Ferien auf Usedom
4109 Tage vor der deutschen Vereinigung

Onkel Willi holte Lisa wie versprochen in der zweiten Ferienwoche ab. Bei der ersten Autobahnabfahrt hielt er an und ließ Lisa in den Laderaum klettern, wo keine Kisten und Kartons mehr standen. Sie fand ein gemütlich eingerichtetes Zimmerchen vor mit Tisch, Sofa, Kocher und sogar einem kleinen Fernseher.

„Ist ja ein richtiger Wohnwagen!" rief sie überrascht.

„Extra für dich", sagte Onkel Willi und setzte sich auf das Sofa. Lisa kletterte zu ihm und kuschelte sich in seine Arme.

„Wenn du zu Hause nichts erzählst, zeige ich dir was Schönes."

Lisa sah ihren Onkel gespannt an. Er schaltete den Fernseher und ein Videogerät ein, und Lisa sah ihren ersten Donald-Duck-Film. Donald Duck war in einer Pyramide dem Schatz des großen Ramses auf der Spur.

Onkel Willi erzählte von Geheimgängen, die zu den Grabkammern führten, und von den tödlichen Gefahren, die Eindringlinge erwarteten. „Da gibt es Fallen, Mechanismen, die heute noch funktionieren!"

„Welche Mechanismen?" fragte Lisa gespannt.

„Ganz verschiedene, so ähnlich, wie du es im Film siehst. Wenn man auf eine bestimmte Bodenplatte tritt, wird ein Giftpfeil abgeschossen, der garantiert trifft. Oder wenn man eine Tür öffnen will, strömt giftiges Gas aus. Irgendwo pustet ein Windzug die Fackeln aus; und im Dunkeln ist man verloren im Labyrinth. Es ist ja stockduster, schmale Gänge, die schnurgerade nach oben gehen, und eine Luft, sage ich dir, schlimmer als im Centrum-Warenhaus am Alex ..."

Onkel Willi schenkte ihr eine neue Postkarte aus Ägypten. Tempel von Abu Simbel, las Lisa auf der Rückseite. Sie betrachtete das Bild mit den riesigen, durchdringend schauenden Steinfiguren, unter denen die Menschen nur noch längliche Punkte waren. Die meisten Karten von Onkel Willi aus Ägypten waren wüstengelb und himmelblau.

Um Onkel Willis Schrift entziffern zu können, brauchte Lisa lange. Er hatte auf die Karte geschrieben: „Madame, heute abend hatte ich mich mit Nofretete verabredet. Aber sie war nicht die Schönheit aus der Pyramide, sondern nur meine Dolmetscherin, die mich auf meiner Reise nach Alexandria begleitete."

Lisa war eifersüchtig und steckte die Karte schnell in die Teddytasche. Abends wollte sie sie ins Seidenbuch kleben und ihrem vor Eifersucht überlaufenden Herzen Luft machen.

Onkel Willi preschte die Autobahn entlang, als wollte er die verlorene Zeit aufholen. Auf der Gegenfahrbahn blendete ein Westauto zweimal kurz auf. Onkel Willi verlangsamte die Fahrt abrupt. Er fluchte laut und beschrieb, was er im Rückspiegel beobachtete: „Jetzt ziehen sie ihn raus, bloß dafür, weil er uns vor der Radarfalle gewarnt hat." Lisa drehte sich um und sah ein blinkendes Auto der Volkspolizei neben dem Westwagen. Onkel Willi fuhr betont langsam an der Radarfalle vorbei.

„Jetzt zahlt der hilfsbereite Westler unsre Zeche", stellte Onkel Willi nüchtern fest. *Wie kann ein Westler hilfsbereit sein?*

Als sie auf die Insel Usedom fuhren, war Lisa enttäuscht. Sie hatte sich den Abstand zwischen Festland und Insel breiter vorgestellt.

„Wer zuerst ein Strohdach sieht", sagte Onkel Willi, „darf sich was wünschen!"

„Da, da!" rief sie. Onkel Willi machte eine Vollbremsung: „Was ist los? Ist dir schlecht?"

„Ein Strohdach! Ich wünsche mir ein Eis mit heißen Himbeeren!"

„Oje! Da hast du dir etwas sehr Schweres ausgedacht", stöhnte Onkel Willi und umschloß mit seiner großen, warmen Rechten ihr Dornenknie. Als Lisa das Bein wegzog, sagte er besorgt: „Es will wohl nie verheilen?"

Sie parkten im Seebad Zinnowitz vor der Villa Seemöwe dicht am Meer. „Na, geh schon", sagte Onkel Willi. „Unsere Firma hat die gelben Strandkörbe dahinten. Ich komme gleich nach." Lisa streifte die roten Sandaletten von den Füßen, gab sie ihrem Onkel und rannte barfuß den Dünenweg entlang, bis ihre Füße im tiefen Sand versanken. Dann sog sie das Bild des weiten Meeres in sich auf. Die Ostsee war leuchtend blau und hatte weiße Schaumkämme. Der Strand wimmelte von Leuten.

Lisa schlich sich an die zwölf gelben Strandkörbe heran, die im Halbkreis aufgestellt und zur Sonne gedreht waren. Zwei Strandkörbe waren leer. In den anderen lag jeweils ein schlafender Mann. Leere Bierkästen standen in der Mitte des Strandkorbkreises. Zwei der Männer kannte Lisa, Peter und Siggi, Kollegen von Onkel Willi.

„Weg da", rief der Mann im Strandkorb neben ihr, „geh zu deinen Eltern! Los, los!" Lisa lachte ihm frech ins knallrote Gesicht, zog ihr Kleid aus und machte es sich bequem. Sie war stolz auf ihren neuen zweiteiligen Badeanzug. „Wirst du wohl", brauste der Mann auf, drohte mit der Faust. Siggi schaute aus seinem Strandkorb und erkannte Lisa. „Laß sein, Hugo!" rief er. Lisa hätte diesen Hugo gern noch ein bißchen geärgert. Hugo regte sich jetzt erst recht auf: „Was will die Göre hier? Da kann ja jeder kommen. Das sind unsere Strandkörbe."

„Die kleine Göre ist die Nichte von Willi." Siggi lachte. „Hallo, Lisa!"

Lisa schämte sich, als sie von einem zum anderen ging, jedem die Hand reichen mußte wie ein kleines Kind. Dabei war sie zwölfeinhalb! Der Mann, der Hugo hieß, war nun ganz freundlich: „Schön, dich mal kennenzulernen. Willi hat schon viel von dir erzählt. Du bist ja schon groß." Er tätschelte ihren Hintern. Da dröhnte es von der Düne: „Finger weg von meiner Braut!" Lisa rannte Onkel Willi entgegen, froh, diesem Hugo zu entwischen. *So ein Ekel! Grapscht mir einfach an den Po!*

Onkel Willi brachte eine große Kühltasche mit, die er in die Mitte des Strandkorbkreises zu den Kästen stellte.

„Mach deine Wunderkiste auf!" rief Hugo. „Ich verdurste!" Lisa würdigte ihn keines Blickes mehr.

Am Abend, als Onkel Willi Lisa ins Bett brachte, fragte sie: „Wie heißt der Hugo richtig?"

„Wozu willst du das wissen?" wunderte er sich.

„Für mein Seidenbuch", sagte Lisa. „Ihr bekommt jeden Tag Betragenzensuren von mir. Wenn ich groß bin, will ich Lehrerin werden." Sie flüsterte ihm ins Ohr: „Aber nicht weitersagen!"

„Ich schwöre!" sagte Onkel Willi ernst. „Der Hugo heißt in Wirklichkeit Dieter Hugosch. Peter Schmidt und Siggi Kretschmar kennst du. Und mein Name ist Wilhelm Kurt Paul Otto Meerbusch. Zufrieden?"

„Und die anderen alle?"

„Wenn du lieb schläfst, sage ich dir die Namen morgen."

„Wann bekomme ich mein heißes Himbeereis?"

„Hoffentlich morgen. Ich muß das erst organisieren." Onkel Willi gab ihr einen Kuß auf die Stirn und deckte sie zu. „Gute Nacht, Madame!" Dann löschte er das Licht, und Lisa hörte, wie er die Treppe hinunterging und die Männer im Foyer aufforderte, leise zu sein. Lisa stand auf und schrieb die Namen Dieter Hugosch, Peter Schmidt und Siegfried Kretschmar untereinander in ihr Tagebuch. Beim Frühstück saß eine fremde Frau an Onkel Willis Tisch. Lisa wurde eifersüchtig, denn sie wollte die einzige Geliebte ihres Onkels sein und duldete keine Nebenbuhlerinnen.

„Bonjour, Madame", sagte Onkel Willi und bot Lisa einen Platz an.

„Guten Morgen, meine Kleine", sagte die Frau freundlich.

„Ich bin nicht Ihre Kleine", grollte Lisa.

„Siehst du", Onkel Willi lachte, „ich habe dich gewarnt."

Hat er etwa mit der Alten über mich gesprochen? Das geht die gar nichts an. Lisa fragte tückisch: „Heißt die auch Jacqueline?"

„Wieso?"

„Gestern die Frau hieß Jacqueline", behauptete Lisa. „Das war die, die du dauernd geküßt hast."

Die Frau verabschiedete sich schnell: „Ich muß. Leider. Die Pflicht im ‚Glück auf' ruft. Wir sehen uns."

„Ich glaube nicht", triumphierte Lisa. Onkel Willi sagte ärgerlich: „Was hast du dir dabei gedacht?"

„Die ist zu alt für dich", antwortete sie.

„Darf ich das bitte selber entscheiden?"

Lisa verzog ihren Mund zu einem Schmollen. Sie wußte, er konnte ihr nicht lange böse sein.

„Ich habe mit der Eisorganisation angefangen", sagte Onkel Willi versöhnlich und ließ Lisa auf seinen Schoß, wie früher, als sie noch ganz klein war. *Ich glaube, er hebt es sich dafür auf, wenn er ein schlechtes Gewissen hat.*

Jeden Tag waren sie am Strand. Jeden Morgen kam ein Kollege aus Berlin, der im ‚Glück auf' wohnte, er hieß Manfred Kronbecher. Er sprach jeden Tag immer nur mit einem der Männer, jeder war mal an der Reihe. Die Frühstücksveranda war dann stundenlang abgesperrt, Lisa sah durch die Gardinen die Männer vor Bergen von Papieren, sie rauchten Westzigaretten. Onkel Willi bestimmte, wer von den Männern Nachschub aus dem Intershop holen mußte. Mittags waren die Männer beschwipst, und Lisa konnte sie leicht überreden, mit ihr Einkriegezeck um die Strandkörbe zu spielen. Sie fand es lustig, wie die dicken Bäuche der Männer beim Rennen wackelten. Sie war flink genug, allen auszuweichen. An dem Tag, als Willi mit Manfred Kronbecher in der Veranda Besprechung hatte, kam plötzlich Hugo auf sie zugerannt. Lisa saß in ihrem Strandkorb, dem Platz, wo keiner gefangen werden durfte; so war die Spielregel. „Ich bin im Haus!" schrie Lisa. Hugo ließ nicht von ihr ab. So sehr sie sich auch wehrte und schrie, er packte sie wie eine Puppe und legte sie bäuchlings auf seine Schulter. Mit der einen Hand hielt er sie fest, mit der anderen kitzelte er Beine und Rücken. Er klatschte auf ihren Po.

Onkel Willi hörte die Schreie seiner Nichte und eilte Lisa zu Hilfe: „Laß sie runter! So geht man nicht mit einer Dame um!" Hugo griff zwischen Lisas Beine und lachte: „Das kleine Ding hier merkt man ja schon!" Lisa heulte vor Scham und Zorn. Onkel Willi drängte Hugo weg.

„Du bist besoffen", schimpfte Onkel Willi und umarmte seine Nichte. Lisa streckte Hugo die Zunge heraus. Am Nachmittag durfte sie in Onkel Willis Auto Videos anschauen. Eines Nachts, sie war längst im Bett, hörte Lisa unten aus Willis Auto lautes Gelächter. Sie zog sich an und schlich zum Auto. Drin saßen Onkel Willi, Hugo, der Mann aus Berlin und zwei andere Männer und sahen ganz andere Videos, als sie gesehen hatte. Gebannt starrte sie durch das Heckfenster auf nackte Körper, die mal umschlungen, mal ineinander verhakt, mal übereinander oder nebeneinander kämpften. Dann lag eine Frau breitbeinig auf einem Bett und betastete sich. Die Männer tranken Bier und Schnaps und lachten, Hugo wischte sich den Schweiß ab, ein anderer sagte: „Ich kann unmöglich allein schlafen heute!" Willi stieß ihn in die Seite: „Geh auf's Klo, Dieter! Oder dusch dich kalt ab!" Das löste erneut lautes Gelächter aus. Lisa konnte sich von dem Fernseher nicht losreißen. Die kleine Lisa Meerbusch erinnerte sich, wie Dieter Hugosch ihr am Strand zwischen die Beine gefaßt hatte.

Tränen am Grenzübergang Berlin-Friedrichstraße
3606 Tage vor der deutschen Vereinigung

Lisas Tante Elfi aus Stuttgart hatte in einem Brief ihren Besuch angekündigt, und bei den Meerbuschs begann das große Grübeln und Debattieren: Darf ein Familienrichter und Parteisekretär Westbesuch empfangen? Eigentlich nicht. Vereinbart sich das mit einem festen Klassenstandpunkt? Auf keinen Fall! Welche Folgen könnte Westbesuch für die Familie haben, wenn die Partei das Vertrauen in den Genossen Meerbusch verliert? Schlimme Folgen.

„Kannst du nicht irgendwie absagen?" fragte der Vater. „Ich habe unterschrieben, daß ich zu meinem Bruder und seiner Familie keinen Kontakt mehr halte, verstehst du das?"

„Was soll ich denn sagen?" entrüstete sich die Mutter. „Liebe Elfi, die Pakete von dir jeden Monat sind ja ganz nett, aber sonst wollen wir mit dir nichts zu tun haben. Du siehst hoffentlich ein, Ernst, das geht nicht." Der Vater trank einen Schnaps nach dem anderen, er war aufgeregt.

„Und wenn wir das einfach machen, ohne jemandem davon zu erzählen?" fragte die Mutter, die die Geheimnistuerei affig fand. „Wie mißtrauisch sind deine Genossen, Ernst, wenn sie gleich eine Konterrevolution vermuten, bloß weil du deine Schwägerin triffst?"

„Ich kann die Partei nicht hintergehen", rechtfertigte sich der Vater.

„Na, dann fragst du sie eben. Ehrlich währt am längsten."

„Geht nicht. Offiziell haben wir keinen Westkontakt mehr!"

Deshalb müssen die Pakete den Umweg über Erfurt machen, und die Erfurtomi schickt die Westsachen dann in Ostkartons an uns weiter.

Einen Tag vor ihrer Ankunft rief Tante Elfi an, um sich zu vergewissern, ob alles klarginge mit dem Besuch. Sie wollte nur ein paar Stunden im Osten bleiben und dann zu ihrer alten Schulfreundin in den Grunewald fahren.

„Ja, ja, wir freuen uns auf dich", sagte Elke am Telefon, „ich hole dich ab. Friedrichstraße, ja?"

Als Lisas Mutter aufgelegt hatte, sagte sie besorgt: „Hoffentlich hat niemand mitgehört."

Das Ehepaar Meerbusch hatte sich geeinigt, Elke sollte Elfi allein treffen. Vorsichtshalber. Als Lisa am 18. November 1980 mittags aus der Schule kam, fand sie ihre Mutter weinend im Wohnzimmer. Elke wagte nicht, ihrer Tochter in die Augen zu sehen. Stockend brachte sie die Geschichte heraus: „Ich war da, stand vor dem Grenzübergang und traute mich nicht näher. Ich weiß nicht, warum, meine Füße wollten nicht. Ich war wie gelähmt. Jedesmal wenn Leute herauskamen, da befiel mich die Angst. Ich wußte nicht, ob das richtig ist, was ich da tue.

Du weißt, dem Vati ist das gar nicht recht. Und ich dachte ... ich weiß nicht, irgend jemand beobachtet mich. Ich kam mir vor wie eine Verbrecherin, die Böses im Schilde führt. Dann dachte ich, es ist ja nichts Schlimmes dabei, mit Elfi einen Kaffee zu trinken. Die Angst wich nicht von mir. Ich wollte doch nichts Ungesetzliches tun! Und vor allem wollte ich den Vati nicht belasten. Ich sah plötzlich überall bekannte Gesichter! Es war wie verhext! Und dann kam Elfi. Ich erkannte sie sofort an ihrem runden Gesicht. Ich sah, wie sie sich umblickte und mich suchte. Und ... Und ... Lisa, ich bin nicht hingegangen! Kannst du dir das vorstellen? Ich schäme mich so. Eine halbe Stunde wartete sie vor dem Ausreiseschild, und ich verharrte hinter der Glastür des Bahnhofes, bis sie sich endlich umdrehte und enttäuscht zurücklief."

Lisa war verunsichert. *Verabredungen muß man einhalten, sagt Vati immer; und es gibt regelmäßig Ärger, wenn ich zu spät vom Spielplatz komme. Mutti hat mit Absicht Tante Elfi stehenlassen, obwohl sie versprochen hatte zu kommen. Was ist denn nun richtig?*

Am Abend rief Tante Elfi aus Westberlin an: „Wir müssen uns irgendwie verfehlt haben. Schade."

Ein paar Tage später fuhr Lisa zusammen mit ihrer Schulfreundin Silvy heimlich zum Bahnhof Friedrichstraße. Eine graue Metallwand trennte die Bahnsteige voneinander. Diesseits warb ein verblichenes Farbfoto mit einer riesigen Lokomotive für die Transsibirische Eisenbahn. *Auf der anderen Seite der grauen Wand wird sicher für Spannkraft im Haar, prickelnd frische Limonade oder porentiefe Reinheit geworben. Jene Seite werde ich wohl nie sehen.* Hinter der Glastür, hinter der auch Elke Meerbusch gestanden haben mußte, beobachteten sie den Ausgang mit dem Schild „Ausreise". Vor dem Bahnhof erhob sich hinter dem halbverwitterten Schild eine Konstruktion aus Stahl und Glas. Kalt, unnahbar und abweisend, durch Büsche und eine Taxiwendeschleife in den Hintergrund gerückt und doch für jedermann sichtbar. Das nierenförmige Schild trug die blaßrote Aufschrift: „Ausreise" und erlaubte nur „Bürgern mit entsprechenden Reisedokumenten" den Zutritt. Eine der Grenzstationen zwischen Berlin, Hauptstadt der Deutschen Demokratischen Republik, und Westberlin. *Bahnhof Friedrichstraße – das klingt schon wie Westen.* Nur hier zu stehen und den Ausgang des Grenzüberganges anzustarren kam den beiden Mädchen schon verboten vor.

3. Kapitel

Erntelager im Havelland
2584 Tage vor der deutschen Vereinigung

Oliver Tessen war Lisas erste ernste, große Liebe. Seine Friedrichshainer Einraumwohnung bot genügend Platz für ein Liebesnest mit bescheidenem Luxus, mal eine Flasche Wein, mal ein Abendessen mit Freunden. Daß Oliver sechs Jahre älter war, störte sie nicht. Er war es auch, der ihr geraten hatte, Lehrerin und Erzieherin für die unteren Klassen zu werden: „Mit den Kleinen wirst du schon fertig. Denk an die Ferien, die du hast.“ Nun sollte sie vier Wochen lang getrennt sein von ihrem Freund, denn die frisch Immatrikulierten vom Institut für Lehrerbildung Clara Zetkin fuhren traditionsgemäß ins Erntelager. Lisa dachte an die Bockbierfete und die durchliebte Nacht. Sie spürte noch Olivers Umarmung, als sie in Karlshorst auf dem Bahnhof inmitten von fünfhundert Mädchen stand und auf den Doppelstockzug nach Potsdam wartete. Es war früh um sechs und kalt. Der Herbst kündigte sich an. Wenn Lisa die Hände aus den Jackentaschen nahm, wurden ihre Finger klamm. Einige Mädchen kannten sich, schwatzten und lachten. Lisa suchte ihre Freundin Silvy, die nirgends zu sehen war. Lisa rauchte nervös. Plötzlich tippte ihr Silvy auf die Schulter. „Na, auch auf dem Weg zur Stärkung des Sozialismus?“

Quietschend fuhr der Doppelstockzug ein, die Mädchen stürmten die Abteile.

„Wir bleiben hier unten“, entschied Silvy und setzte sich auf das Fensterbrett. „Da darf man rauchen.“

Silvy war in Lisas Seminargruppe, in der es keine Jungen gab. „Dreiundzwanzig Weiber und kein Mann.“ Silvy seufzte.

„Nur mit einem Jungen“, wandte Lisa ein, „wäre es noch schlimmer. Stell dir mal vor: Zweiundzwanzig Weiber balzen um einen Typen.“

Silvy lachte und sagte: „Soviel ich weiß, fahren außer uns fünfhundert Weibern nur zwölf Jungen mit.“

In Werder mußten sie eine Stunde auf die bestellten Busse warten. Jemand rief: „Seminargruppe U-dreiundachtzig-fünf, bitte hierher!“ *So schnell geht es also, und ich bin nur noch eine Nummer.* Eine ältliche Frau stellte sich als Dr. Taube vor. Sie war Lehrerbildnerin für Werken-Methodik und Seminargruppenbetreuerin. „Das U“, erklärte sie, „steht für Unterstufenlehrerin. Die Heimleiter haben ein H, und was haben wohl die Pionierleiter? Richtig, ein P.“ Frau Dr. Taube sprach, als hätte sie lauter Siebenjährige vor sich. „Dreiundachtzig ist Ihr Immatrikulationsjahr, und Sie sind das Seminar Nummer fünf.“ Als

Silvy sich eine Zigarette anzündete, wurde ihre Stimme hart: „Damit wir uns gleich richtig verstehen. Ich bin konsequente Nichtraucherin. Im Sozialtrakt der LPG ist das Rauchen verboten. Sie dürfen nur an den ausgewiesenen Stellen im Objekt rauchen. Verstöße gegen die Hausordnung können ein Exmatrikulationsgrund sein.“ Silvy nickte und nahm einen kräftigen Zug. Einige Mädchen kicherten. Frau Dr. Taube fuhr fort: „Sie fahren ins Erntelager, damit sich die wahllos zusammengesetzten Seminare von Anfang an zu festen Kollektiven entwickeln. Und das geht bei gemeinsamer Arbeit am besten.“ *Erste Lektion: Kollektivbildung.*

„Ich dachte, es gibt so viel zu lernen, um Lehrerin zu werden“, rutschte es Lisa heraus. Ein Mädchen neben ihr wies sie zurecht: „Der Staat schenkt dir die Ausbildung. Da kannst du wenigstens durch deinen Ernteeinsatz ein bißchen davon wiedergutmachen.“

Lisa zuckte zusammen. *Wenn die ihr ganzes Leben lang so verbissen guckt, kriegt die wohl nie einen Mann.* „Die Tussi darfst du nicht für voll nehmen“, flüsterte Silvy, „die tickt nicht richtig.“

Doch schon keifte die: „Mein Name ist Simone und nicht Tussi. Mir scheint, ihr habt den Sinn des Erntelagers überhaupt nicht kapiert.“ Silvy, die geborene Diplomatin, konterte: „Doch. Wir sind hier, um den um ihre Freiheit kämpfenden Völkern zu helfen und um den Frieden zu sichern.“ Und zu Lisa gewandt, flüsterte sie: „Eins davon stimmt immer.“

Die Busse hielten vor einem umzäunten Gelände, dessen einziger Ausgang ein Gittertor mit rotweißer Schranke war. Im Pförtnerhäuschen saß ein Mädchen im Blauhemd der FDJ. Eine Betonstraße verbreiterte sich vor dem Hauptgebäude zu einem Platz. Büsche wuchsen zwischen dem schmucklosen vierstöckigen Haus und einem langgezogenen Flachbau, der als Speisesaal diente. Auf einer Bank saßen drei Frauen und schälten eimerweise Kartoffeln.

Der Mädchenpulk staute sich auf dem Platz. Ein Mann und eine Frau traten vor und baten um Ruhe. Der Mann war der LPG-Vorsitzende, der mit kräftiger Stimme sagte: „Ich begrüße und beglückwünsche Sie hier in der LPG Wilhelm Pieck und hoffe, daß wir gemeinsam gute Ernteergebnisse erzielen.“

Wie der die Mädchen mustert! Sucht er sich etwa schon eine aus? Er hat doch einen Ehering am Finger. Dann sprach die Frau, die stellvertretende Rektorin des Instituts: „Damit Sie gute Ergebnisse erzielen, arbeiten die Seminargruppen im studentischen Wettbewerb. Der Siegergruppe winkt eine Torte. Das sollte nicht Ihre einzige Motivation sein. Es geht bei unserem Einsatz vielmehr um sozialistische Hilfe, die die Studentenschaft des Institut für Lehrerbildung Clara Zetkin Berlin in bewährter und jahrelanger Tradition mit der LPG Wilhelm Pieck verbindet." Sie applaudierte sich selbst, nur die Mädchen in den vorderen Reihen klatschten mit. Dann schüttelte sie die Hand des LPG-Vorsitzenden und sagte: „Ich beende den Eröffnungsappell mit dem Gruß der Freien Deutschen Jugend: Freundschaft!"

„Freundschaft", antworteten die fünfhundert Erntehelferinnen.

Die Mädchen drängelten zu den beiden Eingangstüren. Lisa empfingen dunkle Flure, nur an den beiden Enden Fenster. Das Zimmer war klein. An den Seiten standen je zwei Doppelstockbetten und zwei Spinde, am Fenster ein Tisch und drei Stühle. Lisa und Silvy ergatterten ein Doppelstockbett, sie teilten sich einen Spind.

Vor dem Abendbrot belehrte Frau Dr. Taube die Seminargruppe in Sachen Brandschutz- und Hausordnung: „Es ist verboten, sich unerlaubt vom Objekt zu entfernen. Es ist verboten, ohne Hausausweis das Objekt zu betreten. Es ist streng verboten, auf den nicht dafür ausgewiesenen Plätzen zu rauchen ..."

„Verbieten ist verboten und streng untersagt", flüsterte Silvy. Alle mußten die Belehrung unterschreiben. Simone hatte schon eine Liste vorbereitet, in der die Ernteergebnisse der Seminargruppenmitglieder für den Wettbewerb eingetragen werden sollten. Das Abendbrot war reichhaltig. „Ländlich sittlich, würde mein Großvater sagen", kommentierte Lisa den dickflüssigen Gemüseeintopf. Danach gingen die beiden Freundinnen in die kleine Kneipe auf der anderen Straßenseite, die laut Hausordnung noch zum Objekt gehörte. Die Kneipe hatte etwa vierzig Plätze, die von den einheimischen Männern besetzt waren. In den zwei Räumen drängelten sich schon zweihundert junge Frauen. Lisa mußte sich erst ein Glas organisieren, um Bier zu bekommen. Das Glas ließ sie den ganzen Abend über nicht mehr los. *Ich behalte es und werde es jeden Abend mitbringen.*

„Guck dir die an!" Silvy begegnete den abschätzenden Blicken der Männer mit einem Lächeln. „Der Ernteeinsatz muß ja der reine Segen für die sein", sagte Lisa. „Immer im September kommt Frischfleisch an."

„Du mußt aufpassen", warnte Silvy, „wenn du einen zu lange anguckst, dann denkt der gleich, du willst was von ihm."

„Na prima. Ländlich sittlich." *Kommt nicht in Frage. Ich liebe Oliver, und dem bleibe ich treu.* „Übrigens, woher weißt du das?" Silvy riß die Augen auf und schüttelte den Kopf, als wollte sie sagen: Lisa, du stellst dich aber manchmal blöd an. Am Tresen trank ein Mädchen giftgrünen Schnaps und erklärte einer anderen: „Das ist ein Pfefferminzlikör, Berliner Luft, kostet nur eine Mark. Sonst trinke ich ja nur Whisky." Lisa schüttelte den Kopf. *Whisky, ich lach mich kaputt. Mit den Zöpfen sieht die aus wie das Gretel aus dem Märchen.* Silvy stieß Lisa an und wies auf einen Jungen, der zum Institut gehörte und sich lautstark hervortat. „Guck mal, dieser Angeber!“ Seiner dauergewellten Haare wegen war er Lisa schon im Zug aufgefallen. *Der ist wahrscheinlich vor dem Erntelager extra noch mal zum Friseur gegangen. Ich kann diese weichgespülten Typen nicht ausstehen.*

Silvy ging zu ihm, setzte sich auf seinen Schoß und küßte ihn. Die Mädchen um ihn herum kreischten auf. Er wußte nicht, wie ihm geschah, hielt sich am Tisch fest. Silvy wischte sich die Lippen und sagte laut: „Na, das hattest du wohl nicht erwartet? Zeig mal, ob du was drauf hast!“ Er machte ein dummes Gesicht, nahm dann Silvy fest in die Arme, und als sie ihn wieder küßte, faßte er ihr zwischen die Beine. Sie stieß ihn wütend von sich und lief durch die Kneipe zum Tresen.

„Na, das hättest du wohl nicht erwartet, was?“ rief er ihr hinterher.

„Was bildet sich dieses Milchgesicht ein?“ Silvy trank das erstbeste Bier, das sie zu fassen kriegte, ohne auf den Protest der Besitzerin zu achten.

Im Bett fragte Lisa ihre Freundin, was denn in sie gefahren sei. Silvy kletterte zu ihr hinauf und sagte: „Hast du nicht mitgeschnitten, wie der angegeben hat? An jedem Finger eine Freundin, und er befriedigt sie alle. Er braucht mindestens zwei Frauen am Tag, und alles so'n Quatsch. Der Typ braucht mal einen Dämpfer. Das hält ja keiner aus.“

Auf dem Bett gegenüber saßen zwei Mädchen, einen Kassettenrekorder zwischen sich, und hörten Lieder von Udo Lindenberg.

„Was interessiert dich an dem Typen?“ wollte Lisa wissen. *Ich würde mich um so einen nicht kümmern.* Silvy machte es sich in Lisas Bett bequem, zog die Decke bis an den Hals. „Ich war mal mit dem zusammen“, sagte sie leise, „in der achten Klasse.“

„Ach du Scheiße.“ Lisa stöhnte. „Jetzt wird mir so einiges klar. Und was hast du vor?“

„Ich weiß noch nicht. Aber das kriegt er wieder. Gute Nacht.“ Sie drehte sich zur Wand, als wollte sie wirklich in Lisas Bett bleiben.

„Leg dir doch so einen Mann wie Oliver zu“, schlug Lisa ihrer Freundin vor.

„Hm. Du hast's gut. Der ist treu, zuverlässig, den könnte ich mir gut als Familienvater vorstellen.“

„Finger weg, meine liebe Silvy, sonst sind wir geschiedene Leute!“

„Der ist bloß ein bißchen langweilig“, ärgerte Silvy ihre Freundin.

„Langweilig?“ fragte Lisa entrüstet.

„Das sehe ich auf den ersten Blick. Und ich wette, der vögelt dich immer von oben.“

„Er hat eben andere Qualitäten“, verteidigte ihn Lisa.

„Ich wünsche mir einen Mann“, sagte Silvy träumerisch, „bei dem ich mich wohlfühle. Ich möchte Kinder haben, eine richtige Familie möchte ich.“

Auf dem Flur wurde es laut, Türen klappten, ein Mädchen rief um Hilfe. Lisa sprang aus dem Bett und riß die Tür auf. Das Mädchen mit den Zöpfen schleppte sich über den Flur, gestützt von zwei anderen. *Das whiskytrinkende Gretel! Sieht nicht gut aus.* Lisa nahm den Arm der Betrunkenen und herrschte sie an: „Mußt du kotzen?" Ein Lallen kam als Antwort. Lisa schleppte sie auf die Toilette und drückte ihren Kopf in das Becken. Die Zöpfe hielt sie hoch. Das Mädchen wimmerte.

„Na los, raus damit", schimpfte Lisa. „Wenn du nichts verträgst ... Steck dir den Finger in den Hals!"

Simone kam in die Toilette. Als sie das Mädchen über dem Becken sah, drehte sie sich weg und sagte: „Ich kann so was nicht sehen." Lisa achtete nicht auf sie, sondern forderte energisch: „Mach schon, ich will hier nicht übernachten. Wird's bald?" Simone kritisierte Lisa von der Kabine nebenan: „Kannst du nicht etwas kameradschaftlicher sein?"

„Ich?" fauchte sie. „Sag das der Whiskyeule hier unten mal. Die hat sich so zugeschüttet und nicht ich."

„So tu doch was", jammerte Simone.

„Dann geh ins Bett und überleg mal, was du machst, wenn einer deiner künftigen Schüler mal kotzen muß!" Simone mußte würgen und verließ fluchtartig die Toilette. *Aha, da liegt ihre Schwachstelle.*

Der Wecker klingelte früh um fünf. Doch Lisa war längst wach; schon lange lärmten Mädchen auf dem Flur. Als sie in den Waschraum ging, fand sie kein freies Waschbecken mehr.

„Mußt du eben früher aufstehen", sagte ein Mädchen, das sich in aller Seelenruhe die Wimpern tuschte. Lisa verzichtete auf das Waschen, aß einen Pfefferminzbonbon und kämmte sich die Haare vor dem Taschenspiegel. Vor dem Sozialtrakt der LPG warteten neun alte Busse. Bei manchen fehlten Fensterscheiben, die Sitze waren zerschlissen, rotbraune, getrocknete Ackererde klebte am Bodenblech. Lisa hielt für Silvy einen Sitz frei. Das war gut, denn die Fahrt dauerte eine halbe Stunde, und nicht alle hatten einen Sitzplatz. Sobald Silvy saß, schlief sie wieder ein. *Sie wäre sicher auch im Stehen eingeschlafen.* Zuerst fuhren sie zum Frühstück: frisches Brot, Wurst, Käse in schier unbegrenzten Mengen, eimerweise Butter, in großen Kartons Äpfel und Tomaten; heißer Tee und Malzkaffee aus Kübeln. Richtigen Kaffee konnte man sich für fünfzig Pfennig kaufen.

Frau Dr. Taube, die in zünftigen Kordhosen und einem Wollpullover am Tisch saß, sagte: „Machen Sie sich auch Brote für nachher. Es gibt kein Mittag auf dem Feld. Warm gegessen wird erst heute abend." Küchenfrauen brachten Kartons mit Butterbrotpapier.

„Soll ich dir einen Kaffee mitbringen?" fragte Lisa. Silvy lehnte ab:

„Mehr als sechs Mark am Tag kann ich nicht ausgeben." Lisa spendierte ihr den Kaffee.

Der LPG-Vorsitzende stellte sich an das Büfett und verkündete: „Schönen guten Morgen auch. Wir fahren in einer halben Stunde los. In der ersten Woche ist Rosenkohlsamenvermehrungsernte. Abzuernten sind zehn Hektar. Schätze, das dauert eine Woche. Sind Sie schneller, geht es eher in die Tomaten."

Er stellte die Bäuerinnen und Bauern vor, die die einzelnen Gruppen betreuen sollten. Lisas Seminargruppe bekam eine rotwangige junge Frau zugeteilt, der man das gute Essen auf dem Lande ansah. Sie hatte rissige, fleischige Hände, die ein Riesenbrotpaket festhielten.

Die Busse fuhren los und schlugen verschiedene Richtungen ein. Sie verließen die Teerstraße, die durch Apfelplantagen führte, und fuhren über einen Acker, auf dem gelbgrüne Pflanzen wuchsen. Lisa erinnerte sich an ein Jahr, in dem Opa Herbert auf seinem Grundstück in Biesenthal Rosenkohl angebaut hatte. Kerzengerade waren die Stöcke gewachsen, gehalten von Holzstäben und ausgerichtet wie ein Garderegiment.

Die rotwangige Bäuerin demonstrierte, wie die Blüten zu ernten seien. Sie zeigte auf die trockenen Strünke, die nach oben ragten und die man so langstielig wie möglich pflücken sollte, damit sie sich besser bündeln ließen. Für ein Kilo Rosenkohlblüten gäbe es einen roten Chip, der dreißig Pfennig wert sei, zehn Chips könne man gegen einen blauen eintauschen. Lisa pflückte ihren ersten Strunk. *Der wiegt ja so gut wie nichts, da werde ich wohl heute für ganze drei Mark arbeiten. Silvy tut, als wäre gestern nichts geschehen.* Die trockenen Blütenstengel kratzten auf der Haut, Lisa hatte am Arm, auf dem sie den Strauß wie eine Braut trug, Kratzer und kleine rote Pickel. *Nur nicht jammern. Sonst denken die, wir Stadtkinder können nichts anderes als einen Füllfederhalter heben. Außerdem wird das Erntelager einer der seltenen Momente in meinem Leben sein, wo ich nicht im Klassenzimmer arbeite.*

Die Bäuerin tat keinen Handschlag, sie plauderte mit dem Fahrer, der kurz vor der Mittagspause mit seinem Trecker gekommen war und einen Kübel Tee mitgebracht hatte. Die trockenen Blütenbündel wog sie mit der Hand und gab die roten Chips nach Gutdünken aus. Pünktlich um fünf Uhr wurden die Chips eingesammelt und die Beträge notiert. Lisa hatte an diesem Erntetag vier Mark fünfzig verdient. Die Duschen im Sozialtrakt waren kalt, und Lisa haßte es, kalt zu duschen. Lisa war nicht wie die meisten Mädchen vom Bus zu den Duschen gerannt. Jetzt war das heiße Wasser verbraucht. *Es sind doch bloß zwölf Jungs mitgekommen, und die haben sicher genauso einen Boiler in ihrer Dusche.* Lisa wickelte sich das Handtuch um den Körper und ging nach oben zu den Herrenduschen. Schon auf dem Gang klang ihr Mädchengelächter entgegen. *Tja, da haben andere mal wieder schneller gedacht als ich.* Lisa wusch sich mit einem Lappen am Waschbecken.

Im Speisesaal hing die Wandzeitung mit den Ergebnissen aller Seminargruppen aus. Lisas Gruppe war an vorletzter Stelle, an der neunzehnten. Simone versuchte, ihre Kommilitonen zu höheren Leistungen zu motivieren: „Das besagt noch gar nichts. Wir haben noch alle Chancen, eine gute Bilanz zu liefern."

Seitdem hieß Simone nur noch die Gute Bilanz. Die Gute Bilanz war es auch, die vorschlug, jeden Abend eine aktuell-politische Diskussion zu veranstalten. „Wir lesen ja alle das Neue Deutschland und sind informiert. Also können wir auch unsere Meinungen zu bestimmten Themen diskutieren."

Keine Studentin traute sich zu widersprechen, und Frau Dr. Taube war begeistert. „Sehr vorbildlich." Ein Häuflein von fünf Studentinnen versammelte sich abends um Simone und versuchte zu diskutieren, während die anderen achtzehn in die Kneipe gegenüber gingen. Eines Abends kam Silvys Exfreund allein aus der Kneipe. Silvy und Lisa, die reichlich getrunken hatten, hakten sich bei ihm ein. Sie schmiegten sich eng an. „Was wird denn das?" fragte er und schaute sich um.

„Nein, da ist keine Hilfe", spottete Silvy. „Du mußt schon allein zurechtkommen." Sie zogen ihn hinter den Speisesaal in die Büsche. Das Gras war seit Jahren nicht gemäht worden, der Boden gab unter den Füßen nach. Lisa spürte die Hand des Jungen an der Taille. *Was mache ich hier? Wenn Silvy mit ihm rüpeln will, okay, ich bin da überflüssig.*

„Jetzt hast du deine zwei Frauen", provozierte Silvy. „Bin gespannt, was du daraus machst." Sie setzte sich ins Gras. Er setzte sich neben sie und zog Lisa mit hinunter. *Mann, ist das peinlich.* Er küßte Silvy und nestelte gleichzeitig an Lisas Hose. Lisa saß stocksteif. *Zu dritt habe ich es noch nie gemacht. Wie soll das gehen? Der kann doch nur einmal. Braucht der die eine zum Aufgeilen, damit er bei der anderen kann? Stellt sich Silvy etwa so ihren Ehemann vor?* Lisa wollte aufstehen, doch der Junge hielt sie fest. *Nanu, den Griff hätte ich ihm nicht zugetraut. Ich dachte, der kann nur zum Friseur gehen und sich Dauerwellen machen lassen.* Er drehte sich zu ihr um und öffnete seinen Mund zum Kuß. *Hat der dicke Lippen.* Lisa ließ sich küssen, spielte ein bißchen mit der Zunge mit. *Fummelt er jetzt an Silvys Hose? Nein, der will ja ...* Er zog Lisa näher an sich heran, faßte unter ihren Pullover. *Peinlich, dieses Milchgesicht elektrisiert mich! Oliver, du hast mich in letzter Zeit vernachlässigt.* Silvy stand plötzlich auf und verschwand. Er ließ sich nicht stören. Er zog Lisa die Hose aus, er zog seine Hose aus, drang ein und stöhnte angestrengt. Lisa wartete auf einen Knall. *Wenn schon kein Knall, dann wenigstens ein kleines Ereignis.*

Doch seine Erregung war vorüber. *Ich liege bloß noch für Silvy hier, um ihr sein Versagen mitzuteilen. Wozu das gut sein soll, weiß ich allerdings nicht.*

„Was ist denn nun?“ fragte sie. „Machst du schon schlapp?“

„Vielleicht liegt's an dir?“ fragte er zurück.

„Hör endlich auf“, sagte Lisa ärgerlich. „Und weißt du was? Impotente zahlen bei mir das Doppelte!“ Das war ein Zitat aus einem Film, dessen Titel sie vergessen hatte. Sie zog sich die Hose wieder an und lief ins Hauptgebäude. Silvy fragte am Morgen nicht, wie das Rendezvous ausgegangen war. *Ist sie jetzt etwa eifersüchtig? Aber sie hat mich doch selbst mitgeschleppt und dann gekniffen.*

Die Busse fuhren auf die Tomatenfelder. Bis zum Horizont lagen verwelkte gelblichgrüne Pflanzen am Boden, an denen Wassertröpfchen hafteten. Tomaten hatte Lisa aus Opa Herberts Garten ganz anders in Erinnerung, pralle, reife Früchte an hohen Stauden, die mit Pferdegold gedüngt wurden. Jede Studentin bekam eine Stiege von der Größe eines doppelten Katzenkörbchens. Lisa begann die Früchte aufzuheben. Es dauerte keine fünf Minuten, da hatte sie eiskalte Hände. Außerdem schmerzte das Dornenknie. Die Wunde machte sich bei jedem Wetterwechsel bemerkbar. Für jeden vollen Korb gab's einen roten Plastikchip, der achtzig Pfennig wert war. Mittags hatte Lisa zwölf Körbe voll gesammelt. Silvy hatte mehr als das Doppelte.

„Wie machst du das?“ fragte Lisa.

„Ich nehme alles mit.“

„Die fauligen Tomaten auch?“ fragte Lisa entsetzt.

„Klar“, sagte Silvy, „da wird sowieso nur Ketchup draus gemacht.“ *Faule und schimmlige Tomaten für Ketchup? Ich esse nie wieder Ketchup!*

„Und, wie war er?“ fragte Silvy in der Frühstückspause. Lisa begriff nicht, was ihre Freundin meinte.

„Hattest du einen Orgasmus?“ rief sie laut. Einige Mädchen schauten interessiert von ihren Wurstbroten auf. Silvy fixierte Lisa und drängte: „Na los, sag schon! Wie war er?“

Lisa hatte keine Lust, sich jetzt vor den anderen über den Weichgespülten zu unterhalten und antwortete: „Er konnte nicht.“

„Habt ihr das gehört?“ Silvy schrie und lachte. „Er konnte nicht. Euer Obermacker vom Institut kann nicht mal vögeln! Dieses Milchgesicht, das Bübchen, dieser schlappe Schwanz! Zwei Frauen im Arm, und der hat ihn nicht hochgekriegt!“

Das ist ja noch peinlicher als an dem Abend. Was ist nur in sie gefahren? Muß sie mich so bloßstellen? Die Mädchen grinsten. Silvy stand auf und schleuderte eine Tomate über den Acker. Dann setzte sie sich und wickelte in aller Seelenruhe ihre Brote aus. Lisa starrte sie an. „Ist dir jetzt wohler?“ fragte sie vorsichtig.

„Hm", erwiderte Silvy mit vollem Mund. Die Mädchen rätselten leise, wer denn mit „Obermacker" gemeint sein könnte. Lisa tippte Silvy an die Stirn. Silvy prustete los und lachte, bis ihr die Tränen kamen. Lisa lächelte unsicher, ließ sich anstecken. Silvy konnte vor Lachen kaum sprechen. „Hast du sein Gesicht gesehen ... als wir ihn abgeführt haben? Eine rechts, eine links, und mit keiner konnte er ..."

„Fräulein Silvia", ermahnte Frau Dr. Taube, die am Trecker Mittagspause machte und jetzt zur Gruppe kam. „Etwas Disziplin, bitte." Silvy gluckste und wischte sich die Tränen von den Wangen. „Ich erwarte von Ihnen als zukünftiger Pädagogin ein entsprechendes Betragen, und dulde nicht, daß Sie unser Institut in schlechtem Licht erscheinen lassen." Silvy beruhigte sich. *Silvy ist eifersüchtig auf die anderen Mädchen. Sie macht sich über den Weichgespülten vor allen lustig. Wollte sie sich rächen? Wofür? Warum hat sie mir nie von ihm erzählt?*

Lisa hatte an diesem Erntetag achtzehn Mark vierzig verdient. Sie nahm sich vor, am nächsten Tag schneller zu arbeiten. Nicht, damit die Gute Bilanz zufrieden war, sondern weil sie Geld verdienen wollte. Sie rechnete sich aus, mit einem Durchschnittsverdienst von zweiundzwanzig Mark könnte sie am Ende des Erntelagers vierhundertvierzig Mark beiseitelegen. *Hinzu kommen noch die zweihundertfünfzehn Mark Stipendium. Das ist ein guter Einstieg ins Studium, eine Reserve.* Die Gute Bilanz verkündete jeden Abend, wer im gruppeninternen Wettbewerb führte; es war ein Kopfankopfrennen zwischen ihr und Silvy. *Ausgerechnet die aufmüpfige Silvy. Das muß die Gute Bilanz ja maßlos ärgern.* Auf dem Abschlußappell, als die Sieger, ein Pionierleiterseminar, mit der Torte geehrt wurden, brach die Gute Bilanz in Tränen aus.

Ende der Friedrichshainer Idylle
1602 Tage vor der deutschen Vereinigung

Lisa, die Pädagogikstudentin im letzten Studienjahr, saß an Olivers Schreibtisch und bereitete für ihre Hortgruppe Staffelspiele vor. Dazu beschrieb sie Zettel, malte Stempelbilder aus, die als Punkte für die Mannschaften dienen sollten.

„Du mit deinen bunten Schnipseln", lästerte Oliver. *Er macht sich lustig über mich. Ich muß mich besonders anstrengen; morgen hospitiert die Hortleiterin. Hoffentlich bestehe ich die Prüfung. Meine Ausarbeitungen für die Nachmittagsexkursion im Wohngebiet bringen Pluspunkte.* Gegen Mitternacht hatte Lisa ihre Vorbereitungen beendet. Oliver schlief bereits. Sie betrachtete sein zufriedenes Gesicht. *Ich bewundere, wie er sich durchsetzen kann. Ein Leben ohne Oliver Tessen, ich kann es mir nicht vorstellen.*

Am nächsten Morgen fuhr Lisa zu ihrer Praktikumsschule nach

Pankow-Heinersdorf. In der S-Bahn las sie noch einmal ihre Vorbereitungen durch, die sie der Hortleiterin aushändigen mußte. Der 15. Mai 1986 war in Berlin ein verregneter Tag. *Jetzt regnet es schon fast zwei Wochen. Hoffentlich klärt es sich auf. Ich will die Staffelspiele wegen des Wetters nicht ausfallen lassen.* Neben ihr saß der kleine Daniel, einer ihrer Schüler. In der vollen S-Bahn fragte er plötzlich: „Stimmt's, Frau Meerbusch, da drüben ist Westberlin." Einige Leute schauten von ihrer Morgenlektüre auf. Zwischen dem „antifaschistischen Schutzwall" und der Reichsbahnmauer waren für Sekunden die Dächer von Weddinger Wohnhäusern zu sehen, nur einen Steinwurf entfernt. Als zwischen Berlin-Pankow und Schönhauser Allee die S-Bahn ihre Fahrt beschleunigte, sagte Daniel: „Du, Frau Meerbusch, da drüben ist noch Krieg, nicht wahr, und die Kinder müssen hungern und können nicht zur Schule gehen!" *Da hat es jemand besonders ernst gemeint mit der Erziehung.*

Am Vormittag kam die Sonne hervor. Lisa Meerbusch war froh und ließ die Kinder nach draußen.

„Meine Mutti hat mir verboten, rauszugehen", sagte weinend die achtjährige Melanie aus Lisas Klasse. Von draußen drang das Geschrei der Kinder ins muffige Klassenzimmer. Lisa wurde nervös, denn die Hortleiterin beobachtete Lisa und machte sich Notizen.

„Warum darfst du nicht mitspielen?" fragte Lisa verstört.

„Wegen der Radioluft aus Tschernobyl."

Lisa sah, wie die Hortleiterin auf die Uhr schaute und auf den Hof ging. *Was soll ich bloß tun? Radioaktivität, das ist nicht so schlimm, hat die Direktorin auf der letzten Dienstversammlung gesagt. Das ist nicht so schlimm, steht in den Zeitungen. Das ist nicht so schlimm, sagen sie in Radio und Fernsehen.* Lisa Meerbusch glaubte es, weil sie es nicht besser wußte. Sie überredete ihre Klasse zum Milchtrinken und zum Spielen an der frischen Luft. Lisa wollte das weinende Mädchen beruhigen: „Du kannst ruhig eine Stunde mitspielen, das ist nicht so schlimm!"

Melanie gehorchte aber ihrer Mutter und blieb in der Klasse.

„Wo waren Sie denn so lange?" fragte die Hortleiterin streng, als Lisa auf den Schulhof kam. „Geben sie mir jetzt ihre Vorbereitungen für die Exkursion heute nachmittag."

„Im Klassenraum ist noch Melanie. Sie will nicht auf den Hof kommen wegen der Radioaktivität in der Luft", sagte Lisa verzweifelt und gab ihr die zehnseitige Ausarbeitung.

„Sie können das Kind doch nicht alleinlassen", kritisierte die Hortleiterin. „Sie müssen pädagogisch geschickt das Kind davon überzeugen, wie gesund frische Luft ist." Sie überlegte einen Augenblick. „Kümmern Sie sich jetzt um Ihre Gruppe!"

Zehn Minuten später, Lisa hatte die Staffelspiele mit den Kindern schon begonnen, kam die Hortleiterin mit Melanie auf den Hof. Melanie ging sehr langsam, blickte sich oft unsicher um. Lisa streichelte ihr über den Kopf und teilte sie einer Mannschaft zu. Am Nachmittag sprach Lisa Meerbusch mit ihren acht- bis neunjährigen Schülern bei der Exkursion über die Persönlichkeiten, nach denen die Straßen benannt sind. Sie erzählte von Lenin, der seinen letzten Bleistift hergab, damit die Arbeiter die Formulare zur Aufnahme in die kommunistische Partei ausfüllen konnten; je kleiner der Bleistift wurde, desto mehr Genossen bekam die Partei. Lisa Meerbusch erzählte von Rosa Luxemburg und Karl Liebknecht und deren Kampf gegen Krieg und Unterdrückung, und wie sie von den Faschisten ermordet wurden. Lisa Meerbusch erzählte von Karl Marx und Friedrich Engels, die für eine bessere Zukunft der Arbeiterklasse ohne Ausbeutung und Unterdrückung kämpften. Lisa Meerbusch erzählte von Wilhelm Pieck, dem ersten Arbeiterpräsidenten der DDR, von Ernst Thälmann, der seine Pausenbrote mit seinen Schulfreunden teilte, die noch ärmer waren als er, von Juri Gagarin, dem ersten Menschen im Weltraum.

In der abschließenden Auswertung sagte die Hortleiterin: „Die Spiele haben den Kindern sehr gefallen, Fräulein Meerbusch. Auch die kleine Melanie war begeistert. Nur durch meine Überredungskunst haben Sie die Bildungs- und Erziehungsziele bei allen Schülern erreicht. Sie müssen aber immer daran denken, daß sie die Verantwortung für die ganze Gruppe haben. Extrawürste dürfen sie künftig nicht zulassen! Ihre heimatkundlichen Ausführungen auf dem Ausflug waren überdurchschnittlich gut!"

Lisa erzählte am Abend Oliver von der Prüfung und dem Verhalten der kleinen Melanie. „Bist du wahnsinnig?" schimpfte er. „Die Eltern sind die Erziehungsberechtigten. Da kannst du dich als Lehrerin nicht einfach drüber hinwegsetzen!"

„Aber ich …", stammelte sie kleinlaut.

„Ich würde mein Kind jetzt auch nicht rausschicken, wir haben Ostwind", sagte er. „Hörst du keine Nachrichten? Wie blöd bist du eigentlich? Hast du dich nie gefragt, woher auf einmal das viele Obst in den Läden kommt?"

„Ich habe mich schon gewundert über das ungewohnt gute Angebot im Gemüseladen und beim Fleischer."

Oliver fuhr noch wütender fort: „Die Westberliner lassen die verseuchten Lastwagen aus Polen nicht in ihre Stadt, und die Fahrer entsorgen ihre Fracht einfach bei uns hier im Osten!"

Hetze! Oliver läßt sich beeinflussen vom Westfernsehen! Sonst stimme ich ihm in allem zu, was er sagt. Diesmal irrt er sich. Wenn die Radioaktivität wirklich so schädlich wäre, warum soll uns unsere Regierung das nicht sagen, damit das Volk sich schützen kann? Nur weil an der Freundschaft mit der Sowjetunion nicht gerüttelt werden darf? Das ist ja lächerlich! Die Westpresse macht um alles einen Wirbel. Lisa vertraute den DDR-Massenmedien und ihrer Hortleiterin. Das ganze Ausmaß der Katastrophe wurde ihr erst nach Monaten bewußt. Viel zu spät. *Die Regierung hat mit vollem Wissen das Volk vergiftet.* Lisa Meerbusch konnte diese Lüge nie verzeihen.

Lisa Meerbusch und Oliver Tessen galten im Kiez als das Traumpaar. In anderen Beziehungen kriselte es ständig. Niemand der Freunde wußte von dem Gespräch, das Oliver eines Abends anfing: „Ich bitte dich, keinem etwas davon zu erzählen, was ich dir jetzt sage, auch Silvy nicht."

Sie nickte.

„Ich habe mir das lange überlegt, es war kein Entschluß von heute auf morgen. Vorige Woche habe ich meinen Ausreiseantrag abgegeben."

Lisa spürte, wie das Blut aus ihrem Kopf strömte. Sie begriff sofort, wollte aber nicht verstehen. *Nein! Warum? Wie das klingt: „Meinen Ausreiseantrag". Und ich?*

„Ich will in den Westen", sagte Oliver. „Ich habe die Schnauze voll, ich will was haben von meinem Leben, ich will reisen!" *Aus der Traum von einer gemeinsamen Zukunft, einfach aus! Er tut einen Schritt ohne Rückfahrkarte, einen für immer.*

Sie rang nach Luft: „Du sagst nur: ich, ich, ich! Und was ist mit mir? Was soll aus mir werden?"

Oliver sagte: „Das dauert noch Jahre, ehe ich gehen kann."

Lisa sagte an diesem Abend kein Wort mehr. *Das glückliche Paar, auf das alle neidisch sind, hat nun auch ein Problem. Es kann noch Jahre dauern. Ist das ein Trost? Vielleicht wird ihm die Ausreise verweigert? Die Entschlußkraft, die ich an Oliver immer bewundert habe, wird mir jetzt zum Verhängnis.* Das Thema Ausreise mieden die beiden fortan. Doch Lisa mußte jeden Augenblick daran denken. *Die Abgabe des Ausreiseantrages beim Ministerium für Inneres bedeutet das Ende. Berufliche Chancen, ein Visum für Ungarn, alles passé. In seinem Lebenslauf prangt jetzt ein schwarzer Fleck, macht ihn zu einem Aussätzigen.* Wochen später fragte Oliver sie: „Warum kommst du nicht einfach mit?"

„Ich kann nicht!"

Nächtelang habe ich mir selbst diese Frage gestellt. Ich habe Angst vor dem Westen, vor dem schnellen Leben, vor dem Leistungsstreß, der die Menschen kaputtmacht. Ich fürchte mich vor den Verbrechen auf der Straße. Was soll ich da drüben als Lehrerin? Und meine Familie: Mutti, Vati, Oma, Opa, sie alle leben in der DDR. Ich liebe meine Verwandten. Mein Vater würde sofort seine Stellung als Richter verlieren. Ein Justizbeamter, dessen Tochter in den Westen abhaut? Untragbar! Ich würde mit der Ausreise meiner Familie die Existenzgrundlage entziehen. Auf Leid gebautes Glück ist kein Glück für mich.

„Nein, ich kann das nicht", wiederholte sie und merkte, wie Oliver seine Tränen unterdrückte. *Unsere gemeinsame Zeit rinnt wie durch eine Sanduhr. Ich fürchte mich vor dem Tag, an dem Oliver die Ausreise bewilligt wird. Ich fürchte mich vor dem letzten Kuß, der letzten Umarmung. Für die Zeit, die er noch in der DDR ist, braucht er eine Frau. Mich. Ich bin die Übergangslösung, das halte ich nicht aus.*

„Es hat keinen Sinn mehr, Oliver", sagte Lisa in ihrem Aufgewühltsein. „Geh und erspare mir den Abschied."

Lisa glaubte sich nach der Trennung von Oliver nie wieder in einen Mann verlieben zu können. An den Wochenenden fiel ihr die Decke auf den Kopf, sie betrank sich und ging in irgendwelche Diskotheken, wo sie wildfremde Männer zum Rüpeln abschleppte. Nach jedem Beischlaf fühlte sie sich elender als zuvor. Die einzigen Gesprächspartner, die sie hatte, waren ihre Kolleginnen in der Schule, und mit denen wollte sie nichts zu tun haben.

Von Oliver kamen später Postkarten mit schönen Grüßen aus allen Winkeln der Erde. Lisa Meerbusch begann zu zweifeln, ob ihr Entschluß richtig gewesen war.

Begegnung auf dem Weihnachtsmarkt 661 vor der deutschen Vereinigung

Am dritten Advent 1988 suchte Lisa Ablenkung auf dem Weihnachtsmarkt in Berlin-Pankow. Zwischen Rathaus und Kirche, auf dem langen Parkplatz, waren Buden aufgebaut. Es roch nach Currywürsten und Pommes, in den Bäumen hingen Lautsprecher, aus denen Weihnachtslieder in das Marktgewühl schallten. Im Vorgarten der Kirche war ein Armeezelt aufgebaut. Neugierig trat Lisa näher, drängelte sich durch die Menschentraube, die sich vor dem Zelt angesammelt hatte. Auf einem Schild stand: 18.00 Uhr letzte Vorführung „Lolek und Bolek" und „Der kleine Maulwurf". Drinnen flimmerte Licht, Stimmengewirr drang heraus. An einem Fenster stand eine ratternde Filmmaschine, deren Linse ins Innere zeigte. Ein junger Mann führte Zeichentrickfilme vor. Er tänzelte vor Kälte. Er sah Lisa und zwinkerte ihr zu. Sie fuhr zusammen, lächelte verlegen. Ein Steppke zog an der Wattejacke des Mannes: „Du, Onkel, leg doch Hase und Wolf noch einmal ein, ja?" Der Mann lachte: „Hase und Wolf kommen morgen wieder, für heute ist Feierabend."

Der arme Kerl steht den lieben langen Tag in dieser Affenkälte und führt

Filme vor. Lisa drängelte sich zurück auf den Hauptweg und suchte den Glühweinstand. Es gab nur einen einzigen, und davor standen die Leute in einer Spiralschlange. Als sie mit zwei Bechern Glühwein zum Kinozelt zurückkam, verschnürte der Mann die Filmmaschine in einer Plane. Erstaunt schaute er Lisa an, als sie ihm den Glühwein reichte. *Hoffentlich versteht er das nicht falsch!*

„Endlich eine Frau", sächselte er, „die mich versteht!" Gierig nahm er den Glühwein und schloß seine Finger um den Pappbecher. Lisa war irritiert. *Das Sächseln paßt nicht zu ihm.* Er bot ihr eine Zigarette an. Zitternd griff sie danach. „Diese Berliner Mädchen", sagte er kopfschüttelnd. „Ich heiße Thomas. Und du?"

Am Wochenende war Lisa Meerbusch mit ihrem Trabi zu Thomas nach Leipzig gefahren. Im Kofferraum lagen der versprochene Kasten Berliner Bier und eine Flasche Goldbrand, im Handschuhfach ein Leipziger Stadtplan. Lisa passierte das Schkeuditzer Kreuz und verließ die Autobahn an der ersten Abfahrt, auf der Leipzig Nordost stand. Lisa kannte sich in Leipzig nicht aus; von Thomas hatte sie nur die Adresse, keine Wegbeschreibung, keinen Hinweis darauf, in welcher Himmelsrichtung seine Straße lag. An der ersten Tankstelle fragte Lisa nach dem Weg. Der freundliche Wart erklärte ihr anhand des Stadtplanes, sie solle die Straße der Deutsch-Sowjetischen Freundschaft bis zur Coppistraße hinunterfahren, immer die Straßenbahnschienen entlang, dann rechts rein; sie könne das gar nicht verfehlen, da sei eine Ampelkreuzung, und danach noch einmal fragen. Lisa bedankte sich und fuhr los. Obwohl die Sonne schien, wirkten die Bürgerhäuser trist. Graubraun beherrschte die Straßenzüge. Schlaglöcher und ausgefahrene Straßenbahnschienen nahmen ihre ganze Konzentration in Anspruch. Der Verkehr wurde dichter, und als Lisa den Leipziger Hauptbahnhof erblickte, wußte sie, daß sie zu weit gefahren war. Nach stundenlanger Suche hupte sie erschöpft vor seinem Haus. Es war halb verfallen, ohne Dachrinne, einzelne Ziegel fehlten, in den Kellerfenstern gab es keine Scheiben mehr, Reste von Putz hingen locker über der Eingangstür. Thomas' müder Kopf zeigte sich in einem Fenster des ersten Stocks.

„Scher dich rauf ins Bett!" rief Thomas. Im Hausflur roch es nach feuchtem Holz und Schimmel. Lisa wuchtete den Bierkasten die schmalen Stufen nach oben.

Thomas' Wohnungstür war bunt bemalt. An ihr hefteten Hunderte kleiner Zettel, Fahrkarten, Kassenbons, Kinotickets mit Nachrichten: „Ich war hier, aber du nicht, Susi." „Thomas, du zarte Versuchung", ohne Unterschrift. „Ein Bümslein in Ehren kann keiner verwehren", mit Lippenstift geschrieben. *Na, das kann ja ein heiteres Weihnachten werden. Bloß keine Wohngemeinschaft, wo jeder mit jedem* ... Lisa zog die Augenbrauen hoch und klopfte.

„Ist offen", rief er von drinnen. Lisa trat ein und stand in der Küche. Durch die offene Tür zum Nebenzimmer sah sie Thomas nackt auf seinem Bett. Das war fast so groß wie das Zimmer. Nur ein Kleiderschrank hatte noch Platz.

„Scher dich rein zu mir", forderte er. „Ich bin der Weihnachtsmann." Lisa, im Mantel, die Teddytasche über der Schulter, den Bierkasten vor dem Bauch, wußte nicht, wie ihr geschah. *Vielleicht bequemt sich der Weihnachtsmann mal aus dem Nest und hilft mir!* Thomas blieb sitzen. Lisa hätte sich gern unterhalten und eine Zigarette geraucht, ein Pfeifchen, wie sie immer sagte. Thomas rührte sich nicht aus dem Bett. Lisa zog sich in der Küche aus, die halb Dunkelkammer, halb Kochstelle war. An den Fensterscheiben trockneten die Abzüge, abfotografierte Buchseiten. Unter einem Fotoapparat, der an einem Stativ befestigt war, lag aufgeschlagen der Simmel-Roman „Alle Menschen werden Brüder".

Thomas betreibt in seiner Küche eine illegale Vervielfältigungswerkstatt. Ich möchte nicht wissen, was er den Leuten für die Raubkopien abknöpft. Lisa ging langsam in das Zimmer. Thomas saß, ein Kissen im Rücken, an der Wand und betrachtete sie. *Noch nie habe ich mich so nackt gefühlt wie jetzt!*

„Willst du erfrieren?" fragte er und hielt die Bettdecke hoch. *Das Laken sieht ja aus wie eine Landkarte! Entweder er hat es wochenlang nicht gewechselt, oder sein Frauenkonsum ist unermeßlich.*

„Nein", sagte Lisa, „in so ein dreckiges Bett gehe ich nicht." Sofort sprang er auf und bezog mit geübten Handgriffen das Bett neu. Lisa stand im Türrahmen und schaute ihm belustigt zu. *Der versucht nicht mal, mir seine vielen Frauen zu verheimlichen. Ungeheuerlich! Wenn er nur nicht so süß wäre!*

„Zufrieden?" fragte Thomas.

„Nicht ganz." Lisa sprang in das frische Bett. Thomas fiel gleich über sie her, ohne Vorspiel, ohne ein weiteres Wort. Lisa genoß es. Am Morgen erwachte Lisa zuerst und fühlte, sie bekam ihre Tage. Ein warmer Tropfen glitt zwischen ihren Beinen auf das Bett. *Hätte ich nicht eine Stunde eher aufwachen können?* Sie schämte sich, war wütend auf ihren Körper, der sie sonst vorher mit Bauchschmerzen warnte. *Wie kann ich unauffällig das Laken austauschen und reinigen?* Thomas schlug die Augen auf. Seine Hand tastete sich an ihrem Körper entlang. Lisa lag wie versteinert; sie wollte nicht gestreichelt werden. *Nicht jetzt! Schöne Premiere, ich bin außer Gefecht gesetzt!*

„Du", begann sie zaghaft.

„Keine Referate am frühen Morgen", brummte er, „bitte." Er stand auf, ging hinaus ins Treppenhaus und pinkelte in das Waschbecken. Lisa blieb keine Zeit, sich darüber zu wundern, sie riß das Laken vom Bett, und als Thomas zurückkam, hielt sie es vor ihren Körper und sagte: „Hier halte ich den Beweis meiner Jungfräulichkeit in den Händen."

„Hast du deine Tage gekriegt?"

Lisa nickte. Nun war es heraus. Er bemerkte ihre Unsicherheit und sagte: „Das ist doch das Natürlichste auf der Welt!"

Lisa sah ihn mit großen Augen an, war erleichtert. Thomas nahm ihr das Laken ab und stopfte es in einen Kissenbezug unter dem Küchentisch. In diesem Moment lief ein Tropfen Blut Lisas Bein hinunter. „So stark?" fragte er und wischte das Blut mit einem Tuch ab. Dann lachte er. „Frauen, die ihre Tage haben, sind sowieso viel erregbarer!"

Lisa war ihm für diese Ansicht dankbar und erschauderte zugleich. Bisher waren ihre Tage tabu für Sex, weil sie dem Mann einen sauberen Körper bieten wollte. *Und Thomas findet das wirklich gut?*

„Hast du Watte oder so was mit?" fragte er. „Ich könnte mir von meinem Nachbarn was borgen."

Nur das nicht! Nachher spricht das ganze Haus von meinen Tagen.

Jeden Montagnachmittag fand in Lisas Schule eine Versammlung für die Lehrer statt, mal Gewerkschaftssitzung, mal Parteilehrjahr, mal Dienstbesprechung, mal Beratung der Gesellschaft für Deutsch-Sowjetische-Freundschaft, mal Fachzirkel. Lisa ärgerte sich, weil diese Versammlungen in ihre Freizeit fielen. Die Versammlungen begannen mit einer aktuell-politischen Diskussion, in der jede Kollegin zu politischen Ereignissen Stellung nehmen mußte. Am meisten störte Lisa, daß sie dafür die Aktuelle Kamera anschauen und das Neue Deutschland studieren mußte, besonders dann, wenn Parteitagsdoku-mente abgedruckt waren. An diesem Montag rechnete Lisa Meerbusch vor der Versammlung ihre Lebensmittelquittungen ab: Zwei Tüten Bonbons, Ausgaben für Vanillepudding, Schokoladenpudding und Milch. „Kollegin Meerbusch, Sie sollten sparsamer mit den Bonbons umgehen", ermahnte die Direktorin. „Sie müssen es lernen, ihre Schüler mündlich zu loben."

Im Lehrerzimmer saßen die zwölf Unterstufenlehrerinnen und die Direktorin an Tischen, die in U-Form gestellt waren, jeder konnte jeden sehen.

„Das ist die Westpresse!" rief die Kollegin Knauf, die Parteisekretärin. Sie hielt das Neue Deutschland hoch, in dem auszugsweise ein Bericht des westdeutschen „Spiegel" über die Baufälligkeit Leipzigs abgedruckt war. „Die pure Hetze gegen den Sozialismus! Damit lenken die bloß von ihren eigenen Problemen ab!"

Die Protokollantin, die noch mit der Anwesenheitsliste zu tun hatte, war überfordert.

„Wie war das: schlimme Hetze?"

„Pure Hetze", korrigierte die Parteisekretärin.

„Ist doch egal", murrte eine Lehrerin.

„Nein, das müssen wir schon genau festhalten im Protokoll", wies die Direktorin an.

Parteisekretärin Knauf fuhr unbeirrt fort: „Die lügen ja richtig, nur um unser Wohnungsbauprogramm mieszumachen, weil die selbst so was nicht zustande bringen!" Die meisten Lehrerinnen nickten und zeigten sich gegenseitig, welche Textstellen sie in dem Artikel angestrichen hatten.

„Also, wenn ich so etwas lese", regte sich Frau Schmidt auf und schüttelte empört den Kopf. Sie fand keine weiteren Worte.

„Kolleginnen, wir sollten sachlich werden", bremste die Direktorin, „damit wir zu Ergebnissen kommen."

Schlagartig wurde es still, die Lehrerinnen saßen wie Glucken um den Kaffeetisch, und eine nach der anderen verlas ihren vorbereiteten Diskussionsbeitrag. *Ausgerechnet Leipzig, wo ich die Wohnungssituation so gut kenne! Thomas' Bruchbude mit dem Plumpsklo über dem Hof, wo die Ratten nachts in den Mülltonnen wühlen!*

„Kollegin Meerbusch, wie ist denn Ihre Meinung dazu?" fragte die Direktorin. Lisa schreckte auf. *Wieso Meinung? Es stimmt doch alles … Thomas liegt sicher noch im Nest und schläft seinen Rausch von gestern aus. Mitten beim Sex ist er eingeschlafen, so blau war er. Das war ein Wochenende! Ich muß mich zusammennehmen!*

„Ich melde mich schon, wenn ich etwas sagen möchte", antwortete Lisa selbstbewußt. Die Gesichter schnellten herum. Irritiert schaute die Protokollantin zur Direktorin und wies mit dem Füller auf das Papier. Diese schüttelte unmerklich den Kopf und kniff vertraulich ein Auge zu. „Wir sind doch unter uns, Fräulein Meerbusch", beschwichtigte sie. Lisa holte Luft: „Ich möchte zuerst den ganzen Spiegel-Artikel lesen, bevor ich mir ein Urteil erlaube."

„Aber das brauchen Sie nicht", sagte die Direktorin. „Im ND steht alles drin, mehr müssen Sie nicht wissen." Und zur Protokollantin gewandt: „Diese Äußerung von Kollegin Meerbusch bitte nicht ins Protokoll." Lisas Äußerung wurde mit einem Tintenkiller aus dem Westen gelöscht. *Immer, wenn ich etwas falsch mache, nennen sie mich Kollegin Meerbusch. Sonst bin ich für sie nur Fräulein Meerbusch.*

Reise nach Karlsbad
523 Tage vor der deutschen Vereinigung

Eines Tages kam ein kurzer Brief aus Berlin-Kreuzberg: „Geliebter Spatz! Mir geht es gut. Wenn Du willst, könnten wir uns für ein Wochenende in Karlsbad treffen. Wir trinken ein Budweiser zusammen, einfach so. Sei geküßt, Dein Oliver."

Keine Bedenken, kein Zweifel, Lisa konnte das Wochenende kaum erwarten. *Und Thomas? Ich werde ihm sagen, ich fahre zur Erfurtomi.* Lisa fuhr in einem Zuge mit ihrem Trabi vierhundertfünfzig Kilometer nach Süden. Nur zum Tanken machte sie zwei Pausen. Die Fernverkehrsstraße führte in Schlangenlinien den Fichtelberg hinauf. Klobig klebten neuerbaute Ferienheime in der Landschaft. *Es ist verrückt: Ich fahre einen ganzen Tag, um einen Freund zu treffen, der nur ein paar S-Bahn-Stationen von mir weg wohnt!* Grenze. Gähnende Leere. Schneidender Wind fegte um die Grenzanlagen. Gelangweilt, aber sehr dienstlich saß der Grenzer in seinem Häuschen. Lisa stellte den Motor ab und hoffte, er möge wieder anspringen. Sie gab ihren Ausweis in die Zange der beiden Finger, die durch den schmalen Schlitz lugten.

„Wohin reisen Sie?"

„Nach Karlsbad."

„Allein?"

„Ja."

„Sie können weiterfahren", ordnete der Uniformierte an und schob ihren Ausweis dem tschechoslowakischen Beamten über eine Rutsche zu. Der blätterte den Ausweis durch.

„Wie lange bleiben Sie?"

„Nur übers Wochenende."

Er winkte sie zu einem mürrischen Zöllner durch.

„Haben Sie etwas zu verzollen? Geschenke?" fragte der Tscheche schroff.

„Nein."

„Öffnen Sie bitte den Kofferraum!"

Normalerweise blieb Lisa bei solch einer Prozedur ganz ruhig; sie hatte nichts zu verbergen. Aber diesmal hatte sie es eilig.

Der Zöllner kramte in ihrer Tasche, fragte sie nebenbei, wieviel Geld sie mitführe. Im Innenraum verstellte er die Sitze und hob den Fußbodenbelag hoch. Auf der Sonnenblende entdeckte er fünf Zwanzigkronenscheine. Seine Augen leuchteten auf. Lisas Herz klopfte, als sie sagte: „Das ist meine Reserve, falls mir mein Portemonnaie verlorengeht. Damit ich nach Hause komme!" Daraufhin zählte er ihr ganzes Geld, das sie bei sich hatte, und stellte enttäuscht fest, Lisa hatte die Geldsumme wahrheitsgemäß angegeben. Er verglich den

Betrag mit dem Eintrag der Sparkasse im Ausweis.

„Sie haben dreißig Kronen mehr mit, als Sie umgetauscht haben", sagte er streng. Lisa sah sich schon wieder in die Gegenrichtung fahren.

„Die sind noch vom letzten Mal übriggeblieben", erwiderte sie schnell. Der Zöllner las ihre Notizzettel, die sie in der Brieftasche aufbewahrte, blätterte lange im Adreßbüchlein, drehte skeptisch die Packung mit den Pillen in seiner Hand.

„Öffnen Sie den Motorraum!" Sie tat es. „Bauen Sie den Luftfilter aus!"

In ein Bruderland zu fahren, das solches Mißtrauen gegen die Bürger der befreundeten Nachbarstaaten hegt, habe ich nicht nötig! Doch zwanzig Kilometer weiter wartet Oliver auf mich. Nun laß mich schon weiterfahren!

„Da kenne ich mich nicht aus", sagte sie. „Wenn Sie den auseinandergenommen haben wollen, müßten Sie das freundlicherweise selbst tun."

Er verzichtete, packte statt dessen ihre Teddytasche und trug sie in den Röntgenraum. Die beiden Zigarettenschachteln mußte Lisa aufreißen, und der Zöllner durchwühlte die Kosmetiktasche. Dann endlich: „Sie können wieder einpacken. Gute Reise." Der Zöllner verließ den Raum. Lisa raffte ihre Sachen zusammen und fuhr eiligst davon. Schweißperlen liefen von ihrer Stirn. Das erste Mal fuhr Lisa allein durch Böhmen. Sonst hatte immer Oliver hinter dem Steuer gesessen. *Ich mache dir alle Ehre, stimmt's, Oliver?* Sie parkte den Trabi in einer Karlsbader Seitenstraße und eilte zum vereinbarten Treffpunkt, einem Café. Von Oliver keine Spur. Er kam zwei Stunden später, hatte auch Streß gehabt, erst auf der Autobahn, dann an der Grenze. Er mietete ein billiges Zimmer in einem kleinen Hotel. Die Wände waren schmierig, ein Fenster ausgeschlagen. *Warum gönnt er uns beiden kein vernünftiges Zimmer? Oliver hat sich nicht verändert in seiner Sparsamkeit. Er hat doch genügend Westgeld schwarz umgetauscht.*

Sie badeten zusammen im Bad über den Flur. Er seifte sie vom Hals bis zu den Zehen ein. Immer wieder glitten seine Hände über ihre gespannten Brüste und ihre Schenkel. Mit halb geschlossenen Augen schwelgte sie in seinen Zärtlichkeiten. Sie fixierte eine weiße Kachel an der Wand, die einen Sprung in der Mitte hatte. *Die Kachel wird größer, der Sprung weitet sich zu einem Erdspalt aus. Ich versinke darin, es wird schwarz um mich herum.* Lisa schloß die Augen und sah eine rote Landschaft mit Wiesen und einem See. Als sie in den See eintauchte, vibrierte ihr Körper, das warme Wasser schlug über ihr zusammen, sie atmete nur noch ein, ihre Kehle war trocken, die Muskeln bis auf das äußerste gespannt. Sie hielt sich an Oliver fest, fürchtete, im Wasser zu ertrinken, dann bäumte sie sich auf, Luft schoß aus ihrer Lunge, ihr Körper entspannte sich. Sie schloß die Arme um Oliver, streichelte ihn. Sie erwartete ihn, doch Oliver entzog sich, stieg aus der Wanne und trocknete sich ab. *Warum will er mich nicht rüpeln?*

Sie gingen Knödel mit Gulasch essen. Wieder im Zimmer, zeigte er Fotos vom letzten Urlaub: „Wir sind zuerst mit dem Auto nach Italien gefahren ..." *Wer ist wir?* „... den Stiefel hinunter bis Ancona. Von dort mit dem Schiff nach Kreta, wo wir vier Wochen Urlaub gemacht haben."

Lisa spürte einen Stich im Herzen. *Griechenland! Er hat sich seinen Traum vom Reisen erfüllt. Wer ist die Frau auf dem Foto?* Als hätte Oliver es geahnt, hatte er eine Antwort parat: „Die Frau ist meine Kusine." *Welche Kusine?*

„Von Kreta aus", erzählte er weiter, „sind wir nach Rhodos gefahren."

„Hast du den Koloß gesehen?"

„Welchen Koloß?"

„Den Koloß von Rhodos, das Weltwunder", sagte sie in vorwurfsvollem Ton.

„Habe ich nicht gefunden", sagte er.

„Reingefallen", sagte Lisa und lächelte matt. „Den Koloß von Rhodos gibt es nicht mehr."

Oliver interessierte das nicht. „Im nächsten Winter fahre ich nach Teneriffa, in den Frühling", sagte er. „Da muß man einfach gewesen sein!"

„Ja, da muß man gewesen sein", pflichte Lisa ihm bei. *Ich kann da niemals hinfahren. Der merkt das einfach nicht. Wie egoistisch er geworden ist.* Oliver holte einen Liter französischen Tafelwein, einen Rosé, aus seiner Tasche. Sie tranken den Wein im Bett aus hoteleigenen Zahnputzbechern. Er nahm ihr den Becher aus der Hand, beugte sich über sie, stellte beide Becher auf ihren Nachttisch und schlief mit ihr. Er schlang ihre Beine um seinen Hals. Lisa konnte sich nicht rühren. *Erst etwas essen und trinken, und dann urplötzlich Sex. Ich war seit Stunden bereit.*

Am nächsten Morgen übernahm Oliver die Führung. Das Geld hielt er wie eh und je beisammen. Frühstück in der Selbstbedienungsgaststätte, den Kaffee zwischendurch im Stehen an einem Kiosk. *Er hat anders mit mir geschlafen als vor unserer Trennung; aggressiver, stürmischer. Er hat mich heiß gemacht gestern abend und schmoren lassen, damit er mich rüpeln konnte, wie er wollte. Er hat sich verändert. Ist es die andere Kleidung? Er kommt mir wie ein gönnerhafter Westonkel vor; er weiß alles besser und ist an meinen Sorgen nur aus Höflichkeit interessiert.*

Oliver bog rechts nach Helmstedt ab, Lisa fuhr geradeaus nach Karl-Marx-Stadt. Im Rückspiegel sah sie sein metallicgrünes Auto kleiner werden. Sie hielt an, weil sie ihrer Tränen wegen nichts mehr sehen konnte. *Halteverbot – egal!* Über das Lenkrad gelehnt, ließ sie ihren Tränen freien Lauf. *Warum kann er mich nicht nach Hause bringen? Wieso muß er einen anderen Weg fahren als ich? Weshalb das Affentheater mit Karlsbad? Ich akzeptiere diese Trennung nicht, jetzt, wo ich wieder hoffen kann. Ich könnte ihn wieder zurechtbiegen. Aber dazu müßte ich bei ihm sein!* Ihr Körper krampfte sich zusammen, sie schrie und heulte. Über eine Stunde verbrachte sie am Straßenrand, dann legte sie die Ton-Steine-Scherben-Kassette ein. Rio Reisers Stimme schien den Trabi zu sprengen: „Wir müssen hier raus! Das ist die Hölle! Wir leben im Zuchthaus! Wir sind geboren, um frei zu sein …"

Lisa sang schluchzend den Text mit. Mit verquollenen Augen und weichen Knien fuhr sie den Umweg über die Transitstrecke nach Berlin. *Vielleicht sehe ich dort noch einmal Oliver?* Dieser Gedanke währte nicht lange. Denn Lisa Meerbusch faßte auf dieser Fahrt einen folgenschweren Entschluß. *Ich werde aus der Enge der Volksbildung aussteigen. Für immer. Ich werde kündigen und eine ungewisse Zukunft in Kauf nehmen. Notfalls auch Armut. Dieses Leben wird spannend sein. Mit Thomas? Ja, mit Thomas!*

4. Kapitel

Lisa Meerbuschs Schicksal verwirrt die Götter

Die Götter beraten in ihrer Taverne. Die Papyrusrollen sind von Götterhand zu Götterhand gegangen. Götter brauchen sie nur zu berühren, um zu wissen, was in ihnen geschrieben steht.

Hermes sieht besorgt, wie sich Heras Gesicht verfinstert.

„Lisa Meerbusch hat nicht gelernt, selbständig zu sein", sagt Hera abfällig. „Ihre Emanzipation vollzog sich im Kollektiv. Sie war dabei, und sie hat mitgemacht. Also ist sie eine Kommunistin."

Aphrodite pflichtet ihr bei: „Nicht mal gegen ihre Männer hat sie sich aufgelehnt. Die ist ja nicht ganz bei Trost."

„Lisa Meerbusch hat keine Widerstandskraft", bekräftigt Poseidon. „Sie hat Dinge getan, von denen sie selbst nicht überzeugt war. Um ihre Ruhe zu haben, hat sie sich nicht aufgelehnt."

„Und rüpeln lassen", stichelt Aphrodite.

„Rüpeln?" fragt Hera und schaut in die Runde.

„Die Menschen sagen auch hecken, poppen, beischlafen, bumsen, tocko-

tocko", erklärt Zeus, weise lächelnd.

„Und vögeln", wirft Hermes vorlaut ein. Er ist verdrossen, denn er möchte Lisa Meerbusch auf Kreta behalten, damit Abwechslung in den tristen Götteralltag kommt. Außerdem ist er verliebt in die Fremde. Nicht so wie Zeus, sein Vater, der es nur auf erotische Abenteuer abgesehen hat. Hermes' Begehren ist anderer Art. Er verehrt Lisa Meerbusch um ihrer Lebenslust willen, ihrer Kraft, nach Niederlagen immer wieder aufzustehen, und wegen ihrer Schönheit. Hermes schwört insgeheim, alles dafür zu tun, damit Lisa auf Kreta bleiben kann, in seiner Nähe. Und er will ihr die göttliche Anmut der Insel zeigen. Doch leider zählt sein Wort nicht sehr viel in der Götterversammlung, weil er, knapp drei Millionen Tage alt, mit Abstand der jüngste der Götter ist und von ihnen wie ein Kind behandelt wird.

Athene urteilt vorsichtig: „Natürlich hat Lisa Meerbusch mitgemacht, denn sie hatte keine andere Möglichkeit. Ihre gesamte Erziehung war darauf ausgerichtet, die eigenen Bedürfnisse in den Hintergrund zu stellen. Sie ist hineingewachsen in den Sozialismus. Für sie war es normal, sich in regelmäßigen Abständen auf Versammlungen politisch zu offenbaren."

Hermes nickt erleichtert und ist froh, die von allen geachtete Athene als Mitstreiterin zu haben, und stimmt ihr zu: „Als Lisa Meerbusch das bewußt wurde, ist sie aus dem Schuldienst ausgetreten und aus den Massenorganisationen. In der Einheitspartei ist sie nie gewesen!"

„Sie hat mitgemacht", bekräftigt Hera.

Zeus schüttelt sein Haupt heftig, bis ins Tal hinunter ist der Donner zu hören. Er zieht die Augenbrauen zusammen: „Glaubt sie wenigstens jetzt an uns?"

„Bedenke, sie huldigt gar keinen Göttern!" sagt Hera gereizt.

Hermes wagt eine Bemerkung: „Sie wurde bis jetzt nicht von uns geführt. Keiner von uns hat ihr Träume geschickt, keiner ist ihr erschienen. Wie soll eine Sterbliche das Gute erkennen, wenn ihr von allen Seiten das Falsche als die einzige Wahrheit vorgegaukelt wird?"

„Hermes hat recht", sagt Athene, und Hera täuscht eine Ohnmacht vor. Doch Athene kennt die List ihrer Rivalin, die immer dann in Ohnmacht fällt, wenn sie keinen Ausweg mehr weiß.

„Hermes hat recht", wiederholt Athene. „Kein Kind zweifelt an seinen Eltern, kein Schüler zweifelt an seinen Lehrern. Es gab Eltern, die ihre Kinder zur Doppelzüngigkeit erzogen haben ..."

„Zu Hause kannst du sagen, was du denkst", zitiert Hermes solche Eltern, „in der Schule sagst du, was die Lehrer hören wollen. Wenn der Staat belogen werden will, kann er es haben."

„Es gab nur wenige Eltern, die den Mut zu so einer Erziehung hatten. Lisa Meerbuschs Vater duldete nur eine Meinung, die sozialistische."

„Und die Mutter?" fragt Poseidon.

„Die fügte sich dem Willen des Vaters."

„Lisa Meerbusch wollte Gutes tun", sagt Zeus erregt, „und sie hatte nur die Möglichkeit, innerhalb einer Organisation aktiv zu werden. Hermes, berichte uns, was Lisa Meerbusch davon hatte, als sie einmal auf eigene Faust handelte!"

Hermes greift zielsicher eine Papyrusrolle aus der Gepäcktasche seines Motorrades heraus und liest vor: „Achthundertachtundsiebzig Tage vor der deutschen Vereinigung, am 8. Mai 1988, dem vierundvierzigsten Jahrestag der Befreiung vom Hitlerfaschismus durch die ruhmreiche Rote Armee, legt Lisa Meerbusch mit elf Freunden aus dem Kiez einen Kranz am Mahnmal Unter den Linden nieder. Auf der schwarzen Schleife steht: ‚Nie wieder Krieg!' Das ist ein Käthe-Kollwitz-Zitat. Die jungen Menschen haben Angst vor einem Atomkrieg. Sie stehen eine Minute schweigend vor der ewigen Flamme. Sie werden von Fotografen umlagert. Dann verlassen sie die Gedenkstätte. Als sie die Parkplätze ihrer Automobile erreichen, kommen zwei Männer in Zivil auf sie zu und verlangen die Ausweise."

„Warum?" fragt Ares. „Was ist Falsches daran, den Krieg zu fürchten?" Er wirft sich in die Brust und streicht wichtigtuerisch über seinen Schild.

„Die beiden Männer", fährt Hermes fort, „begründen die Maßnahme mit dem fehlenden Absender auf der Schleife."

„Welchen Absender hätten sie angeben sollen?" regt sich Poseidon auf. „Die Menschheit?"

„Das Problem war", sagt Hermes, „die Aktion war spontan, nicht angemeldet, nicht unter der Führung einer Organisation. Die jungen Menschen trugen nicht die blauen Hemden der Staatsjugend. Ihre Personalien wurden überprüft. Lisa Meerbusch war diejenige der Gruppe, die am leichtesten anzugreifen war. Als Lehrerin war sie Staatsdienerin. Sie ging am nächsten Morgen zu ihrer Direktorin, erzählte die ganze Geschichte und fragte, was sie denn falsch gemacht habe. Die Direktorin sagte: ‚Kollegin Meerbusch, Ihr Anliegen in allen Ehren, aber was Sie gestern getan haben, war unüberlegt. Hätten Sie auf die Schleife geschrieben: Nie wieder imperialistischer Krieg, dann wäre möglicherweise nichts passiert.' Lisa Meerbusch erwiderte verzweifelt: ‚Es ist mir egal, ob ich von einer Pershing oder von einer SS 20 getroffen werde. Tot ist tot! Nach einer nuklearen Katastrophe wird es keinen mehr geben, der analysiert, welche Seite den gerechten und welche den ungerechten Krieg geführt hat!'"

Hermes macht eine Pause und schaut in die Runde. „Erzähle weiter", fordert Athene, gespannt wie die anderen Götter.

„Eine Stunde nach diesem Gespräch rief der Geheimdienst in der Schule an und schilderte den Vorgang auf seine Weise. Lisa Meerbusch sei mit Wehrdienstverweigerern, arbeitsscheuen Elementen und Kirchgängern zusammengewesen. Da gegen Lisa Meerbusch sonst nichts vorläge, forderte die Stimme am Telefon, sei die Tat im Kollektiv auszuwerten und in Zukunft bewußter auf Lisa Meerbusch einzuwirken. Die Direktorin berief eine

außerordentliche Dienstversammlung ein, auf der sich Lisa Meerbusch von ihrer Tat distanzieren sollte …"

„Das gibt es doch nicht!" ruft Ares empört.

„Auf welch wackligen Beinen muß dieser Sozialismus gestanden haben", meint Aphrodite, „wenn der Geheimdienst sich von elf Jugendlichen verunsichern läßt."

„Hat sie sich denn distanziert?" will Ares wissen.

„Sie ging diplomatisch vor", antwortet Hermes. „Sie sagte: Ich distanziere mich nicht davon, meinen Friedenswillen bekundet zu haben. Vielleicht hätten wir das anders organisieren sollen. Damit gab sich das Kollegium zufrieden."

„Lisa Meerbusch hat den Lehrerberuf aufgegeben", führt Athene aus. „Ihr Leben wäre sonst bis ins Detail vorherbestimmt gewesen, alle zwei Jahre Gehaltserhöhung, nach soundso vielen Berufsjahren Beförderung, Prämien in regelmäßigen Abständen, Auszeichnungen wie Verdienter Lehrer des Volkes oder Aktivist der sozialistischen Arbeit."

„Es ist nichts dabei, eine geachtete Pädagogin mit jahrelanger Berufserfahrung zu sein", kommentiert Zeus.

„Darum geht es nicht", sagt Athene. „Lisa Meerbusch wehrte sich gegen die Erwartungen, die der Staat in sie setzte. Sie wollte nicht weiter mitmachen."

„Und dann?" fragt Zeus ungeduldig.

„Sie war arbeitslos", antwortet Hermes, der im langen Papyrusband liest. „Sie lebte, ohne einen Pfennig zu verdienen. Da es in der DDR offiziell keine Arbeitslosen gab –, das widersprach dem Grundrecht auf Arbeit – gab es auch keine Arbeitslosenunterstützung, keine Sozialhilfe, kein Wohngeld."

„Die Grenze ist geöffnet worden", sagt Zeus.

„Damals noch nicht", gibt Hermes zu bedenken. „Lisa Meerbusch war in dem Glauben, die DDR würde länger existieren als sie selber."

Geburtstagsfeier in Biesenthal
372 Tage vor der deutschen Vereinigung

Lisa war mit ihrem Trabi quer über den harten Stoppelacker zum Grundstück der Meerbuschs in Biesenthal gefahren. Die Datsche lag einige hundert Meter von der Landstraße entfernt, mitten in den Feldern, ein Hektar großes Restgrundstück von Opa Herberts ehemaligem Besitz. Sie war frischen Reifenspuren gefolgt und ganz benommen von dem Geruch von staubiger Erde und Stroh, der über den abgeernteten Feldern hing. Als Kind war sie oft mit dem Döskopp stoppeln gegangen und hatte den Männern auf ihren riesigen Mähmaschinen hinterhergewinkt. *Manchmal durfte ich mitfahren, oben in der kleinen Kabine, mitten im Krach, im aufgewirbelten Stroh, Tausende von Spelzen im Haar und unter dem Hemd, eine abenteuerliche Tortur. Hoch über der Erde hatte ich den weiten Blick über die Felder.*

An diesem Septembernachmittag des Jahres 1989 hatte die Sonne eine Kraft wie im Mai. Spatzen spektakelten im Gestrüpp, und Amseln raschelten durch das erste welke Laub. Zwischen den Autos, die auf dem Parkplatz vor der Scheune standen, nahm sich Lisas delphingrauer Trabi recht schäbig aus. Da prunkten ein hochglanzpolierter Lada, ein Wartburg mit Knüppelschaltung, ein viertüriger Golf und Onkel Willis neuer Campingbus, der mit der Ladeklappe zum Garagentor hin abgestellt war, wo Opas Trabi stand. Ein Flugzeug hinterließ am Himmel eine weiße Spur. *Etwas mehr Courage, und ich könnte da oben sitzen und überall hinfliegen; ich hätte nur mit Oliver mitgehen müssen.*

Die Datsche in Biesenthal hatte sich Opa Herbert über Jahre hinweg zum Altersdomizil ausgebaut. Teile des morschen alten Holzhauses hatte Sohn Willi unterkellert und durch drei Fertigbauteile ersetzen lassen. Seitdem hieß die Datsche im Freundeskreis nur noch Nummer neun, da sie aussah, als hätte ein Architekt die restlichen acht Stockwerke des Neubaus vergessen. Zum Trost erinnerte der alte Eingang an die ursprüngliche Holzhütte, ein von Wein und blühenden Rosensträuchern überwuchertes Idyll. *Auf der Kellertreppe habe ich mit meinen Puppen und Plüschtieren Schule gespielt. Die Kreuzspinne Elvira bekam die schlechtesten Zensuren, weil sie so oft den Unterricht schwänzte. Der geheimnisvolle dunkle, kühle Keller, der Duft nach Erde, gelagerten Äpfeln und Kartoffeln – das werde ich mein Leben lang nicht vergessen.*

Vor dem Haus auf dem Acker blühten noch die Sonnenblumen, deren Köpfe sich im Sommer immer mit der Sonne drehten, bis sie abends sehnsüchtig mit Blick südwest einschliefen. Ihre großen runden Köpfe welkten schon, Vögel, die in dieser Gegend auf ihrem Flug nach Süden pausierten, pickten sich die Kerne heraus. Dahinter der angrenzende Weiher, ein alter Bombenkrater mit fünf Pappeln und Birken auf sumpfigem Boden. Er trocknete langsam aus, wie jeden Herbst. Oft war sie mit Onkel Willi in einem Nachen darauf herumgerudert und hatte im Schilf das Familienleben der Bleßhühner erforscht. Im Nachen erzählte Onkel Willi herzzerreißende Geschichten von den Reihern und Störchen, die auf dem Flug nach Süden abenteuerliche Gefahren bestehen mußten. Im Winter lagen tote schwarze Muscheln auf dem gefrorenen lehmigen Grund.

Lisa holte aus dem Trabi das Geburtstagsgeschenk für Elke, die Kastanien für Opa Herbert, ihr Fernglas, das Radio und packte alles in die Teddytasche. Eine Elster fühlte sich gestört, als Lisa am Türschloß ihrer Rennpappe herumfummelte. Aufgeregt hüpfte der Vogel auf dem alten Lattenzaun hin und her und flog auf die kanadische Lärche.

Lisa schlängelte sich an Willis Campingbus vorbei. *Ich kann mir denken, wie es hinter den getönten Scheiben aussieht. Bequeme Sessel, Bar,*

Fernseher mit Video, eben Luxus. Sie schloß das Gartentor hinter sich, damit die Hühner nicht rausliefen. Überall auf dem Grundstück standen exotische Bäume, die Willi von seinen Auslandsreisen mitgebracht hatte. Aus dem Garten klang Akkordeonmusik. Lisa hörte Alexandras hektisches Rufen: „Bier her, Bier her!" Jäh brach das Akkordeonspiel ab, grauer Rauch stieg hinter dem Haus auf. *Alexandra grillt wieder, und ohne Bier geht's nicht.*

Opa Herbert tauchte auf. Als er Lisa sah, stellte er sein Akkordeon auf die Bank vor dem Haus und ergriff zur Begrüßung ihre Hände, strich zärtlich darüber, wärmte sie. Dürr und krank stand er da, zweiundsiebzig Jahre alt. Der graue Hut mit der schlaffen Krempe hing schief auf dem Kopf.

„Die ganze Bagage ist schon da", begrüßte er seine Enkelin. Seine zwergenhafte Gestalt straffte sich. Lisa genoß den Händedruck. Er deutete in den Garten, gestreßt vom Geburtstagstreiben. „Es ist mächtig was los da hinten."

„Augen zu!" befahl Lisa, und als Opa Herbert gehorchte, schüttete sie die frisch geernteten Kastanien aus ihrem Hinterhof in seine Kitteltaschen, die er sogleich mit seinen Händen durchwühlte. Über sein runzeliges Gesicht glitt ein Lächeln.

„Damit die Gicht aus den Fingern weicht", sagte Lisa. Opa Herbert lächelte. „Ich habe Arbeitslager, Sibirien und den Stalinisten Ulbricht überstanden, was soll's also?"

Mit diesem Satz pflegte Opa Herbert alle Unbilden seines Lebens zu verharmlosen. Zum Beispiel, wenn die Rekruten der Sowjetarmee, die in der Gegend um Biesenthal stationiert waren, mit ihren Lastern an der Landstraße hielten und lärmend von der Ladefläche aus die Apfelbäume schüttelten und aberntetеn, sagte Opa Herbert diesen Satz. Oder wenn ihn allherbstlich die Grippe heimsuchte, oder wenn es vor der Maisernte Frost gab. Besonders laut gab er ihn von sich, wenn ihn jemand aufforderte, sich im Auto anzuschnallen. *Wie oft mein Opa wohl dem Tod entkommen ist?* Vierundzwanzigjährig wurde er 1943 gezogen und kehrte erst 1954 aus sowjetischer Gefangenschaft heim. Den Hof, den die Omi treu verwaltet hatte, mußte er in die LPG einbringen. Die Ehe wurde geschieden, war an der Gefangenschaft zerbrochen. Die Omi zog nach Erfurt und hieß von da an für die Meerbuschs Erfurtomi. Opa Herbert arbeitete als Postbote und zog sich mit fünfundsechzig auf Nummer neun, seinen Restbesitz, zurück. Die drei Morgen Land und das Haus bewirtschaftete er allein. Lisa freute sich, ihren Großvater gesund wiederzusehen. „Na, wie geht's, Opa Herbert?"

Statt einer Antwort küßte er ihre Wange, feucht, und der Stoppelbart piekte.

„Frau Lehrerin", brummte er ehrfürchtig. „Du bist mein einziger

Lichtblick." *Allen Leuten erzählt er von seiner studierten Enkelin. Ob Fachschule oder Uni, egal, studiert ist studiert!* Auf der Landstraße hielt ein weißer Lada. *Vati kommt selbst zum Geburtstag seiner Frau zu spät.* Lisa sah durch ihr Fernglas, wie er vom Rücksitz umständlich einen Blumenstrauß griff. *Rosen, wie jedes Jahr.*

Ernst zog die Schuhe aus und Gummistiefel an, schloß das Auto ab und lief über die abgeerntete rotbraune Erde zur Datsche. Wolken von Vögeln flogen vor ihm auf. *Die Formationen für die lange Reise. Wenn ich ein Vöglein wär. Ich läge jetzt in Kreuzberg mit Oliver im Bett, und wir würden mit Rotwein auf den Geburtstag meiner Mutter anstoßen und dazu Schmalzschrippen essen. Vielleicht hätte ich ein Kind?* In der Mitte des Ackers wurde Ernst von einem Moped eingeholt. Darauf saß Schmeling. Früher einmal war er Dorfpolizist, und er ist es für die meisten Anwohner geblieben. In Wirklichkeit hieß er nicht Schmeling, sondern Max Schmalbach. *Der weiß genau, wann bei den Meerbuschs etwas los ist. Dann fällt immer ein Schnäpschen für ihn ab.*

„Der Morgenurin, der schwere Morgenurin, ist der beste", murmelte Opa Herbert neben der Tonne bei seiner Lieblingsbeschäftigung. Wenn die sinkende Sonne den Abend ankündigte, schöpfte er bedächtig den flüssigen Dünger in eine Gießkanne. Ein Tieflader vom nahen Baukombinat hielt genau hinter Ernsts Auto. Arbeiter rannten um das Gefährt. *Vielleicht kommt er nicht an Ernsts Wagen vorbei? Was soll der Kran auf dem Tieflader?*

Das Moped knatterte heran. Opa Herbert klopfte Max auf die Schulter und lachte, als der in seiner Umhängetasche kramte, ihm geheimnisvoll zwei frische Kuhhörner übergab und „Schlachtfest" flüsterte.

„Bis morgen", rief Opa Herbert Schmalbach hinterher. „Döskopp!" Er ließ zufrieden die Kuhhörner in das Faß fallen, nahm die Gießkanne mit der Jauche und begann, die Herbstastern zu gießen, die entlang der Betonwände blühten. Auf der Landstraße stieg beim Tieflader eine gelbbraune Staubwolke auf. *Was ist dort nur los?*

„Ach, Herbert, kannst du nicht warten, bis die Gäste gegangen sind", rief Elke Meerbusch. „Spiel uns lieber ein Lied!" Dann erblickte sie ihre Tochter. Opa Herbert stoppte seinen Jaucheangriff und verschwand mit der Gießkanne.

„Schon wieder neunundzwanzig?" scherzte Lisa.

„Sei nicht so frech!" Elke umarmte sie und führte sie in den Garten. „Wo kommst du denn her?"

„Über den Acker", sagte Lisa. „Alles, alles Gute!" Sie holte ein Päckchen aus ihrer Jackentasche und gab es ihrer Mutter. Elke wog das Päckchen in ihrer Linken und nestelte mit der Rechten an der Schleife. Lisa begrüßte indes Herrn und Frau Pankowski. Beide arbeiteten als

Staatsanwälte am Stadtbezirksgericht Mitte und ließen keine Gelegenheit aus, auf Meerbuschs Grundstück zu kommen. Dann wechselte sie mit Nadine und ihrem Mann Wolfgang ein paar Worte; sie waren Richterkollegen ihres Vaters.

Opa Herbert kam mit seinem Akkordeon zurück, gefolgt von seinem Sohn Willi, der schmulte neugierig über Elkes Schulter.

„Du bist ja wahnsinnig, Töchterchen", entfuhr es Elke, die ein Glas mit blauen Badesalzkugeln ausgepackt hatte. „Du sollst nicht soviel Geld für mich ausgeben!" Lisa hatte nur noch Augen und Ohren für ihren Onkel. Sie sprang in seine Arme, kümmerte sich nicht um die erstaunten Blicke der Geburtstagsgäste.

„Bonjour, Madame", sagte Willi. „Laß dich anschauen! Toll siehst du aus!"

„Du auch", konterte sie. „Wie vier Wochen Ostseeurlaub!"

„Betreue du mal acht Hochkarätige aus dem Ministerium für Inneres im kapitalistischen Ausland."

„In Griechenland", präzisierte Trude Lehmann, Richterin in Ernsts Abteilung. Sie drängte sich an Willi und küßte ihn. Trudes Lebensgefährte Alfred, Kraftfahrer bei der Post, beobachtete sie gespannt. Sein Blick ging von Trude zu Elke, dann zu Willi und wieder zu Trude. Für eine Sekunde verstummten die Geburtstagsgäste. Seit einigen Monaten hatte Trude mit Ernst eine Affäre. Jeder wußte davon, gesprochen wurde darüber nicht. *Trude hat ein sanftes Gesicht. Wie die Regentrude im Märchen. Ich an Elkes Stelle hätte sie ausgeladen.*

„Es war eine Dienstreise zu griechischen Genossen", lenkte Willi ab. Er ging mit Lisa um das Haus zu Opas Lieblingsbank bei der Jauchetonne.

„Ich habe gehört, du hast noch keine Arbeit gefunden", sagte Willi.

„Hat Ernst ...?"

„Nein, deine Mutter sorgt sich sehr."

Wieso redet sie mit ihrem Schwager über mich?

„Ihr denkt wohl, ich hau ab, über Ungarn wie die anderen?"

„Nein, das denkt niemand, aber ..."

„Was?"

„Wir machen uns Sorgen um dich, um deinen Freund Thomas."

„Wieso?" fragte Lisa überrascht.

„Elke und ich glauben", sagte Willi, „du solltest das Leben wieder mit einer normalen Elle messen."

Thomas lebt bei mir von meinem Gesparten. Willi hat recht, allmählich geht es an meine Substanz. Elke kam hinzu und setzte sich neben Willi. In ihrer Hand hielt sie eine rotbraune Tonscherbe: „Das hat mir Willi aus Griechenland mitgebracht! Die Scherbe stammt von der Insel Kreta!" *Willi, du hast genau in die Wunde gestochen, hast ihre Sehnsucht nur noch verstärkt. Sie wird diese Insel erst als Rentnerin sehen, wenn sie in den Westen fahren darf.*

„Im Norden der Insel", erzählte Willi, „besitzen griechische Genossen zwei Hotels, und wir haben da bestimmte Rechte."

„Der Partei gehören also auf Kreta Hotels?" fragte Lisa. Willi schwieg.

„Die Scherbe in meiner Hand ist viertausend Jahre alt", stellte Elke fest. „Woher kommt sie?"

„Aus meinem Lieblingsdorf Nummer eins. Es heißt Mirtos und liegt bei Ierapetra, im Südosten der Insel."

„Ierapetra", wiederholte Elke, „wie schön das klingt."

„Zweitausendfünfhundert vor unserer Zeitrechnung haben die ersten Ureinwohner auf den Hügeln an der Südküste Tempel und Städte errichtet. Dort hat man auch das erste sakrale Gefäß eines Fruchtbarkeitskultes gefunden: die Göttin von Mirtos."

„Mirtos", Elke sprach das Wort beinahe beschwörend aus. „Die Göttin von Mirtos."

„Bei Mirtos gibt es zwei Siedlungen, in denen die Menschen Fruchtbarkeitsgötter verehrten", dozierte Willi.

„Die Mutter von Zeus hieß Rhea", sagte Elke. „Sie ist in den frühen orientalischen Religionen die Mutter Erde."

Elke strich über die Scherbe. „Das Gefäß wurde mit der Hand geformt. Siehst du die Fingereindrücke? Es muß ein ziemlich großer Krug gewesen sein. Oder eine Schale. Größere Vorratsbehälter konnte man nicht auf einer Töpferscheibe herstellen." Sie hielt die Scherbe in der einen Hand und zeichnete mit der anderen die Form des Gefäßes in die Luft.

„Du mußt da noch öfter hinfahren, Willi!" sagte sie. „Du mußt die anderen Scherben des Kruges suchen und mir bringen."

„Ach, Elke. Da liegen Millionen von Scherben."

„Diese Scherbe, die kann ich spüren, erleben", sagte Elke, und ihre Augen leuchteten. „Es ist ein großer Unterschied zwischen wirklichem Erleben und meinen jahrelangen Studien im Trockendock. Man muß wohl in der Partei sein oder Angestellter in deiner Abteilung, um dorthin fahren zu können. Das ist traurig. Und wenn ich diese Scherbe sehe, dann wird mir bewußt, ich werde Kreta wahrscheinlich nie sehen." Sie betrachtete wehmütig die Scherbe.

„Was ist denn daran so wichtig?" fragte Willi. „Damals wie heute haben Menschen gelebt und Spuren hinterlassen. Das ist doch alles erforscht!"

„Nein, Willi! Das Sinnliche fehlt. Meine Biesenthaler Gefühle reichen nicht aus, um nachzuvollziehen, wie die Menschen vor viertausend Jahren in der kretischen Landschaft lebten. Ich kann mir tausendmal einen Bildband über Kreta anschauen – was ist das schon, verglichen mit dem Sonnenpunkt, der dir morgens ins Auge sticht, den Geräuschen, den Gerüchen. Diese ursprünglichen Empfindungen werden mir vorenthalten, und das macht mich traurig, verstehst du?"

„Und wir sitzen hier in Biesenthal", sagte Lisa. „Es ist ja schön, aber immer nur Biesenthal?" Elke sah einem Vogelschwarm nach, der in die Pappeln einfiel. *Die fliegen nach Kreta. Und noch weiter weg. Nach Afrika, über den Äquator.*

„Hier steckt ihr!" Trude Lehmann kam um das Haus. „Veranstaltet ihr eine Privatfeier?" Sie nahm Willis Arm, und er ließ sich von ihr wegführen. Elke blickte Trude voller Haß nach. *Es muß ihr sehr weh tun.*

„Wenn ich einen Wunsch bei einer Fee hätte", lenkte Lisa ihre Mutter ab, „wünschte ich, du könntest einmal in deinem Leben Kreta sehen."

„Lieb von dir. Komm mit zum Grill, du hast Alexandra noch nicht begrüßt."

Alexandra empfing Lisa mit beiden Händen in den Hüften und rief mit gespielter Empörung: „Ich dachte, du kennst mich nicht mehr!"

In der glühenden Holzkohle schossen die Flammen hoch. „Bier her!" rief Alexandra. Wolfgang ergriff seine Flasche und sprang zu ihr. Alexandra schüttelte die Flasche und bespritzte mit dem Bier den Grill. Das Fleisch zischte. Blauer Qualm nebelte sie ein. Mit einer Gurkenzange wendete sie die Kammscheiben und legte Brot auf den Rost. Alexandra Ullrich war Anfang Vierzig und hatte die Figur einer Tänzerin. In der Zeitschriftenredaktion wurde sie darum beneidet. Elke und sie saßen sich im Büro gegenüber und waren unzertrennliche Freundinnen. Beide arbeiteten im Ressort Kultur und hatten dieselbe Vorliebe für Schokolade, Eis und Schlagsahne. Solange Lisa denken konnte, gehörte Alexandra bei jedem Familienfest dazu, sie war für Lisa wie eine Patentante.

Lisa stellte sich auf die Stufen des Hauseinganges, nahm ihr Fernglas und beobachtete den Kran, der eine riesige Betonwand von dem Tieflader hob. *Die vierte Wand für die Nummer neun, mein Gott! Und das ausgerechnet an Elkes Geburtstag.* Der Grill arbeitete wieder normal.

„Also, wie Sie das immer hinkriegen", staunte Frau Pankowski, „so herrlich durchwachsenen Kamm zu organisieren!"

Elke lachte. „Das ist jahrelange Agitationsarbeit beim Fleischer. Ich bringe dem jede Woche aus der Redaktion eine Zeitschrift mit, und dafür kriege ich ab und zu so etwas Feines."

„Wenn ich mal was für deinen Fleischer tun kann", Trude, „dann gib mir rechtzeitig Bescheid, ja? Wenn der seine Frau umgebracht hat,

Hackebeilchen und so."

Lisa konnte mit bloßem Auge sehen, wie sich der Kran mit der schaukelnden Wand in Bewegung setzte. *Wenn der hier ankommt, ist die Hölle los!* Willi stand neben Lisa, er roch nach Bier. „Die Eingangstür ist eine Sonderanfertigung", sagte er. „Ware gegen Ware: Ein Stereofernseher mit eingebautem Video, direkt aus Japan! Habe ich im Auto für die Jungs. Und zwanzig unterschiedliche Biersorten von drüben, von Flens bis Paulaner."

Ernst gratulierte Elke. Die Rosen hatten im Feldwind gelitten. Elkes Freude hielt sich in Grenzen, sie bedankte sich höflich, hielt ihm die Wange zum Kuß hin. *Diese Kälte zwischen den beiden. Ausgerechnet mit Trude ... Mein Vater dreht durch. Torschlußpanik?*

Ernst begrüßte reihum die Arbeitskollegen. Sein Blick verfinsterte sich, als er Lisa rauchen sah. „Alle schlechten Menschen rauchen", grollte er. „Es muß nicht jeder schlecht sein, der raucht; aber alle schlechten Menschen rauchen."

Elke brachte ihrem Mann Bier und Korn.

„Ja, sonst wird mir übel", sagte er mit einem Seitenblick zu Lisa und goß den Korn hinunter. *Du, reiß dich zusammen. Ich hasse dich für das, was du Mutti antust!*

„Sag, Lisa, wo hast du denn deinen Freund?" fragte Trude. „Wie heißt er gleich?"

„Thomas", antwortete Lisa gelassen, „der arbeitet auf dem Wochenmarkt."

„Ich denke, der ist Filmvorführer im Kino?" mischte sich Nadine ein. Ernst schnaufte und hob den rechten Mundwinkel. *Ich weiß genau, was er jetzt denkt: Erst schleppt sie einen Kriminellen an, der in den Westen abhaut, dann ein arbeitsscheues Subjekt.*

„Die heutige Jugend", sagte Pankowski, „die lebt anders als solche verknöcherten Alten wie wir. Habe ich recht, Lisa?" Er lächelte, Dank heischend. Lisa wollte nicht unhöflich sein und nickte. Ernst wandte sich ab und begrüßte seinen Vater. Der spielte das Lied von der Wolokolamsker Chaussee und sang den russischen Text. Nadine summte die Melodie versonnen mit.

„Ach, Herbert, und das hat mir der Postbote für dich mitgegeben", erinnerte sich Ernst und gab ihm ein in Zeitungspapier eingewickeltes Paket.

„Von dem ist nichts Brauchbares zu erwarten", grummelte Opa Herbert und wickelte das Paket skeptisch aus. Der letzte Zeitungsbogen war noch nicht entfernt, da leuchteten seine Augen auf: „Pferdegold für die Rosen!"

Frau Pankowski, Nadine und Trude verzogen angeekelt die Gesichter, als sie die Pferdeäpfel in Herberts Schoß sahen. Opa Herbert nuschelte: „Will sich wohl wieder einkratzen, der Döskopp.“

Willi nahm Opa Herbert den kostbaren Dünger ab und verteilte ihn mit bloßen Händen liebevoll an den aufgehäufelten Rosenstöcken vorm Haus.

„Geheimrezept. Sehen Sie sich die Rosen an“, flüsterte Elke Frau Pankowski zu, die Willi kopfschüttelnd zusah.

„Ja, sie sind wirklich himmlisch“, antwortete sie unsicher.

„Wo kommst du denn jetzt erst her?“ erkundigte sich Wolfgang. „Am Geburtstag deiner Frau!“

„Termine, Termine“, seufzte Ernst.

„Sicher haben Sie wieder ein paar Asoziale verdonnert, Herr Doktor Meerbusch“, provozierte Alexandra. „Oder haben Sie ein paar Kinder ins Heim verfrachtet?“

Am Tisch wurde es still. Alexandra wendete gelassen die Steaks.

„Reiz ihn nicht“, flüsterte Lisa.

„Irgendwann wirst du mich verstehen.“ Alexandra schichtete das gegrillte Fleisch auf eine Holzplatte. *Wie mein Vater guckt. Die Freundschaft zwischen ihr und Elke mißfällt ihm seit langem.*

„Das war wirklich nicht nötig“, sagte Elke, als sie Alexandra die Platte abnahm.

„Es stimmt doch, frag ihn!“ rief Alexandra erregt.

„Alexandra neigt immer zu Übertreibungen“, sagte Ernst. „Das Recht in seiner Praxis läßt nun einmal keinen Spielraum!“

„Ja“, mischte sich Trude ein, „die Leute glauben, wir Richter seien wahre Ungeheuer!“

„Ich war ja gestern bei Ihrer Verhandlung! Die Urteilsbegründung hat mir die Schuhe ausgezogen!“

„Aber, aber, Alexandra!“ Herr Pankowski versuchte zu vermitteln. Alexandra redete sich in Rage: „Nicht mal die Familie des jungen Mannes durfte am Prozeß teilnehmen!“ Sie zitterte am ganzen Körper, ihr Gesicht war wie von körperlichem Schmerz verzerrt. „Weil im Saal bloß eure eigenen Leute saßen.“ Sie warf die Gurkenzange, mit der sie das Fleisch gewendet hatte, wütend auf den Rasen und ging zum Haus.

„Was war denn los?“ fragte Elke ihren Mann.

„Nichts weiter. Da wurde über einen Unbelehrbaren verhandelt, der über Ungarn abhauen wollte.“

„Das ist der reinste Irrsinn“, schrie Alexandra vom Haus herüber. „Da wird einer eingesperrt, wo täglich Tausende gehen!“ Sie faßte sich an die Stirn, suchte nach Worten. „Und nur, weil sie den Nachbarn anvertraut hatten, wohin die Reise gehen sollte. Das war ihr einziger Fehler!“ *Ihr Ausbruch ist wie ein Schrei. Wenn das mal gut geht.* Ernst brauste auf: „Fehler? Es kann schließlich nicht jeder so einfach abhauen! Wo kommen wir denn da hin?"

„Alexandra", rügte Nadine, „das ist eine Geburtstagsfeier."

„Und deshalb darf man nur über das Wetter reden?" Alexandra sah Elke an, die regungslos am Tisch stand und verlegen in die Runde lächelte. Ernst wich dem Blick seiner Frau aus. Trude strich ihm beruhigend über die Schulter: „Ach, Ernst." Die Intimität der Berührung riß Elke aus ihrer Erstarrung. „Was ist daran kriminell, wenn jemand nach Ungarn fährt?"

Warum fragt sie nicht, seit wann er sich von Trude streicheln läßt?

„Komm, komm, komm", wies Ernst sie zurecht und trank noch einen Korn. Die Geburtstagsgäste waren plötzlich sehr intensiv mit sich selbst beschäftigt. Frau Pankowski prüfte den roten Lack auf ihren Nägeln, Nadine zwirbelte eine Locke um ihren Zeigefinger, Wolfgang studierte den Wellengang in seinem Schnapsglas, Alfred blickte seine Trude verständnislos an. Alexandra hatte ihren Stuhl umgedreht und beobachtete staunend den herannahenden Kran. *Ernst erzählt zu Hause selten von seiner Arbeit als Richter. Das Vorbild Ernst, unantastbar; die Ehe meiner Eltern, rein und unerschütterlich – alles zerbricht vor meinen Augen.*

„Ich würde auch gern mal rüberfahren", träumte Pankowski. „Angenommen, jemand schenkt mir tausend Westmark. Da würde ich einmal in meinem Leben so richtig einkaufen. Dann wäre ich glücklich. Ich würde wiederkommen."

„Ach, hör auf", sagte seine Frau und lachte. „Ich weiß genau, wie das aussehen würde. Autolack, Autoöl, Autowachs, Schonbezüge für die Sitze, Zierradkappen, beheizbare Spiegel ..."

„Na-na-na", lenkte ihr Mann ein, „an dich würde ich auch denken."

„Ach ja?"

„Klar, endlich könntest du deine Wäsche nicht nur sauber, sondern rein pflegen!" sagte Pankowski. Alexandra mußte ein Lachen unterdrücken.

„Typisch Mann", meinte Frau Pankowski. „Der schenkt mir zu Weihnachten, zum Geburtstag und ähnlichen Anlässen nur Haushaltshilfen, ein Bügeleisen, eine Schürze mit Plauener Spitze ..."

Nadine kam Arm in Arm mit Willi in den Garten. Keiner hatte ihr Weggehen bemerkt. Willi bot ihr galant einen Campingstuhl an. *Läuft etwa was zwischen Nadine und Willi?*

„Ein absolutes Reiseverbot bringt auf Dauer nichts", sagte Elke.

„Was meinst du damit?" fragte Ernst lauernd.

„Die strengen Reisebestimmungen."

„Es soll ja Vorschläge geben, die Reisemöglichkeiten für alle zu verbessern", sagte Lisa. „Ich habe gehört, das kommt noch vor dem Republikgeburtstag am 7. Oktober!"

„Journalistenträume“, sagte Ernst abfällig.

„Unsere Regierung fährt ja auch überall hin“, konterte Alexandra. „Unser Gewerkschaftsboß ist zum Beispiel gerade beim DGB in Hannover zu Gast. Erzähl doch mal vom Paradies, Willi, von den griechischen Inseln. Gibt es da in den Nobelhotels auch für die Bonzen Essendurchgänge A und B?“

„Warum erzählen mir laufend Staatsmänner und ein paar Fotografen, wie es in der Welt aussieht?“ sagte Elke traurig. „Ich habe doch selber Augen.“

„Dann beantrage eine Reise“, empfahl Pankowski. „Es gibt viele, die jetzt fahren dürfen.“

„... und nicht wiederkommen“, ergänzte Ernst.

„Wenn jetzt Reisefreiheit herrschte“, sagte Elke, „was nützte sie mir, ich habe doch kein Westgeld.“

„Dieser Streß!“ Frau Pankowski schüttelte sich. „Den Papierkrieg mit den Reiseunterlagen erspare ich mir lieber. Dabei ärgere ich mich jedesmal beim Arzt, wenn der mir weismachen will, daß die allergischen Asthmaanfälle meiner Tochter nichts mit der verdreckten Luft zu tun hätten. Hätte Mielkes Tochter so was, dann hätte die ihr Leiden längst in geheimen Waldkliniken oder in Zypern auskuriert.“

Pankowski stieß seine Frau an.

„Warum soll ich denn da drüben bleiben, die DDR ist meine Heimat“, sagte Elke.

„Warum gehen denn die Leute“, fragte Alexandra, „wenn angeblich alles in Ordnung ist? Die Funktionäre müßten mal in meine Kaufhalle kommen oder mal mit meiner Straßenbahn fahren. Die würden sich umschauen!“

„Das Schlimmste ist die Hoffnungslosigkeit“, sagte Elke. „Es ändert sich nichts. Da entstehen Bürgerinitiativen, deren Forderungen sind unabweisbar, und keiner der hohen Herren rührt einen Finger, obwohl der Unmut nicht mehr zu übersehen ist.“

Ernst starrte fassungslos seine Frau an, dann in die Runde.

„Was willst du denn dort?“ lenkte Willi ein. „Die im Westen sitzen am Wochenende genau wie wir in ihren kleinen Wochenendhäuschen und trinken Kaffee und grillen und singen Lieder.“

„Das Wandern ist des Müllers Lust.“ Alexandra lachte bitter.

„Das sind nur ganz wenige, die drüben bleiben. Ich würde auch gern mal fahren“, sagte Nadine.

„Ich kann mir nicht vorstellen“, sagte Frau Pankowski, „daß unser Fürst in Wandlitz morgens eine Rahmbutterschachtel und Wabbeltütenmilch auf dem Frühstückstisch hat und daß er seiner Frau zu Weihnachten eine große Büchse Florenacreme schenkt.“

Alle lachten, auch Elke. Willi umarmte Alexandra. *Mein Onkel mag*

Alexandra! Ich hätte es sehen müssen. Ernst, dem die Geste seines Bruders nicht entgangen war, sagte aufgebracht: „Wir geben doch den Sozialismus nicht einfach auf! Wie viele Menschen haben dafür ihr Leben gelassen!“

„Ich glaube trotz der gegenwärtigen Umstände an eine Erneuerung, also an eine Reform des Sozialismus“, konterte Alexandra.

„Wie soll denn so ein Sozialismus aussehen?“ fragte Ernst verächtlich. *Er wird immer sturer. Ihm paßt auch das Zusammensein von Willi und Alexandra nicht.*

„Demokratie, Freiheit“, schimpfte Ernst weiter. „Ich kann das Geschwafel dieser Leute nicht mehr hören! Die haben selber keine Vorstellung von einer besseren Gesellschaft! Was die anbieten, ist alter Wein in neuen Schläuchen!“

„Wie poetisch“, sagte Alexandra spitz. „Und warum üben die Kampfgruppen jetzt schon auf der Karl-Marx-Allee, wie man Oppositionelle einkesselt?“

„Das ist pure Lüge!“ rief Ernst. „Oppositionelle gibt es nicht, wozu auch? Es gibt aber Feinde des Sozialismus, und denen werden wir nicht leichtfertig das Feld räumen! Die haben stets darauf hingearbeitet, unseren Arbeiter-und-Bauern-Staat zu liquidieren!“

Willi unterbrach ihn: „Mal langsam, Ernst. Wir sind nicht auf einer Parteiversammlung.“

Doch Ernst war nicht zu halten: „Das wird die SED niemals zulassen!“

„Wir sind doch alles arme Schweine“, sagte Pankowski, an einem Stück Fleisch kauend. „Unser Geld dürfen wir nicht mitnehmen, nur fünfzehn Mark eintauschen. Im Westen fährt dich ein Verwandter mit seinem dicken Auto zum Sozialamt, wo du dir deine hundert Mark Begrüßungsgeld abholen darfst. Da ackerst du dein ganzes Leben für so eine bittere Erfahrung, es ist eine Schande! Ist doch so, Willi, oder?“ Er tippte seine Frau an. „Liebes, reichst du mir mal den Mostrich?“

Willi prostete Pankowski zu. Opa Herbert langte nach seinem Glas und zitierte Ulbricht: „Wir werden bald den Lebensstandard des Westens erreicht haben.“ Irritierte Blicke der Geburtstagsgäste. „Und der faselte auch vom Überholen des Westens, ohne ihn einzuholen“, ergänzte Elke. Alexandra sagte: „Der ungarische Ministerpräsident hat erklärt, daß Ungarn nicht Grenzpolizei für die DDR spielen werde. Außerdem, da gebe ich ihm völlig recht, darf es im Haus Europa …“

„Das sagen die nur“, unterbrach Ernst, „weil Ungarn in die EG will, weil sie allein nicht mehr zurechtkommen, diese … diese Konterrevolutionäre.“

Alexandra ließ sich nicht beeindrucken und beendete ihren Satz: „…

darf es im Haus Europa keine Zimmer geben, die durch Stacheldraht voneinander getrennt sind."

„Vielleicht schränken sie jetzt unsere Reisefreiheit noch mehr ein", befürchtete Trude.

„Quatsch", protestierte Ernst. „Diejenigen, die jetzt abhauen, wissen doch nicht, was sie tun! Das sind Verrückte."

„Ein halbes Land soll verrückt sein?" fragte Alexandra spöttisch.

„Ein halbes Land?" wies Ernst sie zurecht. „Du hast nur von ein paar Tausend geredet."

„Mittlerweile sind es Zehntausende!"

„Bei uns leben siebzehn Millionen."

„Es werden immer weniger, von Tag zu Tag. Warum wollen sie denn weg, wenn alles in Butter ist?"

„Weil sie überall mit ihrer Ostmark schief angesehen werden", mischte sich Lisa ein. „Ich mit meiner Ostmark, mit meinen Kronen oder Forint, ich war der letzte Arsch im Bruderland, wenn neben mir einer aus dem Westen mit seinen Scheinen wedelte. Das untergräbt mein Selbstwertgefühl!"

„Wenn nicht bald etwas Gravierendes geschieht", prophezeite Willi, „dann fährt der Karren in den Dreck."

„Willi, hör auf mit deiner Schwarzmalerei", wehrte Ernst ab. „Die politische und ökonomische Stabilität der DDR paßt dem Gegner nicht."

„Ökonomische Stabilität, da lachen ja die Hühner", sagte Willi aggressiv.

„Die letzten Wahlen haben es bewiesen", argumentierte Ernst. Willi hüstelte.

„Ja, die Ergebnisse standen in der Zeitung." Die Ironie in Alexandras Stimme war nicht zu überhören.

„Pressefreiheit", sagte Elke. „Die Bürger haben ein Recht auf Information."

„Ja", bestätigte Ernst und klopfte mit dem Zeigefinger auf den Tisch. „Auf die Wahrheit, nicht auf billige Hetze!"

Alexandra atmete hörbar aus. „Sage ich ja. Kritik ist noch lange keine Konterrevolution!"

„Stabilität hin, Stabilität her", wiegelte Wolfgang ab und feixte. „Wir haben unseren privaten Intershop."

„Den Willi!" Nadine kicherte leise.

„Jetzt hört auf", schimpfte Ernst, „wenn einer mithört!"

„Wer soll denn mithören! Weit und breit ist kein Mensch", widersprach Pankowski laut.

„Komisch ist nur", sagte seine Frau, „wir reden immer vom Lebensstandard, im Westen dagegen wird von Lebensqualität gesprochen."

„Wir haben einen Golf", dozierte Wolfgang, „damit bist du in der DDR der Größte. Und drüben? Da gucken sie dich mitleidig an, wie den letzten arbeitslosen Hund!" Die Männer nickten. Alexandra und Elke schafften Ordnung auf dem Tisch. Frau Pankowski ging ins Haus, Bier holen, Willi verschwand, kam gleich zurück und drückte Trude eine kleine bunte Packung in die Hand. *Rasierwasser für Alfred; wie rührend von Trude. Alfred hat Hörner auf, und er merkt es nicht.* Alexandra konnte das Sticheln nicht lassen: „Die Geschichte hat bewiesen, daß die untergehenden Reiche die prunkvollsten Feste ausrichteten ..."

„Nein, nein, nein", erregte sich Ernst, „auf meinem Grund und Boden werden solche staatsfeindlichen Ideen nicht verbreitet!"

Opa Herbert mischte sich ein: „Solange ich lebe, ist es mein Grundstück, damit du es weißt!"

„Ist ja schon gut", dämpfte Ernst, „wir haben ja alles abgesprochen."

„Ich laß mich nicht verscheißern von dir!" Opa Herbert zitterte am ganzen Körper. Vor Aufregung hob er seine knochigen Hände, in denen er die Kastanien festhielt.

Willi trat mit der Kornflasche zu seinem Vater und legte die Hand vertraulich auf seine Schulter: „Nun regt euch nicht künstlich auf. Wir sind doch unter uns!"

Opa Herbert trank den Doppelten. Dann bemerkte er die Staubwolke, die von den Feldern herüberzog.

„Ich glaube", sagte Pankowski, „dieser Staat, die DDR, steht auf festen Säulen." Bei den letzten Worten begann er zu husten.

Plötzlich spürten und schmeckten alle den Staub in der Luft. Der Kran stand jetzt vor dem Grundstück, die bedrohlich schwingende Hauswand am Haken.

Elke schrie entsetzt auf. Die hin und her schwingende Betonwand bumste gegen den Zaun, der krachend nachgab.

„Ein Verrückter!" rief Wolfgang.

„Mein Wartburg!" Alfred rannte zu seinem Wagen. Die anderen Männer folgten ihm. Im nächsten Moment heulten die Motoren auf, der Kran setzte sich wieder in Bewegung. Ein Mann in blauem Overall brüllte durch den Motorenlärm über den Gartenzaun:

„Meesta, wo soll'n det jute Stück hin?"

Willi zeigte auf die Eingangsfront des Hauses. Da zersplitterte schon der Gartenzaun unter den Ketten des Krans. Opa Herbert saß regungslos, die Finger auf den Tasten seines Akkordeons, wie ein Denkmal. Elke rannte händeringend auf das Ungetüm los; Willi hielt sie zurück. Der Kran kam mitten im Asternbeet zum Stillstand. Willi versuchte, Elke zu beruhigen. Vergebens. Ihr liefen Tränen über die Wangen: „Meine Rosen! Mein Garten! Mein Geburtstag!"

5. Kapitel

Der Mauerfall
328 Tage vor der deutschen Vereinigung

Lisa Meerbusch quälten Kopfschmerzen. Beim Abbauen des Kinozeltes auf dem Wochenmarkt war ihr eine Stange auf den Kopf gefallen. Thomas hatte sie allein nach Hause fahren lassen, weil er sich noch mit Freunden in einer Kneipe auf der Schönhauser Allee treffen wollte. Benommen vom bohrenden Schmerz, schaltete sie entgegen ihrer Gewohnheit den Fernseher nicht ein, machte sich nur ein kleines Abendbrot aus Tütensuppe und Knäckebrot und legte sich dann ins Bett. Sie schlief, während sich draußen die Welt veränderte. Thomas kam erst morgens, lallte etwas von Kurfürstendamm, Freibier und einer Riesenfete. Er ging zum Schrank und räumte sein Fach aus.

„Wo sind denn meine Unterhosen?" fragte er ungeduldig.

„Die hängen auf der Leine", sagte Lisa schlaftrunken und richtete sich auf. Er fluchte und ging in die Küche. Lisa rief ihm hinterher: „Was ist denn los? Ziehst du aus?"

Thomas kam zurück, die nassen Unterhosen über dem Arm, und sagte erregt: „Die Grenze ist offen, die Mauer kannst du vergessen!"

Lisa zeigte ihm einen Vogel.

Thomas rief: „Kapier doch endlich! Heute nacht ist die Mauer gefallen! Du hast alles verpennt."

Lisa drehte sich wieder um, wollte weiterschlafen, konnte nicht, da sie aufgeregt war von der Vorstellung, wie die Menschen über die Mauer kletterten. *Am vierten November hätten wir es tun sollen, alle auf einmal!*

„Geh auf die Straße und guck dir's selbst an!" sagte Thomas, während er wahllos Pullis, Hosen und Unterwäsche in einen Rucksack packte. „Ich jedenfalls fahre zu einem Kumpel nach Amsterdam. Das macht mir keinen Spaß mehr hier."

„Dir ist nicht mehr zu helfen", sagte Lisa mitleidig. Sie schaute zu, wie er versuchte, die Schnallen des Rucksacks über den herausquellenden Sachen zu schließen. *Der ist übergeschnappt. Hat er Hanf geraucht?*

„Schau mal auf den Globus, wo Amsterdam liegt!"

„Na, im Westen", gab er zurück und steckte sich eine Zigarette in die rechte Mundecke. Er lächelte Lisa mit der linken Mundhälfte an, wie man eine Todkranke anlächelt, die nicht weiß, daß sie todkrank ist. Dann huckte er sich den Rucksack auf und ließ die Wohnungstür geräuschvoll hinter sich ins Schloß fallen. Lisa hörte seine polternden

Sprünge im Treppenhaus, war mit einem Schlag hellwach.

„He, wo willst du hin?“ rief sie ihm nach. „Nimm mich mit!“ Hastig zog sie sich an und rannte auf die Bornholmer Straße. *Was ist denn hier los, ein Verkehrschaos?*

Autos verstopften die Straße. Fußgänger drängten sich auf dem Gehweg, hasteten auf Grünstreifen und Straßenbahnschienen zur Grenze. Auspuffgase färbten die Luft blaugrau, das rhythmische Ho-Ho-Ho-Chi-Minh-Gehupe der Autofahrer dröhnte in Lisas Ohren. *Ich glaube das nicht! Ich weigere mich zu glauben, was ich sehe!*

Übermüdete Frauen und Männer erzählten, wie sie mitten auf der Straße Kaffee und Sekt getrunken und getanzt hätten, wie sie von wildfremden Menschen umarmt worden seien; und alles im Glanz einer bisher nie gesehenen Welt. Langsam begann Lisa zu begreifen. *SIE SIND DAGEWESEN! Sie haben den Kudamm mit eigenen Augen gesehen! Und Thomas? Thomas auch.*

Aus den Autoradios plärrte es von allen Seiten: „... können sich die Bürger der DDR an folgenden Grenzübergängen zu Westberlin, in der Friedrichstraße, in der Brunnenstraße, in der Bornholmer Straße, der Sonnenallee und in der Chausseestraße, ein Visum für die ein- oder mehrmalige Ausreise ausstellen lassen.“ *Wie bitte? Ausreise? Das durfte man bisher nur unter vorgehaltener Hand sagen. Offiziell hieß es immer Dissidenten, Landesverräter, bestenfalls Familienzusammenführung!* Ein Betrunkener hielt Lisa eine Bierbüchse entgegen. „Mach den Mund zu, Mädel“, rief er. „Test the West“, krakeelte ein zweiter. Lisa hastete nach oben und suchte ihren Ausweis. *Ich muß es mit eigenen Augen sehen, ehe sie die Grenze wieder dichtmachen!*

Am Grenzübergang Bornholmer Straße begegneten sich zwei Menschenströme. Man grüßte fröhlich. Die nach Westen Ziehenden musterten neugierig die, die von drüben kamen und mit Waschmittelpaketen und Großpackungen Einwegwindeln beladen waren oder bunt bedruckte Plastiktüten und Netze voller Obst trugen. Lisa sah nur lachende Gesichter. Grenzer stempelten das Wort Visum in Abertausende Ausweise. *Sie sehen übernächtigt aus, sind gestreßt, doch sie lächeln. Noch nie ist soviel Stempelfarbe verbraucht worden. Ob die Grenzer auch rüber können? Nein, die dürfen wohl nicht.*

Das Chaos hatte auch die Uniformierten erfaßt. Wahllos kreuzten sie „einmalige Ausreise“ oder „mehrmalige Ausreise“ an. Manche bekamen ein Visum für einige Wochen, manche für ein halbes Jahr.

Lisa hatte Glück. Sie erhielt die Erlaubnis, innerhalb des nächsten halben Jahres mehrmals auszureisen. Das war die günstigste Kombination. Kaum umschlossen Lisas Finger das wertvolle Dokument, fühlte sie, wie sich ihr Leben zu verändern begann. *Alles wird gut. Es wird alles gut, wenn ich Oliver wiedersehe.* Die Hand in ihrer Jackentasche umklammerte die Postkarte mit dem blauen Telefon, auf der Olivers Westadresse stand. Die Karte war das einzige, was sie von Oliver besaß. *Berlin-Kreuzberg, wo liegt das?*

Im U-Bahnhof Osloer Straße begann der Kampf um einen Stehplatz. Bis dicht an die Bahnsteigkante drängten die Leute aus dem Osten. Die Bahnen fuhren im Schrittempo ein, schienen aus den Nähten zu platzen. Lisa schlug sich zum Aufsichtshäuschen durch. Sie hielt die Postkarte mit der Adresse an die Fensterscheibe und brüllte durch den Lärm: „Können Sie mir bitte sagen, wo das ist?" Sie war nicht die einzige, die neues Territorium erkundete. Mit ihr schrien zwanzig andere, die auch wissen wollten, wie sie zu ihren Verwandten und Bekannten kämen. Der Mann mit der Mütze hinter dem Mikrofon war dem Ansturm nicht gewachsen.

Der Beamte schaute aufgeregt auf den Bahnsteig und forderte alle paar Sekunden zur Ordnung auf: „Treten Sie bitte nicht zu dicht an den Gleiskörper heran!" Es war ein Flehen. „Treten Sie bitte zurück!"

Jemand tippte Lisa ganz vorsichtig auf die Schulter. Sie drehte sich um und erschrak. Ein kräftiger, braungebrannter junger Mann lächelte sie an. *Ein Türke. Was will der von mir?* Sie drückte ihre Tasche fester an den Leib. Er fragte freundlich: „Wo willst du hin?"

Lisa verschlug es die Sprache. Da kam noch ein zweiter, nahm ihr die Postkarte aus der Hand, studierte sie und sagte: „Wir sind heute die guten Engel. Wir helfen dir."

Sie schoben Lisa in die nächste U-Bahn, fuhren eine Station mit. Die U-Bahn knarrte, war überfüllt. U-Bahnhof Bernauer Straße. Von dort ging es ohne Halt durch den Osten. Die vorbeifliegenden Stationen waren ohne jedes Leben, nur spärlich von flackernden, grünstichigen Neonlampen beleuchtet. Eine dicke Staubschicht lag auf den unbenutzten Bahnsteigen. *Jede Station gleicht einer Gruft.* Auf dem Streckennetzplan über der Abteiltür waren die Geisterbahnhöfe eingezeichnet mit dem Vermerk: „Ohne Halt". Die Bahn passierte den Rosenthaler Platz und die Weinmeisterstraße, überall dieselbe Trostlosigkeit. Lisa wußte, wie es oben auf den Straßen aussah. Die Emailleschilder mit der altertümlichen Schrift waren im Schummerlicht kaum lesbar. *Ob auf diesen Bahnsteigen jemals wieder Menschen auf einen Zug warten werden?* Als die Bahn durch den Bahnhof Alexanderplatz fuhr, erinnerte sich Lisa an die Nächte, in denen sie auf ihre U-Bahn gewartet und das Dröhnen der West-U-Bahnen im anderen Tunnel gehört hatte. *Nur eine Wand, und dahinter fuhren Menschen, die ein völlig anderes Leben führten, Menschen, zu denen ich niemals gelangen konnte. Und jetzt fahre ich selber auf dieser unbekannten Strecke! Ich fahre durch den Osten und bin doch im Westen!*

An der Station Jannowitzbrücke hörte Lisa jemanden sagen: „Da oben bin ich immer zur Arbeit gefahren. Hättest du gedacht, daß wir einmal hier langfahren?“ Die Ostberliner waren unter sich. Der Zug hielt auch am Bahnhof Heinrich-Heine-Straße nicht an, wo Lisa ein Werbeplakat aus längst vergangenen Zeiten sah: eine lächelnde, spindeldürre Hausfrau mit Kopftuch, die ein Waschmittel anpries, der Hintergrund mit großflächigen, ineinandergeschobenen Dreiecken ausgefüllt. Am Moritzplatz im Westen, dem ersten Halt nach einer viertelstündigen Fahrt, die Lisa wie eine Ewigkeit vorgekommen war, strömten die Menschen aus dem Zug und rissen Lisa mit. *Hier soll also der Bus fahren, der mich direkt vor Olivers Haustür bringt? Weit und breit sehe ich keinen Bus!* An der Haltestelle sorgte ein Steppke von sieben, acht Jahren für Aufregung. Er fuchtelte vor jedem Passanten mit einem aufgeklappten Taschenmesser herum. *Aha, Jugendkriminalität!* Ein älterer Herr nahm dem Jungen das Messer weg und gab es ihm erst wieder zurück, als der Kleine weinend versprach, so etwas nie wieder zu tun. Ein überfüllter Bus kam und fuhr weiter. Der nächste hielt. Die Leute stürmten zu den Türen.

„Bitte nur vorn einsteigen“, forderte der Fahrer, „nur vorn ist der Einstieg!“ Seine Stimme klang genervt. An jeder Haltestelle mußte er den DDR-Bürgern erklären, wie man einen Westbus benutzt.

„Oranienplatz. Endstation“, tönte es aus dem Lautsprecher. Verloren stand Lisa auf unbekanntem Terrain. Der Nachmittag war kalt, und es nieselte. *Wie soll ich von hier zurückfinden? Im Stadtzentrum das Chaos mit Sekt. Hier, an diesem dunklen, verlassenen Ort, würde ich mich schon mit einer Tasse heißem Tee zufriedengeben.*

Busse hielten, fuhren nicht weiter. *Im Westen ist auch nicht alles perfekt. Ein Taxi? Unmöglich, ich habe nur fünfzehn harte Mark.* Die Minuten zogen sich in die Länge. Endlich kam ein Bus, auf dem Sonderfahrt stand. Lisa sah verfroren aus, die Leute ließen ihr den Vortritt. Weil sie aus der DDR kam, brauchte sie kein Fahrgeld zu zahlen, mußte nur ihren Ausweis zeigen. Lisa setzte sich im Oberdeck in die erste Reihe. *Jetzt wird alles gut!*

Oliver stand mit kurzgeschorenem Haar in der Tür. Lisa fiel ihrer großen Liebe um den Hals, konnte die Tränen kaum unterdrücken. Seine Wohnung war mit Leuten überfüllt, die Lisa aus dem Kiez kannte: Peter und Monika, die verkrachten Grafiker; Rumpelstilzchen, dessen frischgeflochtener Bartzopf bis auf die Brust reichte; Franziska und Stefan, deren Beziehung nur durch ewige Streitereien zusammenhielt; Axel, der seit Jahren im Hinterhof vor einer ausgebreiteten Amerikakarte Saxophon übte und die Nachbarn mit Tonleitern nervte. *Es ist wie in alten Zeiten; ich hätte auch zu Hause bleiben können.*

Oliver zierte sich, als Lisa ihn umarmte: „Na, na, ich kriege ja keine Luft mehr!“ *Wie er den anderen verschämt zulächelt. Die sind mir egal; sollen sie ruhig zusehen.* Eine muntere junge Frau, hochgeschossen, schlank, mit einem Stoppelhaarschnitt, setzte Teewasser auf. Sie hieß Dany. Ihr fünfjähriger Sohn überfiel den Ostbesuch mit Fragen.

Oliver spendierte nach langem Betteln Axels einen Einliterpappkarton französischen Tafelwein. *Seine Küche hat sich Oliver wie früher eingerichtet. Neben dem Gasherd steht der Tisch quer in den Raum, an einer Wand die Spüle, gegenüber ein alter Küchenschrank. Den hat er sicher aus irgendeinem Sperrmüllcontainer.* Auf dem Tisch standen Kaffee- und Teekannen, ein paar Bier und Wein. Aschenbecher quollen über. Oliver kommandierte die Mädchen in der Küche, dirigierte Franziska in das Wohnzimmer, um Stühle zu holen. Er war ganz Hauptperson, wie an seinem Geburtstag. Lisa saß neben ihm und konnte es nicht erwarten, mit ihm allein zu sein. *Oliver behandelt mich, als sei ich ganz normaler Besuch und nicht seine Geliebte. Alles ist fremd. Was ist nur los? Äußerlich verläuft der Abend wie früher im Friedrichshain. Warum fühle ich mich nicht mehr so geborgen bei ihm? Das liegt nicht am Büchsenbier, nicht am Wein aus einem Pappkarton, auch nicht am Westen. Oliver ist ganz anders, fast förmlich, unnahbar. Er könnte mich wenigstens mal anlächeln oder sein Bein unauffällig gegen meins drücken, anstatt ständig zu Dany zu gucken.*

Es wurde spät, bis die Diskussion einschlief. Die Seiten im Otto-Katalog mit den Hi-Fi-Anlagen und Motorrädern waren durchgeblättert, die Preisvergleiche mit dem Neckermann-Katalog angestellt – und nachdem Oliver erzählt hatte, was er so macht und wie oft er wegfährt, brach man auf in eine Kneipe. Auf dem Wege dorthin lud Oliver Lisa zum Essen ein. In eine Kebab-Bude. Die scharfe Soße ließ Lisas Lippen anschwellen. Sie konnte für den Rest des Abends nicht einmal mehr rauchen. *Dies ist der erste und einzige Döner in meinem Leben, das schwöre ich!*

In der Kneipe saßen ein paar spendable Westler, die von Trauben armer Ostler umlagert wurden.

„Wir trinken Bier“, entschied Oliver, „das ist am billigsten.“

Ein Bier kostete vier Mark. *Einen geschmacklichen Unterschied zum Bier für siebenundsechzig Pfennig in meiner Eckkneipe kann ich nicht feststellen.*

Zwei Musiker drängelten sich mit Kontrabaß und Gitarre in den überfüllten Gastraum. „Das ist in jeder Kneipe so“, belehrte Oliver, „na ja, das westliche Leben eben.“ Zu Franziska gewandt, tadelte er: „Mann, dein Glas ist ja schon wieder leer.“ Franziska hob die Schultern und fragte: „Krieg ich noch eins, oder ja?“

Oliver zählt bei jedem Schluck, den seine Gäste trinken, die Markstücke;

wie ein Spielautomat, in dem es klingelt, wenn eine Münze fällt. Unversehens stand Frank am Tisch. Er war vor zwei Jahren mit seiner Freundin Eva ausgereist. Als Lisa ihn sah, erschrak sie. Das ehemals kantige Gesicht war aufgedunsen, und der Bauch hing über dem Gürtel.

„Du bist dicker geworden, Frank", sagte Lisa. „Was machst du jetzt?"

„Ich aale mich in der sozialen Hängematte."

Lisa spürte: *Das Thema ist für Frank unangenehm. Seine Freundin Eva ist angezogen und geschminkt wie früher, wie eine Hure bei Dienstbeginn. Auch sie hat zugenommen.* Die beiden gingen von einem zum anderen, standen im Mittelpunkt. Oliver saß zurückgelehnt auf seinem Bistrostuhl und spendierte widerwillig. *An seiner Stelle hätte ich mein ganzes Vermögen geopfert für dieses Wiedersehen.*

Oliver bot Lisa an, bei ihm zu schlafen. Zu Hause angekommen, sagte er: „Du schläfst am besten im kleinen Zimmer beim Kind." Er sprach das so selbstverständlich aus, als hätte er den Salzstreuer verlangt. Die dürre Dany schlüpfte nackt vom Bad in sein Schlafzimmer. Lisa wurde es schwarz vor den Augen. Sie war unfähig, sich zu rühren. Die Vorfreude auf Oliver verwandelte sich in ein Erdbeben, in Flutwellen, in Flammenmeere.

„Wie bitte?" stieß sie hervor. Alles, was sie herausschreien wollte, blieb in ihrer trockenen Kehle stecken. Die Worte stauten sich, sie konnte es nicht aushalten.

„Ich habe dir eine Matratze aufgebaut", sagte Oliver und reichte ihr den Schlafsack, in dem sie beide früher getobt hatten.

„Gute Nacht, Spatz", sagte er und verließ abrupt die Küche. Minutenlang verharrte Lisa bewegungslos und lauschte. *Das ist ein Mißverständnis! Du kannst mit der Dürren nicht dasselbe machen wie mit mir! Deine Zärtlichkeiten gehören mir! Mir ganz allein! … Ich werde ganz laut schreien, wenn du nicht zu mir kommst. Jetzt liegst du neben ihr, deine Finger berühren ihre Schamlippen. Gleich wird sie stöhnen. Leise, damit das Kind nicht aufwacht. Und du schnaufst ins Kissen, damit ich es nicht höre? Jetzt wird es dich packen, nein, noch nicht, doch gleich ist dir alles egal, ja, ich mag das an dir, Oliver. Jetzt kniest du zwischen ihren Beinen, zwingst die Oberschenkel auf ihre Brust. Du rüpeltest mich wie ein Stier. Weißt du noch, wie damals dein Bett zusammengekracht ist? Oder wie an der Ostsee die Camper neben uns schimpften, weil ihre Kinder an unserem Zelt alles mitgehört hatten? … Hast du immer noch Durst nach dem Rüpeln? Damals hatte ich mir geschworen: Wenn ich dich jemals beim Fremdgehen erwische, dann …*

Lisa horchte zum Schlafzimmer. Sie fürchtete sich vor den Geräuschen, die jeden Moment den Flur füllen, ihre Seele verbrennen mußten. Es blieb still. Lisa lehnte an der Wand, der Schweiß lief in Strömen, sie weinte leise vor Wut. Der Schlafsack wurde schwer und schwerer in ihrer Hand, bis er zu Boden glitt. *Wozu bin ich überhaupt hergekommen? Alles vorbei. Ende. Warum hat er mich nicht gewarnt? Er hat mich ins offene Messer rennen lassen! Nach Hause? Das traue ich mich nicht. Warum behandelt er mich wie eine Göre! Mit welchem Recht liegt Dany bei ihm? Nicht heulen, sonst sehe ich morgen verquollen wie Quasimodo aus. Eine Frau mit Kind! Er hat es sich fantastisch eingerichtet, nicht mal das Kind muß er selbst machen! Es wurde ihm frei Haus geliefert. Ich höre keinen Laut. Vielleicht hat er sich entschuldigt, er sei müde und gestreßt.* Lisa erinnerte sich an die Bilder, die ihr Oliver in Karlsbad gezeigt hatte, Bilder von Urlaubsreisen, von Rhodos! *Kusine? Dany ist die Kusine! Dany ist schon lange seine Geliebte! Mindestens seit dem Frühjahr. Dany ist seine feste Frau! Wieso hat sich Oliver mit mir in Karlsbad getroffen? Er ist eben mal fremdgegangen. Mehr war es für ihn nicht. Was hat er Dany erzählt? Dienstreise? Und ich habe das ernst genommen. Ich habe gedacht, ihm liegt was an mir. Doch so leicht werde ich das Feld nicht räumen!* Lisa konnte nicht schlafen, immer wieder huschte die nackte dürre Gestalt durch Lisas Hirn. Dann wieder Bilder, wie sie sich damals liebten, wie er ihr von seinem Ausreiseantrag erzählte und dabei weinte, die Augenblicke in Karlsbad, der knappe Abschied.

Im Wohnzimmer versuchte Lisa, sich mit Zeitunglesen abzulenken. Was da über Diäten, Debatten und Deutschland geschrieben stand, strengte sie an. *Diese westdeutsche Sprache ist mir fremd, oder bin ich zu blöd, sie zu verstehen?* Über einem Magazin schlief sie ein.

Am nächsten Morgen sah Lisa Meerbusch zum ersten Mal die vielen bunten Graffitis an der Mauer auf der Westseite. *Die Westberliner haben ihre Insel bunt umrandet. Die haben sich genau wie wir für die Ewigkeit eingerichtet, nur bunter. So verschwindet das Grau auf der anderen Seite. Was für uns die Mauer ist, das Ende der Welt, ist für sie Touristenattraktion, ein Museum. Die haben die Mauer einfach übertüncht, weggemalt!*

Die vor Weihnachten verschwenderisch geschmückte Stadt nahm Lisa gefangen. Da waren Märkte aufgebaut; mitten im Winter wurden Südfrüchte angeboten; für zehn Westmark hätte sich Lisa die langersehnten Leggings kaufen können. Aber sie wollte in Danys Gegenwart keine Wünsche zeigen. *Die erfährt von mir nichts. Eingehakt hat sie sich bei Oliver! Ich, die Kleine aus dem Osten, kann ihr im Moment nicht gefährlich werden, weil sie genau weiß, was sie will: meinen Oliver. Lisa Meerbusch, die kleine Ostmauke, wird großmütig geduldet, sie bekommt sogar ein Eis! Wie nett diese Dany tut!* Oliver gab Dany einen Kuß, schielte zu Lisa und fragte lachend: „Na, passen wir nicht gut zueinander?“ *Es schmerzt.*

„Du, Vati", meldete sich Danys Sohn. *Das scheint Oliver unangenehm zu sein; er zuckt zusammen. Mit welcher Selbstverständlichkeit sich so ein Knirps seine neue Welt einrichtet.* Dany redete auf das Kind ein, während Lisa absichtlich zurückblieb. Sie ließ sich von den Schaufenstern fesseln. Da lagen noch mehr Schätze, als sie aus der Werbung kannte.

„Hol dir doch die hundert Mark Begrüßungsgeld", schlug Oliver vor, der ihre staunenden Blicke gesehen hatte. Als sie an einer Bank in der Köpenicker Straße vorbeikamen, sagte er: „Es sind schließlich unsere Steuergelder, die da verschenkt werden." *Will er mich loswerden, um mit Dany kurz mal allein zu sein?* Lisa wies auf die Warteschlange, die sich bis zur nächsten Kreuzung erstreckte.

„Das macht nichts", sagte Oliver. „Wir könnten in der Zwischenzeit einkaufen." Lisa gab sich geschlagen. Im Weggehen witzelte er: „In einer Stunde hundert Mark zu verdienen, ist doch kein schlechter Schnitt. Oder?" *Warum will er, daß ich mir die hundert Mark hole?*

Es war trotz Sonnenschein kalt. Lisa stellte sich an, und hinter ihr wuchs die Schlange schnell weiter. Überall lagen Plastbecher, leere Bierdosen auf dem Gehweg, auch eine Sektflasche. Im Café auf der anderen Straßenseite saßen drei Punker breitbeinig an einem zierlichen Tisch. Durch die großen Fensterscheiben sah Lisa, wie sie redeten und dabei auf die Wartenden zeigten. Sie prosteten mit ihren Biergläsern nach draußen und lachten. Lisa zog den Kopf ein. Sie schämte sich, hier zu stehen wie eine Bettlerin. *Ich brauche das Geld. Oliver erwartet vielleicht, daß ich ihm den Döner und das Bier von gestern abend bezahle.*

Eine ältere Frau kam mit einer Thermoskanne, schenkte an die Wartenden Tee aus und hieß jeden willkommen. *Wie lange wohl diese Willkommensfreude anhalten mag?* Der Mann vor Lisa hatte eine rote Nase. Er griff nach dem Teebecher und witzelte: „Haben Sie auch ein warmes Jäckchen, ein Kognjäckchen?" Die Frau boxte dem Mann in die Seite und erwiderte: „Den Fusel kannst du dir gleich selber kaufen." „Will's hoffen", sagte der Mann, „ich stehe nämlich schon das zweite Mal an. Bei der Bank da vorn war kurz vor mir das Geld alle."

Lisa wärmte sich die Hände am Becher, der schnell erkaltete. Sie dachte an Thomas. *Der ist sicher schon in Amsterdam. Wie ich Thomas kenne, ist der zuallererst die hundert Mark holen gegangen.*

Auf der anderen Straßenseite grölten die drei Punks. Sie waren mit ihren Gläsern aus dem Café gekommen. Die Punks gingen zu den letzten in der Schlange, und drückten den Ostlern ihre Biergläser in die Hände. Dabei schrien sie: „Deutschland einig Vaterland!" und konnten sich vor Lachen kaum halten.

„Nun macht aber mal halblang", erwiderte ein Mann, nachdem er einen kräftigen Zug aus dem Bierglas genommen hatte, „die Mauer ist zwar offen, aber wir sind immer noch ein souveräner Staat.“ Sein Dresdner Akzent war unüberhörbar.

„He, Alter, he, nimm's nicht tragisch“, sagte einer der Punks. Seine rotschwarzen Haare standen in Zacken nach oben.

An der Straßenecke parkte ein Sarotti-Wagen, der die Aufmerksamkeit aller Wartenden auf sich zog. Ein geschminkter Mohr entstieg. Er öffnete die Flügeltüren des Laderaumes, der mit Schokolade vollgestopft war. Der Mohr füllte einen Korb mit Schokoladentafeln, trat zu einer wartenden Frau und sagte: „Darf ich Ihnen ein kleines Präsent unserer Firma überreichen?“ In diesem Moment fielen die Leute über den Laderaum des Sarotti-Wagens her, stopften sich Schokolade in die Manteltaschen und Tüten, soviel sie konnten. Der Mohr flüchtete vor dem Ansturm. Er schloß sich im Fahrerhaus ein.

Nachdem Lisa sich ihre hundert Mark abgeholt hatte, kehrten die Gedanken zu Oliver zurück. *Ich habe mich zwischen ihn und seine „Kusine“ gedrängelt. Ich passe nicht in sein Familienkonzept. Er hatte sich genauso wie ich mit unserer Trennung abgefunden; keiner konnte die Grenzöffnung vorausahnen. Ich bin überflüssig in seinem Leben.* Lisa wollte zum nächsten U-Bahnhof laufen, da kam Oliver. Er war allein. Lisa hielt nach Dany und dem Kind Ausschau. „Ich habe sie nach Hause gebracht“, sagte Oliver und legte seinen Arm um Lisas Schulter. *Nanu? Ist mal wieder eine kleine Abwechslung vom häuslichen Alltag fällig? Oder willst du die letzte Nacht bei mir wiedergutmachen?*

Arm in Arm schlenderten sie durch Geschäftsstraßen. Lisa konnte sich an den Bergen von Orangen, die Straßenhändler aufgestapelt hatten, nicht sattsehen. Sie labte ihre Augen an der Farbenpracht der Blumenläden, die Schnittblumen in allen Farben eimerweise auf den Gehweg gestellt hatten. *Allein mit mir, benimmt er sich wieder fast wie früher. Er weiß doch ganz genau, wie sehr ich halbe Sachen hasse.*

Abends liefen sie die Osloer Straße entlang, an qualmenden Trabis vorbei zur Bornholmer Brücke. Grell stachen die angestrahlten Brükkenbögen in den Nachthimmel. Der ganze Grenzbereich lag unter gleißendem Flutlicht, bevölkert von Tausenden, die in beide Richtungen strömten. Niemand wurde kontrolliert. Oliver betrat nach anderthalb Jahren erstmals wieder heimatlichen Boden, illegal, ohne Visum und ohne die fünfundzwanzig Mark Zwangsumtausch.

„Hättest du gedacht, daß wir einmal zusammen über diese Brücke gehen würden?“ fragte Lisa.

Auf der Ostseite angelangt, entspannte sie sich. *Es ist ein beruhigendes Gefühl, zu Hause zu sein. Als wäre ich auf einem anderen Stern gewesen.*

„Schön wohnst du“, sagte er, und wie in alten Zeiten tranken sie Tee zusammen. Und Lisa fand nicht den Mut, ihm ins Gesicht zu sagen: Das war's wohl mit uns beiden!

Ehe Oliver ging, umarmte er Lisa. Er drückte sie heftig an sich, und seine Hand wanderte auf ihrem Rücken auf und ab, wie damals in Karlsbad. *Unangenehm ist das nicht, eher ein zweischneidiges Gefühl.* Oliver war nicht zu bremsen. Lisa fand sich auf dem Teppich wieder. Mit einem Aufschrei bohrte er sich seinen Weg, kraftvoll und aggressiv. *Dieser Abend soll sich einprägen in sein Hirn. Ich muß den Schmerz ignorieren. Es ist wie eine zweite Entjungferung, von Lust keine Spur. Und von Liebe? Ich habe die Ehre, seine Geliebte zu werden.* Er grunzte über ihr wie ein sattes Baby. Lisa streichelte ihren Oliver. Sie merkte, wie er schwitzte. *War diese Nummer wirklich etwas Besonderes für ihn?*

Sie sah Oliver nie wieder.

Die Wohnung kam Lisa Meerbusch auf einmal eng vor. Wie ein gefangenes Tier lief sie in ihrer Küche auf und ab. Im Haus gegenüber öffnete jemand ein Fenster. Das Licht der Wintersonne, das es reflektierte, drang in ihr Wohnzimmer, weiß und kalt. Lisa drehte die Gasheizung neben dem Herd auf und wärmte sich wie vor einem Holzkohlengrill. Sie betrachtete ihr Spiegelbild im Kosmetikschränkchen über der Spüle. *Ich sehe blaß aus, habe Augenringe und aufgesprungene Lippen. Ich bin mir nicht sicher, ob die letzten zwei Tage ein Traum waren oder Wirklichkeit. Es kann kein Traum gewesen sein. Ich war im Westen. Zu deutlich sind die Bilder, zu genau die Erinnerungen. Nur Olivers Gesicht bleibt unscharf, verschwommen, wie hinter milchigem Glas.* Um so deutlicher sah Lisa Meerbusch die dürre Dany, ihr Lachen und wie sie nackt in Olivers Schlafzimmer gegangen war.

Lisa wusch sich mit eiskaltem Wasser, bis ihre Finger klamm wurden und die Wangen sich röteten.

„Was soll nun werden?" fragte sie ihr Spiegelbild. *Ich hatte mich abgefunden mit der Mauer, weil ich sie nicht stürzen konnte. Bis jetzt.* Sie nickte sich zu, setzte Wasser auf und löffelte gedankenverloren Kaffeepulver in ihre große rote Tasse. Erschöpft lauschte sie dem Zischen im Kessel, das allmählich lauter wurde. Mechanisch goß sie das Wasser auf und rührte um. *Ob sie die Mauer wieder dichtmachen?* Sie mußte an den 8. Oktober zurückdenken, an dem sie nachts auf dem Weg nach Hause die Schönhauser Allee überquerte. Dreihundert Meter vor ihr bewegte sich eine Menschenmasse auf sie zu, beleuchtet vom spärlichen Licht aus den Schaufenstern. Aus dem Nichts tauchten Polizisten auf, ihre weißen Helme leuchteten in der Dunkelheit. Die Menschenmasse stob auseinander wie ein aufgeschreckter Vogelschwarm. Die Polizisten führten die ersten Menschen ab, meist Mädchen. Die Schönhauser Allee war voller weißer Helme. Die durchsichtigen Schutzschilde reflektierten das Licht aus den Schaufenstern. Lisa Meerbusch sah die grünen Lastwagen mit Wasserwerfern und den

Fanggittern vorn, die die verbliebenen Menschen wie Vieh vor sich hertrieben. Von der anderen Seite kesselten Polizisten mit Schutzschilden und Knüppeln die Demonstranten ein.

Lisa Meerbusch mußte wieder und wieder an dieses Ereignis vor einem Monat denken, besonders an den einen der Polizisten, dem sie in die Augen geschaut hatte. Er war vielleicht zwanzig, einundzwanzig Jahre jung, ein Hänfling. Er führte ein Mädchen mit langen Haaren ab, das vor Schmerz schrie. *Er hatte ihren Arm auf dem Rücken verrenkt. Seine Stärke rührte einzig und allein von seiner Uniform und dem Gummiknüppel in seiner Hand.*

Leise sang Lisa den Text eines alten Liedes der Gruppe Lift: „Nach Süden, nach Süden wollte ich fliegen, um vor dem Winter abzuhaun. Hinter dem Hügel wuchsen mir Flügel. Das war mein allerschönster Traum ... Doch hinter dem Hügel, da fiel schon der erste Schnee ..."

Jemand klopfte an ihre Tür. *Oliver? Hat er etwas vergessen?* Sie stand auf und ging zur Tür, nahm das Fliegenspray, das sie vor möglichen ungebetenen Besuchern schützen sollte, und fragte barsch: „Wer ist da?"

„Na, wer schon? Ich!" hörte sie die Stimme ihrer Mutter. Lisa löste die Kette und öffnete.

„Gott sei Dank", rief Elke. „Ich bin ja so froh, daß du da bist! Ich habe schon gedacht, du bist im Westen wie all die anderen." Sie umarmte ihre Tochter stürmisch, strich ihr über das Haar, küßte sie, sah sie an, und fiel ihr wieder um den Hals. „Ich habe dir ein Telegramm geschickt, gestern, du solltest mich in der Redaktion anrufen. Ich habe mir solche Sorgen gemacht!"

Lisa begann zu weinen. Die zärtlichen Hände der Mutter liebkosten sie, als sei sie nach Jahren aus der Fremde zurückgekehrt. „Lisa, ich bin so froh, ach, Lisa, meine Kleine. Du weißt gar nicht, was los ist."

„Natürlich weiß ich das. Ich war bei Oliver, und er hat mich nach Hause gebracht."

„Das ist ja großartig! Braucht er kein Visum? Ach, ich rede zuviel."

Lisa füllte die Hälfte ihres Kaffees in eine zweite Tasse und sagte: „Oliver hat eine Frau."

„Na und?"

„Die hat ihm gleich ein Kind mitgebracht. Das ist eine glückliche Familie, begreifst du? Ich gehöre nicht mehr dazu!"

„Lisa, was hast du denn erwartet? Nach anderthalb Jahren?"

„Weiß nicht", sagte Lisa nachdenklich. „Nachdem wir uns in Karlsbad getroffen hatten, habe ich mir Hoffnungen gemacht. Eine Freundin hätte ich akzeptiert, aber die Dany wohnt bei ihm! Es ist alles kaputt."

„Thomas wohnt auch bei dir, das ist dasselbe."

„Nein", widersprach sie heftig.
„Wo ist er denn, der Thomas?"
„In Amsterdam."
„Und du?" fragte Elke. „Gehst du jetzt auch in den Westen?"
„Der einzige, zu dem ich wollte, hat Frau und Kind."
„Das renkt sich alles ein", tröstete Elke ihre Tochter.
„Was soll ich denn im Westen?" fragte Lisa. „Ehe ich einen neuen Mann kennenlerne oder einen Job kriege … Kein Mensch weiß, was morgen ist. Ob sie die Mauer wieder zumachen?"
„Das glaube ich nicht", sagte Elke.
„Vor einer Woche, auf der Demonstration, hättest du auch nicht geglaubt, daß heute die Mauer offen ist! Da sind wir auf die Karl-Liebknecht-Straße gegangen, und heute können wir auf den Kudamm. Warst du denn schon in Westberlin?"
„Ich? Da traue ich mich nicht hin", sagte Elke. „Nach Stuttgart würde ich gern fahren, zu Hubert und Elfi."
„Was willst du denn bei denen? Die sind wahrscheinlich gerade auf dem Weg zu uns."
Elke schaute zur Decke und sagte verträumt: „Am liebsten würde ich nach Griechenland fahren."
„Da komme ich mit. Aber wo kriegen wir Westgeld her? Und was wird Ernst dazu sagen?"
„Ach, der", sagte Elke, „ich glaube, die Sache hat sich erledigt. Weißt du, was er gesagt hat, als er im Fernsehen von der Maueröffnung erfuhr? ‚Die Partei wird sich von ein paar Chaoten nicht die Errungenschaften des Sozialismus streitig machen lassen.' Ich bin aufgestanden, habe einen Schnaps getrunken. Seitdem habe ich mit ihm kein Wort mehr gewechselt." Elkes Stimme war hart geworden: „Ich werde mich von ihm trennen."
„Auf den Schreck hole ich uns etwas zu trinken", sagte Lisa, ging in die Küche und entkorkte eine Flasche Goldtröpfchen, einen Sechs-Mark-Weißwein, den sie im Sommer unter dem Ladentisch bekommen hatte. Sie zitterte, als sie die zwei tschechischen Senfgläser polierte. Als sie zurück ins Wohnzimmer kam, hatte Elke den Fernseher angestellt. Sie lachte und weinte zugleich. Auf dem Bildschirm war zu sehen, wie Zehntausende über die Bornholmer Brücke zogen. „Halt mich fest, Lisa, ich glaube das alles nicht." Sie nahm Lisas Hand und drückte sie. „Weißt du, was das bedeutet? Jetzt kann ich nach Kreta fahren!" Elke trank das Weinglas in einem Zuge leer und schenkte sich nach. „Kreta! Jetzt, zwanzig Jahre nach meinem Staatsexamen, kann ich mir die Kulturschätze anschauen, die ich nur als tote Bilder studieren konnte. Ich hole die überfällige Studienreise zu meinen Minoern nach, sehe mir die Paläste an, die Museen."

„Danke, Ungarn!" sagte Lisa. „Das war das beste Plakat am 4. November. Weißt du noch, wie wir gesungen haben: So ein Tag, so wunderschön wie heute, so ein Tag, der dürfte nie vergehn?"

„Und als die Sonne hervorkam, riefen wir: Reisewetter! Reisewetter!"

Sie lachten. Es war ein befreiendes Lachen, laut und übermütig.

„Das Komische ist", sagte Elke, „wir haben im Studium alles gelernt, wie und wann eine revolutionäre Situation entsteht. Was passiert, wenn eine Regierung unfähig ist, wenn sie das Volk unterdrückt und wenn sich die Widersprüche so zuspitzen, daß es bloß noch eines Fünkchens bedarf, damit es knallt. Die Regierung hat alles ignoriert, den Unmut über die Mißwirtschaft und den Freiheitswillen. Vor dem vierzigsten Jahrestag so viele Leute einzusperren, hat gar nichts genutzt. Feindliche Kräfte, wie Ernst gesagt hat."

„Was für eine Angst müssen die gehabt haben vor dem eigenen Volk", sagte Lisa.

„Dem eigenen Volk. Wie das klingt. Nein", sagte Elke, „ein Volk gehört niemandem! Leute wie Ernst haben geglaubt, das Volk gehöre ihnen. Ja, Ernst hat mitgeholfen, das Volk zu unterdrücken."

Lisa blickte ihre Mutter an. *Endlich wehrt sie sich gegen Ernst.*

„Er war ein blinder Diener des Staates." Elke schüttelte sich. „Diese Leute, die ohne Gefühl, ohne Menschlichkeit die Weisungen von oben befolgen ..."

„Geh nicht in den Westen, Lisa!" Elke drückte die Hand ihrer Tochter. *Ich habe ihr doch gerade gesagt, wie überflüssig ich mir im Westen vorkomme.*

„Du wirst dort nicht glücklich", sagte Elke flehend. „Erinnerst du dich an Waltraut, meine Kollegin, die vor einem halben Jahr von einer Dienstreise nach München nicht wiederkam? Alexandra und ich ahnten schon so etwas, denn Waltraut kam nie zu spät, sie war die Zuverlässigkeit in Person. Als Erika, unsere Kulturchefin, ins Büro kam, sah ich in ihrem Gesicht, was passiert war. Was Erika sagte, werde ich nie vergessen: ‚Waltraut Hiller hat ihr Land und ihre Redaktion im Stich gelassen. Auf Landesverräter können wir verzichten.' Die Gewißheit war ein Schock, und so, wie Erika das interpretierte, da konnte ich Waltraut nicht verurteilen. Im stillen habe ich ihr recht gegeben. Sie hat fünfzehn Jahre lang gute Arbeit geleistet; und was übrigbleibt am Schluß, ist Landesverrat. Na denn Prost!" Elke trank den Wein wie Faßbrause.

„Alexandra bekam nach Monaten einen Brief von ihr, der an uns beide gerichtet war", fuhr sie fort. „Waltraut schrieb, sie habe endlich Arbeit gefunden in einem kleinen Verlag als Korrektorin, was sie geistig nicht ausfülle. Sie hat bei uns Verantwortung getragen, und plötzlich war sie nur noch Ausführende. Bereut hat sie ihre Ausreise nicht, aber sie schrieb, sie rate niemandem, es ihr gleichzutun. Waltraut ist in der fremden Umgebung nicht glücklich geworden, Lisa!"

„Wenn du magst, kannst du bei mir schlafen", bot Lisa an. *Elke will wenigstens mich in ihrer Nähe haben, wie früher.*

„Ich habe keine frische Wäsche mit. Egal. Dann borgst du mir was von deinen Sachen."

Mutter und Tochter lagen im Bett. Kerzenlicht erhellte ihre Gesichter. Elke erzählte leise: „In Kreta, weißt du, da ist es im November ganz warm. Im Mittelmeer kann man jetzt noch baden! Einst nannte man Kreta die Insel der hundert Städte. Tausend Jahre lang, im minoischen Reich, hatten dort nur die Frauen das Sagen. Sie wurden in dieser matriarchalischen Epoche besonders verehrt, weil sie fruchtbar waren wie die Mutter Erde. Die Priesterinnen liefen bei religiösen Feiern, als Inkarnation der Fruchtbarkeitsgöttin Rhea, in maßgeschneiderten Kleidern durch lichte Räume mit wunderschönen Wandmalereien, sie benutzten kunstvolles Geschirr aus dünner, bemalter Keramik. Die Kreter konnten Gold und Edelsteine bearbeiten, für ihre Rituale benutzten sie kleine Plastiken aus Bronze. Als vor viertausend Jahren Kretas Paläste entstanden, konnten die Germanen gerade mal Hünengräber aufstapeln, weißt du? Zehn Städte hat man gefunden. Die großen Paläste hatten allen Komfort: Wasserleitungen, Bäder und Kanalisation. Knossos zum Beispiel, Festos, Agia Triada. Agia heißt heilig."

„Gibt es die Minoer noch?" fragte Lisa.

„Das Reich ist untergegangen, nachdem es tausend Jahre geblüht hatte. Anfang Juni 1451 vor unserer Zeitrechnung brach auf der Insel Santorin ein Vulkan aus. In der Folge der Katastrophe begrub eine riesige Flutwelle Kreta unter einer Schicht aus Schlamm und Asche. Viele Paläste darunter sind erhalten geblieben."

„Was du alles weißt", flüsterte Lisa. *Es ist wie früher, als Elke abends an meinem Bett saß, mich streichelte und Geschichten erzählte.*

„In den kretischen Palästen wurde die minoische Muttergöttin Rhea verehrt. Jeder Palast stand auf einem Hügel. Dort weht immer etwas Wind, das ist wichtig, weil es heiß wird im Sommer. Von Phaistos aus, einem Palast im Süden, hast du einen wunderbaren Blick auf den heiligen Berg Ida. Davor erstreckt sich die fruchtbare Messaraebene mit ihren Olivenhainen, und du siehst in der Ferne das Meer, wo früher die Schiffe der Minoer lagen. Berühmt ist der Diskos von Phaistos, eine kleine Tonscheibe mit geheimnisvollen Zeichen. Knossos im Norden muß der Sitz der minoischen Königin gewesen sein."

„Ich würde gern mitkommen", sagte Lisa, bevor sie einschlief.

Als Lisa ihre Mutter am nächsten Morgen zur Straßenbahn brachte, sah sie auf der Schönhauser Allee junge Leute in weißroten Jacken, die die Sonderausgabe der „Zeitung für alle Berliner“ verteilten.

„Die ist umsonst! Nehmen Sie für Ihre Nachbarn auch welche mit!“ rief ein Mädchen. Lisa Meerbusch zierte sich, sie wollte sich nichts schenken lassen. „Oder möchten Sie vielleicht lieber eine Banane?“ fragte das Mädchen und beugte sich zu einem roten Rucksack voller Bananen. „Die Bananen geben sie mal den Armen im Westen“, sagte Elke empört, nahm zwei Zeitungen und zog Lisa weiter. „Lisa, siehst du, jetzt wird alles anders!“

Als Lisa zu Hause zum ersten Mal in ihrem Leben eine Westzeitung durchblätterte, heulte sie. Halbseitige Fotos, auf denen sich Liebende nach Jahren der Trennung in den Armen lagen, Fotos, auf denen Sektkorken durch die Luft flogen und Trabis über den Kurfürstendamm fuhren.

Doch als sie in der dritten Nummer dieser Zeitung, die sie sich am Kiosk kaufte, auf Seite fünf von der ersten barbusigen Ostmieze angelächelt wurde, glaubte sie ihrem Staatsbürgerkundelehrer, der behauptet hatte, die Westzeitungen seien alle billige Schmutzblätter.

Party in Berlin-Charlottenburg
314 Tage vor der deutschen Vereinigung

Lisa war nervös, als sie am Abend des 23. November 1989 bei Moritz Wellmann in der Reichsstraße in Berlin-Charlottenburg klingelte. *Es ist spät, gegen zehn; für eine Westparty wohl die richtige Zeit.* Sie wußte, man würde sie dort als eine Frau aus dem Osten begaffen, als exotisches Beiwerk. *Sollen sie; das können sie haben.* Sie hatte ihre lockigen Haare mit einem grünen Seidentuch zu einem strengen Pferdeschwanz zusammengebunden. Die Zipfel des Tuches reichten bis zu ihren Hüften. In die Haare hatte sie bunte Perlen geknipst. Sie prüfte, ob der Reißverschluß ihrer hellen Hose korrekt geschlossen war und rückte den Ledergürtel mit dem Straßschmuck zurecht. Das enge T-Shirt mit dem weiten Rückenausschnitt betonte ihre Figur. Hinter der Tür hörte sie Gelächter und Schritte. *Eigenartig, ausgerechnet Silvy hat mich zum Geburtstag eines Freundes eingeladen, den ich nicht kenne. Na, ich laß mich überraschen.*

„Hallo, ich bin Moritz“, sagte ein junger Mann, der die Tür öffnete. In dem hellen langen Flur sprang ein wuseliger Hund an ihr hoch und schnappte nach dem Geschenk, das sie mitgebracht hatte. Im Hintergrund rief Silvy Lisas Namen und verschwand in der Küche. Von dort kam Gelächter.

„Keine Angst, Elwood tut keinem was.“

Moritz hatte etwas Bubenhaftes an sich, seine Augen blickten Lisa verschmitzt an, die Stoppelhaare sahen lustig aus. Lisa hatte einen Geschäftsmann im Anzug mit Familie erwartet, einen von denen, die nur über ihre Arbeit redeten.

„Sie sind also Moritz", sagte sie verwirrt und vergaß, sich vorzustellen.

„Und Sie sind Lisa, Silvys Freundin."

„Ja", sagte sie und überreichte ihm das Geschenk. „Herzlichen Glückwunsch zum Geburtstag. Ich dachte, Sie wären älter!"

„Man tut, was man kann. Übrigens duzen wir uns alle." Moritz nahm ihr den Mantel ab und führte sie durch den Flur, von dem sechs Zimmer abgingen. Einige Türen standen offen. Es war eine Kombination von Büro und Wohnung, zweckmäßig-kühl eingerichtet, Glas und Chrom dominierten.

Die Geburtstagsparty fand in der Küche statt, in die ihre Pankower Küche dreimal hineingepaßt hätte. Sie sah genauso aus wie die Küchen, die sie aus der Fernsehwerbung kannte. Lisa war gespannt auf Silvys Westbekanntschaften. Zwölf Leute saßen oder standen um ein kaltes Büfett herum und schwatzten. Für Lisa hatten sie nur ein kurzes Hallo und ein paar flüchtige, abschätzende Blicke.

Endlich kam Silvy. Ein hautenges schwarzes Kleid schmiegte sich an ihren Körper, am Ausschnitt steckte eine feuerrote Stoffblume. Für Lisa war sie die interessanteste Frau auf der Party. Silvy umarmte Lisa stürmisch: „Schön, daß du da bist."

Moritz packte Lisas Geschenk aus, eine getrocknete afrikanische Kaktusblüte, deren pelziges Innere von fingerbreiten langen Blütenblättern gehalten wurde. Die Blüte, etwa so groß wie eine Pfingstrose, saß auf einem kräftigen Stil, den Lisa mit einer schwarzrotgoldenen Fahne verziert hatte. Nach langem Überlegen hatte sich Lisa von diesem Mitbringsel ihres Onkels getrennt.

„Originell, originell." Mehr brachte Moritz nicht heraus. Er zog einen Flunsch wie ein kleines Kind.

„Du hast wohl eine goldene Krawattennadel erwartet?" fragte Lisa. „Am besten, ich nehme das Geschenk wieder mit."

Moritz lachte. Der Hund schnappte nach der Kaktusblüte. „Stell sie in eine Vase ohne Wasser!" Der Hund rannte mit der Blüte durch die Wohnung, die kleine Fahne flatterte.

Moritz stellte seinen Freund Bo vor, einen Pressefotografen, der das Geschenk kommentierte: „Das ist eine symbolische Aufforderung, an Deutschland zu denken."

„Gut, dann verspreche ich feierlich, mich im nächsten Jahr um die ostdeutschen Frauen zu kümmern", sagte Moritz lachend. „Lisa, darf ich um deine Hand bitten?"

„Ich bin schon vergeben“, sagte sie und lachte nun auch.

Elwood tobte mit der Kaktusblüte in der Küche herum, sprang über die ausgestreckten Beine der Gäste, die ihn mit Lachsschinken lockten, und rückte endlich die Blume heraus.

„Warum haben wir dich noch nie gesehen?“ fragte Bo.

„Genau“, sagte Moritz, „die schönsten Frauen hält Silvy vor uns versteckt!“

„Ich hatte den falschen Paß.“ Lisa kraulte Elwood. „Jetzt reise ich, wohin ich will. Als nächstes werde ich nach Kreta fliegen.“ *Wie komme ich bloß auf Kreta? Elke hat mich ganz konfus gemacht mit ihren Ideen! London interessiert mich mehr.*

„Da würde ich gern mitfahren“, mischte sich dieser Bo wieder ein, „die Einsamkeit und Romantik, die Wurzeln der Demokratie.“

„Das Matriarchat nicht zu vergessen, und die schönen Griechen.“ Moritz bot Lisa eine Schale Sekt an.

Die aufdringliche Art von Bo ist gefährlich.

„Ich fahre mit meiner Mutter nach Kreta. Das nächste Mal vielleicht.“

Eine blonde, langhaarige, etwas verbrauchte Schönheit, die sich neben Bo gesetzt hatte, taxierte Lisa.

„Nach Kreta?“ fragte sie erstaunt. „Da würde ich meine Mutter lieber zu Hause lassen.“

„Meine Mutter hat zwanzig Jahre im Trockendock Kulturgeschichte studiert“, sagte Lisa. *Von Willi, der seit Jahren fahren durfte, erzähle ich lieber nichts.*

„Warum Kreta, und nicht Lichtenberg oder Strausberg?“ provozierte die Blonde.

„Das Zusammenspiel von Bergen, Meer, ewiger Sonne, das liebe ich“, zitierte Lisa ihre Mutter und merkte erst in diesem Moment den Angriff, „und die Ruinen des minoischen Reiches finde ich weder in Lichtenberg noch in Strausberg.“

„Du bist aus dem Osten, stimmt's?“ schoß die Blonde.

Ganz klar. Die feuert einen Giftpfeil auf mich ab.

„Wie du siehst, ja“, erwiderte Lisa gelassen.

Sie hat mich die ganze Zeit beobachtet. Bleib ruhig, Lisa, offen und freundlich, und laß dich nicht provozieren.

„Was dagegen?“ fragte sie.

Die Blonde gab nicht auf. „Ja, das sieht man dir an, daß du aus dem Osten bist, man sieht's an deiner Kleidung, man hört's an deiner Sprache. Es springt ins Auge auf den ersten Blick.“

Für eine Sekunde traf Lisa die Verächtlichkeit, mit der das gesagt worden war. *Meine Kleider sind allesamt Errungenschaften aus dem Exquisit in der Leipziger Straße.* Lisa mußte sich sammeln und wandte sich an Bo: „Meine Mutter muß mal raus aus dem Streß. Und wer weiß, was für ein Elend auf uns zukommt."

„Was heißt denn Elend? Ich würde das nicht so pauschal sehen", rief die Blonde. „Einmal muß ja die Zeit kommen, wo sich der Weizen von der Spreu trennt."

„Wir rackern uns ab wie die Blöden", empörte sich Lisa. „Für nichts. Während ihr, die ihr alles habt, uns wohl jetzt zeigen wollt, wo es langgeht."

Wieso lege ich mich so ins Zeug? Das ist doch nicht mein Problem.

„Wir werden die Spreu von Weizen trennen", beharrte die Blonde.

„So schlimm wird es nicht werden, vielleicht haben wir bald eine Föderation der beiden deutschen Staaten", meinte Bo.

„Nein, ich glaube, zuerst bricht unser Wertesystem zusammen, dann der Rest", sagte Lisa. „Dann sitzen wir in unseren Dreiraumwohnungen mitten im ostdeutschen Ghetto." Lisa hielt inne. *Da bin ich wohl etwas zu weit gegangen …*

„Dreiraumwohnung", spöttelte Moritz. „Typischer Ostbegriff. Bei uns heißt das Dreizimmerwohnung", belehrte er Lisa. „Das ist genauso wie mit dem Kaffee komplett."

„Was ist denn das?" fragte Silvy mit gespieltem Unwissen.

„Das ist Kaffee mit Milch und Zucker", sagte Moritz, sichtlich belustigt über diese östliche Wortschöpfung. Lisa ergänzte: „Ein Kännchen Kaffee komplett, bitte."

„Die haben richtig versucht, sich auch sprachlich abzugrenzen", sagte Moritz. „Zu Weihnachten zum Beispiel gab es eine Jahresend … wie hieß das noch?"

Lisa wußte sofort, was er meinte. „Jahresendflügelpuppe." Einer am Tisch verstand gar nichts mehr. Lisa erklärte: „Das ist nichts anderes als ein Weihnachtsengel! Engel paßten nicht in den sozialistischen Sprachgebrauch."

„Höchstens Engels", witzelte Moritz, „aber der hatte mit Weihnachten nicht viel im Sinn. Spaß beiseite. Ich fände es gut, wenn wir bestimmte Sachen aus der DDR übernähmen, modifiziert natürlich."

„Drüben ist nicht alles schlecht", unterstützte ihn Bo mit einem Seitenblick auf Lisa.

„Die ganze Ausbildung zum Beispiel", präzisierte Lisa.

Die Runde verstummte.

„Ich habe von Schauspielern gehört", beeilte sich Lisa zu ergänzen, „daß die Ausbildung bei uns gründlicher ist."

Da hakte die Blonde ein. „Das stimmt überhaupt nicht! Ich bin Schauspielerin, ich weiß das besser!"

Ach, daher weht der Wind. Das hätte ich nicht gedacht. Du siehst gar nicht so aus.

„Ich war an der Schauspielschule in Essen“, betonte die Blonde. „Gut, die Synchronausbildung fehlt …“

„Synchronisieren ist etwas für Schauspieler, die viel Zeit haben“, versuchte Lisa einzulenken. Doch damit hatte sie offenbar einen wunden Punkt getroffen. „Haa, haa, sehr witzig.“ Die Blonde war gereizt und verlor die Kontrolle über sich. „Wenn jemand so einen schönen Pferdeschwanz hat mit Perlen drin, der kann ja gerne synchronisieren …“

„Ja, ein Zopf ist äußerst wichtig beim Synchronisieren“, pflichtete ihr Lisa bei. Die anderen am Tisch lachten. *Jetzt habe ich Rückhalt. Es macht Spaß zu zeigen, daß die aus dem Osten nicht blöd sind.*

„Ach, hör auf!“ Die Stimme der Blonden wurde dunkel und laut. „Komm endlich von deinem hohen Roß runter!“ Sie schrie.

Moritz mischte sich ein: „Fakt ist doch, die Leute aus dem Osten, egal, welche Ausbildung sie haben, werden bei uns als Menschen zweiter Klasse gehandelt. Das war früher schon so.“

Die Blonde langte zum Aschenbecher und stieß ein Sektglas um: „Die meisten Ostler sind doch ganz dicke mit den SED-Bonzen gewesen“, brüllte sie, trank einen Schluck aus Bos Glas und stellte es auf die Tischkante. Bo schob das Glas ein Stück weiter, damit es nicht herunterfallen konnte. Das machte die Blonde noch wütender: „Ach, hört auf zu labern, das ist doch alles Mist, was ihr da erzählt!“ Sie stieß Bo vor die Brust. Der ließ sich das nicht bieten und verließ die Küche.

„Du warst gar nicht dort!“ schimpfte Silvy. „Du urteilst über Sachen, die du gar nicht einschätzen kannst, weil du dir nicht mal die Mühe machst zu sehen, wie es drüben aussieht!“

„Ich rede von meinem Job“, erwiderte die Blonde. „Ich bin Schauspielerin!“

Damit ging auch sie aus der Küche.

Lisa tat es leid, doch schuldig fühlte sie sich nicht. *Ich habe es nicht nötig, mich dumm anmachen zu lassen!*

Plötzlich schlug die Flurtür krachend zu. *Jetzt ist sie gegangen, blöd!*

Silvy kam zu Lisa. „Bärbel ist eifersüchtig auf dich!“

„So? Bärbel heißt sie“, sagte Lisa. Sie errötete.

„Bo gefällt dir, du hast angebissen. Ich kenne dich doch“, stichelte Silvy.

„Ach, komm“, wies Lisa ihre Freundin zurecht.

„Da bahnt sich wohl etwas Deutsch-Deutsches an?“ Silvy ließ nicht locker. „Übrigens“, sagte sie, „Bärbel ist seine Freundin.“

Bo muß wissen, was er tut. Ich habe mich nicht an ihn herangemacht, sondern umgekehrt. Er ist schließlich erwachsen. Warum ist diese Bärbel nur so frustriert? Sie hat einen Traumjob und einen tollen Mann. Ja, einen tollen Mann.

„Was war denn los?“ fragte Bo, als er zurückkam.
„Sie ist abgehauen“, sagte Moritz.
„Kann da was passieren?“ erkundigte Lisa sich.
„Sie kehrt sicherlich noch irgendwo ein“, antwortete Bo trocken. „Sie hat morgen einen Vorsprechtermin.“
„Wird sie das überleben?“ fragte Silvy.
Bo lächelte. „Logisch!“

In den folgenden Wochen verabredete sich Lisa Meerbusch oft mit ihrer neuen Westerrungenschaft. Sie hielt Bo Mannhardt auf Distanz. Ihre Gefühle zu ihm schwankten in dieser Zeit zwischen Neugier, Sympathie und Unsicherheit. Die Vorstellung, eine Beziehung zu diesem Mann zu haben, beschäftigte sie schon seit Tagen.

In einem überfüllten Tanzcafé auf der Schönhauser Allee bestellte Lisa: „Ich möchte etwas Buntes in dem tollen Glas da oben haben.“ Für den Barkeeper hinterm Tresen war das zuviel. „Hää?“ fragte er und wollte Lisa einfach stehenlassen.

Bo Mannhardt schnippte mit den Fingern und übersetzte galant Lisas Wunsch: „Der Mai-Tai für die Dame geht auf meine Rechnung!“ Da lächelte der Barkeeper, denn Mai-Tai war der teuerste Drink.

Zwischen den Lederjacken und Spitzenröcken à la Madonna wirkte der Pressefotograf Bo in seinem legeren hellen Anzug fremd und unpassend. Der Barkeeper servierte Lisa das schalenförmige Glas mit dem gezuckerten Rand, den Kassenbon darunter. Ein Apfelsinenrad und eine Honigmelonenscheibe steckten zwischen zwei Strohhalmen und einer Plastiknixe. Als Bo die Drinks mit Ostgeld bezahlte, sah sie die Enttäuschung des Barkeepers.

„Deine erste Westreise solltest du nach Paris oder London machen“, sagte Bo. „Was willst du auf Kreta?“

„In London würde ich gern das Britische Museum besuchen, dann von dort zum Trafalgar Square laufen, über den Strand zum Aldwych …“

„Woher weißt du so gut Bescheid?“ fragte Bo erstaunt.

„Ich kann dir auch sagen, wie du in Paris vom Boulevard de Sebastopol nach Saint-Germain-des-Prés gelangst.“

„Sag bloß, du warst schon in Paris!“

„Ich habe früher mit meiner Mutter Mensch ärgere dich nicht auf den Stadtplänen von Paris und London gespielt.“

Mit seiner Art der Anmache hat er sicher schon viele ins Bett gekriegt. Er wird auch bei mir leichtes Spiel haben. Er gefällt mir.

Beim Tanzen mußte sich Lisa strecken, um seinen Hals umfassen zu können. Sie stellte sich seinen Körper vor, den Rücken, den sie streicheln wollte.

Der Abend endete im weiträumigen Messingbett in Bos Wohnung. Lisa war neugierig, ob die Männer drüben im Westen genauso reagierten wie die, die sie kannte. Lisa hatte schon mit Köchen, Hausmeistern, Postbeamten, einem tschechischen Gynäkologen, Lehrern und Busfahrern geschlafen, ein Pressefotograf war ihr noch nicht begegnet.

Bei Premieren bot sie eine perfekte Show. Fallenlassen konnte sie sich später. Bo war zärtlich, aufgeregt, hatte es aber eilig. *Kein Supermann also, Mister Mai-Tai aus Westberlin kocht auch nur mit Wasser.*

Getreu ihrem Premierenprinzip fuhr Lisa danach heim.

In jedem Mann, der ihr auf der Straße begegnete, sah sie Bo. Sie spürte, wie er von ihr Besitz ergriff.

Bei ihm darf ich weiblich sein. Er ist galant und leidenschaftlich. Ihm könnte ich sagen, wie ich gestreichelt werden möchte und wie ich seinen Körper begehre. Bei ihm könnte ich im Bett so sein, wie ich bin und wie mir ist; ihm könnte ich keinen Höhepunkt vorspielen, das würde er merken. Bin ich verliebt? Ja! Vielleicht steht er auf blaue Augen? Oder auf meine straffen kleinen Möpse, die genau in seine Hände passen? Und Thomas? Seit seinem Trip nach Amsterdam ist die Beziehung zerbrochen, jeder geht seiner Wege. Das Eingeständnis, Thomas nicht mehr zu lieben, fällt mir jetzt leicht. Ich war zu bequem, ihn hinauszuwerfen. Thomas heizt die Bude und ist eben einfach da wie der kleine, runde Mittelfußtisch am Fenster. Es leben meine Kompromisse!

Rausschmiß im Hinterhof
291 Tage vor der deutschen Vereinigung

Thomas empfing Lisa mit blutunterlaufenen Augen. Er war aufgeblieben, hatte getrunken.

„Wo kommst du jetzt her?“ herrschte er sie an.

„Ich hasse diese Frage, das weißt du“, erwiderte Lisa. *Seit seinem Hollandtrip ist die Sauferei schlimmer geworden, er läßt sich gehen.*

„Ich habe mir Sorgen gemacht. Du bist in letzter Zeit oft weg“, sagte er scheinheilig. *Und du klebst in letzter Zeit nur noch am Fernseher und läßt dich vollaufen. Nach Sendeschluß Sex, wie langweilig.*

„Jetzt bin ich ja da“, lenkte sie ab. „Trinkst du einen Tee mit?“

„Um halb fünf Tee, spinnst wohl? Komm ins Bett!“

Mit ihm schlafen, das ist jetzt das Letzte. Verhindern kann ich es wohl nicht. Bring ich es schnell hinter mich. Lisa schüttete einen größeren Schuß Weinbrand in den heißen Tee.

Thomas wälzte seinen müden Körper über sie. Jeder Stoß war Eifersucht. Er hatte es schwer, zu kommen. Lisa betrachtete sein Gesicht. Kleine Schweißperlen standen auf seiner Nase und seiner

Stirn, als er sich umdrehte und Lisa an die kalte Wand drängte. Sie lag wach, tastete mit den Fingern über die Buckel der Rauhfasertapete.

Als wir renovierten, lagen Rollen billiger weißer Tapete und Säcke voller Sägespäne im Flur. Im Wohnzimmer strichen wir die Bahnen mit Kleister ein und streuten Sägespäne darauf. Echte Rauhfasertapete gab es nur durch Beziehungen, und sie im Intershop zu kaufen, das kam nicht in Frage. Rosenthaler Kadarka tranken wir, und zum Rotwein aßen wir Schmalzschrippen und rüpelten in den Sägespänen, zwischen Tapetenkleister und den Matratzen vom Sperrmüll. Damals, Thomas, war es mit dir noch aufregend.

Beim Einschlafen spürte sie Bos weiche Lippen auf ihrem Hals, roch sein Parfüm und hörte seine ruhige Stimme. Ein wohliges Gefühl.

Am nächsten Vormittag sagte Thomas unvermittelt: „Du hattest letzte Nacht einen anderen Mann." Lisa versuchte blitzschnell, sich an die Einzelheiten des Vortages zu erinnern. *Woran will er das merken, jetzt, um halb elf? Ich habe mich bei Bo geduscht, seinen Samen gründlich ausgewaschen. Das Parfüm kann er nicht gerochen haben, voll, wie der war. Falsche Bewegungen im Bett? Unmöglich, hab ja stillgehalten wie immer. Für ein Eifersuchtsdrama hat er keinen Anlaß.*

Lisa stand auf, kochte sich einen Tee. Als sie zurückkam, blieb sie in der Wohnzimmertür stehen und sagte betont ruhig: „Und wenn schon, was wäre dabei?"

„Ich kann dir sagen, was dabei ist …"

„Spiel dich nicht so auf", unterbrach sie ihn, „wir sind nicht verheiratet!"

Thomas schnellte aus dem Bett hoch.

„Schlaf deinen Rausch aus!" fuhr sie ihn an.

Thomas fuchtelte mit den Armen, verlor das Gleichgewicht, fiel gegen die Wand, kletterte wieder aufs Bett und brüllte: „Wolltest wohl klammheimlich abhauen, willst wieder ins Bett zu deinem Oliver?"

„Ist das ein Verhör?" Lisa schaltete den Fernseher an und betrachtete interessiert das Testbild, trank ihren Tee. „Ich bin nicht dein Eigentum."

„Bekomme ich wenigstens einen Kaffee?"

Langsam drehte sie sich zu ihm um, provozierte: „Mach dir welchen!"

Mit einem Satz war er bei ihr. Seine flache Hand traf ihr Gesicht, der Tee flog durchs Zimmer.

„Fürs Fremdgehen!"

Lisas Wange glühte. Es dauerte einen Moment, bis sie begriff, was geschehen war. Ihre Gedanken suchten einen Mittelpunkt. *Daß er mich einmal schlagen würde … Lieber Gott, schenke mir einen klaren Kopf! Wozu ist Thomas noch fähig? In seiner Reichweite liegt meine Schneiderschere; wenn ich ihn jetzt reize, bin ich morgen eine von vielen in der Statistik.*

Sie starrte auf das Testbild und fauchte: „Raus!"

„So, wie ich bin?" Thomas lehnte sich im Bett zurück und frohlockte, nackt, wie er war.

Klar, wie denn sonst! Lisa Meerbusch stand abrupt auf, lief ins Bad, dann in den Hausflur und warf sein Rasierzeug die Treppe hinunter. Danach begann sie sein Fach im Schrank auszuräumen.

„Was machst du da? Ich hab's nicht so gemeint", sagte er versöhnlich, „es tut mir leid!"

„Gelatscht ist gelatscht", erwiderte Lisa und beförderte Thomas' Sachen Stück für Stück ins Treppenhaus. Dann ging sie in die Küche und holte sich eine neue Tasse Tee. Als sie zurückkam, stand Thomas mitten im Zimmer, immer noch nackt. Demonstrativ zog Lisa die Gardinen zu.

„Bring mir sofort die Sachen wieder!" forderte er.

„Hol sie dir!"

Nackt war er in der Defensive; sie freute sich, wie ihm das zu schaffen machte.

„So kann ich nicht ins Treppenhaus!"

„Doch, du kannst", erwiderte sie.

Da verkrallte er sich in ihren Haaren und drängte sie auf den Flur. Sie wehrte sich, hielt sich am Garderobenständer fest, der unter ihrer und zweier Wintermäntel Last zusammenbrach. Sie rappelte sich auf, und er versetzte ihr einen Stoß, sie stolperte über ein paar herumstehende Schuhe und stieß mit dem Kopf an den Gaszähler. Vor Schmerz schrie sie auf, kroch in die Küche, warf die Tür zu und stemmte sich dagegen. Sie hörte, wie Thomas die Wohnungstür öffnete und auf Zehenspitzen in den Hausflur schlich. Er sammelte seine Sachen auf, die über den ganzen Treppenabsatz verstreut lagen.

Blitzschnell sprang Lisa auf und schloß die Tür.

„Spinnst du?" brüllte er von draußen, „mach auf, sonst ...!"

„Was sonst?" schrie Lisa zurück.

Durch den Spion sah sie ihm zu, wie er sich hektisch anzog. Die alte Frau Schulz aus dem zweiten Stock rief: „Ruhe!" Ihre Nachbarin, die zweiundachtzigjährige Frau Michaelsen, öffnete die Tür. Als sie Thomas halb angezogen erblickte, zeterte sie: „Das ist ein anständiges Haus!"

„Mach, daß du verschwindest!" schrie Lisa durch die Tür. Thomas trommelte mit Fäusten und Füßen dagegen.

„Mach auf! Sonst bringe ich dich um!"

Lisa rannte ins Zimmer, riß das Fenster auf und rief in den Hof: „Hilfe! Polizei!"

Hinter den Gardinen erschienen neugierige Gesichter. Lisa hörte Thomas die Treppen hinunterrennen. Als er über den Hof davonlief, warf sie ihm seine Pantoffeln hinterher: „Wenn du dich noch mal bei mir blicken läßt, hole ich die Polizei!“ In diesem Moment tauchte Silvy im Hof auf. Sie wollte gerade Thomas begrüßen, als Lisa, weit aus dem Fenster gelehnt, zu einer neuen Salve ansetzte: „Hau endlich ab! Geh hin, wo der Pfeffer wächst, geh zum Teufel!“

Silvy zog den Kopf ein und lief an Thomas vorbei ins Haus.

„Ihr hattet ja ein spannendes Programm“, sagte Silvy und schaltete das Testbild ab. Aus Lisas Schmuckkasten an der Wand nahm sie zwei Ohrringe und probierte sie vor dem Spiegel. „Die leihst du mir, ja?“

Lisa heulte auf einmal los und fiel ihrer Freundin um den Hals.

„Na, dann haben wir ja doppelten Grund zum Feiern.“ Silvy befreite sich aus Lisas Umarmung und holte aus ihrer Tasche eisgekühlten Westsekt, entkorkte ihn lautlos, wie es Lisa liebte.

Als der Sekt in den tschechischen Senfgläsern perlte, wischte sich Lisa die Tränen ab und sagte stolz: „Ich habe zum ersten Mal in meinem Leben einen Typen rausgeworfen!“ Sie streckte den Zeigefinger ihrer Rechten aus, krümmte den Mittelfinger und zielte auf die drei beschrifteten Kaffeetassen, die Thomas ihr geschenkt hatte. „Guten Morgen“, „Herzblatt“, „Ich liebe Dich“.

„Peng! Peng! Peng!“ sagte sie, pustete den Rauch ihres imaginären Colts weg und warf die drei Tassen in den Mülleimer, wobei sie zersprangen. „Erledigt.“

Sie schob das Geschirr auf dem Tisch zusammen, stellte den aus dem Europacenter geklauten Aschenbecher und die Senfgläser auf den freigewordenen Platz.

„Und was ist mit Bärbel?“ erkundigte sich Silvy.

„Wieso? Die Geschichte ist doch vorbei“, sagte Lisa erstaunt. „Völlig absurd! Der hätte sich nicht mit mir eingelassen, wenn …“

Silvy lachte auf, wurde dann ernst: „Schätzchen, ich kenne keinen Westmann, der sich nicht mindestens eine Geliebte hält.“

„Ist mir egal“, sagte Lisa trotzig. *Es ist mir ganz und gar nicht egal!* Silvys Worte schmerzten. *So ein Mann wie Bo ist gefragt.*

„Es ist eben jetzt Mode für die da drüben, sich eine Ostmieze zuzulegen“, belehrte Silvy ihre Freundin. „Eine, die ihren Westmann als tolle Errungenschaft bewundert. Die noch mit billigem Parfüm zu beeindrucken ist. Eine, die pflegeleicht ist, sparsam im Verbrauch, und bei der er sich kein Aids holt.“

Verdammt, Silvy hat recht! Warum soll ausgerechnet Bo eine Ausnahme sein?

Silvia Glaser war seit vier Jahren verheiratet, hatte einen süßen kleinen Sohn, Marcel, den Lisa Marzl rief. Die Ehe kriselte, seit Franz seine Arbeit als Fahrlehrer verloren hatte. Ehrlich, wie er war, hatte er seine dreimonatige Tätigkeit als Informant der Staatssicherheit zugegeben. Silvia hielt zu ihrem Mann. „Da ist ein guter Kern in ihm, den ich liebe." Lisa bewunderte die Kraft ihrer Freundin. Franz war im Juli 1989 wegen Staatsverleumdung verhaftet und von der Staatssicherheit gezwungen worden, „konstruktiv zur Erhaltung des Friedens beizutragen". Jetzt saß er seit Wochen zu Hause, trank billiges Bier, hatte alle Zeitungen abbestellt und das Antennenkabel zum Fernseher durchgeschnitten. Er machte den Haushalt. *Vielleicht hat Silvy nebenbei ab und zu einen aus dem Westen?*

„Wieso heute Sekt? Warum bist du nicht im Grandhotel hinter der Rezeption?"

„Ich habe einen Job für dich. Nur deswegen bin ich hier", erklärte Silvy.

„Spann mich bitte nicht auf die Folter, heute verkrafte ich nicht mehr viel", flehte Lisa.

Silvy fischte sich mit hyperlangen knallroten Fingernägeln eine Zigarette aus der Schachtel und begann: „Gestern bin ich mit einem attraktiven Typ aus Neu-Isenburg ins Gespräch gekommen. Das muß irgendwo in Hessen sein, glaube ich. Der fragte mich, ob ich nicht eine hübsche Schwester hätte? Nein, habe ich gesagt, aber eine sehr hübsche Freundin. Und er darauf: Was macht Ihre Freundin jetzt? Da hab ich in allen Tonlagen von dir geschwärmt, Lehrerin, dufter Kumpel, na ja."

„Der hat Arbeit für mich?" fragte Lisa zweifelnd. *Da ist sicher ein Haken an der Sache.* „Oder braucht der auch eine Ostgeliebte?"

„Wenn er nicht verheiratet wäre, vielleicht."

„Was, das weißt du auch schon?"

Silvy nahm aus ihrer großen Umhängetasche einige Papiere heraus.

„Ja, der Vogt war schon öfter im Hotel und kennt viele Leute und unterstützt hier die Opposition, wie er sagt." Silvy kam ins Schwärmen. „Das Fernsehen war schon da, als er Geld an die Leute von den Bürgerbewegungen überreicht hat, die das SED-Haus Mitte beim Grandhotel in der Friedrichstraße bezogen haben, da, wo sie vor zwei Tagen die Abhörgeräte gefunden haben, die noch funktionierten. Ich glaube, der hat eine Menge Geld. Seine Frau studiert in London und besucht ihn jedes Wochenende."

„Ist das nicht eine Nummer zu groß für mich?" zweifelte Lisa. Sie hatte Angst, ins Grandhotel zu gehen. *Nur mit Willi würde ich mich trauen.* Doch die Freundin wischte Lisas Bedenken einfach beiseite: „Das habe ich alles heute nacht gelesen." Sie zog einen Stapel Papiere aus ihrer Tasche. „Finde ich aufregend. Im Westen machen sich jetzt schon Leute einen Kopf über die deutsche Einheit. Nach diesem Konzept sollen wir alle vorher unsere Wohnungen als Eigentum bekommen." Silvy übergab Lisa die Papiere. „Er nennt es ‚Konzeption zur Verbesserung der wirtschaftlichen Infrastruktur in der DDR'. Einiges habe ich nicht verstanden."

„Silvy, ich kann Kindern Lesen und Rechnen beibringen und Schmuck herstellen für die Frauen im Kiez, von Wirtschaft verstehe ich nichts", sagte Lisa. Als sie das enttäuschte Gesicht ihrer Freundin sah, fragte sie vorsichtig: „Was soll ich denn bei dem Vogt machen?"

„Du wirst seine Assistentin, sozusagen seine Ostfiliale. Ich habe schon einen Termin im neuen Jahr für dich gemacht."

„Ob das gutgeht?" Lisa prostete Silvy unsicher zu. „Das Zeug hab ich gestern auch mit Bo getrunken. Mir ist es zu sauer."

„Luxus kann manchmal sauer schmecken, besonders hinterher."

6. Kapitel

Büro im Grandhotel
268 Tage vor der deutschen Vereinigung

Vor Aufregung hatte Lisa schlecht geschlafen. Die Narbe am Dornenknie tat weh.

„Er kann nur mit hübschen Frauen", zitierte sie Silvy, als sie ihren Morgenmantel überzog und in die Küche humpelte. Im Spiegel betrachtete sie ihr Gesicht. *Ich habe keine Lust, zu diesem Vorstellungsgespräch zu gehen. Ich schaff das nie! Der 8. Januar 1990 entwickelt sich zu einem Katastrophentag, wenn ich um neun Uhr noch so aussehe. Was ist für einen Westler hübsch? Mindestens so hübsch wie Sie, Silvy, hat er gesagt. Der sucht also im Osten keine Geliebte, weil er eine tolle Frau hat, die er liebt? Ach, Silvy.*

Lisa Meerbusch setzte Wasser auf, füllte zwei Löffel Westkaffee in ihre Lieblingstasse, blickte müde in das große rote Gefäß. Die kleine Küchenuhr zeigte fünf vor fünf. *Seine Frau studiert in London und ist nur am Wochenende zu Hause … Also braucht der Herr Vogt doch an den anderen Tagen eine Geliebte! Warum auch nicht. Was würde Bo von mir denken? „Ich kenne keinen Westmann, der nicht mindestens …" Silvy, ich muß diese Erfahrungen selbst machen!*

Lisa zog das violette Doppellaken, das als Vorhang diente, vors Fenster. Sie räumte den Abwasch beiseite und wusch sich über der Spüle die Haare. Das Wasser kochte, der Dampf schoß aus dem Kessel, nebelte die ungeheizte Küche ein. Im diffusen Licht der nackten Sechzig-Watt-Birne sah sie beim Schminken so gut wie nichts, da der Spiegel ständig aufs neue beschlug. *Vom ersten Gehalt wird sich Frau Meerbusch eine richtige Lampe kaufen!*

Der Haarlack stank gewaltig. Sie übertünchte den Geruch mit Magie noire. Das französische Parfüm hatte im Exquisit hundertfünfundneunzig Mark gekostet und mußte gut sein.

Sie goß den Kaffee auf. *Er kann nur mit hübschen Frauen. Was kann er? Wenn er mich als Mitarbeiterin akzeptiert, ist alles in Ordnung; wenn nicht? Warum bringt er sich denn keine Westassistentin mit? Weil er dem Osten helfen will. Nur noch vier Stunden Zeit.*

Lisa öffnete die drei Türen ihres Kleiderschranks. Alles, was sie bis jetzt chic gefunden hatte, erschien ihr an diesem Morgen fade.

Sicherlich trägt Herr Vogt einen maßgeschneiderten Anzug. Nadelstreifen womöglich noch. Und ich? Was paßt von meinen Klamotten zu einer goldenen Krawattennadel?

Sie schaltete den Fernseher ein und hoffte, die Garderobe der Nachrichtensprecherin von SAT.1 würde sie auf eine Idee bringen, was sie anziehen könnte. Ein Mondgesicht von Mann lächelte ins Wohnzimmer. Sie schlürfte den kaltgewordenen Kaffee, wartete auf die Programmvorschau. Die Ansagerin zeigte sich nur als Brustbild.

„Beine gibt's erst abends, wenn die Voyeure vor der Glotze hocken", fluchte Lisa, stand auf und probierte ihre Wintersachen durch. Nach anderthalb Stunden Modenschau vor dem Spiegel entschied sie sich für ihre letzte Errungenschaft aus dem Exquisit, für das blaue Kostüm. *Bei der Kälte fühle ich mich nicht wohl mit den dünnen Strumpfhosen und Halbschuhen. Unsicherheit kann ich mir heute nicht leisten.*

Achtlos fiel das Kostüm aufs Bett. Sie zog ihre Stretchjeans an, darüber die schwarzen Stiefel, dazu ein selbstgefärbtes baumwollenes Herrenhemd. *Meine Figur kommt blendend zur Geltung. Solange ich den Bauch einziehe.*

Für Schönheitskorrekturen hatte sie noch bis acht Uhr Zeit. Sie betrachtete kritisch ihre Schmuckkreationen aus Silberdraht und Glasperlen, die ordentlich im Setzkasten aufgereiht waren. *So ein Billigkram! Dann gehe ich eben ohne Schmuck, ganz natürlich.*

Lisa plünderte ihre Westgeldkasse, eine kleine Basttonne, nicht größer als ihre Faust, die auf der Kommode hinter Strittmatters dreibändigem Wundertäter stand. Zwischen tschechischen Kronen suchte sie nach dem Schatz harter Markstücke. Sie steckte vorsichtshalber auch einen Zwanzigmarkschein vom Begrüßungsgeld aus der Köpenicker Straße ein. Mit siebenunddreißig Westmark machte sie sich auf den Weg.

In der U-Bahn betrachtete sie sich prüfend in den Scheiben, kontrollierte in den Schaufenstern der Friedrichstraße Gang und Sitz der Kleidung und nahm allen Mut zusammen, als sie ins Foyer des Grandhotels ging. Auf dem Marmor quietschten die Gummisohlen ihrer Stiefel bei jedem Schritt. Ein Boy tauchte auf und kam direkt auf sie zu.

„Ich bin verabredet“, Lisa ließ ihn nicht erst zu Wort kommen. *Woran erkennt der Junge bloß, aus welchem Stadtteil ich komme? Schulung? Die wissen, wie man die Spreu vom Weizen trennt, würde Bärbel sagen.*

Von Silvy hatte sie sich den Weg ins Café Cologne genau beschreiben lassen. Sie schritt die große Treppe empor. Oben angekommen, riskierte sie einen Blick in den Lichthof. Meterlange Grünpflanzen hingen von den Stockwerken; spiralförmig wand sich das Messinggeländer bis zum Dach. Teppiche dämpften ihre Schritte. Zwischen den Säulen stand ein weißer Flügel. Rechts von sich sah sie ins Schummerlicht einer Bar. Hinter dem Tresen polierte ein junger Mann in rotem Jäckchen Gläser. *Eine Bar für die Geschäftsleute, die schon morgens ihre Dosis Schnaps brauchen. Na ja, besser als Rauschgift.* Ein paar Schritte weiter fand Lisa das Café Cologne. Leise, klassische Musik, Geklimper feinen Porzellans, seidene Gardinen, gemütliche Sitzecken, alles in rosa Pastelltönen gehalten. Der Duft frisch gebrühten Kaffees kitzelte Lisas Nase. Ein Kellner in hellblauer Livree eilte mit einer silbrig glänzenden, bedeckten Schüssel an ihr vorbei. Ein Hauch von gebratenem Ei mit Schinken schwebte in der Luft. *Früh könnte ich Rührei nie essen!*

Ein Mann am Fenster aß Grießbrei zum Frühstück! Lisa blieb schockiert stehen. Ein Kellner kam auf sie zu.

„Einen recht schönen guten Morgen“, sagte er scharf wie ein Unteroffizier und fragte: „Sie wünschen?“

„Ich bin geschäftlich verabredet. Mit Herrn Vogt“, beeilte sich Lisa zu sagen und versuchte, ihrer Stimme einen herrischen Ton zu geben. Der Kellner blieb unbeeindruckt.

„Sie wissen, das ist ein Devisenrestaurant“, sagte er.

Auch der merkt, daß ich eine Ostmauke bin. Wieso tun die hier immer noch so, als wäre alles beim alten? Die Mauer ist doch weg! Ich komme mir vor wie in einem anderen Land.

„Natürlich“, antwortete sie und schalt sich sofort. *Ich hätte sagen sollen: Junger Mann, was denken Sie, wen sie vor sich haben? Immerhin bietet er mir einen Fensterplatz an.*

Lisa setzte sich. Der Kellner überreichte ihr die Frühstückskarte. Lisa überflog das Angebot: Französisches Frühstück, Frühstück Continental, Frühstück Grandhotel, Amerikanisches Frühstück, Katerfrühstück, Sektfrühstück, Lachsfrühstück. Kein Frühstück war unter fünfundzwanzig Mark zu haben; und man konnte außerdem Extras wie Palatschinken und Porridge bestellen. *Ach, der Mann da drüben am Fenster ißt also Porridge und nicht Grießbrei. Komisch, so viele Wörter auf der Karte sind englisch, und ausgerechnet der Juice heißt hier ganz schlicht und einfach Saft.* Auf der letzten Seite entdeckte Lisa endlich etwas, dessen Preis einstellig war. *Eine Tasse Kaffee ohne alles kostet sieben*

Westmark! Irrsinn, aber ich kann nicht das Billigste bestellen.

„Ein Kännchen Kaffee“, sagte sie. Nervös zog sie Zigaretten aus der Tasche, die sie sich extra für dieses Vorstellungsgespräch gekauft hatte: Nicht ihre Stammarke Juwel, sondern Stuyvesant, für sieben Ostmark. *An der Zigarettenschachtel hätte jeder gleich erkannt, woher ich komme! Westzigaretten schmecken parfümiert. Mit Genuß kann man die nicht rauchen.*

Lisa schaute sich unsicher um. *Alles Männer, und alle frühstücken allein. Der Typ in der Sitzecke liest die Wirtschaftswoche. Das nächste Mal bringe ich mir auch eine Westzeitung mit. Wirkt lässiger. Wenn es ein nächstes Mal gibt …*

Sie suchte nach Vogts Konzept. *Ich muß mir die einzelnen Punkte nochmals einprägen, damit ich mitreden kann. Alle DDR-Bürger sollen ihre Wohnungen zu fünfzig Prozent übertragen bekommen. Als Anfangskapital. Besser, ich laß das Zeug jetzt stecken.* Lisa betrachtete jeden Neuankömmling, sie studierte jede Geste.

Dem Porridgeesser wird jetzt das richtige Frühstück gebracht: Toast in Stoffservietten, dazu Schwarzbrot, Knäckebrot, ein ganzes Körbchen mit Konfitüren, Butter und Honig, eine Platte mit Käse, Wurst … Sind die Westler verfressen!

In einer Ecke des Restaurants saß eine Gruppe junger Leute, die meisten ohne Jackett. Einer sprach in ein Funkgerät. *Das sind also die gestreßten Westler, sitzen stundenlang in Cafés und belasten die Spesenkonten ihrer Firmen. Oder sind das Musiker? So ausgeflippt, wie die aussehen.*

Der Kellner brachte den Kaffee, schenkte ein und stellte das Kännchen, die Zuckerdose und ein kleines Kännchen mit Sahne auf den Tisch. Dann tauschte der Kellner den Aschenbecher aus, in dem erst zwei kleine Aschereste von Lisas Zigarette waren.

Lisa kostete den Kaffee. *Schmeckt ganz gut, nur nicht nach vierzehn Mark. Wenn ich das umrechne, verprasse ich gerade mehr als hundert Ostmark. Luxus ist teuer, das Geschirr, die vielen Kellner, die sicher alle gut verdienen. Es müssen nur genügend Gäste kommen.*

Hinter ihr piepte es wie ein Quarzwecker. „Hallo, hallo“, rief jemand. Lisa drehte sich um. *So sieht also ein Funktelefon aus. Das Büro im Café, wunderbar!*

„Können Sie mich verstehen? Hallo!“ Pause. „Scheiße!“

Lisa erblickte den älteren Mann, der den Kellner anhielt und sich beschwerte, sein Telefon funktioniere nicht. „Mein Herr, daran sind die vielen Baugerüste schuld.“

Vanilleschwaden aus der Pfeife des Mannes zwei Tische weiter zogen vorbei. Er bekam einen neuen Kaffee. An einen anderen Tisch kamen gleich drei Kellner, einer schob einen Servierwagen! Lisa bekam Appetit, sie mußte sich zwingen wegzusehen.

Die Tür flog auf, und ein dicker Mann stürmte ins Café. Lisa schätzte ihn auf fünfzig. Über seinem Arm baumelte ein langer Mantel mit braunkariertem Futter. *Das soll Vogt sein? So habe ich mir meinen Chef nicht vorgestellt!*

Lisa duckte sich unwillkürlich. *Für den so ein Aufriß? Nur mit hübschen Frauen kann er. Silvy, meine Liebe, du leidest an Geschmacksverirrung.*

Knallrot im Gesicht, schnaufte der Dicke durch das halbe Restaurant direkt auf Lisa zu, begutachtete sie flüchtig, nickte ihr zu, leckte sich die Lippen. Er ließ sich in eine Polsterecke fallen. Die zierlichen Sofabeine ächzten.

Lisa atmete auf. Ihre Hände zitterten, als sie sich die nächste Zigarette ansteckte. *Ein Kapitalist, wie er im Buche steht. Fehlt bloß noch die sexy Blondine neben ihm!*

„Verzeihung, sind Sie Frau Meerbusch?" Lisa fuhr zusammen, sah verblüfft auf. Vor ihr stand ein hochgewachsener Mann. Lisa drückte ihre Zigarette aus. Die qualmte im Aschenbecher weiter, sie traute sich nicht, sie endgültig auszudrücken.

„Guten Tag. Mein Name ist Vogt. Wie geht es Ihnen?"

Die Frage nach ihrem Befinden verwirrte Lisa: „Ja ... ehem ... gut geht's mir ... ein bißchen aufgeregt ... guten Tag." Sie streckte ihm die Hand entgegen, die er mit einer winzigen Verzögerung drückte.

„Zur Aufregung besteht gar kein Grund", sagte er, hängte den Mantel über die Stuhllehne, während er sich setzte. *In normalen Restaurants darf man wegen der Eßkultur seinen Mantel nicht mit in den Gastraum nehmen.*

„Sie sind wirklich so hübsch, wie Ihre Freundin Silvy Sie beschrieben hat!"

Was hat Silvy noch alles erzählt?

„Das ist ein ganz unverbindliches Gespräch", redete Vogt weiter. „Haben Sie schon gefrühstückt", fragte er, und als sie den Kopf schüttelte, winkte er dem Kellner: „Zweimal Frühstück mit Rührei. Sie essen doch Rührei, Frau Meerbusch?"

Lisa erschrak, nickte und ärgerte sich im gleichen Moment. *Jetzt habe ich die Chance verpaßt, mal ein Frühstück Continental zu genießen!*

„Es ist schon eine außergewöhnliche Situation, daß wir zwei hier sitzen. Vor drei Monaten wäre das noch Utopie gewesen. Den Entwurf, den ich Ihrer Freundin gab, haben Sie gelesen?"

Lisa nickte. *Die Passagen, die ich nicht verstanden habe, kann ich fast auswendig.*

„Am besten ist", sagte Vogt, „ich erzähle Ihnen zuerst, was ich und meine Freunde vorhaben, und anschließend können Sie Fragen stellen. Einverstanden?"

Er bot ihr eine Zigarette an, die sie dankbar nahm. *Zum Glück ist er Raucher. Es wäre mein Tod, wenn ich den ganzen Tag nicht rauchen dürfte!*

„Was im Ostteil Deutschlands in den nächsten Jahren abläuft, kann man sich an fünf Fingern ausrechnen", begann er. „Veraltete Technik, fehlendes Wissen ..."

Das Farbe seines Seidenhemdes ähnelt dem FDJ-Blau!

„... wobei ich nicht sagen will, die Ostdeutschen seien nicht intelligent. Ganz im Gegenteil."

Schlecht gebügelt, das Hemd. Der Knick unter der Brusttasche gehört da nicht hin. Seine Frau ist wohl wieder in London? Na ja, keiner ist perfekt.

„Für den Fall, daß der von vielen gewünschte Einigungsprozeß in Gang kommen sollte, müssen die Unterschiede, sprich: die unterschiedlichen Bildungs- und Vermögenssituationen, analysiert und berücksichtigt werden ..."

Der liest die Frankfurter Allgemeine Zeitung. Mann, ist die dick! Wie schaffen die Leute es bloß, die jeden Tag durchzulesen?

„Man muß helfen. Zum Beispiel auf dem Gebiet der Weiterbildung, Ausbildung. Chancengleichheit, verstehen Sie?"

Silvy hat recht, er sieht toll aus! Vorsicht, er ist gefährlich! Mein Lieber, wenn du nicht verheiratet wärst, dann könnte ich dir jetzt zuzwinkern. Schwer, sein Alter zu schätzen, vierzig?

„Ich habe zusammen mit Wirtschaftsexperten der Bundesregierung einige Betriebe und Kombinate besucht. Wir, die Unternehmer aus der Bundesrepublik, sind jetzt gefragt, wir müssen helfen, jeden weiteren wirtschaftlichen Verfall aufzuhalten. Denn nach einem anerkannten Wirtschaftsprinzip zieht ein wirtschaftlicher Verfall einen sozialen und moralischen nach sich. Sie sind da natürlich besser im Bilde, schließlich sind Sie von hier."

Sein Dreitagebart gehört wohl zur individuellen Persönlichkeit, reiche Leute können sich das leisten. Seine Stimme ist ruhig und bestimmt, ohne Untertöne. Ein bißchen Mißtrauen sollte bleiben, rein zur Vorsicht ... Hübsch und so ... Wenn der meinen Arsch nicht anfaßt, klingt das, was er sagt, überzeugend.

„Die ersten Schecks haben meine Freunde und ich schon der Opposition zukommen lassen, weiteres Geld und auch Sachspenden treffen in den nächsten Tagen ein. Sie wissen ja selbst, Geld allein reicht nicht. Die Leute brauchen einfach alles, sie haben ja nicht mal Schreibmaschinen!"

Diese Stimme, irgendwie wie die von Willi, so ruhig. Verdammt, wieso flirtet der nicht mit mir!

„Vor allem unterstützen wir die Bürgerbewegungen, die auch schon vor dem Fall der Mauer aktiv waren ..."

Mit ihm zusammen zu Cocktailpartys, das könnte mir gefallen.

„Wir wollen durch gezielte Maßnahmen Chancengleichheit für die gerade entstandenen Bürgerbewegungen sichern. Die Leute der Bürgerbewegung sind für mich die wahren Helden der Revolution. Ohne die säßen wir jetzt nicht hier."

Ja, Gott sei Dank. Ich hätte ja fürchterlich was verpaßt.

„Während die großen bundesdeutschen Parteien mit hohem Einsatz auftreten, fehlen den kleinen Gruppierungen in dieser Umbruchzeit Erfahrung und entsprechende Konzepte, um die ökonomische Situation in der nächsten Zeit entscheidend verändern zu können. Es geht eben nicht ohne ein umfassendes Vermitteln von westlichem Know-how."

Er redet ein bißchen zu überheblich. Wo sind die Zusammenhänge zu den Papieren, die ich gelesen habe?

„Und wenn die westdeutschen Unternehmen erst mal loslegen, dann werden die Menschen im Osten sich wundern. Viele ahnen ja nicht, was dann auf sie zukommt."

Lisa wagte eine Frage: „Haben Sie denn genug Geld, den Bürgerrechtlern zu helfen?"

Ein Kapitalist, der sein Geld für den Osten ausgibt? Freiwillig?

„Tja, Wahlkampf ist teuer! Und im kommenden Wahlkampf brauchen sie Geld. Darum haben meine Freunde und ich sozusagen eine westliche Bürgerbewegung gegründet und Geld gesammelt."

Jetzt wird er nervös! Wenn Männer sich das Kinn reiben, sind sie nervös oder verlegen. Na ja, vielleicht war meine Frage nicht ganz fair.

Lisa hatte ihren Kaffee ausgetrunken, Vogt winkte dem Kellner.

„Sie wollen doch noch Kaffee?"

„Ja, gern", sagte Lisa. *Bloß nicht zeigen, daß er dir gefällt, Lisa. Vergiß nicht, er ist verheiratet.*

„Sie essen ja gar nichts!"

„Doch, ich kriege nur vor Aufregung keinen Bissen hinunter."

„Vielleicht ist Ihnen ein Glas Sekt lieber?"

Jetzt will er mich ködern. Erst Vertrauen schaffen und dann … Vorsicht!

„Danke, ein Glas Wasser wäre mir jetzt lieber."

„Wie Sie meinen."

Wieder winkte er dem Kellner: „Bringen Sie uns zweimal Perrier!"

„Und da Sie sich hier bestens auskennen, wie mir Ihre Freundin erklärte, brauche ich Sie. Kommen wir zum Geschäftlichen", sagte er und öffnete seine Tasche. Er zog ein Kärtchen hervor.

„Ich schreibe hier auf, was ich Ihnen zahlen würde, dann drehe ich die Karte um, und Sie sagen mir Ihre Vorstellungen. Sollte mein Vorschlag höher als Ihrer sein, gilt mein Angebot."

Er notierte eine Summe. Sie gab sich keine Mühe zu schmulen. Ihr Kopf arbeitete angestrengt. *Was ist so ein Job wert, der sicher oft bis nachts dauern kann? Kein Sekretärinnenjob, hatte Silvy gesagt, nein, Assistentin. Wie das klingt! Ich kann maschineschreiben. Selbst beigebracht. Vielleicht denkt er, er hat eine Hochleistungssekretärin erwischt. Da muß ich ihn enttäuschen.* Vogt legte die Karte auf den Tisch und sah Lisa aufmunternd an: „Nun?"

„In Anbetracht dessen, daß das Leben teurer wird, denke ich", *Westler sagen immer geradeaus, was sie wollen*, „um die tausend Mark."

„So bescheiden?" fragte er. Der Kellner brachte zwei kleine Flaschen Mineralwasser. *Hätte ich gewußt, wie teuer das Mineralwasser ist, hätte ich gar nichts bestellt.*

Nachdem der Kellner gegangen war, drehte Vogt das Kärtchen um und legte es vor sie hin. Lisa schluckte. *Zweieinhalbtausend Mark im Monat! Dafür habe ich früher zwei Jahre sparen müssen mit meinen sechshundertzweiundsiebzig Mark Lehrergehalt.*

„Können wir uns darauf einigen?" fragte Vogt. „Einschließlich Krankenversicherung. Sie müssen nicht gleich antworten. Das ist bei uns nicht üblich, Sie können sich das in Ruhe bis morgen überlegen."

Lisa schaute wieder auf das Kärtchen. *Zweitausendfünfhundert?*

„Westmark?" fragte Lisa. Es war ihr so herausgerutscht.

„Ich habe leider keine Mark der DDR", erwiderte Vogt. „Wenn Sie wollen, können Sie ja umtauschen."

„Soviel?" *Unter Freunden wird die Westmark eins zu zehn gehandelt; dann würde ich ja ... fünfundzwanzigtausend Mark im Monat verdienen!*

„Zweieinhalbtausend Mark, das ist für eine solche Tätigkeit durchaus üblich bei uns." Vogt riß sie aus ihren Gedanken. „Sie wollen doch auch mal in den Westen fahren, nach London oder Paris. Ein anständiges Kostüm kostet sechshundert Mark, Westmark ..."

Wenn ich mir ein Kostüm für sechshundert Westmark kaufe, gebe ich umgerechnet sechstausend dafür aus. Niemals!

„Es wird nicht lange dauern, dann existiert die DDR-Mark nicht mehr", sagte Vogt. „So können Sie sich schon jetzt an das andere Geld gewöhnen."

Was verlangt ein Westler für soviel Geld?

Er zog einen Apparat aus seiner Aktentasche, der aussah wie eine Reiseschreibmaschine.

„Ich habe auf dem Computer den Vertrag vorbereitet. Wenn ich den Vertrag morgen früh unterschrieben in Händen halte, legen wir los!"

Vogt tippte ihren Namen in die Maschine. *Das geht mir zu schnell. Damit soll ich arbeiten? Unmöglich.*

„Jetzt haben Sie bestimmt Fragen", sagte er.

Lisa Meerbusch suchte nach einer geistreichen Frage. „Die Fragen kommen sicherlich später", redete sie sich heraus.

„Die müssen Sie auch stellen", beharrte er, „sonst wird das nichts!

Wissen Sie, ich brauche eine Assistentin, auf die ich mich verlassen kann. Sie werden die meiste Zeit allein arbeiten, da ich viel unterwegs bin. Und Sie haben eine Menge zu tun. Bis zu den Wahlen sind es nur noch siebzig Tage!“

Die Maschine begann, den Vertrag auszudrucken, Lisa erschrak. Vogt bemerkte das und lächelte: „Keine Angst, das Gerät beißt nicht. Meine Frau wird Ihnen erklären, wie es funktioniert. In ein paar Tagen können Sie sich davon nicht mehr trennen!“ Er reichte ihr den Vertrag.

„Morgen geht's los, wenn Sie wollen, gleiche Stelle, gleiche Welle.“

Ein junger Mann trat an den Tisch und sprach mit Vogt: „Haben Sie noch eins von den tragbaren Telefonen, mit denen man kostenlos in den Westen telefonieren kann?“

Vogt lachte auf. „Kostenlos geht das nicht, junger Mann. Ich werde sehen, was sich machen läßt. Wo haben sie denn die zwei, die ich ihnen gestern mitgebracht habe?“

„Wir wechseln uns damit ab.“

Lisa wollte nicht stören und verabschiedete sich. Sie rannte aufgeregt zu ihrer Freundin an die Rezeption.

„Na, alles klar?“ fragte Silvy gespannt.

„Ich weiß nicht“, sagte Lisa und flatterte noch am ganzen Körper, während sie schon von ihrer Begegnung mit Vogt erzählte.

„Tja, Händegeben wie bei uns ist nicht üblich im Westen“, sagte Silvy, „das mußt du dir abgewöhnen! Hab ich dir zuviel versprochen? Bei dem bist du gut aufgehoben.“

Zu Hause las Lisa den Vertrag immer und immer wieder. Doch richtig schlau wurde sie daraus nicht. Am Nachmittag fuhr sie zu Silvy, um sich von ihr den Vertrag dolmetschen zu lassen. Franz begrüßte sie freundlich und zog sich zurück. *Er hat sich verändert, er hätte den Mund halten sollen. Andere haben jahrelang mitgemacht.*

„Mensch, du verdienst ja doppelt soviel wie ich!“ staunte Silvy.

„Nur drei Monate lang“, sagte Lisa schnell, fast wie zur Entschuldigung.

„Bis zum 15. April“, las Silvy, „zwölf Tage Urlaub und Krankenversicherung eingeschlossen. Dann sehen wir uns ja jetzt öfter.“

„Wieso?“

„Der Vogt hat sein Büro im Hotel.“

Im Hotel, wo denn? Etwa in der Hochzeitssuite?

Als Lisa am nächsten Morgen die Hotelhalle betrat, winkte Silvy sie gleich zu sich an den Tresen: „Er ist schon oben, toi, toi, toi.“ Lisa verdrehte die Augen; ihre Freundin lachte. Diesmal ging Lisa bedächtiger die Treppe hinauf. *Ab morgen werde ich nur noch den Fahr-*

stuhl benutzen, wie die Westler. Im Café konnte sie Vogt nicht sofort erblicken. Ihre Schwäche, sich Gesichter nur schwer merken zu können, machte ihr zu schaffen. *Wenn ich nun aus Versehen an ihm vorbeilaufe?*

Da stand schon der Kellner von gestern vor ihr, begrüßte sie sehr höflich und führte sie zu einer der hinteren Sitzecken.

Vogt stand auf: „Guten Morgen, Frau Meerbusch! Wie geht es Ihnen? Haben Sie sich entschieden?"

„Ja, ich habe unterschrieben und freue mich auf die Arbeit."

Der Tisch war für zwei gedeckt. Lisa warf ihren Mantel lässig auf das Sofa, wie ein Geschäftsmann.

„Der Toast ist noch warm", sagte Herr Vogt, „greifen Sie zu! Eher fangen wir nicht an. Sie müssen eine Menge schaffen heute."

Der Kaffee duftete, der goldbraune Toast prasselte zwischen den Zähnen. Der Kellner brachte die Rühreier. *Ich werde von nun an ein Rühreifan.*

„Gut, daß Sie pünktlich sind", sagte Vogt. „Sie können morgens aussehen, wie Sie wollen. Pünktlichkeit ist Bedingung."

Bei der Zigarette zur letzten Tasse Kaffee sagte er: „Zuerst richten Sie sich heute im Büro ein. Machen Sie eine Liste für alles, was Sie brauchen. Sie fahren immer mit einem Taxi, auch nach Hause!"

Taxi kommt nicht in Frage. Da bin ich mit der U-Bahn für zwanzig Pfennig billiger und schneller zu Hause.

„Fahren Sie ins KaDeWe, wo Sie alles Nötige bekommen."

Er legte die Schlüsselkarte vor sie hin, stand auf: „Kommen Sie, ich zeige Ihnen das Büro!"

Die Suite bestand aus zwei Räumen. *Wie geschmackvoll Blümchentapeten sein können.* Vorsichtig lief Lisa über den beigefarbenen Teppich und blickte sich nach jedem Schritt um, ob ihre Schuhe Spuren hinterließen.

„Hier werden Sie in den nächsten Wochen arbeiten, und wenn Sie wollen, können Sie nebenan auch übernachten."

Was würde Bo denken, wenn ich ihm eröffne, ich schlafe im Büro, womöglich noch mit dem Chef. Nein, nur das nicht!

„Am wichtigsten in diesem Zimmer ist das Funktelefon", sagte er und hielt ihr ein schwarzes Kästchen hin, das dreimal so groß wie eine Zigarettenschachtel war. „Das müssen Sie immer bei sich tragen, damit ich Sie überall erreichen kann. Und Sie mich auch."

Er gab ihr das Funktelefon in die Hand, es war leicht und handlich.
„Überall?" fragte sie ungläubig.

„Überall. Keine Angst, ich rufe Sie nicht so oft an. Haben Sie eine größere Tasche?" fragte er, und ohne eine Antwort abzuwarten, setzte er hinzu: „Die bringen Sie morgen mit. Sie haben oft Papiere zu transportieren, und natürlich das Telefon."

Er zeigte ihr, wo sie drücken mußte, wenn es piepte, um ein Gespräch entgegenzunehmen.

„Wenn Sie einen größeren Tisch brauchen, dann sagen Sie das der Rezeption, wenn Sie irgendeinen Wunsch haben, Kaffee und so weiter, rufen Sie einfach unten an."

Lisa musterte das Telefon. *Welchen Knopf? Das geht mir alles zu schnell! Ich bin in die Leistungsgesellschaft geraten.*

Vogt öffnete einen Schrank, der voller Papier war: „Am besten, Sie lesen sich heute ein bißchen in die Korrespondenz ein. Danach kontrollieren Sie die Pressemappen auf ihre Vollständigkeit. Hier ist das Original. Morgen lassen Sie in einem Copyshop das Pressematerial hundertmal kopieren und binden."

In Lisas Kopf wirbelte es. Sie hatte erwartet, in eine turbulente Büroatmosphäre zu kommen, in einen Großraum, in dem ständig Sekretärinnen hin- und herliefen, Männer in korrekten Anzügen Briefe diktierten oder herumbrüllten, Kaffeemaschinen dampften und das Papier sich türmte. *Hier bin ich allein, wie soll ich das schaffen?* Das Blut stieg ihr in den Kopf. *Wozu braucht er hundert Pressemappen? Copyshop, wo soll ich einen Copyshop finden?*

„Ich schätze", sprach er weiter, „ich bin in etwa zwei Stunden wieder da. Dann regeln wir das andere." Er lief aus dem Hotelzimmer. Lisa setzte sich vorsichtig auf das Bett und strich mit den Händen über die Tagesdecke. *Brokat. Ich komme mir vor wie die arme Bauerstochter im Märchen, die den Prinzen heiraten soll und nun zum ersten Mal den Palast betreten hat.* Zaghaft berührte sie die Möbel, das Nachttischchen und die Messinglampe mit dem Troddelschirm. Sie öffnete alle Schränke und entdeckte einen Kühlschrank, darin Minifläschchen: Whisky, Cognac, Wodka, Liköre. Büchsen mit Cola, Tonic, Ginger Ale, Orangensaft. Und auch Champagner. *Wie damals im Hotel mit Willi. Doch alles ist zu fremd, um sich wohl zu fühlen. Wie lange dauert es, bis alles selbstverständlich ist, bis ich kapiert habe, wie ich diese Aufgabe bewältige? Silvy anrufen? Oder Willi? Woher soll ich wissen, in welchem Teil der Welt er sich gerade aufhält?*

Sie wollte sich allein zurechtfinden und machte sich zuerst über den Stapel Papiere im Schrank her. Da piepte etwas. Sie erschrak und suchte überall nach der Ursache. Das Piepen hörte nicht auf. *Was kann das sein? Eine Stasiwanze? Die piepen bestimmt nicht! Habe ich aus Versehen etwas eingeschaltet? Der offene Schrank?*

Als sich Lisa an das Telefon erinnerte, war das Geräusch verstummt. *Erste Pleite. Gratulation, Lisa. Wenn das so weitergeht, dann habe ich mich schon am ersten Tag aus dem Job herauskatapultiert.*

Das Telefon auf dem Nachttisch klingelte. Sie erschrak erneut. *Wie soll ich mich melden am Telefon?* Sie stürzte zum Schrank und nahm eine Mappe heraus. Ihre „Firma" hatte einen langen Namen. Das Telefon klingelte zum fünften Mal. Unsicher hob sie ab:

„Ja, bitte?"

„Ach, endlich erreiche ich Sie", sagte Vogt am anderen Ende. „Das mit dem Funktelefon klappt wohl noch nicht?"

„Ich wußte nicht, wie es piept."

„Macht nichts, das war nur eine Probe. Ich warte unten in der Halle auf Sie. Bringen Sie eine Pressemappe mit!"

„Bin sofort unten!"

Sie legte auf, nahm ihren Mantel und eilte zum Fahrstuhl. Als er kam, fiel Lisa das Telefon ein, das sie ständig bei sich tragen sollte. Sie rannte den Flur zurück und fummelte mit dem Kartenschloß herum.

Sie hatte nie zuvor ein Kartenschloß bedient, und die Gebrauchsanweisung auf der Karte war in Englisch. Mit ein paar Bildchen, aus denen sie nicht schlau wurde. Sie begann zu schwitzen. Hastig sprühte sie sich etwas Magie noire unter den Pullover. *Systematisch herangehen an die Sache. Langsam, Bild für Bild.* Endlich steckte die Karte im Schloß, die Tür sprang auf. Das Telefon in ihre Handtasche gequetscht, kam sie mit hochrotem Kopf im Foyer an.

„Wunderbar, Sie haben an das Telefon gedacht", lobte er sie. *Ich komm mir vor wie ein kleines Kind.*

„Ich bitte Sie, einige Anrufe für mich zu erledigen", begann er und nannte ihr fünf Namen, von denen Lisa Herrn B. aus dem Fernsehen kannte.

„Arrangieren Sie ein Essen mit denen. Sagen Sie, es eilt. Bitte nur nicht am …", er blätterte in seinem Kalender, einem ausgewachsenen Buch, „Moment … nicht am 10. Januar, da bin ich in Leipzig. Noch Fragen?"

Lisa zögerte. Die Bedienung des Telefons machte ihr noch Angst.

„Könnten Sie mir noch mal erklären, wie das Telefon funktioniert? Das ging vorhin ziemlich schnell."

Vogt erklärte es ihr ausführlich.

Dann wurde seine Stimme leiser: „Prägen Sie sich mal die Gesichter der Leute vom Nebentisch ein, die sind alle von einer großen Illustrierten der Bundesrepublik."

Lisa sah sich die Gruppe an. Vierzehn Redakteure saßen oder standen um einen Schnauzbärtigen, der sich sehr wichtig gebärdete: „Die Programme aller zur Wahl antretenden Parteien und Gruppierungen liegen bis zum 21. Januar auf meinem Schreibtisch!" Einer bemühte sich eiligst, den Termin zu bestätigen. *Wie soll ich mir die Gesichter alle einprägen, wenn ich ihre Namen nicht weiß? Ich verliere meinen Job!*

Lisa versuchte, sich einzelne Gesichter zu merken. Schien das bei einem Gesicht zu gelingen, hatte sie die anderen vergessen. *Irgendwie sehen die alle gleich aus. Nur den lustigen kleinen Dicken werde ich nicht vergessen. Wie der auf den Osten schimpft!*

„Noch Fragen?“

Lisa schreckte aus ihren Beobachtungen.

„Nein. Ach doch!“ entfuhr es ihr, „was soll ich denen denn am Telefon sagen? Worum geht es denn beim Essen?“

Vogt faßte sich an die Stirn: „Ja, natürlich, Entschuldigung. Sehen Sie, dafür brauche ich eine Mitarbeiterin. Sagen Sie, ich will das Wirtschaftskonzept besprechen, das sie letzte Woche von mir bekommen haben. Dann wissen sie schon Bescheid. Sollten noch Exemplare benötigt werden“, er holte aus seiner Aktentasche einen weißen Hefter, „dann bringen Sie denen Kopien davon. Oder schicken den Hotelboy.“ Die Versammlung am Nebentisch löste sich auf. Herr Vogt ging auf den kleinen Dicken zu und übergab ihm die Pressemappe. „Kommen Sie doch mal auf ein Glas Sekt in mein Büro. Ich darf Ihnen Frau Meerbusch vorstellen!“ Den Dicken konnte sich Lisa merken. Lisa wartete, bis Vogt das Hotel verlassen hatte, dann lief sie zu Silvy an die Rezeption.

„Na, wie geht’s?“ fragte Silvy.

„Ich soll ein Essen organisieren. Das sind die Namen. Wie stell ich das bloß an?“ stöhnte Lisa. Sie hatte in ihrer Schulzeit Kulturprogramme für Morgenappelle organisiert und Kindergeburtstage, doch ein Geschäftsessen?

Silvy las die Namen und sagte: „Du legst selbst einen Termin fest und lädst die Leute ein. Wenn du dich nach denen richtest, kommst du in Teufels Küche.“

Lisa kehrte ins Büro zurück. Auf dem Tischchen vor dem Spiegel lag die Checkliste: Büromaterial, KaDeWe, Taxi, Papiere lesen. Sie fügte das Wort Geschäftsessen hinzu. Dann zog sie ihren Kalender aus der Handtasche und entschied sich für Donnerstag, den 18. Januar 1990. *Über eine Woche Bedenkzeit sollte wohl ausreichen für die Eingeladenen. Ißt man mittags oder abends geschäftlich?*

Sie griff zum Haustelefon, um Silvy um Rat zu fragen.

„Kann ich Ihnen helfen?“ ertönte eine freundliche Männerstimme.

„Ehem, ja“, stotterte Lisa, „könnte ich bitte Frau Glaser sprechen?“

„Oh, das tut mir leid, sie ist zur Zeit nicht im Hause.“

„Danke schön“, sagte Lisa und hängte auf. Jetzt war sie auf sich allein gestellt.

Wenn ich das Essen mittags organisiere, könnten die Herren sauer sein, weil sie sowieso den ganzen Tag zu tun haben. Findet das Essen abends statt, haben sie vielleicht Ärger mit ihren Ehefrauen.

Sie entschied, den Termin nicht abends anzusetzen, denn die Besprechung dauerte sicher länger, und legte ein Uhr mittags fest.

Lisa wählte die erste Nummer. Sie gehörte Herrn C. von Demokratie Jetzt im Ostteil der Stadt. Da konnte sie das Zimmertelefon benutzen, das ihr vertraut war.

Eine Frauenstimme meldete sich:

„Sekretariat Demokratie Jetzt, Sie wünschen?"

Die Souveränität, mit der sich die Sekretärin meldete, brachte Lisa aus dem Konzept.

„Schönen guten Tag. Wie geht es Ihnen?" sagte Lisa. Als ihr klar wurde, welchen Blödsinn sie da erzählte, begann sie zu zittern.

„Mein Name ist Lisa Meerbusch. Ich bin die neue Mitarbeiterin von Herrn Vogt, ehem, Assistentin ... Er möchte Ihren Chef zum Essen einladen."

„Ach", flötete die Stimme im Hörer, „da werden wir ja öfter miteinander zu tun haben. Ich bin Frau Meisner."

„Wäre es am 18. Januar um eins genehm? Es geht um das Wirtschaftskonzept."

„Momentchen, ich schaue mal nach", im Hörer raschelte es, dann knallte er auf den Tisch. Lisa hörte Stimmen.

Momentchen, das klingt gut, so locker. Sie hat eine angenehme Stimme.

„Hallo", kam es nun klar aus dem Hörer. „Ja, geht in Ordnung. Wieder im Grandhotel?"

„Ja."

„Und wie gehabt in der Goldenen Gans?"

So hatte die Sekretärin Lisa die Entscheidung abgenommen. Lisa bestätigte und notierte sich: Goldene Gans.

„Kommen Sie mal auf einen Kaffee rüber, wenn Sie Zeit haben, dann können wir uns kennenlernen."

Erleichtert hakte Lisa den ersten Namen ab. *Wenn das bei den anderen auch so gut klappt, könnte mir der Job richtig Spaß machen. Rüber? Wohin rüber?*

Lisa wurde klar, sie wußte nicht einmal, wo die Leute waren, mit denen sie telefonierte. Dann wählte sie die Nummer von Frau D. Niemand meldete sich. Sie versuchte es erneut, eine Minute lang ließ sie das Telefon klingeln, ohne Erfolg. *Nun gut, vielleicht ist sie beim Mittagessen.* Sie wählte die letzte Nummer im Osten, Herrn B. Es klingelte. Wieder eine Frauenstimme: „Ja, bitte?"

Lisa war verwirrt. Hatte sie richtig gewählt? Bei ihren Eltern meldete sie sich auch immer nur mit einem Ja, bitte. Wen ging schon ihr Name etwas an?

Lisa fragte, ob sie mit dem Büro des Herrn B. verbunden sei.

„Gewissermaßen", lautete die Antwort, „wer spricht denn da?"

„Mein Name ist Meerbusch. Ich bin die Assistentin von Herrn Vogt.

Er wollte Ihren Chef zu einem geschäftlichen Essen einladen."
Sie wartete die Reaktion ab. Für Sekunden blieb es still.
„Welchen Chef?" fragte die Frauenstimme schroff.
Lisa nannte verunsichert den Namen.
„Ja und? Wann, wo, weshalb?" drängte die Stimme.
Lisa antwortete ebenso dienstlich: „Am 18. Januar um eins in der Goldenen Gans, Grandhotel; es geht um das überreichte Wirtschaftskonzept!"
„Bleiben Sie am Apparat!"
Es dauerte eine Ewigkeit, ehe sich die Stimme wieder meldete und Lisa kurz mitteilte, Herr B. sei an diesem Tag nicht in Berlin. Lisas Herz klopfte schmerzhaft. *Vogt hat auch Zeitprobleme. Ob das diese arrogante Dame interessiert? Ruhig bleiben, Lisa. Und wenn ihrem Boß das Mittagessen schnuppe ist, soll er doch zusehen, wer ihn wählt.* Das Terminproblem umfing sie wie Nebel, sie sah keinen Ausweg.
„Wann hätte er denn Zeit?" fragte Lisa verzweifelt.
„Moment! Doch es könnte am 18. Januar gehen, erfahre ich eben. Aber erst um zwei und dann auch nur für eine Stunde."
„Könnten Sie freundlicherweise den Termin vormerken? Danke."
Der eine kann um eins, der andere erst um zwei. Wie regle ich das bloß? Lisa hängte auf. *Wie soll das erst werden, wenn ich im Westen anrufe?*
Sie probierte noch einmal die Nummer der Frau D., es meldete sich wieder niemand.
Zögernd griff Lisa zum Funktelefon. Lämpchen leuchteten, auf der Anzeige erschienen die gewählten Zahlen, doch im Hörer blieb es stumm. Sie versuchte es wieder. Drei kurz aufeinanderfolgende Pieptöne signalisierten die besetzte Leitung. Nachdem sie mehrere Minuten lang erfolglos den Wiederwahlknopf gedrückt hatte, machte sie es sich auf der Bettkante bequem. *Ich versuche es jetzt so lange, bis ich durchkomme. Das ist schließlich meine Aufgabe. Was Bo wohl sagen würde, wenn er mich jetzt sähe? Ein Büro im Grandhotel mit Bad, Bett, Minibar, Champagner und Fernseher. Ja, warum soll ich nicht den Fernseher anschalten?*
Unerwartet knackte es in der Leitung:
„Hallo?"
Dann folgten die drei Pieptöne. Auf dem Display erschien das Wort BESETZT. *Das ganze Spiel von vorn? Kommt dem Herrn Vogt teuer zu stehen, wenn seine Assistentin am Tage nicht mehr schafft, als fünf Leute zum Essen einzuladen.*
Der langgezogene Rufton.
„Hallo?"
„Ja?"
„Wer ist denn da?"

„Können Sie mich verstehen?"
„Ja, bestens!"
Lisa leierte ihren Vers herunter.
„Rufen Sie über Funk an?"
Lisa bejahte.
„Geben Sie mir schnell Ihre Nummer, ehe die Leitung zusammenbricht ..."
Da brach die Leitung zusammen.
Meine Rufnummer? Wie ist denn meine Rufnummer?
Lisa blätterte in der Gebrauchsanweisung. Nirgends war ihre Rufnummer verzeichnet.
Mitten in ihrer Beschäftigung kam Vogt ins Büro.
„Alles klar?" fragte er.
Lisa schämte sich des vollen Aschenbechers. *Gott, das muß ja stinken!*
Sie erstattete Bericht über die letzten drei Stunden.
„Ja, mit dem Telefonieren ist das problematisch. Geben Sie nicht auf. Kommen Sie, wir trinken etwas und sprechen ein paar Termine ab."
Lisa verstaute das Telefon in ihrer Handtasche und folgte Vogt zum Fahrstuhl. Im Café Cologne sagte er, über seinen Kalender gebeugt: „Morgen fahren Sie bitte zum Flughafen und holen meine Frau ab. Hier die Zeit und die Fluggesellschaft. Begleiten Sie sie zu der Gesprächsrunde im Martin-Gropius-Bau. Dort fertigen Sie bitte ein Protokoll an."
Protokoll? Mir wird schlecht. Protokolle von Gruppenratswahlen in der Schule oder Dienstversammlungen waren kein Problem. Und auf einmal ein Westprotokoll?
Zögernd nickte Lisa, notierte alles, und Vogt sprach weiter: „Meine Frau wird Ihnen zeigen, wie man eine Pressemitteilung macht. Die schicken Sie an alle Zeitungen. Dann bitte ich Sie, in den nächsten Tagen einen Pressespiegel anzufertigen."
„Was ist ein Pressespiegel?" fragte Lisa.
„Sie kaufen, bevor Sie morgens hierherkommen, alle Ostzeitungen und unten in der Hotelhalle alle Westzeitungen. Dann suchen Sie bitte alle Artikel über die verschiedenen Bürgerbewegungen heraus, vergessen Sie auch nicht die Ost-SPD! Den Pressespiegel brauche ich getrennt nach Ost- und Westzeitungen."
Vogt machte eine Pause, wiegte seinen Kopf und trommelte mit den Fingern auf den Tisch. *Wovon soll ich das alles bezahlen, woher kriege ich das Westgeld?* Als hätte er ihre Gedanken erraten: „Hier sind fünfhundert Mark, richten Sie eine Handkasse ein. Damit können Sie Taxirechnungen bezahlen, und was Sie sonst noch brauchen. Fahren Sie bitte immer Taxi, es ist mir lieber, wenn Ihnen nichts passiert, denn ich

brauche Sie auch morgen noch. Sie sammeln die Quittungen, und einmal pro Woche rechnen Sie mit meiner Frau ab. Wenn Sie neues Geld brauchen, dann sagen Sie ihr Bescheid. Richten Sie ein Kassenbuch ein."

Er trank den kaltgewordenen Kaffee aus.

„Noch Fragen?"

„Erst mal nicht", sagte Lisa und versuchte, ihren Chef anzulächeln. „Ach doch! Welche Rufnummer hat Ihr Funktelefon?"

Herr Vogt setzte sich wieder: „Wenn Sie das Telefon einschalten, erscheint für fünf Sekunden auf dem Display die Nummer. Schreiben Sie mit!"

Er schaltete das Telefon aus und wieder ein und diktierte ihr die Nummer.

„Die Vorwahl ist 0161, geht über Frankfurt."

Lisa schaute ihn ungläubig an. *Wieso Frankfurt? Ich telefoniere doch nur in Berlin?* Sie sagte nichts. *Wird schon seine Richtigkeit haben.*

„Machen Sie nicht zu lange heute", ermahnte er sie. „Morgen habe ich mehr Zeit. Ach, eine Kleinigkeit noch: Wenn Sie morgen früh ins KaDeWe fahren, dann bringen Sie bitte einige Flaschen Champagner mit, damit wir etwas anbieten können, wenn Gäste kommen."

Das Hotel bezahlt er, aber für Champagner aus dem Hotel hat er kein Geld mehr? Na ja, wenn er es so haben will.

„Und eine persönliche Bitte", sagte Vogt. „Kaufen Sie bitte eine Kaffeemaschine; eine mit Goldfilter! Meine Frau ist eine leidenschaftliche Kaffeetrinkerin, und der Kaffee hier ... Sie kennen ja die Preise."

Will er mich auf den Arm nehmen? Goldfilter. Was die Westler an Luxus brauchen; als ob normale Filtertüten nicht ausreichten.

Als Vogt weg war, hatte Lisa den rettenden Einfall: Sie holte ihren Mantel und lief über den Checkpoint Charlie nach Westberlin und wechselte in einem Zigarettenladen ein Westmarkstück, das sie noch von ihrer Erfurtomi hatte. Dann rief sie von einer Telefonzelle aus die beiden Westberliner Nummern an und übermittelte den Termin für das Essen mit Vogt.

Bremsklötzer auf der Schönhauser
267 Tage vor der deutschen Vereinigung

Die Kneipen auf der Schönhauser Allee barsten vor Leuten, die Bierquelle wie der Rennsteig, die Bierbar wie die Jägerhütte und die Schwemme. In der Gaststätte U-Bahn, die mit original Sitzbänken in einem nach allen Seiten hin offenen Waggongestell einem U-Bahnwagen nachempfunden war, fanden Lisa und Bo endlich Platz, wenn auch erst nach viertelstündigem Warten.

Bo pustete zuerst Brotkrümel und getrocknete Nudelreste von der fleckigen Tischdecke, dann tauschte er den vollen Aschenbecher mit einem leeren vom Büfett aus. Der Kellner war ein aufgedunsener Bierbauch in schmuddeligem Anzug. Bo lachte laut auf, als er die Karte studierte: „Was ist denn eine Stromschiene?"

„Steht drunter", antwortete der Kellner im Gehen.

„Eine Currywurst mit scharfem Ketchup", erklärte Lisa.

Bo bestellte ein Trittbrett, einmal Bremsklötzer, beides mit Schotter, und zweimal Löschwasser; also Schnitzel und Buletten mit Kartoffelsalat und zwei Bier.

Lisa wollte nicht lange bleiben, sie sehnte sich nach Zärtlichkeit.

Bo fragte: „Wieso willst du ausgerechnet nach Griechenland? Laß uns nach London oder Paris fahren."

Alle waren in Griechenland! Willi war da, Oliver war da, jeder im Westen war da, Elke weiß theoretisch alles, und ich kenne das Land nur aus dem Alexis-Sorbas-Film im Kino.

„Ich bin neugierig darauf", sagte sie. „Warst du schon mal auf Kreta?"

„Oft, sehr oft", sagte er.

„Ich würde gern mit meiner Mutter die Ausgrabungen sehen. Wo die Minoer gelebt haben, Knossos zum Beispiel!"

„Knossos mag ich nicht!" sagte er. „Knossos ist wie Disneyland. Für jemanden, der noch nie da war, sicherlich interessant."

„Ich kann, wie du sagst, einfach hinfahren und mich einmieten? Haben die denn Zimmer frei?"

„Du mußt herunterkommen von dem organisierten Massenurlaub, deinem FDGB-Tick."

„Kann ich da wirklich einfach so hin?" *Das glaube ich nicht.*

„Die Menschen leben davon, überall in Griechenland! Du gehst ins Reisebüro, buchst einen Flug ohne alles."

„Brauche ich nicht ein Visum?"

„Als DDR-Bürgerin brauchst du sicher ein Visum, dann hält dich niemand mehr auf."

Als Bo zahlen wollte, akzeptierte der Kellner das Ostgeld nicht: „Sie sind aus dem Westen und müssen auch in West bezahlen!"

Woher weiß er das? Woran sieht man einem Typen an, ob er aus dem Westen oder aus dem Osten ist? An seiner Selbstsicherheit? Lisa wollte aufbegehren, doch Bo beschwichtigte sie. Zum Kellner sagte er: „Bitte, hier ist meine Umtauschbescheinigung! Darf ich Ihnen meinen Presseausweis zeigen?"

Lisa wurde rot, sie ärgerte sich über den Kellner und noch mehr über Bo. *Seine Umtauschbescheinigung über fünfhundert Mark hat er schon seit anderthalb Monaten; sein Ostgeld besorgt er sich auf dem schwarzen Markt am Bahnhof Friedrichstraße zu einem Wahnsinnskurs. Das ganze Essen kostet ihn höchstens drei Westmark.*

„Mein Gott, dann zahl doch in West", sagte Lisa, „du hast genug davon und kannst es obendrein noch absetzen!"

„Ich denke nicht daran", widersprach Bo. „Das ist eine Ostkneipe, wie sie im Buche steht, fleckige Tischdecken, volle Aschenbecher, die nicht mal zum Essen ausgeleert werden, unfreundliches Personal, und Speisen, bei denen ich das Kotzen kriege; also bezahle ich auch in Ost, kapiert? Wenn ihr Westniveau habt, zahle ich gern in West."

Bei Geld hört seine Lässigkeit jedesmal auf, leider!

Den Kellner rührte das nicht. „Soll ich erst die Polizei holen?" drohte er. Lisa wurde die Geschichte peinlich, die anderen Gäste lachten schon, und vom Nebentisch rief ein junger Mann herüber: „Du, der macht das wirklich!"

„Dann bezahle ich das eben", sagte Lisa und ließ sich von Bo das Ostgeld geben. Auch das akzeptierte der Kellner nicht. Schließlich bezahlte Lisa ihre Zeche in Ost, und Bo seine in West.

Aha, mir sieht es der Kellner also an, woher ich bin.

„Laß uns rüberfahren", schlug Bo vor, „das ist mir hier zu nervig."

„Ich will nach Hause!"

Lisa hatte überall Kerzen aufgestellt, auch auf dem Fußboden. Das Radio spielte leise.

„So wohnst du also."

„Ja und?" fragte sie.

„Ich habe mir deine Wohnung anders vorgestellt. Blümchentapeten, Möbel aus den fünfziger Jahren ..."

„Ostklischee."

„Ja, ein bißchen." Bo öffnete die mitgebrachte Sektflasche.

Dann lag er neben ihr und strich über ihr Gesicht. Sie fühlte den Sekt im Kopf. Bos Erzählungen über Griechenland fielen ihr ein. Sie wünschte sich, jetzt, in diesem Moment, dort zu sein, auf Kreta. Sie konnte den starken Kaffee riechen, den die alten Männer dort tranken, sie spürte den Regen auf ihrer Haut. Sie sah die Bilder aus dem Sorbas-Film, das kristallklare Wasser, die kleinen Häuser aus Feldsteinen, die zerklüfteten Berge, die Menschen.

Bo ließ sich Zeit; er zögerte den Beischlaf hinaus, summte eine Melodie im Radio mit und liebkoste sie. *Ich will ihn heute nacht verwöhnen.* Sanft befreite sie sich aus seiner Umarmung und küßte seinen Bauchnabel. Er flüsterte: „Du, das kitzelt!"

Lisa stand auf, nahm die leere Sektflasche, ließ den letzten Tropfen in seinen Nabel fallen und leckte ihn aus. Sie wußte, wie es ihn reizte, wenn er ihre Zunge spürte.

Sein Körper regte sie auf, sie wollte ihn fassen, mit einem Griff wie eine Murmel umschließen. Er roch nach Tag, nach Büro, nach Auspuffgasen, nach Streß, nach Zigarettenrauch und nach einem Hauch von Duschgel.

Da kam Lisa das Diagramm aus dem Neuen Ehebuch von 1969 in den Sinn. Als Dreizehnjährige hatte sie das Buch heimlich aus dem elterlichen Regal genommen, gierig gelesen und sich in die Zeichnungen der verschiedenen Stellungen beim Geschlechtsakt vertieft. Das Diagramm im Buch zeigte in einer Kurve den Verlauf des weiblichen Orgasmus: langsam ansteigend, auf dem Gipfel ein Sternchen und steil abfallend in die Ausgangsebene. Lisa spürte ihre Kurve steil ansteigen. Bo drehte sie auf den Rücken. *Seine Kurve ist schon viel höher als meine!* Er legte sich auf sie und strich mit seinem Penis über ihre Klitoris. *Er vögelt immer in Missionarsstellung!* Lisas Kurve schnellte senkrecht nach oben, das Sternchen wurde zu einem Feuerwerk.

„Geht's dir gut?“ fragte er wie immer.

„Ja“, sagte sie und küßte ihn. „Laß uns schlafen.“

In der Nacht quälte sie ein Traum. Sie kam in ein Büro, das in einem überfüllten Stadion stand. Alle Zuschauer sahen ihr auf die Finger. Sie mußte ein Ei auf einem Löffel balancieren, wie auf einem Kindergeburtstag. Wenn sie es nicht schaffte, würde etwas Schreckliches passieren! Das Ei wurde schwerer und schwerer; der Löffel bog sich. Da verließ ihre Beine die Kraft, sie sackte zusammen, ließ das Ei fallen. Schweißgebadet wachte sie auf.

Der nächste Morgen begann mit Anziehstreß. Lisa stand nachdenklich vor ihrem geöffneten Kleiderschrank.

Bo warf einen flüchtigen Blick auf ihre Garderobe und spottete: „Das sieht ja aus wie eine Kleidersammlung fürs Rote Kreuz!“

Lisa wurde wütend. *Alles aus dem Exquisit. Und für ihn ist das eine Kleidersammlung!*

Bo wühlte in ihren Pullovern, nahm einen heraus, legte ihn wieder zurück, begutachtete die Röcke und gab ihr schließlich die Stretchjeans und den Selbstgestrickten.

„Das habe ich so oft an“, sagte Lisa schmollend.

„Steht dir ja auch gut“, erwiderte Bo und schloß den Schrank. Lisa riß ihn wieder auf, griff wahllos einige Sachen heraus:

„Was ist denn daran unmodern?“

„Ach komm, hör auf“, sagte er. „Zieh dich an!“

Lisa gab sich geschlagen, zog die Jeans an und ein Hemd.

Sie wollten gerade die Wohnung verlassen, da piepte in ihrer Handtasche das Funktelefon. Lisa erstarrte. Die Röte schoß in ihr Gesicht.

„Was ist denn das?“ fragte Bo und lief dem Geräusch nach. „Der

Fernseher?“

Lisa kramte das Telefon heraus, dabei verhedderte sich die Antenne. Kosmetik fiel auf den Boden. Lisa drückte den Knopf und meldete sich:

„Ja, bitte?“

Es war Vogt: „Entschuldigen Sie, Frau Meerbusch. Ich hoffe, ich störe Sie nicht.“

„Nein, im Gegenteil.“ Lisa bemerkte Bos Erstaunen.

„Sie müssen doch zuerst zum Hotel“, sagte Vogt. „Meine Frau hat abgesagt. Bringen Sie drei Exemplare der Pressemappe zum Pförtner ins Haus der Demokratie gegenüber vom Hotel.“

„Okay, mache ich.“ *Gegenüber vom Grandhotel? Ich wäre glatt mit dem Taxi dahin gefahren. Peinlich.*

„Wo hast du denn das her?“ fragte Bo. „Ein Funktelefon! Das kostet mindestens siebentausend Mark!“

„So teuer?“ gab Lisa ungläubig zurück. „Das ist mein Diensttelefon.“

Sie erzählte von ihrem Job.

„Wie, und der macht das alles auf seine eigenen Kosten?“ fragte Bo erstaunt.

„Sagt er jedenfalls. Ich kann mir auch nicht vorstellen, welches Interesse die großen Westfirmen an unseren Bürgerbewegungen haben.“

„Und du arbeitest im Grandhotel? So ein Appartement kostet bald vierhundert Mark pro Tag!“

„Mehr, aber das bezahle ich ja nicht“, sagte Lisa. Als sie auf der Schönhauser Allee ein Taxi kommen sah, winkte sie und verabschiedete sich schnell.

„KaDeWe“, sagte Lisa beim Einsteigen. „Fahren Sie bitte vorher am Grandhotel vorbei.“

„Zum KaDeWe sacht keena nee. Bitte schön, die Dame.“

Am Potsdamer Platz wurden sie durchgewinkt. Alle Parknischen waren besetzt. Zöllner durchsuchten die Kofferräume nach Schmuggelgut, nach billiger Ostbutter, Schweinefleisch. Ein Mann mit einem Koffer wurde abgeführt. *Geldschmuggler.* Der eiskalte Wind wirbelte Staubwolken zwischen den Grenzbaracken auf. Lisa dachte an die Nacht vor zwei Monaten, in der die Bausoldaten mit Kränen die schweren bunten Mauerteile unter dem Gejohle und dem Beifall Tausender im Osten und Westen beiseiteräumten. *Es war ein Glücksgefühl.* Überall klopften die Mauerspechte aus aller Welt bunte Betonbrocken zur Erinnerung heraus. Im Taxi war es angenehm warm. In ihrer Tasche klingelte wieder das Telefon. Der Fahrer langte zu seinem Funkgerät. Lisa meldete sich.

„Hört sich an, als wären Sie auf der Straße", sagte Vogt.

„Nein, im Taxi. Was kann ich für Sie tun?"

„Ich wollte Sie nur bitten, alle Westzeitungen, die Sie kriegen können, auf dem Wittenbergplatz zu kaufen. Wenn Sie im Büro sind, beginnen Sie mit dem Pressespiegel. Bitte achten Sie besonders auf Artikel über Einschätzungen der wirtschaftlichen Situation in der DDR. Ich schätze, gegen zwölf bin ich auch da."

„In Ordnung, Herr Vogt."

„Noch Fragen?"

„Nein, nicht mehr."

Vor dem KaDeWe reihte sich Lisas Fahrer unter den verächtlichen Blicken der Westtaxifahrer mit seinem grauen Wolga in die eierschalenfarbene Mercedesschlange ein. Ein junger Mann in hellem Anzug stand breitbeinig gleich hinter der Eingangstür des Kaufhauses, in der Hand ein Funkgerät, und er schaute grimmig. Drinnen war es gerammelt voll. *Elke hat gesagt, sie kann es sich nicht leisten, im KaDeWe einzukaufen. Gibt es im Westen so viele reiche Leute?*

Eine Frau in goldenem Overall sprach Lisa an: „Probieren Sie die neue Kreation von Jil Sander!"

Die Frau besprühte ein Papierstück mit Parfüm, wedelte es hin und her und hielt es Lisa unter die Nase. Dabei pries sie das Parfüm an: „Genießen Sie das Orientalische, es ist sparsam und exklusiv."

Lisa beobachtete die gepflegten Westfrauen. Sie sah die Kunden, die sich aus Testern besprühten. *Die horrenden Preise sind kein Wunder, wenn die die Hälfte verschenken.*

„Ich überlege es mir", sagte sie der goldenen Frau. Dann sah sie JOOP!, das Markenzeichen. Sie blieb stehen und suchte das Parfüm in der halbrunden Flasche, das Bo ihr geschenkt hatte. *Aha, achtundfünfzig Mark hat er für mich springen lassen.*

„Kann ich helfen?" fragte eine Verkäuferin.

„Danke, ich schaue mich nur um", erwiderte Lisa.

Ein Stück weiter tat sich für Lisa ein Paradies auf: die Süßwarenabteilung.

Fasziniert betrachtete sie die bunten Kugeln, die Schokoladenstückchen, Gummibären, Lakritzschnecken, Zuckerherzen und besann sich auf die paar eigenen Westmark. Nicht die Süßigkeiten begeisterten sie, sondern das Selbereintüten. In jedem Fach lag eine kleine Schaufel oder bei den größeren Stücken eine Kuchenzange. In Köpenick gab es auch so einen Laden, aber dort durfte man nicht selber eintüten, eine Verkäuferin erledigte das. Lisa war begeistert von der süßen Pracht.

Vielleicht für Marzl. Auf diese Art kann ich mich bei Silvy bedanken. Ich muß unbedingt etwas kaufen, nur hundert Gramm. Sie langte nach einer knisternden Tüte und ging von Sorte zu Sorte, nahm von jeder eine kleine Kostprobe. *Wie schwer sind hundert Gramm?* Die Waage zeigte vierhundertzwanzig Gramm an. *Nein, ich kaufe nichts mehr. Noch einmal lasse ich mich nicht verführen. Auf zu den Schreibwaren. Ich bin schließlich im Dienst.*

Als sie vor dem Riesenangebot stand, wurde ihr schwindlig. Ordner, Mappen, Blöcke, Filzstifte, Schreibtischgarnituren, Federtaschen, Hefte, Klebezettel in allen Größen, Farben und Variationen. *Ich könnte alles brauchen.*

Lisa kaufte einen Tischkalender und einen Notizblock. Als sie an der Kasse stand, fiel ihr auf, sie hätte das auch bei sich um die Ecke, in der Schönhauser Allee, besorgen können.

Sie verlangte eine Quittung.

„Reicht es, wenn ich Ihnen auf dem Bon einen Stempel gebe?" fragte die Kassiererin höflich.

Lisa überlegte. *Beleg, hat Vogt gesagt. Ist ein gestempelter Kassenbon Beleg genug?*

„Wissen Sie", sagte Lisa, „das ist für den Osten, und die brauchen das immer ganz genau. Quittung wäre schon besser."

Anstandslos schrieb die Kassiererin eine Quittung aus, die Lisa zum Kalender und dem Block in die Tüte steckte.

„Wo kriege ich Champagner?" fragte Lisa.

„Im sechsten Stock", antwortete die Kassiererin, als hätte Lisa eine äußerst dumme Frage gestellt.

Lisa bedankte sich. *Die haben ihren Weinkeller auf dem Dach.*

Lisa wurde von der Rolltreppe emporgetragen. Was sie im sechsten Stock erblickte, sprengte all ihre Vorstellungen von Luxus. Was gab es allein schon an schwarzem Tee! Darjeeling, Orange Pekoe, Jasmin, Lapsang Souchong, Gunpowder ... Sie suchte eine ihr bekannte Teesorte. Doch Ostfriesentee, von dem Tante Elfi geschrieben hatte, man müsse ihn mit großen Kandisklunkern trinken, fand sie nicht.

Niemand hat sich getraut, Tante Elfi zu schreiben, daß es in der DDR keine Kandisklunkern zu kaufen gab. Wir hatten gar nicht die Chance, die zum Grund hin immer süßer werdende Ostfriesenmischung zu genießen.

Lisa kam an einem Regal mit Hunderten von Konfitüresorten vorbei. *Keine von den Marmeladen schmeckt so gut wie Omis Thüringer Pflaumenmus. Mit zwei Nelken, etwas Zimt und einem Pflaumenkern würzte die Erfurtomi nach stundenlangem Eindicken die duftende Masse. Hm, frisches Sauerteigbrot, dick mit Butter bestrichen, löffelweise Pflaumenmus und eine Prise Zucker obendrauf* ... Das Konfitürenregal ließ Lisa kalt.

Im Käufergedränge stieß sie auf eine Gruppe japanischer Touristen, denen eine Reiseführerin wie bei einer Stadtrundfahrt das KaDeWe erklärte.

In der Fischabteilung klopfte Lisa vorsichtig an die Scheibe eines

Aquariums, in dem Zander schwammen. Auf kleingehacktem Eis lagen Lachse, Garnelen, schneeweiße Filets und Riesenhummer. Neben ihr rief ein Kind: „Mutti, guck mal, Wasserschlangen!“ Die Mutter antwortete: „Das sind nur Aale. Komm her, jetzt sind wir dran. Zwei größere Forellen, bitte.“ *Die Leute im Westen können nicht mehr staunen.* Die Verkäuferin trug in einem Kescher zwei zappelnde Forellen zu einem Waschbecken, das sie mit einem Metalldeckel verschloß. Ein leises Piepen ertönte. Die Verkäuferin sah das erstaunte Kindergesicht und sagte: „Deine Fische telefonieren gerade mit Gott.“ Dann legte die Verkäuferin die toten Fische auf eine Waage.

An einer Bar tranken Leute Champagner und schlürften Austern. *Den Sichtkontakt zum Champagner habe ich schon hergestellt.* Eine Frau sagte, als sie eine Auster mit Zitrone beträufelte: „Wenn das Fleisch zuckt, ist es ganz frisch.“ Neben ihr stand ein glatzköpfiger Mann. Er hatte am Ohr ein silbernes Männchen. „Dann sind die Austern noch fast lebendig“, sagte er zu ihr und ließ genüßlich das weiche, weiße Fleisch aus der Perlmuttschale in seinen Mund rutschen. „Heute sind sie besonders frisch.“ Die Frau saß auf dem Barhocker, den Pelzmantel hatte sie über ihren Schoß gelegt. *Ist das ein Model mit ihrem Manager?*

Lisa lief ziellos mit den Leuten und kam in die Brotabteilung. Noch nie in ihrem Leben hatte sie so viele verschiedene Brotsorten gesehen. Eine Frau sagte: „Ein halbes Pfister, bitte.“ Die Verkäuferin fragte: „Pfister-Sonne oder Pfister-Bauernbrot?“ *Wie können sich die Leute die Brotsorten merken?* „Pfister-Sonne.“ Während Lisa weitergeschoben wurde, fragte die Frau: „Lassen Sie das Brot jeden Tag aus München einfliegen?“ „Nein“, sagte die Verkäuferin, „wir backen selber in Lizenz.“ *Was ist eine Lizenz? Werden hier alle Brotsorten Deutschlands verkauft? Ist den Westberlinern ihr eigenes Brot nicht gut genug?* Sie dachte an die Verkäuferin im Bäckerladen in der Bornholmer Straße, die ihr vorgestern das letzte Brot im Regal, ein verbranntes, als Doppelback aufschwatzen wollte und beleidigt war, weil Lisa es nicht kaufte. *Wenn die hier so viele Champagnersorten wie Brotsorten haben, drehe ich durch.*

Lisa wurde durch die Patisserie gedrängt und kam erst vor einer Kekstheke zum Luftholen. Die Mandelsplitter sah sich Lisa genauer an. Das waren runde, dünne Plättchen, auf denen einzelne, hellbraun geröstete, hauchfeine Mandelscheiben hafteten. Auf der Unterseite hatten sie eine zarte Schokoladenschicht.

Bisher waren Mandelsplitter für mich zerbrochene, zerbröselte Keksteile. Ausschuß einer Stuttgarter Keksfabrik, den Tante Elfi geschenkt bekam, weil sie dort in der Buchhaltung arbeitete. Jeden Monat schickte sie über die Erfurtomi ein Dreikilopaket voller Keksbruch, nach Sorten getrennt in Plastiktüten verpackt und mit handschriftlichen Aufklebern versehen. Die Erfurtomi verschickte ihrerseits die Kekse an die Verwandtschaft, bedachte auch ihren geschiedenen Mann Herbert. Rein vom Geschmack her waren die Kekskrümel aus dem Westen immer noch besser als die Hansakekse oder die Sportrolle, die gezuckerten Teekekse oder die Zitronenwaffeln aus der Kaufhalle.

Diese Westmandelsplitter waren für Lisa der Überluxus, sie waren wirklich rund, perfekt, eine Augenweide. Sie dachte an die Dankesbriefe, die sie jeden Monat auf Anweisung ihrer Mutter schreiben mußte, und daran, wie sie die Namen der Kekse von den handbeschriebenen Etiketten abschrieb. *Herzlichen Dank für die Mandelsplitter …*

Und dann das Obst! *Wo kriegen die bloß mitten im Winter Heidelbeeren her?*

Lisa nahm eine gelbe, rundherum längs eingekerbte Frucht mit einer wachsartigen Schale in die Hand. „Damit können Sie Cocktails garnieren", sagte ein Verkäufer. Lisa legte verunsichert die Frucht zurück auf den Tisch.

Endlich die Weinabteilung. Lisa traute sich zu fragen, wo der Champagner stehe. Ein Verkäufer wies auf mehrere Regale. *„Richtigen Champagner" will Vogt haben. Woher soll ich wissen, was für Sorten es gibt? Und welche seinen Geschmack trifft? Einfach die teuerste Sorte nehmen, ist blöd.* Sie griff nach einer schwarzen, bauchigen Flasche mit dunklem Etikett, fand dann aber den Namen nicht sehr einfallsreich. Pommery stand darauf. *Dann schon lieber die Persönlichkeit eines Barons als Garantie für guten Geschmack, vielleicht den … wie hieß der? Baron de …*

„Kann ich Ihnen behilflich sein?" fragte ein Mann mit einer grauen Schürze.

„Ich brauche Champagner", sagte sie. Da entdeckte sie ein rotbetuchtes Tischchen, auf dem einige Flaschen geöffnet waren, Gläser daneben.

„Soll es eine bestimmte Sorte sein?" fragte er.

Lisa schüttelte den Kopf.

„Wie wäre es mit einem Reims? Probieren Sie!" Er goß ein Glas voll und reichte es ihr. Beim ersten Schluck war ihr, als drohe ihr Körper zu explodieren, sie nahm schnell einen zweiten. *Schmeckt wie Sekt, etwas kräftiger.* Eine bepelzte Dame drängelte sich an ihr vorbei: „Gestatten Sie?" Der Verkäufer hielt ihr ein Glas in den Weg, das sie nahm und austrank.

„Der ist sehr streng, finden Sie nicht?" piepste sie.

„Dann probieren Sie einmal diesen", sagte er, „Chandon, der ist etwas milder."

Die Dame kostete, wiegte ihren Kopf, bedankte sich und ging. *Sie trinkt zwei Gläser Sekt und kauft nichts?*

„Sind Sie zufrieden?" wandte sich der Schürzenmann wieder an

Lisa. „Oder wie wär's mit einem Cremont? Mit dem liegen Sie auch richtig."

Mit wem liege ich richtig? Geschmacklich kann ich keinen Unterschied feststellen. Ich frage mich, warum die Flaschen so teuer sind? In Pankow kostet eine Flasche Sekt zwanzig Mark, und nur, weil das Zeug Champagner heißt, kostet es gleich das Doppelte? Wenn Vogt darauf besteht, soll er seinen Champagner haben.

„Ich nehme zwei Reims und zwei Cremonts", entschied Lisa und lächelte den Verkäufer herausfordernd an.

Erst im Hotel erinnerte sich Lisa an die Kaffeemaschine mit Goldfilter. *Ich werde das Geschäft dem Osten Berlins zukommen lassen; diese Läden haben es jetzt, wo die meisten DDR-Bürger nur noch in Westläden einkaufen, besonders schwer. Das KaDeWe ist ohnehin reich genug.*

„Joldfilta? Vascheißan kannick ma alleene", schimpfte die Verkäuferin im Haushaltwarenladen in der Schönhauser Allee.

Willi und die Banker
261 Tage vor der deutschen Vereinigung

Lisa kam am 15. Januar 1990 vom Haus der Demokratie zurück und war enttäuscht. Sie hatte Unterlagen abgegeben: „Modifizierte Vorschläge zur Verbesserung der Bildungs- und Vermögenssituation der DDR-Bürger" und hatte erwartet, als Vogts Assistentin begeistert begrüßt zu werden. *Schließlich setzt sich Vogt für die Bürgerbewegungen ein, ist so etwas wie ein Chef.* Lisa wußte, Vogt erwartete einen Bericht, wie die Leute reagiert hatten. Sie war an der Sekretärin nicht vorbeigekommen, hatte keinen Verantwortlichen sprechen können; und die Sekretärin hatte die Unterlagen achtlos auf Stapel anderer Papiere gelegt. Lisas Bemerkung: „Es eilt!" hatte sie nicht sonderlich beeindruckt. Die Sekretärin, herausgeputzt, als wollte sie einen Schönheitswettbewerb gewinnen, hatte sie angeschnauzt: „Alles eilt. Eins nach dem anderen. Wir sind auch nur Menschen."

Draußen nieselte es. Von einem Lastwagen lud eine Gruppe junger Leute Hunderte von Telefonen und Schreibmaschinen ab. *Das sind die Spenden, von denen Vogt erzählte. Der alte Westschrott erlebt eine Renaissance, wie er sagt.*

Im Foyer erkannte sie Silvy, die Lisa nur kurz zunickte und sich weiter mit einem gepflegten Herrn unterhielt. Lisa ging zu den Fahrstühlen, wo sie beinahe mit ihrem Onkel Willi zusammengestoßen wäre. Er war in Begleitung dreier Herren, die trotz verschiedener Nadelstreifen irgendwie nicht voneinander zu unterscheiden waren. *So sehen wohl Manager aus?* Willis Erstaunen stand ihm ins Gesicht geschrieben.

„Was machst du denn hier?" fragte er und umarmte sie flüchtig.

„Dasselbe frage ich dich", sagte Lisa. *Die kommen aus dem Westen. Was hat Willi mit diesen Leuten zu schaffen? Geschäfte? Ich denke … Ich kann nichts denken.* Willi stellte die drei Herren vor. Es waren Bankiers. Lisa konnte sich vor Aufregung nur einen Namen merken: Herr Frohner aus Zürich. Bei welcher Bank er arbeitete, vergaß sie sofort wieder.

„Nun sag mir endlich, was du hier machst", forderte Willi.

„Ich … äh … bin in meinem Büro … Nicht meinem, also in einem Büro." Lisa nannte ihrem Onkel die Nummer ihrer Suite.

„Da hast du sicherlich zu tun", sagte Willi verständnisvoll. „Ich rufe dich nachher an. Bis dann."

Er wandte sich wieder den Herren zu: „Ich habe im Dachrestaurant Plätze reservieren lassen. Das Essen ist ausgezeichnet und die Aussicht …" Die Fahrstuhltür hatte sich geschlossen. Eine Minute lang konnte Lisa sich nicht rühren. *Seit September habe ich Willi nicht gesehen. Was hat das alles zu bedeuten? ‚Du hast sicherlich zu tun. Ich rufe dich an', das klingt wie in einem amerikanischen Film. Ist es ihm peinlich, mich getroffen zu haben?*

In ihrem Büro wartete Lisa ungeduldig auf Willis Anruf. Unkonzentriert hörte sie den Anrufbeantworter ab: eine Einladung zu einem Forum für Vogt, eine Terminverschiebung, dann Vogts Stimme. Ihre Gedanken waren bei Willi. Sie mußte sich Vogts Telefonat zweimal anhören, ehe sie begriff. Er benötigte dringend die Pressespiegel der letzten beiden Tage. Lisa sollte sie ihm nach Neu-Isenburg faxen. Sie zwang sich zur Konzentration und stellte die Seiten zusammen. Sie füllte ein Faxdeckblatt aus. Dann rief sie einen Hotelboy, dem sie die Materialien mitgab. *Ich hätte auch selbst hinuntergehen können, aber ich will Willis Anruf nicht verpassen.*

Willi rief erst gegen sechs Uhr an.

„Madame", sagte er, „du hast mich ja vorhin verwirrt."

Lisa hatte tausend Fragen und bekam keine einzige über die Lippen.

„He, bist du noch dran?" fragte er.

„Ja, ja. Wie geht es dir?"

„Tja, alles ein bißchen hektisch in der neuen Zeit", sagte er. *Das kann ich mir vorstellen.* „Ich bin auf dem Flughafen, mein Flieger geht gleich."

„Wohin?"

„Was machst du im Grandhotel?" war seine Gegenfrage. *Wieso antwortet er nicht?*

„Ich arbeite, bin Assistentin. Wann sehen wir uns?"

„Weiß ich nicht, Madame. Es könnte eine Weile dauern. Übrigens, ich habe bei deiner schönen Freundin Silvy etwas abgegeben für dich."

Lisa hörte im Hintergrund eine Lautsprecherdurchsage. „Zürich. Hörst du die Ansage? Ich muß mich sputen."

„Willi!"

„Ja? Schnell."

„Paß auf dich auf."

„Ja, ja." Er hängte auf. Lisa hätte heulen können. *Warum tut er so geheimnisvoll?*

Sie nahm sich den Flugplan und suchte alle Flüge nach Zürich heraus. *Was macht er in Zürich, Geldgeschäfte? Ich bewundere ihn, wie er in dieser Zeit mit den Leuten umgeht.*

Lisa rief in Elkes Redaktion an. Alexandra meldete sich.

„Na, Assistentin?"

„Ist Elke da?"

„Nein, sie arbeitet heute zu Hause." Lisa hatte keine Nerven, sich zwanglos mit Alexandra zu unterhalten, bedankte sich und legte auf.

Sie erreichte Elke auch nicht zu Hause. Lisa steckte das Funktelefon ein und ging zur Rezeption. Die Neugier plagte sie. Silvy telefonierte gerade, winkte Lisa und reichte ihr ein mit Glanzpapier eingewickeltes Päckchen. *Mein Willi. Wie früher, wenn ich in seinen Koffer schauen durfte.*

Wieder im Büro löste sie vorsichtig das Papier. Sie hielt eine Videokassette in der Hand. „Alexis Sorbas", murmelte sie gedankenversunken. „Was soll ich mit diesem Film? Den kenne ich schon." Dann fiel ein Kärtchen aus dem Karton. Lisa erkannte Willis Handschrift und las: „Hüte Dich vor Sorbas, er ist in Dich verliebt, nur Augenblicke in Ekstase, doch er denkt schon an die nächste!"

Lisa verstand den Text nicht, verstand nicht, was Willi ihr mit den Worten sagen wollte. *Willi als Lyriker?*

Es war Elke, die am nächsten Morgen bei Lisa im Grandhotel anrief und fragte, was passiert sei; Alexandra hätte sich Sorgen gemacht.

„Ich habe Willi gestern gesehen", sagte Lisa.

„So, Willi." Elkes Stimme klang seltsam.

„Er ist gestern abgeflogen. Weißt du, wohin?"

„Nein", sagte Elke. „Ins Ausland. Ich glaube, nach Zürich."

„Warum?"

„Das ... ist blöd am Telefon. Ich erkläre es dir, wenn wir uns nachher sehen."

Geheimniskrämerei. Ich schau da nicht durch.

Außer dem Pressespiegel und einigen Briefen, die Vogt auf ein Tonband diktiert hatte, lag keine Arbeit an. Lisa schob die Videokassette mit dem Sorbas-Film in den Rekorder und schaute sich die ersten Szenen an. *Es regnet in Piräus ... Beinahe hätte ich die Sitzung vergessen!*

Lisa legte ein leeres Videoband ein und wählte das Programm. Die Übertragung der Sitzung des Runden Tisches aus Schloß Niederschönhausen hatte noch nicht begonnen. *Ich muß zuhören, falls aus dem Wirtschaftskonzept von Vogt zitiert wird.* Keiner der Redner erwähnte etwas von der Umverteilung des Volksvermögens. Mittags wurde über einen Antrag diskutiert, um fünfzehn Uhr die Sitzung zu beenden und vor der Zentrale des Ministeriums für Staatssicherheit in der Normannenstraße zu demonstrieren. Lisa polierte Gläser, da sie Alexandra und Elke erwartete.

Ohne sie zu begrüßen, lief Alexandra durch die Suite, bis ins Bad. Elke redete auf Alexandra ein, sie sei hier nicht im Museum, und lief ihr nach. Aus dem Bad hörte Lisa, wie ihre Mutter sagte: „Ich würde mich nicht wundern, wenn dem Aufruf der Bürgerrechtler heute nur wenige folgen, denn die Leute sind gegen die Aufhebung des Visumzwangs, sie wollen keine Totalöffnung der Grenze."

„Wieso?" fragte Alexandra. „Wir dürfen doch auch ungehindert rüber."

„Sie haben recht, die Bürgerbewegungen", sagte Lisa. „Denn das käme einem Ausverkauf der Republik gleich." Lisa dachte an die Berichte über den Warenschmuggel. *In den letzten Monaten haben die Westler Fleisch und Butter im Wert von einer Million Mark geschmuggelt. Als ob die sich das nicht im Westen leisten könnten. Und die Grenzer kontrollieren nur jeden zehnten Wagen am Potsdamer Platz.*

„Hallo, Töchterchen." Elke begrüßte Lisa erst jetzt.

„Was kostet denn die Suite am Tag?" fragte Alexandra. „Wie du arbeitest, möchte ich mal meinen Urlaub verbringen."

Alexandra lief zu dem Stapel mit den Wirtschaftskonzepten.

„Du kannst dir zwei Mappen nehmen für die Redaktion. Ich habe den offiziellen Auftrag meines Chefs, euch die Mappen zu geben." Als Alexandra darin blätterte, sagte Lisa: „Studiere sie ruhig! Der Vogt weiß ganz toll Bescheid, was hier wirtschaftlich losgeht."

„Und wo ist dein interessanter Chef?" fragte Alexandra.

„In Neu-Isenburg, in seinem Werksbüro."

„Wenn wir nun ein Interview wollen ..."

„Dann kann ich ihn jederzeit erreichen." Lisa wies auf das Funktelefon.

„Mich kannst du in der Redaktion neuerdings auch über ein Funktelefon erreichen." Alexandra lachte. „Unsere Müllersche funkt deine Nachricht dann zu meinem Schreibtisch."

„Alex, zieh nicht alles ins Lächerliche", ermahnte Elke ihre Freundin. „Lisa, du kannst mir gratulieren!" Elkes Augen strahlten. „Ich habe letzte Woche dem Chefredakteur meine große Idee unterbreitet."

„Welche Idee?"

„Ich schreibe einen Artikel über Kreta. Dazu muß ich hinfahren."
„Wie?"
„Eine Dienstreise!" Elke juchzte übermütig. „Ich fahre nach Kreta und suche Alexis Sorbas."
Elke hat es tatsächlich geschafft! Ich möchte so gern mitfahren.
„Sie sind alle ganz neidisch auf dich", sagte Alexandra. „Und wahrscheinlich bin ich die einzige in der Redaktion, die dir diese Reise gönnt."
Lisa goß Champagner in die bereitgestellten Gläser.
„Für mich nur ein bißchen", verlangte Alexandra. „Sonst singen wir nachher falsch in der Normannenstraße. Willst du nicht mitkommen?" Sie begann laut zu singen: „Auferstanden aus Ruinen und der Zukunft zugewandt ..."
„Ja, ja, Zukunft", sagte Elke.
„Da muß ich mich erst bei meinem Chef abmelden", sagte Lisa und rief in Gegenwart der staunenden Frauen Vogt an: „Hallo, Herr Vogt? Ich möchte Sie fragen, ob ich heute ausnahmsweise früher gehen kann, zur Demo vor die Stasizentrale."
„Gehen Sie, es ist Ihre Staatsbürgerpflicht. Vergessen Sie das Funktelefon nicht, damit ich Sie erreichen kann."
Lisa Meerbusch verabschiedete sich.
„Und wenn er dich erreichen will?" fragte Elke.
„Dann klingelt es in meiner Handtasche."

7. Kapitel

Die Götter debattieren Lisa Meerbuschs Konflikte

Vor der Taverne „Zum weisen Zeus" kurvt der Göttervater auf seiner Harley-Davidson herum, verfolgt von den pikierten Blicken Heras. Poseidon versucht in seinem roten Pritschenauto genauso enge Kreise zu ziehen wie Zeus, was ihm mißlingt. Hinter den Fenstern der Taverne schauen Athene und Aphrodite belustigt zu. Dionysos sticht ein neues Weinfaß an und probiert den edlen Tropfen. Plötzlich piept es langgezogen unter der Holztreppe. Hermes, der am Fenster den wilden Fahrversuchen zusieht, stürzt zum Laserdrucker, der ein neues Papyrusband ausdruckt. Er berührt es und erfährt, es handelt sich wieder um Informationen über Lisa Meerbusch. Auf sein Rufen hin kommen Zeus und Poseidon in die Taverne. Sie ärgern sich über die Störung.
„Wer ist denn das schon wieder?" fragt Zeus genervt, als ihm Hermes im fernen Berlin den zwölfjährigen Paul Braun zeigt. „Was hat der mit Lisa

Meerbusch zu tun?"

Hermes hebt seine Hand und bittet Zeus um etwas Geduld. „Dreihundertachtundzwanzig Tage vor der deutschen Vereinigung verläßt Paul Braun die Wohnung seiner Großmutter in Bernau, um zur Schule zu gehen."

„Was schleppt der kleine Kerl da alles mit?" wundert sich Aphrodite.

„Er will zu seiner leiblichen Mutter", sagt Athene.

„Wo ist dieses Bernau?" fragt Hera.

„Das ist ein Vorort von Berlin", antwortet Hermes. „Er hat sich heimlich die Westberliner Adresse seiner Mutter aus dem großmütterlichen Adreßbuch abgeschrieben und seine Kuscheltiere in den Schulranzen gepackt. Nach der letzten Unterrichtsstunde will er mit der S-Bahn zur Schönhauser Allee fahren, über die Bornholmer Brücke nach dem Westen laufen und dort seine Mutter suchen."

Die Götter beobachten Paul Braun den ganzen Tag, sie senden hilfreiche Berliner, die ihm den Weg in die Grunewaldstraße in Berlin-Steglitz zeigen, wo er im Hausflur drei Stunden auf seine Mutter wartet.

„Annette Braun wollte 1986 über Ungarn in den Westen ausreisen", doziert Hermes. „Auf dem Flughafen Berlin-Schönefeld wurde sie von der Staatssicherheit der DDR festgenommen und in einem Schnellverfahren als Landesverräterin zu zwei Jahren Haft verurteilt. Ihr Sohn kam zur Großmutter nach Bernau."

„Wo ist der Zusammenhang zu unserem Eindringling?" fragt Zeus.

„Jetzt geht die Geschichte erst los", erwidert Hermes. „Nachdem Annette Braun ein halbes Jahr gefangen war, wegen der schlechten Ernährung zwei Zähne verloren und nässenden Ausschlag am ganzen Körper bekommen hatte, kamen ein paar Herren von der Staatssicherheit zu ihr, die sich als Rechtsanwälte ausgaben. Sie stellten sie vor die Wahl, entweder die zwei Jahre abzusitzen oder aus der Staatsbürgerschaft der DDR entlassen zu werden, wenn sie der Adoption ihres Sohnes durch die Großmutter zustimme."

„Moment", sagt Athene. „Ich weiß, sie hat sich für die Adoption entschieden."

„Was ist das für eine Mutter?" fragt Zeus und schüttelt den Kopf.

„Annette Braun ist in die Irre geleitet worden", sagt Hermes. „Die Herren sagten ihr, sie könne vorerst nur ohne ihren Sohn ausreisen, das sei so üblich, und ihn dann über den Akt der Familienzusammenführung zu sich in den Westen holen. Die Adoption ist vom Ostberliner Familienrichter Ernst Meerbusch veranlaßt worden."

„Erpressung", ruft Ares.

„Das ist der Punkt", stimmt Hermes zu. „Die Großmutter besteht zur Zeit auf ihrem Alleinerziehungsanspruch für das Kind."

„Seht", ruft Zeus, „eben kommt die Mutter nach Hause."

Die Götter sehen, wie Annette Braun die Treppe hinaufsteigt, wie sie ihren

Sohn erblickt, die Einkaufstüten fallen läßt, wie Paul seiner Mutter in die Arme läuft. Sie sehen die Tränen der Mutter und die Tränen, die der Sohn nicht unterdrücken kann, obwohl er sich fest vorgenommen hat, an diesem Tage nicht zu weinen. Die Mutter bringt kein Wort über die Lippen. Sie sehen sich wieder und wieder an, halten sich fest, streicheln sich über ihre Gesichter.

„Aber die deutsch-deutschen Gesetze sind gegen diese Wiedervereinigung", sagt Hermes. „Ein Westberliner Jugendamt fordert die Mutter zwei Monate später schriftlich auf, binnen drei Tagen ihr Kind der Adoptivmutter, also der Großmutter, zurückzubringen."

„Warum soll ein deutsches Jugendamt im Westen nicht einem deutschen Jugendamt im Osten helfen?" fragt Zeus.

„Es sind noch zwei Staaten", sagt Ares.

„Ostdeutsches Unrecht muß wiedergutgemacht werden", erklärt Athene.

„Die Mutter macht sich sofort nach Erhalt des Briefes auf", fährt Hermes fort, „um den Verursacher ihres Unglücks zu finden, den Familienrichter Ernst Meerbusch."

„Was erdreistet sich dieser Meerbusch, mit Schicksalen zu jonglieren?" fragt Zeus. An seinen Fingerspitzen knistern Fünkchen, die sich jeden Moment in gefährliche Blitze verwandeln können. „Denkt der etwa, er ist Gott?" Rhythmisch tippt sein linker Fuß auf den Boden, das Knistern wird lauter, schon vereinen sich die Fünkchen zu gezackten bläulichen Linien zwischen seinen Fingern. „Er hat kein Recht, Menschen nach seinem Bilde zu formen! Er kann sich nicht über uns hinwegsetzen!"

„Ernst Meerbusch diente dem Staat", versucht Aphrodite ihn zu beruhigen. „Für diesen sozialistischen Staat gab es keine Götter."

Zeus kann nicht mehr an sich halten. Ein Blitz, so hell und fauchend, wie die Götter lange keinen mehr gesehen haben, zuckt mit ohrenbetäubendem Lärm durch die Taverne hinaus ins Freie. Der Himmel ist düster, und der Blitz zerschneidet die Wolken. Minutenlang ist der Donner zu hören. Die Taverne ist verwüstet, der Tresen zersplittert, die Treppe zur Empore angesengt, Rauch kräuselt auf, Möbel und Ersatzteile liegen auf dem Boden verstreut. Es dauert eine Weile, ehe sich Zeus beruhigt. Er geht durch den Raum, und was er berührt, ordnet sich wieder an seinen alten Platz. Dionysos kümmert sich um den Tresen; er setzt die Teile aneinander und haucht sie zusammen; auf seinen Wink hin füllen sich die Weinkaraffen wieder. Hermes glättet die Papyrusrollen. Ares schwingt sein Schwert über der Treppe, und auch sie ist wieder betretbar. Poseidon bläst den Rauch hinaus, und es riecht wieder nach Autolack, Öl und nach Salzwasser.

Athene geht nachdenklich auf der Empore umher. „Eine schwere Prüfung für Lisa Meerbusch", sagt sie.

Zeus gibt ihr recht: „Wenn ihr Herz für Annette Braun schlägt, dann befindet sie sich im klassischen Konflikt zwischen Pflicht und Neigung."

„Ernst Meerbusch hat eine andere Frau“, sagt Athene. „Das macht es ihr leichter, sich von ihm zu lösen.“

„Lisa Meerbusch wird um eine Konfrontation nicht herumkommen“, entscheidet Zeus. „Sie wird ihren Vater zur Rede stellen und muß seine Autorität überwinden.“

Unerwarteter Besuch in Berlin-Köpenick
261 Tage vor der deutschen Vereinigung

Lisa lief durch die Räume der elterlichen Wohnung und blieb in ihrem alten Zimmer stehen. Seit ihrem Auszug diente es als Gästezimmer. Lisa fand ein selbstgebasteltes Stofftier mit einer roten Zunge und ging zu Elke, die erregt in der Wohnung herumlief.

„Lachs, Kaviar im Kühlschrank ... Luxus“, rief Elke, die nicht glauben wollte, was sie an diesem Tag, am 15. Januar 1990, in der Stasizentrale erlebt hatte.

„Aber in den Büros standen so alte Möbel wie in deiner Redaktion“, sagte Lisa.

Elke suchte nach Worten für ihre Empörung. „Normannenstraße war schon immer ein Reizwort für mich. Mit welcher ausgeklügelten Perfidie die gearbeitet haben ... Computer, Abhöranlagen, die Dampfmaschine zum Briefeöffnen ... eine ganze Telefonschaltzentrale ...“

Wir haben von all dem nichts gewußt. Oder wollten wir nichts wissen? Wie soll ich später meinen Kindern erklären, wir hätten davon nichts gewußt? Ganze Häuser, ganze Straßen hat die Stasi besessen. Ich habe geahnt, daß die Stasi bessere technische Möglichkeiten hatte als der modernste Produktionsbetrieb der DDR. Der Stasi blieb nichts verborgen, was sie wissen wollte. Es war wirklich so, wie Orwell es beschrieben hatte, vielleicht schlimmer, das ist beängstigend. Ich will weg von all dem. Am liebsten würde ich ganz weit wegfahren. Lisa wollte sich auf andere Gedanken bringen. „Ist schon ein komisches Gefühl, ohne Vati im Wohnzimmer zu sitzen.“

„Nun mach nicht so ein Gesicht. Du und Alexandra, ihr habt mir zur Scheidung geraten.“ Elke sah das Stofftier in Lisas Arm. „Das läßt du hier! Als Erinnerung an deine Kindheit.“

„Du hast mich, du kannst mich jeden Tag sehen.“ Lisa gab Elke das Stofftier.

Auf dem Eßtisch im Wohnzimmer lagen Kunstbände aus der Bibliothek und eine Unmenge beschriebener Zettel. Lisa blätterte in einem der Bücher, als ihre Mutter ihr einen Kalender mit vielen Fotos und einer Kretakarte zeigte. Auf dem oberen Blatt stand: Noch vierundsiebzig Tage bis Knossos.

„Was ist denn das?“ wunderte sich Lisa.

„Den Reisekalender hat mir Willi gebastelt“, sagte Elke stolz und erzählte, sie hätte sich mit Willi getroffen, um die Reiseroute zu besprechen. „Willi meint, es gäbe nur wenige Orte auf der Insel, die wirklich schön seien. So recht glauben mag ich es nicht. Auf der Karte habe ich unsere Route eingezeichnet." Unvermittelt fragte sie: „Willst du nicht mitkommen?"

Lisa glaubte zu träumen. *Ich habe es mir so gewünscht und mich nicht getraut, Elke zu fragen.* Sie fiel ihrer Mutter um den Hals. Lisas Blick wanderte auf der gezeichneten roten Linie entlang; sie stellte sich die Strände vor, die zerklüftete Küste; die Berge wuchsen vor ihrem inneren Auge, und sie spürte die Hitze des Südens auf der Haut.

„Willi spart schon seit Jahren auf einem Westkonto Geld für mich. Das verprassen wir jetzt." Elke plante bereits. „Du kümmerst dich um die Fotos, ich schreibe über die Sorbasse, denen wir begegnen."

Ich werde das Geld, das ich bei Vogt verdiene, für die Reise nehmen.

Das Wohnzimmer wirkte trotz der neuen Palmentöpfe unangenehm leer. Die verbliebenen Möbel standen weit auseinandergerückt, um den freigewordenen Platz auszufüllen. *Den alten, klobigen Schreibsekretär hat Ernst mit nach Biesenthal genommen und den Lehnstuhl auch. Die vertraute Welt ist zerstört.*

„Hat Vati sich mal gemeldet?" fragte Lisa und stellte den Fernseher an.

Elke schüttelte den Kopf: „Warum sollte er?"

„Und Opa Herbert?"

„Was ist mit ihm?" fragte Elke.

„Wollte er nicht nach Spanien auswandern?"

Elke seufzte. „Das war die letzte Glanznummer von Ernst." Lisa verstand nicht.

Elke erzählte, Willi habe seinem Vater Herbert eine beträchtliche Summe Westgeld gegeben. Opa Herbert sollte sich damit seinen Lebenstraum erfüllen und in Spanien wandern. „Weißt du, wie Ernst geguckt hat, als Willi ihm den dicken Umschlag gab? Du, der ist richtig blaß geworden. Gesagt hat er nichts."

Es muß wie ein körperlicher Schmerz für ihn gewesen sein. Schierer Neid.

„Vielleicht bringen sie schon etwas vom Sturm auf die Stasizentrale", sagte Lisa mit Blick auf den Fernseher.

Es klingelte.

„Das wird ein obdachloser Kollege aus der Normannenstraße sein", sagte Lisa und lachte. „Ich gehe schon."

Eine Frauenstimme meldete sich im Lautsprecher der Flüstertüte: „Frau Meerbusch?"

„Wer ist denn da?"

„Mein Name ist Braun, Annette, ich wollte Herrn Meerbusch sprechen."

„Der wohnt nicht mehr hier", sagte Lisa. Im gleichen Moment tat ihr ihre schroffe Auskunft leid. Sie lauschte.

„Hören Sie ..." Die Stimme aus dem Lautsprecher begann zu zittern.

„Siebenter Stock", sagte Lisa und öffnete mit dem Summer die Haustür.

„Wer war denn das?" fragte Elke.

„Ich weiß nicht, es war eine Frau, sie kommt hoch."

Annette Braun war eine junge, kleine Frau. Sie hatte etwas von einer Gläubigen an sich, die durch die Straßen zieht und für die Kirche Geld sammelt. Der straffe braune Dutt am Hinterkopf verstärkte diesen Eindruck. In den geröteten Wangen steckte noch der Babyspeck. Sie verbarg ihre drallen Rundungen unter einem langen grauen Rock und einem schwarzen Jackett.

Zögernd streckte sie Elke die Hand entgegen.

„Annette Braun. Ich komme aus Westberlin."

Elke bat sie herein, und die Frau bückte sich, um die Straßenschuhe auszuziehen.

„Lassen Sie nur", sagte Lisa.

„Entschuldigung, ich bin das so gewöhnt." Sie lächelte schüchtern.

„Sie werden sich wundern, daß ich einfach so bei Ihnen auftauche", begann sie zaghaft. „Ich wollte Ihren Mann sprechen."

Sie brach in Tränen aus: „Entschuldigen Sie bitte mein Benehmen. Es geht um mein Kind. Ihr Mann hat mir mein Kind genommen!"

Verständnislos sahen sich Elke und Lisa an, dann blickten sie auf Frau Braun, die sich die Nase putzte und sich wieder entschuldigte. In Lisas Kopf herrschte heilloses Durcheinander. *Kidnapping! Noch eine Liebesaffäre meines Herrn Vaters, erst mit Trude ...*

„Ich habe mein eigenes Kind entführt ... und jetzt soll ich es in zwei Tagen in Bernau bei meiner Mutter abgeben, sonst holen sie es."

Frau Braun putzte sich die Nase, redete stockend weiter: „Doktor Meerbusch war der vorsitzende Familienrichter. Er hat das Urteil ausgesprochen. Die Adoption ist unwiderruflich. Ich als leibliche Mutter darf mein Kind nicht mehr sehen. Wenn ich Paul nicht fortgebe, holen sie ihn."

„Wo ist er jetzt?" fragte Lisa.

„Ich kann ... ich kann mich und das Kind nicht ewig verstecken." Frau Brauns rundlicher Körper zuckte unter einem Weinkrampf.

„Hören Sie", sagte Elke sanft und berührte Annette Brauns Ellenbogen, „so kommen wir nicht weiter. Erzählen Sie der Reihe nach, was passiert ist. Trinken Sie einen Kaffee mit uns? Lisa, wirf die Maschine an."

Frau Braun beruhigte sich langsam. Dann erzählte sie, daß sie aus

Neustrelitz in die Hauptstadt gekommen war als Facharbeiterin für Schreibtechnik. Ihr damaliger Freund und Vater ihres Sohnes Paul war 1986 in den Westen gegangen. Sie versuchte ein halbes Jahr später, im März siebenundachtzig, über Ungarn nachzureisen und wurde mit ihrem achtjährigen Sohn auf dem Flughafen Schönefeld geschnappt. Ein Berliner Stadtbezirksgericht verurteilte Frau Braun wegen Republikflucht zu zwei Jahren Freiheitsentzug. Als sie in Haft kam, war sie sechsundzwanzig Jahre alt. Der Sohn Paul kam in vorläufige Pflegschaft zur Mutter der Verurteilten.

„In Hohenschönhausen", schluchzte sie, „in meiner Zelle ... Oft habe ich nachts Schüsse gehört. Ich weiß nicht genau, ob da Leute erschossen wurden ... Verstehen Sie, die Angst. Ich hatte Angst, Paul nie wiederzusehen. Sie können sich ja nicht vorstellen, mit welchen Leuten man da zusammenkommt. Da ging mir die Verhandlung wieder und wieder durch den Kopf. Meine eigene Mutter hat gegen mich ausgesagt, ich könnte Paul nicht erziehen. Ich hätte einen asozialen Lebenswandel ... meine eigene Mutter." Sie brach wieder in Tränen aus. *Ernst hat viele Menschen verurteilt, bald stehen noch mehr Leute hier.*

„Mein Pflichtverteidiger", sagte Annette Braun, „hat sich während der Verhandlung kaum zu Wort gemeldet, er hat nur ein einziges Mal mit mir gesprochen. Außerdem war ich viel zu eingeschüchtert. Ich wollte die Sache ja nicht noch schlimmer machen."

Frau Braun sah aus, als hätte sie ihr letztes bißchen Kraft verbraucht. Erst nach einer Weile sagte sie leise: „Und jetzt, dachte ich, werden die DDR-Gesetze aufgehoben, und alles wird gut. Mein Kind ist bei mir, bei der leiblichen Mutter. Und die stellen sich stur."

„Langsam, langsam", unterbrach Elke sie. „Was passierte damals?"

„Meine Mutter schickte mir Briefe von Paul in den Strafvollzug. Mit Zeichnungen ..." Sie weinte wieder. „Können Sie sich vorstellen, wie das war?"

Im Fernseher, den Lisa leise gestellt hatte, liefen Bilder von der Besetzung der Normannenstraße.

„Da, Elke, sieh mal, in dem Treppenhaus waren wir."

Frau Braun starrte auf das Geschehen. Menschen stürmten in verwaiste Büros, warfen Papiere ins Treppenhaus, in Schränken waren Uniformen.

„Die sind alle abgehauen ... diese Schweine", sagte Frau Braun verbittert.

„Oder sie haben sich verkrochen", sagte Lisa.

„Auch jetzt noch beschimpft mich meine Mutter, wenn sie mir schreibt", fuhr Frau Braun fort. „Ich ginge im Westen sowieso nur auf den Strich, weil mein Horizont nicht weiter reichen würde."

Lisas Augen wurden immer größer. Sie spürte eine unangenehme

Trockenheit in ihrer Kehle.

„Wie war das mit der Adoption?“ fragte Elke.

Lisa ging ins Bad und brachte ein Päckchen Papiertaschentücher. Frau Braun wischte sich die Tränen weg.

„Im Gefängnis besuchten mich einige Herren. Sie wären von der Abteilung Inneres; die mußten von der Stasi sein, das fühlte ich. Korrekte Anzüge, aalglatte Gesichter, ich könnte sie nicht mal beschreiben, so richtig unauffällig. Sie sagten mir, ich hätte die Möglichkeit, in einigen Tagen auszureisen. Ich fragte sofort nach meinem Kind. Ohne Paul würde ich nie ausreisen. Da fuhren sie mit mir zum Gericht in Berlin-Mitte. In einem Raum stellte sich einer von ihnen als Familienrichter Meerbusch und ein anderer als Rechtsanwalt Doktor Blume vor. Den dritten Namen habe ich mir nicht gemerkt. Wissen Sie, bei der Verhandlung, da ging alles so schnell, ich war aufgeregt. Meerbusch ist der einzige, an den ich mich erinnern kann, zumal er ja das Urteil verhängt hat.“

„Mein Mann, äh ... Herr Meerbusch sagte Ihnen, Sie könnten ausreisen, aber nur ohne Ihr Kind?“ vergewisserte sich Elke.

„Doktor Meerbusch las mir einen Brief meiner Mutter vor, in dem stand: ‚Ich kann es als Pflegerin mit meinem Gewissen nicht vereinbaren, das Kind meiner Obhut zu entziehen und seiner Mutter zu übergeben.‘ Es gibt wohl einen Paragraphen in der DDR, der das Zurückhalten des Kindes erlaubt, wenn die Pflegerin mit der Ausreise der Mutter nicht einverstanden ist. Solange sie nicht ihr Einverständnis gab, kam ich an mein Kind nicht heran. Es wären Verzichtserklärungen der ganzen Familie auf meine Person und auf Paul notwendig gewesen für eine Ausreise: Verzichtserklärungen von Onkel, Tante, Schwester, Urgroßoma ...“

„Und der Rechtsanwalt Blume sagte, Paul könne bestimmt nachkommen, wenn Sie erst mal das Urteil unterschrieben haben?“ fragte Elke weiter.

„Der Rechtsanwalt sagte, Paul könne später nachkommen. Das sei so üblich, sagte er und zeigte mir einen Zeitungsartikel, in dem ein ähnlicher Fall geschildert war. Heute glaube ich, der Artikel war gefälscht. Mit Computern geht das ja so leicht.“

„Was genau haben Sie unterschrieben?“ fragte Elke.

„Die Verzichtserklärung auf mein Eigentum habe ich zuerst unterschrieben ...“ Frau Braun zögerte. „Mein Eigentum wurde also meiner Mutter zugeschrieben. Die sagten, das sei eine Formsache, das müßten alle in so einem Fall machen. Und dann habe ich die Verzichtserklärung auf mein Kind unterschrieben; Ihr Mann hat das dann richterlich beglaubigt.“

„Nicht zu fassen.“ Elkes Wangen röteten sich vor Wut.

„Wenn ich nicht unterschrieben hätte, wären die Aufhebung der Haft und die Ausreise nicht möglich gewesen."

„Erpressung ist das!" rief Lisa. Frau Braun nickte. „Ich hatte versucht, mich zusammenzureißen, aber ich heulte wie ein Schloßhund, vor Glück und vor Angst. Ich konnte kaum lesen, was ich da unterschrieb. Im Strafvollzug … die haben mich so mürbe gemacht … Jede Woche mehrmals politische Schulung, da war ein Oberleutnant, eine Frau von vielleicht fünfundzwanzig Jahren, und die Häftlinge, Frauen von sechzig oder fünfzig, die mußten parieren und strammstehen. Und wir wurden gefragt, welche Meinung wir zur Sowjetunion haben oder wie wir über die BRD denken, und wir haben Zitate von Lenin und Honecker auswendig lernen müssen … alles so was. Das war so … wie kleine Kinder oder Idioten … es konnte ja keiner aufmucken. Oder wenn die Männer, die uns bewacht haben, uns beim Duschen beobachteten … Die Bemerkungen von diesen … Schweinen … Ich wollte nur noch raus."

„Und die Ausreise? Wie war das?" fragte Elke.

„Mit zwei anderen Frauen wurde ich in einem Gefangenenauto nach Berlin gebracht. Ich hatte nur die eine Tasche mit meinen persönlichen Sachen vom Strafvollzug mit, fünfzehn Mark durfte ich umtauschen, eins zu eins. Man brachte uns in ein Büro, wo uns die Entlassung aus der DDR-Staatsbürgerschaft mitgeteilt wurde. Dann bin ich über Friedrichstraße ausgereist und mußte mich im Westen zuerst im Übergangslager Marienfelde melden.

„Und Ihr Kind? Kam das nun nach?"

„Ach, keine Spur", sagte sie. „Ich habe zuerst Kontakt mit meiner Mutter aufgenommen, das war schwer genug. Ich habe bei ihr zu Hause und auf Arbeit angerufen, sie war nie da oder beschäftigt. Ich wollte mich nur nach Paul erkundigen. Einmal kam sie selbst an den Apparat. Sie beschimpfte mich, wie ich ohne Paul hätte ausreisen können; ich sei eine herzlose Frau, die ihr Kind im Stich läßt. Sie hat gelogen und mich schlechtgemacht. Sie behauptete, ich sei der Männer wegen rüber, und Paul sei nur hinderlich gewesen für meine Interessen. Wie sonst hätte ich eine Verzichtserklärung unterschreiben können? Ich wollte ihr erklären, wie mich der Richter gezwungen hat, sie verdrehte die Tatsachen ständig so, wie sie es haben wollte. Und es war so schwer, telefonisch in den Osten durchzukommen. Ich wollte doch nur das Kind sehen oder hören …"

„Wie bitte?" platzte Lisa dazwischen. *Die Geschichte wird ja immer verworrener. Und mein Vater macht sich einen gemütlichen Bierabend vor dem Fernseher und lacht über die Demo heute.*

„Was haben Sie denn im Westen wegen der versprochenen Familienzusammenführung unternommen?" fragte Elke.

„Mein Westberliner Rechtsanwalt erklärte mir, eine Übertragung des Erziehungsrechtes für Paul auf mich sei nur mit dem Einverständnis von Frau Erna Braun, der derzeitigen Erziehungsbevollmächtigten, möglich und müsse gerichtlich vollzogen werden. Deshalb bin ich ja hier. Doktor Meerbusch muß sagen, wie es war."

Frau Braun schrieb ihrer Mutter, schilderte ihre Verzweiflung. Sie schrieb einmal, zweimal, dreimal. Meistens kamen die Briefe ungeöffnet zurück. Sie verlegte sich aufs Bitten, sie wollte ihren Sohn wenigstens sehen. Urplötzlich schlug ihre Mutter auf Drängen einiger Verwandter vor, sich in Ungarn zu treffen, im Sommer.

„Sie können sich nicht vorstellen, wie glücklich ich war", erzählte Frau Braun. „Ich glaubte, wenn wir miteinander reden könnten, gäbe sich die Sache von allein. Ich kaufte Geschenke für meine Mutter und natürlich für Paul. Ich freute mich wahnsinnig auf das Wiedersehen."

Auf die Reise nach Ungarn setzte Frau Braun all ihre Hoffnungen.

Noch ehe sie in Budapest ihren Sohn zu Gesicht bekam, mußte sie eine mütterliche Lektion über sich ergehen lassen. „Nur unter der Bedingung, daß du das Kind nicht negativ beeinflußt, darfst du es sehen", zitierte Frau Braun ihre Mutter. „Ich verbiete dir, mit Paul allein zu sein oder zu versuchen, ihn auf deine Seite zu ziehen, weil er sonst Seelenschäden bekommt."

Frau Braun hielt inne, suchte nach Worten. „Was sollte ich tun? Da stand Paul vor mir und rannte in meine Arme, Mutti, Mutti! Und ich durfte ihn nur flüchtig umarmen und ihm ein Kuscheltier in die Hand drücken. Ich hatte solche Angst, meine Mutter würde allzu große Zärtlichkeiten als Beeinflussung auslegen. Keine Minute war ich allein mit ihm. Ich schlief auch in einem anderen Hotel als die beiden, weinte die ganzen Nächte. Paul fand die Reise sicherlich großartig, er wurde von mir und von der Oma verwöhnt. Aber ich habe gespürt, wie er innerlich hin- und hergerissen wurde zwischen mir und seiner Oma. Einmal fragte er: ‚Mutti, wann kann ich wieder zu dir?' Ich erstarrte zu Stein, als ich den Blick meiner Mutter sah. Ich stammelte: ‚Gefällt es dir denn bei der lieben Omi nicht?' Daraufhin sprang Erna, meine Mutter, auf, nahm Paul an der Hand und sagte nur: ‚Das reicht jetzt.' Und wollte gehen. Paul wehrte sich und schrie: ‚Ich will zu meiner Mutti. Laß mich zu meiner Mutti.'"

Frau Braun konnte nicht weiterreden. Sie rang nach Luft, wollte etwas sagen, brachte keinen Laut heraus. Auch in Elkes Augen standen Tränen, Tränen der Wut.

„Ich glaube fast, meine Mutter hat sich einen Jux daraus gemacht, mich zu quälen. Sie war von Anfang an gegen meinen damaligen Freund. Ich habe mir solche Vorwürfe gemacht. Hätte ich bloß gesagt: Aber die Omi hat dich doch lieb. Nein, ich sagte: Gefällt es dir denn bei der lieben Omi nicht? Hätte ich vorher nur eine Sekunde nachgedacht. Ich habe alles verdorben."

„Das ist ja Sarkasmus", rutschte es Lisa raus.

„Mit meiner Mutter verkehrte ich nur noch brieflich. Auf meine Fragen nach Paul, wie es ihm geht, was die Schule macht, da antwortete sie gar nicht oder nur: Was interessiert dich das, du kümmerst dich ja nicht. Wie ich diese Zeit überstanden habe, ist mir heute rätselhaft."

„Und wo ist Paul jetzt?" fragte Elke.

„Er ist bei einer Freundin, und ich wechsle oft die Unterkunft."

„Wenn Sie einverstanden sind, werde ich einen Artikel über Ihre Geschichte meiner Zeitung anbieten", schlug Elke vor. „Vielleicht hilft es?"

„Und ich werde nach Biesenthal fahren", sagte Lisa entschlossen. *Ich will mit Ernst sprechen. Ich werde nicht eher ruhen, bis er Annette Braun rehabilitiert hat.*

Lisa Meerbuschs neue Kleider
250 Tage vor der deutschen Vereinigung

„Sie müssen Fräulein Meerbusch sein." Eine Frau, Anfang Dreißig, tippte Lisa, die mit einem Gepäckwagen in der Ankunftshalle in Berlin-Tegel wartete, auf die Schulter. Lisa erschrak. Die Frau trug ein feuerrotes Kostüm, der enge, hinten geschlitzte Rock endete knapp über den Knien, unter dem spitzen Revers lugte eine bis oben zugeknöpfte weiße Bluse hervor. Über dem Arm trug sie einen wollenen Mantel. Der Pagenschnitt schien schwarz auf die Kopfhaut gemalt zu sein. Das Gesicht strahlte.

„Frau Vogt?" vergewisserte sich Lisa.

„Sie sind Lisa Meerbusch. Genau, wie mein Mann Sie beschrieben hat", sagte Frau Vogt und ließ ihre Handtasche, die wie eine gefaltete Zeitung aussah, von links nach rechts wandern. „Prima, daß Sie mich abholen." Ihr Lachen gefiel Lisa. *Wo hat sie ihr Gepäck?*

„Es tut mir leid, ich konnte erst heute kommen", bedauerte Frau Vogt und lief, Lisa mit dem Wagen im Schlepptau, durch das Flughafengebäude. „Wie geht es denn mit meinem Göttergatten? Ja, ich weiß, er verlangt sehr viel, zuviel manchmal; aber, glauben Sie mir, Sie werden großartig mit ihm auskommen. Was wollen Sie denn mit dem Wagen?"

„Ich dachte ...", stotterte Lisa und ließ den Wagen stehen.

„Nein, den brauchen wir nicht. Auch ich habe einen Koffer in Berlin", sagte Frau Vogt und eilte auf die Taxischlange zu. *Woran hat sie mich erkannt? Die Schuhe? Nein, die habe ich von Elfi aus Stuttgart. Und Wrangler sind Wrangler. Mehr als rot schminken kann ich meinen Mund auch nicht. Wieso ist mein Erscheinungsbild so eindeutig: „Genau ‚wie mein Mann Sie beschrieben hat." Lisa Meerbusch, die Frau aus dem Osten. Was hat der nur gesagt?*

Erst im Taxi, als sie schon über den Potsdamer Platz fuhren, fragte Lisa: „Woran haben Sie mich erkannt?"

Frau Vogt zögerte mit der Antwort. „Schwer zu sagen, Fräulein Meerbusch ..."

„Sie können ruhig Lisa zu mir sagen." *Blöd, der Frau meines Chefs das Du anzubieten.*

Frau Vogt lachte: „Ich danke Ihnen, Fräulein Meer... Verzeihung, Lisa. Wirklich sehr freundlich von Ihnen."

Im Stop-and-go quälte sich die Autoschlange über die dreispurige Fahrbahn der Potsdamer Straße. Der Taxifahrer war ein Chauffeur vom alten Schlage, er hatte eine sogenannte Thälmannmütze auf. *Seine Konzessionsnummer ist siebentausendachthundertneunundvierzig, also einer aus dem Osten. Alle Taxis mit Nummern über sechstausend sind erst nach der Maueröffnung zugelassen worden. Der ist bestimmt schon vor 1961 Taxifahrer in Berlin gewesen.*

„Zu Ihrer Frage, Lisa", Frau Vogt lehnte sich zurück und verschränkte die Arme vor der Brust, „es ist Ihr Geschmack ... Lassen Sie uns nicht soviel darüber reden, sondern lieber handeln. Geben Sie mir bitte das Telefon?"

Sie kam schon nach dem dritten Versuch durch: „Hallo? ... Ja, ich bin gut gelandet ... Oh, danke ... Tut mir leid, wir stecken total fest, irgendwo in Berlin, frag mich nicht, wo ... Nein, mit deiner Assistentin kannst du heute nicht mehr rechnen, wir beginnen sofort mit dem Computerunterricht ... Ja, ich dich auch ... bye-bye."

Sie zwinkerte Lisa zu und nickte mit dem Kopf, als wollte sie sagen: Wart's ab.

„Könnten Sie irgendwo rechts halten", sagte sie zum Fahrer, der sich links eingeordnet hatte, um später in die Friedrichstraße einbiegen zu können.

„Wie Sie wünschen", erwiderte er mit schnoddriger Höflichkeit, blinkte rechts, beschleunigte und zog den Wagen auf die rechte Spur. Bremsenquietschen. „Blödmann!" brüllte der Trabifahrer, der sich geschnitten fühlte. „Wenn de dich nich auskennst, loof lieba!"

Den Taxifahrer ließ das Geschimpfe kalt. *Ich als Fahrer wäre ausgerastet über soviel Aggressivität.*

„Ist ganz normal", sagte der Mann am Steuer. „Die denken jetzt alle, sie könnten genauso wie die Westler fahren. Jeder zeigt den anderen, was für ein schnelles Auto er hat. Und dabei vergessen sie, daß sie bloß Pappe mit vier Spalttabletten unter dem – Sie werden entschuldigen, – unter dem Hintern haben. Wissen Sie, wer sich jahrelang geduckt hat, der fordert wenigstens auf der Straße sein Recht. Oder seine Freiheit, ganz wie Sie wollen. Macht vierunddreißigsechzig, die Damen." Er hielt vor dem Postmuseum.

„Zu Fuß sind wir schneller als mit dem Auto", sagte Frau Vogt, die zur Mohrenstraße vorauseilte. Ihr bunter, wehender Mantel nahm die gesamte Breite des Bürgersteiges ein.

Der Wind fegte über eine öde, schier endlose breite Schneise zwischen Ostberliner Neubauten und dem Westberliner Tiergarten. Eine Fantadose rollte über den Bürgersteig, verfolgt von einer Zeitungsseite; im Wind segelte eine Plastiktüte.

Sie liefen zur Friedrichstraße vor, auch hier stockte der Verkehr. Frau Vogt ging in die Boutique an der Ecke Otto-Nuschke-Straße, drehte darin mit Lisa eine kurze Runde, faßte sie am Arm und zog sie wieder aus dem Geschäft. Verwirrt stolperte Lisa hinter ihr her.

„Was haben Sie vor?" fragte sie.

Frau Vogt legte ihre Hand auf Lisas Schultern und lächelte. „Ich bin keine Freundin von vielen Worten. Was Sie brauchen, ist eine neue Staffage, der Rest kommt von allein. Kleider machen Leute."

Lisa blieb stehen. *Ich lasse mich nicht so einfach umkrempeln, und schon gar nicht auf fremde Kosten. Ich habe mich vom Charme einer fremden Frau einwickeln lassen. Gegen eine neue Staffage habe ich nichts einzuwenden, doch kaufen lasse ich mich nicht.* Frau Vogt ging noch fünf Schritte weiter, ehe sie bemerkte, daß Lisa ihr nicht folgte.

„Was ist los?" fragte sie verwundert.

Lisa protestierte: „Ich habe nicht mehr ..." In der rauhen Winterluft versagte ihre Stimme, sie holte tief Luft: „... nicht mehr als zwanzig Mark einstecken. Und dafür kriege ich in solchen Läden nicht mal Schnürsenkel."

„Ich verstehe nicht, was Sie meinen", sagte Frau Vogt. Ihr Lächeln verschwand völlig.

„Frau Vogt", Lisa bemühte sich um einen sachlichen Ton, „ich möchte mich bedanken für die Idee, aber ich kann es mir im Moment unmöglich leisten."

„Machen Sie sich darüber keine Gedanken." Frau Vogt schaute sie jetzt fast mütterlich an. *Das paßt nicht zu ihr. Die sportliche junge Frau gefällt mir besser.*

„Sie nehmen bei mir eine Art Kredit auf", schlug sie vor. „Sie können ja monatlich abzahlen, wenn Ihnen das lieber ist. Wo gibt es denn noch Bekleidungshäuser oder Boutiquen?"

Lisa gab sich geschlagen: „Da vorn, Unter den Linden, da ist eine Jugendmode", sagte sie.

„Eine was? Na, ist ja egal. Kommen Sie!"

Kopfschüttelnd stöberte Frau Vogt in den Regalen und Kleiderständern. Ihr Lächeln wich einem verzweifelten Seufzer: „So was hängen die hier in die Geschäfte. Unglaublich."

Warum schäme ich mich plötzlich, in die Jugendmode zu gehen? Weiter kam Lisa Meerbusch in ihren Gedanken nicht, denn Frau Vogt schimpfte: „Für die Menschen aus dem Osten war das alles jahrelang gut genug. Schauen Sie, mit dem Zeug würde sich bei uns niemand nachts zum Kühlschrank trauen."

„Wenn Ihnen das nicht gefällt", mischte sich eine junge Verkäuferin ein, „da müssen Sie zum Kudamm. Dort finden Sie die richtigen Sachen für Ihren Westgeschmack."

„Ich glaube, Sie haben recht", stimmte Frau Vogt der Verkäuferin zu.

In den Boutiquen in der Nähe vom Kurfürstendamm mußte Lisa vorführen, was ihr Frau Vogt in die Umkleidekabinen reichte. „Sie brauchen eine vernünftige Grundausstattung."

Sie gibt mir nur legere Sachen, nichts, was meine Figur betont, nein, Karottenhosen mit weiten Jacken, viel zu große Blusen und Herrenhemden, knielange Röcke – also, entweder ganz kurz oder ganz lang, bei dieser Länge habe ich ja Knickbeine.

„Das können Sie gleich anlassen", sagte Frau Vogt, als sie Lisa in einem dunkelblauen Hosenanzug aus grobem Leinen sah. „Steht Ihnen fabelhaft."

Lisa drehte sich vor dem Spiegel und strich sich über den Unterleib, um zu prüfen, ob das neue Stück sie auch schlank mache.

Die Verkäuferin entfernte die Pappschilder und die elektronische Sicherung.

„So", Frau Vogt atmete auf, als sie bezahlt hatte, „merken Sie schon eine Veränderung an sich?"

Lisa lachte. *So schnell geht das nicht. Es ist ein ungewohntes Gefühl, Sachen zu tragen, die ich mir auf Ratenzahlung leiste.*

Im Kudammeck steuerte Frau Vogt einen kleinen Laden an, der nur englische Mode verkaufte. Latexmäntel, löchrige Leggings in schillernden Farben, hautenge Kleider, extravagante Unterwäsche. Sie staunte nicht schlecht, als Frau Vogt aus einer Ecke Pumps hervorkramte, die vorn spitz zuliefen. *Ich bin doch kein Harlekin.*

„Es ist der einzige Laden hier", sagte Frau Vogt, „der richtige englische Mode hat. In London gibt es Hunderte solcher Läden."

Lisa probierte die Pumps. *Wenn Elke und Alexandra mich so sehen könnten.*

„Schauen Sie sich das Jackett an", Frau Vogt kam mit einem gestreiften Jackett auf sie zu und strahlte über das ganze Gesicht.

„'ne Sträflingsjacke", hauchte Lisa entsetzt.

„Anziehen", befahl Frau Vogt. „Paßt, wie für Sie gemacht. Also, wenn Sie das nicht wollen, nehme ich es."

Überredet, und so übel sieht es auch nicht aus.

Es war dunkel geworden und nieselte. Berliner Winterwetter. Kurz vor Ladenschluß war der Kurfürstendamm noch voller Menschen.

Im Taxi, das sie durch die verstopfte Stadt in den Ostteil brachte, schlug Frau Vogt vor, einen Friseurtermin für Lisa zu arrangieren. „Und achten Sie auf Ihre Fingernägel."

Sie stieg am Grandhotel aus und winkte Lisa zu: „Bis morgen."

Am nächsten Morgen hätte Lisa am liebsten alle neuen Sachen auf einmal angezogen. Wie verabredet, saß sie pünktlich um halb acht im Café Cologne und wartete auf Frau Vogt. Lisa bewunderte diese Frau. Deren Perfektion beruhigte und verunsicherte sie zugleich.

Frau Vogt war ganz außer Atem. „Lassen Sie Ihr Frühstück auf das Zimmer bringen, wir haben viel aufzuholen." *Nanu, Krach mit dem Göttergatten? Wegen der verplemperten Zeit gestern?*

Im Zimmer stand ein Computer, ein kleiner Turm, die graue Mattscheibe nicht größer als ein Schulheft; davor die Tastatur und ein kleines graues Teil mit einem Kabel.

„Hinsetzen!" forderte Frau Vogt. „Sie brauchen nur zu schauen, nichts zu tun. Und keine Angst."

Lisa fühlte sich wie vor einer Prüfung. *Ich darf nicht versagen. Hier herrscht die Leistungsgesellschaft.*

Frau Vogt saß vor dem Computer, Lisa hinter ihr.

Mit einem Gongschlag erhellte sich der Monitor. Ein freundlich lächelnder Computer auf der Bildfläche begrüßte sie: „Willkommen!"

Es knackte ein paar Male, ein kleiner Pfeil erschien, Bildchen am unteren Rand, plötzlich verschwand alles, und ein Zeichen, das Festplatte hieß, und ein Papierkorb erschienen. Frau Vogt klickte mit dem kleinen grauen Teil, das sie Maus nannte, und es entstanden Bilder, die wieder in sich zusammenfielen.

„Stellen Sie sich vor, der Computer ist Ihr Büro", erklärte Frau Vogt. „Schalten Sie das Gerät ein, dann betreten Sie den Raum. Das Zeichen rechts oben, die Festplatte, ist Ihr Aktenschrank. Im Aktenschrank sind Ordner, in den Ordnern die Dokumente, also einzelne Blätter. Es können natürlich auch Ordner in den Ordnern sein ..."

8. Kapitel

Die Götter blicken auf das vereinte Deutschland

Die Götter treffen sich zu ihrer allmonatlichen Dienstversammlung in der Taverne „Zum weisen Zeus". Dionysos hockt geknickt vor dem Tresen und betrinkt sich. „Die Ostdeutschen", lallt er, „die wissen guten Wein nicht zu schätzen. Die trinken noch immer dieses süße Gelumpe, wie in alten Zeiten, da es nichts anderes gab."

„Sie sind es seit vierzig Jahren gewohnt", sagt Hera.

Dionysos aber greint: „Der jährliche Prokopfverbrauch an Bananen betrug im Osten Deutschlands vor der Maueröffnung vierzehn Gramm. Heute sind es siebenundzwanzig Kilo."

Zeus reißt die Tavernentür auf und schmettert: „Warum sind die Ostdeutschen jetzt auf einmal so unzufrieden? Den Augenblick der Grenzöffnung haben alle gefeiert. Am Tage der deutschen Einheit waren alle glücklich …"

Athene sagt: „Die Menschen sind binnen einer Nacht ihrer Heimat beraubt worden. Das spürten sie nicht im ersten Augenblick, dafür jetzt um so mehr. Die Vereinigung ging zu schnell."

„Wenn Freiheit und Demokratie für ein Volk auf dem Spiel stehen, kann es gar nicht schnell genug gehen", behauptet Hermes.

Dionysos stöhnt und kippt den nächsten Becher Retsina hinunter. Ares schenkt ihm nach. Auch er sieht nicht gerade glücklich aus.

„Was ist denn in dich gefahren?" fragt Athene.

Ares seufzt und antwortet: „Die Menschen sind gewalttätig geworden. Die Gewalt ist mir außer Kontrolle geraten." Er schenkt sich selbst ein. „Ich, der Kriegsgott, dachte immer, die Menschen im Osten fürchten mich. Ich dachte, Kämpfen hat etwas mit Regeln zu tun. In Kreta um 1900 gab es Regeln und triftige Gründe für Gewalt: Die Kreter haben das Land unter sich aufgeteilt, als die Türken weg waren. Besetzung und Verteidigung von Land, das ist ein klassischer Kriegsgrund. Ich und die Menschen wußten genau, woran wer war."

„Kein Mensch hat das Recht, einen anderen zu morden", sagt Athene.

„Krieg ist Krieg", verteidigt sich Ares, der um seine Existenzberechtigung fürchtet. Dann sagt er: „In Deutschland ist das anders. Dort herrscht kein Krieg. Es existieren noch nicht einmal Spielregeln für Handgreiflichkeiten."

„Das ist Anarchie", wirft Hermes ein.

„Was ist heutzutage ein Menschenleben noch wert?" sagt Ares und zeigt nach Berlin-Köpenick, wo ein Mann an der Böschung nahe den S-Bahn-Gleisen liegt. „Zum Beispiel der alte Mann da unten."

Die Götter fliegen durch die Nacht. Im nächsten Augenblick stehen sie neben dem Alten, der leise wimmert. Es ist eine kalte Februarnacht; Rauhreif überzieht den Boden und die Zweige der Sträucher.

Alle zwanzig Minuten fährt eine S-Bahn vorbei und beleuchtet die Böschung. Das weiße Licht streift den alten Mann.

„Was ist passiert?" fragt Zeus.

Der alte Mann stöhnt: „Warum haben sie mich aus dem Zug geworfen? Meine Brille haben sie. Und die zwei Mark aus meiner Kutte. Ich habe ihnen doch nichts getan. Durchhalten. Ich muß bis morgen durchhalten. Dieses Stechen in der Brust. Und wenn ich es nicht schaffe? Es wird mich niemand vermissen. Da, wieder eine S-Bahn." Mühsam hebt er den Arm, läßt ihn sinken.

„Greif ein, Zeus!" flüstert Hera.

Zeus steht hilflos neben dem alten Mann.

„Sein Bein ist gebrochen", sagt Hermes.

„Drei Rippen auch", sagt Aphrodite. Fassungslos blicken die Götter den Alten an. „Er wird diese Nacht nicht überleben", sagt Athene.

„Zeus", fleht Hera, „so tu doch etwas!"

„Ich kann nichts tun", erwidert er resigniert.

„Ares ..." Hera rüttelt ihn am Arm.

„Ich kann auch nichts tun, denn die drei Jungen, die das getan haben, werden niemals gefaßt."

„Warum?" Hera kann es nicht begreifen. „Aus Jux und Langeweile haben sie einen alten Mann aus der fahrenden S-Bahn geworfen?"

„Seht ihr, das meine ich", sagt Ares bedrückt. „Die Menschen ignorieren die einfachsten Kampfregeln. Die drei jungen Männer hatten keinen Grund, dem Manne wehzutun. Er hatte sie nicht bedroht, er war nicht reich; er wollte nur nach Hause fahren. Gewalt nur um der Gewalt willen." Ares schüttelt verständnislos den Kopf. „Da kann ich ja gleich meinen Helm nehmen und abdanken."

„Trojas Zeiten sind vorbei, wo noch Mann gegen Mann kämpfte", sagt Hermes.

„Diesen drei jungen Männern ist nie christliche Nächstenliebe gelehrt worden", sagt Athene.

„Christlich?" fragt Zeus erzürnt.

„Das ist nicht der richtige Zeitpunkt, Zeus, deinen Alleinvertretungsanspruch als Gott zu betonen", weist ihn Athene zurecht. „Es gab Solidarität im Osten, die Solidarität mit den um ihre Freiheit kämpfenden Völkern, und es gab die Solidarität mit dem Nächsten, die es jetzt nur noch vereinzelt gibt. Die Menschen haben die Achtung voreinander verloren. Die Menschen haben ihren christlichen Gott verraten."

„Und sie haben ihre kommunistischen Götter verraten", schreit Hera dazwischen. „Denn sie reißen die kommunistischen Altäre ein, die Denkmäler."

„Es ging schon in der Kindheit jener drei jungen Männer los", erklärt Athene. „Ihre Eltern haben sie als Kinder fortgegeben; früh um sieben in den Kindergarten oder in den Schulhort gebracht, abends um fünf wieder abgeholt. Sie haben nie mit ihnen gespielt, weil sie es nicht gelernt haben zu spielen."

„Sie waren ihnen kein Vorbild", sagt Zeus.

„Was soll das erst werden", fragt Hera, „wenn die arbeitslosen Eltern mit ihren Kindern den ganzen Tag zusammensein müssen?"

„Das ist ein Problem", antwortet Athene.

„Was machen wir nun mit dem alten Mann?" fragt Aphrodite. Zeus beugt sich hinab zu ihm und sagt: „Wir können nichts mehr machen. Er ist tot."

„Tot?" fragt Hermes entgeistert. „Aber er war noch gar nicht dran zu sterben!"

Disput in der Hotelsuite
238 Tage vor der deutschen Vereinigung

„Können die oder wollen die nicht verstehen?" Vogt stürmte in die Hotelsuite und warf seinen Mantel in weitem Bogen auf den Sessel am Fenster, wo er langsam zu Boden glitt. Es war der 7. Februar 1990, nachmittags um vier. Lisa Meerbusch hatte ihre letzte Lektion am Computer absolviert. Matthias Vogt kam von einer Besprechung mit den Vertretern der Bürgerbewegungen. Die beiden Frauen beobachteten den Chef, der sich mit der flachen Hand durch die Haare fuhr.

„Mein Konzept ist gut", sagte er gereizt. „Wenn nicht sofort nach der Wahl Geld für die Ausbildung der Leute bereitgestellt wird, dann sehe ich in naher Zukunft ein Arbeitslosenheer, das man sich in der Bundesrepublik nicht vorstellen kann."

„Dein Gejammer bringt uns nicht weiter", unterbrach ihn Frau Vogt. „Es ist schiefgelaufen, na gut. Du bist ein Praktiker, kein Politiker."

„Die sprechen deutsch wie ich. Die nächste Pressekonferenz ist am 21. Februar. Wir haben noch einen Monat und zehn Tage bis zur Wahl, und niemand versteht meine Hauptthesen." Vogt sah seine Frau fragend an.

„Das sind alles keine Parteien", sagte sie, „sondern politikunerfahrene Bürgerbewegungen oder Wählergemeinschaften. Wie sollen die dein Konzept verstehen und in ihr Programm aufnehmen?"

„Was muß ich denn tun?" fragte Vogt gereizt.

„Vielleicht mußt du deine Ideen verständlicher darstellen", antwortete sie. Frau Vogt schaute zu Lisa, die zustimmend nickte. „Vielleicht brauchst du mehr Dias oder Diagramme. Du kannst ja mit uns üben."

„Wie bitte?"

Die Entwicklung der Arbeitslosigkeit in nächster Zukunft sieht als Grafik besser aus. Kurven überzeugen mehr als Zahlen. Das haben wir gerade am Computer geübt.

„Wir könnten doch die Grafiken als Dias herstellen", warf Lisa ein.

„Richtig", sagte Frau Vogt. „Versteh doch, Matthias, du hältst da vor diesen Leuten eine kapitalistische Lehrstunde ab, als wärst du zu Hause, wo du deinen Angestellten erklärst, wie sie fünf Prozent mehr Anteile an deinem Unternehmen erwerben können. Die Menschen in der DDR haben noch nie richtig über Eigentum nachdenken können. Ich schlage vor, du stellst vor uns jetzt noch einmal deine Ideen dar, ganz privat." Frau Vogt blinzelte Lisa zu. „Was Lisa nicht versteht, verstehen auch andere Menschen aus der DDR nicht."

Matthias Vogt lief schwer atmend durch den Raum und ließ sich in den Sessel am Fenster fallen, ohne auf seinen Mantel zu achten. „Es ist mir schleierhaft, was es da nicht zu verstehen gibt", sagte er verzweifelt. „Warum soll der Osten die gleichen Fehler machen wie der Westen? Wir wissen doch, was dabei herauskommt. Und ich glaube, im Osten wird das noch schlimmer ... Die Aggressionen, der Rechtsruck ..." Ein Schweißtropfen perlte an seiner Schläfe herab. Als er sich eine Zigarette angesteckt hatte, atmete er ruhiger.

Seine Frau beobachtete ihn. „Was ist denn in dich gefahren?"

„Da versuche ich mit einer Engelsgeduld, mein Konzept darzulegen", schimpfte er. „Einige Leute vom Demokratischen Aufbruch wollen mich unterstützen, aber die haben überhaupt nicht kapiert, worum es geht. Einer verdächtigte mich sogar, ich würde als Westler den DDR-Bürgern meine Ideologie aufdrängen wollen. Dabei sehen sie einfach nicht, was auf sie zukommt, wenn der Westen erst mal so richtig loslegt. Es ist heute alles schiefgegangen."

Lisa saß am Schreibtisch und kam sich überflüssig vor. *Einem Ehekrach zu lauschen, ist nicht mein Ding.*

„Lisa war Lehrerin und ist dialektisch geschult", sagte Frau Vogt. „Sie ist mit dem Marxismus groß geworden, vom Kindergarten an. Ich mach dir einen Vorschlag, Matthias: Wir arbeiten dein Konzept Punkt für Punkt durch." Und zu Lisa gewandt: „Wenn Sie etwas nicht verstehen, dann unterbrechen Sie."

Sie ging zur Minibar und öffnete eine Flasche Sekt: „Lisa, wo haben Sie die Gläser?"

Mir ist richtig mulmig zumute. Nie hätte ich es für möglich gehalten, einmal mein Wissen der Einführung der kapitalistischen Marktwirtschaft in der DDR zur Verfügung zu stellen.

Lisa Meerbusch wischte die feuchtkalten Hände an der Hose ab und holte drei Sektschalen aus dem Regal.

„Na dann“, Frau Vogt hielt ihr Glas in die Höhe.

Auf dem ovalen Konferenztisch breitete Vogt seine Papiere aus und begann, daraus vorzulesen. Sofort unterbrach seine Frau: „Matthias, lesen können wir selber.“

Vogt wirkte verstört. *Wie die ihren Mann kritisiert. Mein perfekter Chef, der sonst die Ruhe in Person war, wenn es um ihn herum laut und hektisch wurde, der charmante Mann, der Diplomat, der Kapitalist, hat Schwächen. Er läßt sich von seiner Frau zurechtweisen, und er hat Schwierigkeiten, die er nicht auf Anhieb lösen kann. Wie er so dasitzt und nervös in seinen Papieren blättert. Die ganze Westperfektion bröckelt. Logisch, Vogt ist auch nur ein Mensch, aber einer aus dem Westen, und ausgerechnet der scheitert und duckt sich obendrein vor seiner Frau.*

Vogt setzte neu an: „Mit dem Schritt in die Freiheit stellt sich die DDR, die ja noch als eigenständiges Land existiert, den Gegebenheiten der freien Marktwirtschaft. Der Weg dahin ist mit Handikaps gepflastert, die aus der vierzigjährigen Abkapselung des Landes herrühren. Deshalb ist die DDR auf wirtschaftlichem Gebiet für den Westen keine Konkurrenz.“

„Wieso?“ fragte Lisa, „Es gibt doch eine Menge Handelsverträge zwischen Ost und West. Außerdem sind die Bruderländer im RGW vertraglich gebunden. Es gibt doch Abnehmer für DDR-Produkte.“

„Alles, was die DDR künftig produziert, wird im Westen, in Übersee, in Asien besser und billiger hergestellt“, argumentierte Vogt. „Seit der Grenzöffnung überschwemmt der Kapitalismus den gesamten Ostmarkt mit seinen Waren. Es wird nicht lange dauern, da werden die sogenannten Bruderländer, in denen es bekanntlich ebenso brodelt, nicht mehr zahlungsfähig sein und die bestehenden Verträge kappen.“

Er hat seine Fassung wiedergefunden. Wenn er so redet und seine Gedanken ausführt, ist er souverän wie sonst.

„Der Nachholbedarf ist riesig“, sagte Frau Vogt, „Die meisten Leute werden sich zuerst ihre langgehegten Wünsche erfüllen.“

Lisa Meerbusch dachte für einen Moment an den Grenzübergang Bornholmer Straße, als die Leute am 10. November 1989 massenweise mit dicken Waschmittelpaketen aus dem Westen kamen. *Ich habe nie verstanden, wie sich Leute früher im Intershop Autowachs und Weichspüler kaufen konnten. Ich hätte ganz andere Bedürfnisse. Mit dem Westgeld, das ich bei Vogt verdiene, werde ich mit Elke zu den Urgriechen reisen.*

„So wird nur das Sparvermögen der DDR-Bürger abgeschöpft“, sagte Vogt. „Wie in Entwicklungsländern: Die Waren kommen von außen. Das schwächt auf die Dauer die wirtschaftliche Substanz. Handelsketten machen das Geschäft, und am Ende sitzen die Menschen auf ihren auf Raten gekauften Autos und Videorecordern, haben keine Arbeit und deshalb kein Geld, um sie zu bezahlen. Sie werden ihres Geldes beraubt, das sie besser in neuen Produktionsmitteln anlegen könnten. Ohne breitgefächerte Investitionen in moderne Technik sehe ich für die veralteten DDR-Betriebe keine Chance."

„Und woher sollen die Menschen das nötige Geld bekommen, das sie in neuen Produktionsmitteln anlegen könnten?" fragte Lisa.

„Richtig. Entscheidend ist die Eigentumsfrage, Frau Meerbusch."

„Das hat schon Marx gesagt." Lisa lächelte.

„Wohnungen sind Volkseigentum. Mein Vorschlag: Jeder DDR-Bürger bekommt die Hälfte seiner Wohnung zugeschrieben, geschenkt als seinen Anteil am Gesamtvermögen ..."

„... als Gegenwert des vom Volk in den letzten vierzig Jahren erwirtschafteten Volksvermögens?" fragte Lisa.

„Ja, denn die Menschen in der Bundesrepublik haben sich in dieser Zeit Wohnungskomfort und Billionen auf ihren Sparkonten sichern können", sagte Vogt.

„Dagegen sehen die DDR-Bürger sehr bescheiden aus. Matthias meint, sie müßten eine reelle Chance bekommen", ergänzte Frau Vogt.

„Die andere Hälfte der Wohnungen könnten die Bürger später, sagen wir mal, in Raten erwerben", fuhr Matthias Vogt fort. „Indem sie sich hundert Prozent Eigentum an ihren Wohnungen verschaffen, fließt dem Staat zusätzlich Geld zu. Das alles passiert noch gegen DDR-Währung ... und vor einem föderalistischen Zusammengehen beider Staaten ..."

„Das ist genial", platzte Lisa dazwischen, „so ist jedem seine Wohnung sicher, und das ganze Ostgeld wird verbraucht und muß nicht eins zu zwei oder eins zu vier umgetauscht werden."

„Oder sie verkaufen", sagte Vogt. „Dann fließt dem Staat rechtmäßig Kapital zu. Jeder DDR-Bürger soll Eigentum per Gesetz bekommen, anteilmäßig. Es steht ihm moralisch und juristisch nach vierzig Jahren zu."

„Das Volkseigentum wird also in privates Eigentum des Volkes überführt", schlußfolgerte Lisa.

„Genau", fuhr Vogt fort. „Wir müssen den Menschen im Osten sichtbar Eigentum verschaffen. Sicherlich braucht der eine oder andere einen Kredit für den Kauf der anderen halben Wohnung ..."

„... der Gegenwert, die Wohnung, ist doch da", unterbrach Lisa wieder. *Die Wohnungsfrage in Vogts Konzept ist der erste Punkt, den ich nachvollziehen kann.*

„Das ist etwas komplizierter", wandte Vogt ein. „Günstige Zinskredite müssen vereinbart, alle bilanzierten Altschulden, wie zum Beispiel Hypotheken, müssen gestrichen werden."

„Wissen Sie", sagte Lisa, „wir hatten Volkseigentum nur im Kopf.

Und auf einmal soll ich mich mit Vermögensbildung, Aktien, Hypotheken, Zinssätzen auskennen?"

Vogt hob die Hand. Doch Lisa fragte: „Was passiert mit den Eigentumsansprüchen früherer Besitzer?"

„Die meisten sind längst vor Jahren in der Bundesrepublik nach geltendem Recht entschädigt worden, manche in Millionenhöhe", erklärte Vogt. „Hier auf dem Boden der DDR könnte so durch einen radikalen Schritt ein bürgerliches Grundrecht verwirklicht werden." *Er ist ja richtig begeistert von sich selbst. Vogt ist ein kapitalistischer Revolutionär!* „Die Bürger könnten frei und unbeeinflußt über ihr Eigentum, um das sie Jahrzehnte lang betrogen worden sind, entscheiden."

„Was ist denn meine Wohnung wert?" fragte Lisa.

„Die Wohnungen sind oft nicht in bestem Zustand, ich schätze, so um die vierzig- bis hunderttausend, je nachdem. Dazu kommt die beträchtliche Wertsteigerung in den nächsten Jahren."

Seine Frau ergänzte: „Es entsteht in der DDR ein privates Kapital. Dadurch hätten wir eine wirtschaftliche Gleichberechtigung in beiden Ländern."

„Ich hätte kein Interesse", sagte Lisa, „meine Bruchbude zu kaufen, weil ich sie wohl nie wieder verkaufen könnte. Das ist für mich rausgeschmissenes Geld."

Herr und Frau Vogt lachten.

„Sie müssen ja nicht in Ihrer Wohnung wohnen", erklärte Herr Vogt. „Sie könnten sie vermieten." Als Lisa den Kopf schüttelte, fuhr er fort: „Nehmen wir an, Ihre Wohnungshälfte kostet zwanzigtausend Mark, dann stecken Sie noch mal zehntausend für eine Renovierung rein – eine vernünftige Heizung allein kostet schon fünftausend ..."

„So teuer?" wunderte sich Lisa. *Ich bin doch nicht so blöd und steck noch Geld in meine Bruchbude.*

„Das kommt wieder rein, wenn Sie die Wohnung danach für achthundert Mark vermieten. Ich würde Ihnen sofort einen Kredit geben."

Wieso will er mir Geld leihen? Welche Verpflichtung gehe ich da ein? Der Sekt, die Herzlichkeit seiner Frau und jetzt solch ein Angebot?

Vogt redete weiter, und Lisa hörte nur noch mit halbem Ohr zu: „Sie zahlen monatlich, sagen wir, vierhundert Mark ab, die anderen vierhundert kriegen Sie, ohne etwas dafür zu tun, vom Mieter. Nach zehn Jahren ist die Wohnung bezahlt und renoviert. Sie können sie beziehen oder weiterhin vermieten."

Frau Vogt berührte Lisas Schulter: „Sie müßten auch nur geringe Zinsen zahlen."

Zinsen? Wieso Zinsen?

Sie spürte einen Druck im Kopf wie beim Vokabellernen. *Achthundert Mark Miete pro Monat, die ich einnehmen würde und ausgeben könnte, sind eine Menge Geld. Im ersten Monat würde ich mich neu einkleiden. So eine Blöße wie gegenüber Frau Vogt werde ich mir nicht noch einmal geben. Dann würde ich mein Fernweh stillen: einfach ins Flugzeug und ab in den Süden.*

„Für diesen Preis findet sich kein Mieter für eine Einraumwohnung im Hinterhof", befürchtete sie.

„Ihre Wohnung liegt seit der Grenzöffnung im Zentrum der Stadt, der Wert kann nur noch steigen. Sie vermieten beispielsweise an Unternehmen, die in die Hauptstadt kommen werden."

„Bonn ist die Hauptstadt", sagte Lisa.

„Ach, das ist eine Frage der Zeit", sagte Herr Vogt. „Seit der Trennung reden alle davon, Berlin ist und bleibt deutsche Hauptstadt. Sie werden sehen, Frau Meerbusch, das geht gar nicht anders. Bonn war nur das Provisorium. Die deutsche Hauptstadt ist und bleibt Berlin."

„Dann brauche ich ja nicht mehr zu arbeiten", sagte Lisa, „mit achthundert Mark käme ich im Monat gut hin."

„Und eben das ist grundfalsch!" rief Herr Vogt. „Sie sollten trotzdem arbeiten gehen."

„Und das Geld legen Sie auf Ihrer Bank an", ergänzte Frau Vogt. „Zum Beispiel für eine Luxusrenovierung, also Wertsteigerung Ihrer Wohnung, oder Sie zahlen die Raten schneller zurück."

„So habe ich über Vermögen und Eigentum noch nie nachgedacht", sagte Lisa. „Ich bin also dann Miteigentümer an meiner Wohnung. Ich könnte auch die andere Hälfte verkaufen. Zum Beispiel, um mir ein Auto zu kaufen oder um nach Griechenland zu reisen?"

„Im großen und ganzen – ja", antwortete Herr Vogt. „Wie kommen Sie auf Griechenland?"

„Nur so, ich möchte im April nach Kreta fahren mit meiner Mutter", sagte Lisa. *Was geht das die beiden an? Ich bin beschwipst … muß mich zusammenreißen.*

„Dem DDR-Bürger gehörte alles, das gesamte sozialistische Volkseigentum", sagte Frau Vogt. „Er konnte nur mit diesem Eigentum nicht wirklich wirtschaften."

„Die Bürger könnten Anteile am Betriebsvermögen erwerben, in Form von Aktien, Wertpapieren oder was auch immer. Die Hälfte eines Betriebes könnte den Mitarbeitern zum Beispiel sofort nach der Wahl am 18. März als anteiliges Eigentum gutgeschrieben werden."

„Das setzt voraus, die Bürgerbewegungen werden gewählt und könnten Ihr Konzept verwirklichen", hielt Lisa dagegen.

„Die andere Hälfte des gesamten Eigentums behält der Staat, der binnen einer gewissen Zeit, sagen wir, ein bis zwei Jahre, seinen Anteil höchstbietend verkaufen muß."

„Halber Sozialismus?“

„Wenn Sie so wollen“, Vogt hob die Schultern.

„Ich will mit Sozialismus nichts mehr zu tun haben“, trotzte Lisa.

„Jeder ist von diesem Zeitpunkt an Eigentümer mit Entscheidungsmacht. Das ist der Unterschied zum anonymen Volkseigentum der Vergangenheit.“

„Ich bin dann gleichzeitig Arbeitgeber und Arbeitnehmer?“ fragte Lisa skeptisch.

„Genau“, erwiderte Vogt.

„Und ich kann selbst bestimmen, in welchem Maße ich mich selbst ausbeute?“

„Über die Aktionärsversammlung – ja. Der ganze Kapitalismus funktioniert so“, sagte Vogt. „Ein Großteil des Unternehmens Volkswagen gehört den Mitarbeitern, die an der jährlichen Gewinnausschüttung beteiligt sind. In manchen Unternehmen geht das bis zum fünfzehnten Monatsgehalt.“

„Ich profitiere an meiner eigenen Ausbeutung?“

Ich gehöre also zwei antagonistischen Klassen an. Ist das denn möglich? Wenn ich die Ratschläge von Vogt beherzige, werde ich ein Kapitalist, wie er im Buche steht. Privateigentum an Produktionsmitteln, an Immobilien, an Grundbesitz. Warum geht es dann so vielen Menschen schlecht im Kapitalismus?

„Ist das ein Schutz gegen Arbeitslosigkeit?“ wollte sie wissen.

„Jawohl. Werden dennoch Leute entlassen, dann werden sie anteilmäßig ausbezahlt. Das sind oft beträchtliche Summen. Mit den Abfindungen kann man wieder neu anfangen.“

„Das Problem ist“, sagte Frau Vogt, „mit der DDR-Mark ist keiner in einer fairen Verhandlungsposition, wohl aber mit konkreten materiellen Werten. Beim Verkauf der Betriebshälfte, die nicht den Mitarbeitern gehört, fließen Milliardenbeträge in die Staatskasse, die unter anderem auf dem sozialen Sektor eingesetzt werden könnten.“

„Sie meinen“, fragte Lisa, „die Arbeiter kaufen später auch die andere Hälfte?“

Er antwortete: „Möglicherweise, oder die Gewerkschaften oder Investoren aus anderen Ländern.“

„Alles, was wir gerade besprechen, ist ja noch nicht Bestandteil der Wahlprogramme“, sagte Frau Vogt, „geschweige denn Parteienpolitik oder gar Gesetz.“

„Das klingt, als dauerte das Jahre, ehe solche Ideen zum Tragen kommen“, sagte Lisa.

„Das ist Demokratie“, sagte Frau Vogt lachend. „Es kann auch schiefgehen.“

„Und dann die bevorstehende Arbeitslosigkeit“, fuhr ihr Mann fort.

„weil die alten Absatzmärkte der DDR im In- und Ausland zusammenbrechen werden, drohen Entlassungen und Betriebsschließungen in nie gekanntem Ausmaß. Mein Vorschlag: Arbeit schafft Bildung, und Bildung schafft Arbeit."

„Ich könnte mein Leben lang lernen?" fragte Lisa ungläubig. „Und wovon soll ich leben?"

„Auch die Lernarbeit wird bezahlt. Es gäbe dann neben Arbeitgebern auch Bildungsgeber wie Schulen, Werkstätten und andere Einrichtungen, und neben Arbeitnehmern auch Bildungsnehmer."

„Den klassischen Arbeitslosen wird es also nicht mehr geben. Ich könnte mich freiwillig in die Bildungsarbeitslosigkeit begeben?" fragte Lisa.

„Frau Meerbusch, Sie sollten auf der Pressekonferenz den Leuten mein Konzept erklären", sagte Vogt kopfschüttelnd.

„Nein, das traue ich mich nicht", erwiderte sie verlegen.

„Keine Angst, Lisa", beruhigte Frau Vogt sie. „Er hat sich die Suppe eingebrockt, und wir können ihm nur helfen, sie auszulöffeln." Dabei zwinkerte sie ihr zu und holte die nächste Sektflasche, die sie noch auf dem Weg zum Tisch entkorkte.

Noch eine Flasche Sekt? Das artet ja in eine flotte Party aus.

Lisa spürte den Alkohol im Kopf. Sie sehnte sich nach einer gekochten Kartoffel.

Mit einer Kartoffel im Magen kannst du den ganzen Abend lang trinken, hat Willi gesagt. Ich darf den Überblick nicht verlieren.

„Wer bezahlt das alles?" fragte sie.

„Jeder Arbeitnehmer zahlt eine Arbeitslosenversicherung, Sozialabgaben, Steuern", erklärte Frau Vogt.

Vogt klopfte leicht auf die Tischplatte und sagte bedeutungsvoll: „Jeder Arbeitslose kostet nur Geld, wohingegen jeder Beschäftigte Geld bringt. Natürlich ist ein Bildungsgehalt nicht so hoch wie das eines Arbeitnehmers. Aber es ist tariflich garantiert. Sehen Sie, gegenwärtig zahlt die Bundesrepublik etwa neunzig Milliarden jährlich für die Arbeitslosen. Mit Arbeitsprogrammen könnte der Staat wieder zehn bis zwanzig Milliarden Lohnsteuern einnehmen."

„Die Menschen in der DDR müssen in jedem Falle qualifiziert werden, daran kommt keine zukünftige Regierung vorbei", sagte Frau Vogt. „Computertechnik, Sprachen und so weiter."

„Die westliche Wirtschaft wird über kurz oder lang der ostdeutschen übergestülpt", sagte ihr Mann. „Das ist so schlecht nicht, da unsere Wirtschaft funktioniert und international erfolgreich ist. Das, was in der DDR da ist, kann nur teilweise gerettet werden. So sehe ich das."

„Der freiwillige Arbeitslose, wie Sie so treffend sagten, Lisa, ist nach seiner Ausbildung eine qualifizierte Fachkraft. Das mindert die zu erwartende Arbeitslosigkeit erheblich."

Lisas Kopf brummte. Draußen war es dunkel geworden; im Schein der Straßenlaternen tanzten nasse Schneeflocken. Lisa schaute verstohlen zur Uhr Unter den Linden, Ecke Friedrichstraße. *Es ist halb sieben, höchste Zeit für mich. In einer Stunde wartet Bo auf mich.* Da klopfte jemand zaghaft an die Tür. Lisa fiel die Verabredung mit Alexandra ein. „Das habe ich total verschwitzt. Heute kommt die Redakteurin Ullrich von der Zeitschrift, für die auch meine Mutter arbeitet."

„Auch das noch", stöhnte Vogt.

„Ist ja großartig", rief Frau Vogt. Sie war etwas angeschwipst. „Je mehr Öffentlichkeit, desto besser. Herein mit ihr. Lisa, bringen Sie ein Glas mit."

Lisa öffnete die Tür der Suite; Alexandra sah zerzaust aus. Sie versuchte, ihre nassen Haare mit der Hand zu ordnen. „Geht's so einigermaßen?"

„Klar", sagte Lisa, bat sie herein und nahm ihr den Mantel ab. Entgegen ihrer Vorliebe für schwarze Sachen trug Alexandra eine lange rote Bluse, die sie mit einem Gürtel zusammenhielt.

„Du hast dich ja richtig fein gemacht", raunte Lisa ihr zu.

„Ich dachte, Grandhotel und ein Reicher aus dem Westen, da lasse ich mich nicht lumpen, sondern zeige, was ich habe."

„Keine Angst", beruhigte Lisa sie, „Vogt ist okay." Sie führte Alexandra in das Konferenzzimmer.

„Das ist Frau Ullrich, Journalistin", stellte Lisa vor. „Und das sind Frau und Herr Vogt."

Alexandra nickte. Frau Vogt hielt ihr eine Sektschale entgegen. Die vier standen im Kreis und tranken.

„Lisa hat uns gerade eine interessante Lektion erteilt." Vogt zog Alexandra zur Sitzecke am Fenster. „Ich bin gespannt auf Ihre Fragen, Frau Ullrich." Alexandra lächelte schüchtern und holte einen Notizblock aus ihrer Tasche.

„Wir sollten uns duzen, Lisa! Ich bin von jetzt ab für dich Laura." Frau Vogt prostete Lisa zu, die mit hochrotem Kopf nickte.

„Du fährst mit deiner Mutter nach Kreta, interessant" sagte Laura Vogt. „Matthias hatte dort zusammen mit seiner ersten Frau ein Haus. Nach der Scheidung hat er es verkauft. Wegen des Massentourismus ist Kreta keine Idylle mehr."

Matthias war schon mal verheiratet, nicht schlecht …

Frau Vogt und Lisa standen in der Zimmermitte. „Das wollte ich dich schon neulich fragen", sagte Frau Vogt mit gedämpfter Stimme, „wir haben vergessen, vernünftige Unterwäsche zu kaufen." Sie bot Lisa den Platz neben sich auf dem Sofa an. „Sie haben ja gar nichts, womit Sie Ihren Freund reizen können." Sie kicherte. Ihre Augen waren glasig, das Gesicht gerötet.

Lisa lächelte verlegen. „Das geht auch ohne Tangaslips."

Frau Vogt musterte sie: „Tja, mit deiner Figur …"

Laura Vogt beneidet mich um meine Jugend.

Streit in Biesenthal
220 Tage vor der deutschen Vereinigung

Der eisige Wind fegte um das Haus. Lisa stand vor Opa Herberts Nummer neun in Biesenthal. Aus der Jauchetonne, die jemand offengelassen hatte, krochen muffelnde Schwaden. Lisa legte den Deckel drauf und klingelte.

„Hallo, was willst du denn hier draußen bei dem Wetter?" fragte Trude. Sie trug ein tief ausgeschnittenes Kleid, am Hals einen glitzernden Stein. *Sie hat sich die Haare geschnitten wie Elke. Der Klunker an ihrem Hals ist sicher Modeschmuck aus dem Westen.*

Hinter ihr erschien Lisas Vater. „Das ist ja eine Sonntagsüberraschung."

Lisa klopfte sich den Schnee von den Schuhen. *Vati behandelt mich wie Besuch und nicht wie seine Tochter.*

„Ich bin wegen Frau Braun gekommen", sagte Lisa ohne Vorrede.

„Welche Frau Braun? Komm doch erst mal rein, dann sehen wir weiter."

„Ich mach uns einen Kaffee", sagte Trude und ging in die Küche.

Lisa erkannte den großen Wohnraum nicht wieder. *Nichts erinnert mehr an Opa Herberts Nummer neun. Wo hat er bloß Opas Sachen hingebracht? In den Keller? Seinen Schreibtisch hat er direkt vors Fenster gestellt, wie geschmacklos. Ich könnte hier nicht wohnen.*

„Es war im März 1986, erinnerst du dich? Da hast du eine Adoption verfügt und das Kind von Annette Braun der Großmutter zugesprochen."

„Ich kann mich nicht erinnern. Weißt du, wie viele Fälle ich bearbeitet habe?"

„Frau Braun wurde vom Stadtgericht Berlin-Mitte zu zwei Jahren Freiheitsentzug verurteilt. Sie hatte einen Sohn, Paul, damals neun Jahre alt, den hast du in einem zweiten Verfahren seiner Großmutter zugesprochen. Erinnerst du dich?"

„Vage, Lisa, vage. Und wo liegt das Problem?"

Trude brachte den Kaffee und drei Tassen. *Will sie etwa zuhören?*

„Ach, Schatz, das ist lieb", sagte Ernst Meerbusch, dem ihre Anwesenheit bei dem Gespräch mit seiner Tochter sichtlich unangenehm war. *Auf Trude nehme ich keine Rücksicht.*

„Kannst du nicht einen Antrag auf Aufhebung des damaligen Urteils stellen?“ fragte Lisa.

„Wie stellst du dir das vor? Ich bin arbeitslos“, sagte er aufgebracht.

„Warum?“ mischte sich Trude ein. „Das hieße, Ernst hätte absichtlich ein falsches Urteil verhängt.“

„Halt du dich da raus“, wies Ernst Meerbusch seine Geliebte zurecht. Zu Lisa sagte er: „Ich habe das Urteil verhängt, weil diese Frau offenbar nicht ihr Kind erziehen konnte.“

„Das sagst du einfach so?“ entrüstete sich Lisa. „Nach allem, was inzwischen passiert ist? Es gibt bald keine DDR mehr, dann gibt's auch ihre Gesetze nicht mehr.“

„Recht bleibt Recht“, widersprach er. „Das Urteil wurde nach damaligem Recht gesprochen und war völlig korrekt.“

„Korrekt, daß ich nicht lache. Republikflucht ist inzwischen kein Delikt mehr, für das man ins Gefängnis muß. Du mußt dir mal klarmachen, was Frau Braun durchgemacht hat. Nach heutiger Auffassung hat sie kein Verbrechen begangen. Also muß sie rehabilitiert werden. Das heißt, die von dir verhängte Adoption muß annulliert werden!“

„Lisa, ich appelliere an deine Vernunft.“

„Du kannst ein Wort für sie einlegen. Frau Braun muß die Möglichkeit gegeben werden, ein geordnetes Leben zu führen.“

Ernst Meerbusch war aufgestanden und drehte Denkrunden, die Rechte in der Hosentasche, mit der Linken fuhr er sich übers Kinn.

„Ich habe nur die Adoption angeordnet; für die Verurteilung der Braun bin ich nicht verantwortlich.“

Lisa entgegnete: „Ich bin ja auch nur wegen der Adoption gekommen. Die muß widerrufen werden.“

„Denkst du, ich gehe zu meinem ehemaligen Direktor und sage, hör mal zu, da gibt es eine Frau Braun, die hast du zu zwei Jahren verdonnert, und ich möchte, daß du sie rehabilitierst. Lisa, überlege mal, der lacht sich ja halbtot. Bei dem liegen heute schon über neuntausend solcher Fälle auf dem Schreibtisch. Alles, was wir tun können, ist auf ein Rehabilitationsgesetz zu warten. Ehem, Schatz, noch einen Kaffee?“

„Du könntest einen Antrag auf Entschädigung unterstützen“, schlug Lisa vor.

„Der Richter hat nach geltendem Recht gesprochen.“

„Es gibt keine Straftat mehr.“

„Lisa, versteh mich, ich habe den Kopf voller Sorgen. Meinen Arbeitsplatz in Berlin habe ich verloren, ich bemühe mich um eine Stelle in Leipzig. Denkst du, ich pfusche mir jetzt selbst ins Handwerk?“

„Du bist der einzige, der der Frau helfen kann. Du hast das Urteil damals gesprochen."

„Eben darum. Ich muß froh sein, meine Zulassung als Familienrichter zu behalten."

„Und da verbietet dir dein Stolz, einen Fehler von damals zuzugeben."

„Ich habe keinen Fehler begangen, Lisa!" brüllte er.

„Was damals Recht war, ist heute Unrecht. Im Fall Braun war es Freiheitsberaubung und Diebstahl des Kindes, staatlich sanktioniert!" Jetzt schrie auch Lisa. Trude schlich sich aus dem Zimmer.

„Jetzt mach mal 'n Punkt. Diese Braun kann froh sein mit ihren zwei Jahren, die Höchststrafe für Republikflucht lag wesentlich höher."

Lisa wurde ganz leise: „Was ist daran so schlimm, einen Fehler gemacht zu haben?"

Ernst Meerbusch ging darauf nicht ein. „Diese Frau kann keine Kinder erziehen, das war doch deutlich zu sehen, die war ja selbst erst achtzehn oder so. Das hat ihre eigene Mutter ausgesagt. Mir sind die Hände gebunden, also ich bitte dich."

„Du erinnerst dich noch ziemlich gut", sagte Lisa. „Früher oder später wird man diesen Fall sowieso aufrollen. Alexandra und Elke schreiben einen Artikel darüber."

Ernst Meerbusch fuhr herum, machte einen Schritt auf seine Tochter zu, holte tief Luft, winkte dann ab und atmete kräftig aus.

„Ich soll mich wohl selber anzeigen?" fragte er schließlich. „Ausgerechnet Alexandra. Und Elke, warum tut sie mir das an?"

Lisa zündete sich eine Zigarette an und wartete. *Das hat ihn getroffen. Vielleicht bequemt er sich jetzt?*

Ernst Meerbusch wedelte den Rauch vor seiner Nase weg. Eine halbe Zigarettenlänge schwiegen Vater und Tochter. Aus der Küche hörten sie Radiomusik und das Geklapper von Geschirr.

Lisa brach das Schweigen: „Kannst du dir das Leid einer Mutter vorstellen, der man das Kind wegnimmt?"

„Komm mir nicht theatralisch, Lisa." Er hatte sich beruhigt und redete leise. „Wir haben nach der Verhältnismäßigkeit der Mittel entschieden, und da war die Oma das beste. Und das glaube ich auch heute noch."

„Das Kind ist jetzt bei seiner Mutter", sagte Lisa.

Ernst Meerbusch ging zum Schrank und schenkte zwei Weinbrand von der guten Sorte ein. Lisa nahm zögernd das Glas.

„Die Großmutter hat auf das Gericht den besseren Eindruck gemacht", sagte Ernst Meerbusch. *Er begreift einfach nicht, daß er Unrecht gesprochen hat.*

Trude kam mit einem Schälchen Erdnüsse herein. Sie sah die Asche auf der Untertasse und verzog das Gesicht. Aus dem Schrank holte sie einen Aschenbecher.

„Recht schönen Dank", sagte Lisa betont freundlich. Trude würdigte sie keines Blickes und fragte: „Ernst, kann ich dir noch etwas Gutes tun?" *Dieser süffisante Unterton in ihrer Stimme. Wieso ist mein Vater mit dieser Ziege zusammen?*

„Warum Jura, Vati? Warum hast du ausgerechnet Jura studiert?" Lisa nahm erneut Anlauf.

„Konfliktlösungswille", sagte er nach einer Weile ruhig. *Seine Augen blicken wieder überlegen drein, er befindet sich auf sicherem Territorium, wenn er über seinen Beruf spricht.*

„Dazu fühlte und fühle ich mich berufen, und meine Lieblingsstrecke ist nun mal das Familienrecht. Ich mußte in regelmäßigen Abständen auch in den Strafvollzug zu Haftprüfungsterminen, das war Vorschrift. Du weißt, ich habe das nie gern getan."

„Jetzt sind viele der Penner, wie du sie genannt hast, keine Penner mehr, sondern moralisch rehabilitiert, weil sie sich für die Veränderung der Verhältnisse eingesetzt haben."

Ernst Meerbusch wollte dazwischenfahren.

„Laß mich ausreden. Nach deiner Definition gehörte ich nämlich auch dazu."

„Das ist etwas anderes."

„Das ist gar nichts anderes."

„Mein Rechtsempfinden war kongruent mit dem, was gelehrt wurde", sagte Ernst Meerbusch mit kräftiger Stimme, die keinen Widerspruch zuließ. „Und wenn ich das im Nachhinein betrachte, war es eine Sache, die ich mir zu eigen gemacht hatte."

„Alexandra erzählte mir übrigens ...", versuchte Lisa abzulenken.

„Hör mir mit dieser Alexandra auf, was weiß die denn schon?"

„Sie hat Staatsanwälte und Gerichtsdirektoren und solche Leute von den Kreisgerichten interviewt. Und die sagen aus, viele Richter hätten auf Anweisung des Innenministeriums gehandelt."

„Na und? Was ist dabei?" fragte er und beugte sich zu ihr herüber. Seine Hand zitterte. „Man kann doch Argumente vom Innenministerium berücksichtigen."

„Bei Frau Braun geht es um das Glück zweier Menschen. Ich kann mir vorstellen, wie die Stasi mitgemischt hat. Außerdem habe ich Unterlagen gesehen."

„Unterlagen." Er lachte verächtlich.

„Verhörprotokolle von Frau Brauns damaligem Lebensgefährten."

„Kannst du mir sagen, was ich machen sollte?" fragte er, und es klang hilflos. „Weißt du, in welcher Situation wir damals waren?"

So nervös habe ich ihn noch nie erlebt. Ihm steht ja der Schweiß auf der Stirn.

„Woher habt ihr denn diese Unterlagen?" herrschte er sie an. *Wie früher, wenn er eine Lüge von mir aufdecken wollte.*

Lisa ließ sich nicht in die Enge treiben: „Die Unterlagen sind da, und die belasten dich. Deshalb bin ich ja hier."

Sie stützte sich auf die Armlehne ihres Sessels, bereit, jeden Moment aufzuspringen. Ernst Meerbusch lief im Zimmer hin und her.

„Bei mir kannst du dich nicht so herausreden", sagte sie leise. Er blieb vor ihr stehen. Sie war auf eine Ohrfeige gefaßt, ihre Muskeln spannten sich. Er schlug nicht, er drehte sich auf dem Absatz um und lief zur Tür.

Mir wird übel. Ich verachte ihn. Ich müßte ihn hassen für das Leid, das er anderen zugefügt hat. Mit so einem wie ihm könnte ich nicht zusammenleben. Daß Elke sich hat scheiden lassen, war das einzig Richtige. Was für eine Vorstellung, mein Vater könnte bald wieder an einem Familiengericht sitzen, genau derselbe Mann, mit dieser Ideologie, mit diesem Rechtsempfinden … Er hat doch nichts dazugelernt!

„Ein Westberliner Jugendamt fordert von Frau Braun die Herausgabe des Jungen", sagte Lisa.

„Das ist das mindeste. Noch gilt das alte Familienrecht", versuchte er sich zu rechtfertigen.

Lisa hatte Mühe, sich zu beherrschen. *Seine Verbitterung kaschiert er mit der jungen Freundin. Was ist dabei, eine Entscheidung von früher als falsch zu erkennen? Er hat mich erzogen, aus Fehlern zu lernen. Von ihm weiß ich, man kann Fehler wiedergutmachen. Sein Gerechtigkeitssinn war nur Fassade.*

Mit letzter Kraft forderte Lisa: „Du setzt dich jetzt hin und schreibst an das Westberliner Jugendamt!"

„Genau das werde ich nicht tun", erwiderte er scharf. „Noch einmal: Ich bin zur Zeit beurlaubt."

Er soll mir doch nur diesen einen Brief schreiben, damit das Verfahren gestoppt wird.

„Dann schreib als Privatperson Doktor Ernst Meerbusch", bat Lisa eindringlich. „Das Kind will bei seiner Mutter sein. Begreif doch."

„Das ist der größte Blödsinn, den ich je gehört habe. Seit wann weiß ein Kind, was es will und was das beste ist?"

Lisa richtete sich langsam auf. *Jetzt verstehe ich, Ernst Meerbusch will nicht helfen. Ihm ist das Schicksal des Kindes egal. Nein, vor ihm darf ich jetzt nicht heulen.*

„Du wirst wieder Richter", empörte sie sich. „Mit deiner Moral würde ich besser verschwinden."

„Soll ich Pförtner werden, ja?" Seine Stimme klang bedrohlich.

Lisa antwortete: „Warum nicht? Dann wärest du zumindest ehrenhaft."

„Mach, daß du verschwindest! Mach, daß du hier rauskommst!" Ernst Meerbusch schaute zu Boden. Lisa erhob sich, langsam. *Mein Vater schmeißt mich raus? Er will mit mir nichts mehr zu tun haben?*

Lisa war betroffen. Vor ihr stand ein fremder Mann, der zufällig ihr Vater war. Traurigkeit lähmte ihren Körper.

Als Ernst Meerbusch kein Türklappen hörte, schaute er auf. Lisa stand regungslos und fixierte ihn und hoffte, er möge irgend etwas sagen.

„Ich habe gesagt, du sollst gehen!" schrie er außer sich.

Lisa Meerbusch verließ die Nummer neun in Biesenthal, ohne sich noch einmal umzusehen.

Berliner Wahlsonntag
199 Tage vor der deutschen Vereinigung

Lisa schlief lange. *Ernst hat früher darauf gedrungen, im Wahllokal zu den ersten zu zählen. Nicht weil er einen Blumenstrauß für den ersten Wähler kriegen wollte, sondern weil er stolz darauf war, seine sozialistische Überzeugung öffentlich zu bekunden. Wer bis mittags nicht wählen war, wurde von FDJlern besucht, die sich erkundigten, wann man denn wählen komme.*

Vogt hatte Lisa einen Presseausweis besorgt für den Palast der Republik, wo am Abend des 18. März 1990 zuerst die Wahlergebnisse eintrafen. Lisa wollte zuvor an der Stimmenauszählung in ihrem Wahlbezirk teilnehmen, sie hatte noch den Wahlbetrug vom Mai 1989 in Erinnerung. Sie frühstückte im Bett. Dann machte sie einen Spaziergang durch Pankow. *Ein Wetter wie an sozialistischen Wahlsonntagen. Eitel Sonnenschein.* Im Wahllokal, einem ehemaligen Klub der Volkssolidarität, standen die Leute Schlange. *Früher ging das schneller, weil man nur den Zettel falten und in die Urne stecken mußte. Heute muß jeder in die Wahlkabine. Bei der letzten Wahl im Sozialismus haben sie mich ganz komisch angeschaut, als ich in die Wahlkabine ging. Ich hatte einen Kugelschreiber mit, das war gut, denn da lagen nur Bleistifte, und die Namen mit Bleistift durchzustreichen, machte die Stimme ungültig. Vielleicht hätten die das auch wieder wegradiert. Man durfte auch nicht einfach einen diagonalen Strich durch alle Namen ziehen, dann wäre die Stimme auch ungültig gewesen. Nur jeder Name einzeln durchgestrichen war eine Gegenstimme. Ich bin mir nicht sicher, ob die nicht doch irgendwo eine Kamera hatten, die in die Wahlkabine gerichtet war.*

Im Flur hatten Schüler Wandzeitungen gestaltet mit Bildern und Gedichten vom Frühling. *Wie in alten Zeiten. Aber diese Wahl ist ein Neuanfang.* Die zwei Wahlkabinen waren Tische, darauf Gestelle mit Vorhängen.

Nachdem ihr Name in der Liste durchgestrichen worden war, bekam Lisa mehrere Zettel unterschiedlicher Farbe. Eine freundliche ältere Frau bat um etwas Geduld, die Kabine sei gleich frei. *Wie zuvorkommend. Na ja, freundlich waren die Wahlhelfer früher auch.*

In der Wahlkabine lagen Kugelschreiber aus. Zwei davon funktionierten nicht. Lisa hatte ihren eigenen mit. Sie verteilte ihre Kreuze an die SPD, das Bündnis 90 und die PDS. Dann faltete sie die Zettel und steckte sie in den Umschlag. *Was das alles kostet! Na, hoffentlich kommt etwas Vernünftiges dabei heraus.* Kurz vor achtzehn Uhr ging Lisa wieder ins Wahllokal. Ein Wahlhelfer, den Lisa noch von der letzten Wahl her zu kennen glaubte, nahm eine Kiste und schüttete den Inhalt auf die Tische. Er nahm eine zweite und entleerte sie, das waren die Briefwähler. Er zeigte die leeren Wahlurnen den Zuschauern, die sich überzeugen konnten, hier wurden keine Stimmzettel zurückgehalten. Zehn Frauen und Männer sortierten und zählten aus. Nach einer dreiviertel Stunde wurde das Wahlergebnis ihres Wahlbezirks bekanntgegeben. Die meisten Stimmen entfielen auf die Sozialdemokraten, auch das Bündnis 90 hatte nicht schlecht abgeschnitten. Lisa fiel ein Stein vom Herzen. *Alles in Ordnung. Vogt wird sich freuen.* Die restlichen Ergebnisse nahm sie nur mit halbem Ohr wahr.

Sie fuhr in den Palast der Republik. Im Foyer, in dem sie früher oft auf den roten Ledersesseln gesessen hatte, drängten sich Tausende von Menschen. Die Tür zum Großen Saal war verschlossen. Mit Onkel Willi hatte sie hier die Kinderrevue „Weihnachtsmann mit Hindernissen" gesehen. Damals war Lisa zwölf. In der Pause hatte Onkel Willi sie in die Mokkabar im Erdgeschoß zu einem Eisbecher Schwarz-Weiß für vier Mark fünfzehn eingeladen, ein Luxus, verglichen mit der einen Mark, die sie wöchentlich als Taschengeld bekommen hatte. Lisa erinnerte sich an die eifersüchtigen Blicke von Jeanette, Willis damaliger Verlobten.

Die einzelnen Parteien, die Fernsehsender, auch ausländische, hatten ihre Kulissen aufgebaut. Überall standen Servierwagen, an denen Getränke gratis angeboten wurden. Kameras, Scheinwerfer, Mikrofone, wohin Lisa auch schaute. *Die erste freie demokratische Wahl seit vierzig Jahren erregt weltweit Interesse. Wie soll ich in diesem Gewimmel Vogt finden? Laura hat hoffentlich ihren bunten Missounimantel an.*

Da lief Bo an ihr vorbei. „He", rief sie. Irritiert schaute er sich um und brauchte einen Augenblick, ehe er sie in der Menge ausfindig machen konnte. Dann sagte er: „Voll im Streß. Komm doch nachher rauf ins Pressecafé! Wenn wir uns in dem Chaos hier verfehlen, sehen wir uns später bei mir, abgemacht?" Bo war verschwunden, ehe Lisa ihm sagen konnte, sie wolle lieber mit ihm nach Pankow fahren. *Ein Taxi nach Schöneberg bekomme ich heute nie. Das hätte ihm auch selbst einfallen können, meinem Westgeliebten. Welches Café meint er?*

Lisa fand sich vor einem Monitor wieder, auf dem bunte Grafiken zu sehen waren. Das Wahlergebnis von Königs Wusterhausen wurde eingeblendet. Wahlsieger war dort die CDU. Dann wurde das Wahlergebnis aus Königs Wusterhausen mit den bereits vorliegenden Ergebnissen hochgerechnet. Die CDU führte knapp vor der SPD. Sie hörte ein Gespräch von zweien, die aussahen wie westdeutsche Politiker: „Das hat noch gar nichts zu sagen." – „Die CDU macht das Rennen." – „Das wissen wir erst nach Mitternacht." – „Ich geh einen Kaffee trinken." Die beiden Politiker fuhren vor Lisa mit der Rolltreppe ins Obergeschoß, von wo man das ganze Foyer überblicken konnte. „Wenn wir gewinnen", sagte der eine, „sollten wir eine Kampagne zum Wiederaufbau des Stadtschlosses ins Leben rufen." Der andere lachte. „Du willst wohl Erichs Datsche am Kanal genauso in die Luft sprengen, wie Ulbricht das Stadtschloß weggesprengt hat?" – „Sofort, besser gestern als heute."

Lisa hoffte, irgendwo Laura mit ihrem Mann zu erblicken. Sie sah in den aufgebauten Studios Sprecher, die sie aus dem Fernsehen kannte. Einer alberte herum und trank aus einem Sektglas. Kamerakräne schwenkten über den Köpfen. Wieder entdeckte sie Bo; vor einem Blumenkasten mit Tulpen schoß er Fotos von einer jungen Frau. Neben ihm stand eine andere Frau mit einem Mikrofon. *Er nutzt auch jede Chance, zu flirten. Mein nächster Mann wird häßlich sein, das verspreche ich mir.* Jemand rief Lisas Namen. Vogt saß mit einigen Herren an der runden Bar. Laura Vogt brachte ein Tablett mit Getränken. Lisa setzte sich dazu. Vogt stellte sie vor als seine rechte Hand, ohne die er in Berlin verloren gewesen wäre. Zwei der Herren erkannte sie wieder. Es waren Mitglieder der Neu-Isenburger Bürgerinitiative. Lisa wurde verlegen. Nach alter Manier bot Laura Sekt an. „Wir sind ja nicht im Dienst", sagte sie lachend. Auch hier standen Monitore mit den Grafiken.

„Die CDU gewinnt immer mehr Terrain", sagte Laura Vogt.

„Das kann man jetzt noch nicht sagen", erwiderte Lisa. „In meinem Wahlbezirk hat die SPD klar gewonnen."

„Sie waren bei der Auszählung?"

„Ich hab aufgepaßt, damit sie nicht mogeln wie beim letzten Mal!" antwortete Lisa.

Die Hochrechnungen zeigten in den nächsten Stunden einen Trend zur CDU. Gespannt verfolgte Lisa die Grafiken auf den Monitoren. Sie suchte Bo vergeblich in den überfüllten Restaurants und Cafés. *Ich kann doch nicht nachts nach Schöneberg laufen.*

Als sie zu Laura und Matthias Vogt an die Bar zurückkam, wurde das vorläufige Wahlergebnis bekanntgegeben: ein klarer Sieg der CDU.

Lisa glaubte, sich verhört zu haben. Matthias Vogt sah geknickt aus. Laura küßte ihn auf die Wange und sagte: „Sei nicht so enttäuscht, mein kleiner Robin Hood." *Sie bewundert ihn trotz seiner Niederlage. So einen Mann wie Matthias* … Laura Vogt hob ihr Glas, lächelte und zwinkerte Lisa zu. „Prost! Robin Hood ist tot, es lebe Robin Hood."

Unten im Foyer bestürmten die Presseleute den künftigen ersten frei gewählten Ministerpräsidenten der DDR, Lothar de Maizière. Völlig überrascht und sichtlich vom Presserummel überfordert, gab er seine ersten Erklärungen und bedankte sich bei seinen Wählern und Parteifreunden. An der Bar prosteten sich die beiden Sprengmeister zu. „Auf unser Stadtschloß!"

Matthias Vogt zog zynisch die Mundwinkel nach oben; sein einziger Kommentar war: „Die DDR-Bürger haben die Westmark gewählt."

9. Kapitel

Berlin-Schönefeld Kurs Kreta
186 Tage vor der deutschen Vereinigung

„Kannst du dir vorstellen, daß wir heute nachmittag im Palast von Knossos herumspazieren?" fragte Lisa ihre Mutter.

„Lisa, ich könnte heulen vor Glück!" sagte Elke und durchsuchte ihre Tasche. „Wo habe ich denn Willis Reiseplan? Liegt der etwa noch in deinem Trabi auf dem Parkplatz?"

Lisa deutete auf die Teddytasche. Elke nickte erleichtert und musterte die Passagiere, die im Transitraum des Flughafens auf ihren Abflug warteten.

„Kommen die Passagiere alle aus der DDR?" fragte Elke.

„Einige bestimmt. Da hinten, die beiden mit den großen Taschen, das sind welche."

„Woran erkennst du das?"

„Am Geschmack eben. Die Frau hat ihre Westbluse mit einem goldenen Gürtel gerafft, so läuft im Westen heute keiner mehr herum. Auch nicht mit senffarbenen Schuhen. Der Mann hat sich auch fein gemacht. Dagegen der junge Mann vor uns, der kommt aus dem Westen."

„Wieso?"

„Ein anderer Haarschnitt, und er interessiert sich für nichts. Er benimmt sich, als sei der Flughafen ein Supermarkt, in dem er die Billigangebote der Interflug nutzen kann."

„Also Lisa, wie du sprichst!"

Im Bus war es kalt. Der Ikarus kurvte quer über den Flugplatz zu einer IL 62. An der Gangway bildete sich eine Schlange. Lisa zitterte vor Kälte und Aufregung. Der Atem kondensierte vor den Mündern der Passagiere. Es war früh halb neun, die Sonne bahnte sich gerade ihren Weg durch den Morgendunst. Lisa überließ den Fensterplatz ihrer Mutter. Elke schloß den Sicherheitsgurt und zog den Riemen fest. Sie saß aufrecht, ohne sich anzulehnen, als habe sie Angst, irgend etwas zu versäumen. Sie schaute jede halbe Minute auf ihre Armbanduhr.

„Wir haben schon zehn Minuten Verspätung", sagte sie.

„Na und?" fragte Lisa. „Hauptsache, wir landen gut."

Die Maschine rollte auf die Startbahn, startete. „Gibt es gar keine Startbonbons?" wunderte sich Elke. „Früher hat jeder einen süßsauren Drops gekriegt."

Der steile Anstieg ist wie auf einem Riesenrad, nur daß es nicht wieder nach zwanzig Metern hinuntergeht.

„Lisa, schau, unser Wohngebiet!" rief Elke. „Da, der Große und der Kleine Müggelsee! Da hinten der Fernsehturm! Mein Gott, ist das eine Stadt! Dich beeindruckt das gar nicht, Lisa?"

Lisa drückte die Hand ihrer Mutter. *Damit wären wir als Ostmauken enttarnt, na prima. Ostmauken erkennt man an ihrem naiven Staunen.*

„Guten Tag, meine Damen und Herren", kam eine angenehm warme Stimme über den Bordfunk. „Ich bin Flugkapitän Köhler und begrüße Sie an Bord unserer IL 62 nach Heraklion auf Kreta."

„Das ist ja nett", sagte Elke. „Der Pilot begrüßt seine Gäste."

„Die machen das immer", sagte Lisa.

„Ach, du", sagte Elke ärgerlich, „du kannst dich wohl über nichts freuen? Denk an Sorbas: Der sah zum tausendsten Mal in seinem Leben einen Mann auf einem Esel reiten, und er staunte, als sähe er das zum ersten Mal."

„Ich bin nicht Sorbas", verteidigte sich Lisa. „Wenn ich Kreta kennengelernt habe, dann werde ich wie er über alles staunen."

„Bei der Aeroflot gab's immer Broiler und Karamelpudding", sagte Elke, als die Stewardessen die Tabletts mit dem Essen verteilten. „Die Interflug leistet sich richtiges Stahlbesteck! Willi hat von seinen Flügen Plastbestecke mitgebracht. Wollen wir unseres Willi mitbringen?"

„Elke", mahnte Lisa ihre Mutter. „Nachher steckst du auch die Zuckertütchen ein für Tante Elfi?"

Als die Stewardeß abräumte, fragte sie das Ehepaar in der Sitzreihe vor ihnen: „Und wo ist ihr Besteck?"

„Ach, ich dachte ... Sonst haben wir ..." Weiter kam die Frau nicht. Die Stewardeß lächelte und sagte: „In der Gaststätte nehmen Sie das

Besteck auch nicht mit, oder?“

„Siehst du“, wisperte Lisa, „Das wäre peinlich geworden.“

Elke lächelte dankbar.

Das Flugwetter war ideal, bis auf eine Wolkendecke über den Karpaten hatten sie klare Sicht. Elke verfolgte im Bordjournal die Flugroute.

„Es ist schade“, sagte Lisa, „ich wäre gern wie Sorbas von Piräus aus mit dem Schiff nach Kreta gefahren.“

„Dazu haben wir keine Zeit. Ich bin ganz froh darüber. Das Schiff im Sorbas-Film flößte mir nicht gerade Vertrauen ein.“

Lisa blätterte in ihrem persönlichen Sprachführer. Da sie weder griechisch noch englisch sprach, hatte sie Laura Vogt gebeten, ihr die wichtigsten Formulierungen aufzuschreiben. Lisa versuchte, einige Sätze auswendig zu lernen.

„Ei wont tu tschäinsch manni. – Ich möchte Geld tauschen. Hau ar juh? – Wie geht's Ihnen? Hau matsch issitt? – Wieviel kostet das?“

Über ihrem privaten Sprachführer schlief Lisa ein.

„Meine Damen und Herren“, meldete sich der Kapitän über Funk, „auf der rechten Seite sehen Sie jetzt die Insel Kreta. Es ist schönes Wetter, sechsundzwanzig Grad und windstill. Wir werden in wenigen Minuten auf dem Flughafen von Heraklion landen.“

„Der Olymp war in eine dichte Wolkendecke gehüllt“, sagte Elke. „Die Götter haben unseren Vorbeiflug verpaßt.“

Lisas Herz klopfte heftig. Sie suchte Onkel Willis Reiseplan in der Seitentasche ihres Teddys und steckte ihn in ihre Gürteltasche, um ihn jederzeit griffbereit zu haben. Die Häuser der Stadt Heraklion leuchteten weiß in der grellen Sonne. Der Silbervogel setzte weich auf, einige Passagiere applaudierten, auch Elke. Auf der Gangway schlug die Hitze wie dickflüssiges Öl über ihnen zusammen.

„Kreta! Lisa, wir sind auf Kreta!“ stieß Elke hervor.

„Noch sind wir auf dem Flughafen“, sagte Lisa. Sie fuhren mit einem Taxi in das Hotel Irini. Das Auto quietschte und klapperte wie der Brummkreisel aus Lisas Kindheit. Elke fragte: „Irini bedeutet Königin. Wußtest du das?“

„Hoffentlich ist noch etwas frei“, sagte Elke, als sie ihr Gepäck hineintrugen.

Die Hotelhalle war kühl, die Vorhänge zugezogen. An der Rezeption saß ein junges Mädchen, das ihnen zulächelte. Elke ging zu einer Ledersitzgruppe und setzte sich. „Ist das schön hier“, flüsterte sie verzückt. „Hier bleibe ich.“

„Please?“ fragte das Mädchen an der Rezeption freundlich.

„Ehem …“ Nervös suchte Lisa in ihrem Sprachführer den Satz: „Haben Sie ein Zweibettzimmer?“

„Money?“ fragte das Mädchen.

Manni? Denkt die etwa, ich habe kein Geld?

„Doch“, sagte sie und nickte zur Bestätigung.

„Was ist denn los?“ fragte Elke von hinten.

„Nichts, ich kläre das. Ruh dich aus!“

Lisa fand einen Stift in ihrer Gürteltasche.

„Paper?“ fragte das Mädchen.

„Papier, ja!“ Lisa zeichnete den Grundriß eines rechteckigen Zimmers, darin zwei Betten. Davor zeichnete sie einen Balkon.

„Aah“, machte das Mädchen und öffnete einen Kasten der Schrankwand hinter ihr. Lisa atmete erleichtert auf. Doch dann sah sie überrascht, wie das Mädchen einen Stadtplan ausbreitete.

„Irini“, sagte das Mädchen und machte ein Kreuz auf der Karte. „Go this way.“

„Alles klar?“ fragte Elke, die zur Rezeption kam.

„Ja, gleich“, log Lisa. Ihre Knie zitterten. *Warum habe ich alles vergessen, was Laura mit mir geübt hat?* Das Mädchen lächelte Elke an und zog eine Straße auf dem Stadtplan nach. „Musee“, sagte es.

„Ach, du kennst den Weg zum Museum schon?“ lobte Elke. „Wollten wir nicht erst auf das Zimmer? Welche Nummer haben wir?“

„Warte ab“, zischte Lisa. *Ich kann meine Niederlage nicht zugeben.*

„Rooms?“ fragte Elke das Mädchen.

„For you?“

„Ja, für uns“, sagte Elke und nahm Lisa den Stift aus der Hand. Sie schrieb das Datum 31.3.1990 auf Lisas Zeichnung.

„Okay“, sagte das Mädchen, griff hinter sich an ein Schlüsselbord und legte den Schlüssel Nummer sechshundertsiebzehn auf den Rezeptionstisch. „En daxi?“

„No, nein, kein Taxi!“ rief Lisa.

„Okay. Okay.“

Das Mädchen lächelte und fragte: „Breakfast?“

„Yes“, sagte Lisa erleichtert. An das englische Wort für Frühstück erinnerte sie sich.

„Passports, please“, sagte das Mädchen.

„Passport?“ wunderte sich Elke. „Das ist dasselbe Wort wie im Russischen.“

„Na, wie habe ich das gemacht?“ sagte Elke im Fahrstuhl stolz zu Lisa. *Nicht mal ein Zimmer kann ich mieten! Ich muß unbedingt Englisch lernen.*

Das Zimmer lag in völliger Dunkelheit.

„Ist hier kein Fenster?“ Elke erschrak und trat in den kühlen Raum.

„Die Fenster sind nur geschlossen“, sagte Lisa gereizt, „weil es so heiß ist.“ Sie schaltete das Licht ein. Der Raum war sehr groß, hatte einen weißen Kachelfußboden und weiße Wände. Die Klimaanlage summte leise. Elke lief zum ersten Bett und setzte sich darauf: „Hier schlafe ich.“ Lisa ging zum Balkonfenster und versuchte, es zu öffnen. „Da muß es einen Trick geben.“

„Na, mach mal“, sagte Elke, „ich gehe inzwischen duschen.“ Lisa entdeckte einen beweglichen Hebel und drückte ihn in alle möglichen Richtungen, bis die Tür endlich aufging. Tageslicht überflutete das Zimmer, heiße Luft strömte herein. Vor ihr lag die Stadt Heraklion mit dem Hafen, in dem große Fährschiffe ankerten. *Da unten ist Sorbas an Land gegangen.*

„He“, rief Lisa durch das schmale Badezimmerfenster, „wir müssen uns beeilen. Unser Protokoll läuft uns davon. Es ist schon nach zwei Uhr!“

„Stimmt gar nicht“, sang Elke.

„In Griechenland ist es eine Stunde später als in Deutschland“, sagte Lisa.

„Um Gottes willen!“ rief Elke. Sie kam aus dem Bad, nasse Haare, ein weißes Handtuch um den Leib geschlungen, ihre Kosmetiktasche in der Hand. „Du kannst“, sagte sie.

Als Lisa geduscht ins Zimmer trat, hatte Elke ihren Koffer auf ihrem Bett ausgeschüttet und stand in Unterwäsche hilflos vor dem Kleiderberg.

„Fährst du so nach Knossos?“ provozierte Lisa.

Elke verzog das Gesicht.

„Ich geb dir einen von meinen Seidenröcken“, bot Lisa an. „Es ist spät, laß uns ein Taxi nach Knossos nehmen.“

„Ein Taxi?“ wunderte sich Elke. „Ist das nicht zu teuer?“

„Laura hat gesagt, Taxifahren kostet auf Kreta nicht viel. Vergiß dein Diktiergerät nicht!“

Das erste, was sie von Knossos sahen, war ein überfüllter Parkplatz, vollgestellt mit Reisebussen, deren Motoren wegen der Klimaanlagen liefen. Auspuffnebel verpesteten die Luft.

„Knossos“, sagte Elke voller Inbrunst. Lisa faßte ihre Mutter am Arm und zog sie durch wartende Reisegruppen. Inmitten der Ruinen begann Elke, in ihrem Buch zu lesen. „Hier ist der Westhof! Da hinten ist die massive Westfront des Palastes.“

„Du sollst jetzt nicht lesen“, sagte Lisa. „Du mußt dir alles anschauen!“

„Ich muß wissen, was ich sehe“, widersprach Elke.

„Ich denke, du weißt alles.“

„Mach lieber ein paar Fotos!“ sagte Elke und schritt über den Hof. Die Luft über den Steinplatten flimmerte in der Hitze. Lisa ging in ein überdachtes Treppenhaus und stand in einer Halle, deren rote Säulen sich nach unten verjüngten. *Hier ist es angenehm kühl und dunkel. Die Halle ist weder hoch noch niedrig. Genau richtig für Menschen; ich werde von der Größe nicht erschlagen, und es ist weiträumig genug zum Atmen.* Eine Wand war bemalt mit Motiven, die einer Acht glichen, durchbrochen von Ornamentbändern mit stilisierten Myrtenzweigen. Lisa setzte sich auf die Balustrade in der Mitte der Halle zwischen zwei Säulen. Sie wollte sich die Bilder genau einprägen, die einfachen Formen, das Zusammenspiel der klaren Farben Blau, Rot, Weiß mit dem Gelb der Mauern.

Elke schaltete ihr kleines Diktiergerät an und sprach hinein: „Wer waren die Minoer? Die Flutwelle von Santorin 1450 vor unserer Zeitrechnung begrub das minoische Reich unter sich. Geblieben sind unzählige Kunstschätze, die uns noch heute, dreieinhalbtausend Jahre später, Rätsel aufgeben; nein, es ist auch die minoische Architektur der Paläste wie Knossos, Malia, Agia Triada oder Phaistos, es ist die anmutige, geheimnisvolle Kunst dieses untergegangenen Volkes …"

„Wird das dein Artikel?" unterbrach Lisa.

„Störe mich nicht", sagte Elke gedankenversunken.

Lisa lachte. „Sorbas war nie in den Palästen."

„Du hast recht", gab Elke zu. „Ich werde Knossos in meinem Artikel nicht erwähnen, lieber genießen. Komm, wir werfen eine Münze in die Pithoi da vorn!"

„Warum?" fragte Lisa.

Aus rotbraunem Ton gebrannt, standen mannshohe bauchige Vorratsbehälter an einer Mauer. Sie glichen riesigen Vasen.

„Damit wir wiederkommen! Kennst du das nicht? Wenn man eine Münze in einen Brunnen wirft, dann kommt man wieder."

„Das ist kein Brunnen", wandte Lisa ein.

„Vielleicht funktioniert es trotzdem."

Sie fuhren in der Dämmerung mit dem Bus zurück nach Heraklion. In einem Vorort standen Händler am Straßenrand und boten von Lastern herab ihre Waren an: süße kleine kretische Bananen, Äpfel, Fische. „Ach, schau mal", rief Elke. „Da gibt's indische Kartoffeln!" *Die rötlichen Kartoffeln gab es früher in unserer Köpenicker Kaufhalle immer nur zwei, drei Wochen im Jahr. Die Fachverkäuferin für Obst und Gemüse hat beteuert, es seien indische Kartoffeln. Wenn die Paletten aus dem Lager gefahren wurden, stürzten die Leute herbei; prügelten sich fast darum. Und hier könnten wir einen ganzen Laster voller roter Kartoffeln kaufen.*

„Vielleicht", sagte Lisa, „sind das ja spanische Kartoffeln?"

„Oder griechische", sagte Elke.

„Stell dir vor, wir kommen nach Berlin und packen unseren Rucksack aus. Guck, Alexandra, was wir dir aus Kreta mitgebracht haben: Kartoffeln!"

„Haben Sie was zu verzollen?“ Vor Lachen kamen Lisa die Tränen „Ja, zwanzig Kilo Kartoffeln!“ Sie massierte sich die Wangen. „Zum Glück kann uns keiner verstehen“, flüsterte Elke.

Sie stiegen im Zentrum Heraklions aus und liefen durch eine Gasse, in der ein Restaurant neben dem anderen war. Vor jedem standen Kellner, die die Passanten aufhielten und zu überreden versuchten, in ihr Lokal zu kommen.

„Wir gehen dahin“, entschied Lisa, „wo die Griechen sitzen. Dann ist das Essen auch gut.“

„Ich will hier bleiben“, sagte Elke fest und steuerte ein Restaurant an mit weißen Tischdecken auf roten Tischen. Lisa war zu müde, um zu widersprechen.

„Die Preise sind mit Bleistift eingetragen“, stellte Elke fest. „Das ist ja unstatthaft!“

„Ich gehe zur Vitrine und suche das Essen aus. Laura sagt, in Griechenland ist das so üblich.“

Lisa stellte das Abendbrot zusammen: zwei Lammspieße, eine große Portion Pommes, griechischen Salat, Tzatziki, Brot und einen halben Liter offenen Wein. Als Lisa sich umdrehte, sah sie, wie zwei ältere Männer bei ihrer Mutter standen. Einer faßte ihre Schulter an, der andere drückte ihr ein Schnapsglas in die Hand. Elke lächelte und sagte kläglich: „No, no.“

Lisa rannte zum Tisch. Unterwegs fielen ihr englische Worte und die Warnung von Willi ein: *„Wenn du dich anfassen läßt, hast du verloren! Dann kriegt er dich auch ins Bett.“*

„Häf juh ä Problem?“ fauchte Lisa die beiden Männer an. Sie entriß Elke das Glas und stellte es auf den Nebentisch, der Raki ergoß sich auf das Tischtuch. „Haut ab!“ rief sie. Die Männer zogen ab.

„Bist du wahnsinnig?“ fuhr Lisa ihre Mutter an.

„Ach, die waren ganz nett“, sagte Elke. „Ich verstehe nicht, warum du dich so aufregst.“

„Hattest du Lust, mit denen ins Bett zu gehen, ja?“

„Also wirklich“, Elke schüttelte vorwurfsvoll den Kopf, „was denkst du von mir?“

„Das läuft hier anders“, sagte Lisa. „Wir sind in einem fremden Land.“

„Ja, ja, komm, du vermutest hinter allem und jedem gleich einen … einen …“

„Einen griechischen Mann. Ich möchte dir die Erfahrung ersparen, begreifst du? Nein, du begreifst nicht.“

„Was gibt's zu essen?“ lenkte Elke ab.

„Lamm“, sagte Lisa mürrisch.

„Ach Gott, hoffentlich ist das kein alter Bock.“

Der Kellner brachte den Wein und das Essen.

„Das riecht schon so“, sagte Elke leise und rührte das Essen nicht an.

Lisa kostete. Das Fleisch war zäh und trocken.

„Was haben wir morgen auf dem Programm?“ fragte sie. Elke las aus dem Reiseplan vor: „Neun Uhr dreißig Auschecken im Hotel Irini, das Gepäck sollen wir laut Willi an der Rezeption lassen. Ob das geht?“

„Klar“, sagte Lisa überzeugt.

„Zehn Uhr Besuch des Archäologischen Museums, zwölf Uhr Besuch der Marktstraße, dreizehn Uhr Taxifahrt zum Istron-Bay-Hotel, anderthalb Stunden, halb drei Ankunft und Einchecken im Hotel, um drei Ausruhen am Strand, fünf Uhr Taxifahrt nach Gournia, urminoische Handwerkerstadt, Sonnenuntergang abwarten, Taxi warten lassen, achtzehn Uhr dreißig Rückfahrt zum Hotel. Letzter Punkt: ‚Ab und zu an Euern Willi denken!‘“

„Woher hat Willi das Westgeld, das er dir mitgegeben hat?“ fragte Lisa ihre Mutter.

„Er hat sich seit Jahren einen Teil seines Gehaltes in Valuta auszahlen lassen und es im Westen auf die Bank gebracht, sagt er.“ Elke erhob ihr Glas. „Ohne Willi wären wir nicht hier.“

Die beiden Frauen saßen im Hotel auf ihrem Balkon. Die Jugend von Heraklion fuhr auf knatternden Mopeds durch die schmalen Straßen. Lisa rauchte ein Pfeifchen, Elke trank ein Glas Wasser. Im Hafen zeichneten die Lichterketten eines großen Fährschiffs ein gleichschenkliges Dreieck in den Sternenhimmel.

„Heute früh waren wir noch in Berlin“, sagte Elke.

„Hm“, machte Lisa. „Was hast du für deinen Artikel gesammelt?“

„Nichts“, sagte Elke. Sie stieß Luft aus ihrer Nase, und das war wie ein Vorwurf gegen sich selbst. „Doch, die Hitze im Palast, die Menschen.“

„Zum Beispiel die beiden Typen vorhin, der eine sah wie Sorbas aus“, sagte Lisa.

„Lach nur!“ Elke senkte verlegen lächelnd ihren Kopf.

Der Quarzwecker piepte. Elke sprang auf: „Lisa, komm, es ist acht Uhr!“

„Du darfst erste sein“, murmelte Lisa und drehte sich im Bett um. Sie hatte schlecht geschlafen, weil sie an ein Deckbett gewöhnt war und nicht an ein Laken, über dem eine Wolldecke lag.

„Wir müssen uns beeilen“, rief Elke aus dem Badezimmer, „damit wir vom Frühstücksbüfett noch etwas abbekommen. Weißt du noch, als wir im FDGB-Heim an der Müritz waren? Wer eine Viertelstunde zu spät zum Frühstück kam, der kriegte von der pinkfarbenen Quarkspeise nichts mehr ab.“

Lisa rief: „Wir sind nicht im FDGB-Heim!"

Der Frühstücksraum war im ersten Stock, von dem aus sie die Rezeption durch einen Lichthof sehen konnten.

„Siehst du", zischte Elke, „der Aufschnitt ist alle."

Eine Frau in Hausschuhen kam an ihren Tisch, prüfte die Schlüsselnummer und fragte dann: „Coffee?"

„Yes, please", antwortete Elke weltmännisch und sah ihre Tochter herausfordernd an. Lisa hatte sich eine englische Wendung aus ihrem Sprachführer eingeprägt: „Pließ, du juh häf …", und zeigte auf die leere Aufschnittplatte.

„Das war ja gekonnt", sagte Elke und lachte. „Die haben sehr gutes Frühstück, findest du nicht?"

Lisa antwortete nicht. *Es gibt nur Weißbrot, sicher wird sie gleich nach Schwarzbrot fragen.* Elke köpfte ihr gekochtes Ei. Mit dem Löffel kratzte sie das flüssige Eiweiß aus und legte es an den Tellerrand. Sie salzte das Eigelb und begann zu essen.

„Warum ißt du das Eiweiß nicht?" fragte Lisa.

„Das ist noch roh", sagte Elke.

„Wenn das Eiweiß außen herum noch roh ist, dann ist das Eigelb in der Mitte erst recht roh."

„Ja", sagte Elke und zögerte mit dem ersten Bissen, „du hast recht. Willst du mein Ei?"

Sie ließen ihre Sachen an der Rezeption und gingen zum Platz Elephterias. Elke blieb bei einem kleinen Souvenirladen stehen. „Ob ich Alex so ein Marmorei mitbringe?"

„Was soll sie denn damit?"

„Ich finde das Ei so schön! Ob das etwas typisch Kretisches ist?"

„Kauf es doch für dich, für Alex finden wir etwas anderes."

Es war üblich im Bekanntenkreis der Meerbuschs, von einer längeren Reise jedem etwas mitzubringen. Lisa überlegte, womit sie Bo eine Freude machen könnte.

„Was ich habe, habe ich", sagte Elke entschieden.

„Wir sind nicht in der DDR, du hast Zeit!"

Elke nahm eines der Eier in die Hand: „Ich will mich nicht von den Geschenken ablenken lassen. Ich kaufe jetzt das Ei. Ob ich es Alex oder einem anderen schenke, das kann ich mir noch überlegen."

Elke zählte an den Fingern die Leute ab, an die sie denken mußte: „Alexandra, Opa Herbert, die Erfurtomi, Frau Pankowski …"

Willi, Bo, Silvy, Marzl…

„Und Karten schreiben müssen wir noch", sagte Elke, während sie den Postkartenständer drehte.

„Wir sind eher zu Hause als die Karten." Lisa verließ das Geschäft.

„Du kannst mich doch nicht allein lassen!" rief Elke ihr hinterher.

„Warum nicht? Du machst sowieso, was du willst!"
„He, warte!"
Lisa schlenderte langsam die Straße zum Archäologischen Museum hinauf. Der Vorplatz war überschattet von riesigen Platanen. Lisa kaufte zusammen mit den Tickets eine Fotoerlaubnis, die sie mit einer Stecknadel an ihrer Kleidung befestigen mußte.
„Sind das schöne Eintrittskarten", schwärmte Elke, als sie das Glanzpapier mit einem Farbfoto des goldenen minoischen Bienenschmucks betrachtete. Sie seufzte, als der Kontrolleur das Ticket in der Mitte durchriß. Sofort steuerte sie den Verkaufsstand mit Büchern, Ausstellungsstücken und Diaserien an.
„Die Karten sind schöner als meine", bedauerte sie. „Hier, das Fresko mit der Prozession, und dort die Schlangengöttin ..."
„Du kannst etwas kaufen, wenn wir unseren Rundgang beendet haben", sagte Lisa. „Dann weißt du, was du kaufst."
„... der berühmte Stierkopf, ach, und der Lilienprinz."
„Ich dachte, du wolltest die Stücke im Original sehen", wunderte sich Lisa, „jetzt stehst du wieder vor Bildern."
Stumm ging Elke durch den ersten Saal, blieb vor jedem Ausstellungsstück stehen. Ihre Blicke streichelten die steinernen Figuren, die Vasen, die Siegelsteine.
„Maßgeschneiderte Kleider!" Elke war begeistert, als sie die zwei kleinen Plastiken der Schlangengöttinnen entdeckte. „Stufenröcke aus bunten Stoffen! Und das vor viertausendfünfhundert Jahren! Wie der Künstler das in Stein gehauen hat, diese Leichtigkeit. Diese Augen, wie beschwörend sie schauen!"
„Erotisch", sagte Lisa.
„Sie sind Göttinnen der Fruchtbarkeit. Die Darstellung der entblößten Brüste war ihnen wichtig, weil sie das neue Leben nährten. Mach mir ein Foto davon!"
Lisa stellte sich vor die Glasvitrine und richtete den Bildausschnitt ein. Ein Mann kam auf sie zu, die Museumsaufsicht.
„Fototicket!" forderte er. Lisa zeigte auf ihren Ärmel, an dem die Fotoerlaubnis steckte. Elke atmete schwer und formte ihre Hände, als hielte sie darin die Museumsstücke.
„Ich hätte nie gedacht", sagte sie, „daß ich das einmal sehen könnte." Ihre Augen röteten sich. Sie lachte und schluchzte: „Und jetzt kann ich gar nichts erkennen. Hast du mal ein Taschentuch, Lisa?"
In der Mitte des Raumes stand die Vitrine Nummer einundvierzig, die mit dem Diskos von Phaistos. Lange verweilte Elke davor.
„Diese unscheinbare kleine Tonscheibe mit seltsamen Zeichen erregt nun weltweit die Gemüter", sagte sie. „Man hat bis heute nicht herausgefunden, was darauf steht."

„Vielleicht ist das nichts weiter als ein Einkaufszettel gewesen", vermutete Lisa.

„Der Ton ist gebrannt, also wurde der Diskos oft benutzt."

„Zum Werfen?"

„Quatsch, da wäre er kaputtgegangen. Nein, er muß einem Ritual gedient haben. Der Schlüssel zum Geheimnis ist die Schrift. Wenn man die entziffern könnte …"

Lisa verfolgte mit den Augen die Spirallinien, zwischen denen die Hieroglyphen standen: Köpfe, Blumen, Tierfelle, Werkzeuge, Fische, auch ein Haus. Die meisten waren mehrmals abgebildet, einige Zeichenfolgen wiederholten sich.

Elke sprach weiter: „Die früheste Form des Buchdrucks. Der Künstler muß eine Art Stempel gehabt haben, mit dem er die Symbole in den feuchten Ton drückte."

„Bo meint, da steht irgendeine Sauerei drauf."

„Aber Lisa!"

Lisa fotografierte den Diskos.

„Wie kunstfertig die Menschen schon damals waren", sagte Elke im nächsten Saal. „In Oslo soll ein Professor behauptet haben, die Minoer seien aus Ägypten eingewandert."

„Dann waren sie dunkelhäutig", schlußfolgerte Lisa.

„Interessante These, doch die Mythologie bestätigt sie nicht", sagte Elke und ging in einen anderen Saal. Ketten, deren einzelne Glieder wie Myrtenblüten oder halbe Muscheln aussahen, Ketten aus Edelsteinen, Fibeln, Ringe, Ohrringe, Haarnadeln, alles aus getriebenem Gold. *Nie werde ich meinen Schmuck so anmutig herstellen können. Diese einfachen, dekorativen Formen …*

„Was würde wohl Sorbas zu diesem Schmuck sagen?" fragte Elke. Lisa überlegte einen Moment und sagte: „Er würde fluchen."

„Wie bitte?"

„Er würde fluchen: Was soll der Schmuck im Museum? Schmuck gehört an einen schlanken weißen Frauenhals! Das würde er sagen. Ein Museum ist der falscheste Platz für diese Kostbarkeiten."

In der oberen Etage setzte sich Elke erschöpft auf eine der Holzbänke. Sie war überwältigt von dem, was sie gesehen hatte. „Das haben die uns vorenthalten!"

Lisa schwieg.

„Schau dir die anderen Museumsbesucher an! Für die ist das selbstverständlich. Die ordnen das, was sie hier sehen, ein in ihre Erfahrungen, die sie vielleicht schon in New York, Paris oder Athen gemacht haben … Ich frage dich: Was hat die minoische Kultur mit Konterrevolution zu tun?"

Wir wurden alle betrogen! Ob ich auch eines Tages zur Republikflüchtigen geworden wäre? Wenn die Mauer noch weitere fünf Jahre gestanden hätte ...

„Wir müssen bald los, sonst halten wir unseren Zeitplan nicht ein", sagte Lisa, sie wollte verhindern, daß Elke wieder die Ohnmacht ihrer Vergangenheit beschwor.

An der Rezeption des Irini hatte wieder das freundliche Mädchen Dienst. Lisa benutzte ihren Sprachführer, um ein Taxi zum Istron-Bay-Hotel zu bestellen. Die Augen des Mädchens leuchteten auf. Es hieß die beiden Frauen sich setzen und zeigte mit den Händen: „Zehn Minuten."

„Wahrscheinlich ist ihr Mann Taxifahrer", vermutete Elke. „Jetzt kann sie ihm eine gute Tour verschaffen."

Ein Mercedes fuhr vor, dem ein junger Mann entstieg. Das Mädchen wies auf Elke und Lisa und auf das Gepäck. Der Fahrer trug Elkes Reisetasche.

Das Mädchen zeigte Lisa einen Zettel, auf dem die Zahl sechstausend stand, und fragte: „Okay?" Lisa strich im Geiste zwei Nullen. Sechzig Mark, um über die halbe Insel zu fahren, schien ihr ein guter Preis zu sein. Der Taxifahrer raste. Er schnitt die Kurven und hupte, statt zu bremsen. *Wenn der Fahrer schon nicht am Leben hängt, hängt er hoffentlich an seinem Auto!* Lisa verging fast vor Angst. Sie fuhren an der Nordküste entlang nach Osten. Direkt an der Autobahn standen Hotels und Pensionen. Auf ihrer Kretakarte verfolgte Elke mit dem Finger die Strecke. Der Fahrer versuchte, mit ihr ins Gespräch zu kommen. Er gab es auf, als er merkte, daß Elke nichts verstand. So beschränkte er sich darauf, ihr die Namen der Orte zu nennen, durch die sie fuhren. *Die langen, auslaufenden Wellen an den weißen Stränden. Die Strände gefallen mir, nicht aber die Hotelburgen. Ein Swimmingpool neben der Autobahn! In den Reiseprospekten sieht alles so einladend aus.*

„Malia", sagte der Fahrer, „Palast."

„Ja, ja, ich weiß", entgegnete Elke. Er bog vom Meer ab und fuhr ins Inselinnere.

„Du könntest Tante Elfi eine Karte von hier schreiben", sagte Elke unvermittelt.

„Warum?" fragte Lisa. „Ich kenne sie doch gar nicht."

Elke schüttelte den Kopf, so wie früher, wenn Lisa etwas sehr Dummes gesagt hatte. „Tante Elfi hat uns über Jahre hinweg geholfen", sagte Elke, „hat uns Pakete geschickt."

Keksbruch, mehrmals im Jahr.

„Sie hat zu Weihnachten Kerzen für ihre Lieben im Osten ins Fenster gestellt", sagte Lisa zurückdenkend. *Als wären wir schon tot.*

„Sie hat sich um uns gesorgt", unterbrach Elke sie. „Dafür bin ich ihr dankbar. Und ich finde, das solltest du auch sein, Lisa. Das können wir doch nicht vergessen.“

„Soll ich mein Leben lang dankbar dafür sein?“ fragte Lisa. „Ich dachte, sie hat uns geholfen, weil sie helfen wollte.“

„Lisa, das siehst du falsch. Jetzt ist die Zeit, wo wir etwas von dem wiedergutmachen können, was Elfi für uns getan hat.“

„Weißt du“, sagte Lisa, „wenn ich jemandem helfe, dann tue ich das, ohne etwas dafür zu verlangen.“

„Das hat Elfi doch auch getan.“

„Und du mit deinen Schuldgefühlen fällst darauf herein.“

„Überlege mal, was das alles gekostet hat, jedes Jahr mehrere Pakete in den Osten zu schicken. Allein das Porto!“

„Auf der Basis rede ich nicht weiter mit dir“, sagte Lisa bestimmt.

„Wir sind doch eine Familie.“

„Genau deswegen habe ich Elfi gegenüber keine Schuldkomplexe wie du.“

Die Landschaft lag gelbgrau in der Mittagshitze. Sanft erhoben sich Hügel. „Unter jedem könnte eine Stadt liegen“, sagte Elke.

„Agios Nicolaos“, erklärte der Fahrer und zeigte zum Meer. Vor ihnen lag eine Stadt. Er verringerte das Tempo. „Stop? Shopping?“

„Ich dachte, das ist ein Fischerdorf!“ entfuhr es Elke. „Nein, wir fahren weiter!“

Das Istron-Bay-Hotel war in den felsigen Abhang hineingebaut und von der Straße aus nicht zu sehen. Lisa und Elke lagen am Strand. Sie konnten über den Golf von Mirambelo bis nach Agios Nicolaos blikken. Lisa genoß die Wärme auf ihrer Haut.

„Wir sehen aus wie Kalkleisten.“ Elke lachte. Lisa zündete sich ein Pfeifchen an, sie fühlte sich beobachtet. Aus dem Wasser stieg ein junger Mann, der die beiden Frauen unverblümt musterte.

„Guck mal, der Mann da“, rief Elke. „Ist der nicht schön?“

Der Mann trug eine knappe schwarze Badehose, einen Tanga. Er hatte eine athletische Figur. Das Gesicht wurde von großen braunen Augen bestimmt. Elke konnte den Blick nicht abwenden: „Ein richtiger Adonis“, flüsterte sie. Auch er blickte sie unverwandt an. Er kam auf Elke zu und stellte sich zwei Meter von ihr entfernt auf, grätschte seine Beine und verschränkte die Arme hinter dem Kopf. *Ein Narziß!* Elke kicherte. „Also gibt’s denn so was? Das ist ja unglaublich!“

„Starr den nicht so an“, zischte Lisa, „vielleicht ist er geisteskrank. Hör auf! Lies etwas, mach, was du willst, aber guck weg!“

Der Mann setzte sich eine Armlänge entfernt von Elke auf die Steine und hielt sein Gesicht in die Sonne. *Er glotzt nur Elke an! Das kann ja heiter werden heute abend. Ich sehe Elke schon mit ihm an der Bar sitzen! Wieso fliegen die Männer alle auf Elke?*

„Laß uns gehen“, sagte Lisa, „es ist sowieso Zeit, nach Gournia zu fahren.“

„Schade“, sagte Elke und streifte den Mann zum letzten Mal mit einem Blick.

Auf dem Reiseplan hatte Onkel Willi Gournia, die minoische Handwerkerstadt, als eine wichtige Sehenswürdigkeit in der Nähe eingezeichnet. Die Stadt, auf einem Hügel gelegen, sah aus wie ein Irrgarten, der in die Landschaft gezeichnet worden war. Von allen Häusern standen nur noch die Grundmauern. Sie sahen wie abrasiert aus, alle in gleicher Höhe, etwa einen Meter hoch. Dazwischen blühte Gras, wucherten Sträucher. Die Wege waren erhalten. Die Abendsonne färbte die Landschaft golden. Tausende von Grillen zirpten.

Elke lief eine gepflasterte schmale Gasse zu den Palastruinen hinauf und setzte sich unter einen Johannisbrotbaum. Sie zeigte über die Landschaft zum Meer.

„Es war zu Beginn des Sommers 1451 vor unserer Zeitrechnung“, begann sie zu erzählen. „Die Menschen haben ihren Tod kommen sehen. Nur kurze Zeit nach der letzten Eruption des Vulkans auf der Insel Santorin überraschte die Flutwelle die Menschen hier. Die Flutwelle war in dieser Bucht fünfhundert Meter hoch. Die Menschen sahen die gewaltige Sintflut heranbrausen und konnten nichts tun. Die Welle hat Häuser, Vorräte und Menschen mit sich gerissen.“

Die Stille macht die Katastrophe unvorstellbar. Fünfhundert Meter hoch. Über diese Wege sind sie gegangen, die Handwerker von Gournia und ihre Kinder, ihre Frauen …

Elke entdeckte in einer Ruine eine Türschwelle. „Siehst du, und dort, das ist ein Bett oder eine Bank. Da war eine Treppe, also standen hier mehrstöckige Häuser.“

Lisa wies auf einen ausgehöhlten Stein. „Das war vielleicht ein Mörser zum Mahlen des Korns“, vermutete Elke.

In den Mauern und auf den Wegen blühten feingliedrige gelbe Blumen. Lisa rieb eine Blüte zwischen ihren Fingern; die Haut verfärbte sich violett. „Johanniskraut“, sagte Elke. „Das ist ein Allheilmittel. Es heilt Wunden. Man kann es auch in Öl einlegen und vor dem Sonnenbad nehmen. Und man kann Stoffe damit färben.“

„Was du alles weißt“, wunderte sich Lisa. Elke lächelte. Der Taxifahrer hupte, die vereinbarte halbe Stunde war um.

„No electricity tonight. Strike“, antwortete die Hosteß an der Rezeption auf Lisas Frage, warum überall in der Empfangshalle und im Restaurant Kerzen aufgestellt wurden.

„Ach Gott", sagte Elke, „da muß ich mich schminken, bevor es ganz dunkel ist."

„Wofür schminken?"

„Heute abend ist Barbecue am Strand, hast du das nicht an der Wandzeitung gelesen? Was sollen wir in unserem Zimmer?"

Auf dem Mauervorsprung, wo Lisa sich tagsüber gesonnt hatte, war ein buntes Büfett aufgebaut. Öllampen brannten an den Laternenpfählen, Lampions erhellten die Tanzfläche. Ein Fotograf blitzte unentwegt, griechische Musik übertönte das Grillengezirp und das Rauschen des Meeres.

„Hier soll es auch eine Diskothek geben", informierte Elke.

„Du und Disko?" Lisa staunte. *Sie hofft, ihren Adonis wiederzusehen!*

Am Meer, nur ein paar Schritte von der Party entfernt, umgaben sie die Geräusche der Nacht. Es war Neumond. Am wolkenlosen Himmel glitzerten die Sterne. Von fern funkelten die Lichter der Stadt Agios Nicolaos. Dort war keine Stromsperre.

„Es ist ein anderer Himmel als bei uns", sagte Elke. „Da, ein Sputnik!" Ein blinkendes Pünktchen wanderte langsam von West nach Ost.

„Das heißt heute Satellit", verbesserte Lisa. Elke schmunzelte.

„Ich habe vor der Maueröffnung oft vom Französischen Dom am Platz der Akademie heruntergeschaut", sagte Lisa. „Da war ich meiner Stadt näher als auf dem Fernsehturm. Ich habe im Westen mitten im Häusermeer ein blaues Dach gesehen, ein Dach, das die Form einer Welle hatte, so geschwungen", Lisa zeichnete die Linie in der Luft nach. „Ich dachte, ein Haus mit so einem Dach muß ein besonderes Bauwerk sein. Manchmal glaubte ich, mein Leben hinge von der Existenz dieses Daches ab. Im Dezember habe ich das Haus dann gesehen. Es ist ein ganz gewöhnliches Wohnhaus. Verstehst du? Ein stinknormales Wohnhaus!"

„Ach, Lisa", sagte Elke, „es hat sich vieles entzaubert, von dem wir glaubten, es sei pures Gold."

Rhythmische Bässe drangen dumpf zu ihnen. „Der Strom ist wieder da", sagte Lisa.

Die Diskothek war ein Raum unter dem Swimmingpool. Sie setzten sich auf einen Barhocker und bestellten zwei Gin Tonic. Die Diskothek war mäßig gefüllt. *Wie oft habe ich früher bei Wind und Wetter umsonst vor einer Diskothek angestanden, ohne eingelassen zu werden.*

Die Songs stammten aus den Sechzigern, sie gefielen Lisa. Keiner tanzte, ein junger, braungebrannter Mann kam mit einem Mikrofon auf die Tanzfläche. „Guten Abend, meine Damen und Herren. Ich heiße Klaus, und ich bin heute nacht Ihr Animateur."

„In der Disko?" Elke machte große Augen.

„Wer von unseren Kandidaten wird heute King of the Night und Queen of the Night? Da haben wir unser erstes Spiel. Darf ich aus jeder Mannschaft eine Vertreterin und einen Vertreter zu mir bitten?“

Belustigt schaute Lisa zu, wie sich die Tanzenden gegenseitig einen Löffel, an dem ein langer Faden geknüpft war, durch Blusen und Hosen schieben mußten, bis sie durch den Faden miteinander verbunden waren. Die ersten Punkte wurden verteilt. Beim Herausziehen des Fadens aus der Kleidung kreischten die Frauen auf. *So was habe ich früher beim Kindergeburtstag gespielt.*

„Können sich die Menschen nicht allein unterhalten?“ fragte Lisa. „Brauchen sie wirklich Animateure dazu?“

„Vielleicht haben sie sich nichts mehr zu sagen.“

Kurz nach sieben Uhr morgens weckte Lisa ein klatschendes Geräusch. Sie ging auf den Balkon und blickte hinunter zum Swimmingpool, in dem ein Mann seine Bahnen schwamm. Eine ältere Frau kam, legte ein Badetuch auf eine der Sonnenliegen am Pool und ging zurück ins Hotel. Auch andere Liegen waren schon mit Handtüchern belegt. *Das ist ja wie im FDGB-Heim.*

Zwei Stunden später saßen Lisa und Elke am Frühstücksbüfett.

Elke kicherte. „Die Frau am Toaster war gestern in der Disko bei der Siegermannschaft. Der daneben, der komische Dicke, ob das ihr Mann ist, ein richtiges Hunzelmännchen? Das ist ja wie im Panoptikum!“

Lisa war es peinlich, wie ihre Mutter über die Leute herzog.

„So kann man doch nicht herumlaufen! Guck dir die da an, ein richtiger Knautschlackbeutel, mit einem ärmellosen Kleid! Oder der da.“ Elke zeigte auf einen jungen Mann, der zehn Bücher auf seinem Frühstückstisch gestapelt hatte.

„Vielleicht kommt der aus Leipzig“, sagte Lisa. „Vielleicht hat er zum ersten Mal in seinem Leben die Gelegenheit, Bücher über Kreta zu lesen. Geh hin und erkläre ihm die Insel!“

„Soll ich wirklich?“

„Bleib sitzen!“ fauchte Lisa.

Nach dem Frühstück fuhren sie zur schmalsten Stelle Kretas. Lisa verglich die Ortsangaben mit Willis Reiseplan. *Vierzehn Kilometer Land trennen die Ägäis vom Libyschen Meer. Dort, an der Südküste, liegt die kleine Hafenstadt Ierapetra. Laut Willi sind es von dort aus noch vierzehn Kilometer nach Mirtos, Willis Lieblingsdorf Nummer eins.*

Das Taxi hielt mitten in Mirtos vor dem kleinen Apartmenthotel Myrtini. „Da ist der Mirtosfelsen, den mir Willi auf Fotos gezeigt hat“, sagte Elke gerührt. *Hier soll das Original der Chansonette Bubulina, Sorbas' Geliebter, gelebt haben. Hier am Ende der Welt gefällt es mir.*

Elke kaufte zwei Bastmatten. „Solche Matten hat jeder auf Kreta!" Dann gingen sie durch den kleinen Ort zum Strand.

Am Meer waren nur wenige Leute. Lisa beobachtete einen Mann mit seinem Sohn. Der Junge flüsterte dem Mann etwas ins Ohr und zeigte auf Kinder, die kreischend am Ufer Steine aufsammelten und sie sich gegenseitig verwundert zeigten. Die Steine waren giftgrün oder schockrot angemalt. *Sie haben die Steine mit Nitrolack angestrichen und am Strand verteilt. Jetzt amüsieren sie sich.*

Lisa stieß Elke an: „Wie lieb er sich um seinen Sohn kümmert."

„Ja, schön", sagte Elke und drehte sich auf den Bauch.

„Er sieht gut aus", ergänzte Lisa.

„Hm." Elke ließ den heißen Sand durch ihre Hände gleiten.

„Sieh einmal hin", verlangte Lisa. *Er sieht aus wie Onkel Willi vor zehn Jahren.*

„Warum?"

„Weil er genau dein Typ ist."

Elke richtete sich auf und blickte zu dem Mann, der sich mit dem Jungen balgte. „So, der da ist also mein Typ. Woher willst du das wissen?"

„Vom Alter her", sagte Lisa unschlüssig, „das würde passen."

„Du sei still", brauste Elke auf. „Ich habe mich auch nicht in deine Liebschaften gemischt, obwohl ich oft Angst hatte, daß du ins Unglück rennst."

„Wieso?"

„Oliver war der einzige akzeptable Mann, den du angeschleppt hast. Dieses Jüngelchen von Thomas zum Beispiel ..."

„Jüngelchen? Er hatte eine gute Figur!" protestierte Lisa. *Leider war er zu bequem.*

Elke schüttelte den Kopf, als sie sagte: „Wie der zu uns gekommen ist mit seinem Plastbeutelchen, da habe ich gedacht ... Lassen wir das. Jedenfalls habe ich mich nie eingemischt. Dieser Bo scheint ganz in Ordnung zu sein. Mir wäre er zu perfekt."

Perfekt! Wie wenig weiß Elke von meinen Problemen. Alle Beziehungen, die ich hatte, gehen schief. Elke hatte in ihrem Leben nur eine Beziehung. Lisa beobachtete den Mann mit dem Kind. „Das ist nicht so ein Angeber wie der Adonis gestern am Strand", sagte Lisa verträumt.

„Hör mir mal zu", sagte Elke aufbrausend. „Ich will kein Kind mehr. Zum ersten Mal in meinem Leben habe ich Zeit für mich, nur für mich! Ernst hat mir ein Vierteljahrhundert lang meine Zeit geraubt!"

Am Nachmittag liefen sie zum Ortsausgang, um Willis vorgeschichtliche Siedlung zu suchen. Elke konnte es kaum erwarten, die Ruinen auf dem Gipfel zu erreichen.

„Ich bin die Göttin von Mirtos", trällerte Elke aus voller Kehle und tanzte auf den Marmorresten eines kleinen Tempels. *Jetzt dreht meine Mutter durch.* Lisa erklomm die Palaststufen und setzte sich erschöpft auf einen Säulenstumpf. Die Erde war mit Blüten übersät, Mohn, blaue Anemonen, unbekannte gelbe Blumen; das Gras stand kniehoch.

„Lisa, der Frühling!" rief Elke voller Freude.

Lisa strich sanft über die Blätter einer Mohnblüte. Wind verfing sich in ihrem Seidenrock.

„So viele Scherben", stieß Elke hervor. Sie sammelte einige auf und entfernte vorsichtig den Sand. *Zu Hause hat sie der Scherbe, die sie von Willi zum Geburtstag bekam, einen Ehrenplatz in der Schrankwand gegeben und hütet sie wie einen Schatz.*

„Die Menschen wollten nahe bei den Göttern sein", sagte Elke versonnen. „Deshalb siedelten sie so hoch. Ich möchte auch hoch oben wohnen, auf so einem Hügel!"

Elke deutete auf den Ort, der unter ihnen lag. „Mirtos klingt wie das griechische Wort Mythos. Die Ort muß eine lange Tradition haben."

Ein Schwarm winziger Mücken schwirrte über ihrem Kopf. Tief unten brandete das Meer gegen Felsbrocken; die weiße Linie der schäumenden Gischt umrandete die Küste. Die Sonne berührte gerade den Horizont, das Meer sog den riesigen Feuerball auf.

„Wir müssen gehen, ehe es dunkel wird", mahnte Lisa.

Als sie sich im Ort zu Katharinas Restaurant durchfragten, kam ihnen der Mann vom Strand mit seinem Sohn entgegen. Im Vorbeigehen schaute er Elke einige Sekunden freundlich lächelnd an. Katharinas Restaurant war ein kleines weißes Haus. Durch das Weinlaub, das an den Fenstern rankte, drang Neonlicht nach draußen. Die Gäste saßen auf der schmalen Straße unter einem ausladenden Walnußbaum. Wenn ein Auto durch die Straße fuhr, mußten die Gäste mit ihren Stühlen beiseite rücken.

„Das sieht aus wie im Sorbas-Film", stellte Elke fest und holte ihr kleines Diktiergerät aus der Tasche: „Fünf Tische auf der Straße, wacklige Stühle darum, ein paar Einheimische, Männer natürlich, sitzen vor ihrem Kaffee, die Beine ausgestreckt bis auf die Straße, weil der Gehweg zu schmal ist. Wer von ihnen ist Sorbas? Vielleicht der ältere Herr mit dem schwarzen Tuch um seine runzlige Stirn? Der Junge mit der Amischirmmütze?"

„Denkst du, das interessiert deine Leser?" fragte Lisa spöttisch.

„Du sollst nicht lästern! Was würdest du denn schreiben?"

Lisa dachte kurz nach und sagte: „Sorbas hat mit dem Berg gekämpft, um ihm das schwarze Gold zu entreißen. Sorbas träumte von Reisen, von schönen Frauen, gutem Essen und Wein. Die meisten

Männer auf Kreta heute sind moderne Sorbasse. Im Gegensatz zu früher haben sie heute ihre Restaurants und Hotels, das sind ihre Stollen, in denen sie arbeiten. Und sie sind genauso stolz wie Sorbas."

Eine mollige Frau trat aus dem Haus. Sie trug ein blaues Kleid mit weißen Blümchen und hatte eine Schürze umgebunden. *Das muß Katharina sein; so hat Willi sie beschrieben.* Die Frau lachte, als sie Lisa und Elke entdeckte, die beiden neuen Gäste. Katharina faßte Lisas Arm und führte sie in die Küche. Dort durfte Lisa in alle Töpfe schauen. In einem großen Aluminiumtopf brodelte eine rotbraune Soße, darin ein großes Stück Fleisch. In einem anderen Topf, nicht minder groß, kochte eine dunkelbraune Suppe.

„Oktopus", sagte Katharina und fischte ein Stück heraus, das sie auf ein Küchenbrett legte. „Parakalo! Please!" Sie reichte Lisa ein Stück. Lisa nahm den Fangarm, kostete ihn. *Der Oktopus schmeckt mild, leicht nach Fisch. Das Fleisch ist zart und zergeht auf der Zunge.*

„Gut?" fragte Katharina. Lisa nickte. Katharina stellte zwei Finger auf wie zum Victorygruß. Lisa bestellte einmal Oktopus und einen Souvlaki, das war Schweinefleisch am Spieß. Dazu Kartoffeln, Erbsen, Salat – sie brauchte nur auf die verschiedenen Töpfe und Schüsseln zu zeigen – und einen halben Liter Retsina.

„Wo bleibst du denn so lange?" fragte Elke.

„Ich habe unser Abendbrot bestellt."

Katharina ging über die Straße und schloß die Holztür eines Schuppens auf. Als sie wieder herauskam, hatte sie ihre Schürze voller Paprikaschoten.

„Sie lagert ihr Gemüse im Parteibüro der griechischen Sozialisten", sagte Elke lachend und zeigte auf die großen grünen Lettern: PASOK. Darüber war eine Sonne gemalt. Kinder kamen an die Tische und hielten bemalte Steine in ihren sandigen Händen; Steine mit Mondgesichtern und Gesichtern von Chinesen, zu erkennen an den Schlitzaugen. Elke war begeistert. Sie entdeckte eine silbergraue bemalte Muschel. „Das ist eine Austernmuschel! Hier gibt es doch gar keine Austern."

„Fünfhundert", sagte der Junge auf deutsch und blickte Elke herausfordernd an. Aus einer Seitenstraße kam eine junge Frau. Sie trug einen weiten, bunten Rock, der ihr bis zu den Knöcheln reichte, und hatte glattes langes Haar. Über der Brust schaukelte eine glitzernde Kette mit leuchtenden Buckern. Die Frau sah erholt aus, bewegte sich sicher und anmutig. *Und ich dachte, als Frau muß man sich hier vor den wilden Griechen so in acht nehmen?* Für einen Augenblick unterbrachen die Männer im Restaurant ihre Gespräche. Der Vater des Steinverkäufers nahm die Frau in den Arm und küßte sie vor aller Augen auf die Wangen. Katharina brachte das bestellte Essen.

„Was ißt du denn da?“ fragte Elke neugierig.

„Etwas typisch Kretisches“, sagte Lisa und gabelte sich die Oktopusstückchen heraus. Eine schwarze Katze schlich um den Tisch. Lisa warf ihr ein Stück zu, das sie geschickt auffing. Im Nu waren drei andere Katzen da.

„Laß mich kosten“, bat Elke und nahm sich ein Stück von Lisas Teller. „So was Leckeres ißt du allein?“ Lisa war verblüfft. *Soll ich ihr sagen, was das ist?*

„Mein Rock!“ juchzte Elke. Die schwarze Katze war auf ihren Schoß gesprungen und schnupperte am Tellerrand.

„Jag sie fort!“ riet Lisa.

„Das bringe ich nicht fertig“, sagte Elke wie gelähmt. „Ernst wollte nie Katzen haben.“

„Und du hast gemacht, was Ernst wollte.“

Mit einem Stück Oktopus lockte Lisa die Katze weg vom Tisch. Schließlich kam Katharina, klatschte in die Hände und trieb die Katzen aus dem Restaurant. „Problem, Problem“, sagte sie. Lisa bestellte noch einmal Wein. Katharina brachte zwei Ouzo.

„No“, sagte Lisa.

„Aah“, machte Katharina und schwenkte ihre Hand, ließ keinen Widerspruch zu. „Present.“

Elke stieß unter dem Tisch Lisas Bein an und schüttelte sacht den Kopf. Dann hob sie das Glas: „Danke schön!“

„Bitte schön“, sagte Katharina, wobei sie das i betonte.

Elke trank. „Los, Lisa, hab dich nicht so!“ Lisa nickte Katharina zu und trank den Schnaps aus.

„Ich fühle mich so wohl, allein mit dir. Lisa, du bist für mich wie eine Freundin. Ernst war ein Bevormunder. Ich weiß nicht, wie ich das ausdrücken soll.“

„Und Trude?“

„Ach, die“, Elke lächelte. „Sie tut mir leid. Sie ahnt nicht, worauf sie sich eingelassen hat.“

„Was?“ rief Lisa entrüstet. „Die schnappt dir den Mann weg; und dir tut sie leid?“

„Ich bin nicht in meiner Ehre gekränkt, Lisa. Ich will mit diesem Mann nichts mehr zu tun haben. Trude ist ein vortrefflicher Scheidungsgrund.“

„Du bist dreiundvierzig“, sagte Lisa.

„Na und?“ Elke war beleidigt. „Denkst du, ich habe mein Leben beendet? Denkst du, ich bin alt? Du hast die Jugend nicht gepachtet, mein Töchterchen! Hast du gesehen, wie die Männer mich begehren? Mein Leben fängt erst an!“ *Jetzt ist sie betrunken!*

„Ihr kommt aus Deutschland“, mischte sich eine helle Stimme ein.

Die Frau mit dem langen Rock kam an ihren Tisch und setzte sich. Lisa und Elke starrten sie an. „Die Deutschen sind jedes Jahr die ersten", sagte die Frau. „Da freut man sich, endlich mal wieder ein deutsches Wort wechseln zu können."

„Jedes Jahr?" fragte Lisa vorsichtig.

„Ja, ich lebe seit vier Jahren in Mirtos in dem gelben Haus am Strand."

Sie ist eine Deutsche. Sie lebt hier. Seit vier Jahren. Wie geht das? Und der Mann? Die Kinder?

„Bleibt ihr lange auf Kreta?" fragte die Frau.

Elke fand ihre Sprache wieder: „Nur für eine Woche, und die ist fast um."

„Ach, dann habt ihr gar nichts gesehen", bedauerte die Frau. Sie rief den vorbeirennenden kleinen Muschelverkäufer zu sich. „Nico!" Während sie die Haare des Jungen mit der Hand ordnete und ihm mit einer Serviette die Nase putzte, redete sie griechisch mit ihm. Dann ließ sie ihn wieder laufen. „Tja, ich muß", sagte sie. „Kommt morgen, wenn ihr Lust habt, mal auf einen Kaffee vorbei."

Der lange Rock bauschte sich auf, als sie in eine Straße einbog.

Elke blickte ihr mit halbgeschlossenen Augen nach, trank ihr Weinglas aus und sagte: „Ich fange von vorn an, als Reiseleiterin auf Kreta! Ich kenne die minoische Kunst, da macht mir so schnell keiner was vor. Jetzt muß ich nur noch die Fahrverbindungen von einem Palast zum nächsten auswendig lernen."

Lisa hatte die Schuhe ausgezogen und legte ihre nackten Füße auf einen Stuhl. *Wie warm es nachts hier ist. Und das schon im April! Die Kinder toben noch auf der Straße, die Grillen zirpen. Es hört sich an wie in einem Expeditionsfilm über die Tropen. Ich könnte auch hier leben. In einem Dorf wie Mirtos. Meer, Berge, Sonne, die Grabungsstätte. Auf Kreta ist Frühling.*

Die Straßen und Gassen lagen am Morgen des vierten Reisetages im Nebel. Dunst stieg vom Meer auf und zog über das Land.

„Städter und Dörfler haben eines gemeinsam auf Kreta", sagte Elke im Taxi, „sie schlafen lange."

„Du darfst hier keine deutschen Maßstäbe ansetzen", erwiderte Lisa. „Vielleicht waren einige nachts fischen, und die Schäfer sind schon in den Bergen. Die Frauen arbeiten in den Gewächshäusern."

„Willis Dorf gefällt mir tausendmal besser als die Städte", schwärmte Elke. Sie fuhren den ganzen Tag im Süden an der Küste entlang. Ziel war ein kleines Dorf, das „das kretischste aller kretischen Dörfer" sein sollte, wie Willi gesagt hatte. Dort, in Willis Lieblingsdorf Nummer zwei, wollten sie zwei volle Tage bleiben und am dritten von dort mit dem Bus zum Flughafen fahren. Die Strecke verlief teils über Straßen, teils über Sandwege. Der Fahrer fluchte. Sie fuhren durch kleine, romantische Ortschaften, Elke blätterte in einem ihrer Bücher und zeigte Lisa die Bilder. In diesem Teil Kretas gab es weite Plantagen, die sich über die ganze Ebene, die Messaraebene, erstreckten. Viele der langen grüngelben Folienzelte standen offen, und Lisa konnte Bananenstauden und Tomatenpflanzen sehen.

Am Nachmittag erreichten sie das Dorf. Sie bezogen im Hotel Adonis das Zimmer 14, Willis Empfehlung. Lisa freute sich auf zwei ruhige Tage ohne Reiseplan. Sie ging auf den Balkon. Direkt vor dem Haus war ein Steg, an dem Fischerboote lagen. Das Wasser war glasklar bis zum Grund. Das Meer schwamm spiegelglatt bis zum Horizont, wo es zärtlich mit einem dünnen Strich den blauen Himmel berührte. *Was gäb ich für eine solche Aussicht in meinem Pankower Hinterhof.*

Als Lisa am Morgen erwachte, war sie allein im Zimmer. Auf dem runden Plastiktisch lag ein Zettel: „Guten Morgen, bin auf dem Berg und bald zurück, Elke."

Im Restaurant zu ebener Erde saßen ein paar Touristen und frühstückten. Ein junges Mädchen kam an ihren Tisch: „Deutsch?"

Lisa bejahte und legte das Sorbas-Buch beiseite.

„Hallo! Ich bin Claudia. Kann ich dir ein Frühstück bringen?"

„Was gibt es?"

„Was du willst. Nur Schwarzbrot gibt es nicht. Empfehlen kann ich dir griechischen Joghurt mit Honig. Oder du probierst ein Stück vom Obstkuchen, den ich gebacken habe."

„Gern", sagte Lisa und schaute dem Mädchen nach.

Durch ihr Fernglas entdeckte sie Elke. Sie saß auf dem Gipfel des Berges, der das Dorf im Osten begrenzte, unter einem großen Olivenbaum. *Willi hat recht, in diesem Dorf läßt es sich aushalten.* Claudia brachte das Frühstück und setzte sich mit einem Kaffee zu ihr an den Tisch.

„Lebst du hier?" fragte Lisa.

„Im Moment arbeite ich", sagte Claudia, „das ist lange nicht so stressig wie in einem deutschen Büro."

„Wie geht das?"

„Ich mache das schon drei Jahre lang, immer in einem anderen Dorf. Kommst du aus dem Osten?"

„Wieso?" fragte Lisa verblüfft.

„Weil du so komisch fragst."

„Ja. Ich komme aus Berlin-Pankow."

„Weißt du, ich arbeite bei Vangelis, dem gehört das Hotel, und ich mache alle Arbeiten, die anfallen. Dafür kann ich umsonst wohnen und essen bei ihm."

„Sonst verdienst du nichts?"

„Doch, einen Hungerlohn. Die Griechen sind durch den Tourismus reich geworden. Wir, das heißt Deutsche, Engländer, Holländer, meist Frauen, sind jetzt hier die Gastarbeiter und werden auch so behandelt. Das klingt komisch, nicht wahr?"

„Hast du keine Sehnsucht nach Hause?"

„Das Leben ist einfacher auf Kreta", sagte Claudia. „Gibst du mir eine von deinen Zigaretten? Die sind aus Deutschland, oder? Weißt du, das Geld, das ich im Winter zu Hause an der Nordsee verheizen würde, kann ich genausogut verfliegen. Bin ich eben hier! Ich habe einen Griechen als Freund, der kommt nur ab und zu, die restliche Zeit habe ich für mich. Im Winter, wenn nichts los ist, lebe ich mit ihm in Chania, im Norden."

„Sprichst du denn griechisch?" fragte Lisa.

„Englisch, das reicht", erklärte Claudia. „Einen Mann brauchst du hier, sonst hast du keine Ruhe vor den anderen Männern. Im nächsten Jahr gilt in ganz Europa Niederlassungs- und Arbeitsfreiheit. Dann fällt der Streß mit meinem Arbeitsamt weg. Ich teile meinem Arbeitsamt dann schriftlich mit, daß mir das Arbeitslosengeld an meinen zweiten Wohnsitz, nach Kreta, geschickt werden soll, weil ich mich künftig dem griechischen Arbeitsmarkt zur Verfügung stelle."

Wenn ich Claudia höre, frage ich mich, was ich in Deutschland soll? Geld scheffeln? Wozu? Ich habe kein Bedürfnis nach Reichtum.

Claudia sah den Buchtitel. „Den Sorbas lesen hier viele."

Lisa beobachtete ihre Mutter, die langsam vom Berg herunterstieg, durch eine Bungalowsiedlung lief. In Gedanken sah sie sich selbst den Berg herunterkommen. *Es ist das ganze Jahr lang warm. Wenn mir der Trubel im Dorf zu hektisch wird, gehe ich einfach auf den Berg.*

„Vielleicht sehen wir uns noch."

„Sicher", sagte Lisa, „ich wohne ja hier."

„War das schön." Elke strahlte. „Da oben liegen Tausende von Scherben, das kannst du dir nicht vorstellen! Mein Willi ist ein Schatz! Jetzt brauche ich einen Kaffee."

Er ist mein Willi.

„Ich bleibe hier", sagte Lisa. „Du kannst allein zurückfahren!"

„Was?" rief Elke. „Das kannst du nicht machen!"

„Warum nicht?" Lisa war ganz ruhig. Ihr Blick streifte das alte Haus neben dem Hotel Adonis. In seinem Garten standen viele blühende Topfpflanzen, Phlox, Margeriten, Rosen. *Dort werde ich wohnen.*

„Soll ich allein nach Berlin fahren?“ Elkes Gesicht hatte vor Aufregung rote Flecken.

„Keine Angst“, sagte Lisa, „ich bringe dich nach Hause, und dann fahre ich wieder hierher … irgendwann!“

Enttäuschung in Berlin-Schöneberg
179 Tage vor der deutschen Vereinigung

Lisa stand vor Bos Wohnungstür und zögerte. Sie kam unangemeldet. *Ich hätte vorher anrufen sollen. Nein, ich will ihn überraschen. Bo ist der erste, dem ich von meiner Kretareise erzähle.*

Aus Bos Wohnung war kein Laut zu hören. Das Treppenlicht ging an, sie hörte jemanden herunterkommen. Lisa klingelte. Zerstrubbelt, nur mit Jeans bekleidet, riß Bo die Tür auf.

„Was machst du denn schon hier? Wir waren erst morgen, am 8. April …“

„Jetzt ist morgen“, behauptete sie. Bo umarmte sie: „Das ist eine wunderbare Überraschung.“ Seine Stimme klang unsicher.

Er lief in das Schlafzimmer. *Sein Gang, seine Bewegungen, sein Rücken: endlich wieder ein Mann!* Lisa nahm Anlauf und saß blitzschnell auf seinem Rücken. Bo kippte vornüber auf das Bett.

„So, jetzt bist du dran.“ Lisa hockte auf ihm und knöpfte sich die Bluse auf. Bo warf sie neben sich aufs Bett und hielt ihre Hände fest.

„Laß los“, bat sie zärtlich. Er lockerte seinen Griff, und Lisa begann ihm die Hose auszuziehen.

„Willst du nicht zuerst einen Kaffee und ein Pfeifchen …“

„Nein, ich will dich.“

Sie schloß die Augen. Seine Liebkosungen begleitete ein zärtliches Brummen, sie spürte, er konnte nicht mehr lange warten. „Komm!“

In diesem Augenblick schnappte das Türschloß. Jemand betrat die Wohnung. Ein lautes „Hu-hu, Darling!“ drang ins Schlafzimmer. „Ich hab zwei Steaks mitgebracht, willst du sie gleich zum Frühstück?“ Plastiktüten raschelten in der Küche, Schranktüren klappten, Geschirr klirrte.

Bo fuhr hoch.

Lisa brauchte einige Sekunden, ehe sie die Situation begriff. „Als ob ich es geahnt hätte“, dachte sie laut. Bo zog sich eilig seine Hose an.

„Die Stimme kenne ich doch“, sagte Lisa. *Die aggressive Blonde, wie hieß sie gleich? Bärbel. Diese Ziege ist also doch seine Geliebte. Ich kenne keinen Mann, der nicht mindestens … O Silvy, wie recht du hattest! Angriff ist die beste Verteidigung.*

„Deine Sekretärin ist da“, sagte Lisa laut. „Willst du sie nicht begrüßen?“

Da lugte die Blonde durch die Tür. Ihr Lächeln erstarrte zu einer Fratze, als sie Lisa im Bett erblickte.

„Die Geliebte aus dem Osten ist zu Besuch", provozierte Lisa.

Bärbel schob sich durch die Tür und postierte ihr breites Becken vor dem Bett; ihre klobigen Ohrringe wackelten. Geruchswolken schwappten herüber. *Weichspüler, Parfüm und Haarlack. Auf so einen Gestank fällt Bo herein.*

Lisa hatte es sich bequem gemacht, Bo hielt Bärbel fest. „Komm raus hier!"

Bärbel riß sich los, stand da und blickte wutentbrannt.

Wenn Blicke töten könnten, wäre ich jetzt tot!

Mit einem Sprung war Bärbel im Bett und zog Lisa an den Haaren. Lisa wehrte sich, riß an der Seidenbluse, die Nähte rissen. Erschrocken ließ Bärbel los und schaute an der zerrissenen Bluse hinunter. Wütend schrie sie: „Du Sau!"

Lisa warf ein Kissen. Bärbel wich aus, war blitzschnell im Bett, wo Lisa ihr eine Ohrfeige verpaßte. Bärbel begann zu kratzen und biß ihr ins Bein, genau an der Stelle, wo sie ihre Dornennarbe hatte. Lisa spürte einen Schmerz, als wäre ein glühendes Eisen unter die Kniescheibe getrieben worden. Sie traf Bärbels Gesicht mit den Füßen. Bärbel schrie vor Wut, faßte nach Lisas Hals und spuckte ihr ins Gesicht. „Schlampe!" Endlich griff Bo ein. Er zog Bärbel vom Bett. Lisa brüllte ihn an: „Schaff diese hysterische Ziege raus!"

„Ich mach dich fertig, du …"

„Verpiß dich!" fauchte Lisa

Bärbel versuchte, sich aus Bos Armen zu befreien, und kreischte: „Hure!"

„Schmeiß die Dicke raus", sagte Lisa scheinbar gelassen. Sie ordnete ihre Haare, postierte sich wieder im Bett und pustete auf Zeige- und Mittelfinger ihrer rechten Hand: „Peng. Erledigt."

Bärbel drehte sich um, warf den Kopf nach hinten und verließ türknallend die Wohnung. Bo folgte ihr und rief in den Hausflur: „Warte!"

Lisa lachte, so laut sie konnte. *Der blöde Hund. Ich spiele nur die zweite Geige! Warum hat er mich die ganze Zeit belogen? Aus Feigheit?*

Die Haustür klappte. Lisa warf ihr Sektglas gegen die Wand. Auch der Aschenbecher zerschellte. Ihm folgten Vase und Nachttischlampe. Mit jedem Wurf fühlte sich Lisa leichter. Sie suchte nach weiteren Wurfgeschossen. Mit einem Ruck riß sie die Gardinen herunter; den kleinen Nachttisch stieß sie mit dem Fuß um. Schmerzensstiche in ihrem Dornenknie bremsten ihre Zerstörungswut.

Wenn er wiederkommt. Wenn … Mit dieser Kuh ist er immer noch zusammen, und mit mir amüsiert er sich bloß nebenbei.

Warum gehe ich nicht nach Kreta? Ein Grieche ist mir tausendmal lieber. Ich mache es wie Claudia. Sie hat ja gesagt, ihr griechischer Geliebter kommt nur selten und stellt keine Fragen. Eine unkomplizierte Beziehung. Genau das brauche ich jetzt. Dieser Westgeliebte ist reiner Streß.

Ich hätte nicht Bärbel, sondern ihn windelweich prügeln sollen. Ich hätte ihm klarmachen sollen, daß ich ihn für mich allein haben will, daß ich keine Lust habe, Pausenfüller zu sein ... Tja, hinterher habe ich immer die besten Einfälle ... Bo setzt seine Interessen durch. Vielleicht braucht er jeden Abend etwas zum Rüpeln. Wenn die eine nicht will, geht er eben zu einer anderen, vielleicht hat er noch eine dritte Frau zu laufen? Selbsterhaltungstrieb. Wahrscheinlich liebt er weder mich noch Bärbel, sondern nur sich selbst. Jeder setzt seine Interessen im Kapitalismus durch, notfalls auch auf Kosten anderer.

Ich haue ab, zum südlichsten Punkt Europas. Der nächste Winter kommt bestimmt. Im Süden ist es warm. Genau: Ich lerne Griechisch und Englisch und verschwinde. Ich werde Elkes Außenposten bei den Minoern, arbeite wie die anderen Gastarbeiterinnen unter der Sonne im Süden.

Lisa baute das Bett zu einem Fernsehsessel um: beide Kopfkissen als Rückenlehne, ein Deckbett zum Draufsetzen und eins für die Füße. Dann legte sie die Blues Brothers in den Videorecorder, holte sich die Flasche Cognac aus dem „Giftschrank" und erwartete Bo.

Je länger er wegbleibt, desto besoffener bin ich eben.

Der überlaute Rock'n'Roll und die Polizeisirenen im Film hinderten sie nicht am Einschlafen.

„Wach auf, Kleines!" Bo hauchte einen Kuß auf ihre Wange. Lisa roch sofort das verhaßte Parfüm.

„Du hast mit ihr geschlafen!" Sie war sofort hellwach.

„Ich konnte nicht anders", entschuldigte sich Bo.

„Das ist doch die Höhe! Du geilst dich an mir auf, damit diese Kuh dich vögelt?" Sie benutzte absichtlich das Wort vögeln, weil er es nicht mochte.

„Sie wollte sich umbringen!"

Es ist ungeheuer, er gibt das Rüpeln anstandslos zu und erwartet von mir auch noch Verständnis und Billigung.

„Da hört ja der Schwachsinn auf", empörte sich Lisa.

„Sie hat es schon einmal versucht. Mit Schlaftabletten ..."

Lisa versuchte, klar zu denken. „Das ist ja Erpressung. Macht man das im Westen so?"

Mit deinem Beziehungsschrott laß mich in Ruhe.

„Ich schwöre dir", drohte sie, „wenn diese Kuh noch einmal auftaucht, dann braucht sie sich nicht selbst umzubringen, dann erledige ich das."

„Lisa, ich liebe dich!“

„Du liebst nur meinen Hintern.“

„Ich liebe dich von oben bis unten, unter anderem auch deinen süßen Hintern“, versuchte er zu scherzen. Lisa knallte ihm eine.

„Liebe kann man nicht auf Erpressung aufbauen“, sagte sie trocken. „Ich dachte, du wüßtest das.“

Bo hielt sich mit einer Hand seine Wange. Er ging in die Küche, holte Handfeger und Müllschippe und begann, die Scherben zusammenzufegen.

„Übrigens, ich fahre weg“, rief Lisa ihm aus dem Schlafzimmer zu und zog sich an.

„Wie? Weg?“

„Will das deine Selbstmörderin wissen?“

Bo kam in die Tür. „Ich will das wissen!“

„Ich gehe in den Süden“, sagte sie gleichgültig. „Und das sehr bald.“

Bo schluckte hörbar. Dann fragte er: „Wegen heute?“

„Das ist nun wirklich kein Grund“, höhnte Lisa. „Ich gehe, weil ich einige Sachen klären möchte.“

„Ich liebe dich.“ Bo startete einen letzten Versuch.

„Vielleicht bin ich altmodisch.“ Mit diesen Worten ging sie zur Tür und nahm ihre Jacke. Bo rannte Lisa nach: „Und wohin gehst du?“

„He, Bo, was sollen die Leute von dir denken? Du rennst heute schon der zweiten Frau hinterher!“

„Wohin du fährst, will ich wissen!“

Lisa lief hinunter, ohne auf Bo zu achten.

10. Kapitel

Die Götter wägen Lisa Meerbuschs Schicksal

„Lisa Meerbusch hat sich in der DDR nicht zurechtgefunden“, sagt Hera, „und sie findet sich im neuen Deutschland nicht zurecht, sonst hätte sie um Bo gekämpft. Und auf Kreta wird sie sich nicht zurechtfinden, weil sie auf sich allein gestellt ist.“

„Mumpitz“, droht ihr Zeus. „Aber vielleicht könnte einer diese Lisa Meerbusch rauben?“

„Ich werde drei Stürme organisieren!“ schreit Poseidon.

„Ach“, unterbricht ihn Zeus, „Odysseus ist gerade wegen der Stürme geblieben.“

„Ich werde Zwietracht säen zwischen ihr und den Dorfbewohnern“, erklärt sich Eris bereit.

Dionysos drängelt sich nach vorn und verkündet: „Laßt einen kalten Winter kommen. Wenn sie friert, fährt sie wieder ab." Dann kratzt er sich am Lockenkopf und meint resigniert: „Lieber nicht, dann erfrieren die Menschen in den Bergen, und die Weinernte geht kaputt."

Athene sagt sanft: „Ich werde ihr die Schönheiten der Insel zeigen."

„Dann bleibt die ja erst recht", regt sich Dionysos auf.

„Ich schicke ihr einen griechischen Mann, der sie schwängert", schlägt Aphrodite vor.

„Nein", ruft Zeus, „Kreta ist mein Revier!"

Hera schreit: „Du alter Wüstling! Wenn dir etwas an ihr liegt, so wisse, ich kann in meiner Eifersucht grausam sein!"

„Du sollst mir nicht drohen", warnt Zeus. Ihm wird der Streit zu turbulent. Er hebt seine Hand und gebietet den Göttern Ruhe: „Genug, laßt uns zur Beschlußfassung kommen!" Er holt aus dem Regal hinter dem Tresen eine Waage, die er auf den Tisch stellt. „Ihr legt eure Argumente in die Waagschalen. Wessen Worte gewichtiger sind, der soll hernach entscheiden, was aus Lisa Meerbusch wird." Athene und Hermes stehen auf der einen Seite, Hera, Poseidon, Aphrodite und Dionysos auf der anderen.

In diesem Moment kommt ein himmlischer Bote angerannt: „Ich brauche eine Unterschrift!"

„Wofür?" fragt Zeus, ärgerlich über die Störung.

„Am Himmelstor bittet ein gewisser Alexandro um Einlaß!"

„Einlassen!" ruft Hermes, der Beschützer der Diebe und Händler, duckt sich sogleich unter Heras Blick und schweigt fortan.

„Sprich", brummt Zeus.

„Alexandro war zu Lebzeiten ein Reisender zwischen den Welten. Er war reich auf Erden …"

„… also ist er im Himmel arm", sagt Zeus ungeduldig.

„… und er bietet uns Geschäfte an!"

„Geschäfte welcher Art?" fragt Zeus streng.

„Kooperation mit der Hölle", sagt der Bote zaghaft.

„Was erdreistet sich dieser … dieser …" Zeus' Gesicht verfärbt sich dunkel.

„… dieser Alexandro", flüstert Athene und nimmt ihre Eule schützend in den Arm.

„Nie wieder will ich den Namen dieses Schamlosen hören", donnert Zeus. Poseidon wirft einen Tisch um und verschanzt sich dahinter. Zu ihm flüchtet Aphrodite. Ares hält seinen Schild vor das Gesicht. Hermes sucht bei Hera Schutz, die ihn aus der Taverne zerrt. Dionysos ruft Zeus um Gnade an. Doch der Zorn des Göttervaters ist nicht aufzuhalten. Er schleudert einen Blitz auf Alexandro, der am Himmelstor ohnmächtig zusammenbricht.

„He, wo seid ihr?" ruft Zeus. Die Götter kommen wieder hervor und stellen sich an der Waage auf.

„Dionysos", ruft Hera, „du stehst auf der falschen Seite!"

Dionysos grinst. „Wenn sie den kretischen Wein nicht verschmäht, kann sie meinetwegen bleiben."

„Du hast keinen festen Standpunkt", schimpft Hera. Dionysos erwidert beleidigt: „Darf ich meine Meinung ändern oder nicht?"

„Zeus, mein Lieber", säuselt Hera, „ich möchte eine Änderung der Geschäftsordnung vorschlagen."

„Schweig", befiehlt Zeus. „Wir leben in einer Demokratie! Vergiß das nicht!"

Hermes raunt Athene ins Ohr: „Wenn die jetzt basisdemokratisch loslegen, hocken wir in hundert Tagen noch hier!"

Athene belehrt ihn sanft: „Die Demokratie, mein Hitzkopf, ist unser höchstes Gut!"

Hera tritt an die Waage und spricht in die rechte Schale: „Lisa Meerbusch ist Vorbotin von Tausenden aus den östlichen Ländern, die nach Kreta kommen werden."

Athene tritt an die Waage und spricht in die linke Schale: „Kreta ohne Tourismus bedeutet für die Einheimischen den Ruin!"

Die Waage neigt sich nach links.

„Wie das", erschrickt Hera.

„Ganz einfach", sagt Zeus schmunzelnd. „Du, Hera, hast nur ein paar Tausende in die Waagschale geworfen, Athene dagegen die Existenz meiner Heimat!"

„Weiter!" fordert Hera ungeduldig.

Poseidon tritt an die rechte Waagschale und spricht die Worte hinein, die Hera ihm zuflüstert: „Lisa Meerbusch glaubt nicht an den Mythos Kreta."

Hermes tritt an die linke Waagschale und spricht die Worte hinein, die ihm Athene zuflüstert: „Lisa Meerbusch sucht die Bewegung … nein, Begegnung mit den Menschen, sonst wäre sie im Sommer … äh … und nicht im Winter gekommen."

Athene stöhnt leise. Die Waagschale neigt sich nach links.

Hera rauft sich die Haare: „Du mußt deine Waage neu justieren, Zeus! Nichts wiegt schwerer als der Mythos Kreta!"

Zeus kratzt sich das Haupt und sagt: „Ihr auf der rechten Seite habt nur den Mythos in die Waagschale geworfen, Hermes dagegen die Menschen und den guten Willen. Das wiegt schwerer."

Hera tritt wütend an die rechte Waagschale und schreit: „Was erdreistet sich Lisa Meerbusch? Sie kommt aus dem Osten Deutschlands, da soll sie auch bleiben!"

Athene spricht in die linke Waagschale: „Lisa Meerbusch kann nichts für ihre Herkunft! Sie will die Welt kennenlernen und fängt damit in Kreta an. Das ist gut!"

Als die Waage sich wiederum nach links neigt, schließlich hat Athene die ganze Welt hineingelegt, da springt Hera kurzerhand selbst in die rechte

Waagschale. Die Waage neigt sich noch tiefer nach links. Zeus kann sich kaum halten vor Lachen.

„Das ist ungerecht!“ schreit Hera auf der Waagschale. „Fauler Zauber!“ Zeus tätschelt seiner Frau die Wange, er will keinen Streit mit ihr. Endlich entschließt er sich zu einem Kompromiß: „Hört: Lisa Meerbusch darf auf Kreta bleiben.“ Hera ringt nach Luft. „Wir werden sie beobachten. Sie darf auf keinen Fall zuviel von den Griechen erfahren. Sie darf den Stolz der Kreter nicht brechen.“

Ankunft im Süden Kretas
60 Tage deutscher Einheit

Das Taxi hielt auf dem Busplatz vor der Polizeistation. Es war ein verwinkelter Bau, alt und verkommen, der Zaun davor von Autos eingefahren, von Ziegen und Schafen niedergetreten. Es war vier Uhr nachmittags. Das Dorf mit seinen dreißig Häusern hielt noch Mittagsruhe.

Der Fahrer zeigte auf das Bremspedal, dann auf die Handbremse. „Stopp. Maschina kaputt.“

Lisa fühlte sich elend. *Dieses Taxi hätte auf den Serpentinen mein Sarg werden können.* Sie gab dem Fahrer reichlich Trinkgeld.

„Für die Maschine“, sagte sie. Er verstand nicht, steckte aber die Scheine in sein Geldbündel und verschwand in einer der schmalen Gassen, die direkt zum Meer führten, wo meterhohe Schaumkämme auf das Land zurollten. *Das schönste Geburtstagsgeschenk ist, daß ich heil angekommen bin.*

Lisa stand auf dem zentralen Busplatz inmitten ihrer Taschen und kostete das Wiedersehen mit ihrem Dorf aus, Willis Lieblingsdorf Nummer zwei. Der Platz war staubig und voller Schlaglöcher. Der Wind trieb Papierfetzen und eine gelbe Plastikplane vor sich her. Ein trockener Thymianbusch rollte über den Platz. Von hier, dem „*Regierungsviertel*“, führten schmale Gassen, gerade ein Auto breit, zum Meer. Von dort trug der laue Südwind Sprühnebel durch das Dorf bis zu den Plantagen in der Ebene. Auf Lisas Jacke bildeten sich Pünktchen, salzige Tropfen. Das Rauschen des Meeres war allgegenwärtig. Sie genoß den Geruch von Salzwasser und warmem Asphalt. *Es hat sich nichts verändert seit April. Als wäre die Zeit sieben Monate lang stehengeblieben. Im Winter ist Kreta eine ganz andere Welt. Die Kreter sind unter sich.*

Der intensive Geruch ofenfrischen Weißbrotes aus der Dorfbäckerei drang in Lisas Nase. *Es schmeckt nur zwei Stunden, dann ist es wie Zellulose, die sich im Mund von allein vermehrt.* Neben der Bäckerei, wo im Sommer Vitrinen mit duftenden warmen Käsetaschen die Touristen anzogen, häufte sich Sperrmüll. Eine Eistruhe, ein Holzregal und etliche alte Bretter lagen dort. Ein Sandhaufen versperrte den Weg zum Strand. ROOMS FOR RENT, riesige, hellblaue Holzlettern prangten auf dem Hotel an der Busstation. Das erste O von ROOMS schaukelte am letzten Nagel, beim R in der Mitte war der Abstrich weggebrochen. Es hieß nun FOP, und das E fehlte völlig.

Ein junger Mann kam aus der Bäckerei und warf einen bräunlichen Brotsack mehrere Meter weit zu drei Paketen in der Mitte des Platzes. Dann brachte er feste Plastiktüten mit Sesamkringeln und dunklem Zwieback. Notproviant für die Bergdörfer ohne eigene Bäckerei, wenn sie vom Schnee tagelang von der Außenwelt abgeschnitten sind. *Der Nachmittagsbus wird die Säcke mitnehmen.* Der junge Mann klopfte sich den Mehlstaub von den Händen, wischte den Rest über seine blaugestreiften Hosenbeine. Er trug eine Sturzkappe, wie sie sonst nur Radfahrer tragen. Die Kappe war zerkratzt, mit Pflaster geflickt. Ein roter Pritschenwagen preschte aus einer der Gassen knapp an ihm vorbei und hupte.

„Ramoto Panajia!" schrie der Mann dem Auto nach. *Er verflucht die heilige Jungfrau?*

Das Kafeneon lag dort, wo die Hauptstraße am Platz vorbeiführte. *Hier habe ich mit Elke die geschniegelten Männer beobachtet, wie sie beim Kaffee auf die alleinreisenden Touristinnen warteten.*

Der junge Mann ging in das Kafeneon. Lisa nahm die Teddytasche, ließ die restlichen Sachen stehen, überquerte den Platz und stieg die vier ausgetretenen Stufen zum Kafeneon hoch. Die Greise gafften stumm und hielten sich an ihren Tassen fest. Der Wirt humpelte eilfertig auf Lisa zu und begrüßte sie wie eine alte Bekannte: „Grüß dich! Wie geht's? Was darf's sein?" Seine heisere Stimme überschlug sich. Bei jeder Silbe vibrierte sein aufgezwirbelter weißer Schnauzbart. Dann nahm er ihre Hand, starrte sie an, als suche er etwas in ihrem Gesicht. Lisa spürte seine Unsicherheit, sein Zögern. Dann schüttelte er den Kopf, als wollte er einen Gedanken auslöschen. *Sicher verwechselt er mich mit einer Touristin vom Sommer.* Noch immer hielt der Wirt ihre Hand fest. Lisa mußte erst deutlich daran ziehen, ehe er sie losließ und ihr einen Stuhl anbot.

Der junge Mann mit der Radfahrerkappe fixierte Lisa für den Bruchteil einer Sekunde, dann träumte er sich wieder in den plärrenden Fernseher hinein, wo eine griechische Show lief. Viel war nicht zu erkennen, denn auf dem Bildschirm spiegelten sich die vier Fenster des Kafeneons. Der junge Mann hatte ein Bein über das andere gelegt und den Stuhl ganz eng an den Tisch herangeschoben. Seine Ellenbogen thronten spitz auf der Tischplatte; mit den Händen fuhr er sich abwechselnd über das Kinn. *Er ist athletisch, eine Turnerfigur. Woher kommt der Schorf auf seiner Wange?*

Die Greise setzten leise ihre Gespräche fort. Lisa sagte zum Wirt: „Ena kaffee eleniko, megalo, me gala, me sachare, parakalo“, einen griechischen Kaffee, groß, mit Milch, mit Zucker, bitte!

Die großen Schiebefenster waren fest verschlossen. An den Scheiben haftete Salz. Eine Neonröhre beleuchtete die winzige Küche, die nur mit dem Nötigsten zum Kaffeekochen ausgestattet war: Auf dem klobigen Holztresen standen eine Blechbüchse mit griechischem Kaffee, eine mit Nescafé und eine mit Zucker, daneben ein Tassenturm, ein Glas mit Teelöffeln und ein Tablett für die Wassergläser. Die griechische Kaffeemaschine zischte. Sie bestand aus einem Bunsenbrenner, über dessen Flamme ein Drahtgestell stand, auf dem in einem verbeulten Metallnäpfchen Kaffeepulver und Wasser gleichzeitig erhitzt wurden. *Wie eine Versuchsanordnung aus dem Chemieunterricht.* Der Wirt rührte das Gebräu mit einem abgebrochenen Irish-coffee-Löffel um und goß es in eine dickwandige Tasse.

Der junge Mann grinste Lisa an und zeigte dabei eine Zahnlücke. Dahinein steckte er eine Zigarette und rief dem Wirt etwas zu. Lisa lächelte zurück. *Der kann gleichzeitig rauchen und reden und lachen! Ideal! Elke hat ihn Dorftrottel genannt, den Tagelöhner, Gelegenheitsarbeiter. Ein bißchen einfältig sieht er ja aus. Er ist Epileptiker! Deshalb die Verletzung.*

Der Wirt servierte den Kaffee, dazu ein Glas frisches Wasser. Lisa schaute aus dem Fenster. An der Schule jagten drei Kinder eine junge schwarze Katze. Sie flüchtete unter ein Auto. Die Kinder stocherten mit ihren Stöcken unter dem Auto herum. Von der anderen Seite hetzte eine Promenadenmischung von Hund das verängstigte Tier. Lisas Katzenherz blutete. *Diese Gören! Kätzchen jagen, wo gibt's denn so was?* Die schwarze Katze huschte unter das nächste Auto, und alle tobten hinterher. Der Hundeschwanz fegte aufgeregt die Straße, die Kinder krochen auf allen vieren und fuchtelten mit den Stöcken. Die Katze rettete sich unter einen laufenden Betonmischer, balancierte über den Rand eines Bottichs mit angerührtem Mörtel, kletterte über ein Baugerüst in Sicherheit, auf das Dach des Hotels. Dort saß sie im zweiten O des Wortes ROOMS und leckte sich die Pfoten. Lisa atmete auf.

Aus der Bäckerei trat eine Frau, so um die Vierzig. Sie trug ein schwarzes Kleid; an der molligen Taille waren mehlige Fingerabdrükke. Ein Mehlschleier lag auch auf ihrem schwarzen Dutt. *Trotz der harten Arbeit ist sie anmutig.* Die Frau verschränkte die Arme vor der Brust, blickte die Hauptstraße hinunter und ging wieder in den Laden.

Lisa fragte, was der Kaffee koste. Der Wirt lächelte sie an, Lisa wiederholte ihre Frage, lauter. Ohne zu antworten fragte er: „Wie lange bleibst du?“

„Ich weiß nicht genau“, sagte sie. *Er ist neugierig, will wissen, was ich im Winter hier suche.* Der Wirt musterte prüfend Lisas Gepäck auf dem Busplatz. Dann winkte er dem jungen Mann: „Iordannis, ella!"

Iordannis baute sich vor Lisa auf und begrüßte sie: „Was willst du?" Seine barsche Art und Weise verwirrte sie. Sie lächelte ihn an und fragte nach der alten Frau, nach Georgia, die im Haus an der einzigen Palme des Dorfes wohnte.

„Georgia vermietet nicht", sagte Iordannis. „Du kannst bei Vangelis wohnen, im Adonis."

„Wo ist dein Mann?" unterbrach der Wirt das Gespräch.

„Kein Mann, ich selber Mann", sagte Lisa und versuchte zum ersten Mal die Ochi-Geste. *Die nächste wird nicht so zaghaft!*

Ein Monat hat dreißig Tage, täglich gebe ich für Miete tausend und für Essen siebenhundert Drachmen aus, demzufolge bin ich dem Dorf pro Monat einundfünfzigtausend Drachmen wert, also etwa fünfhundertzehn Mark in der touristenfreien Zeit. Multipliziert mit der Anzahl der Wintermonate sind das …

Iordannis schob seine Unterlippe vor wie ein trotziges Kind und wiegte den Kopf. „Ich erledige das für dich mit dem Hotel", sagte er. „Eine Minute." Er setzte sich wieder an seinen Tisch, zog den Stuhl heran, schlug die Beine übereinander, stützte sich auf die spitzen Ellenbogen und steckte sich eine Zigarette in die Zahnlücke, dann sagte er: „Die erste Runde bezahlt Pavlos, der Wirt."

Lisa bedankte sich beim Wirt für den Kaffee und setzte sich an ihren Tisch. Sie wartete zehn Minuten. Iordannis rührte sich nicht. Lisa versuchte, ihrer Unruhe Herr zu werden. *Meine gewohnte mitteleuropäische Hast kollidiert mit dieser kretischen Winterruhe. Nervosität ist hier völlig unangebracht.* Ihr Hirn formulierte langsam und deutlich den Satz: *Ich habe Zeit.*

Im Fernsehen sang jetzt ein Pärchen: „Poté, poté, poté daa da da daa …" Wann, wann, wann. Den Rest verstand Lisa nicht, nur noch das geträllerte „masí", das bedeutete „gemeinsam". *Romeo und Julia auf griechisch.*

Iordannis hatte aufgeraucht. Lisa war bereit, sofort aufzuspringen. Doch er zündete sich die nächste Zigarette an. Lisa fluchte halblaut, genauso, wie es Iordannis auf dem Busplatz getan hatte. Die Greise schauten erstaunt auf, denn Frauen verfluchen die Mutter Gottes nicht.

„Die Griechen bumsen immer alles, was ihnen querläuft – ramoto", hatte Sophia, Lisas Griechischlehrerin, gesagt. „Ramoto Panajia, heißt: Gebumst sei die heilige Jungfrau. Und Ramoto Christoshou zu sagen ist die perfekteste Art zu fluchen."

Ich habe Zeit!

Lisa Meerbusch bestellte sich noch einen Kaffee und kramte planlos in ihrer Teddytasche. Sie fand den Sorbas und begann zu lesen. *Ich habe ganz viel Zeit.*

Der Nachmittagsbus hupte am Dorfeingang. Der Taxifahrer lief über den Platz, bestieg seinen Volvo, tuckerte links vor dem Bus auf die Hauptstraße und hupte, der Bus hupte zurück. Mit lautem Zischen hielt er, die Türen öffneten sich, niemand stieg aus. Iordannis sprang auf, Lisa hinterher. Er hechtete die Stufen hinunter, warf die Brotsäcke auf die letzte Sitzreihe im Bus und winkte Lisa zu, die unschlüssig in der Tür des Kafeneons stehengeblieben war. *Auf einmal kann es dem Herrn nicht schnell genug gehen.* Lisa packte ihre Teddytasche, hängte sie über die Schulter und ging zu ihrem Gepäck. Iordannis betrachtete den Rucksack. „Hier!" sagte Lisa. Erst tat er so, als ob er nichts merke. Dann hob er ihn wortlos auf. *Es ist noch ein weiter Weg bis zu einem griechischen Gentleman.*

Sie überquerten die Hauptstraße, liefen am weißgetünchten Quader der Schule vorbei, durch eine schmale, steinige Gasse zur überschwemmten Strandstraße. Gerade knallte eine Welle gegen den Steinwall, schnellte senkrecht nach oben, und die Gischt schäumte bis an die Hauswände. Schon rollte die nächste Welle heran. Iordannis schnippte seine halbaufgerauchte Zigarette weg, sprang über Wasserlachen, wich der Gischt geschickt aus, blieb stehen, rannte ein paar Schritte, suchte Schutz auf einem Treppenabsatz und eilte über die Stellen, an denen nur drei, vier Meter die Häuser vom Wasser trennten. Lisa versuchte es ihm gleichzutun, sie erreichte die rettenden Treppen selten vor den Wassermassen.

An Dorothys Hotel waren die Fensterläden mit Brettern zugenagelt, überall blätterte die dunkelblaue Farbe. *Das Meersalz frißt die gelackten Steine der Mauern.* Die zwei Stufen an der Eingangstür waren vor Sand, Laub, Müll und Straßenschmutz kaum zu erkennen. Daneben, im Aphroditi, einer Pension mit Restaurant, standen die Fenster und Türen offen; ein Radio spielte, niemand war zu sehen, nur eine magere, junge, getigerte Katze putzte sich unter einem Tisch. Sandsäcke zum Schutz gegen die See stapelten sich rechts und links der Tür. Der Ausläufer einer Welle traf Lisas Beine. Das kalte Wasser floß in die Schuhe und blubberte bei jedem Schritt.

Sandsäcke bis zu den Fenstern im Erdgeschoß auch an dem kleinen Haus, das sich anschloß. Die Terrasse davor wurde zur Zeit als Parkplatz für ein umgestülptes Boot benutzt. Sie kamen an Georgias Haus vorbei, dem drittletzten an der Strandpromenade. Es war ein altes, typisch griechisches Haus mit zwei Etagen, aus Natursteinen gebaut. Die dicken Mauern schützten vor Hitze und Kälte. Es hatte etwas vom Charakter der leicht lädierten, aber liebenswürdigen Chansonette Bubulina, der Geliebten von Sorbas. *Der verwitterte rosa Anstrich au-*

ßen, unter der Sonne zu Beige verblaßt, war es, der im April meine Liebe entfacht hat. Das Haus lächelt mich an! Ich werde in diesem Haus wohnen. Hier oder nirgends! Der Wind riß an den Palmwedeln, die bei jeder Bö gegen das Terrassengeländer im oberen Stockwerk schlugen. Der schuppige Stamm trotzte dem salzigen Angriff. An der Hauswand, auf der hölzernen Treppe, die zum Obergeschoß führte, unten in der Tür und den Fenstern, überall blühten Blumen: Phlox, Rosen, Geranien, rote und weiße Hibiskusbäumchen. *Es sind die einzigen Blumen im Dorf. Georgia muß sämtliche leere Farbtöpfe des Dorfes gesammelt und mit Erde gefüllt haben.*

Das Haus bestand aus zwei Teilen, die leicht versetzt aneinanderstanden. Von oben mußte es wie ein fettgedrucktes L aussehen. Vor dem zurückgesetzten Teil war eine Arkade, aus der gerade ein braunes, unbeholfenes Zicklein stakste. Georgia hockte auf einer Bank. Zu ihren Füßen erstreckte sich ein kleiner Garten; zwei Salatbeete und spärlicher Rasen, in dem ein paar Hühner scharrten. Ein Zitronenbaum, dessen Äste sich unter der gelben Last bogen, reichte bis zum Obergeschoß. Neben der Eingangstür wuchs ein Orangenbäumchen, gerade so hoch wie ein Schulkind. Eine niedrige Mauer umgab das Grundstück, bewachsen mit einer fleischigen Rankenpflanze.

„Panajia, Panajia“, kreischte Georgia plötzlich. Sie stand neben den Sandsäcken und blickte Lisa entsetzt an. *Jungfrau? Wieso stuft sie mich als Jungfrau ein?* Lisa erschrak vor der schrillen Stimme und lief hinter Iordannis her zum Nachbarhaus, einem dreistöckigen Neubau, dem Hotel Adonis, in dem Lisa im April mit ihrer Mutter den Beschluß gefaßt hatte, wiederzukommen.

Vangelis, der Hausherr speiste. Er saß auf einem eigens für ihn gezimmerten Stuhl. Damit die Stuhlbeine nicht auseinanderbrachen, waren sie mit zwei Brettern verbunden. Nur ein solcher Stuhl konnte seiner gewaltigen Körpermasse standhalten. Dennoch ächzte der Stuhl, wenn Vangelis sich vorbeugte. Seine Finger waren dick wie Bockwürste, die Handflächen wie Teller, der Kopf ein Medizinball, sein Rumpf ein doppelter Zementsack, sein Hintern quoll rechts und links von der Sitzfläche. Sieben Schweinekoteletts lagen auf einer ovalen Platte, daneben eine Suppenterrine voller Reis und eine Schüssel mit Salat. Davor stand ein Wasserglas, gefüllt mit Raki.

Lisa stand in der Tür, während Iordannis mit ihm über das Zimmer sprach, in dem sie mit Elke gewohnt hatte. Der Hotelbesitzer schob gerade ein halbes Kotelett in den Mund, um den ein Vollbart wucherte. In seinem dunkelhäutigen Gesicht leuchteten himmelblaue Augen mit einem dünnen, schwarzen Rand um die Iris unter langen, geschwungenen Wimpern, die Augäpfel waren schneeweiß.

Vangelis nickte Iordannis zu und rief durchdringend: „Kostas!“ Der

Sohn stand sofort neben dem Vater, schaute schüchtern zu Lisa, dann schnell wieder zum Vater und holte den Schlüssel vom Schlüsselbrett. Iordannis nahm sich als Lohn für die Zimmervermittlung die Rakiflasche vom großen Getränkekühlschrank und schenkte sich reichlich ein.

Kostas schritt mit seinen fünfzehn Jahren wie ein ausgewachsener Grieche voran. Er war einen halben Kopf größer als Lisa, hatte eine drahtige Figur und ölige Hände. Er trug hautenge, abgeschnittene Jeans und wackelte vor ihr mit seinem Hintern. Ein paarmal drehte er sich um und taxierte Lisa abschätzend. *Diesen Gang und diese Blicke kann er sich sparen.* Umständlich schloß er am Ende des langen Flures die Zimmertür auf und lief hinein. Vor dem Bett blieb er stehen. Das Zimmer war mit dem Bett, dem eintürigen Schrank, dem Nachttisch, dem runden Mittelfußtisch aus Kunststoff und zwei Stapelstühlen fast zugestellt. Von den Betonwänden bröckelte der Kalk. Eine staubige, von Spinnen zugewebte Holzlampe hing an der Decke. Kostas zwängte sich zwischen Bett und Schrank zum Balkonfenster durch und öffnete es. Die Nachmittagssonne, die noch über der Bucht stand, erhellte den Raum und machte ihn etwas freundlicher.

„Danke", sagte Lisa, um Kostas loszuwerden.

Der betrachtete eingehend das Bett. „Efcharisto", wiederholte Lisa scharf, und Kostas polterte den Flur entlang. Ihr erster Blick galt dem Schlüssel, den Kostas auf den Nachttisch geworfen hatte. Sie ging auf den Balkon. Georgia saß unter dem Zitronenbaum auf ihrer Holzbank, hatte die Hände in den Schoß gelegt und blickte in die Ferne. Christina, die Schwester von Vangelis, kam, stellte einen Korb mit dem Essen auf den Tisch unter der Arkade, ging ins Haus, holte Teller, Besteck und Brot. Die kleine Eleni, die zehnjährige Tochter von Vangelis, jagte ein Huhn durch den Garten. Christina ermahnte sie zur Ruhe.

Verstohlen beäugte Lisa das Obergeschoß von Georgias Haus. *Zwei Fenster an der Vorderfront, dazwischen eine Tür auf die Terrasse. Und eine seitliche Tür, ein separater Hauseingang. Der Wind wirft einen Fensterladen hin und her, Scheiben fehlen. Die anderen Läden hängen sturmschief in den Angeln. Es macht bestimmt eine Menge Arbeit, die obere Etage herzurichten. Das Wichtigste ist die große Terrasse, so groß wie die halbe Wohnfläche im Erdgeschoß. Allein schon wegen der Terrasse setze ich Himmel und Hölle in Bewegung, um da wohnen zu können. Ich sehe mich schon darauf sitzen und lesen, basteln, träumen, nachdenken, nichts tun. Es wird Geld und Zeit kosten, die obere Wohnung behaglich zu machen.* Als Georgia Lisa erblickt, rief sie: „Panajia, Panajia!" Lisa zuckte zusammen. *Ich muß unbedingt herausfinden, warum sie mich Jungfrau nennt.*

Es klopfte, die Klinke wurde heruntergedrückt. Kostas brachte ihre

Sachen. Auf Lisas Dank antwortete er mit einer perfekten Ochi-Geste. Lisa ging ins Bad und übte vor dem Spiegel einige Male; sie warf den Kopf zurück, schnalzte mit der Zunge. *Die Ochi-Geste ist das erste, was ich lernen werde.*

Als Lisa den Garten betrat, schrillte ihr Georgias „Panajia!" entgegen. Lisa grüßte: „Cherete!" Das war ein besonders schöner Gruß, hieß soviel wie Gott behüte dich. Dann setzte sie sich der Alten zu Füßen. Das galt als unterwürfige Gebärde gegenüber Schwiegermüttern, hatte sie in einem Griechenlandbuch gelesen.

„Grüß dich, Panajia", antwortete Georgia und strich ihr übers Haar.

„Sprichst du englisch?" fragte Lisa.

„Mono ligo", sagte die Alte und kicherte. „Ein bißchen."

Sie erinnerte Lisa an einen Hamster. Ein paar kräftige, dunkle Barthaare stachen aus dem Kinn, der graue Zopf reichte bis auf die Rückenlehne der Holzbank. Georgia faßte in ihre Schürzentasche und reichte Lisa eine Apfelsine. Lisa nahm das als gutes Zeichen. *Irgendeiner x-beliebigen Touristin hätte sie das Geschenk nicht gemacht. Aber kein Grieche schenkt, ohne etwas dafür zu wollen.*

„Du hast ein schönes Haus", begann Lisa.

„Yes, yes", sagte die Alte. *Noch ein gutes Zeichen, wenn sie englisch versteht.*

„Ich mag dein Haus, es gefällt mir."

„Panajia, Panajia!"

„Wohnst du oben oder unten?" bohrte Lisa weiter.

„Yes, yes", sagte Georgia und zeigte auf die Tür zu ebener Erde, aus der ein gackerndes Huhn spazierte.

Aha, soweit reicht ihr Englisch nicht.

„Und das da?" fragte Lisa und zeigte auf das Obergeschoß.

„Tipota." Georgia rutschte auf der Bank, drehte Lisa halb den Rücken zu. „Tipota!" Das bedeutete: Da ist nichts.

Lisa schälte die Apfelsine und bot der Alten die Hälfte an.

„Ochi, ochi, ochi", wehrte Georgia mit erhobenen Händen ab und wies auf eine Zeitungsseite, auf der schon einige Apfelsinenschalen zum Trocknen lagen. Lisa legte ihre Schalen dazu.

„Für die?" Lisa zeigte auf die Hühner.

„No", die Alte hob die Hände zum Kopf und streckte die krummen, von Erde geschwärzten Zeigefinger steil auf – Hörner. Dabei stierte sie Lisa an.

„Ah, für die Ziegen und Schafe." Lisa griff zur allgemeinverständlichen Lautsprache: „Für die Mäh-ä-ä und Böh-ö-ö?"

„Yes, yes", die Alte kicherte und nickte. Lisa atmete erleichtert auf. Punkt eins ihrer Taktik war, alles zu loben, was die Alte besaß. *Nicht zu sehr, damit der Zimmerpreis nicht sinnlos in die Höhe steigt.*

„Ist die Orange von deinem Baum?" wollte Lisa wissen. Georgia verstand nicht. Lisa trug die Apfelsine zum Baum und hielt sie an einen Zweig.

„Ochi, ochi, ochi. Supermarket", sagte Georgia.

„Aah", machte Lisa und entschied sich für Frontalangriff: „Hast du rooms for rent?"

„Ochi, Panajia", sagte Georgia entschieden.

„Was ist da oben?" fragte Lisa.

„No. Tipota!"

„Kann ich das mieten?"

„Ochi."

„Warum nicht?"

„Nein, Panajia, nein", wiederholte Georgia energisch. Die Absage irritierte Lisa. Doch sie gab sich nicht geschlagen.

„Kann ich es sehen, bitte?" fragte Lisa.

„Was?"

Georgias blasse Schlitzaugen in den Runzeln zwinkerten nervös. Dann schrie die Alte wieder: „Panajia, Panajia!" Sie hörte nicht auf, entfesselte ein griechisches Wortgewitter, stand auf, humpelte zur vorderen Gartenmauer, zeigte bald auf Lisa, bald auf das Haus unter unzähligen Panajia-Rufen. Lisa grübelte, womit sie die Frau verärgert haben konnte. Da kam Iordannis am Garten vorbei. Lisa bat ihn um Hilfe. Er hörte sich Georgias Redeschwall an und dolmetschte: „Da oben wohnen Geister."

„Geister?" Lisa tat schockiert. *Im zwanzigsten Jahrhundert Geister?*

„Wo sollen die herkommen?" fragte sie.

„Von der Jungfrau", sagte Iordannis.

„Panajia, Panajia", kreischte Georgia. *Was für eine Jungfrau? Und was hat die mit mir zu tun?*

„Welche Jungfrau?" fragte Lisa verzweifelt. *Das einzige, wovor mir in diesem Moment graut, ist mein kleines Zimmer im Adonis!* Georgia schlurfte schimpfend zurück zur Bank. Sie machte einen kleinen Bogen um Lisa, bekreuzigte sich. Iordannis schob die Unterlippe vor. „Sie denkt, du bist die Frau, die dort oben vor Jahren gewohnt hat und im Meer ertrunken ist, zusammen mit Pavlos' Sohn."

Sie verwechselt mich! Pavlos war auch so irritiert. Ich will doch nur hier wohnen! Wie schaffe ich das?

„Sag irgendwas", forderte Lisa, „sag ihr, Geister leben nur zehn Jahre, dann hat sie die Sonne ausgebleicht …", und zu Georgia: „Zehn!" Lisa ballte die Hände zu Fäusten und ließ die Finger vor Georgias Augen hervorschnellen. Iordannis übersetzte. Die Alte wandte ihren Kopf zu Lisa, dann zu Iordannis und schüttelte ihren Kopf.

„Na, geh schon, Panajia“, sagte sie plötzlich schrill.

Vorsichtig betrat Lisa die knarrende Treppe an der Seitenwand. Das Geländer, soweit noch vorhanden, war morsch, die Holzstufen ächzten selbst unter ihrem Leichtgewicht. Die Tür hing schief im Rahmen. Lisa tippte sie an. Nichts geschah. Sie drückte dagegen, und die Tür fiel krachend nach innen. Staub wirbelte auf, eine Ziege lief meckernd aus dem dunklen Raum und stieß Lisa fast von der kleinen Plattform, danach sprang eine Katze heraus, fauchend, das Fell gesträubt. Lisa war unheimlich zumute. *Ich habe es ja gewollt. Jetzt muß ich da durch.* Staubkörnchen tanzten in den Sonnenstrahlen, die durch das Fenster in das Halbdunkel des Raumes fielen. Sie wollte es öffnen, um besser sehen zu können. Vorsichtig schlurfte sie durch den Raum. Der Staub ratschte unter ihren Füßen. Sie hatte das Fenster erreicht, da sauste etwas Schwarzes, Tropfenförmiges an ihr vorbei. *Der erste Geist!* Lisa schrie auf.

„Nur eine Ratte“, rief Iordannis hinter ihr. Lisa öffnete das Fenster und betrachtete das Zimmer genauer: Auf dem Boden lag ein Tisch, dem ein Bein fehlte, daneben ein zerbrochener Stuhl und Geschirr. Aus einem alten Reisekoffer lugten Kleider, Bücher, Zeitungen. *Ist das die Hinterlassenschaft der Frau, die Georgia Jungfrau nennt, doch wer war diese Frau?* Lisa schabte mit dem Schuh an der Kruste aus Tauben- und Ziegendreck und entdeckte eine rotbraune Fliese. Mit einem Brett kratzte sie weiter, legte einen kleinen Teil des Bodens frei. Iordannis beobachtete sie dabei aufmerksam. *Fayencefliesen! Hier muß mal eine reiche Familie gewohnt haben. Diese Wohnung oder zurück nach Berlin! Etwas Besseres werde ich nicht finden. Das wird mein Atelier. Wenn ich einen Tisch direkt unter das Fenster stelle, habe ich genug Licht. Darüber hänge ich Willis Einheitskalender, damit ich jeden Tag genießen kann.*

Im Bad konnte sie nicht einmal die Arme ausstrecken, sie setzte sich zur Probe auf die Toilette und entschied, der Kniefreiheit wegen stets die Tür offenzulassen. Neben der Toilette war eine verdreckte Dusche mit einem Porzellanbecken, einem Wasserhahn und einem Duschschlauch ohne Düse. Überall Schmutz, Staub.

Im zweiten, größeren Zimmer entdeckte Lisa das Gestell eines metallenen Doppelbettes mit geschwungenem Kopfende im Stil der zwanziger Jahre. *Das muß doch zu reparieren sein!* An der Wand hielt eine Reißzwecke ein vergilbtes, zusammengerolltes Foto fest. Es zeigte das Dorf, wie es früher ausgesehen hatte. Die betonierte Strandpromenade gab es noch nicht, die weite Bucht war unverkennbar. Georgias Haus stand schon, und die Palme davor auch. Daneben zwei verfallene Häuser. Sonst nur Wildnis, Steine, Berge und Meer. *Schade, alles haben sie zubetoniert. Wenn Georgia mir erlaubt, hier zu wohnen, werde ich das Bild kolorieren, mit einem Rahmen versehen und ihr schenken.*

Iordannis stöberte in dem Koffer. Er blätterte in einer der Zeitschriften und sagte zu Lisa: „Das sind deutsche Magazine."

„Das kann nicht sein", sagte Lisa und griff wahllos nach einem Heft, sah dann die anderen Exemplare durch. Es gab keinen Zweifel: Sie hatte einen kompletten Jahrgang der Hamburger Constanze gefunden, den aus dem Jahre 1966, ihrem Geburtsjahr. Lisa schauderte. Doch sie riß sich zusammen. *Für alle Zufälle gibt es eine Erklärung, wissenschaftlich fundiert, vom atheistischen Standpunkt aus. Und außerdem: Ich brauche einen Ofen. Ein Ofenrohr muß her.*

Lisa trat auf die Terrasse, übersah die ganze Strandpromenade und die Küstenfront des Dorfes. *Nichts im Dorf entgeht mir hier, ein Machtplatz. Wie kriege ich nur Georgia herum?* Sie überlegte sich griechische Sätze, etwa: Ich möchte dein Haus nehmen. Oder: Ich bin glücklich über das Haus.

Bevor ich mit meinen Verhandlungen fortfahre, laufe ich dreimal um das Haus herum und vertreibe die Geister. Gesagt, getan, Lisa rannte los, hob beschwörend ihre Arme und senkte sie, hob sie wieder und summte dabei eine langsame Melodie. Georgia sah dem Beschwörungstheater zu. Hysterisch schreiend lief sie die letzte Runde hinter Lisa her.

„Panajia, Panajia!" schrie sie aufgeregt.

Lisa führte die Alte zurück zu ihrer Bank, setzte sich ihr wieder zu Füßen und fragte: „Wieviel kostet das da?"

Georgia stöhnte nur leise. „Panajia, Panajia!" Ihre Augen wurden groß und größer. Dann wies sie mit den Händen auf die aufgewühlte See und auf das Haus, zu Lisa, auf sich selbst und wieder auf das Haus.

„Wieviel?" drängte Lisa und holte ihre abgezählten Tausender aus ihrer Gürteltasche. Als Georgia das Geld sah, ging eine Wandlung in ihr vor.

„In Ordnung?" fragte Lisa.

Georgia zog die Mundwinkel nach unten und blickte abfällig auf das Geld.

„Iordannis", bat Lisa, „sag ihr, ich will die Wohnung mieten, und ich werde sie von meinem Geld renovieren!"

Iordannis lehnte grinsend an der Hauswand. Den kurzen Satz zu übersetzen, brauchte er ziemlich lange. *Die beiden kunkeln miteinander, ich muß aufpassen.* Als Georgia schrill auflachte, war sich Lisa sicher, die beiden machten sich über sie lustig. Sie unterdrückte den Groll und rief: „Frag sie, ob dreißigtausend genug sind!"

Wieder redete Iordannis auf Georgia ein. Sie schien ihm zu widersprechen, gestikulierte energisch. Lisa wurde es zu bunt. Sie hielt das Geld in Georgias Augenhöhe und sagte: „Das ist für einen Monat. Ist das okay? Ich bin viele Monate im Dorf."

In diesem Augenblick kam Christina in den Garten, um das Geschirr abzuholen, hinter ihr Eleni, die eine roten Katze jagte und dabei einen Blumentopf umstieß. Christina verscheuchte die Katze und schimpfte über Elenis Ungeschicklichkeit. Eleni rannte heulend aus dem Garten. *Jetzt sucht sie bei Vangelis Trost.*

„In Ordnung, in Ordnung", sagte Georgia herablassend und steckte schnell das Geld in die Schürzentasche. *Georgia hat Angst, ihre Tochter könnte das Geld gesehen haben.*

Als Christina ging, nickte sie Lisa zu. *Ich habe gewonnen!*

„Kannst du mir bei der Arbeit helfen?" fragte Lisa Iordannis. „Natürlich für Geld."

Er wiegte bedächtig den Kopf. *Komm schon, mach dich nicht so wichtig! Du mußt keine Termine abchecken, du hast Zeit!*

Iordannis willigte ein.

Im Restaurant des Adonis bestellte sich Lisa Spaghetti mit Tomatensoße. Es war das einzige Gericht, das Maria, Vangelis' Frau, gekocht hatte. In der Mitte des Restaurants Adonis stand ein Kanonenofen, in dem das Holz knisterte. Das Ofenrohr verlief quer unter der Decke bis zu einem Fenster. *So eine Konstruktion werde ich mir in meinem Atelier auch bauen.* Am Nebentisch saßen ein paar Engländerinnen, die laut alberten, sich Witze erzählten, deren Sinn Lisa nur erahnen konnte, Karten spielten und sich durch nichts stören ließen. *Sie sind hier zu Hause. Ich möchte wissen, was die hier machen. Die tun so, als sei das ihre eigene Kneipe.*

Vangelis saß mit zwei Bauarbeitern an einem Fenstertisch und schimpfte über das Wetter. Vor dem Restaurant auf der Strandstraße rasten zwei junge Männer mit ihren Motorrädern im Slalom um die Wasserlachen. Die Motoren heulten wie Crossmaschinen. Sie fuhren hinter das Haus. Das knatternde Geräusch verstummte. Die beiden kamen durch den Seiteneingang in das Restaurant und bedienten sich wie Iordannis aus der Rakiflasche. Der kräftigere der beiden wurde von den Engländerinnen lautstark begrüßt: „He, Wassili, wie geht's? Beißen die Fische?" Wassili trank das Rakiglas in einem Zuge aus, ehe er den Frauen ein flüchtiges „Okay" zuwarf und sich erneut einschenkte. *Wie ein Pascha mustert er die Frauen.* Dem Gekicher der Engländerinnen begegnete er mit einer Ochi-Geste, die arrogant und abfällig war. Wassili steuerte direkt auf Lisa zu und baute sich vor ihr auf.

Dieser Mann ist ein völlig anderer Typ als alle, die ich bis jetzt kennengelernt hatte. Dieses Feuer in den Augen! Unberechenbar, als hätte er mich schon im Bett, und doch so abweisend. Wassili lächelte. Obwohl es nur den Bruchteil einer Sekunde währte, nahm Lisa einen Ausdruck von Überlegenheit und Verlangen wahr. *Er hat mich durchschaut, und ich bin unfähig, mich von seinem Blick zu lösen.*

Wassili krempelte die Ärmel seines Hemdes hoch, rückte einen Stuhl am Nebentisch zurecht und setzte sich. Den Oberkörper zur Seite geneigt, auf dem rechten Arm abgestützt, halb von Lisa abgewandt, die Beine langgestreckt und übereinandergeschlagen. Maria brachte die bestellten Spaghetti, bemerkte Lisas Erstaunen. *Ich muß mich zusammennehmen, wenn ich hier bestehen will.*

Vangelis lief durch das Restaurant, streichelte Eleni, die in einem Bilderbuch malte, über den Kopf. Bei seinem Rundgang kam er zu Lisa an den Tisch: „Es ist nicht gut, daß du bei Georgia wohnen willst", brummte er. *Ich habe mich doch erst vorhin mit Georgia geeinigt. Wer hat Vangelis das gesteckt? Er ist eifersüchtig und will die Miete selber kassieren.*

„Im Dorf denken einige", sagte Vangelis, „du bist die Jungfrau, die aus dem Meer wiedergekommen ist."

„Welche Jungfrau?" Lisa tat ahnungslos. *Ich muß hinter das Geheimnis der Jungfrau kommen.*

Vangelis ging nicht auf ihre Frage ein und wiederholte: „Es ist nicht gut." Lisa bestellte zwei Raki, die Eleni brachte. Als sie Vangelis aufforderte, mit ihr zu trinken, lehnte er ab.

„Ich habe heute Geburtstag", sagte Lisa laut genug, um den Fernseher zu übertönen. Die Engländerinnen sangen sofort: „Happy birthday to you." *Jetzt bloß nicht heulen vor Rührung. Bin ich nun aufgenommen in ihre Gemeinschaft?* Vangelis lachte etwas verunsichert, dann rief er nach der Rakiflasche, gab für alle eine Runde aus. Jeder prostete Lisa zu. Lisa prostete Wassili zu. Wieder lächelte er so merkwürdig.

In ihrem Zimmer legte sie sich aufs Bett und versuchte, die Gedanken an diesen Mann zu verdrängen. Den Blick an die Decke geheftet, überlegte sie: *Ich brauche ein Bett, einen Tisch und einen Stuhl. Und ich brauche Farbe, einen Kocher, einen Kühlschrank, etwas Geschirr, Bettwäsche.* Die Liste wurde länger und länger. *Danke, Willi, für die eiserne Reserve. Die muß jetzt herhalten. Für mein kretisches Zuhause.* Lisa öffnete Willis Briefkuvert und erschrak. Statt der vermuteten tausend Mark zählte Lisa fünf Scheine. Auf einem Briefbogen des Londoner Hilton standen einige flüchtig gekritzelte Zeilen.

„Liebe Sonnenfrau, damit du nicht soviel Schmuck an die Touristen verkaufen oder gar im Adonis für den fetten Vangelis arbeiten mußt, hat mir meine Firma einen Vorschuß genehmigt.

Denk dran, alle im Dorf haben klein angefangen, auch Vangelis. Jetzt ist er Dorfvorsteher, und alles tanzt nach seiner Pfeife. Vor zwanzig Jahren gab es nur das Haus der alten Georgia und ein paar muffige Katen im Dorf. Vangelis bekam als erster Geld von seinem Vater aus Amerika, und die soziale Ungerechtigkeit begann. Sie bauten die schäbigen Betonzellen für die Touristen um die Wette, wer das

Rennen machte, weißt Du ja inzwischen. Heute gehört Vangelis fast das ganze Dorf.

Nur im alten Dorf kannst Du noch einige schöne Häuser besichtigen, es steht leer. Trage Dein Geld zu den Kleinen ... Tschüüüs." *Ach Willi, du bist verrückt, mit dem Geld kann ich ja ewig bleiben. Nein, ich werde einen Teil zurückschicken. Doch wohin, wohnt er etwa im Londoner Hiltonhotel, so wie Matthias Vogt?* Lisa studierte den luxuriösen Briefbogen aus Büttenpapier, eine Adresse gab es nicht. Gegen das Licht entdeckte sie ein Wasserzeichen und Eindrücke von einer Notiz. Sie wischte vorsichtig mit einem weichen Bleistift über das Papier und las: „Lieber Küde, vergiß nicht die vereinbarten Zahlungen an Hugosch & Co, nur Bartransaktionen. Asta la vista ..." *Wie kann man nur von Geldgeschäften leben, ich werde das nie verstehen.*

Nachts nahm der Wind zu. Das Klatschen der Gischt gegen die Fensterläden, das dumpfe Rollen der Steine auf der Strandpromenade ließen Lisa unruhig schlafen. Wassilis Lächeln störte ihre Träume. Sie wachte auf, hörte Stimmen am Meer. Sie schaute, eingemummelt in eine Windjacke, vom Balkon zum Strand. Männer schleppten Sandsäcke, um die Terrassen gegen die tobende See abzudichten. Andere zogen unter rhythmischen Hauruckrufen die Boote aus dem Wasser auf die Strandpromenade. Später saßen die Männer stumm auf der Terrasse des Adonis und beobachteten das Meer. Wassili war nirgends zu sehen.

Früh am nächsten Morgen lief Lisa zum Busplatz. Sie wollte nach Rethymnon, einer großen Stadt im Norden Kretas. In ihrer Tasche lag die Einkaufsliste. Der Sturm hatte nachgelassen. Lau kam der Wind von Südwest. Das Dorf lag im Dunst, die Sonne war noch nicht aufgegangen. Die Luft schmeckte salzig.

Vor der Post wurde ein Lkw mit grünen Säcken beladen. Vangelis lehnte rauchend an der Telefonzelle, kommandierte die Männer, die mit Pritschenwagen mehrmals Gurken von den Gewächshäusern brachten. Lisa erkannte Iordannis und Vangelis' Schwager Dimitri, die oben auf der Ladefläche die Säcke stapelten. Lisa hörte, wie die Männer über sie Bemerkungen machten.

„Iordannis, das wäre die Richtige für dich", rief ein Pritschenfahrer zu ihm hinauf. Iordannis machte die Ochi-Geste. Der Pritschenfahrer ließ nicht locker: „Mit der brauchtest du nicht mehr allein zu onanieren."

„Ramoto, panajia", fluchte Iordannis, die Männer grölten. Ein Gurkensack fiel herunter und platzte beim Aufprall. Gurkenstücke rollten über den Platz. Vangelis schimpfte: „Paßt doch auf, ihr Scheißkerle, Malackas!"

An die rauhen Witze muß ich mich gewöhnen. Im Winter gibt es keine Touristinnen zum Flirten. Lisa fror, zog das schwarze Wolltuch fester um ihren Hals und versteckte die Hände in den Ärmeln ihrer Jacke. Pavlos, der Wirt des Kafeneons, schaltete das Licht ein. Der kalte Neonschein strahlte auf den Busplatz. Aus der Bäckerei drang der Geruch von heißem Gebäck. Lisa ging hinüber.

Auf den ausgetretenen Stufen von Pavlos' Kafeneon saß die junge, schwarze Katze, die am Tag zuvor von den Kindern gejagt worden war. Lisa lockte sie mit Mauzen. Die Katze fauchte.

„Du bist Vitzliputzli, weil du so mutig warst." Lisa sprach auf das scheue Tier ein. „Weißt du, Vitzliputzli war nämlich ein mächtiger indianischer Gott."

Von Worten allein wird das gute Tier auch nicht satt. Sie notierte im Geiste: Katzenfutter.

„Kein Brot", sagte die Bäckerin. „Erst um zehn."

Lisa nahm zwei mit Käse gefüllte Teigtaschen. Hupen, eine Staubwolke, der Bus sperrte seine Türen auf. Als Lisa einstieg, kam Iordannis über den Platz. Er ging in die Bäckerei und holte Säcke mit dunklem Zwieback, die er in den Bus warf. *In der Stadt werde ich mich nach Schwarzbrot umsehen. Zu Sorbas' Zeiten gab es noch welches.*

„Grüß dich", rief Lisa durchs Fenster.

„Good morning", gab er mürrisch zurück. Er schniefte, zog lautstark den Inhalt seiner Nase hoch und spuckte aus. Dabei kratzte er sich zwischen den Beinen. *Er hat ja nicht mal Schlüpfer an!* Iordannis stieg in den Bus und nahm eine durchsichtige Plastiktüte mit Zeitungen und ein paar Briefen heraus. *Morgens hilft er Vangelis und in der Bäckerei, dann kümmert er sich um die Post, er kellnert im Adonis, und er renoviert meine Wohnung. Vier Jobs!* Der Fahrer hatte den Motor abgestellt. Er beugte sich über das Lenkrad, bettete den Kopf auf seine Arme und machte ein Nickerchen. *Dabei ist er spät dran! Und nachher donnert er mit einem Affenzahn über die Berge.*

Endlich fuhr er los. Im nächsten Dorf stieg ein schneidiger Typ mit keckem Bärtchen ein. Das war der Schaffner. Seine Kasse bestand aus aneinandergeschweißten metallenen Türmen, jeder für eine Sorte von Münzen. Darunter klemmten die Fahrscheinblöcke; das Bündel mit den Banknoten hatte der Schaffner in seiner Brusttasche.

„Rethymnon", sagte Lisa und hielt ihm die Scheine hin.

Er nahm das Geld und streichelte dabei ihre Hand. Sie zog die Hand zurück. *Das Anfassen muß eine Art Orgasmus für die sein. Ich gebe ihm keine weitere Chance.* Mit spitzen Fingern langte sie nach den Fahrscheinen, die der Schaffner ihr hinhielt.

Hunderte Meter tiefer, in der Ebene, erkannte Lisa endlose Strände, Olivenhaine mit Wiesen, Plantagen und kleine Dörfer. Auf dem glitzernden Meer bildeten sich weiße Schaumkronen. *Diese Aussicht allein ist Kreta wert. Hier irgendwo hat Matthias Vogt zehn Jahre lang sein Sommerhaus gehabt. Willi kannte schon die Gegend, als es die Betonbauten noch nicht gab, die Partei wußte damals schon, wie schön der Süden Kretas war.* Wie eine Ader zog sich die Straße in weitem Zickzack den steilen Hang hinauf. Schafe und Ziegen wärmten sich die Bäuche auf dem schwarzen Asphalt, bequemten sich nur aufzustehen, wenn der Fahrer hupte. Am Straßenrand blühten blaue Anemonen, und Lisa glaubte, den Duft von Salbei und Thymian zu spüren. Die Olivenernte in den Hainen hatte begonnen. Hin und wieder sah Lisa, wie Bauern mit Harken und Pappdeckeln vorsichtig auf die Äste schlugen, dann fielen die glänzenden Früchte herunter in schwarze Drahtnetze, die im Gras lagen. Kinder und Alte halfen beim Einsammeln. Männer schleppten die Oliven in Kisten und Eimern zu Autos. Lisa sah auf die kniehohen Gräser am Straßenrand. *In Deutschland liegt vielleicht schon Schnee.* Weit und breit war kein Dorf zu sehen. Plötzlich hielt der Bus an, der Schaffner eilte zur hinteren Tür und half einem Griechen, der mit einem Schäferstock gewunken hatte, die Stufen hinauf. *Alten Frauen helfen die griechischen Schaffner nie.*

„Fihje!" rief der Schaffner. Das hieß soviel wie: hau ab, fahr weiter! Der Zugestiegene trug schwarze Filzhosen, die er am Bauch mit einer Kordel zugeschnürt hatte, und polierte schwarze Stiefel. Die Jacke hing über seiner Schulter. Ein netzartiges schwarzes Kopftuch bedeckte seine schlohweißen Haare. Kleine Troddeln hingen dem Alten wie ein Pony ins Gesicht. *Diese Art, das Tuch zu tragen, bedeutet Trauer.* Regungslos saß er auf dem zerschlissenen Sitz und spielte mit einer Perlenkette. Zwischen zwei Haltestellen stand er auf, der Bus hielt, und er stieg aus, ohne zu bezahlen. An den Straßenrändern standen kleine Kästen in Form von Kapellen, obendrauf ein Kreuz. *Jedes steht für einen, der sich in den Bergen tot gefahren hat. In manchen steilen Kurven stehen mehrere Totenhäuschen. Die Hinterbliebenen stellen Bilder des Verstorbenen hinein, oder Heiligenbilder, oder eine Öllampe, oft auch Schnaps, dann kann die Seele in der kleinen Kapelle einkehren und sich zu Hause fühlen.*

An der Umsteigestation in einer kleinen Ortschaft, wo sich zwei Landstraßen kreuzten, kam der Bus verspätet an und wurde von den Fahrern wartender Busse laut hupend begrüßt. Die Menschen stürmten über die Straße, drängelten, verstauten ihr Gepäck. Keuchend erklomm ein hutzliges Mütterchen die hohen Stufen. Lisa half ihr. Die Alte setzte sich neben Lisa in die letzte Reihe. Hinter der Ortschaft stoppte der Bus erneut. Eine Schafherde überquerte gemächlich die Straße. Flaumige Lämmer sprangen kreuz und quer, die großen Tiere blieben stehen und blökten den Bus an. Als der Fahrer hupte, erschrak der Leithammel, der schon ein paar Meter den Hang hinaufgeklettert war, machte kehrt und hetzte zurück auf die andere Straßenseite, die ganze Herde hinterher.

Vor Lisa unterhielt sich ein älteres Paar. Ohne sein Gespräch zu unterbrechen, hielt der Opa dem Schaffner ein paar Geldscheine hin: „Zweimal Rethymnon."

Der Schaffner riß die Tickets von seinen Blöcken und schaute dabei aus dem Fenster. Sekundenlang hielten die beiden Männer sich Geld und Fahrkarten entgegen, keiner nahm vom anderen Notiz. Nach einer Weile murmelte der Schaffner irgend etwas und griff nach dem Geld. Dennoch fühlte sich der Opa in seinem Stolz verletzt und schimpfte in höchsten Tönen.

Das Wetter auf der Nordseite des Gebirges wurde zusehends schlechter. In Rethymnon regnete es.

„Panajia, Panajia!" Die alte Georgia riß die Augen auf, als sie Lisa im Taxi sah, eingezwängt zwischen Plastiktüten, Beuteln, Kartons, dem Kocher und einer Gasheizung. Iordannis kam vorbei.

„Grüß dich", sagte Lisa.

„Zurück aus Rethymnon?"

„Siehst du das nicht?"

Er lachte und half den Kocher und die Heizung hochschleppen. Der Fahrer saß hinter dem Steuer und beobachtete die Uhr. Als er beim Bezahlen des vereinbarten Pauschalpreises zusätzlich Geld für die Wartezeit verlangte, wurde Iordannis laut. Er schimpfte mit dem Fahrer, bis dieser nachgab. Lisa lud Iordannis zu einem Glas Wein ein. Sie wischte die Holzwolle aus den neuen Gläsern.

„Was verdienst du in der Stunde?" fragte Lisa beiläufig.

„Für dich mache ich einen guten Preis."

Mit „guten Preisen" hatte Lisa ihre Erfahrung. Vangelis sagte ihr auch, er mache einen guten Preis, und knöpfte ihr dann den Saisonpreis ab, dreitausend Drachmen je Nacht. „Guter Preis" hieß für Lisa, sie wurde geschröpft bis ans Ende ihrer Freundlichkeit.

„Wieviel?" fragte sie.

„Sechstausend am Tag", sagte er.

Das sind nicht mal zehn Mark für die Stunde. Sie willigte ein.

Lisa wachte in ihrem Adoniszimmerchen auf, sah durch das offene Fenster, wie die Dämmerung den Himmel violett färbte. *Der Tag erwacht mit Rosenfingern … wie in Homers Odyssee.* Der Morgenstern funkelte, das Dorf lag still, niemand war zu sehen. Die Palme vor Georgias Haus rührte sich nicht. *Georgias Hühner gackern schon. Vielleicht schleicht ein Wiesel ums Haus?* Das Meer war spiegelglatt, bis zum

Horizont. Am Steg waren drei Fischerboote vertäut.

Lisa erinnerte sich an das alte Foto. Sie wollte zu der Stelle auf dem Berg, an der es aufgenommen worden war. Sie lief die Strandpromenade entlang. *Die Stille hier ist wie eine andere Welt. Ich höre nichts als das Knirschen der Kiesel unter meinen Schuhsohlen.*

Am Ende der Strandpromenade führte eine steile Treppe zur Feriensiedlung Atlantis 21. Die Häuschen waren wie große Stufen in den Fels hineingebaut, jedes war vom anderen durch Rhododendron- und Palmbüsche getrennt, die in großen Tongefäßen wurzelten. Die Grundsteine für zwei weitere Bungalows waren gelegt. Lisa stieg über Sandhaufen, Ziegelsteine und Zementsäcke. Im Winter war das Areal eine einzige Baustelle. *Noch drei, vier Monate bis zur Saison. Bis dahin müssen die Bungalows fertig sein.*

Ein schmaler, steiler Weg führte zum Gipfel. Lisa kam an der kleinen weißen Dorfkirche neben dem Friedhof vorbei. Auf der anderen Seite der Bucht stand eine zweite Kirche. Im ersten Sonnenlicht hob sie sich vom dunklen Berg ab. *Von jeder Kirche aus kann man eine andere sehen. Haben sich die Popen früher von einem Ende Kretas zum anderen verständigen können? Keine Briefe, kein Telefon, nur Weihrauch, Lichter und andere geheimnisvolle Signale?*

Niedrige Gräser und Moose überzogen die steinige Landschaft wie ein grüner Teppich. Zu Lisas Rechten fiel der Felsen steil ab ins Meer. Riesige Felsbrocken türmten sich an der Küste, als wären sie erst gestern vom Berg gefallen. Links von ihr wuchsen Olivenbäume, die der Seewind zurechtgebogen hatte. Lisa erklomm den Gipfel. Die letzten Meter des Weges zum oberen Plateau waren beschwerlich. Ein Rundbogen aus kleinen rotgebrannten Ziegeln war von Thymianbüschen, Gras und Moosen überwuchert. Lisa strich mit dem Zeigefinger über den zweitausend Jahre alten Stein. *Ein Souvenir von den Römern.* Sie stand inmitten einer verfallenen Stadt. Die Sonne blinzelte, spiegelte sich gelb im Meer. Von hier waren es zwanzig Minuten bis zu der Stelle, wo Süßwasser aus den Bergen zutage trat und in Rinnsalen zum Meer floß. Dort, zweihundert Meter tiefer, gab es Höhlen, in denen im Sommer Touristen hausten. Sie bauten sich Becken, in denen sich das Süßwasser sammeln konnte; eine willkommene Erfrischung für Wanderer.

Das Plateau, über das Lisa spazierte, fiel seewärts stufenförmig ab. Auf den Terrassen grünten früher Gärten. Steinhügel kündeten von vorzeitlichen Häusern. Bei manchen waren noch die Grundrisse erkennbar. Lisa lief über die alten Wege und schaute in die Ruinen. Sie entdeckte eine Steinplatte mit einer faustgroßen Vertiefung. Die Phantasie gaukelte ein Bild der Vergangenheit vor. *Ein Mörser. Die Grillen erwachen im ersten Sonnenlicht. Esel stehen vor den Häusern,*

Kindergeschrei kommt aus den schmalen Gassen. Frauen färben Stoffe. Überall duftet es nach Essen, ein paar Frauen mahlen Korn zu Mehl, andere zerreiben Pflanzen zu Salben oder Johanniskrautblüten zu Farbe. Männer schlachten ein Schaf, andere schwatzen und trinken Salbeitee, Hunde bellen, eine Frau schimpft laut … Ein kleiner Wind strich durch Lisas Haare, sie sah Trümmer, soweit das Auge reichte.

Unter einer Palme erblickte Lisa eine Brunnenanlage. Daneben stand eine Hütte, aus Trümmersteinen gebaut und weiß gestrichen. An der Holztür hing ein großes Vorhängeschloß. Ein Mauervorsprung neben der hölzernen Tür diente als Bank, davor war eine Feuerstelle. Die Hütte hatte kleine Steinfenster, die Ritzen im Gemäuer waren mit Lehm verputzt. Ein kleiner Steinwall schützte vor Ziegen und Schafen. *Hier oben also wohnt der Hirte Michalis, der jeden Morgen seine Herde vor meinem Balkon sammelt. Ihm entgeht nichts von dem, was im Dorf geschieht. Es ist ein idealer Platz zum Beobachten.*

Lisa setzte sich unter einen weit ausladenden alten Olivenbaum. Zärtlich berührte sie den dicken Stamm. *Du wirst mein Olivenbaum, der Bewahrer meiner Geheimnisse. Ich will oft zu dir kommen und mich anlehnen. Von hier aus kann ich dem Dorf ins Gesicht schauen.* In der Rinde wimmelte es von Ameisen und Feuerkäfern. Ein Skarabäus wärmte sich in der Morgensonne. *Hier oben steht die Zeit still.* Hummeln kosteten von blauen Anemonen und gaben ein Baßkonzert, Spatzen neckten sich in der Krone des Olivenbaumes, irgendwo im Dorf bellte ein Hund.

Lisa entdeckte das alte Dorf. Es war durch einen schmalen Pfad, der vom Busplatz aus an der Post vorbeiführte, mit dem unteren Dorf verbunden. Lisa beobachtete durch ihr Fernglas, wie Sophia in den Garten ging. Sophias Haus im alten Dorf war noch gut erhalten. *Um die anderen Häuser dort kümmert sich niemand mehr. Dort hätte ich auch wohnen können.* Vor Sophias Eingangstür wuchs ein großer Walnußbaum. Iordannis kletterte über eine Leiter aus dem Obergeschoß herunter und wusch sich am Brunnen. *Er wohnt also bei Sophia, der Schwester von Georgia. Gleich geht er in die Bäckerei, hilft dort die Brote formen. Bis zur Ankunft des Busses sitzt er dann bei Pavlos im Kafeneon.*

Am Olivenbaum, unter dem Lisa saß, mußte das alte Foto aufgenommen worden sein, das im Atelier der Jungfrau hing. *Von den drei Häusern auf dem Foto steht nur noch das von Georgia.* Lisa blickte über Felder und Folienzelte. *Da wächst der Reichtum des Dorfes: Tomaten, Zuccini, Gurken, die kleinen, süßen Bananen.*

Neben einer Hühnerfarm begann der Weg zum nächsten Dorf, eine Stunde entfernt in den Bergen. Winzige weiße Punkte kennzeichneten den Ort. *Abends glitzern die Lichter des Dorfes wie Sterne.*

Lisa kletterte die Treppe zu ihrer zukünftigen Wohnung hoch. Iordannis mußte jeden Moment kommen. Sie blätterte einen Jahrgang der Constanzehefte durch. In einem der Hefte lag wie ein Lesezeichen ein postkartengroßes Foto: das Porträt einer jungen Frau in Lisas Alter. Lisa erschrak. *Georgias Panajia, die Jungfrau! Blonde Locken, große Augen, Reste von Babyspeck auf den Wangen, eine hohe Stirn; sie sieht aus wie ich.* Eine verblichene Beschriftung auf der Rückseite: Kreta, März 1966. *Das könnte meine Schwester sein. Ich habe keine fünfundzwanzig Jahre ältere Schwester. Ich habe gar keine Schwester, nicht mal einen Bruder. Für Georgia muß mein Auftauchen ein Schock gewesen sein. Wer ist diese Frau …? Geisterhaus …*

Lisas Blick streifte eine Anzeige für Büstenhalter: „Triumph krönt die Figur", modellierende Körbchen, Stretchkomfort, kontrollierte Elastizität. *Sogar mit Quiz: Ich soll ankreuzen, welches die drei wichtigsten Eigenschaften dieses BHs sind, und dann an die Firma schreiben. Dazu meinen Namen, die Adresse und meine BH-Größe. Da kann ich ja gleich ein Aktfoto von mir hinschicken.* Lisa blätterte weiter. Sie wollte wissen, was die westdeutsche Frau, die Panajia im Jahr ihrer Geburt, 1966, interessiert hatte. *„Dash wäscht so weiß, weißer geht's nicht …" Diese Sprüche gab es also wirklich. „Wer es kennt, nimmt Kukident." Der „Zopf des Kolumbus"? Kunsthaar, der letzte Schrei im Sommer 1966. Mann, die hatten Sorgen. Mr. Brown, der Sonnenreflektor, bräunt auch von unten; interessant. Die ärmellosen Kleider sind ja schrecklich. Selbst die dünnsten Mannequins haben fette Oberarme darin.*

Neuste Erfindung im Jahre 1966: Haarwäsche, die nicht in den Augen brennt. Lisa las einen Tip für Minirockträgerinnen: „Die Frauen müssen lernen, mit häßlichen Knien zu leben, wie sie auch mit häßlichen Gesichtern herumlaufen."

Rubrik Constanze vertraulich: Lisa las die Geschichte eines gescheiterten Eheglücks und kommentierte sie in Gedanken: *Sie, eine schlanke Blondine, die nicht jünger aussieht, als sie ist (43), spielt nervös mit ihrer Zigarette und dem Whiskyglas. Er, braungebrannt, frisch und ausgeruht, sieht zehn Jahre jünger aus als seine Frau. Er geht fremd, hat viele Affären, weil er das braucht. Sie akzeptiert die Macht des Sexus nicht, ist nicht fähig, ihm fraulich nachzugeben und ihm ein andermal weiblich zu widerstehen. Constanze rät, sie solle ihr idealisiertes Bild von Liebe ablegen und die Ausschweifungen ihres Mannes tolerieren, sonst würde er sich nie ändern … Nur, weil sie in seinem Haus wohnt, soll sie die Eskapaden ihres Mannes hinnehmen? Sie soll ihn verstehen? Das ist ja die Höhe! Ich würde den Typen achtkantig rausschmeißen. Entweder will er was von mir, oder er läßt sich scheiden und sucht sich eine Dumme, die da mitspielt. Wie kann sich eine Frau so etwas gefallen lassen?*

Lisa kam ins Grübeln.

Warum hat die junge Westdeutsche diese Zeitschriften nach Kreta mitgeschleppt? War das ihr Ersatzfernsehen? Sie könnte meine Mutter sein, wenn ich im Westen zur Welt gekommen wäre. Ich wäre in rosa Windeln aufgewachsen. Mit fünf Jahren hätte ich mehr Anziehsachen besessen, als ich mein ganzes Leben lang in der DDR besaß. Ich wäre genauso geworden wie die westdeutschen Frauen, wäre wie Tante Elfi, eine gute Hausfrau, drei Kinder am Rockzipfel. Einmal im Monat würde ich eine Gartenparty für die ganze Familie ausrichten. Ich würde mit Anregungen à la Constanze den starken Männern auf Papptellern handfeste Brote anbieten mit einer Scheibe Schinken darauf, wie beim Oktoberfest, und für die Damen Knäkkebrot, Joghurt und frisches Obst. Ich würde eine Schlankheitskur nach der anderen machen, meine Wäsche wäre ganz weiß. Abends käme mein Gatte abgearbeitet heim, weil er seine Sekretärin gevögelt hat. Ich würde mich nicht beklagen, weil es ja sein Haus ist und er mich und die Kinder versorgt. Ihm zuliebe hätte ich den Constanzeschnellkurs gemacht und auswendig gelernt, was abseits ist.

Und was hat mir meine ostdeutsche Herkunft gebracht? Nichts. Warum mußte mein Schicksal diesen idiotischen Knick machen, diesen unreparablen Knick? Dieser Makel klebt an mir.

Lisa Meerbusch holte tief Luft und schüttelte sich. Sie ging auf die Terrasse. *Sollte ich wie die Panajia einen Griechen heiraten, dann weiß ich genau, er geht mit jeder Touristin fremd. Wie Wassili ...* Auf dem Steg, der vierzig Meter weit ins Meer hineinragte, lief ein kleines Kind flott auf das Wasser zu. Es war etwa zwei Jahre alt und trug gestrickte Hosen und ein blaues Mäntelchen, das ihm bei jedem Schritt von der Schulter rutschte. *Noch ein paar Schritte, und das Kleine liegt im Wasser.* Lisa sprang die Treppe hinunter, eilte zum Steg und riß das Kind im letzten Moment an sich. Sie fand ein Bonbon in ihrer Tasche.

„Wie heißt du?" fragte Lisa.

Eine Frauenstimme hinter ihr antwortete schroff: „Er heißt Stephanos und ist mein Sohn." Die rauhe Stimme paßte nicht zu dem sanften, blassen Gesicht mit den großen braunen Augen. Die Frau war in Lisas Alter, zierlich und hatte die üppigen Haare mit einer Schnur zusammengebunden. Sie nahm Lisa den Jungen ab und redete sofort auf ihn ein. Dann lief sie mit ihm auf dem Arm vom Steg.

Lisa zündete sich ein Pfeifchen an und setzte sich auf die Steine am Ufer. Jetzt erst spürte sie ihr Dornenknie. *Die Angst um das Kind hat mich den Schmerz vergessen lassen ... Was veranlaßt die Frau, mich so unfreundlich zu behandeln?*

Nicht weit von ihr, auf den Steinen, saß Iordannis, die Füße im Wasser. *Er müßte längst bei mir im Atelier sein. Sicher arbeitet er heute dafür länger.* Er grinste sie an, als könne er ihre Gedanken erraten.

„Das war Stella“, rief er ihr zu. „Sie lebt im Dorf hinter der Busstation.“

„Ich dachte, da wohnt nur noch Sophia?“ fragte Lisa. *Ich werde mir das alte Dorf einmal ansehen … wenn die Wohnung fertig ist.*

Das Gerümpel hatte Iordannis bis zum Mittag im ersten Raum, dem Atelier, aufgetürmt und dort mit den Malerarbeiten begonnen. Im hinteren Zimmer stapelten sich die Kisten, Tüten, Kartons ihres Einkaufes zwischen Farbtöpfen, neuem Geschirr und dem Messingbett. Der Fußboden strotzte noch vor Schmutz.

Es war zwei Uhr nachmittags. Iordannis ließ den Pinsel fallen und verabschiedete sich. Lisa, über und über mit Farbklecksen besprenkelt, wollte aufbrausen. Doch er schnitt ihr das Wort ab: „Ich bin kein Deutscher. Ich arbeite nur vier Stunden am Tag. Grundsätzlich. Und das Geld, das ich verdiene, reicht aus. Mehr brauche ich nicht.“

„Das hast du gestern nicht gesagt.“

„Du hast nicht gefragt.“ Er grinste.

Lisa gab ihm das Geld. *Eins zu null für dich, Iordannis. Wenn ich weiter so ungeschickt bin, lacht bald das ganze Dorf über mich.*

„Kannst du früher kommen?“ fragte sie betont höflich.

„Zehn Uhr ist früh genug“, antwortete Iordannis und ging.

„Scheiße. Scheiße. Scheiße.“

Bei Iordannis' Arbeitstempo kann es noch Wochen dauern, ehe die Wohnung bewohnbar ist.

Eine rote Katze schlich über die Terrasse, sie trug ein Halsband. Lisa lockte sie: „Na, du rote Königin?“ Die Katze war zutraulich. *Bis jetzt sind alle Katzen im Dorf vor mir geflüchtet. Warum diese nicht?*

Am nächsten Morgen zeigte sie Iordannis das Foto der Jungfrau. Er betrachtete es lange. „Deine Schwester?“ fragte er und bleckte die Zahnlücke.

„Nein“, erwiderte sie erregt. „Kennst du diese Frau?“ Iordannis überlegte. Nach einer Weile murmelte er: „Die Panajia.“

„Wer war sie?“

„Sie war Siphis' Frau“, sagte Iordannis abwesend.

„Siphis war der Sohn von Pavlos“, vergewisserte Lisa sich. Er reagierte nicht, betrachtete nur das Foto. Auf einmal stand er auf und warf das Foto auf die Zeitungen: „Bringen wir das Gerümpel fort.“

„Wohin?“

„Zum Wasser.“ Er klemmte sich ein paar Bretter unter den Arm und nahm den Koffer mit den alten Kleidern in die Hand. Lisa hätte einige der Kleider gern behalten. *Nein, sonst bin ich für Georgia wirklich die ertrunkene Panajia.* Sie griff zwei Kisten, füllte sie mit herumliegendem Müll und Schmutz und folgte Iordannis.

Wie oft sie die wacklige Holztreppe herunter- und hinaufgegangen war, wußte Lisa nicht. Langsam leerte sich das Atelier. Die Kinder, die von der Schule kamen, entdeckten den Koffer und zogen die Kleider an. Sie kreischten, lachten und schrien: „Panajia, Panajia, Panajia." Iordannis überschüttete den Gerümpelhaufen mit Benzin, dann zündete er sich eine Zigarette an, rauchte ein Weilchen und schnippte die Kippe hinein. Puffend explodierte das Zeug. Geistesabwesend blickte er in die Flammen. Die Zeitschriften fingen schnell Feuer, und das Foto der Jungfrau verbrannte. *Hoffentlich findet ihre Seele jetzt Ruhe.*

Schwarze Rauchschwaden verpesteten die Luft, der typische Müllgestank verbreitete sich im Dorf. Georgia stand am Gartenzaun und schrie: „Panajia, Panajia."

Vangelis kam auf die Hotelterrasse und sah zu.

„Und jetzt?" fragte Lisa.

„Wir warten", antwortete Iordannis. Lisa stöhnte. *Hexenverbrennung … Zum Glück liege ich nicht auf dem Haufen.* Iordannis setzte sich mit einem Raki zu Vangelis. Beide sahen stumm in die Flammen. Es ging auf zwei Uhr zu, Iordannis rührte sich nicht. *Durch Warten erledigt sich die Arbeit in meiner Wohnung nicht.*

„Das war's wohl für heute?" kommentierte Lisa auf deutsch die Situation und ging auch zum Adonis. Vangelis hieß Iordannis ein drittes Mal einschenken.

„Sie sind alle tot, die da oben gewohnt haben", erzählte Vangelis unverhofft. *Der will nur, daß ich bei ihm wohnen bleibe.*

„Wer sind alle?" fragte sie neugierig.

„Meine Großmutter, sie war eine schöne Frau. Als sie 1920 heiratete, zog sie in den oberen Teil des Hauses. Ihre Eltern lebten unten. Weihnachten 1925 kamen sie und erschossen die beiden Familien und die Zwillinge."

„Wer kam?" fragte Lisa.

„Man weiß nur, wie es geschehen ist", fuhr Vangelis fort. „Ein Schäfer will es gesehen haben, von oben, vom Berg, aber keiner weiß, wer es war."

„Blutrache", sagte Iordannis trocken. Lisa war entsetzt. Das Feuer brannte lichterloh, glühende Fetzen einer Matratze flogen durch die Luft.

„Wo waren Georgia und Sophia und Pavlos?" fragte Lisa.

„Sie waren an dem Tag im alten Dorf", sagte Vangelis.

„Um das Jahr 1900 hatten die Türken Kreta verlassen, und die Kreter teilten das Land unter sich auf", erzählte Vangelis weiter. „Wer konnte wissen, wem was gehörte? Nach dreihundert Jahren."

Die Kreter hatten eine echte Chance, hundert Jahre früher als wir Ostmauken. Kein Athener kam damals, bevormundete sie und nahm ihnen etwas weg. Was wäre geschehen, wenn 1990 das Volk bei uns ohne Einfluß von außen das Land hätte aufteilen können …

„Niemand zog in das Haus ein", sagte Vangelis. „Sophia, meine Mutter, ging nach Amerika und kam erst 1945 wieder, heiratete und wir wohnten im alten Dorf. Ihre Schwester Georgia kam später heim und zog unten ins Haus, den oberen Teil bezog 1960 die Jungfrau aus Deutschland. Nach ein paar Monaten heiratete sie Siphis, den Sohn von Pavlos." Vangelis dachte kurz nach und sagte unvermittelt: „Sie schminkte sich die Lippen."

Und eines Tages kamen die beiden vom Meer nicht mehr wieder. Was ist bloß passiert? Immerhin weiß ich jetzt, warum Pavlos, der Wirt, so freundlich zu mir ist.

Von Tag zu Tag erhielt Lisas Zuhause ein freundlicheres Gesicht. Abends war sie erschöpft, aß lustlos in Vangelis' Restaurant. Sie hoffte, Wassili wiederzusehen, doch der ließ sich nicht blicken. Zu den Engländerinnen, Alice, Sally, Caroll, Lucy, Andrea und Maggie, hatte sie Kontakt gefunden. An ihren verrückten Wortspielen nahm sie nur selten teil. Das Wortspiel gehorchte der Regel, daß der letzte Buchstabe eines Wortes der Anfangsbuchstabe des folgenden Wortes sein mußte. Wer verlor, mußte die nächste Runde zahlen und, was das Schlimmste war, einen Raki ex trinken. Fast jedesmal, wenn sie mitspielte, verhaspelte sie sich, weil sie nicht so gut englisch sprach.

„Die Engländerinnen leben das ganze Jahr hier, sie arbeiten in Vangelis' Gewächshäusern", erklärte ihr Iordannis eines Morgens. „Die meisten kommen aus Liverpool oder Manchester."

„Verdienen sie wirklich so wenig?" fragte Lisa.

„Für sie ist es genug. Die, die Vangelis besonders leiden kann, dürfen im Sommer sein Hotel putzen oder auch in der Küche helfen, wenn Sophia oben im Dorf lebt und den vorbeikommenden Touristen Wasser verkauft." *Vangelis zieht aus der Armut der Frauen doppelten Profit. Ich könnte das nicht, bei fünfzig Grad Gurken ernten. Sie arbeiten für Billigstlöhne, um hier leben zu können. Ich dagegen habe mir mein Paradies gekauft, die Wohnung, die Möbel und auch ein bißchen Luxus … mit Willis Geld.*

„Wo ist Claudia, die im April bei Vangelis gearbeitet hat?"

„Gefeuert", erwiderte Iordannis lakonisch. Lisa gab sich mit der knappen Antwort nicht zufrieden, und Iordannis ließ sich zu einer genaueren Erklärung herab. „Die Deutsche war mit Wassili zusammen. Maria hat das seiner Frau gesteckt."

„Wie", Lisa glaubte sich verhört zu haben, „Wassili ist verheiratet?"

„Deswegen gab es ja den Ärger", sagte Iordannis. „Vangelis hatte wohl auch ein Auge auf die Deutsche geworfen, aber die wollte nur mit Wassili."

Nach einer Pause sagte Iordannis: „Das wäre nicht gutgegangen mit der Deutschen. Sie hatte nichts, was sie in eine Ehe hätte einbringen können."

Er will mich warnen. Mich achten sie, weil sie glauben, ich sei reich. Ich muß sie in diesem Glauben lassen. Tja, einen Mann brauchst du, hat Claudia zu mir gesagt. Warum nur mußte sie sich den Falschen aussuchen? Wassili?

„Wo ist Claudia jetzt?" wollte Lisa wissen.

„Egal. Wen interessiert das. Im Sommer kommen andere."

Am nächsten Morgen schleppte Iordannis ein Schweißgerät an. „Fürs Bett", sagte er. Über einer Kerze berußte er seine Sonnenbrille. Mit Routine entzündete er die Flamme, stellte das Gasgemisch ein, setzte sich die Brille auf und schweißte das Gestell.

„Lisa, komm", rief Iordannis nach einer Weile aus dem Wohnzimmer. *Das erste Mal spricht er meinen Namen aus.*

Vorsichtig berührte Lisa das Gestell, setzte sich dann auf die Kante. Iordannis legte sich der Länge nach auf das Metallgeflecht und wippte mit seinem Körper. Lisa bestieg nun auch das Bett und sprang darauf herum. Beide lachten ausgelassen. Das Bett quietschte fürchterlich, rutschte auf dem gefliesten Fußboden hin und her. Der Krach lockte Georgia an. Kreischend stand sie in der Tür. „Panajia!" Iordannis redete auf sie ein und winkte ihr zu. Georgia musterte Lisa von oben bis unten und kicherte. Sie begutachtete das Atelier, das Wohnzimmer, fuhr mit ihren Fingern über die gestrichenen Wände.

„Was hast du ihr gesagt?" fragte Lisa, als die Alte gegangen war.

„Das Bett hält mindestens zwei Liebespaare aus."

Jetzt denkt sie, ich treibe es mit Iordannis.

Das Wohnzimmer wurde eine Woche vor Weihnachten fertig. Die Wände waren weiß, die Balken an der Decke dunkelbraun abgesetzt, die roten Fayencefliesen glänzten, das Bett war vom Rost befreit und befand sich an der rechten Wand, daneben eine Nachttischlampe ohne Schirm. An der Balkontür standen ein kleiner Tisch und zwei Stühle, diese Van-Gogh-Stühle mit richtigem Korbgeflecht als Sitzfläche. Im Garten hackte Georgia Kräuter und legte sie zum Trocknen in die Sonne, der Duft des Thymians hing verführerisch in der Luft. Die rote Königin kam zur Begrüßung auf die Terrasse und rieb ihren Kopf am Geländer, als seien die Holzstäbe ein verliebter Kater. Hinter ihr näherte sich eine zweite Katze, eine rötlichbraune. Lisa maunzte zärtlich: „Na komm, du Raubautz, miau-miau." Die Katze sträubte das Fell. Da klopfte Iordannis an die Tür. Raubautz fegte über die Terrasse zur Holztreppe und nach unten. Die rote Königin war geblieben und strich um Lisas Beine.

„Du mußt den Katzen ein Halsband geben", sagte Iordannis, „dann gehören sie dir."

„Meine Königin hat schon eins", sagte Lisa.

„Darum lebt sie auch noch", erwiderte er.

„Was?" Lisa erschrak.

„Die Katzen ohne Halsband sind wild und werden im Winter erschossen oder ertränkt oder erschlagen oder ..." Iordannis genoß Lisas Bestürzung.

„Hör auf", rief sie erregt. *Zum ersten Mal in meinem Leben darf ich Katzen haben. Doch sie werden bedroht ... Ich muß die armen Viecher retten. Lieber von einem Halsband eingeschnürt als tot.*

Am Abend sah sie Wassili im Adonis. Lisa wollte im ersten Augenblick umkehren. *Kneifen? Das wäre ja noch schöner! Was spielt dieser Mann für eine Rolle in meinem Leben, daß ich vor ihm ausweiche und meine Gewohnheiten ändere? Ich will im Adonis ein Bier trinken, und das jeden Abend. Ein bißchen Öffentlichkeit brauche ich. Wassili hält mich davon nicht ab. Er ist verheiratet und kommt sowieso nicht in Frage. Ich habe mir seit der Geschichte mit Bo geschworen, für mich zählen nur noch häßliche Männer. Die habe ich für mich allein.*

Lisa setzte sich hinter Wassili, damit sie ihn unauffällig betrachten konnte. Während Lisa sich aus der Flasche Bier einschenkte, wünschte ihr Wassili einen guten Abend. Beinahe wäre ihr die Flasche aus der Hand gefallen. Schnell erwiderte sie seinen Gruß und spürte, wie sich die Härchen auf ihren Armen aufstellten. Wassili drehte seinen Stuhl herum. Eleni brachte zwei Raki.

„Sprichst du englisch?" fragte er.

„Ein bißchen."

„Du kommst aus Deutschland?" Lisa nickte. *Blöde Frage. Das ganze Dorf weiß es.*

„Wenn du etwas essen willst", sagte er, „dann Schwertfisch in Öl-Zitronen-Soße. Der Fisch ist von heute nacht. Ich habe ihn gefangen."

„Du fährst nachts fischen?" fragte Lisa, sie wollte ihn nicht vor den Kopf stoßen.

„Weit hinter dem Horizont kenne ich ein paar Stellen, wo die Schwertfische beißen", erzählte Wassili. Er habe eine dreitausend Meter lange Leine, an der alle paar Meter ein Köderfisch hänge. Die Köderfische kaufe er in der Stadt. Er brauche eine bestimmte Größe, er maß zwischen seinen Händen einen Abstand von etwa zwanzig, dreißig Zentimetern. *In der Stadt werden Fische dieser Größe als Speisefische verkauft, und für ihn sind das erst die Köder. Wie riesig müssen die Schwertfische sein, die er fängt?* Wassili fuhr fort: „Wenn die Fische erst mal merken, daß sie ihrer Freiheit beraubt sind, drehen sie durch, spielen verrückt, bis sie tot sind.“

Lisa blickte in seine Augen, die ihr so tief vorkamen wie das Meer hinter dem Horizont, wo die Schwertfische leben. Er stand auf und bat Lisa mitzukommen. Gefolgt von Vangelis, führte Wassili sie in einen Nebenraum, in dem eine große Kühltruhe stand. Er öffnete den Deckel, und Lisa erblickte silberne Fischscheiben, so dick wie ihre Taille, eingepackt in Plastikbeutel. „Vater, Mutter und die vier Kinder“, erklärte Wassili und zeigte auf verschieden dicke Stücke. Lisa bekam eine Ahnung, wie groß die lebenden Tiere gewesen waren. Sie schaute Wassili ehrfürchtig an. Vangelis klappte den Deckel herunter und posaunte: „Wassili ist der beste Fischer in der Gegend.“

Wieder am Tisch, fragte Lisa beim Raki: „Das gibt ja jedesmal ein Fest für die Katzen, wenn die Fische ausgenommen und tiefkühlfertig gemacht werden.“

Wassili schüttelte den Kopf und sagte ernst: „Die Eingeweide werfe ich ins Meer. Denn was ich ihm gebe, bekomme ich auch wieder zurück.“

Dieser Satz beschäftigte Lisa lange. *Wassili liebt das Meer. Er ist eins mit der Natur, und er hat Hochachtung vor dem Fisch. Er ist ganz allein da draußen, er kämpft mit dem Meer und mit den Fischen. Und nach seinem Sieg opfert er die Eingeweide. Ob er schon einmal darüber nachgedacht hat, was ist, wenn er eines Tages nicht wiederkommt? Wie Siphis?*

Lisa hörte ihm kaum noch zu, als er von seinen Olivenplantagen und seinem neuen Hotel in der Stadt sprach.

11. Kapitel

Ein Fremder im Dorf
82 Tage deutscher Einheit

Am Morgen des 24. Dezember zog Lisa vom Adonis in Georgias Haus. Vangelis würdigte sie keines Blickes. Sie begann, ihre Sachen einzuräumen: Kleidungsstücke in den Schrank im Wohnzimmer, Schmuckkasten und Bastelzeug ins Atelier, in der engen Dusche drapierte sie ihre Kosmetik. Lisa kochte Kaffee und wartete auf Iordannis, der ihr sagen sollte, wann die Weihnachtsmesse anfinge.

Draußen hörte sie Geschrei. Sie lief auf die Terrasse und sah Iordannis unten auf dem Steg liegen. Er schrie und krümmte sich, schlug mit den Armen um sich, hatte Schaum vor dem Mund. Kostas und Eleni, die beiden Kinder von Vangelis, schrien um Hilfe. *Ein Anfall. Er hat einen Anfall.* Sophia und Maria stürzten aus dem Adonis zum Steg, gefolgt von Bauarbeitern. Wassili, der auf seinem Kahn pinselte, war als erster bei Iordannis und hielt ihn fest. Lisa rannte zum Steg.

„Iordannis wird vom Teufel geritten", witzelte Vangelis.

Georgia humpelte mit einem Eimer Wasser herbei und schüttete ihn über Iordannis aus. Alle lachten.

„Siavolos, siavolos", kreischte Georgia, dabei sah sie Lisa durchdringend an und zischte sie an: „Geh weg!" Ihr Gesicht verzerrte sich zu einer Fratze, sie schrie: „Panajia, Panajia!"

Alle schauten auf Lisa. *Was starren die mich so an? Ich habe ihn nicht verhext.* Sie eilte verstört nach Hause und trank den Raki gleich aus der Flasche. *Die Dorfbewohner leben mit seinen Anfällen wie mit einem Gewitter, das kommt und geht. Iordannis kann nirgendwo arbeiten, weil er als Epileptiker von jedem Baugerüst herunterfallen könnte.*

Am Nachmittag kam Iordannis vorbei. Er sah bleich aus. Die Finger waren zerschunden, an seiner Stirn klebte Schorf.

„Der Priester ist erst morgen in der Kirche", sagte er.

„Und was passiert heute, am Heiligen Abend?" fragte Lisa.

„Nichts. Papa Iannis ist oben in den Bergen, er hält dort die Messe."

Lisa erkundigte sich nach seinem Befinden, doch er winkte ab.

„Und wann beginnt bei uns die Zeremonie?"

Lisa wollte ihm einen Schnaps anbieten, doch Iordannis lief schon die Treppe hinab.

„Weiß ich nicht", rief er von unten. „Irgendwann. Früh."

Lisa ging auf die Terrasse und setzte sich in die warme Sonne. *Morgen wird schönes Wetter. Komisches Weihnachten. Ich könnte am ersten Weihnachtstag baden. Ich bin das erste Mal allein, keine Geschenke, keine grünen Klöße.*

Auf der Strandpromenade lief ein Fremder mit grünem Rucksack. Er trug ein ausgeleiertes T-Shirt, Jeans und darüber eine armeegrüne Pelle als Jacke. Er war Ende Zwanzig und schien sich auszukennen im Dorf, er steuerte zielsicher das Adonis an. *Ein Deutscher. Da bin ich mir sicher. Den muß ich mir aus der Nähe ansehen.*

Der Fremde stand bei Vangelis am Kassentisch. Vangelis tat so, als wäre er vertieft in die Technik seiner neuen elektronischen Registrierkasse. In der einen Hand hielt er die Gebrauchsanweisung, mit der anderen tippte er lauter Nullen ein, die die Maschine addieren sollte.

„Die Kasse ist ein Weihnachtsgeschenk vom Finanzamt. Alle Hotels werden jetzt scharf kontrolliert", sagte er wütend, als Lisa eintrat.

„Hallo", sagte sie im Vorbeigehen zu dem Fremden. *Bleibt er? Woher kommt er? Fast einen Monat lang lebe ich im Dorf. Ich möchte mich so gern einmal wieder deutsch unterhalten.*

Lisa ging zu Vangelis' Frau in die Küche. Maria hatte ein blasses

Gesicht. Ihr Bauch behinderte sie beim Arbeiten. *Vangelis nimmt keine Rücksicht auf ihren Zustand.*

„Wann ist es soweit?" fragte Lisa. Ohne aufzusehen, erwiderte Maria: „Im März." Sie reckte sich und stützte die Hände in den Rücken.

„Ich zeige dir das Zimmer", sagte Vangelis zum Fremden. Die beiden Männer verließen das Restaurant. Lisa nahm sich eine Cola und setzte sich ans Fenster, wo Vitziputzli, der schwarze kleine Kater, unter dem Tisch umherschlich. Sie lockte ihn. Als Maria mit dem Geschirr klapperte, war der Kater verschwunden.

Die beiden Männer kamen wieder. Lisa hörte, wie der Deutsche sich bedankte und sagte: „Ich schaue mich erst einmal im Dorf um."

„Wir haben überall dieselben Preise", behauptete Vangelis. *Vangelis, du lügst wie gedruckt, du Schlitzohr.*

„Ich sehe mich trotzdem um."

Im Vorbeigehen fragte er Lisa: „Deutsch?" Sie nickte und erwartete einen Gruß. Er zog die Mundwinkel nach unten und schimpfte leise: „Für viertausend bietet der mir das mieseste Zimmer an, wo ich nach hinten raus auf ein altes Haus gucken muß."

„Ich seh dich noch", erwiderte sie. Der knappe Monat, den Lisa schon hier war, kam ihr in diesem Moment wie eine Ewigkeit vor.

Abends duftete das Meer nach Tang und Salz. Lisa balancierte zwischen den Steinen, die seit dem Sturm auf der Uferstraße lagen. Das Neonlicht des Restaurants Adonis beleuchtete gerade die ersten Meter der Terrasse. Vangelis war mit seinem neuen Spielzeug beschäftigt und tippte Zahlen in die Kasse. Diesmal klingelte sie leise. Den Deutschen, der am Fenster saß, ignorierte er. Einige Bauarbeiter warteten auf ihr Essen, sie spielten Karten. Die Engländerinnen lärmten albernd und sangen immer wieder „Jingle bells, jingle bells, jingle all the way". Sophia wärmte sich am Kanonenofen und sortierte Oliven aus einem Karton in zwei Schüsseln. Sophia kam alle zwei, drei Tage vom alten Dorf in das Adonis, um sich ihr Essen zu holen. Die Ähnlichkeit mit ihrer Schwester Georgia war augenfällig, der graue Zopf, die tiefhängenden Wangen, die Körperfülle, das schwarze Kleid mit den prallen Schürzentaschen, dieselbe schrille Stimme.

Freundlich grüßte Lisa: „Yashou! Wie geht's?"

Sophia hob die Lider. Ihre vergilbten Augäpfel tasteten jeden Zentimeter von Lisas Gestalt ab. Sie gab einen knarrenden Laut von sich und widmete sich wieder den Oliven. *Sie hat den gleichen Blick wie der Einlasser vom Café Nord auf der Schönhauser.* Lisa begrüßte Eleni, die zwischen den Olivenschüsseln in ihrem neuen Malheft kritzelte und nur kurz den Kopf hob. Lisa ging zum Tisch des Deutschen.

„So sieht man sich wieder", sagte er. Die deutschen Worte taten Lisa wohl. *Zwei Fremde in einem kretischen Dorf, die nichts gemeinsam haben als ihre Muttersprache. Jetzt sind Vangelis, Sophia, Maria, Eleni, die Bauarbeiter ausgeschlossen, weil sie die deutsche Sprache nicht verstehen.*

„Du schläfst nicht im Adonis", sagte sie.

„Woher weißt du das?"

„Das sehe ich an der Laune des Hausherren." *Ich spreche Vangelis' Namen lieber nicht aus. Er muß nicht unbedingt wissen, daß von ihm die Rede ist.* „Er ist sauer, weil du nicht bei ihm wohnst."

Sophia scheuchte Eleni auf, die eilig auf die beiden zukam. Die Hände in den Hüften, wippte sie auf den Füßen und spitzte den Mund, warf den Kopf zurück und wartete auf die Bestellung.

„Ein Bier bitte."

Eleni verschob ihren Mund nach rechts, kniff die Lippen zusammen, legte den Kopf zur Seite und nahm Lisa von oben bis unten in Augenschein. *Am liebsten würde ich mich in eine Katze verwandeln und fortspringen.* Eleni schnaubte und machte auf dem Absatz kehrt: Richtung Kühlschrank.

„Keß ist die Kleine", sagte der Deutsche. „Wie heißt du?"

Lisa nannte ihren Namen und ärgerte sich sofort.

„Und du?" fragte sie zurück.

„Ich bin der Harald", sagte er und lehnte sich zurück, die Hände über Kreuz unter die Achseln geschoben. *Verlegenheit? Er hat weiche, weibliche Gesichtszüge ... Die schlanke Figur, die braunen Stoppelhaare, ein halbes Kind noch.*

Eleni brachte eine Flasche Bier und ein Glas an den Tisch.

„Etwas zu essen?" fragte sie.

„Nein, danke", sagte Lisa. Eleni schnaubte, lief, Lob fordernd, zu Sophia, die sie mit einer mürrischen Kopfbewegung zu Maria in die Küche schickte.

„Woher kommst du?" fragte Harald.

„Aus Berlin."

„Ost oder West?"

„Pankow."

„Das ist im Osten." *Ich gebe ihm artig Antworten. Ich könnte mich ohrfeigen.*

„Machst du Ferien auf Kreta?"

„Ich bin für längere Zeit hier."

„Allein?"

Lisa zuckte die Achseln. „Ich brauche etwas Zeit für mich."

„Ausgestiegen?"

„Nein", widersprach Lisa.

Eleni kam mit einem Teller aus der Küche und lief an Sophia vorbei.

Die schaute auf; mißtrauisch wog sie das Schweinesteak mit den Augen. „Das ist zu groß", tadelte Sophia laut. Aus der Küche schrie Maria, sie solle das Kind in Ruhe lassen, worauf Sophia zu zetern anfing. *Die Alte beschimpft ihre Schwiegertochter bei jedem noch so nichtigen Anlaß. Und Vangelis kommt seiner Frau nicht zu Hilfe. Weil er Angst vor seiner Mutter hat?*

Harald begann zu mampfen, mit vollem Mund sagte er: „Wo hast du denn das Geld her? Ich könnte mir das nicht leisten. Versteh mich nicht falsch." *Da kommt einer mitten im Winter nach Kreta und hat keine anderen Sorgen als mein Geld. Am besten, ich gehe, ehe ich mir den Abend durch den Typen vermiesen lasse.*

„Ich reise nur an Wochenenden und Feiertagen", nuschelte Harald und säbelte am Steak. „Ich könnte mir den Verdienstausfall für so eine lange Reise gar nicht leisten." Akribisch schichtete er etwas zerdrückte Kartoffel, eine Gurkenscheibe und ein Fleischstück auf die Gabel und sagte, bevor er den Happen in seinen Mund schob: „Ich wollte ursprünglich auf den Azoren Weihnachten feiern, aber es gab keine Lastminute-Flüge mehr, jetzt bin ich hier. *Männer, bei denen jeder Satz mit „ich" anfängt, sind einfach abstoßend. Harald ist genauso wie Oliver: Ich will etwas vom Leben haben. Ich habe die Schnauze voll. Ich habe einen Ausreiseantrag gestellt. Ich will reisen.*

„Ich bin früher in unwirtliche Gegenden gefahren, zum Überlebenstraining", redete Harald weiter. Er schaute Lisa an, als erwarte er Anerkennung. Lisa tat ihm den Gefallen: „Überlebenstraining am Wochenende. Interessant."

„Man kann nicht einfach in die Botanik gehen und ein Zelt aufschlagen", belehrte er sie. „Das will gelernt sein. Ich weiß, welche Pflanzen in welchem Erdteil genießbar sind, wie man Fische sticht, wie man einen Schlangenbiß ausbrennt ..." Er legte eine Pause ein und beschrieb, als Fortsetzung seiner Aufzählung, mit der Gabel Kreise in der Luft. „Überlebenstraining gehörte zu meiner Managerausbildung. Vom Helikopter aus wurden wir letztes Mal in Finnland im Wald abgesetzt, zu dritt, ohne Geld, Papiere, einfach ohne alles, mitten im Oktober. Und dann mußten wir uns durchschlagen. Nur ein Taschenmesser hatte ich. Not macht erfinderisch. Wenn man so ein Training hinter sich hat, dann erschüttert einen nichts mehr. Ich habe mich hinterher im Spiegel nicht mehr wiedererkannt."

„Ach ja?" rutsche Lisa heraus.

Sophia stand auf, bugsierte geräuschvoll den Olivenkarton auf den Tisch und begann, die Stühle im Adonis geradezurücken. Die Stühle an den Fenstertischen schob sie besonders laut. Die Bauarbeiter beachteten sie nicht. Vor Lisa blieb sie stehen, stemmte die Fäuste in die Hüfte und prüfte die Ordnung im ganzen Raum. Dann nahm sie Lisa mit ihren vorwurfsvollen Blick ins Visier. Maria forderte sie auf, die Gäste nicht zu stören. Da ließ Sophia ihrem Unmut freien Lauf. Dutzende schrille Silben entsprangen den welken Lippen pro Atemzug und sausten durch das Adonis, prallten von den Wänden ab, schwirrten kreuz und quer durch den Raum und bohrten sich schmerzhaft in Lisas Gehörgänge. Vangelis donnerte mit der Hand auf den Kassentisch und brüllte seine Frau an, sie solle gefälligst nicht so herumschreien. „Einen Raki, aber schnell!“ beendete er den Streit der beiden Frauen. Erhobenen Hauptes, die Arme vor der Brust verschränkt, mit einem Siegerlächeln auf den Lippen, kehrte Sophia zu ihren Oliven zurück. Bevor sie sich setzte, ließ sie ihren Blick noch einmal strafend durch den Raum streifen. Sie lächelte, als Eleni ihrem Vater den Raki brachte; ein Wasserglas voll.

„Wir leben im Kapitalismus“, posaunte Harald und legte seine flache Hand auf die Brust. „Da wird mir jeder Wunsch erfüllt; das ist hier selbstverständlich. Vorausgesetzt, ich kann bezahlen. So ist es bei uns im Westen.“

Harald zerquetschte mit der Gabel eine Backkartoffel im Fett und fuhr fort: „Das geht überhaupt nicht gegen dich persönlich. Ich denke nur mit Schrecken daran, wenn jetzt alle Ossis zu uns kommen.“ Er schluckte den Bissen hinunter, trank Bier.

„Ossis, Wessis, es gibt nur ein Deutschland“, wies Lisa ihn zurecht.

„Ach, komm. Die meisten Leute drüben kannst du echt vergessen“, sagte er herablassend. „Und die Ostdeutschen sind ja erst der Vorgeschmack“, sagte er, plötzlich ereiferte er sich. „Mann, ist das Fleisch zäh. So was kann man doch nicht anbieten. Man trifft die Ossis neuerdings überall.“ Er lachte höhnisch. „Man erkennt sie daran, wie knauserig sie Trinkgeld geben. In Italien, auf Mallorca und selbst in diesem kleinen Nest auf Kreta, mitten im Winter.“ *Wie er mich fixiert, so aus dem Augenwinkel heraus. Sicher denkt er nach, ob ich schon gelernt habe, Trinkgeld zu geben.*

„Sag mal, wovon lebst du eigentlich?“

Lisa wurde unruhig. Sie hatte das Gefühl, alle im Adonis beobachteten sie. *Warum ist Wassili heute nicht hier? Seine Gegenwart wäre mir jetzt tausendmal lieber. Wassili ist stolz, und nicht eingebildet wie Harald. Und Sophia guckt, als verstünde sie jedes Wort.*

„Du hast was gegen Leute wie mich, die aus der DDR kommen.“

„Du siehst gut aus, hast eine tolle Figur, warum sollte ich etwas gegen dich haben?“ *Gegen einen knackigen ostdeutschen Arsch hat er nichts einzuwenden. Fabelhaft.*

„Mal ehrlich“, sagte er gönnerhaft, „dich würde ich sogar anstellen.“

„Wegen meines Aussehens“, sagte Lisa, in ihr stieg der Zorn hoch.

„Unter anderem“, erwiderte er herablassend. „Ich verstehe euch nicht. Deutschland ist vereinigt, und ihr seid nicht glücklich. Wer zahlt denn für die Einheit?"

„Denkst du, wir zahlen nicht für die Einheit?" sagte sie. „Die Menschen im Osten arbeiten, damit fließen dem Staat Steuern zu."

„Zuerst einmal haben wir jedem von euch hundert Mark geschenkt. Ich betone: geschenkt. Das waren unsere Steuergelder."

Lisa stockte der Atem. Sie mußte unwillkürlich an die Schlange vor der Bank und an den Sarrottimohr denken. Empört lachte sie auf, ruckartig beugte sie sich nach vorn und stemmte die Hände gegen die Tischplatte. „Ich hätte nie gedacht", Lisa zitterte vor Wut, „daß mir das irgendwann mal einer vorrechnet." Mühsam dämpfte sie ihre Stimme. „Um nicht zu sagen: vorhält."

Harald winkte ab. „Sei nicht gleich beleidigt."

„Fröhliche Weihnachten", sagte Lisa gereizt.

„Was soll denn das?" fragte er mit vollem Mund.

„Heute ist der Heilige Abend", sagte Lisa, fest entschlossen, sich nicht länger über Harald zu ärgern. Sie lehnte sich zurück, schlug die Beine übereinander und zündete sich ein Pfeifchen an.

„Die Einheimischen", sagte Harald, „können leider für Weihnachten kein Gefühl entwickeln." Kauend, die Mundwinkel leicht nach unten gezogen, blickte er sich um.

„Wieso? Hier steht ein Weihnachtsbaum, wenn er auch aus Kunststoff ist." Lisa schlug einen Ton an, mit dem sie Achtjährigen aus der Hortgruppe die Bedeutung des Pionierabzeichens erklärt hatte. „Die Lichter gehen an und aus. Die Frauen singen. Ich finde das heimelig."

Harald schob den Teller auf die gegenüberliegende Tischhälfte: „Mit diesem Essen kannst du glatt für Kaugummi werben." *Jetzt tut der auch noch verwöhnt.*

„Es ist doch so", leitete Harald seine Rede ein. „Die paar Flüchtlinge aus dem Osten früher konnte man integrieren, die fielen nicht auf. Jetzt kommt der ganze Mob – die Säufer, die Assis, der Schrott, alle dürfen sie kommen."

„Ich verstehe dein Problem nicht", sagte Lisa.

Harald wischte ihre Worte einfach fort. „Du kannst nicht jedem eine Schaufel in die Hand drücken. Wir arbeiten mit Maschinen. Wir leisten Westarbeit."

„Das ist aber spannend", sagte Lisa aufgebracht. „Es gibt also Westarbeit und Ostarbeit?"

„Wir haben seit fünfzehn Jahren das Computerzeitalter", dozierte er. „während ihr immer noch mit mechanischen Schreibmaschinen herumwerkelt. Ihr habt einen ganz anderen Output."

„Wenn ich so etwas höre", erregte sie sich, „dann möchte ich am liebsten Terroristin werden."

„Hör mal zu, du kleine Revoluzzerin. Ich finde es ja sehr ehrenhaft, wie du dich für die Ossis ins Zeug legst. Wir könnten vielleicht hunderttausend unterbringen, ein paar Künstler noch und Wissenschaftler, dann sind wir voll ...“

Harald kam nicht weiter. Vangelis verfluchte laut die neue Registrierkasse. Die Engländerinnen stockten im Gesang, die Bauarbeiter, die in seiner Nähe saßen, nickten zustimmend. Maria schaute auf, stützte ihre Hände in die Lenden, räkelte sich und schälte weiter Kartoffeln. Eleni lief zur Kasse und streichelte die Tasten. Vangelis schickte sie zurück zu ihrem Malheft. Sophia war aufgestanden, hatte einen Schritt auf Vangelis zugemacht. Als der grimmig aufschaute, setzte sie sich wieder und warf einen skeptischen Seitenblick auf Lisa und Harald.

„In welcher Branche arbeitest du?“ erkundigte sich Lisa wie beiläufig.

„Advertising“, sagte er englischer als ein Engländer. „In der Werbebranche“, setzte er hinzu, und der Nasal klang verschnupft.

„Arbeitet deine Firma auch im Osten?“

„Die Ossis könnten uns nicht bezahlen“, brüstete er sich. „Die brauchen erst mal was, für das es zu werben lohnt.“

„Warst du denn einmal im Osten?“

„In Ostberlin, der sozialistischen Vorzeigestadt, war ich mal.“ Harald machte eine Pause, wartete auf eine Reaktion. „Da staunst du, was? Das hättest du mir nicht zugetraut.“

Der tut so, als gäbe es noch heute die DDR.

„Ehrlich gesagt, nein. Und wie war’s?“ fragte Lisa.

Er zog wieder die Mundwinkel nach unten. „Tote Hose, nix los.“

Er könnte wenigstens versuchen, mit mir zu flirten, dann wüßte ich, daß er mich zumindest als Frau wahrnimmt.

„He, jetzt kommen Nachrichten.“ Er heftete seinen Blick auf den Fernseher. Eine stark geschminkte Frau, deren Alter man nicht schätzen konnte, wünschte einen guten Abend. In kurzer Folge kamen Filmbeiträge, die von der Sprecherin kommentiert wurden.

„Heute haben die ein Gespenst als Sprecherin.“

„Das sind griechische Nachrichten“, erklärte Lisa.

„Das sind doch keine Nachrichten“, regte sich Harald auf. „Das geht ja ab wie in einem Michael-Jackson-Video.“

„Du meckerst an allem herum, am Essen, an den Preisen, an Weihnachten, an denen, die nicht westdeutsch sind, am griechischen Fernsehen“, rief Lisa verärgert. „Was suchst du überhaupt auf Kreta?“

„Hast du ein Problem?“ fragte er verwundert. Dann grinste er und steckte wieder die Hände über kreuz unter die Achseln. Seine Überheblichkeit nervte sie. Sie wollte ihn loswerden. *Blasierter Fatzke.*

Dagegen ist Bo ja ein Seelsorger. Sie bestellte sich einen Raki.

„Igitt, das Zeug trinkst du?“ Er fächelte sich die Luft über dem Schnapsglas zur Nase. Lisa stellte das Glas näher zu sich heran.

„Das ist der beste Raki im Dorf“, sagte sie.

„Also, wenn ich in Griechenland bin, trinke ich nur Metaxa, den mit den fünf Sternen, höchstens mal einen Ouzo.“

„Na, dann mach doch!“ rief sie. Ihr schossen hundert Sätze durch den Kopf, mit denen sie sich Luft verschaffen wollte. *Diese Arroganz ist zuviel für mich. Das ist nicht mein Niveau.* Sie stand abrupt auf und ging zu Vangelis an den Kassentisch. „Zahlen bitte.“

Vangelis tippte umständlich Zahlen ein. Versehentlich drückte er den Knopf mit den drei Nullen und hatte damit den zehnfachen Preis berechnet.

„Skata“, brubbelte er, „Scheiße“, und seine Faust landete krachend neben der Tastatur. *Das griechische Finanzamt wird sich freuen.*

„Dreihundertfünfzig“, sagte er. „Das Bier ist teurer geworden.“

Lisa hatte abgezählte dreihundert Drachmen in der Hand. Demonstrativ suchte sie in ihrer Hosentasche nach einem Fünfzigdrachmenstück.

„Kann ich helfen?“ Vangelis grinste und streckte seine fleischige Hand nach ihr aus.

„Danke, nein“, sagte Lisa spitz, gab ihm noch einen Hunderter.

„Vielleicht kann ich dich morgen mal zum Essen einladen?“ rief Harald durch das Adonis. Sie reagierte nicht. *Amerikanische Verhältnisse, was, wo eine Einladung zum Essen gleich eine gemeinsame Nacht bedeutet?* Sophia blickte vorwurfsvoll erst auf Lisa, dann auf Harald und wieder auf Lisa. Auch die Bauarbeiter schauten sie an.

„Heißt das ja?“ fragte er und stand auf. Lisa verließ wortlos das Adonis und rannte hinüber zu Georgias Haus, eilte die Treppe nach oben und wurde erst ruhiger, als sie keine Schritte hinter sich hörte.

Lisa saß im Dunkeln auf ihrer Terrasse und lauschte ins Dorf. Nur im Adonis brannte noch Licht. Der laue Wind trieb den Rauch von einem Holzfeuer durchs Dorf. Lisa war wütend auf Harald, und noch wütender war sie auf sich selbst. *Ich bin von einer Falle in die nächste getappt. In seinen Augen muß ich ja nach dem Plädoyer, das ich für den Osten gehalten habe, eine Kommunistin sein.*

Lisa Meerbusch faßte an diesem Weihnachtsabend mehrere Entschlüsse: *Ich werde mich nur noch als Westdeutsche ausgeben. Ich werde regelmäßig deutsche Zeitungen lesen, um mit Zahlen und Fakten jonglieren zu können. Ich werde nur noch auf unverfängliche Fragen, zum Beispiel nach dem Wetter, antworten. Ich muß es künftig schaffen, die Gesprächsführung zu übernehmen. Ich muß unverzüglich anfangen, alles das zu üben, vor dem*

Spiegel natürlich. In Gedanken spielte Lisa den Abend wieder und wieder durch. *„Du kommst aus dem Westen, nicht wahr?" Harald müßte dumm gucken. Darauf gleich der zweite Angriff: „Ja, das sieht man dir an, daß du aus dem Westen kommst, an deiner Kleidung, wie du sprichst, an dem Theater, das du wegen der Zimmermiete gemacht hast ..." Ich könnte gelegentlich ein russisches Wort in meine Erzählungen einflechten, wie „na starowje", prost, oder „nu pagadi", na warte, oder „u menja balit naga", mir tut mein Bein weh.*

Das Meer hatte sich beruhigt. Ein Auto raste dicht an Georgias Haus vorbei. Es war Dimitri, der aus der Stadt kam und vor seinem Restaurant kistenweise tiefgefrorenen Fisch auslud. Lisa beobachtete ihn durch ihr Fernglas. Ein Karton zerriß, als ihn Dimitri anheben wollte. Auf den aufgeweichten Pappdeckeln war das Wort Nordsea gedruckt. Ein Fischquader fiel auf die Erde und zersplitterte. Aus dem Nichts stürzten drei Katzen herbei und brachten einige Stücke in Sicherheit. Dimitri fluchte und warf einen Stein hinterher. Als sich die Katzen erneut vorsichtig näherten, warf Dimitri ein Fischstück in die Luft, griff nach seiner Pistole und schoß; die Katzen stoben auseinander, ein Tier war getroffen, miaute kläglich und humpelte davon. *Wenn ich jetzt ein Gewehr hätte ...*

Weihnachten in der Dorfkirche
83 Tage deutscher Einheit

Um sieben Uhr wurde Lisa von einem schlurfenden Geräusch geweckt. *Es klingt, als zöge unten am Haus jemand einen Sack vorbei.* Verschlafen ging sie auf die Terrasse. Auf der Strandpromenade lief Papa Iannis mit einer Pappkiste. Hinter dem Popen schlenderte Eleni in ihrem einzigen Sonntagskleid. Ihr folgten Stephanos, Kostas und die kleine Voula, die Tochter der Lehrerin. Sonst war niemand zu sehen.

Die Farben am Himmel wechselten von rötlichem Violett zu Blau; in einer halben Stunde mußte die Sonne aufgehen. *Die Zeit reicht noch für ein Käffchen.*

Die kleine Glocke der Kirche am Friedhof läutete. Lisa ließ ihren Kaffee stehen und eilte durch das Dorf den Berg hinauf. In der Kirche war niemand. Nur Iordannis zog die Glocke. Lisa stand an der niedrigen Eingangstür, traute sich nicht hinein. Der Priester raschelte hinter der Ikonostase, der Wand mit den Heiligenbildern. Dann begann er zu singen. Seine kräftige Stimme hallte bis nach draußen. Lisa setzte sich auf die weiße Treppe. Von den ersten Sonnenstrahlen beschienen, wartete sie, was geschehen würde. Es geschah nichts. Die Kinder spielten unten am Wasser. Die Sonne stieg höher. *Der Pope müßte doch sauer werden, weil niemand kommt.*

Eine buntgescheckte Katze lief über den Kirchhof. In ihrer Nase steckte ein Angelhaken, an dem ein Stückchen Sehne hing. Der Haken war fest eingewachsen, die Enden ragten oben und unten aus der Katzennase heraus. Lisa streckte den Arm nach der Katze aus. Hakennase floh, die Angelsehne schleifte zwischen ihren Beinen.

Zwei schwarzgekleidete alte Frauen humpelten über die Strandpromenade, Georgia und Sophia. Jede trug ihr großes Portemonnaie wie einen Schutzschild vor dem Bauch. Sophia stützte ihre ältere Schwester. Die beiden mühten sich die Stufen zum Kirchhof hinauf. „Panajia", schrillte Georgias Stimme. Als Sophias Blick auf Lisa fiel, entwickelte sie eine unglaubliche Beweglichkeit, schnell war sie bei ihr und griff ihr an den Unterleib. Lisa war unheimlich zumute. Steif, mit angehaltenem Atem ließ sich Lisa betasten. *Was geschieht jetzt? Will Sophia wissen, ob ich schwanger bin?* Sie spürte Sophias Schnaufen, den Geruch von Kräutern, die knöcherne Hand, die sie kniff. Im Hintergrund schrie Georgia ihr „Panajia, Panajia". *Für sie bin ich eine Jungfrau; und Jungfrauen dürfen keinen dicken Bauch haben.* Die Prozedur dauerte keine fünf Sekunden, dann brummte Sophia: „In Ordnung, alles in Ordnung."

Wäre ich schwanger, hätte mein Baby jetzt eine krumme Nase.

Drinnen sang und deklamierte der Priester ohne Unterbrechung. Die zwei alten Frauen alberten wie junge Mädchen. Sie entzündeten dünne goldbraune Kerzen und steckten sie in goldene Kerzenständer. Sie plauderten miteinander und ließen sich vom Gesang des Popen nicht stören. Jeder Heilige bekam zwei Küsse, einen von Georgia, einen von Sophia. Die beiden Alten bekreuzigten sich vor jedem Bild dreimal; Sophia berührte nach jedem Kreuz mit der Hand den Boden. Ihr Stöhnen und Ächzen hallten im Raum wider.

Verstohlen schielte Lisa auf die Kollekte. *Was gibt man denn so zu Weihnachten?* Drin lagen drei Fünfhunderter und ein paar Münzen. Lisa schob einen Tausender unter die anderen Scheine und nahm mit zittrigen Fingern eine Kerze aus der Pappschachtel. Aus den Augenwinkeln beobachtete sie, ob die alten Frauen das guthießen oder sich empörten. Aber die waren mit sich selbst beschäftigt. Der Pope hatte sich bisher nicht sehen lassen, nur seine Stimme hallte durch das kleine Gewölbe. Wenn er Luft holte und der Gesang für einen Moment abbrach, hörte Lisa seine Schritte und das Klappern von geweihtem Geschirr, das er sich wohl für die Zeremonie zurechtlegte.

Eine dritte alte Frau betrat die Kirche, und es wurde laut wie in einem Kaffeehaus. Die Neue machte ihre Runde. Sie blieb mit einem Fuß am Teppich hängen. Georgia stand mit strafendem Blick auf und richtete den Teppich. Danach ordnete sie die schneeweißen gehäkelten Deckchen unter den Bildern, rückte den Kerzenkarton beiseite und bekreuzigte sich vor jedem Heiligen, an dem sie beim Aufräumen vorbeikam. *Das ist ja wie im eigenen Wohnzimmer. Ich dachte, ich wäre in der Kirche. Bis jetzt besteht das Publikum des Popen aus drei alten Frauen und einer Fremden. Dafür der ganze Aufriß?*

Erst gegen halb neun füllte sich die Kirche. Stella kam mit ihrem Sohn Stephanos. Sie hatte für Lisa nur einen Seitenblick übrig. *Was habe ich der Frau getan?* Maria schob ihren schwangeren Bauch vor sich her. Sie trug ein graugestreiftes Kostüm, das in eine Modezeitschrift der Fünfziger gepaßt hätte. Ihre Absätze waren abgetreten, das Leder der Schuhe abgewetzt. Eine feine Laufmasche durchzog ihren linken Strumpf. Eleni ging artig an der Hand. Georgia zupfte an Elenis Kleidchen herum. Da drehte sich das Mädchen um und lief hinaus auf den Kirchhof, wo zwei Jungen Fußball spielten. Mit vierundzwanzig Menschen, nur Frauen und Kindern, war die Kirche überfüllt. Jetzt endlich erschien der Priester, gekleidet in ein goldenes Gewand aus fester Seide, das mit Borten bestickt war. Seine Fußspitzen guckten bei jedem Schritt unter dem Saum hervor. *Er trägt Alltagsstiefel, das macht ihn menschlich.*

Papa Iannis gab Maria ein Handzeichen, sie stellte sich an einen der Tische und begann, mit feinem Stimmchen zu singen. Lisa verstand einige Namen wie Christus und Maria. Die Weihnachtsgeschichte. Ab und zu kamen junge Männer des Dorfes in die Kirche, spendeten Kerzen und gingen wieder. *Ein Kommen und Gehen wie auf einem Bahnhof.* Papa Iannis nahm daran keinen Anstoß. Schwere Schritte näherten sich dem Eingang. Alle, außer dem Priester, verstummten. Vangelis stapfte mit seinen Modderschuhen direkt zur Kollekte, warf für alle sichtbar einen Tausender hinein, entnahm der Pappschachtel vier Kerzen. Er absolvierte seinen Kirchgang wie eine Pflicht: vier Kerzen, vier Küsse auf die Heiligen, viermal bekreuzigte er sich vor der Brust. Mit Riesenschritten stapfte er wieder hinaus. Lisa fror. Der kleine Stephanos schlief im Arm seiner Mutter. Endlich holte Papa Iannis hinter der Ikonostase einen Karton mit Brot und einen Plastikkanister mit Wein. *Jetzt wird das Brot geweiht, und ich bin erlöst.* Der Pope ging mit der Bibel von einem zum anderen, und jeder drückte ehrfürchtig einen Kuß darauf. Selbst Lisa, die am Ausgang zuschaute, bot er andeutungsweise die Bibel zum Kuß. Sie schüttelte unmerklich den Kopf, doch Papa Iannis kam direkt auf sie zu und fragte streng: „Katholik?“ Lisa schüttelte den Kopf. Er fragte: „Protestant?“ Lisa verneinte beschämt. „Baptist?“ Jetzt war der Pope ganz nah. Plötzlich hörte sie Iordannis, der ihr zuflüsterte: „Katholik oder Protestant, das ist doch alles dasselbe. Küß die Bibel!“ Lisa berührte den brüchigen Ledereinband mit den Lippen.

Die Gemeinde war erlöst. *Christos anesti – Christus ist geboren.*

„Panajia, komm her!" Georgia winkte Lisa zu sich und schob sie zum Popen. Der zerbrach das geweihte Brot und gab ihr ein Stück. *Jetzt gehöre ich dazu.*

Die letzten hatten die Kirche noch nicht verlassen, da hatte Georgia schon das Geldbündel aus der Kollekte in der Hand und zählte eifrig. In Lisas Magen war eine ungeheure Leere. *Ich muß mich irgendwie bei Vangelis zum Weihnachtsessen einladen. Maria kocht schon seit gestern. Es ist also genug da.*

„Ich wünsche viele glückliche Jahre", rief Lisa durch das Restaurant und ging mit dem Vorwand, etwas Wein holen zu wollen, in die Küche. Flüchtig sah Maria von ihren geschnippelten Kartoffeln hoch und wies sie mit einer Kopfbewegung zum Kanister. Umständlich füllte Lisa ihre mitgebrachte Plastikflasche. Iordannis trug die ersten Teller, gefüllt mit einer hellen, dicken Suppe, in der Fleischstücke schwammen, zum Tisch. *Eine Suppe aus den Innereien der Ziegen, die soll sehr lecker schmecken.* Der Hausherr faßte als erster in die vollen Schüsseln und Töpfe. Die anderen am Tisch warteten auf seinen Wink. Dann griffen auch sie gehörig zu.

Lisa sagte nahe an Vangelis' Platz: „Riecht ja gut."

Vangelis nickte und löffelte. In der Linken hielt er ein halbes Brot.

„Guten Appetit", sagte Lisa betont laut. Ihr lief das Wasser im Mund zusammen. *Weihnachten, das Fest der Liebe. Zu Hause warten Thunfischbüchsen und altes Brot auf mich. Was für eine Alternative zu diesem Luxus! Das ist ja eine seelische Folter. Raus hier!*

Niedergeschlagen ging Lisa in ihre Wohnung und briet sich vier Spiegeleier, die sie lustlos hinunterschlang. Sie dachte an die obligatorische Gans zu Hause. Mit Wunderklößen. Anfangs bestand das Wunder darin, daß in einem Kloß statt der gebratenen Weißbrotwürfel ein in Alufolie eingewickelter Pfennig lag. Aus den Pfennigen wurden bald Markstücke, dann Scheine. Zum Schluß steckte die Erfurtomi ihr erspartes Westgeld hinein. Lisa beschloß, sich demnächst nicht mehr im Dorf blicken zu lassen. *Sollen die ruhig denken, ich sei verhungert.*

Lisa suchte Trost bei ihrem Sorbas-Buch. Der überredete gerade seine Bubulina zum Rüpeln und stellte fest, er hatte schon graue Haare und nicht mehr alle Zähne. *Bubulina bereitet für ihren Verehrer knusprige Hühnchen. Und mein Magen kämpft mit vier Spiegeleiern.*

Sie schob den Sorbas unters Kopfkissen und ergriff unbewußt ein Blatt Papier. Sie begann, Dreiecke, Kreise, Rhomben, Wellenlinien, Sternchen, Zacken zu zeichnen. Ein wirres Abbild ihres inneren Zustandes, Wut über den mampfenden Vangelis, der sie durch seine Kartoffelberge nicht sah. *Kreta läßt keinen Fremden verhungern, habe ich mal in einem Buch gelesen. Das muß ein sehr altes Buch gewesen sein.* Lisa schleuderte vor Wut den Stift an die Wand. Sie hatte das Gefühl, jeden Moment platzen zu müssen. *Ich bin allein, keiner hilft mir.*

Sie zeigte dem Sorbas-Buch die Faust. „Du bist schuld, du hast mich hierhergelockt. Schöne Gastfreundschaft. Du alter Trottel."

„Den alten Trottel will ich mal höflich überhört haben", antwortete eine Stimme. Sie war mit einem Mal da und erfüllte den Raum.

Lisa stockte der Atem. Hatte sie geträumt? Die Tür war abgeschlossen. Unmöglich. Fieberhaft suchte sie nach einer Erklärung.

„Wer um alles in der Welt wagt es, mich jetzt anzusprechen? Sorbas?"

„Höchstpersönlich."

Ich wette, er sieht aus wie der schöne Hirte Michalis, der jedesmal zu mir sagt: „Ich seh dich morgen." Sein Lächeln ist einfach so geschenkt, und das tut gut. Die Filzjacke ist von der Sonne gebleicht, der Schlapphut spendet seinen Augen Schatten. Es riecht nach Schafen, Thymian und frischem Wind. Ich fange an zu spinnen.

„Welcher Teufel reitet dich?" fragte Sorbas.

„Die Wut und ein von Eiern verdorbener Magen."

„Etwa die Wut auf eine Familie, die Weihnachten feiert? Die die Fremde, die aus dem Adonis ausgezogen ist, ignoriert? Ist es diese Wut?"

„Sie hätten mir zumindest was anbieten können", opponierte Lisa.

„Wieso? Du bietest mir ja auch nichts an, dabei komme ich aus den Bergen und habe die Schafe getrieben. Alle sind satt, die Schafe, du mit deinen vier Eiern, nur ich verdurste gleich."

„Ich kann dir ein Bier oder Wein oder Wasser anbieten, was anderes habe ich nicht."

„Wasser hält den Leib und die gute alte Erde zusammen."

Lisa stand tatsächlich auf, um ein Glas Wasser zu holen. Als sie sich umdrehte, sah sie niemanden.

„Ist es nicht eher dein Stolz, der dich wütend macht?" fragte er. „Warum hast du nicht gesagt, was du wolltest?"

Sie trank das Wasser und fühlte sich etwas besser. Ein herber Geruch hing unter der Decke. *Na klar, die stolzen Menschen Kretas. Die sind zwar alle erpicht auf Geld, aber ihren Stolz haben sie bewahrt. Sie leben ihr eigenes Leben, kümmern sich nicht um Fremde. Ich hätte fragen können.*

„Nein hätte niemand gesagt, auch dazu sind sie zu stolz", meldete sich die Stimme wieder. Die Gedanken wirbelten in Lisas Kopf. Sie suchte den Stift auf der Erde und langte nach dem Papier.

Lisa erschrak gewaltig. *Das ist ja ein Männergesicht zwischen den Kreisen und Wellenlinien. Wie das Suchbild mit der versteckten Ente, das ich als Kind so gut fand.* Ganz deutlich sah Lisa das Gesicht eines Mannes, listige Augen, buschige Augenbrauen, die sich in der Mitte trafen, ein keckes Schnauzbärtchen, einen Struwwelkopf. *Er sieht dem Schäfer ähnlich, jung, stark und griechisch.* Wie Lisa das Blatt auch wendete, das Gesicht blieb und schaute sie herausfordernd an.

„Sorbas, wenn das ein Witz sein soll, ist das ein verdammt schlechter Witz."

Nichts geschah.

„Oder hast du alter Gauner von Göttervater Zeus etwa deine Hand im Spiel?"

Ein leiser Windhauch streifte Lisas Beine. Das war zuviel. Sie schrie auf. Die rote Königin fegte unter dem Tisch hervor und huschte ins Bad. Zahnputzbecher schepperten auf den Fliesen, das offene Fenster klapperte.

„Alles, was mir fehlt, ist ein Mann?" murmelte Lisa. „Ist das nicht etwas zu einfach? Also gut, Zeus, ich will kein Spielverderber sein. Schau her, so soll meine dritte Brust aussehen."

Sie korrigierte das gezeichnete Gesicht, dachte dabei an Wassili, fügte einen vor Kraft und Gesundheit strotzenden Körper hinzu und hob die entscheidenden Stellen durch dicke Linien oder Pfeile hervor, den breiten Rücken, die muskulösen Arme, die straffen Oberschenkel, die Nase, auf die sie besondere Sorgfalt verwendete.

„‚Lieschen'", zitierte Lisa laut ihre Erfurtomi. „‚Lieschen, merke dir eins: An der Nase des Mannes erkennst du seinen Johannes.'"

„In dieser Gestalt darfst du mir erscheinen, Zeus."

Sie legte das Blatt aufs Fensterbrett, damit Zeus es sehen konnte, und beschwerte die vier Ecken mit Steinen vom Strand. Dann lief sie durch das Dorf auf den Berg. *Zeus, ich komme auf den Berg. Da bin ich dir näher.* Die Sonne hatte die Luft erwärmt, Schäfchenwolken zogen gemächlich durch das Himmelblau und wechselten von Sekunde zu Sekunde ihre Gestalt. *Wieso ähneln die Wolken heute alle lachenden, hockenden, liegenden, essenden Jünglingen?*

Als sie den Berg hinabstieg, kam ihr Michalis entgegen. Lisas Knie zitterten, die Augen wurden immer größer. *Soviel Einsatzbereitschaft des alten Göttervaters hätte ich nicht erwartet. Zeus kommt in Gestalt des Hirten. Michalis ist Zeus!* Sein Schäferhund Theo beschnüffelte sie und wedelte freudig mit dem Schwanz. Lisa streichelte den Hund.

„Wie geht's?" fragte sie den Hirten.

„Sehr gut, danke. Und dir?" antwortete er mit himmlischem Lächeln.

„Mir geht es gut." Lisa war aufgeregt, nervös, sie durfte jetzt nichts vermasseln. *Der Hirte blickt zum Himmel, ein sicheres Zeichen.*

„Du mußt was unternehmen", flüsterte ihr Sorbas ins Ohr. Lisa machte einen Schritt auf Michalis zu und schaute ihn gespannt an.

Wieder hörte sie Sorbas: „Laß ihn nicht weglaufen, das ist eine einmalige Chance."

„Halt dich da raus, rat ich dir, sonst knallt's", drohte sie. Der Hirte schaute sie fragend an.

„Ich habe mit Theo, deinem Hund, gesprochen", sagte sie schnell und fügte hinzu: „Schönes Wetter heute." Er nickte abwesend.

Pause.

„Okay, ich sehe dich morgen", beendete er Lisas romantische Träume und lief behende den Berg hinauf. *Hoffentlich treffe ich ihn wieder.* Als sie nach Hause kam, war das Bild verschwunden. Lisa blickte glücklich zum Himmel. *Zeus, du hast mich erhört.* Am Nachmittag lief Lisa zum Steg, wo Iordannis auf Oktopusjagd ging. Er sprang über die ausgelegten Leinen, als führe er einen Kriegstanz auf. Er hatte einen Köderfisch im Mund und knüpperte Sehne und Angelhaken zusammen. Er durchbohrte den Fisch vom Schwanz bis zum Kopfende mit dem Haken.

„Das ist ja schrecklich", entfuhr es Lisa. Aus dem Fischmaul blinkte ein Kranz tödlicher Widerhaken.

„Die Oktopusse müssen denken, das ist ein lebender Fisch", erklärte Iordannis. „Dann beißen sie an."

Mitleidig schaute Lisa auf den toten Fisch, dem Iordannis gerade das Maul fest mit Angelsehne verschnürte, damit der Haken nicht rutschte. Beiläufig fragte er: „Gibt es in Deutschland auch Oktopusse?"

„Jede Menge", antwortete Lisa.

„Und wo sind die bei euch? In Seen und Flüssen?"

„In den Restaurants."

Er winkte ab und warf den Köder wie ein Cowboy sein Lasso weit, weit in das Dunkelgrün des Meeres. Der Fisch erwachte zu neuem Leben, weil Iordannis die Leine mal langsam, mal schnell, ruckartig oder gleitend durch das Wasser zog.

„Fängst du viel?" fragte Lisa.

„Beiß an, du Mistvieh. Los, los. Komm schon." Iordannis zog schnell die Leine an Land. Ein Tintenfisch zuckte auf dem Steg und verspritzte schwarze Flüssigkeit. Sein Körper verfärbte sich, wurde hell wie das Grau des Betons. Iordannis drehte ihn mit dem Fuß auf den Rücken. Der Tintenfisch atmete schwer.

„Warum dauert es so lange, bis er tot ist?" fragte sie.

„Ist halt so", sagte Iordannis. Der Todeskampf dauerte eine Zigarettenlänge lang. Bedrückt ging Lisa nach Hause. Auf den Kieseln spielten Eleni und Voula. Die Mädchen steckten ihre Köpfe dicht zusammen, kicherten und flüsterten. Sie bemerkten Lisas Näherkommen nicht. Als Lisa neben ihnen stehenblieb, schnellten die Mädchen in die Höhe, und der Wind ergriff ein Stück Papier, das er aufs Meer hinauswehte. Lisa erkannte gerade noch ihre Zeichnung, die sie für Zeus auf das Fensterbrett gelegt hatte. Sie hätte heulen können. *Soll es mir etwa wie Odysseus ergehen? Muß ich wie er elf Jahre warten, ehe ich in den schützenden Hafen einlaufen kann, in die zärtlichen Arme eines Geliebten? Sorbas läßt sich nicht blicken, und Zeus verspottet mich.*

Eine griechische Affäre
86 Tage deutscher Einheit

Eine Herde Ziegen und Schafe trampelte an Georgias Haus vorbei zur Strandpromenade. Das Blöken drang in den ulkigsten Tonlagen durch die starken Mauern in das stockdunkle Zimmer. Die Geräusche erinnerten Lisa an palavernde Griechen im Kafeneon, laut, leise, hoch, tief, meckernd, lachend, sich übertönend. Hunderte Hufe schlugen dumpf auf den Sand der schmalen Gasse zwischen Georgias Haus und dem Adonis; dann klapperten sie auf dem Beton der Strandpromenade.

Lisa zuckte zusammen, als sie an der Zimmerwand ein bewegliches Bild erblickte. *Oben, da flimmert's wie Schneeflocken in der Sonne. In der Mitte wippt ein gezacktes Gebilde auf und ab. Und darunter springen graue Flecken hin und her über einer gekräuselten grauen Fläche … Der Geist!* Das Flimmerbild verschwand für Sekunden und erschien wieder. Lisa sprang aus dem Bett, fixierte das Ding. Als sie vor dem Fenster stand, war das Bild weg. Sie ging ein Stück zur Seite, es kam wieder. *Ganz logisch herangehen; ein Bild ist kein Gespenst.* Sie setzte sich auf das Bett und versuchte, das Bild zu deuten. *Das Glitzernde im oberen Teil muß das Meer sein, also steht das Bild auf dem Kopf. Eine Camera obscura! Das Bild wird durch ein winziges Loch im Holz des Fensterladens projiziert. Das Gezackte ist demnach der Palmenzweig, auf dem Spatzen hüpfen. Also ist die graue Fläche der Himmel; ein heiterer Himmel heute.*

Lisa zog sich den langen Selbstgestrickten über und öffnete die Fensterläden. Grelles Sonnenlicht blendete ihre Augen. Vor dem Haus versperrte die Herde die Strandpromenade; einige Tiere lagen faul auf dem Bauch. Der Schäferhund Theo lief um die Herde herum, hielt sie zusammen. Der Geruch der Herde zog ins Atelier und vertrieb die Gerüche der Nacht. Michalis saß auf der Terrasse des Adonis, die Beine übereinander, einen Ellenbogen auf der Stuhllehne, den anderen auf dem Tisch, und trank mit Vangelis Kaffee. Er trug ausgewaschene Jeans und ein kariertes Hemd mit hochgekrempelten Ärmeln. *Um mit deinen Worten zu reden, Sorbas: ein Mann im besten Alter, der noch alle Zähne hat und dichtes schwarzes Haar.*

Für das erste Frühstück auf ihrer Terrasse zog sich Lisa einen langen Rock an und die grünen Paillettenschuhe, legte ein leichtes Rouge auf und genehmigte sich eine ihrer langen Festtagspfeifchen.

Die Wellen rollten gleichmäßig in die Bucht. Weiter draußen bildeten sich Schaumkämme. *Sie passen nicht zum Sonnenschein. Vielleicht ändert sich die Wetterlage?* Am Steg lag ein weißer Kutter, ein junger Mann schrubbte die Planken mit Meerwasser, das er sich mit einem Eimer schöpfte. Aus dem Fahrerhaus des Kutters kletterte Wassili, ging zu einem blauen Lorry, der auf dem Steg parkte, stieg ein und fuhr die zwanzig Meter zum Adonis. Auf dem kleinen Laster waren Holzkisten voll silberner Fische. Am äußersten Rand der Ladefläche stand eine große Waage mit rundem Anzeigeblatt. Die Waagschale lag umgestülpt auf einer der Fischkisten. Wassili setzte sich zu Vangelis und dem Hirten. Eleni brachte ihm Kaffee. Vangelis rief seinen Sohn, der ins Haus lief und einen Moment später mit einem in Stoff eingewickelten Eisblock wiederkam. Der junge Mann war mit der Säuberung des Kutters fertig. Auch er kam an Land und zerkleinerte den Block mit einem Eispickel. Die Eisstücke verteilte er auf den Kisten. Michalis, Vangelis und Wassili tranken Kaffee und würdigten den Arbeitenden keines Blickes. *Wie die drei Männer da unten sitzen, sehen sie erhaben wie Götter aus.*

Michalis wollte zahlen. Vangelis warf den Kopf zurück. „Ochi."

Bevor der Hirte ging, winkte er Lisa. Wassili hob den Blick zu ihr. Sie tat, als sei sie in das Sorbas-Buch vertieft. Michalis folgte seiner Herde, die der Hund schon bis zum Ende der Strandpromenade getrieben hatte. *Vielleicht schaut er noch einmal? Er sieht aus wie Zeus. Er ist Zeus!*

Ohne Ankündigung kam Georgia, hinter ihr Iordannis. Für ihr Alter lief sie schnell wie ein Wiesel durch die renovierten Räume und beäugte alles ganz genau.

„Panajia, Panajia", schrie sie wie gewohnt und tuschelte mit Iordannis.

„Georgia ärgert sich über den niedrigen Preis für die Miete", sagte er eifrig, Georgia starrte fragend zwischen Iordannis und Lisa hin und her.

„Aber ich habe …", Lisa wollte nicht glauben, was er da sagte, „… ich war es doch, die … die Wertsteigerung herbeigeführt hat."

„Ihr gefällt das Haus jetzt viel besser", sagte er.

„Es ist das schönste Haus im ganzen Dorf", bestätigte Lisa.

„Poli ore", sagte Georgia. „Sehr schön."

„Also gut", sagte Lisa. „Ich zahle sechstausend mehr Miete im Monat." *Zwei Mark mehr am Tag kann ich verschmerzen.* Lisa holte sofort das Geld.

Georgia wollte es nicht annehmen; sie wehrte sich unter lautem Gekreisch mit Händen und Füßen. Lisa war perplex. *Habe ich Iordannis falsch verstanden?* Da murmelte die Alte schon: „In Ordnung, Panajia", und steckte das Geld in ihre Schürzentasche. Dabei nickte sie und schenkte Lisa eine Apfelsine.

Wieder allein, breitete Lisa auf der Terrasse die alten Postkarten aus Chania vor sich aus und betrachtete sie lange. Ihre Phantasie tauchte in die Schönheit der Vergangenheit ein, ihre Gedanken zwangen sie immer wieder zurück zu Georgia.

Sie holte die Farben aus dem Atelier. Das Inventar ihrer Werkstatt bewahrte sie in durchsichtigen Tüten auf. Eine enthielt Perlen und Knöpfe und eine Rolle Silberdraht. In der zweiten waren zwei Uhrmacherzangen, eine kleine Schere und die Schneiderschere, Pinsel, Bleistifte, Filzer, Radiergummi und Klebeband. In der dritten Tüte steckten lauter bunte Stoff- und Lederreste, und die vierte, die größte, war gefüllt mit Farben und Tusche in kleinen Filmdosen. Vorsichtig testete Lisa die Tusche. Mit dem spitzen Pinsel kolorierte sie das vergilbte Fotopapier.

„Schöner Kitsch", sagte sie, als sie mit der ersten Karte fertig war. *Blauer Himmel, rosa Schiffe, gelbe Häuser am venezianischen Hafen von Chania, rote Kopftücher, grüne Kleider – nein, so geht das nicht.*

Zweiter Versuch: rosa Himmel, grüne Wolken, Mädchen mit braunrotem Gesicht und gestreiftem Kopftuch, die Früchte im Korb knallbunt. Es gefiel Lisa nicht. Die dritte Postkarte hielt sie Ton in Ton: hellblaues Haus, dunkelblaue Fensterläden, violette Blumen im Kasten, azurblaue Treppe.

„Schon besser." Lisa begutachtete die Karte am ausgestreckten Arm.

Die Sonne stand im Zenit, es war heiß geworden. Lisa ging ins Haus und pinnte die drei Karten neben das Fenster ihres Ateliers. Dann räumte sie ihre Utensilien auf, tauschte den Rock gegen eine kurze Hose und die Glitzerschuhe gegen ihre Kletterschuhe ein. Sie nahm ein Handtuch von der Leine und steckte es in den Stadtrucksack. Im Garten saß Georgia schlafend auf ihrem Stuhl, das Schälmesser war ihr aus der Hand gefallen. Sie schnarchte. Lisa schlich sich vorbei. Als sie die Strandpromenade entlanglief, pfiff ihr ein Bauarbeiter hinterher und andere lachten. „Katzicka", rief der Pfeifer. *Das heißt doch Ziege. Der Winter ist Saure-Gurken-Zeit ohne Touristinnen. Ich verzeihe dir.*

Lisa stieg bergauf. Die Sicht war klar, am Horizont sah sie ein größeres Schiff. Im Norden trugen die hohen, schroffen Felsen mit ihren Schneekuppen den Himmel. Dort staute sich eine Wolkenwand. *Der Wind vom Land ist nicht kräftig genug, die Wolken über die Gipfel zu schieben. Auf der anderen Seite der Berge regnet es.* Durchs Fernglas entdeckte Lisa oben auf dem Hang Michalis mit seiner Herde. Er sah sie mit bloßem Auge und winkte ihr. Sie winkte zurück. *Ihm entgeht doch nichts in den Bergen.* Lisa blickte über die Ruinen der verfallenen

Stadt. Wilde Orchideen, kleine braune Kelche, blühten in Steinnischen, hinter Mauervorsprüngen, überall, wo sich ein paar Krümel Erde angesammelt hatten. Duft von Thymian schwängerte die Luft. Die alte Sophia kam ihr entgegen. „Panajia, panajia", rief sie schon von weitem und zeigte ihr einen Korb voller Salatblätter. Lisa lobte den Salat und staunte, wie beweglich die Alte noch war. *Sie kommt von ihrem Grundstück und bringt Vangelis Salat. Wassili versorgt ihn mit Fisch, der Schäfer mit Fleisch.*

Lisa lief zu ihrem Olivenbaum und setzte sich auf eine Wurzel. Sie blickte auf das Dorf. Wassili bestieg eben seinen Kutter. Eine schwarzgraue Wolke puffte über dem Boot, eine Sekunde später hörte Lisa das Geräusch des Motors. *Ich bin also über dreihundert Meter Luftlinie vom Steg entfernt.* Eine Möwe beschrieb hoch in der Luft ihre Kreise. Ihre abgehackten Schreie hallten in der Bucht wider. Lisa schlug ihre Beine übereinander und lehnte sich an den sonnengewärmten Stamm.

Wassilis Kutter fuhr aus der Bucht. Die weiße Farbe leuchtete in der Sonne. Der Rumpf nickte bei jeder Welle. Der Kutter verschwand hinter der Halbinsel, die eine Seite der Bucht bildete. Lisa überquerte das Plateau. Auf dem höchsten Punkt öffnete sich vor ihr das Halbrund des Süßwasserstrandes. Die braunroten Felsen umrahmten wie eine Theaterkulisse den Strand. Da unten wollte Lisa baden. Sie sah die Höhlen, in denen im Sommer Studenten und Aussteiger sich mit allerlei Strandgut wohnlich einrichteten und an die vorbeikommenden Touristen selbstgebastelten Schmuck verkauften. Lisa zögerte, als sie am Strand Wassilis Kutter erblickte. Wassili saß auf einem Stein und schaute zum Meer. *Wartet er etwa auf mich? Woher weiß er, daß ich heute hier baden will? Er muß gesehen haben, wie ich mein Handtuch von der Leine genommen habe. Den Göttern entgeht doch nichts, oben Zeus mit seinen Schafen, unten Poseidon mit seinem Kutter.*

Der Abstieg zum Süßwasserstrand war gefährlich. Der Hang glich einer Mondlandschaft. Den steilen Pfad benutzten im Winter nur Ziegen und Schafe. Die Steine lagen locker aufeinander. Dazwischen wucherten Sträucher; Wurzeln versperrten den Weg. Lisa mußte sich festhalten, um nicht abzustürzen.

Der Strand war mit rundgeschliffenen Steinen besät. Die nassen Steine glitzerten in allen Farben. *Aus den kleineren könnte ich Schmuck basteln.* Lisa fand einen Augenstein, tiefschwarz mit einem weißen Ring in der Mitte. *Er fühlt sich glatt an, ein Handschmeichler.* Sie steckte ihren Fund in die Tasche.

Wassili saß neben einer Quelle, zu erkennen an der dunklen, feuchten Linie. *Khakifarbene Hose und ein helles Hemd. Er hat sich herausgeputzt. Für mich?* Lisa kniete sich mit einem Gruß dicht neben das austretende Wasser. *Klares Süßwasser direkt am salzigen Meer!* Sie formte ihre Hände zu einer Schale und wollte trinken. Wassili hielt sie zurück. *Eh, was bildest du dir ein? Du hast die Quelle nicht gepachtet.* Er lächelte vieldeutig und bat sie mit einem Blick, sich zu setzen. Mit seinen Händen begann er ein Loch auszuheben, in dem sich sofort Süßwasser sammelte. Lisa sprang auf, wollte trinken.

„Eine Minute", sagte er. *Diese Minuten kenne ich; kretische Minuten. Aber es ist spannend.*

Sie nahm sich eine Zigarette; sein Feuerzeug klickte. Er sah sie kurz an. Es war ein Blick, der sie unruhig machte. *Sein Gesicht gleicht dem des Lilienprinzen aus dem Palast von Knossos, königlich, mit weiblich-sanften Zügen um das Jochbein. Leicht hervorstehend das Kinn und schmale Lippen wie ein Bleistiftstrich. Gern würde ich die kurzen schwarzen Haare streicheln. Ein Teppich. Kräftige Figur, nicht zu groß. Dieser Mann regt mich ja auf! Dieses vielversprechende Lächeln.* Das Wasser, das sich in der Grube gestaut hatte, war nun ganz klar. Hinter einem Stein zog Wassili ein Glas hervor und füllte es. *Er hat seinen Auftritt richtig vorbereitet.*

Wassili hielt Lisa das Wasserglas entgegen. Ihre Hände berührten sich. Er lächelte, sie lächelte verlegen zurück und trank das Wasser in einem Zug aus. Er füllte das Glas erneut, reichte es ihr, umschloß ihre Hand. *Das ist alles nicht wahr.*

„Willst du zu Nicola?" fragte er unvermittelt. Nicola war der Besitzer des Anwesens hinter dem Süßwasserstrand.

„Vielleicht", sagte Lisa und tat gleichgültig. *Was geht es ihn an, wohin ich will?*

„Schön hier, nicht wahr?" sagte er. *Auf solche Tricks falle ich nicht herein. Nicht für ein Glas Wasser.*

Sie hielt ihr Gesicht in die Sonne. Er setzte sich neben sie. Sie suchte Negatives an ihm, einen Schmutzfleck im Gesicht oder eine Zahnlücke, damit sie zur Besinnung kam. Vergeblich. *Lisa Meerbusch, wo sind deine guten Vorsätze? Wo deine Lust an Einsamkeit?* Sie spürte, daß sie auf etwas ganz anderes Lust hatte. Lisa dachte an das Unglück, das im letzten Oktober an diesem Strand passiert war.

„War es in der Höhle da hinten?" fragte sie, um sich abzulenken. Er nickte. Damals hatte in der Höhle ein deutsches Pärchen gewohnt. Ein heftiger Regenguß verschüttete die Höhle, und beide kamen in den Schlammassen um. Lisa hatte in den Nachrichten davon erfahren. Sie blickte am Berg hoch und erschauderte, als sie die abgebrochene Stelle sah. Wassili führte sie über das Geröll zur Höhle, nahm sie in den Arm, drängte sie sanft auf eine ausgebreitete Decke. Lisa wehrte sich nicht. Sie lag regungslos und dachte an die beiden Toten. *Erst fallen nur ein paar Steine herunter. Dann bricht der Berg, eine Flut von Steinen und braunem Schlamm* … Wassili küßte ihren Nacken. *Ein Vorhang herunterfallender Erde* … Er schob ihr T-Shirt hoch und knetete ihre Brüste.

Sie fror, spürte die Feuchtigkeit in der Höhle. Wassili legte sie auf den Rücken und streifte ihre Hosen herunter. Lisa bekam Atembeschwerden, Sand klebte zwischen den Zähnen, sie wollte fliehen, doch die Erdmassen erlaubten kein Durchkommen. Wassili legte sich auf sie, sie schloß die Augen und hielt die Luft an, um gleich tief durchzuatmen. Sein Gewicht preßte die letzte Luft aus ihren Lungenflügeln. Ihr wurde schwindlig. Sie mußte sich befreien, sie mußte aus dieser Hölle fliehen, um nicht zu ersticken. Doch der Ausgang war zugeschwemmt, der Schlamm bedeckte schon den Boden und hatte Decken und Koffer verschluckt. *Mein Paß, mein Paß!*

Ihre Hände tasteten den Boden ab, der unter ihren Füßen wegschwamm. Der Schlamm stand in Hüfthöhe, es war unmöglich, die Beine zu bewegen. Sie steckte fest, der Schlamm stieg und stieg. *Schwimmen muß ich. Schwimmen.* Da verlor sie das Gleichgewicht, tauchte unter. *Wo ist oben? Wo unten?* Sie schwebte, Sand, Lehm, Dreck um sie herum. Sie erfaßte einen Gegenstand, er fühlte sich weich an. *Ein Bein. Oder ein Arm.* Sie riß daran. Keine Antwort. Sie wollte schreien, doch ihr Mund füllte sich mit Schlamm. Die Luft wurde knapp, sie ruderte auf der Stelle … Wassili knöpfte sich die Hose zu.

„Willst du mitfahren?“ fragte er. Lisa lag halb ausgezogen auf der Decke. Sie schwitzte, rang nach Atem.

„Nein, ich laufe lieber“, sagte sie. Wassili zuckte mit den Schultern. *Nein, im Dorf kannst du dich mit deiner Eroberung nicht brüsten. Keine Zeugen. Nichts ist passiert.* Sie sah Wassili hinterher, der auf sein Boot kletterte, als wäre nichts geschehen. Das Boot verschwand hinter einem Landvorsprung.

„Applaus, Applaus“, schrie Sorbas.

„Du?“ fragte Lisa. „Was willst du?“

Sorbas stützte sich auf den Schäferstab und grinste über das ganze bärtige Gesicht.

„Du bist dumm“, behauptete er. „In zehn Minuten weiß das ganze Dorf, was passiert ist.“

„Keiner weiß etwas, niemand hat's gesehen“, widersprach Lisa schnippisch. „Es war ein völlig harmloses, unwichtiges Abenteuer.“

„Ha-ha, du bist auf den erstbesten hereingefallen.“ Er schlug sich vor Lachen auf die Schenkel.

„Auf ein besonderes Exemplar“, entgegnete sie trotzig. „Was geht dich das an.“

„Er wird wiederkommen. Du kennst die griechischen Männer nicht“, sagte Sorbas ernst.

„Noch nicht. Aber du kennst sie, ja?“

„Ich bin ein Grieche“, sagte er stolz. „Er hat dich gerüpelt, und du bist jetzt seine Frau.“

„Na, wenn schon", sagte sie und stand auf. „Es kann so einfach sein zwischen Mann und Frau. Zu Hause ist das schwieriger, weil die Männer dort eben ein bißchen blöd sind."

„Wie? Blöd? Das verstehe ich nicht", sagte Sorbas.

„Das kannst du auch nicht verstehen", sagte sie und füllte Wasser in das Glas. „Mit Wassili eben, das lief geradeaus ab, ohne Worte, ohne Einladung, ohne Restaurant oder ellenlange Gespräche."

„Du bist nicht auf deine Kosten gekommen", sagte er.

„Woher willst du das wissen?"

„Ich weiß mehr über dich, als du selber weißt."

„Das war nur die Premiere."

„Dann willst du, daß er wiederkommt", stichelte er. „Damit wäre das Problem Sex für dich auf Kreta geregelt, der Sex gehört fortan zu deinem Leben wie Essen und Trinken."

„Großartig", rief Lisa. „Vor allem wird hinterher nicht alles zerredet, wie du es gerade tust."

„Ich zerrede gar nichts", protestierte er. „Ich warne dich nur vor Wassili."

„Von mir aus könnte ich mit ihm morgens, mittags und abends."

„Wassili ist nicht dein Kaliber. Du willst umworben sein, geliebt und geachtet werden, Champagner, leckeres Essen, das ist deine erotische Welt, alles zusammen. Außerdem ist er verheiratet."

„Rede nicht alles kaputt. Ich fühle mich wohl. Der einsame Strand, die Sonne und ein Grieche, braungebrannt und männlich, so wie du, Sorbas, ihn beschreibst. Alles ist gut, wenn ich mich wohl fühle. Ich habe die Einsamkeit gesucht und gefunden. Den Sex kriege ich nebenbei."

Lisa entkleidete sich langsam, zog ihre Badeschuhe an und tippte den großen Zeh in das Wasser. Es war kalt. Vorsichtig ging sie tiefer. Die Wellen griffen nach ihrem Körper, eine zärtliche, kühle Umarmung. Sie ließ sich mit den Wellen schaukeln und schwamm hinaus. *Mein erstes Bad auf Kreta nehme ich zu Weihnachten. Das glaubt mir zu Hause keiner.*

Lisa überdachte verschiedene Möglichkeiten, wie sie Wassili begegnen könne: *Ich werde Wassili ignorieren.*

„Das läßt der sich nicht gefallen", rief Sorbas am Strand. Seine Stimme donnerte im Halbrund der Felsen, wie ein Gewitter. *Ich könnte mit anderen Männern reden, abends im Adonis.*

„Dann bist du die Dorfhure." Sorbas lachte. *Ich könnte wegfahren und mit einem anderen Mann wiederkommen.*

„Du kommst nicht weit allein. Ab heute machst du keinen unbeobachteten Schritt mehr im Dorf." Sorbas verschwand.

Als Lisa wieder ins Dorf kam, war Wassili schon fischen gefahren.

Seit einer Woche verzichtete Lisa auf das Weckerstellen abends. Es gab in ihrem Dorf keine Notwendigkeit, pünktlich zur Arbeit oder zu einem Amt zu gehen, den Bus zu erwischen oder Leuten hinterherzurennen. Sie wachte auch ohne Wecker zuverlässig um sieben Uhr auf. Ohne dieses Klingeln konnte sie langsam erwachen, mit geschlossenen Augen noch ein bißchen in der Nacht verweilen. An diesem Morgen hatte sie die Farbe Orange in ihrer Erinnerung. Sie konnte sich nicht mehr an den Traum besinnen, nur an dieses warme Orange, das sie sanft in den Tag hineingezogen hatte. Der Morgenbus hupte in der Ferne.

Von der Terrasse aus beobachtete Lisa, wie Harald das Dorf verließ und den Pfad zur Bungalowsiedlung Atlantis 21 hinaufstieg, dann die Richtung zum Bergdorf einschlug. *Seine westdeutsche Arroganz ist mir auf die Nerven gegangen.* Die Sonne blinzelte zwischen den Ruinen, die langen Schatten des Berges wanderten durch das Dorf. Lisa fühlte sich, als wäre sie schon seit Ewigkeiten eingetaucht in den Rhythmus der Insel. Sie wurde melancholisch. Das war bei ihr immer so am Ende eines Jahres. *In meinem Alter hatte meine Mutter schon das Baby Lisa. Wenn überhaupt, hätte ich vor dem Mauerfall ein Kind kriegen müssen. Damals mit Oliver. Oder mit Thomas? Was wäre der für ein Vater gewesen? Vielleicht hätte er aufgehört zu trinken? Mit ihm wäre ich heute nicht auf Kreta. Ich hätte nicht bei Vogt arbeiten können. Jetzt ist es zu spät für ein Baby. Dafür habe ich meine Zeit für mich allein. Meinem Kind will ich eine Heimat geben und Geborgenheit. Ich habe ja nicht mal selbst eine Heimat. Ein Kind zu haben, bedeutet schließlich, sich mit der Gesellschaft einzulassen, in der man lebt. Ich kenne weder die deutsche noch die griechische Gesellschaft richtig. Oder ein Kind mit Bo? Dadurch hätte ich ihn auch nicht an mich binden können. Wer weiß, ob er nicht schon für ein Kind Alimente zahlt.*

Iordannis kam über die Strandpromenade. In der einen Hand trug er die Tasche mit der Post, in der anderen hielt er einen Brief, den er im Gehen studierte. *Wer schreibt denn Iordannis einen mehrere Seiten langen Brief?*

„Du hast einen Brief bekommen“, sagte er.

„Ich?“ fragte Lisa.

„Mit einem Foto. Ist das dein Vater?“

Er reichte ihr den Brief, den er gerade eingehend untersucht hatte. „Da ist auch Geld drin“, sagte er und nahm einen Hundertmarkschein aus dem Kuvert. Lisas Augen wurden immer größer. *Unfaßbar, er ist so unverschämt, meine Post zu öffnen!*

„Du kannst doch nicht meinen Brief lesen“, fuhr sie ihn an.

„Kann ich auch nicht, denn er ist ja in Deutsch geschrieben“, entgegnete er trocken.

„Ich meine“, regte sie sich auf, „du kannst nicht einfach fremder

Leute Post öffnen."

„Du machst den Brief doch sowieso auf."

Lisa riß ihm Kuvert, Brief, Foto und Geldschein aus der Hand, drehte ihm den Rücken zu und ging in die Küche, in der Hoffnung, er würde verschwinden.

„Ist das nun dein Vater?" bohrte er. *Iordannis benimmt sich wie ein Kind.*

„Nein", antwortete sie, „das ist mein Onkel."

„Wann kommt er wieder?", fragte er interessiert. „Er wohnt immer im Adonis. Er ist ein Gentleman."

Jetzt weiß das ganze Dorf, daß ich mit Wilhelm Meerbusch verwandt bin. Wenn das mal gut geht.

„Was schreibt er denn?"

Der läßt nicht locker! Muß er nicht in der Bäckerei helfen?

„Woher soll ich wissen, was er schreibt", entgegnete sie mürrisch, „ich habe den Brief noch nicht gelesen."

Iordannis schien zu begreifen und ging. Lisa hörte, wie er sich im Garten mit Georgia unterhielt. *Georgia erhöht nochmals die Miete, wenn jetzt auch noch Willi Geld schickt. Ich hätte Iordannis Raki anbieten sollen als Botenlohn.* Sie setzte sich ans Fenster und betrachtete das Foto. *Willi hat sich nicht verändert. Ernster schaut er, bedrückt. Wo ist das aufgenommen worden?* Sie steckte das Geld in die Hosentasche. Dann glättete sie die Seiten des Briefes und begann zu lesen.

„Liebe Griechin", schrieb er. *Wenn der wüßte, wie wenig Griechin ich bin.*

„Die Zeit rast dahin wie ein D-Zug. Auf den Bahnhöfen stehen die Ossis, wie man uns DDR-Bürger jetzt zur besseren Kennzeichnung zu nennen pflegt. Der Zug hält nicht, er verlangsamt nicht einmal die Fahrt! Niemand kann aufspringen, er fährt zu schnell. Innen im Zug glotzen die Wessis mit ihren fremden Gesichtern, fremden Ansichten und fremden Geschmäckern. Der Zug rast vorbei, so wie er schon Jahre an uns vorbeigerast ist.

Die Welt wird neu aufgeteilt unter Hasardeuren, die nur ihre eigenen Interessen im Kopf und im Bauch haben. Mit Absahnermentalität darf die dritte Riege der Wessis im wilden Osten die erste Geige spielen. Für die doofen Ossis reicht's allemal. Wir pfeifen auf die Moral, es ist chic.

Sie gebärden sich perfekt, die Wessis. Ihre Perfektion ist ein Abklatsch des American way of life. Und wir sind, durch ihre vierzig Jahre alte antikommunistische Brille gesehen, die Tölpel. Ossi bedeutet soviel wie Stasi, Spitzel.

Tagtäglich drängen sie ihren vermeintlichen Brüdern und Schwestern ihre gesellschaftlichen Spielregeln auf. Ihr West-Know-how bestimmt jetzt, wo es langgeht. Wir entfremden uns selbst und verfallen in unserer Blindheit diesem Darwinismus, in dem es nur noch Starke und Schwache gibt. Wir lassen uns blenden. Sie fangen an, Persilscheine auszugeben für die, die ihr Lied singen.

Gestern habe ich noch mit ihnen Geschäfte gemacht und getafelt, heute kriminalisieren sie mich. Meine Kollegen, die Pfeifen, die singen schon nach dem Motto: Wes Brot ich freß, des Lied ich sing. Deshalb habe ich erst mal in England Quartier bezogen, woher auch das Foto stammt. Es ist in einem nettem Restaurant in Covent Garden aufgenommen. Meine Wohnung habe ich aufgelöst. Die wichtigsten Sachen habe ich mit Silvys Erlaubnis in deine Wohnung geschafft, wo sie sicher niemand vermutet. Madame, du hörst von mir. Durch Elke bin ich auf dem laufenden über deine kretischen Aktivitäten …

Dein Onkel Willi."

Die Unterschrift war eine einzige Kritzelei.

So einen langen Brief hat er mir noch nie geschrieben. Was heißt, seine Sachen seien „sicher" bei mir? Was für Sachen hat er zu mir gebracht? Wohin kann ich ihm schreiben? Kein Absender.

Lisa legte Willis Foto als Lesezeichen in ihr Sorbas-Buch. *Weil du ein Abenteurer bist wie Alexis Sorbas. England. Ist das sein Exil? War er denn so verstrickt in die DDR-Machenschaften, daß er flüchten mußte? Er hat nie viel darüber erzählt. Ich habe ja auch keine Fragen gestellt …*

„He, he, wohin zum Teufel mit diesen trüben Gedanken?" meldete sich Sorbas' vertraute Stimme. Diesmal ließ Lisa den unsichtbaren Gast gewähren.

Sorbas spuckte aus. „Komm mit, ich zeige dir was."

Er führte Lisa auf den Berg zu ihrem geliebten Olivenbaum.

„Setz dich", befahl er. „Schau hinunter. Sag mir, was du siehst."

„Ich sehe Vangelis, der über seine Terrasse stapft und nach seiner Frau brüllt. Da ist die kleine Voula, die Lehrerstochter, sie geht zum Strand."

„Sehr schön, weiter."

„Was weiter? Du bist der große Geschichtenerzähler", begehrte sie auf.

„Geschichten willst du hören? Ich bin nicht dazu aufgelegt. Es ist noch zu früh."

„Also gut. Ich sehe jede Menge Müll auf dem Strand, Bretter, Farbtöpfe, kaputte Plastikfässer, zerbrochene Stühle. Soll ich fortfahren? Hinter jedem Haus ist eine große Schutthalde mit Bauresten, Steinen, Sand und Zement."

„Schön, und weiter?" trieb er sie an.

„Schön nennst du das? Bist du recht bei Trost? Scheußlich ist das. Da am Steg ist wieder eine Öllache im Wasser. Die machen ihren Ölwechsel vor der eigenen Haustür. Der nächste Sturm wird den Dreck wieder gleichmäßig verteilen."

Sorbas schwieg. Lisa hatte sich in Rage geredet: „Nirgends auf Kreta kann man unbeschwert genießen. Die Realität, die stinkt. Mal liegt ein Müllsack am Weg, mal stinkt ein wilde Müllkippe, mal hat einer seinen Hausmüll auf die Straße gekippt, mal verbrennt einer eine Ladung Plastikbecher im Ofen ... Wie es hier sein könnte, muß ich mir immer und überall vorstellen."

Sorbas pfiff eine Melodie, pflückte einen Thymianzweig und steckte ihn sich hinters Ohr.

„Da hast du es", ereiferte sich Lisa. „Früher, zu deiner Zeit, haben sich die Griechen Thymianzweige hinters Ohr gesteckt. Heute sind es Zigaretten oder Kugelschreiber. Wie romantisch!"

„Das war kein Thymian früher, sondern Basilikum", korrigierte er sie. Nach einer Weile fragte er: „Was hält dich noch auf Kreta, wenn du alles so miesmachst?"

„Mein Traum vom minoischen Reich, in dem die Frauen das Sagen hatten. Und nicht dieses Knossos-Disneyland."

„Den Touristen gefällt es", behauptete Sorbas.

„Die Touristen kommen auch wegen dir, Sorbas. Sie suchen den verkappten Weisen, den Lebenskünstler, der an einsamen Gestaden sitzt und philosophiert. Doch die Welt von Nikos Kazantzakis gibt es nicht mehr. Du und die kretischen Wälder, das schwarze Brot und das kristallklare Wasser gehören der Vergangenheit an. Den Touristen wird diese Welt nur vorgegaukelt nach dem Motto: Je mehr Sirtaki aus dem Lautsprecher dröhnt, desto mehr Geld verdient der Wirt."

„Was bedrückt dich in Wahrheit?" fuhr Sorbas auf.

„Im Dorf gehen Dinge vor", sagte sie, „die ich mir nicht erklären kann. Da ist Stella, die mich ignoriert. Oder die alte Sophia, die mir einfach in den Bauch kneift. Ihr Sohn Vangelis möchte nicht, daß ich bei Georgia wohne. Iordannis macht sich über mich lustig. Und Wassili, der rüpelt mich und nun kennt er mich seit zwei Tagen nicht mehr. Was mache ich denn falsch?"

Sorbas kaute auf seinem Thymianzweig und schnaufte. Plötzlich bückte er sich, hob einen Stein auf und ließ ihn in einen Thymianbusch fallen. Die Zweige raschelten, brachen, und der würzige Geruch erfüllte die Luft. „Hast du gesehen?" fragte er.

„Was?"

„Na, die Zweige. Du bist der Stein, der Busch ist das Dorf, jeder Zweig ist ein Mensch im Dorf. Du fällst in die Gemeinschaft hinein, die über Generationen gewachsen ist und bringst alles durcheinander. Sieh, wie die Zweige sich vom Stein wegbiegen. Es wird eine Ewigkeit dauern, bis die Zweige den Stein aufgenommen haben."

Lisa beugte sich hinab und nahm den Stein. Sie legte ihn vorsichtig auf den Busch und sagte triumphierend: „Siehst du, nichts biegt sich oder bricht."

„Weil ein starker Zweig darunterliegt."

„Ist der starke Zweig ein Mann?" fragte sie neugierig.

„Vielleicht", erwiderte Sorbas schmunzelnd. Lisa ärgerte sich, weil er nur Andeutungen machte. *Ich bin kein Stein, und ich wollte mich ganz sacht einleben.* Schnell kratzte sie eine Handvoll Kieselsteine zusammen und rief: „Und jetzt spiele ich Sommer. Jeder Stein ist eine Touristin." Sie schleuderte die Kiesel mit voller Wucht auf den Thymianbusch. Die Kiesel fielen durch die Zweige hindurch, ein paar blieben in den Spitzen hängen. Sorbas grinste.

„Wo ist der Unterschied?" schimpfte sie. „Du hast mich getäuscht, du hast einen viel zu großen Stein genommen. Ich bin auch bloß ein Kiesel."

„Falsch", sagte Sorbas trocken. „Es ist Winter. Du bist eine Frau, und du bist allein. Das wiegt viel, viel schwerer."

Entmutigt ließ sie die Hände sinken. „Was soll ich denn tun?"

„Du brauchst gar nichts zu tun. Das Dorf tut. Gewöhne dich daran."

„Das Dorf sieht unschuldig aus, es schmiegt sich in die Bucht. Auf dem Berg bin ich allein. Hier oben bin ich die Königin der verfallenen Stadt." Lisa breitete die Arme aus. „Ich will fliegen. Im Bauch kribbelt's. Im Flug wird das Dorf kleiner und kleiner, dann lasse ich mich fallen und kreische wie eine Möwe."

Nur nicht abstürzen. Ewig fliegen, alles überschauen. Lisas Sorgen schrumpften zu einem kleinen schwarzen Punkt zusammen, der sich im türkisfarbenen Meer verlor. Höher und höher stieg Lisa Meerbusch, näherte sich den Wolken, flog über weiche Watteberge, das Blau des Himmels blendete, die Sonne brannte auf der Haut. Höher und höher, Lisa konnte nicht genug kriegen. Auf dem Meer glitzerte milliardenfach das Sonnenlicht, die weißen Gipfel wurden zu Zuckerhüten, die Bergdörfer kuschelten sich in die sanften Täler hoch über dem Meer. Höher und höher …

„Chronia polla", grüßte freundlich eine Frauenstimme. Stella, in der einen Hand eine Einkaufstüte, an der anderen Stephanos, hatte Lisa auf der Strandpromenade eingeholt. *Was ist denn jetzt los?*

Stella drückte Lisa ihre Tüte in die Hand und nahm Stephanos auf den Arm. „Möchtest du einen Kaffee bei mir trinken?" fragte sie. *Ich verstehe die Welt nicht mehr. Vor mir steht eine ganz andere Stella. Will sie etwas von mir?*

„Hoffentlich hast du Zeit. Bis zu meinem Haus ist es ein weiter Weg. Mein Mann und ich wohnen im alten Dorf. Wir können ruhig etwas schneller gehen, ich trage Stephanos, der kann nicht so schnell laufen." Stellas Englisch war fließend. Lisa staunte. *Das alte Dorf wollte ich mir schon lange ansehen. Und jetzt werde ich geführt!*

Sie kamen am Kafeneon vorbei. Pavlos rief Stella etwas zu. Sie antwortete ebenso laut und übersetzte Lisa: „Er wünscht dir ein glückliches neues Jahr. Warum nennt er dich Panajia?"

Lisa antwortete nicht und winkte dem Wirt.

Hinter der Post führte ein schmaler Pfad an verwilderten Gärten entlang. Rechts stand eine Ruine aus Feldsteinen. An einigen Stellen haftete noch Putz, Dach und Türen fehlten. *Ein Knochengerüst von Haus.* Eine Ziege spazierte durch das Türloch und sprang auf einen Mauervorsprung. So reichte sie bis an die unteren Zweige eines Johannesbaumes heran. Plötzlich kletterte sie auf einen Ast. *Eine Ziege auf einem Baum!* Lisa war begeistert wie ein Kind. Stella lachte. „Das machen sie oft. Komm rein, wir sind da."

Stellas Haus war einstöckig, vier Wände einfach auf steinigem Boden gebaut. Ein Olivenbaum breitete seine Äste über das Dach. Drei braune Hühner scharrten vor der Tür. Daneben stand eine Plastikwanne voll eingeweichter Wäsche.

Die Sonne brannte; bis hierher reichte der Seewind nicht. Ein Stapelstuhl aus Plastik, dessen Rücklehne eine Rippe fehlte, stand unter einem zerzausten Sonnenschirm. Die Tür war gleichzeitig Fenster, das einzige des Hauses. Sie erinnerte an eine Pferdestalltür. Die zwei hölzernen Flügel waren in der Mitte waagerecht geteilt.

Stella ging ins Haus und fing zu schreien an. Ein Stock, ein zerlöcherter Kochtopf und ein Stück Autoreifen flogen Lisa vor die Füße. Gleich darauf heulte Stephanos los. Lisa kriegte ihn zu fassen und hielt ihn fest. Mitten im Ton brach er für zwei Atemzüge sein Weinen ab; dann setzte es mit verstärkter Kraft wieder ein.

Stella kam aus dem Haus und klagte: „Jeden Tag schleppt er andere Sachen an, gestern einen riesigen Fischkopf, heute diesen Müll." Stephanos riß sich los und rannte beleidigt hinter das Haus.

„Der kommt wieder", sagte Stella. Sie bat Lisa einzutreten. Drinnen war es kühl. Das Haus bestand aus einem einzigen Raum, in dem geschlafen, gegessen, gearbeitet wurde. Im Zwielicht, das bis in die Kochnische drang, setzte Stella in einem Töpfchen Wasser auf. Der Boden war nur in der Ecke, wo ein Doppelbett und eine lederne Reisetruhe standen, betoniert; sonst gab es nur festgetretenen Sand. Vor dem Bett lag ein kleiner gehäkelter Teppich. Davor stand ein Kanonenofen, dessen Rohr quer durch den Raum bis zu einer Aussparung am oberen linken Türflügel verlief. Es wurde noch nicht geheizt, und der Ofen diente als Ablagefläche für Zigaretten und zerlesene Zeitungen. Auf einem Tisch, der mit einer Wachstuchdecke bespannt war, lag Spielzeug: ein Teddy, dem ein Bein fehlte, eine

Puppe ohne Kleider und Arme, ein sandiges Plastikauto, angeknabberte Bleistifte, ein Bilderbuch. Dazwischen eine Brille und ein voller Aschenbecher. Stella schob alles beiseite, um Platz für die Kaffeetassen zu schaffen. Sie bot Lisa einen Stuhl an. Der Stuhl wackelte.

Während Stella in der Kochecke Kartoffeln aufsetzte, erzählte sie von ihrem Mann. Stavro arbeitet in den Sommermonaten auswärts und hat auf dem Peloponnes drei Kinder aus erster Ehre zu versorgen. *He, Sorbas, woher kommt Stellas Sinneswandel, ihre plötzliche Lust, mir ihr Herz auszuschütten? Jetzt schweigst du. Typisch.* Lisa legte ihre Zigaretten auf den Tisch. Stella spähte ängstlich zur Tür, dann fragte sie: „Darf ich eine von deinen rauchen?"

„Natürlich", sagte Lisa.

„Mein Mann sieht es nicht gern." Stella lächelte. „Falls er kommt, rauchst du sie weiter, ja?"

„Du sprichst sehr gut englisch", sagte Lisa.

„Stavro ist ein sehr guter Mann", sagte Stella schnell. „Er arbeitet sehr hart für seine Familie. Manchmal darf ich mit ihm in die Stadt fahren."

„Du könntest in den Restaurants im Dorf arbeiten", schlug Lisa vor.

Stella winkte ab: „Mein Mann Stavro ... Ich habe im Haus genug zu tun."

Er hat ihr verboten, arbeiten zu gehen. Ihr Mann weiß, wie schön seine Frau ist, und hält sie im Verborgenen. Wahrscheinlich muß sie ihn wegen jeder Schachtel Tampons um Geld bitten. Sie sitzt brav zu Hause, und Stavro amüsiert sich auswärts mit Touristinnen. Dabei könnte sie die Bestellungen im Adonis aufnehmen und das Essen servieren. Mit dem Geld könnten sie ihr Haus aufstocken und Touristen beherbergen.

„Bist du von Kreta?" fragte Lisa.

„Nein", sagte Stella. „Ich komme aus Athen. Dort habe ich meinen Mann kennengelernt; er arbeitete gerade an der neuen U-Bahn. Sie hatten archäologische Funde gemacht und mußten die Bauarbeiten einstellen. Mitten in Athen hat man den alten Hafen von Piräus gefunden. Stavro nahm mich mit in sein Heimatdorf."

Schritte wurden hörbar. „Grüß dich, Stavro", sagte Stella und legte schnell ihre Zigarette auf den Aschenbecherrand. In der Flügeltür erschien ein Mann, so groß wie Lisa. Er hatte ein ebenes Gesicht, das am Kinn spitz zulief. Er stutzte, als er den Besuch sah. Sein Mund lachte von einem Ohr zum anderen. Stella verwandelte sich sogleich in die sorgende Hausfrau: „Das ist Lisa, die bei Georgia wohnt. Möchtest du einen Kaffee?"

Stavro setzte sich.

„Wassili gut?" fragte er. Lisa erschrak. *Woher weiß er von mir und Wassili?* Stella stellte ihm einen Kaffee und ein Glas Wasser hin und schimpfte: „So was kannst du nicht fragen."

„Das ist meine Sache", gab er schroff zurück.

„Er fragt nach Wassili", dolmetschte Stella. „Er spricht nur griechisch."

„Ich denke, Wassili geht es gut", antwortete Lisa. Sie war unsicher geworden. *Ist Wassili der Grund, warum sich Stella mit mir unterhält? Mit einem Mann bin ich keine Gefahr mehr für sie.*

Silvester im Dorf
89 Tage deutscher Einheit

Ein sanfter Wind strich durch die Zweige des Zitronenbäumchens. Auf dem Palmwedel vergnügten sich Spatzen. Lisa saß auf ihrer Terrasse vor ihren alten Postkarten. Die rote Königin umschmeichelte Lisas Beine und bettelte. Sie zog eine Karte heraus, auf der ein Häuschen abgebildet war: mit altem Spitzdach, weißgekalkten Steinwänden, einladend geöffneten Fensterläden, zwei Treppchen zu den Eingangstüren, darauf Blumentöpfe mit blühenden Rankenpflanzen. Sie tönte nur die filigranen Blüten im Vordergrund, zartrosa. *Die Farbtupfer müssen genau überlegt sein. Mal eine Katze, mal einen Stein oder eine Pinie herausheben. Eben das, was man gewöhnlich übersieht. Ich darf die Farbe nur sparsam einsetzen.*

Die Sonne schickte sich an, hinter dem Ruinenberg zu verschwinden. Der Schatten des Berges wuchs und wurde länger, berührte Lisas Fußspitzen und stieg langsam an ihren Beinen hoch. Erst als ihre Beine kalt wurden, merkte sie, wie spät es war. Dämmerung bemächtigte sich der Bucht, nur der Himmel leuchtete noch hellblau. Lisa suchte mit dem Fernglas den Horizont der unruhigen See nach Wassilis Boot ab. Erste Ausläufer eines Sturmes wühlten die See auf. *Wassili muß sich beeilen. Wo er nur bleibt? Ich will Silvester nicht allein sein.* Sie betrachtete den Stapel fertiger Postkarten und den Kippenberg im Aschenbecher. *Das greifbare Ergebnis des letzten Tages im Jahr.* Lisa Meerbusch holte sich Sorbas und Odysseus in die Küche, baute die beiden Bücher auf dem Tisch auf, stellte vor die Buchdeckel Gläser und öffnete die Weinflasche.

„Wir wollen gemeinsam trinken auf das Gelingen des nächsten Jahres, auf daß du, Odysseus, endlich heimkehren mögest und daß du, Sorbas, klüger wirst und daß ich, Lisa, mit den Griechen fertig werde. Prost."

Jemand klopfte laut an die Tür. Lisa verschluckte sich. Wassili stand da, herausgeputzt mit offenem Hemd und eng anliegenden, dunklen Hosen. Der Dreitagebart sproß verwegen aus dem Kinn. Lisa wollte aufstehen, um ihn zu begrüßen. Er drückte sie zurück auf den Stuhl.

„Wieso drei Gläser?“ fragte er, seine Augen funkelten, er fegte die Bücher vom Tisch. Lisa hob die Bücher auf und sagte: „Damit ich nicht so allein bin, habe ich mir diese beiden geholt und wollte mit ihnen anstoßen, ganz einfach.“

Wassili durchsuchte die Küche, er stapfte durch die ganze Wohnung, prüfte, ob sich auf der Terrasse jemand versteckte.

„Es ist niemand da“, sagte Lisa. *Seit wann habe ich es nötig, mich vor ihm zu rechtfertigen?* Wassili schüttete ein Glas Wein hinunter, füllte es wieder und trank. *Er bemerkt nicht das Glas, mit dem ich anstoßen möchte.*

„Ya mas“, sagte Lisa zu sich selbst und stürzte ihren Wein hinunter. Wassili stand auf und ging ins Zimmer. Von dort rief er: „Ella.“

Was wird denn das? Sie folgte ihm. Er packte sie und warf sie auf das Bett, hatte mit wenigen Handgriffen ihre Hose geöffnet und halb heruntergezogen. Sie lag auf dem Rücken, er hob ihre Beine und nahm sie gleich im Stehen. Lisa hatte keine Chance, sich zu bewegen oder irgendwie ihr Recht auf Befriedigung einzufordern. Als sie sich angezogen hatte, saß er an der halboffenen Terrassentür und trank. Versonnen blickte er in die Ferne. *Er sieht aus wie ein junger Gott. Das Rüpeln werde ich ihm schon noch beibringen, meinem Poseidon. Prost Neujahr!* Plötzlich stand er auf und verließ grußlos die Wohnung.

„Chronia polla“, rief ihm Lisa hinterher. „Ein schönes neues Jahr!“ Er wandte sich halb um, dann war er in der Dunkelheit verschwunden.

Lisa ging wütend hinaus in die Nacht, am Strand entlang, sammelte ein paar flache Kiesel und ließ sie übers Wasser springen. Am Steg entlud Wassili zusammen mit seinem Bootsmann Andreas Fisch für Vangelis. Eleni und Voula rannten um den roten Pritschenwagen. *Wassili fährt morgen durch die Dörfer auf Verkaufstour, dann zu seiner Familie. Ich sauf mir lieber einen an, nachdenken will ich darüber nicht.*

Im Adonis herrschte Hochbetrieb. Die Bauarbeiter des Dorfes hatten sich versammelt und grölten. Durchs Fenster sah Lisa, wie der Kanonenofen pufftе. Beißender Holzqualm füllte den Raum. *Der Wind nimmt zu und drückt den Rauch zurück.* Die Kartenspieler am Fenster schrien durcheinander. Dimitri, Vangelis' Schwager, grabschte nach dem Haufen Hunderter, was noch lauteres Geschrei bei den anderen Kartenspielern auslöste. Vangelis rief sie zur Ruhe. Die drei grummelten vor sich hin, verteilten das Geld untereinander, einer mischte die Karten.

„Ella, ella“, rief eine Frauenstimme. Maria hatte Lisa entdeckt und winkte ihr, ins Haus zu kommen. *Da schau her, wenn ich nichts brauche, kümmern sich alle um mich.*

„Glückliches neues Jahr“, rief Lisa, als sie eintrat.

„Glückliches neues Jahr. Wie geht es dir?“ kam ihr aus den Männerkehlen entgegen. Maria bot ihr Platz an. In der Küche werkelten

Christina und Sophia. Eleni nahm flink die Bestellungen auf und servierte das Essen. Kostas balancierte die Getränke zwischen den vollbesetzten Tischen hindurch. Vor dem Adonis hielten zwei Pritschenwagen. Die Engländerinnen waren lustig aufgetakelt, kamen in Begleitung von Farmern aus dem Nachbardorf. Hinter ihnen stapfte Wassili mit einem großen Fisch über der Schulter. *Der ist ja fast zwei Meter lang und gute anderthalb Zentner schwer.*

Maria schrie leise auf, als Wassili seine Last auf den Fußboden knallte. Kostas stippte vorsichtig an die silberne Haut. Dann riß er dem Fisch weit das Maul auf. Spitze messerscharfe Zahnreihen wurden sichtbar. Eleni kreischte. Wassilis Blick schweifte durch das Restaurant. Er wedelte sich die Rauchschwaden vom Ofen aus dem Gesicht. Die Tür stand noch immer sperrangelweit offen. Der Ofen hörte nicht auf zu qualmen. Vangelis brüllte Kostas an. Mürrisch ließ der den Fisch los und schloß die Tür.

Wassili schritt zum Rakifaß, wo Iordannis ihm beflissen einschenken wollte. Wassili nahm ihm die Kelle weg, trank daraus, schöpfte nach.

Vangelis hantierte schimpfend am Grill. Maria wies er an, Kartoffeln zu schneiden und zu frittieren. Sophia mußte den Salat zubereiten. Aus einem feuchten Tuch wickelte sie frischen Schafskäse aus und krönte den Salat. *Für Wassili schöpft sie extra eine große Kelle kaltgepreßtes Olivenöl. Für Touristen gibt es nur Sonnenblumenöl.* Eleni hielt schon Besteck, Servietten und den Brotkorb bereit. Sie wartete, bis sich Wassili einen Platz ausgesucht hatte.

Wassili kam zu Lisa und fragte: „Wann willst du wieder nach Hause fahren?“ *Er ist unsicher. Diese Oberflächlichkeit der Beziehung muß ich mir unbedingt erhalten. Er ist verheiratet, und ich bin wieder die gelackmeierte Zweitfrau.* Lisa lächelte ihn an und sagte betont ruhig: „Ich sage dir Bescheid, wenn ich nach Hause fahre.“

Vangelis servierte das weiße Fischsteak, in das der Grill braune Linien gebrannt hatte. Sophia brachte den Salat. Vangelis brüllte nach Raki. Iordannis brachte die ganze Flasche und vier Gläser. Vangelis nahm ihm die Flasche ab und goß ein. Dann gab er Iordannis ein volles Glas in die Hand und schubste ihn weg, wie eine lästige Fliege. *Vangelis duldet mich nur am Tisch, weil er was von Wassili will.*

Während Wassili den Fisch verzehrte, unterhielt er sich mit Vangelis über Raki, die Schufterei in den letzten drei Tagen auf See, das Wetter und den gefangenen Fisch. Zwei Haifische seien samt Leine abgehauen. Er fluchte laut.

„Haie?“ platzte Lisa entsetzt dazwischen.

„Ja, Haie“, sagte Vangelis ernst. „Aber für dich sind es Schwertfische, verstanden. Wegen der Touristen, in Ordnung?“

Unglaublich. Haie im Mittelmeer, vor Kretas Küste? Und die Touristen dürfen davon nichts erfahren. Vangelis, du bist ein Lügner.

Die Nachricht von Wassilis großem Fisch verbreitete sich schnell im Dorf. Der kleine Stephanos war schon da und hüpfte um den Hai. Voula hob den Schwanz und ließ ihn auf den Betonboden platschen. Vitzliputzli und Raubautz fauchten den Hai mit gesträubtem Fell an.

Wassili genoß das Aufsehen, das er mit seinem Fang erregt hatte. Andreas setzte sich zu Iordannis, Maria brachte ihm Fisch und Pommes. *Wassili guckt mich nicht mal an. Als würde er mich nicht kennen. Dabei ist er gerade erst wie ein ausgehungerter Wolf über mich hergefallen.* Die Engländerinnen waren beschwipst. Sie winkten Lisa zu sich, doch sie lehnte dankend ab. *Euer verrücktes Wortspiel würde mir heute den Rest geben.* Vangelis brachte eine neue Flasche Raki. *Der Raki schmeckt mild wie Kognak. Vangelis hat einen guten Geschmack.* Vangelis donnerte in die Runde: „Voriges Jahr habe ich am Tag noch anderthalb Kilo Raki getrunken." Anerkennende Blicke von allen Seiten. Lisa wollte sich eine Zigarette anzünden. Wassili nahm ihr das Feuerzeug aus der Hand, er gab ihr lächelnd Feuer. *Mein Poseidon! Ich verzeihe dir alles.*

„Dein Onkel ist mein Freund", sagte Wassili und prostete ihr zu. „Wenn er mit seinem Boot kommt, tauscht er Fisch gegen Whisky."

Es war laut im Restaurant. Der Fernseher übertönte alles. Ein dürftig bekleidetes Ballett des griechischen Fernsehen ET 1 tanzte zu Stimmungsliedern. Zwei der Engländerinnen parodierten den Tanz. Die Gurkenfarmer störte der Krach nicht. Sie pokerten mit den Bauarbeitern, dabei hatten sie Mienen wie Bestattungsunternehmer. Auf dem Tisch lag ein rotes Samttuch, darauf Berge von Fünftausenddrachmennoten.

Wassili sprach kräftig dem Raki zu. Und Lisa mußte mithalten. *Da kann ich mich ja schon auf eine stürmische Nacht gefaßt machen. Es hätte so lustig werden können mit euch beiden, Odysseus und Sorbas, aber leider … aber leider ist da was dazwischengekommen, hick.* Lisa stolperte im Dunkeln nach Hause. Etwas huschte an ihr vorbei, kam von vorn, überholte sie, knurrte, fauchte, lief vor ihren Füßen, entschwand und kehrte wieder: Vitzliputzli.

„Warum läßt du dich heute nicht streicheln, Vitzliputzli?"

Am nächsten Morgen standen bei Lisa alle Fenster und Türen offen. Katzen über Katzen liefen, sprangen, tobten herum, balgten sich, jagten maunzend, schreiend, schnurrend und knurrend durch die Wohnung. Schlaftrunken versuchte Lisa die Katzen zu zählen. Es gelang ihr nicht. Durch Lisas Bewegungen wurden die Katzen aufgeschreckt. Sie tobten noch wilder durch die Wohnung. *Wassili muß hier geschlafen und mit seinem Fischgeruch die Katzen angelockt haben. Die sind doch sonst so scheu.*

Unter dem Bett fegte eine junge, schwarzweiß Gefleckte hervor und fauchte einen eitlen, feigen Kater an, der den Schwanz einzog, sich duckte und auf die Terrasse flüchtete. Ein mageres, dreifarbiges Glückskätzchen, schwarzweißrot, rannte um einen Stuhl herum und versuchte den eigenen Schwanz zu fangen. Auf Raubautz turnte eine rostrote, junge Katze. Hakennase hockte in der Ecke neben der Tür, putzte sich umständlich das Gesicht, wobei die Pfoten einen vorsichtigen Bogen um den Angelhaken machten. *Man müßte sie betäuben, dann den Haken abknipsen und aus der Nase ziehen.*

In der Küche lag das Unterste zuoberst. Das Brot war angeknabbert, Äpfel kullerten auf der Erde, der Müllsack war aufgekratzt, genau an der Stelle, wo die Hühnerknochen gesteckt hatten. *Fressen Katzen Hühnerknochen? Ich denke, die splittern im Hals?*

Lisa war wütend auf Wassili, der sie offensichtlich ohne ihr Einverständnis gerüpelt hatte. Dann lächelte sie. *Ohne ihn wären die Katzen nicht gekommen.*

Lisa Meerbusch ging zu ihrem Lieblingsplatz unter den Olivenbaum.

„Was siehst du?" fragte Sorbas.

„Ich sehe das Dorf." Als er nichts sagte, ergänzte sie: „Und ich ärgere mich über Wassili."

„Du ärgerst dich, weil er dich nimmt, wann er will?"

„Ich mag ihn. Ich werde ihn lehren, wie man eine Madame behandelt."

„Du kannst seine rauhe Seele nicht ändern."

„Doch, doch, doch", widersprach sie. „Verstehst du, ich kann wegen Wassili nicht meine Prinzipien aufgeben."

„Du magst ihn, und du wirst verlieren", sagte Sorbas gleichgültig. „Du sehnst dich nach mitteleuropäischer Zärtlichkeit."

„Ja, ein bißchen."

„Dann fahr heim zu deinen deutschen Luschen! Zu Bo, zu Thomas, zu Oliver. Los, fahr doch!" Lisa erwiderte nichts. *Zurück zu Bo? Nein, da kriegen mich keine zehn Pferde mehr hin.* Sorbas setzte seinen Fuß auf eine dicke Wurzel des Ölbaumes. Er reckte seinen Körper und stieß einen wohligen Schrei aus.

„Ich könnte mein Griechenland nie verlassen", sagte er nach einer Weile. „Ich brauche diesen Geruch von Meer und Thymian. Das ist meine Heimat."

„Heimat", wiederholte Lisa, in Gedanken versunken.

Sorbas hat eine richtige Heimat, eine mit Geschichte. Kreta hat seine eigenen Helden. Und mein Land, die DDR? Bestenfalls hatten wir Adolf Hennecke, den ersten Aktivisten unter Tage.

Sorbas breitete die Arme aus und stöhnte voll Inbrunst. Er sog die salzige Luft ein, hatte die Augen geschlossen.

„Wie war deine Heimat?" fragte er.

Weil Lisa nicht antwortete, fragte er weiter: „Brauchst du deine Heimat nicht mehr? Was gibt es Schöneres als die Heimat. Hast du keine Sehnsucht?"

Lisa schwieg noch immer.

Sorbas nahm eine Handvoll Erde und ließ sie aus seiner Faust rieseln. *Was ist Heimat? Die Wälder? Die Seen? Die Menschen? Warum fragt Sorbas?*

„Wenn ich mal einen Monat von meinem Kreta weg war, wurde ich krank. Ich bekam Wehwehchen wie ein altes Weib, im Rücken, im Hals, im Bauch, überall, und war mit dem ersten Schritt, den ich auf Kreta tat, sofort wieder gesund. Geht es dir auch so? Erzähle mir von deiner Heimat."

„Meine Heimat", begann Lisa zaghaft, „war das Kollektiv."

„Das Kollektiv?" Sorbas lachte. „Bist du dir selbst nicht genug? Ich könnte tagelang allein durch die Berge ziehen."

„Das verstehst du nicht", sagte sie mürrisch. „Alles, was in meiner Heimat zählte, waren die Errungenschaften des Kollektivs. Wer den Schritt vom Ich zum Wir geschafft hatte, gehörte dazu. Ich wollte dazugehören und nicht allein sein. Individualismus kam aus dem Westen und war verwerflich."

Sorbas grübelte.

„Und der Schritt zurück ist viel, viel schwieriger", sagte Lisa. „Ich hatte mein Leben der Sache des Sozialismus zur Verfügung gestellt."

Lisa schossen Floskeln durch den Kopf, mit denen sie im FDJ-Studienjahr oder im Unterricht „die Sache" definiert hatte. *Mit besten Leistungen für die Erhaltung des Friedens beitragen, im Kollektiv für die Stärkung des Sozialismus arbeiten, im Schulterschluß mit den sozialistischen Bruderstaaten den expansiven Bestrebungen des Imperialismus die Stirn bieten, die Schüler zu allseitig gebildeten sozialistischen Persönlichkeiten erziehen, mit dem eigenen Leben die Errungenschaften des Sozialismus verteidigen …*

„Die Sache des Sozialismus … Es war ein leerer Begriff. Ich habe mich für eine anonyme Sache eingesetzt, die ich heute nicht mal mehr definieren kann." Lisa beschrieb mit der Hand hilflos Kreise in der Luft und erzählte weiter: „Für die Idee, daß es allen Menschen gutgeht, daß alle Menschen gleich sind, für Frieden …"

„Das ist nichts Schlechtes", erwiderte Sorbas.

„Nein, das war anders."

Wie ich das hasse: Das war so und so, wir mußten immer dies, wir durften nie jenes. Mit welchen Worten soll ich es ihm erklären?

„Unser Kampf", begann sie, „war kein Kampf."

„Das verstehe ich nicht."

„Hab ja gesagt, du verstehst das nicht."

„Ich will aber verstehen", beharrte er trotzig. „Ich habe gekämpft, Brust an Brust mit meinem Feind. Mußten die Frauen bei euch auch kämpfen?"

„Natürlich." Lisa lachte. „Jede mußte kämpfen. Nur haben wir unserem Feind niemals in die Augen geblickt."

„Wie kann man gegen jemanden kämpfen, der gar nicht da ist?"

„Wir haben den Sozialismus mit besten Arbeitsergebnissen auf allen Gebieten gestärkt, damit wir dem Kapitalismus irgendwann eins auswischen könnten. Glaube ich."

„Und jetzt hat der Kapitalismus euch eins ausgewischt."

Sie setzte sich bequemer hin, lehnte sich an den Stamm und dozierte: „Wir haben in historischen Dimensionen gedacht und gelebt."

Sorbas machte ein so verdutztes Gesicht, daß Lisa lachen mußte. Sorbas lachte nicht. Er murmelte: „In historischen Dimensionen? Wie groß waren die Dimensionen? Drei Jahre? Dreißig Jahre? Oder dreitausend?"

„Das konnte keiner genau sagen. Das Kampfziel war der Kommunismus, die klassenlose Gesellschaft; in diesem Leben nicht zu erreichen, für niemanden. Ich habe nie für mich persönlich, sondern für meine Ururenkel gekämpft."

Lernen für den Sozialismus, Kirschenpflücken für den Frieden – niemals für mich.

„Der Kapitalismus war mit seiner Technik dem Sozialismus um zehn Jahre voraus", erklärte Lisa. „Doch was sind schon zehn Jahre in der Menschheitsgeschichte?"

„Historisch gesehen", schlußfolgerte Sorbas, „war der ganze Sozialismus nur eine Erscheinung. Denn was sind siebzig Jahre in der Menschheitsgeschichte? Du hattest also deine Rolle als brave DDR-Bürgerin angenommen."

„Keiner hat geahnt", fuhr Lisa auf, „daß die Mauer eines Tages bröckeln würde. Jawohl, ich habe mich angepaßt. Ich habe mich eingerichtet in der DDR, und ich bin glücklich gewesen. Ist das ein Verbrechen? Ich habe gelernt, mit dem Verzicht zu leben, ich habe keine Konterrevolution angezettelt aus Angst. Denn ich war jung und wollte meine besten Jahre nicht im Gefängnis verbringen."

„Lisa, Lisa, das ist aber sehr individualistisch. Du hast nicht für dein Volk gekämpft, sondern für dich gelebt."

„Ich habe gelernt, Freiheit beschränkt sich nicht nur auf Reisefreiheit."

„Sondern?" fragte er lauernd.

Lisa wurde wütend: „Das kann ich dir sagen. Im Sozialismus habe ich von eigenen Kindern geträumt, das ist jetzt endgültig vorbei, weil ich ihnen heute keine sichere Zukunft mehr bieten kann. Im Sozialismus brauchten die Menschen sich um Arbeitslosigkeit keinen Kopf zu machen. Das ist auch Freiheit."

„Ach ja?" unterbrach er sie. „Komische Freiheit. An den Preis dafür hast du nicht gedacht. Du hast ihn bezahlt, ohne nachzudenken."

„Wann sollte ich denn nachdenken über mich?" Lisa schrie. „Deswegen bin ich ja hier. Ich habe das erste Mal in meinem Leben Zeit, nachzudenken."

Er wollte etwas erwidern, winkte aber ab. Lisa atmete schwer. Sie brauchte eine Weile, ehe sie sich beruhigt hatte. Dann sagte sie leise: „Die Menschen im Kapitalismus haben von Anfang an gelernt, auf sich allein gestellt zu sein. Ich habe gelernt, mich auf die Gesellschaft zu verlassen. Mit allen unangenehmen Begleiterscheinungen."

„Ach so, du willst ans Händchen genommen werden?" spottete Sorbas.

„Es ist schlimm, plötzlich allein zu sein."

„Schnickschnack." Sorbas wischte Lisas Satz mit einer kräftigen Bewegung fort. „Du drückst dich vor dir selber, Lisa. Du weigerst dich, über deine Person nachzudenken, und erfindest immer neue Ausreden. Du hast dich damit zufriedengegeben, daß andere für dich gedacht und entschieden haben. Weil das bequem war. Wie willst du anderen Menschen etwas bedeuten, wenn du innen hohl bist? Hahaha. Du langweilst dich mit dir allein."

Lisa schwieg beleidigt. *Es soll allein meine Schuld sein, wenn die Männer mich verlassen? Ich bin also hohl. Na fein. Und was ist mit meinen Gefühlen? Sorbas, du bist ungerecht.*

Sorbas war der Debatte überdrüssig. Er blickte zum Dorf.

„Es sieht aus wie eine Puppenstube, nicht wahr?" sagte Lisa. „Lauter kleine Häuser, wie aus einem Baukasten, wild nebeneinander gestellt, und sie leuchten in der Sonne."

„Was siehst du noch?" fragte Sorbas.

„Da ist Georgias Haus, eingezwängt zwischen Vangelis' Hotel und Dimitris Hotel. Wie gern würden die beiden wohl der Alten das Haus abluchsen."

„Zumal Dimitri der Schwager von Vangelis ist."

„Dann wirtschaften sie alle in Christinas Kasse?"

Sorbas lachte rauh. „Weil Christina die älteste Tochter von Sophia ist."

„Ich verstehe", sagte Lisa, „das Matriarchat: Den Töchtern wird der Reichtum in die Wiege gelegt, nicht den Söhnen."

„In meinem Dorf", erzählte er, „erschien eines Tages ein Fremder, ein schmucker Bursche. Er verdingte sich bei einem angesehenen

Mann als Handlanger, verrichtete eben alle Arbeiten, die auf dem Land anfallen. Eines anderen schönen Tages heiratete er das hübscheste Mädchen im Dorf, die Tochter seines Brotherrn. Ihr Vater zahlte für sie vierhundert Schafe und Ziegen, ein Haus und fünfzehn Olivenbäume. Du verstehst, die Mitgift."

„Dimitri ist auch ein Zugereister. Er ist also Vangelis zu Dank verpflichtet ..."

„... und dazu", ergänzte Sorbas, „muß er ihn im Alter versorgen."

„Dann fließt letztlich doch alles Geld in Vangelis' Taschen. Das Matriarchat des zwanzigsten Jahrhunderts: Den Frauen gehört alles, doch ihre Männer bestimmen über den Reichtum."

„Bravo", sagte Sorbas zufrieden.

„War das ein Lob?"

„Ich bewundere deinen Scharfsinn."

„Das springt ja ins Auge: Georgias Grundstück zerreißt den Familienbesitz von Vangelis. Und deshalb ist er zu Georgia so freundlich. Um an ihr Haus heranzukommen. Jetzt verstehe ich, warum sie nicht gut auf ihn zu sprechen ist. Aber warum hat sie ihm neulich Schnaps angeboten?"

„Wenn du einen Bock nicht fangen kannst, mußt du Futter streuen. Dann kommt er von ganz allein und wird brav."

„Ich denke", sagte Lisa zweifelnd, „Georgia will ihn sich vom Leibe halten, weil er es nur auf ihr Haus abgesehen hat?"

„Nicht ganz. Er läßt ihr manchmal durch Iordannis Brot und Früchte bringen. Denkst du, der Alten gefällt das nicht?"

„Jeder will den anderen übers Ohr hauen."

„Exakt."

Lisa überlegte: *Vangelis bringt Geschenke und hofft auf das Grundstück. Georgia hofft, der Strom der Geschenke reißt niemals ab.*

„Georgia hat doch genügend Geld, sich selbst zu versorgen?"

„Sie ist geizig", sagte Sorbas, „Vangelis wird noch eine Weile warten müssen."

Liebeslektion im Atelier
136 Tage deutscher Einheit

Lisa hörte in der Ferne Wassilis Boot tuckern. Das sanfte Brummen kam schnell näher.

Aha, der Herr hat Sehnsucht nach seiner Geliebten. Na warte, dir werd ich's zeigen.

Lisa huschte ins Bad, zog sich einen Strich um die Augen, tupfte etwas Parfüm an den Hals, ordnete die Haare, zupfte ihr T-Shirt zurecht und öffnete einen Knopf mehr. In der Küche stellte sie die eisgekühlte Rakiflasche samt zwei Gläsern auf den Tisch und zündete eine Kerze an.

Seit dem Silvesterabend gelte ich im Dorf als seine Frau, ganz offiziell. Die Frauen im Dorf reden mit mir. Die Fremde stellt keine Gefahr mehr dar, kann ihnen die Ehemänner nicht mehr ausspannen. Und niemand pfeift mir mehr nach.

Die Holztreppe knarrte unter Wassilis Gewicht.

Im Kerzenschein setzte Lisa ihr verführerischstes Lächeln auf, wie früher in den Diskotheken, wenn sie einen Typen abschleppen wollte.

„Guten Abend. Wie geht's?"

Wassili nuschelte ein „Kala". Gut ginge es ihm.

„Setz dich, trink einen Schluck mit mir", forderte sie bestimmt.

Wassili kippte den Raki in einem Zug herunter. *So ein Grieche. Wenn er bloß nicht so ein Holzklotz wäre. Er schaut mich an, als erwarte er jetzt ein Kulturprogramm.*

„Es gefällt mir nicht", sagte sie, „wie du mit mir schläfst."

„Bin ich nicht gut im Bett?" entrüstete er sich. *Im Bett kümmerst du dich nicht um meine Gefühle. Deine Masche darf erst gar nicht zur Gewohnheit werden.*

„Du nimmst dir zuwenig Zeit." Lisa sah sein Erstaunen.

„Wieviel Zentimeter brauchst du denn?" donnerte er.

„Das wollte ich nicht sagen." Lisa fehlten die englischen Worte, um das auszudrücken, was sie sagen wollte. *Wassili versteht nur die einfachsten Worte: fuck, please, beautiful.* Schnell schenkte sie ihm einen Raki ein.

Wassili saß breitbeinig auf dem zierlichen Stuhl, die eine Hand auf das Knie gestützt und schnaufte: „Ramoto."

Lisa faßte all ihren verbliebenen Mut: „Ich erkläre es dir."

Wassili schmetterte einen verächtlichen Blick auf sie. „Ich meine, du machst es zu kurz", stammelte sie. „Wir legen uns hin, und schon bist du fertig."

Sie hoffte, einfache, verständliche Worte gewählt zu haben. Lisa spürte, wie es ihr die Kehle zudrückte, weil die einfachen Worte zu klein und unbeholfen waren, ihre Gefühle mitzuteilen. *Wenn dieser Versuch mißlingt, dann gnade mir Zeus.*

In Wassilis Kopf dämmerte es, seine Gesichtszüge entspannten sich. Lisa holte zum entscheidenden Schlag aus: „Warum streichelst du mich nicht, faßt mich nicht an? Dann komme ich auch in Stimmung, das ist viel schöner."

„Hm." Er trank den Raki aus und goß sich selbst ein. Lisa saß wie auf Kohlen. Dann stand sie auf, legte den Finger auf ihren Mund und flüsterte: „Wenn ich dich rufe, darfst du kommen."

Sie nahm die Kerze mit ins Zimmer, zog sich aus und legte sich in

Positur. *Ich komme mir vor wie eine Hure, die einem Fünfzehnjährigen zeigen soll, wo's langgeht.*

„Wassili, du kannst jetzt kommen", säuselte sie vom Bett her. Mit halb geöffneten Hosen setzte sich Wassili auf den Bettrand und sah gierig auf den Leib, der zu seiner Verfügung lag und an den er aus unerfindlichen Gründen nicht herandurfte. Lisa streckte ihren Arm nach ihm aus. Mißtrauisch folgten seine Augäpfel der Bewegung. Sie kraulte seine dunklen Locken, tastete über den breiten Rücken immer weiter nach unten. Da sprang er auf, als hätte ihn eine Wespe gestochen.

„Was machst du da? Was soll der Quatsch?" fuhr er sie an.

„Ich fasse dich an", flüsterte sie.

Er baute sich vor dem Bett auf. „Du sollst mich nicht anfassen."

Resigniert ließ sie den Arm sinken.

„Gut, dann streichle mich." Sie gab ihrer Stimme einen zärtlichen Ton, was ihr sehr schwerfiel. *Es ist mir ein Rätsel, wie ich jetzt noch Gefühle kriegen kann. Augen zu und durch.* Wassili beruhigte sich. Seine Pranke landete auf ihrer Brust. Er walkte das weiche Fleisch durch und schnaufte.

„Tiefer, etwas tiefer", wisperte Lisa, die sich alle Mühe gab, ein Kribbeln im Bauch zu verspüren. Seine mächtige Hand strich um ihre Taille, ihre Pobacken. Lisa puzzelte in ihrem Kopf erotische Bilder zusammen, die Wassili mit jedem Kneifen wieder sprengte. Sie dachte an Sexvideos, an andere Liebhaber, sie malte sich Geschichten aus, alles zwecklos. Die Erregung blieb aus.

Sie führte seine Hand an ihren Schenkeln entlang und wünschte inständig, er möge endlich begreifen. Mit seinen Fingern machte er sich an ihren Schamlippen zu schaffen. Lisa kam in Streß. Mechanisch rutschte sein Finger auf und ab. Dabei sah er gelangweilt zur Decke und zählte die Holzbohlen, sein Finger irgendwo, weit entfernt vom Punkt der Lust. Lisa dachte nicht mehr an Erotik, sie sah eine Nockenwelle, die eine kreisförmige Bewegung in stupides Hinundher verwandelte. *In zwei Minuten bin ich unten so wund, daß ich keine Hosen mehr anziehen kann.*

„Laß es sein", gab Lisa auf, „es hat keinen Zweck."

„In Ordnung?" fragte Wassili.

„Ja, ja", antwortete sie.

Damit hob er ihre Beine in die Höhe. Sie konnte sich nicht rühren. Seine Begierde war heftig, als nähme er Rache für den sinnlosen Aufschub.

Wassili ließ sich lange nicht mehr blicken.

12. Kapitel

Ausflug zum südlichsten Punkt Europas
143 Tage deutscher Einheit

Wassili hatte Lisa eingeladen, nach Gavdos, der südlichsten Insel Europas, mitzufahren. Sie wunderte sich über die unerwartete Freundlichkeit. *Griechen sind launisch und unberechenbar.* Mittags fuhren sie im Dorf mit dem Boot los, an der Küste entlang bis in die Stadt Paleochora auf Kreta. Dort sollte das Boot mit Lebensmitteln, Möbeln und allem, was die fünfunddreißig Bewohner von Gavdos benötigten, beladen werden. Wassili machte diese Tour alle zwei Wochen.

Gleich nach der Ankunft in Paleochora suchte sich Lisa ein Zimmer am Hafen und ging dann allein durch die Stadt. Abends landete sie inmitten alter Männer in einem Kafeneon, dem einzigen mit einem glühendheißen Ofen. Um den hatten sich die Einheimischen geschart. Auch Wassili und Andreas wärmten sich dort. Lisa, die Frau, die Fremde, mußte im äußeren Ring sitzen, wo sie die Wärme nur ahnen konnte.

Mit Ouzo, Kaffee und Bier hielt sie sich warm. Die Wirtin, eine stämmige Alte, schaute sie bei jeder Bestellung strafend an. Plötzlich brachte sie ein Bier, das Lisa nicht bestellt hatte.

„Nein, danke", wehrte Lisa ab. Die Wirtin blickte verächtlich auf sie herab.

„Es ist von dem da", sagte sie und neigte den Kopf in Andreas' Richtung. Wassilis Bootsmann saß in der zweiten Reihe und grinste Lisa an. Das Bier von Andreas war Wassili nicht entgangen, denn eine Minute später stand vor Lisa ein dreistöckiger Metaxa. Die Wirtin wußte laut genug auf die spendablen Herren hinzuweisen. Lisa war für einen Augenblick der Mittelpunkt des Interesses. Sie trank mit dem Bier Andreas zu und mit dem Metaxa Wassili. Trunken und müde schlenderte sie zurück ins Hotel. Vor ihrer Zimmertür wartete Andreas auf sie und grinste sie frech wie im Kafeneon an. *Wie ist denn der so schnell hergekommen? Was will der von mir?* Er grinste. Langsam lief sie den langen Flur entlang, den Blick fest auf Andreas geheftet. Ihr Herz schlug bis zum Hals.

„Denk an die Spielregeln, Lisa", flüsterte Sorbas.

„Pscht", machte Lisa.

Andreas' Grinsen wurde noch breiter. *Ist der eingebildet. Der denkt, ich meine ihn, dabei rede ich mit Sorbas, hihi.* Zwei, drei Schritte trennten sie noch von Andreas, da meldete sich Sorbas wieder:

„Sag ihm, es läuft nichts, dann verschwindet er. Du mußt es ihm nur klarmachen."

Sei still, das weiß ich selber. Sie stand Andreas gegenüber. Ihre rechte Hand ballte sich zur Faust.

„Was ist los?" fragte sie in herrischem Ton und staunte über ihre Stimmkraft. Andreas zuckte zusammen wie ein geschlagener Hund.

„Was ist los?" wiederholte sie noch lauter.

„Nichts", sagte er, und das Grinsen kehrte zurück. Sein linker Eckzahn fehlte. Die Sonne und das Meer hatten tiefe Furchen in das Gesicht gebrannt. Bartstoppeln sprenkelten die Haut. Er verschränkte die Arme vor der Brust und fuhr mit seiner Zunge über die aufgesprungene Oberlippe. Das war eindeutig genug für einen Wutausbruch.

„Fihje!" schrie Lisa. „Verschwinde. Hau ab, rat ich dir. Ich werde alles Wassili sagen, dann kannst du was erleben."

Sie keifte auf deutsch, er verstand, und als er den Namen Wassili hörte, löste er sich aus seiner Position und gab den Weg ins Hotelzimmer frei. Betont lässig und nebensächlich sagte er: „Sei pünktlich morgen."

„Siehst du", frohlockte Sorbas, „es funktioniert."

„Blödmann." Lisa schlug die Tür hinter sich zu. Sie schüttete ihre Tasche aus und krempelte sie zum Teddykissen um.

Kurz vor vier Uhr morgens hämmerte es an ihrer Tür.

„Steh auf, wir fahren", nuschelte Wassili und ging schweren Schrittes durch den langen Flur. Kerzengerade saß Lisa im Bett, ihr Puls raste.

„Fünf Minuten", rief sie ihm hinterher.

Das Dunkel der Nacht tat Lisas müden Augen wohl. Der Himmel war samtschwarz, und kalt funkelten die Sternmilliarden. Auf Wassilis Boot blitzte eine Taschenlampe. Ein Laster, der schon ausgeladen war, stand auf dem Kai neben dem Boot. *Warum habe ich den Motor nicht gehört? Habe ich wirklich so fest geschlafen?*

Wassili palaverte mit dem Fahrer. Andreas machte sich in der Kajüte zu schaffen. Eine zierliche Frau mit Kopftuch, in einen viel zu großen Mantel gewickelt, hockte vor dem Boot zwischen Kartons, Tüten und einem zerfledderten Koffer, der von einer Schnur zusammengehalten wurde. Die Frau hustete. Zwei Männer, der jüngere stützte den älteren, liefen auf und ab und rauchten. *Eine Sternschnuppe! Wer eine Sternschnuppe sieht, kann sich etwas wünschen.*

Lisa fiel nichts Besseres ein, als allen eine gute Überfahrt nach Gavdos zu wünschen. Noch ehe sie zu Ende denken konnte, zischte eine zweite Sternschnuppe über ihren Kopf hinweg. Lisa schaute ihr nach, bis sie ihrem Blick entschwand. Wassili bestieg das Boot, die beiden Männer folgten ihm. Lisa warf Wassili einen ärgerlichen Blick zu. *Dieser Klotz. Hat er denn die Sternschnuppen nicht gesehen? Er könnte ruhig noch ein paar Minuten warten.* Die nächste Sternschnuppe sauste über den Himmel. *Ich wünsche mir und allen anderen vorsichtshalber noch einmal eine gute Überfahrt.*

Die Frau vor dem Boot reichte Wassili ihre Tüten, Kartons und den Koffer. Wassili warf ihre Sachen achtlos auf das Heck und gab ihnen einen Fußtritt, damit sie sich fest unter der Sitzbank verkeilten. Das alte Männlein wurde von seinem jüngeren Begleiter und Wassili auf das Boot gehoben, das bei jeder Bewegung schaukelte. Der Alte tastete sich zum Heck. Der Jüngere sprang hinterher, nahm ihn und führte ihn in die Kajüte. *Ist der blind? Ach Gott, das kann ja eine Überfahrt werden!*

Wassili ließ den Motor an, Lisa kletterte allein, die Teddytasche über der Schulter, ins Boot. Sie setzte sich auf die Heckbank, hielt sich an der Reling fest und spähte nach Sternschnuppen. *Ich muß mir was Sinnvolleres wünschen. Ich wünsche mir ein langes und glückliches Leben.*

„Komm", befahl Wassili, „setz dich in die Kajüte!" *Ich will den Himmel sehen.* Sie wagte keinen Widerspruch. Außerdem war es draußen hundekalt. Sie setzte sich auf die äußerste Kante des Bettes, auf das sich die Frau gelegt hatte. Die zog die Beine an, damit Lisa mehr Platz hatte. Dabei überkam sie ein Hustenanfall.

Die Lichter des Ortes wurden kleiner und kleiner, Paleochora versank hinter dem Horizont. Die Sterne spiegelten sich im ruhigen Wasser, so hell leuchteten sie. Der Bootsmotor tuckerte gleichmäßig und gemütlich. Wassili stand am Steuer und beobachtete das Radarbild. Andreas daneben quasselte in einem fort. Er rauchte und ordnete Bleistifte und anderen Krimskrams auf dem Fensterbrett. Die Frau war eingeschlafen. Das Männlein saß Lisa gegenüber und rauchte auch.

Glatte Wogen hoben das Boot und setzten es sanft im Wellental ab, um es gleich wieder empor zu heben. Die Nacht ließ das träge Meer wie schwarzes Öl aussehen. Kein Schaum, kein Wind, nur schwarzes Öl, das sich hob und senkte. Und immer wieder verglühten Sternschnuppen. *So viele freie Wünsche, welch ein Überfluß. Sternschnuppen muß man sofort verbrauchen, die kann ich nicht aufheben.* Lisa Meerbusch dehnte ihre Wünsche für Gesundheit und ein langes, glückliches Leben auf ihre gesamte Familie aus: auf Willi, auf Elke, auf die Erfurtomi, Opa Herbert in Biesenthal, Tante Elfi und ihren Mann. Lisa bedachte auch ihren Vater Ernst; Trude nicht. Jedem opferte sie mindestens zwei Sternschnuppen. Dann bedachte sie Silvy. *Ich wünsche, die Geschichte mit Franz bereitet ihr nicht allzu große Schwierigkeiten. Ich will ganz schnell braun werden, ich wünsche mir genügend Zigaretten in der Tasche, nochmals eine gute Überfahrt ... Bärbel wünsche ich gutes Gelingen bei ihrem Selbstmord ... Nein, Bärbel wünsche ich gar nichts. Und dir, Willi, wünsche ich ein langes Leben, denn ohne dich wäre ich schon auf dem Rückweg. Nur du hast gewußt, wie teuer alles hier unten ist.*

Weil Lisa sich schräg nach vorn beugte, um die Sternschnuppen zu sehen, tat ihr der Rücken weh. Ihre Muskeln glichen das Bootsschaukeln aus. Sie hielt sich am Türrahmen fest, ihre Finger erstarrten vor Kälte. Den Sternschnuppen zuliebe ignorierte sie den Schmerz. Die Wellen auf der offenen See wurden höher. Dort, wo keine Sterne mehr zu sehen waren, mußten sich die Berge Kretas auftürmen. Sie glaubte, oben den Schimmer der Schneeflächen zu erkennen.

Andreas war in den Bauch des Schiffes gegangen und schlief. Das beruhigte Lisa. Ihr Blick ruhte auf Wassili, der lässig das Ruder hielt und die Wellen schräg anfuhr. Der Motor tuckerte gleichmäßig.

Da fiel der Alte vornüber und suchte an Lisas Körper Rettung vor dem Sturz. Die Asche seiner Zigarette landete auf ihrem Schuh, und er pustete in seinem Schreck den Rauch des letzten Zuges in Lisas Gesicht. Als er sich aufrappeln wollte, faßte er nach ihrer Brust, tastete sich mit der anderen Hand über die Oberschenkel bis zu ihrem Schoß, wo er besonders beherzt zugriff. Dieser Frontalangriff ging Lisa zu weit. Sie wußte nicht, ob sie ihn ohrfeigen sollte oder ihn bemitleiden, weil er ja blind war.

Nur langsam legte sich ihre Aufregung. Sie schloß die Augen.

Auf dem Mittelmeer, irgendwo zwischen Kreta und Gavdos, inmitten von Sternschnuppen und Wogen schwebte auf einmal Vogts Gesicht über dem Meer. Das Gesicht verfolgte sie. Sie überlegte, ob er so ein toller Liebhaber sei, wie sie glaubte. Vogt hatte keinen Körper, und das schwebende Gesicht, zu einer flehenden Grimasse verzogen, war ihr unheimlich. Vogt kam ganz dicht heran, Lisa spürte seinen Atem im Genick. Er faßte sie grob am Arm. Lisa wollte aufschreien ... Wassili hatte sie angestoßen. Er lehnte rauchend an der Kajütentür. Andreas steuerte das Schiff, korrigierte gelegentlich die Fahrtrichtung. Mit einem Blick, der keinen Widerspruch zuließ, gab er ihr eine seiner stinkenden Zigaretten. Die Leute in der Kajüte schliefen, die Frau hustete nahezu lautlos. Die Zigarette schmeckte nicht. Bei den ersten Zügen breitete sich im Unterleib jenes Gefühl aus, das sie morgens auf die Toilette trieb. Auf solchen Luxus mußte sie jetzt verzichten. Sie versuchte, sich abzulenken. „Starker Tabak", sagte sie mit belegter Stimme. Wassili antwortete mit der Ochi-Geste. Er zog Lisa nach draußen.

Die Dämmerung hatte eingesetzt. Der schwarze Himmel färbte sich dunkellila. Der Koloß Kreta lag tiefschwarz und wuchtig zur Linken. Das Schiff schaukelte, Lisa hatte Mühe, die Balance zu halten. Wassili hielt sie fest, preßte sie näher an sich. Sie spürte seine Körperwärme, genoß den Duft, der von ihm ausging. *Das sind ja völlig neue Züge an meinem Haudegen.* Lange Wimpern kitzelten ihre Stirn, seine Lippen berührten ihren Hals. Am liebsten hätte sie sich ganz eingekuschelt. *He! Du kannst ja richtig zärtlich sein.*

Er flüsterte irgend etwas, der Fahrtwind nahm seine Worte mit auf das Meer. *Er muß etwas sehr Liebes gesagt haben.* Wassili zog Lisa von der Kajütentür weg. Seine Hand an ihrer Hüfte wärmte angenehm. Er hielt sich am Geländer an der Reling fest. Dann drängte er sie zum Heck. Dort bepflasterte er ihren Hals, ihr Gesicht mit Küssen. Seine Hände rasten über ihren Leib, zogen den Pullover hoch und zerrten die Hose herunter, der Reißverschluß ratschte bedrohlich. Er walkte ihre Brüste, ihren Hintern, preßte sich an sie. Lisa fiel bäuchlings auf die Heckplanken, mit dem Gesicht in die gelben Netze, die nach Fisch rochen. Sie wehrte sich nicht, als er sie von hinten nahm. Plötzlich sah Lisa das feiste Grinsen von Andreas. Er stand am hinteren Kajütenfenster und hatte zugesehen. Wassili war fertig, ließ sie einfach liegen und ging zurück an das Ruder.

Das Blut schoß Lisa in den Kopf, sackte zurück in die Füße, kam wieder nach oben. Andreas wandte sich Wassili am Ruder zu, sie sprachen miteinander, lachten. Lisa Meerbusch existierte für die beiden nicht mehr. Sie war zornig und fror. *Wie konnte er Andreas zugucken lassen? Absichtlich vielleicht noch? Und jetzt unterhalten die sich über meinen Arsch.*

„Ich habe dich gewarnt", kicherte Sorbas hinter ihr.

„Wer hat dich gefragt? Hast du etwa auch zugeguckt?"

„Ich sehe alles, was du machst", sagte Sorbas beleidigt.

„Spanner!"

„Wassili hat sich gerächt für die Sexlektion, die du ihm aufgezwungen hast."

„Und ausgerechnet Andreas mußte er dabeihaben, ja?"

„Andreas ist ein Schwatzmaul, wie ein altes Weib", platzte Sorbas heraus.

„Ich bin kein Freiwild."

Der Himmel färbte sich zartviolett, die letzten Sterne erloschen. Schattierungen zwischen hellem Lila und Orange färbten den Morgenhimmel. Minuten später war es ein kräftiges Orange. Das Naturschauspiel verdrängte ihre Wut. Am Horizont konnte Lisa schon den Punkt ausmachen, an dem die Sonne aufgehen würde; das Orange wurde gelb, und das Gelb heller und heller. Lisa folgte mit den Augen einer Möwe, und ihr Blick landete auf dem grinsenden Gesicht von Andreas.

„Hau ab! Was willst du?" schrie Lisa mit aller Kraft. Andreas machte einen Schritt auf sie zu. *Ich werfe dich ins Wasser, wenn du mich auch nur berührst!* Sie drohte mit der Faust. Andreas machte die Ochi-Geste und ging zu Wassili ans Ruder. Wassili blickte sich nur kurz um und widmete sich wieder dem Ruder.

Der Sonnenaufgang war verpaßt, die Sonne stand grell über dem Horizont. Die Farbpalette war verschwunden. Lisa hatte sich so auf den Augenblick gefreut, in dem die Sonne den ersten winzigen Punkt aus dem Wasser blinzeln ließ. Die Insel Gavdos lag unscharf im morgendlichen Blaugrau. Kretas Schneegipfel leuchteten noch eine Weile rosa. Wassilis Schiff war das einzige weit und breit. In der Kajüte wurde es unruhig, Feuerzeuge klickten, Wortfetzen drangen aus der Tür. Der blinde Greis humpelte aus der Kajüte. Er konnte sich erstaunlich gut orientieren und festhalten. Er räkelte seinen zerbrechlichen Körper und kniff die Augen im Sonnenlicht zusammen. *Er ist gar nicht blind. Je oller, je doller.*

Lisa konzentrierte sich auf die näherkommende Insel. Vor der Insel lag ein rostiger Tanker, wie verschmolzen mit einem Felsenriff. Weite grüngraue Flächen erstreckten sich bis zu den Berggipfeln. Die Küste war zerklüftet, schroffe Felsen ragten in das Meer. Vereinzelt gab es Bäume, sogar einen kleinen Wald. Thymian und Salbei wie auf Kreta. Neben Gavdos lag eine zweite Insel, Gavdopolus. Das bedeutet: das kleine Gavdos.

Wassilis Boot fuhr ganz nahe an der Küste entlang. Die Felsen bildeten ein natürliches Halbrund, dahinter leuchtete ein weißes Haus mit einer großen, einladenden Terrasse. Regungslos lag das Wasser in der Bucht, eine kleine Wolke spiegelte sich darin, als Wassilis Schiff am großen Steg des Hafens festmachte. Das ganze Areal war eine einzige Baustelle, ein Betonmischer ratterte. Über der Terrasse des weißen Hauses wurde aufgestockt, ein vertrautes Bild im Winter. Aus dem Nichts kamen Männer auf seltsamen Fahrzeugen, die motorisierten Krankenfahrstühlen ähnelten. Sie knatterten von überall hinunter zum Wasser bis ans Boot.

Wassili stieg aus und palaverte mit einem der Insulaner. Andreas stieg in den Bauch des Schiffes und begann, die Fracht herauszureichen. Die Männer bildeten eine Kette vom Frachtraum bis zum Steg. Jetzt fanden sich auch Frauen und Kinder ein. Sie trugen Sachen, die Lisa an Filme über den russischen Bürgerkrieg erinnerten. Eine Frau hatte sich bunte Tücher um Kopf und Hüften gewickelt, ein Stück Plastikfolie diente als Schürze. Sie hatte ein verschlossenes Gesicht, das sich erhellte, als Lisa sie freundlich grüßte: „Gott sei mit dir. Ein schönes neues Jahr." An ihrer Hand stolperte ein dicker Junge, der sie ständig mit Fragen löcherte.

Als sei ein Supermarkt ausgeräumt worden, türmten sich auf dem

Steg Pappkästen voller Wasserflaschen, Tomatenkisten, Kartoffelsäcke, meterhohe Paletten mit Eiern, Kartons mit Brot, Industriepackungen von Keksen, Bierkästen, Brause- und Colabüchsen, Weinkisten. Den Kisten und Kästen folgten halbe Lämmer, Ziegen und Schweine, Zementsäcke, Werkzeuge, Regale, Tische, Stühle, die Einzelteile einer Dusche und einer Toilette und Putzmittel in Großpackungen. Dann kamen normale Plastiktüten aus dem Bootsbauch, auf jeder stand ein Name. Während die Männer ausluden, machten sich die Frauen daran, das Zeug unter sich aufzuteilen. Die Kinder indes entdeckten den Berg auf dem Steg als Spielplatz und stiegen über Säcke und Kisten. Der dicke Junge angelte sich mit traumwandlerischer Sicherheit eine Tüte Kartoffelchips heraus, riß sie auf und verzehrte sie vor den Augen der anderen Kinder.

Die Männer luden die schweren Teile auf ihre Gefährte und fuhren in das Innere der Insel. Die Plastiktüten wurden von den Frauen fortgetragen. Wassili schwatzte und rauchte. Er rührte keine Hand, war ganz Kapitän. Andreas dagegen ackerte wild, er hatte höchstens Zeit für ein paar Züge an der Zigarette. *Es sieht so aus, als sei hier die Welt noch in Ordnung. Ich sollte einfach hierbleiben. In der Einsamkeit, im Frieden. Vielleicht kann ich bei der freundlichen Frau mit der Plastikschürze schlafen, im Haushalt helfen oder auf ihre Kinder aufpassen?* Lisa sah sich abends in einer großen Küche sitzen, Bohnen schnippeln und Pita backen. Sie drehte sich im Tanze auf einem Inselfest, mit bunten Tüchern bekleidet, eine Katze im Arm. Sie spürte den warmen Sitzstein vor einem hübschen Haus, sie lief im Frühling über die Wiesen, badete an einem lieblichen Strand ... Da bestieg Wassili das Boot und ließ den Motor an. Andreas machte die Leinen los, und Lisa sprang im letzten Augenblick auf das Boot. *Ich bin Luft für Wassili. Der hätte mich einfach hiergelassen. Wassili, du bist auch Luft für mich. Wenn du es nötig hast, vor Andreas zu rüpeln, dann mach das. Ohne mich.*

Drei Stunden später saß Lisa unter ihrem Ölbaum. Sie nahm ihr Fernglas. Kostas rannte am Strand umher, Eleni hinterher. Sie fiel hin, rieb sich das Bein. Kostas stand neben ihr, sie griff nach seiner Hand. Er hielt eine Puppe hoch. Eleni sprang danach und fiel wieder hin.

„Warum macht der das? Sorbas, he! Kannst du mir sagen, warum er die Kleine quält?"

„Kennst du die Geschichte von der Vertreibung aus dem Paradies?"

„Die kennt jedes Kind."

„Adam hatte es satt", begann Sorbas. „Alles war im Paradies perfekt eingerichtet. Kein Hunger, keine Kälte. Eva gab sich alle Mühe, ihn aufzuheitern, sie steckte sich jeden Tag eine andere Blume ins Haar, sie bereitete jede Nacht duftende Lager. Aber sein Groll wollte und wollte nicht verfliegen. Und weißt du, warum?"

Lisa fand Gefallen an der Geschichte.

„Nun sag schon. Warum?"

„Männer sind zum Herrschen erschaffen worden. Das ist es. Und herrschen heißt, man muß kämpfen, sich durchsetzen können. Und was hatte der arme Kerl im Paradies? Keiner beneidete ihn oder buhlte um seine Frau. Nichts geschah. Pah, schönes Paradies. Krone der Schöpfung. So irrte Adam mürrisch umher. Da begegnete er der Schlange. Die sagte: ‚Du Dummkopf. Du Waschlappen. Du Schlappschwanz. Warum zeigst du nicht, wem das Paradies gehört?' Adam fand, die Schlange hatte recht. Warum machte er sich nicht das Paradies untertan? Also baute er einen Zaun um Evas Apfelbaum, er zäunte See und Feld ein; er besorgte sich ein paar scharfe Hunde. Jeder, der seinen Besitz betrat, wurde von ihnen zerfleischt. Eva wurde Dienstmagd. Die Einfältige nahm das hin, ohne ein Wort zu sagen."

Sorbas griente und erzählte weiter: „So herrschte Adam einige Zeit, bis es ihm wieder langweilig wurde. Da erfand er die Gesetze. Und die waren streng, sag ich dir. Die Strafen grausam. Jetzt tyrannisierte Adam alles, was sich im Paradies befand. Er strafte den Apfelbaum, weil er keine blauen Blüten trug ..."

„Wie bestraft man einen Baum?"

„Er wurde gefällt. Ritsch, ratsch, weg war er. Und das machte Gott wütend. Er donnerte: ‚Scher dich hinaus aus meinem Paradies. Sieh zu, wie du draußen zurechtkommst.' Und was machte die blöde Eva? Sie trottete wie ein alter Hund hinter Adam her."

Lisa lachte aus vollem Halse. „Woher willst du wissen, daß nicht Eva die Initiative ergriffen hatte."

„Frauen können das nicht. Sie brauchen starke Männer, möglichst noch reiche. Das gefällt ihnen. Zum Herrschen sind Frauen zu dumm. Sonst würde das ja auch nicht ‚herrschen' sondern ‚frauschen' heißen."

„Die Herren sind herrlich und die Damen dämlich. Na wunderbar. Was hat die Geschichte mit den streitenden Geschwistern zu tun?"

Sorbas holte tief Luft. „Draußen vor dem Paradies war das Herrschen natürlich nicht mehr so einfach. Die Löwen zum Beispiel waren viel stärker als Adam, und die Stiere auch. Raben fraßen die Saat, Heuschrecken die Ernte. ‚Ich bin der Herrscher', schrie Adam so laut er konnte. Keiner achtete darauf. Na, und seitdem sucht sich Adam eben Dinge aus, die er beherrschen kann. Ist doch klar. Kostas würde niemals versuchen, seinen Vater zu beherrschen. Höchstens, wenn der alt ist, keine Zähne mehr hat und seine Kraft ihn verläßt. Aber Eleni kann er beherrschen, und die anderen Kinder des Dorfes; später dann seine Frau. Bis er selber alt wird und beherrscht wird."

„Das ist ja wie bei den Wölfen", sagte Lisa.

„Wo ist der Unterschied zwischen Mensch und Wolf?"

Noch ein Fremder
157 Tage deutscher Einheit

Luigi saß in der Mitte seines Restaurants und rauchte. Alle Fenster des Dionysos standen sperrangelweit offen, sie waren klein, und das Licht im Raum war diffus. In der Mitte standen dunkle Holzmöbel, zugedeckt mit einer durchsichtigen Plane. Die Pflanzen auf den Fensterbrettern und auf dem Tresen vertrockneten. Trotz der offenen Fenster roch es muffig: nach abgestandenem Wein, Holzschutzmittel und verbrauchter Luft. Eine Tafel kündigte noch das letzte Tagesangebot aus dem Vorjahr an: Spaghetti mit Tomaten- oder Fleischsoße, Salate, Oliven, gegrillte Steaks, Backkartoffeln, Braten, Aufläufe, Fisch und klare Fleischbrühen, Minestrone und hausgemachte Pizza.

Luigi, ein kleiner Italiener, charmant, flink und stets fröhlich, sprach Griechisch wie seine Muttersprache, auch ein bißchen Englisch. Sein Alter war schwer zu schätzen, er war einer von den Männern, die nie alt wurden. Das Auffälligste in seinem Gesicht waren die Lachfurchen, die sich von seinen kräftigen Nasenflügeln zu den Mundecken bogen und im Kinn endeten. Im Tageslicht erkannte man in seiner großporigen Haut Tausende von feinen Linien.

„So, da bin ich", sagte Lisa, als sie eintrat. Luigi lächelte und strich sich mit dem Zeigefinger zweimal über sein Schnauzbärtchen. *Er hat nicht erwartet, daß ich mein Versprechen halte, ihm beim Renovieren zu helfen.*

Lisa hatte ihre eigenen Pläne mit Luigi. Er besaß eine komplette Fotoausrüstung, und sie wollte ihn bitten, ihre retuschierten Postkarten zu fotografieren, damit sie nicht die Originale verkaufen mußte. Von den Negativen würde sie in Heraklion jeweils mehrere Kopien machen lassen. *Vielleicht kann ich welche an Dorothy verkaufen.*

Luigi bot Lisa eine Zigarette an.

„Womit fangen wir an?" fragte sie.

„Immer mit der Ruhe", sagte er, blies den Rauch geräuschvoll aus und drückte einen Schalter. Ein Scheinwerfer überflutete den Raum mit weißem Licht.

„Ich will viel Licht", sagte er, „alles hell. Ich muß in dieser Saison mehr Geld verdienen, weil Vangelis mehr Miete verlangt."

Das Dionysos gehört also auch Vangelis, genauso wie das Hotel der Engländerin.

„Die Küche wird kleiner", fuhr er fort, „dann habe ich mehr Tische."

„Wie kannst du dann kochen?" fragte Lisa.

„Ich darf nur noch Spaghetti kochen und einen einzigen Grill aufstellen. Die Touristenpolizei aus Rethymnon war hier."

„Die Polizei?"

„Vorschriften, Bestimmungen, ich weiß nicht."

Lisa war sprachlos. *Es ist wohl nicht das Problem der Polizei, sondern der Futterneid von Vangelis. Er muß Luigi angezeigt haben.*

„Ich habe keine Zeit", sagte Luigi und zündete sich eine Zigarette an, setzte sich und nahm ein paar genüßliche Züge. „Die ersten Touristen sind schon da", stellte er fest.

„Also", Lisa erhob sich, „wo soll das Klavier hin?"

„Ich habe Männer- und Frauenklaviere", sagte Luigi lachend und gab ihr einen Topf blaue Farbe für die acht Fensterrahmen im Restaurant. Bald hatte Lisa ein lahmes Gefühl in den Armen. Doch sie hielt tapfer durch.

Vangelis fuhr in seiner roten Pritsche vor. Ohne Lisa anzuschauen machte er einen Rundgang durch das Restaurant, wechselte mit Luigi ein paar Worte und fuhr wieder weg. Am Nachmittag, Lisa war mit sechs Fensterrahmen und der halben Tür fertig, kochte Luigi Spaghetti, dazu gab es eine sämige Soße mit geschnetzeltem Fleisch und Pilzen aus der Dose. Die Krönung war ein Salat mit frischen Avocados. Während sie aßen, erzählte er von seinen Brüdern. Der eine, Pepe, kam jeden Sommer und half im Dionysos. Einmal im Jahr besuchte Luigi seine Eltern auf Sizilien, wo sie ein kleines Hotel hatten.

Am Abend trank Lisa ihr Bier im Adonis. Vangelis kam an ihren Tisch. „Du arbeitest beim Italiener?"

Lisa machte eine gelangweilte Ochi-Geste.

„Dein Onkel hat dir kein Geld geschickt."

Lisa erriet seine Befürchtungen und sagte: „Ich brauche kein Geld."

„Der Italiener hat also eine Sklavin", sagte er laut. Iordannis nickte zustimmend. Vangelis kam ihr auf einmal unheimlich vor. *Wenn dieser Fleischberg umkippt, und auf mich drauf …*

„Du bist krank", sagte er verächtlich, „ich mache dir einen Termin beim Psychiater."

Lisa lachte und bedankte sich höflich und setzte sich zu Alice und Maggie. Die beiden hatten die Auseinandersetzung mit Vangelis verfolgt.

„Er versucht es mit jeder Frau, die ins Dorf kommt", sagte Maggie. „No fuck, no work, no money … you should fuck him!"

„Ramoto Panajia", sagte Lisa so laut, daß Vangelis es mitbekam.

Am nächsten Morgen lief sie wieder zu Luigi. Der Geruch von Lack und angesengtem Holz hing vor der Eingangstür. Luigi hatte die hölzerne Wandverkleidung abgeschliffen und schon wieder lackiert. Er mußte bis in die Nacht hinein gearbeitet haben. Bei ihm saß ein junger Mann. *Ist das Pepe?* Die beiden unterbrachen ihr Gespräch, als sie Lisa sahen.

„Ciao, Pepe“, grüßte Lisa Luigis Besuch. Der junge Mann hatte schwarzes, krauses Haar, das bis auf die Schultern reichte und Lisa faszinierte, einen Vierzehntagebart, helle Augen, trug eine Nickelbrille und ein Stirnband.

„Nein.“ Der Mann lachte. „Ich heiße Stephan, mit pe-ha.“ Er deutete eine Verbeugung an. Lisa war verlegen, der Typ sprach Deutsch und dazu einen Dialekt, der ihr sehr vertraut war: sächsisch. Neben ihm stand ein Rucksack mit Tragegestell, Marke Eigenbau, die Tragegurte waren gepolsterte Sicherheitsgurte aus einem Auto. Daran war eine kleine Rolle geschnallt, ein Zelt oder ein Schlafsack, an der Seite hing eine Wasserflasche. Der Mann, der Stephan hieß, trug bequeme, grüne Stoffhosen mit Laschen, Reißverschlüssen und kleinen Taschen an den Beinen, feste Knöchelschuhe mit zentimetertiefen Profilsohlen, ein rosa Unterhemd. Er hatte einen Pullover über die Schultern gelegt und die Ärmel vor der Brust zusammengeknotet. Ein Wandersmann. Lisa schätzte ihn auf Mitte bis Ende Zwanzig. *Bei dem probe ich die Westmieze.*

„Was verschlägt bloß jemanden wie dich um diese Jahreszeit an dic Südküste Kretas?“ fragte sie und lobte sich im stillen für den geschraubten Satz.

„Was heißt ‚jemanden wie mich‘?“ gab er zurück. *Glückwunsch, Lisa Meerbusch. Die erste Falle hast du dir selber gestellt!*

Sie redete sich heraus: „Ich meine, in deinem Alter, da gibt es sicherlich attraktivere Urlaubsziele.“ *Jetzt spreche ich wie meine eigene Großmutter.*

„Für mich nicht“, sagte er und sprach plötzlich griechisch mit Luigi.

„War das nicht Griechisch eben?“ wunderte sie sich. Er nickte.

„Du sprichst Griechisch?“ fragte sie weiter. „Ich denke, die im Osten haben alle nur Russisch gelernt?“

„Griechisch ist meine Vatersprache“, sagte er, „und in Wahrheit heiße ich Stephanos.“ Lisa verlor vollends die Übersicht. „Hää?“ *Warum läßt er mich absichtlich im ungewissen?*

„Das ist ein griechischer Name.“

„Ja.“

„Du kommst doch aus dem Osten“, vergewisserte sie sich.

„Aus Leipzig.“

„Das hört man“, sagte sie und ärgerte sich über ihre Bemerkung.

„Und was machst du hier?“ Lisa ließ nicht locker. *Ich will hinter sein Geheimnis kommen.*

„Ich mache Urlaub und wandere über die Insel, ganz einfach. Was ist dabei?“

Luigi stand auf, ging zu seinen Spundbrettern und lackierte sie.

„Das finde ich großartig", sagte Lisa. „Durch die Berge?"

„Ich will einmal um die Insel laufen", sagte er. *Ich muß ihn dazu bringen, etwas von sich zu erzählen. Er gefällt mir, sein Blick und seine langen Haare. Was gäbe ich dafür, einmal durch diese Pracht zu streichen. Warum fragt er mich nichts?*

Stephanos zog den Klettverschluß an der Seite seines Rucksacks auf und legte eine Schachtel Karo auf den Tisch, filterlose Zigaretten, die zu DDR-Zeiten eine Mark sechzig gekostet hatten. Für einen Augenblick fühlte sich Lisa zurückversetzt in die Vergangenheit. *Thomas hat Karo geraucht und ständig meine Wohnung verqualmt.*

„Was sind denn das für Glimmstengel?" fragte Lisa und täuschte Interesse vor.

„Willst du eine?" Stephanos bot ihr eine an. Sie lehnte ab. Und gleich darauf: „Wanderst du ganz allein?"

„Ja."

Seine kurzen Antworten machen mich nervös.

„Und deine Freundin? Du hast doch eine Freundin", bohrte sie. *Hoffentlich ist seine Beziehung kaputt oder die Freundin fremdgegangen.* Er zögerte mit der Antwort: „Sie wollte nicht mit." *Warum antwortet er nicht richtig?*

„Du hast sie ganz allein zurückgelassen?" fragte sie besorgt. *Vielleicht ist sie stockhäßlich.*

„Was sollte ich denn tun?" Stephanos zögerte. „Ich konnte sie nicht zwingen."

Ich wäre, ohne zu überlegen, mit dir mitgekommen. So einen Mann wie dich würde ich keine Sekunde aus den Augen lassen.

„Wie findest du dich zurecht in den Bergen?" fragte sie.

„Ich wandere seit meiner Kindheit, in der Sächsischen Schweiz, in der Hohen Tatra oder in den rumänischen Karpaten, habe Karte und Kompaß und meine Armbanduhr ..."

„Deine Armbanduhr?"

„Falls mir der Kompaß kaputtgeht, bestimme ich die Himmelsrichtungen mit der Uhr. Schau, man richtet den kleinen Zeiger auf die Sonne, und auf der Hälfte, zwischen dem kleinen Zeiger und der Zwölf, da ist Süden."

Lisa staunte. *Der ist auf alle Eventualitäten vorbereitet.*

„Sollte ich mich trotzdem verlaufen", fügte er hinzu, „oder die Sonne scheint nicht, dann habe ich mein Fernglas. Irgendwo ist immer ein Schäfer."

„Ein Fernglas? Kann ich das mal sehen?" fragte sie. Aus dem obersten Fach seines Rucksacks zog er mit einem Handgriff ein Fernglas heraus: „Vorsichtig, bitte."

„Ich weiß, wie man damit umgeht", sagte sie gekränkt und hielt sich das Fernglas vor die Augen, studierte durch die offene Tür den kaputten Zaun der Polizeistation.

„Wo schläfst du?" fragte sie und nahm die Post ins Visier, wo Iordannis im Inneren Päckchen und Briefe sortierte.

„Daunenschlafsack und Isomatte, mehr brauche ich nicht."

„Wie romantisch", begann Lisa zu schwärmen, „irgendwo nach einem Tagesmarsch durch die kretische Einsamkeit auf einem Berg zu liegen, die Augen in den Sternenhimmel zu richten, in der Ferne ein Wetterleuchten zu beobachten, frisches Quellwasser, einen Laib Brot ... ist ja auch billiger, draußen zu schlafen."

„Das hat damit nichts zu tun", widersprach er. „Ich will im Freien schlafen. Ich gebe mein Geld lieber für ein fürstliches Essen aus. Das ist mir mehr wert als ein Hotelbett."

„Du hast ein tolles Fernglas", sagte sie und gab es zurück.

„Es stammt aus NVA-Beständen; es hat nur zwanzig Mark gekostet." Er steckte das Fernglas liebevoll in den Rucksack und nahm eine Zigarrenschachtel heraus. *Karo und Havannas, komische Mischung.*

Luigi hustete beim Streichen. Dämpfe hingen in der Luft und legten sich auch auf Lisas Lungen.

„Du wolltest doch helfen", sagte Stephanos. *Er hat mit ihm über mich gesprochen; Männer halten eben zusammen hier.* Stephanos zupfte die Kordel zurecht, mit der die Zigarrenkiste verschnürt war. *Wenn ich mich weiter unterhalte, bin ich bei ihm abgeschrieben, weil ich mein Versprechen gebrochen habe, und er geht. Wenn ich aber jetzt zu arbeiten anfange, geht er auch.*

„Bleibst du länger?" fragte sie schnell.

„Es gefällt mir hier", sagte er.

„Dann sehen wir uns heute abend?" fragte sie voller Hoffnung und stand auf. „Kann ich dich einladen?"

„Wenn du willst", sagte er und drückte seine Zigarette aus. Lisa nahm ihren Farbtopf und den Pinsel und begann, die Eingangstür zu streichen. Plötzlich stand Vangelis in der Tür und brüllte Stephanos an: „Übernachtest du etwa hier?" Lisa hielt die Luft an. Stephanos richtete sich auf, sah Vangelis in die Augen und antwortete ihm, ruhig, Silbe für Silbe: „Ich schlafe dort, wo mein Großvater geschlafen hat. Aber ich komme heute abend gern zu dir. Ich hoffe, du hast guten Wein, guten Raki und frischen Fisch."

Beim letzten Satz lachte er sogar. Vangelis wurde rot und blieb eine Sekunde regungslos stehen, als fehle ihm die entsprechende Antwort. Seine Halsader schwoll, er kniff die Lippen zusammen, was nur am aufgestellten Bart zu sehen war. Dann verließ er mit schweren Schritten das Dionysos. Stephanos steckte seine Karo in das seitliche Fach des Rucksacks und winkte Lisa. „Bis nachher."

Stephanos kam gegen sieben Uhr ins Adonis. Vangelis begrüßte ihn kopfnickend wie einen aus dem Dorf. Stephanos setzte sich zu Lisa ans Fenster. Sie genoß seinen Blick. *Warum habe ich mich bloß heute morgen als Wessi ausgegeben? Stephanos ist ehrlich, und ich lüge ihn an. Blöde Taktik. Lächerlich.*

„Ich freue mich", begann sie das Gespräch.

„So?"

Eine Maschinengewehrsalve aus dem Fernseher dröhnte durch den Raum. Es lief ein alter Spielfilm über die deutsche Besetzung Kretas 1941 bis 1945. Partisanen feuerten auf eine deutsche Kommandantur in der Schule eines Dorfes. Schnitt. Die deutschen Soldaten traten sich im Schulhof gegenseitig auf die Füße, brüllten sich an, während sie zum Gegenschlag rüsten wollten. Einer von ihnen faßte sich, peinlich berührt, an seine Hose und flüchtete ins Klohäuschen. Die Bauarbeiter im Adonis lachten, auch die Engländerinnen.

„Die einzigen deutschen Worte, die ich ab und zu höre", sagte Lisa, „sind die Befehle der Deutschen in diesen griechischen Partisanenfilmen."

Stephanos schaute sie an, als wollte er antworten. Er schwieg. *Was habe ich denn jetzt wieder falsch gemacht?*

„Dein Auftritt bei Luigi hat mich beeindruckt", sagte Lisa.

„Ich habe nur gesagt, was ich will."

„Ich mache auch, was ich will", verteidigte sich Lisa.

„Und was willst du?" fragte er.

„Hier leben", erwiderte sie prompt. Er stieß einen kurzen Lacher aus. „Wer will das nicht?"

„Normalerweise würde ich jetzt Schmuck basteln", sagte Lisa.

„Wie kann man in dieser Zeit weggehen aus Deutschland?" fragte er. „Dieser Umbruch ist so wahnsinnig spannend …"

„… aber stressig", ergänzte sie.

„Hast du einen Freund in Deutschland?"

Warum fragt er nach meinem Freund?

„Die Beziehung war am Schluß völlig verfahren."

„Und hier? Allein als Frau? Du hast doch bestimmt einen Griechen."

Lisa reagierte nicht. *Sicher kennt er schon die Geschichte mit Wassili.*

„Er ist verheiratet", sagte Stephanos.

Lisa nickte. „Es ist zu Ende."

„Hast du mal an seine Frau gedacht?" fragte er ruhig. *Ich habe mich benommen, als seien die Menschen, das Dorf, die Berge und das Meer einzig für mich da. Er treibt mich in die Enge.*

Er tippte an ihre Schulter: „He, nun sei nicht gleich geknickt."

„Ich bin nicht geknickt“, sagte sie schnell. Am liebsten hätte sie losgeheult. Stephanos bemerkte ihre Gefühlswallung. Er winkte Maria in der Küche und wies auf die leere Weinkaraffe. Maria rief Kostas, der, in den Film vertieft, nicht reagierte. Maria rief ihre Tochter. Eleni erhob sich maulend von ihrem Platz vor dem Fernseher und brachte eine gefüllte Karaffe an Lisas Tisch.

„Du möchtest doch Wein?“ fragte Stephanos lächelnd und schenkte ein.

„Also“, holte Lisa aus, „Stephan ... oder Stephanos? Was ist dir lieber?“

„Stephanos, das ist mein richtiger Name.“

„Stephanos, den ganzen Tag über habe ich nachgedacht, wie ein Grieche nach Leipzig kommt.“ *Jetzt ist es heraus.*

„Pedomasoma. Sagt dir das was?“ fragte er leise. *Das Wort habe ich schon einmal gehört.*

„Das waren die Kindertransporte“, sagte er, „1948 im März haben viele Kommunisten ihre Kinder zwischen drei und vierzehn Jahren außer Landes gebracht. Mein Vater war damals zwölf, er wurde von hier zuerst nach Moskau gebracht, später zu Pateneltern in die DDR. Er hat eine Deutsche geheiratet, na, und irgendwann war ich da.“

„Dein Vater müßte jetzt fünfundfünfzig Jahre alt sein“, sagte Lisa nach einer Weile.

„Er ist an Krebs gestorben.“

„Er hat also Kreta, seine Heimat, nie wiedergesehen.“

„Als Grieche hätte er reisen können“, sagte Stephanos, in Gedanken versunken. „Nach seinem Tod habe ich alles gelesen, was ich über Griechenland bekommen konnte.“

Und ich habe die Stadtpläne von Paris und London auswendig gelernt. Und von Weltreisen geträumt.

„Die alten Dichter, weißt du“, sagte er, „haben sämtliche menschlichen Regungen beschrieben. Liebe, Haß, Neid, Habgier, Machtgeilheit und so weiter. Alle Literatur danach ist aufgewärmter Abklatsch.“

„Du glaubst wirklich, alle Ideen finde man schon bei Sophokles und Euripides?“

„Alle.“

„Zum Beispiel der Faust“, stellte Lisa ihn auf die Probe, „von wem stammt der ab?“

Stephanos lachte: „Die Idee, sich fremder Mächte zu bedienen, stammt nicht von Goethe. Die Seher brauchten Orakel, und die Orakel sind die Stimme der Götter, na, und wenn das keine fremden Mächte sind.“

Lisa schüttelte den Kopf: „Kassandra war meiner Meinung nach ein ganz normales junges Mädchen, und ihre Sehergabe war vernünftiger Menschenverstand."

„Sie hat alles vorausgesehen, auch ihren eigenen Tod", sagte er.

Lisa sagte: „Agamemnon hat sie als Kriegsbeute aus Troja mit nach Griechenland gebracht. Ich kann seine Frau verstehen. Da kommt Agamemnon, der Herr Gemahl, nach zehn Jahren aus dem Trojanischen Krieg nach Hause und pflanzt sich wieder auf den Thron. Sollte Klytemnestra sich widerspruchslos unterordnen? Unter einen Feigling? Unter einen, der seine eigene Tochter, die Iphigenie, opferte? Ich würde auch ausrasten. Kassandra konnte sich an fünf Fingern abzählen, was mit ihr als Nebenbuhlerin passiert."

„Du weißt Bescheid, alle Achtung", sagte Stephanos.

„Nach dem Trojanischen Krieg ging das Gemetzel erst richtig los", ereiferte sich Lisa. „Aus Eifersucht und Rache hat sich die Familie fast ausgelöscht."

„Die Griechen reagieren eben hitzig", sagte Stephanos, „bis heute."

„Du rauchst Zigarren?" fragte sie unvermittelt.

Er machte ein verwundertes Gesicht: „Warum fragst du?"

„Weil du heute morgen eine Zigarrenkiste mit dir herumgetragen hast."

„Da waren keine Zigarren drin", sagte er und hielt einen Moment inne. „In der Schachtel war die Asche meines Vaters."

„Die Asche meines Vaters?" wiederholte sie mechanisch die Worte, dann begriff sie das Ungeheure. *Was hat das zu bedeuten?* Stephanos wiegte den Kopf. Nach zwei Schluck Bier erzählte er: „Ich wünschte mir immer, eines Tages würde Manoli, mein Vater, mir seine Heimat zeigen. Er starb 1988." Stephanos schaute aus dem Fenster in die Dunkelheit.

„Ich habe seine Asche auf dem Friedhof in Sellershausen ausgegraben und heute mittag dort verstreut, wo er vielleicht als Kind mit seinen Eltern in den Bergen gelebt und sich versteckt hat im Bürgerkrieg. Er hat mir so oft vom Ausblick aufs Meer erzählt."

Und ich habe keine anderen Sorgen, als Stephanos in mein Bett zu bekommen.

„Mein Großvater wurde als Kommunist erschossen", fuhr er fort, „meine Großmutter auch. Wenn die im Dorf wüßten, was ich heute getan habe, ich glaube, die würden mit einem Staubsauger durch die Berge ziehen."

Soviel Kraft möchte ich auch haben. Soviel Mut.

„Antigone", sagte sie, in Gedanken versunken.

„Ich wollte ja seine Asche offiziell nach Kreta bringen. Hast du eine Ahnung, was das kostet? Na ja, selbst wenn ich gespart hätte, die griechischen Behörden hätten es zu verhindern gewußt, die haben eine Bürokratie wie bei Kafka … Du hast ‚Antigone' gesagt, die hat's einfach getan."

„Und gebüßt."

Alltag im Dorf
181 Tage deutscher Einheit

Am Morgen des 2. April hielt vor dem Adonis das Taxi von Nicola. Vangelis' Frau Maria und Eleni stiegen ein. Iordannis reichte dem Fahrer einen Koffer. *Sie fährt in das Krankenhaus nach Rethymnon, um ihr Baby zu entbinden. Das wissen alle im Dorf. Eleni begleitet sie in die Stadt und wird dort solange bei Verwandten wohnen. Sophia arbeitet in der Küche anstelle von Maria.*

Lisa ging ins Adonis frühstücken. Der Toaster rauchte, und der Geruch von verbranntem Brot verbreitete sich im Raum. Sophia schlurfte durch die Küche, nahm mit bloßen Fingern das Brot aus dem Toaster und begann, die schwarze Kruste abzukratzen. Iordannis trug Kaffee, Marmeladen- und Butternäpfchen an einen Tisch am Fenster und vertröstete das dort wartende Pärchen: „Das Brot kommt gleich, ist noch in Arbeit."

Sophia wollte das verbrannte Brot, das sie abgekratzt hatte, in den Korb legen. Vangelis warf es in den Müllsack und fluchte: „Ramoto, Brot kostet Geld. Kannst du nicht aufpassen?"

„Dann mach es selber", schimpfte Sophia. Sie zeterte, zeigte auf das kochende Wasser, den Abwasch, den Herd, die Backröhre: „Wie soll ich das schaffen?"

Georgia tauchte in der Küche auf, schob schmutziges Geschirr beiseite und begann, Pitateig anzurühren. *Sophia und Georgia machen nur Unordnung, statt zu helfen.*

Iordannis schob neue Brotscheiben in den Toaster. Vangelis saß an der Kasse und schnauzte Iordannis quer durch das Restaurant an, er solle gefälligst abräumen. „Aber ein bißchen plötzlich. Da hinten die Gäste wollen zahlen, beeil dich."

Vangelis würde niemals zugeben, wie hilflos er ohne Maria dasteht. Endlich fällt ihm mal auf, welche Arbeit seine Frau leistet. Er braucht Hilfe. Lisa ging an den Tresen, um sich den Kaffee selber zu kochen.

„Panajia, Panajia", rief Georgia.

„Setz dich, setz dich!" schrillte Sophia. *Sie will beweisen, daß sie die Arbeit schafft. Nun gut.*

Lisa ging zurück an ihren Tisch und zündete sich ein Pfeifchen an. Vangelis lief auf die Terrasse und nahm Bestellungen auf. Als er an ihr vorbeikam, sagte Lisa betont ruhig: „Viel zu tun, nicht wahr?"

Vangelis reagierte nicht. Lisa ging ohne Frühstück nach Hause. Kaum hatte Lisa ihre Wohnung betreten, da rief Iordannis unten im Garten: „Lisa, du sollst sofort zu Vangelis kommen."

„Ich soll?" fragte sie. „Warum soll ich zu ihm kommen? Ist da ein Telefonat für mich?"

„Du sollst sofort zu Vangelis kommen", wiederholte er.

„Hat er bitte gesagt?" fragte Lisa.

„Er hat gesagt, du sollst kommen."

„Was will er denn von mir?"

Iordannis zuckte die Schultern: „Weiß ich nicht." Iordannis verließ den Garten. *Du Schlitzohr weißt genau, was er will.* Lisa lief in der Atelierküche auf und ab und überlegte, wie sie sich verhalten sollte. *Vangelis braucht meine Hilfe. Wenn ich auch nicht reich bin, auf ihn angewiesen bin ich schon gar nicht. Etwas dazuzuverdienen, käme mir gelegen. Ausnutzen lasse ich mich nicht.*

„Du wolltest mich sprechen", sagte Lisa herausfordernd, als sie vor Vangelis am Kassentisch stand. Vangelis schrieb in sein Haushaltsbuch. Er sagte, ohne aufzusehen: „Nein, ich wollte dich nicht sprechen. Ich wollte nur, daß du kommst."

„Na, dann kann ich ja wieder gehen", sagte Lisa.

Vangelis legte den Stift beseite und sagte: „Ich spendiere dir eine Cola."

Iordannis wies Lisa den freigeräumten Tisch zu und stellte eine Cola darauf. *Reines Theater? Vangelis hat das richtig inszeniert. Iordannis spielt seine Rolle.*

Sophia in der Küche beobachtete skeptisch die Szene. *Sie ist eifersüchtig.* Langsam kam Vangelis mit einem Kaffee an Lisas Tisch. Iordannis hinter ihm schleppte den selbstgezimmerten Stuhl durch das volle Restaurant. Vangelis setzte sich. Sophia zeterte im Hintergrund.

Er sagte: „Du arbeitest ab morgen bei mir."

„Wieso?" fragte sie.

„Damit du deine Miete bei Georgia bezahlen kannst."

„Denkst du, ich habe kein Geld?"

„Dein Onkel hat doch keins geschickt in letzter Zeit. Wer so lange wie du hier im Dorf lebt, hat kein Geld mehr", behauptete er. *Ich bin so naiv, dabei wissen alle alles im Dorf!*

„Kannst du denn kochen?" fragte Vangelis.

„Ganz gut", antwortete sie.

„Kannst du griechisch kochen?"

„Ja", sagte sie mit einer kleinen Kunstpause, „ich kann das kochen, was die Leute gern essen."

„Die Leute wollen nur griechisch essen“, beharrte er.
„Ich kann auch nur griechisch kochen.“
„Gut“, sagte er und erhob sich, „dann fängst du morgen früh an.“
„Da ist noch ein kleines Problem“, sagte Lisa. *Jetzt denkt er, ich frage nach Geld. Irrtum. Das kommt später.*
„Was?“
„Du mußt jedes Gericht, das ich koche, kosten.“
„Das ist selbstverständlich“, sagte er entrüstet, „meinst du, ich lasse ein Essen aus der Küche herausgehen, das ich nicht gekostet habe?“
„Da ist noch ein Problem“, sagte Lisa.
„Noch etwas?“
„Ja, das Geld. Was bekomme ich bei dir?“
„Ich denke, das Kochen macht dir Spaß.“ Er tat verwundert.
„Es ist Arbeit. Wer arbeitet, bekommt auch Geld.“
„Das geht klar. Ich mache dir einen guten Preis“, sagte er barsch.
„Wieviel?“
„Einen sehr guten Preis.“
Lisa fand an dem Spiel Gefallen.
„Eintausend?“ fragte sie. „Zweitausend, dreitausend, viertausend? Du brauchst nur zu nicken. Fünftausend, sechstausend, sieben …“
„Nein, nein, nein“, rief er.
„Also siebentausend?“
„Nein, viertausend.“
„Pro Stunde?“
„Nein, nein!“
„Also“, sagte Lisa, „ich mag deine Frau, ich mag deine Kinder, ich mag deine ganze Familie …“
„Es geht dir um Geld“, unterbrach er. *Worum sollte es mir sonst gehen?*
„Sechstausend“, entschied sie, „und die bekomme ich jeden Abend auf die Hand.“
„Das habe ich nicht“, brauste er auf. „Das muß ich erst von der Bank holen.“
Du nimmst jeden Tag das Zwanzigfache ein, du brauchst nicht zur Bank.
„Sechstausend. Jeden Abend, wenn ich gehe.“
Ohne etwas zu erwidern, verließ er ihren Tisch. Lisa zwang sich zur Ruhe. *Ich hätte ihm keine Vorschriften machen dürfen, das verträgt er nicht.* Iordannis zwinkerte ihr zu. Sie trank ihre Cola aus und ging in die Küche. Da erhob Sophia ein Geschrei: „Was willst du? Raus aus meiner Küche.“
„Vangelis hat …“, wollte Lisa erklären. Weiter kam sie nicht. Sophia schrie: „Das ist mein Platz. Ich brauche niemanden. Ich schaffe das allein.“
Nach Hilfe suchend, blickte sie sich nach Iordannis um. Der wischte

sehr gründlich einen Tisch ab.

„Geh zum Teufel!“ Schimpfend eilte Sophia aus dem Restaurant und schreckte die Gäste auf.

Lisa stand allein in der Küche. Auf dem großen Arbeitstisch türmte sich neben der Schüssel mit angerührtem Pitateig ein Berg geschälter Kartoffeln, dazwischen die Kartoffelschalen. Geschirr und Besteck lagen wild durcheinander, von einem halbvereisten Stück Rindfleisch tropfte das Blut zu Boden, das eine Katze aufleckte. Salatblätter schwammen in einem Wassereimer. Über die Tischplatte lief der Saft geschnittener Tomaten, unter dem Tisch stöberte eine Katze im Abfall. Auf dem Herd kochten Spaghetti über, im Topf blubberte eine Fleischsoße. Der Fußboden war eine ölige, rutschige Fläche.

Iordannis stellte ein Tablett mit schmutzigem Geschirr neben das überquellende Abwaschbecken und grinste: „Schaffst du es, oder schaffst du es nicht?“

Lisa nahm eines der sauberen und trockenen Geschirrtücher und band es sich als Schürze um. *Dieser Dreck. Die Touristenpolizei hat Luigi aus hygienischen Gründen verboten zu kochen, und hier soll alles in bester Ordnung sein? Zuerst verscheuche ich die Katzen. Blöde Katzenviecher. Als ob ich euch nicht genügend füttere. Es ist elf Uhr. Zeit genug bis zum großen Mittagsansturm.*

„Einen Salat für zwei“, rief Iordannis von der Eingangstür zu ihr.

Sie legte Salatblätter, Gurkenscheiben, Tomaten und Oliven auf einen Teller, stellte Öl und Essig daneben und winkte Iordannis, er könne servieren. Er flüsterte: „Es fehlt Fetakäse, Brot, Salz, Pfeffer und Besteck.“ Lisa erwiderte: „Niemand ist perfekt.“

Sie prüfte die gefüllten Paprikaschoten im Ofen. *Die können noch ein Weilchen.* Dann sah sie nach den Hühnchen in der Pfanne, nach den aufgetauten Schwertfischsteaks, nach Reis, Kartoffeln und dem Gemüse. *Dreißig Essen sind da, alles machbar. Aus den Fischresten koche ich eine Suppe à la Lisa. Das Rindfleisch mache ich im Drucktopf, wie Maria. Noch ein paar Kartoffeln, das müßte reichen für heute.*

Unter den Touristen, die im Laufe der Woche ankamen, erweckte eine blonde, etwa fünfundzwanzigjährige Frau Lisas Interesse, weil sie bescheiden wirkte, ein bißchen unsicher. Sie hatte eine kräftige Figur, war wie eine zünftige Wandersfrau gekleidet. Die üblichen Attribute der Touristinnen, tiefer Ausschnitt, kurzer Rock oder enge Hose und das Schielen nach den Männern, fehlten bei ihr. Sie war auch unschlüssig, was sie bestellen sollte. Das kannte Lisa auch von sich selbst. *Wenn das keine Landsfrau ist.*

„Kann ich helfen?“ fragte Lisa. „Die Fischsuppe ist von heute, ich habe sie selbst zubereitet, sehr zu empfehlen.“

Die blonde Frau lächelte dankbar und fragte: „Was kostet das?"

„Für dich mache ich einen guten Preis", sagte Lisa. *Ich hatte recht, sie sächselt.*

Lisa suchte ein großes Stück Fisch heraus und goß die Suppe darüber. Dann tat sie die gebratenen Weißbrotwürfel und das Aioli darüber und schob den Teller in die Mikrowelle. *Ich werde ihr heute abend meine Schmuckkollektion zeigen. Man kann nie wissen.* Als sie servierte, zeigte sie auf das Aioli und sagte: „Da ist viel Knoblauch drin. Ich hoffe, es schmeckt dir. Bleibst du lange im Dorf?"

„Nur bis morgen", antwortete die Frau.

„Vielleicht können wir später einen Schluck zusammen trinken", schlug Lisa vor. „Jetzt muß ich noch etwas Geld verdienen." Die junge Frau willigte ein.

Am Abend saßen an allen Tischen im Adonis Touristen. Meist Deutsche. Iordannis und Kostas schafften die Arbeit allein. Im Vorbeigehen schnappte Lisa Gesprächsfetzen auf: von anstehenden schriftlichen Leistungskontrollen, schwierigen Schülern und Elternhäusern, von Lehrgängen, von mitgebrachten Arbeiten. *Alles Lehrer. In Deutschland sind die Osterferien dieses Jahr früher.*

Als Lisa zu der jungen blonden Frau kam, saß eine Freundin bei ihr.

„Mein Name ist Sabine", sagte die Blonde, „und das ist meine Freundin Ute. Wir sind zusammen hier."

„Ich bin Lisa. Trinken wir Bier oder Wein? Ihr seid eingeladen."

„Mir ist noch kalt vom Baden", sagte Ute, „lieber einen Tee."

„Du kommst aus Sachsen", stellte Lisa fest.

„Hört man das immer noch?" fragte Sabine. „Oder bist du etwa auch aus der DDR?"

Lisa neigte ihren Kopf zur Seite. *Die beiden machen nicht den Eindruck, als ob sie mir ein Bein stellen wollten. Sie sind ja selber aus dem Osten.*

„Ich komme aus Berlin-Pankow", sagte Lisa.

„Und wir beide aus Nordrhein-Westfalen", sagte Ute.

„Also, ich bin erst kurz nach der Maueröffnung in den Westen gegangen", erklärte Sabine. Ute stieß ihre Freundin an und tuschelte: „Ist der nicht süß?" Sie zeigte auf Kostas, der am Nebentisch Gäste bediente, und lächelte ihm zu. Kostas reagierte nicht. „So schüchtern!" Ute verfolgte ihn mit Blicken.

Sabine erzählte: „Ich habe früher Leistungssport betrieben. Rudern. Da war mein Weg vorgeschrieben, entweder Trainer, Sportlehrer oder Medizinstudium."

Nach ihrer aktiven Laufbahn als Sportlerin hatte sie Physiotherapeutin gelernt. „Was hätte ich schon groß machen können in der DDR?" sagte sie. „An Sportschulen arbeiten. Dann bin ich rüber nach Nordrhein-Westfalen, nach Neuss."

„Warum?“ fragte Lisa.

„Ich habe mir gedacht, das kann nicht alles im Leben gewesen sein. Gut, Dresden ist eine schöne Stadt, aber da war nichts los.“

„Und in Neuss hat sie mich getroffen“, sagte Ute vergnügt. „Was hättest du gemacht ohne mich?“

Sabine lachte. „Und was hättest du ohne mich gemacht?“

„Lassen wir das“, sagte Ute und winkte ab. Sie richtete ihr Interesse wieder auf Kostas.

„Und in Neuss ist mehr los?“ fragte Lisa.

„Kleinstadt eben“, Sabine rollte das leere Glas in ihren Händen. Lisa schenkte nach. „Wenn ich da in den Pub gehe, da sitzen die Stammtischsäufer, machen Krach. Oder in der Disko, da treffe ich sie wieder. Ute und ich unternehmen viel zusammen. Wir haben Mountainbikes und fahren an den Wochenenden mit dem Auto nach Holland und machen dort in Zeeland unsere Touren.“

„Hast du keine Sehnsucht nach Hause?“ fragte Lisa.

„Jedesmal, wenn ich die Elbwiesen vor Dresden wiedersehe, muß ich heulen. Ich fahre über die Autobahn und heule. Meine Eltern kriegen davon nichts mit. Sie sollen denken, mir geht es gut.“ Sabine lächelte schwach. „Meine Telefonrechnung müßtest du mal sehen. Ich rufe in der Woche mindestens dreimal meine Eltern an.

Im November war Klassentreffen“, erzählte Sabine weiter. „Von zweiunddreißig Leuten waren nur drei noch nicht verheiratet. Alle anderen hatten Familie, Kinder. Im Westen ist das anders. Manchmal habe ich das Gefühl, ein Ehemann gehört wie ein Auto zum Leben dazu, so für den Status. Ich war zwei Wochen im Auffanglager, dann hatte ich ganz schnell Arbeit als Krankengymnastin. Die haben sich ja um die Leute aus dem Osten gerissen. Damals wußte ich nicht, daß jeder Arbeitgeber die Hälfte des Gehaltes für einen aus dem Osten vom Staat erstattet bekommt. Ich habe in einer Praxis angefangen, das war stressig, da die Chefin so geldgierig war. Ich habe mich bei ihr nicht wohl gefühlt.“

Was hast du denn erwartet?

„Mein Beruf ist sehr gefragt, und ich hatte sofort eine andere Stelle.“

„Und deine geldgierige Chefin?“ fragte Lisa.

„Die fing gleich an, Ärger zu machen. Sie wollte das Geld für meine Ausbildung von mir zurückhaben. Da bin ich vor das Arbeitsgericht gezogen und habe recht bekommen. Es ging um dreitausend Mark. Ich hatte unterschrieben, fünf Jahre zu bleiben, blöd wie ich war, neu und ahnungslos. Mein Anwalt hat gesagt, der Arbeitsvertrag bewege sich am Rande der Legalität.“

Eine Dresdnerin wehrt sich. Vor dem Arbeitsgericht. Das hätte ich mich nicht getraut. Mit Matthias Vogt habe ich wirklich Glück gehabt. Wenn das auch so einer gewesen wäre … nicht auszudenken.

„Jetzt arbeite ich in einer Privatpraxis in Düsseldorf. Die hatten mich gleich angestellt, als meine Kündigung amtlich war. Die versprachen auch vorher, Solarium sei frei, Getränke während der Arbeitszeit, eigene Wohnung und so weiter, sie machten mir den Job richtig schmackhaft. Und jetzt, nach drei Wochen, werden die Getränke aus der Kaffeekasse bezahlt, das Solarium ist auch nicht umsonst, und die Wohnung ist bloß eine kleine Mansarde. Lernen, essen, schlafen, alles in einem Raum. Sechshundert Mark Miete. Daß das eine Dienstwohnung ist, sagten die mir, als ich bereits eingezogen war."

Vom Regen in die Traufe.

Auf der Strandpromenade kam Stella angerannt. Sie stürzte ins Adonis und schrie: „Telefon, ich brauche ein Telefon. Mein Mann …" Ihr versagte die Stimme. Das Gesicht war verzerrt, die Augen gerötet.

„Was ist denn da los?" fragte Ute.

Lisa lief Stella nach. Die telefonierte schon. Sie war völlig aufgeregt, ihre Sätze überschlugen sich. Lisa hörte heraus, Stella sprach mit einem Arzt. *Ihr Mann Stavro ist von einer Leiter gefallen und kann sich nicht mehr rühren.* Neben Stella baute sich Vangelis auf. Sie wurde nervös, stotterte. Dann hängte sie ein und wollte nach Hause zu ihrem Mann.

„Und wer bezahlt das Telefongespräch?" donnerte Vangelis ihr hinterher.

Verstört murmelte sie: „Schreib es auf, es war ein Ortsgespräch. Mein Mann ist krank, er braucht Hilfe."

„In der Post ist ein öffentliches Telefon", brüllte Vangelis. Stella brach in Tränen aus. Einige Bauarbeiter im Raum lachten. In Lisa stieg Wut hoch, sie wollte Stella das Gespräch bezahlen, doch Maggie kam ihr zuvor, sie legte einen Hundertdrachmenschein auf den Kassentisch. Vangelis wischte das Geld vom Tisch. Er rief Stella über die Strandpromenade nach: „Keiner hat was zu verschenken."

Und für diesen Kerl arbeite ich in der Küche. Für einen, der an einem Abend ein halbes Vermögen verpokert und plötzlich auf zwanzig Drachmen besteht. Das sind nicht mal zwanzig Pfennig. Mit welchem Recht macht er Stella dermaßen fertig?

„Der reichste Mann im Dorf", erklärte Lisa erregt, als sie wieder zum Tisch kam, „wahrscheinlich der reichste Mann in der ganzen Gegend, macht wegen zwanzig Drachmen so einen Aufstand."

„Und wer war die Frau?" fragte Sabine.

„Es war die ärmste Frau im Dorf. Weil sie nichts besitzt, hat sie nichts zu sagen."

Ein Taxi preschte hupend auf das Adonis zu. Vangelis rief aufgeregt nach seiner Mutter Sophia, die sofort aus dem Haus humpelte. Über der Strandpromenade hing eine Staubwolke. Der Taxifahrer hatte wie ein Irrer gebremst. Maria stieg hustend aus dem Auto und versuchte, mit einem Tuch ihr Baby vor dem Staub zu schützen. Eleni wollte das Baby sehen, doch Sophia scheuchte sie fort und nahm das Kleine stolz auf den Arm. Maria strahlte. Georgia war plötzlich da und zupfte an der Babydecke, wollte das Baby haben. Vangelis rief laut zu den Gästen im Adonis: „Ihr seid alle meine Gäste."

„Bleibt ruhig hier, jetzt gibt es einen Umtrunk auf das Baby", sagte Lisa zu Sabine und Ute. Die Gäste applaudierten der glücklichen Familie, und Iordannis hatte alle Hände voll zu tun, die Getränke zu servieren. *Vangelis tut so, als hätte er das Kind bekommen.*

Lisa brachte Maria einen Kaffee und ein Glas Wasser, das sie in einem Zug austrank.

„Ich helfe noch in der Küche, bis du dich eingelebt hast", bot Lisa Maria an. Doch Vangelis winkte ab: „Nur morgen." *Er denkt bloß an die sechstausend Drachmen. Ich werde Maria auch ohne Geld helfen.*

Eleni und Kostas verteilten auf der Terrasse an die Gäste griechischen Konfekt, kleine weißglasierte Kügelchen.

Lisa suchte am nächsten Morgen ihr Fernglas. Sie durchstöberte alle möglichen Ecken ihrer Wohnung, sie schaute im Kühlschrank nach. Nichts. Das Fernglas blieb verschwunden.

Als sie ins Adonis kam, entdeckte sie ihr Fernglas auf dem Sims, wo der Fernseher stand. *Ach, Vangelis hat es für mich beiseite gestellt.* Das Restaurant war voller Frühstücksgäste, Iordannis bediente, Sophia werkelte in der Küche, Eleni schnitt Brot.

Lisa stieg auf einen Stuhl und langte nach dem Fernglas.

Vangelis sagte: „Stell das wieder hin, das ist mein Fernglas."

Sie glaubte, sich verhört zu haben. „Jeder in Dorf weiß, es ist mein Fernglas", erwiderte sie.

Er behauptete: „Mein Sohn Kostas hat es gefunden."

Sie lachte: „Ich dachte, es sei gestohlen worden. Du sagst, Kostas hat es gefunden. Es ist aber mein Fernglas."

Er stand auf und war genauso groß wie Lisa, die auf dem Stuhl stand. Die Gäste im Restaurant verstummten. Lisa atmete tief ein und aus und sagte langsam: „Das Fernglas gehört mir. Da ich aber weiß, daß du es gern haben möchtest, schenke ich es dir."

Vangelis lachte höhnisch: „Du kannst es mir nicht schenken, weil es mein Fernglas ist."

Lisa zwang sich zur Ruhe und sagte: „Möglicherweise habe ich es am Strand liegen lassen oder gestern abend in deinem Restaurant vergessen. Kostas könnte es gefunden haben. Aber ich habe es nicht weggegeben."

Einige Gäste lachten.

„Wenn du magst", sagte Vangelis, „dann schenke ich es dir."

Lisa schluckte. Einer der Gäste rief: „Na los, nimm schon, ehe er es sich anders überlegt."

Sie sagte: „Du willst mir also das Fernglas schenken, das ich verloren habe und das dein Sohn Kostas gefunden hat? Schön, ich nehme das Geschenk an."

Über Vangelis' Gesicht flog ein Lächeln: „Es ist also nicht dein Fernglas, sondern mein Fernglas, das ich dir schenke."

Lisa sagte ruhig: „Dein Fernglas ist nicht mein Fernglas, das ich verloren habe und das dein Sohn gefunden hat; sondern du schenkst mir dein Fernglas, das dein Sohn gefunden hat. Darf ich dich zu einem Raki einladen?"

Vangelis brummte zufrieden, und Iordannis holte das Fernglas vom Sims. Lisa nahm es. „Seltsam", sagte sie, „du hast meinen Namen eingravieren lassen."

Die Touristen brachen in Gelächter aus.

Als Lisa den Berg hinunterging, entdeckte sie Michalis, der ein weißes Lamm vom Koben zu einem Johannisbrotbaum brachte. Das Lamm zappelte und blökte. Vorder- und Hinterläufe waren mit einer Schnur zusammengebunden. *Es schreit wie ein bockiges kleines Kind.* Theo, der Schäferhund, schnupperte an dem zappelnden Tier. Unter dem Baum lag ein schwarzes Lamm, aufgeblasen, alle viere gen Himmel gereckt. Lisa kam näher. Im Schatten des Johannisbrotbaumes hingen, gehäutet und ausgenommen, vier Lämmer und drei Zicklein kopfüber an einem Fleischerhaken. Michalis grüßte, zog sein Messer und hielt inne, wollte Lisa Gelegenheit geben, wegzusehen. Lisa blieb stehen. Michalis warf das weiße Lamm zu Boden, stemmte ein Knie in den Tierkörper, umschloß die Schnauze mit seiner Linken, dehnte den Kopf nach hinten und schnitt ihm mit dem Messer blitzschnell die Kehle durch. Dunkelrotes Blut spritzte hervor, ergoß sich über das weiße Fell auf der Brust, der Fleck wurde größer. Das Lamm rang einige Sekunden mit dem Tode, der Körper wand sich, die Hufe erzeugten auf dem Stein ein dumpfes Geräusch. *Heute ist der Tag, an dem ich meinen Kuscheltierkomplex loswerde. Wenn ich Lammfleisch so gern esse, muß ich mich auch mit dem Schlachten auseinandersetzen.*

Michalis packte jetzt das schwarze, aufgeblasene Lamm. Zuerst brach er dem toten Tier alle vier Läufe. Einen Hinterlauf durchbohrte er mit seinem Messer, genau zwischen Knochen und Sehne, durch den entstandenen Spalt steckte er einen Fleischerhaken. Er hängte das Lamm an einem der unteren Äste des Baumes auf. Danach schlitzte er es vom Bauch bis zur Kehle der Länge lang auf. Er beutelte die Haut mit seiner Faust, schabte sie mit seinem Messer vom Muskelfleisch los. *Er zieht ihm wirklich das Fell über die Ohren! Von den Beinen über den Kopf. Das Leder sieht weich und trocken aus.* An den Läufen und am Kopf saß das Fell besonders fest, Michalis setzte beim Ziehen und Zerren sein ganzes Gewicht ein. Der Schweiß rann ihm die Schläfen herunter. Das abgezogene Fell warf Michalis in das Gras. Er zerschnitt nun die Bauchdecke, die Eingeweide quollen heraus. Der Schäferhund roch daran, doch Michalis schubste ihn weg und legte Magen, Darm und das Zwerchfell zur Seite. Den Hund beruhigte er, indem er ihm den rosa Penis des Lamms zuwarf. Tausende Libellen schwirrten auf. Blut und Eingeweide der bereits geschlachteten Tiere hatten Käfer, Ameisen und anderes Erdgetier angelockt, und diese wiederum Fliegen. Und die Fliegen wurden von Schwalben gejagt, die pfeilschnell durch die Luft flogen.

Michalis entleerte Magen und Darm. Den leeren Darm wickelte er wie ein Lasso auf und verknüpfte das Ende so, daß er ihn an den Fleischerhaken hängen konnte. Das Fettgewebe legte er um die Schultern des Lamms. Michalis steckte die gebrochenen Vorderläufe durch einen Hautschlitz auf der Lammbrust. *Jetzt sieht es verkaufsfertig aus, wie in den Fleischständen in der Marktstraße in Heraklion.*

Ohne Fell blieb vom Lamm nicht viel übrig, eine dünne, rote Fleischschicht überzog die Rippen, durchzogen von Sehnen und Muskeln. Die lila Zunge klemmte seitlich zwischen den Zahnreihen. *Die trüben, runden Augen starren mich so vorwurfsvoll an.*

Michalis setzte sich auf einen Stein und rauchte. Als er aufgeraucht hatte, ging er zum weißen Lamm und ritzte einen seiner Hinterläufe. Dann kniete er sich nieder, und Lisa erwartete eine rituelle Handlung, in der Michalis das tote Lamm ein letztes Mal ehrte. *Das ist das mindeste, schließlich hat er es umgebracht.*

Michalis nahm den Hinterlauf zum Mund und bließ unter großer Anstrengung Luft unter das Fell. Nach drei kräftigen Atemzügen blähte sich das Lamm auf wie ein Dudelsack, und die Beine ragten nach oben.

„Willst du auch mal?“ fragte er völlig außer Atem. „Dein Onkel konnte es auch.“

Lisa schüttelte heftig den Kopf. *Ich bin nicht Onkel Willi.* Michalis hob die Schultern und pustete noch mehr Luft in das Lamm, bis es zu platzen drohte. Er wischte sich den Mund ab und spülte sich die Hände mit etwas Wasser aus der Flasche ab. Dann zündete er sich die nächste Zigarette an. Er winkte Lisa, näher zu kommen. Als sie sich neben ihn setzte, legte sich Theo zu ihren Füßen. Sie streichelte ihn und bekam blutige Hände, die sie sich umständlich im Gras abwischte. Lisa wähnte sich kurz vor dem Ziel ihrer Wünsche, neben Michalis, ihrem

Zeus, dessen kräftige Hände sich eher zum Blitzeschleudern eigneten als zum Lämmerschlachten. Seine großen Augen blickten verträumt dem blauen Rauch seiner Zigarette nach.

„Stört es dich, was ich mache?“ fragte Michalis. *Und ob es mich stört. Monatelang hattest du Gelegenheit, mit mir zu reden. Ausgerechnet jetzt bei deiner grausigen Arbeit, wo ich neben zehn toten Lämmern sitze, wo hundert andere Lämmer auf dem Berg vor Angst blöken, fängst du Liebesgeflüster an. Wie kannst du die Tiere schlachten, die du aufgezogen hast, denen du jeden Tag beim Melken die Zecken aus dem Fell gesammelt hast, die du mit der Flasche großgezogen und bei Krankheiten gepflegt hast? Wie bringst du das übers Herz? Vielleicht haben Götter gar kein Herz?*

Michalis saß vornübergebeugt, als laste auf seinem Kreuz der Himmel. Als er aufstand und zum Koben ging, brüllten die Lämmer wieder lauter. *Ahnen sie das Unausweichliche, ihr Schicksal, dem sie nicht entrinnen können?* Michalis warf drei Lämmer über den Zaun, die, ihrer Hinrichtung entronnen, sofort zu den blökenden Muttertieren am Berghang rannten.

„Die haben Glück, was?“ rief Michalis. *Sie bekommen eine Gnadenfrist. Bis griechisch Ostern, wenn die Griechen aus dem Norden im Dorf Ferien machen.*

„Komm zu unserem Osterfest! Ich lade dich ein“, rief Michalis zu Lisa. „Es kommt ein großes Schiff, dort feiern wir.“

Ostern im Dorf
178 Tage deutscher Einheit

Lisa saß morgens unter ihrem Ölbaum und verfolgte mit den Augen den Weg durch die Berge, den Stephanos gegangen war.

Mit Stephanos könnte ich zusammenleben. Stephanos läßt sich vom Trubel um Ost und West nicht beeindrucken. Ich hätte zu ihm sagen sollen, hör mal, in Wirklichkeit bin ich eine Ostmauke wie du, und der ganze Westquatsch war nur eine Schutzmaßnahme.

Ich kann kein Westmensch sein, denn ich bin in der DDR aufgewachsen. Das ist meine Heimat. Meine Familie, Silvy, der Müggelsee und das Friedrichshagener Bier. Ich tauge auch gar nicht zum Westmenschen. Ich kann nicht so überlegen tun wie Harald. Ich kenne mich bei Champagnersorten nicht aus, ich habe von Vermögensbildung keine Ahnung. Ich habe andere Dinge gelernt in der Schule, ich bin zu unsicher, als daß ich einem Westmenschen irgend etwas weismachen könnte; beim ersten Westargument falle ich um. Ich habe Marx gelesen und nicht Nietzsche. Ich stolpere über die kleinsten Klippen. Schon wenn ich einen Brief mit „Werte Damen und Herren“ anfange, bin ich entlarvt. Im Westen heißt das: „Sehr geehrte Damen und Herren“.

Aber ein Ostmensch will ich auch nicht mehr sein. Ich habe es satt, von anderen hingestellt zu werden, als käme ich aus dem Mittelalter. Ich habe zehn Jahre lang die Polytechnische Oberschule besucht und vier Jahre lang studiert. Das zählt nicht mehr. In den Schulen haben wir den Kapitalismus in allen Einzelheiten theoretisch auseinandergepflückt, die Mechanismen der Marktwirtschaft und der Ausbeutung des Menschen durch den Menschen. Wir haben alles gewußt! Aber in der Praxis sind wir umgefallen, und zwar bei vollem Bewußtsein.

Matthias Vogt war in Ordnung. Der hat mich geachtet. Mit Stephanos wäre alles gut. Kein Ost-West-Verhältnis, der eine brauchte dem anderen nicht zu beweisen, daß er der bessere Mensch sei. Einfach eine Flasche Rotwein, Schmalzschrippen und ein Bett. Nein. Ich habe mich verleugnet, indem ich ihn belog.

Ich wünschte, mich könnte dieses Ost-West-Getue genauso kaltlassen wie Stephanos. Ich muß Ost und West aus meinem Kopf verbannen.

Wieder im Atelier zerkleinerte Lisa Kerzen. Die Wachssplitter gab sie in eine Suppenkelle und erhitzte sie über dem Gaskocher. Dann nahm sie die erkaltende Wachshaut und knetete sie in den Händen wie Modelliermasse. Die rote Königin strich um ihre Beine.

„Das wird der Westmensch", sagte sie zur Katze. „Du machst keine Unterschiede zwischen Ost und West. Hauptsache, du bekommst etwas zu fressen."

Auf dem Tisch stand das tschechische Senfglas, daneben eine Flasche Retsina. Lisa formte den Kopf. „Der Westmensch bekommt einen größeren Kopf, weil er sich viel klüger dünkt als andere Menschen." Mit einem spitzen Küchenmesser schnitzte sie das Gesicht und sagte: „Weite Augen braucht der Westmensch, damit ihm keiner entgeht, dem er das Fell über die Ohren ziehen kann." Lisa dachte an Harald. *Jetzt räche ich mich an deiner Überheblichkeit.* Sie schnitzte einen breiten offenen Mund, von einem Ohr zum anderen. „Sie übertreiben, die Westmenschen, wenn sie von sich und der gesegneten Marktwirtschaft reden. Sie haben den Mund voller Verheißungen." Danach rollte sie kleine Würste und klebte sie der Figur an. „Das Toupee. Im Westen ist nämlich vieles nicht echt; es muß nur echt aussehen. Wie bei Bo. Er hat Stein und Bein geschworen, nur mich zu lieben. Und was kam dabei heraus? Soviel Liebe, wie ich annahm, war gar nicht in ihm drin. Nur eine Mogelpackung."

Lisa nahm ein anderes Stück weichen Wachses und formte den Leib. Aber dann schabte sie die Hälfte des Materials wieder heraus und sagte: „Der Bauch, wo die Gefühle wachsen, muß nicht so groß sein. Außerdem ißt und trinkt der Westmensch figurbewußt. Er liebt Lightwurst, Lightkäse, Lightbutter, Lightcola, Lightkrönung ... Er tut mir leid." Als sie den Kopf auf dem Leib befestigen wollte, brach die Figur auseinander. „Tja, Westmenschen haben nur selten ein Rückgrat." *Matthias Vogt hatte eins.* Lisa modellierte den Körper neu, diesmal keinen nackten, sondern einen im Trenchcoat mit Schulterpolstern. *Dann kann ich mir auch die Beine sparen. Die meisten Westmenschen fahren sowieso dicke Autos.*

Während Lisa die Unebenheiten mit dem Finger glattstrich, erinnerte sie sich an ein Erlebnis, das sie kurz vor der Maueröffnung hatte. Sie war gerade aus einer Sonderausstellung im Museum für Deutsche Geschichte gekommen, als sie im Operncafé ihren ersten Westmenschen traf. *Was mich am meisten faszinierte, war sein breiter Rücken. Der Rücken saß da, las eine dicke Zeitung, und ich konnte meine Augen nicht von ihm lassen. Auf einmal stand ein Glas Sekt vor mir, und er setzte sich an meinen Tisch. Er hat wohl dauernd auf meine Brüste geschaut, ich aber auf sein Kreuz. Nur deswegen habe ich mich abschleppen lassen in sein Hotelzimmer. Und dort zog er sich aus. Erst den Mantel, dann das Jackett, dann die Weste, dann das Hemd. Mit jedem Kleidungsstück wurde er schmaler, und mein Gesicht immer länger. Übrig blieb ein nackter Broiler, ein blasser, tiefgefrorener Broiler, der sich im runden Bett ziemlich mickrig ausnahm, alles nur Staffage.*

Der Westmensch war fertig. Lisa versuchte, den Westmenschen auf den Tisch zu stellen, die Figur fiel immer wieder um. „Typisch", sagte sie, „keinen festen Klassenstandpunkt." Sie zeigte ihn der roten Königin, die ihn mit ihrer Pfote wegfegen wollte.

„Nein", tadelte Lisa. „Westmensch und Ostmensch sollen heute abend mit Judas im Osterfeuer brennen." Die Katze setzte sich beleidigt auf einen Stuhl und legte den Schwanz um die Vorderpfoten.

Nun fertigte Lisa die Einzelteile des Ostmenschen. Sie setzte dem Ostmenschen große Ohren an den Kopf. „Er hat sich so oft übers Ohr hauen lassen, die Ohren können gar nicht groß genug sein. Einen Mund braucht er nicht, weil er sowieso nichts zu sagen hat."

Die falsche Lisa Meerbusch, die sich verleugnet hat, muß heute nacht auch brennen. Lisa gab der Figur lange Haare. Sie gestaltete den Ostmenschen kleiner und schmächtiger als den Westmenschen, nur der Hintern war überdimensioniert. „Damit es für den Ostmenschen nicht zu schmerzhaft wird, wenn er in Zukunft öfters beim Sozialamt sitzen muß."

Lisa betrachtete ihr Werk. Der Ostmensch war fast konturlos. *Das ist ungerecht meinen Landsleuten gegenüber. Ich glaube, hätten die meisten Leute ein Profil gehabt, wäre ein anderes Deutschland entstanden. So ist nur das Streben nach Identität geblieben in einer wahnsinnig schnellen Zeit, die vielerorts an uns vorbeirauscht wie ein Zug. Wir haben den Zug verpaßt, wie Willi meint.*

Die nächtliche Ostermesse war zu Ende. Am Strand umringten die Kinder den Holzstapel, in dessen Mitte Judas an ein meterhohes Kreuz genagelt war. Sein Gesicht, eine Faschingsmaske, grinste blöde unter einem alten Hut. Die Kindersonnenbrille hing quer, die Frisur aus Stroh glich einem Gewitterbesen; Stroh stach auch aus dem löchrigen Wollpullover und aus dem Schlitz einer fadenscheinigen braunen Kordhose.

Papa Iannis lief vorbei, drohte mit der Faust und warf fluchend einen Stein nach Judas. „Verräter!“ Die Kinder taten es ihm nach. Lisa fühlte die beiden Wachsfiguren in ihren Jackentaschen. *Ihr seid auch Verräter. Der Ostmensch hat sich selbst verraten. Er hat das Volkseigentum verraten, verkauft und verschenkt. Diejenigen sollen brennen, die sich haben kaufen lassen, inklusive ihrer Stellvertreter, die sich ein Regierungspöstchen und eine Pension verschafft haben. Brennen sollen auch die Schäbigen, die ihre Mitmenschen bespitzelt und verraten haben wegen eines kleinen Vorteils. Ich verbrenne auch diejenigen Ostdeutschen, die erst auf das Kollektiv geschworen haben und dann auf ihren bescheuerten Egotrip gegangen sind.*

Lisa warf den Ostmenschen auf den Scheiterhaufen, um den die Dorfbewohner, herausgeputzt mit weißen Hemden und bunten Kleidern, standen. Die Kinder warfen ihre langen Osterkerzen ins Feuer, nachdem sie die daran befestigten kleinen Geschenke, Puppen oder Plüschtiere, an sich genommen hatten. Einige Männer holten ihre Revolver hervor. Schüsse donnerten übers Meer, auf dem Dimitri gerade sein Boot in Sicherheit brachte. Er war in der Dunkelheit nicht zu erkennen, nur der Motor ratterte. Lisa stand am Feuer in der ersten Reihe, ihr Gesicht glühte, die Hosenbeine waren heiß. In der Hitze verformte sich der Westmensch aus Wachs. *Jetzt bist du dran. Vierzig Jahre lang habt ihr so getan, als kämpft ihr für die Einheit Deutschlands, für eure Brüder und Schwestern. Auf der internationalen Bühne wolltet ihr als Vertreter von ganz Deutschland gelten. Und als der Tag X kam, hattet ihr nicht ein einziges brauchbares Konzept in der Schublade. Es waren alles nur Lippenbekenntnisse. Das ist Landesverrat! Ihr standet ökonomisch besser da und habt die Ohnmacht der Ostmenschen ausgenutzt, die angesichts der neuen Verhältnisse nicht mehr zurechtkamen. Ihr habt eure Versprechen nicht eingehalten. Es waren nur Lügen. Lügen sind auch Verrat! Schon in der ersten Nacht wurden die Ostmenschen verraten. Erst nahmt ihr uns die Bettdecke, dann das Bett, zum Schluß das ganze Haus.*

Vielleicht entsteht aus der Asche ein neuer Deutscher … Jetzt fühle ich mich wohler.

Vangelis stand breitbeinig auf seiner Terrasse, schaute dem Treiben zu und zog plötzlich ein Maschinengewehr hervor. Entsetzt starrte Lisa auf das Ding, das Vangelis in Habachtstellung präsentierte. *Er hält das Gewehr hoch wie einen verlängerten Penis.* Vangelis begann zu schießen. Dutzende Schüsse sausten in die Dunkelheit. Lisa hielt sich die Ohren zu, Kinder kreischten, Frauen schimpften. Kostas sammelte die leeren Hülsen auf und reichte sie stolz herum. Vangelis präparierte das Gewehr für die zweite Salve.

Stella schimpfte leise: „Die Kinder erschrecken sich. Ich hasse das."

Die Lichter der Restaurants erhellten die Rauchschwaden, die als schwere Wolke über dem Dorf hingen und den Sternenhimmel vernebelten. Es wehte kein Wind, der sie hätte auflösen können.

Festen Schrittes lief Lisa über die Strandpromenade zum Steg. Dort hatte ein großes Fährschiff angelegt. Von der Reling leuchtete bengalisches Feuer, und das Dorf leuchtete im Widerschein der hellen Fackeln. Ein Fest. *Als ob ein Ufo gelandet wäre, das sein Maul aufsperrt. Die Astrojaner machen ein Picknick auf der Erde. Christus ist auferstanden. Er steigt aus seinem Raumschiff und gibt ein zweites Abendmahl. Es ist die erste milde Nacht in diesem Jahr. Als hätten die Fremden soviel Wärme mitgebracht, die ganze Insel aufzuheizen.*

Still und blaß saß der Kapitän des Schiffes inmitten der lärmenden dörflichen Honoratioren und ließ seinen Blick über die Tafel schweifen. Würdig wie Götter und wuchtig wie der Berg saßen Vangelis, Wassili und andere Männer aus dem Dorf an zusammengeschobenen Tischen auf dem Steg. Sie tranken Wein und Raki. *Hoffentlich ist Michalis da. Sonst denken die Männer, ich will mich aufdrängen. Die wissen sicher genauestens über Wassili und mich Bescheid. Ich müßte erklären, daß Michalis mich eingeladen hat. Und schon hätte ich offiziell einen neuen Mann …*

Da entdeckte sie Michalis, der an der Spitze der Tafel saß. Gelassen, die Hände in die Achselhöhlen gesteckt und die Beine übereinandergeschlagen, hörte er den Gesprächen am Tisch zu, ohne sich zu beteiligen. Nicola, dem Atlantis 21 gehörte, spielte verträumt mit seiner Perlenschnur. Andreas redete ununterbrochen mit seinem Nachbarn über Zement, ein neues Hotel und über Frauen. Wassili schenkte aus einer Korbflasche Wein ein. Seinem strubbeligen Haar konnte kein Kamm beikommen, schwer wie Seetang bedeckte es seine Stirn. *Der Boden bebt unter seinen Füßen. Und die Korbflasche ist der verwunschene Dreizack des Meeresgottes Poseidon.* Wassili war vollauf beschäftigt, die Männer mit Wein zu versorgen. *Ein leerer Becher wäre eine Schande für das ganze Dorf.*

Lisa winkte Michalis, der sie anlächelte und sacht mit dem Kopf nickte. Sie hockte sich neben das Holzkohlefeuer und drehte den Spieß mit dem Osterlamm. Keiner sonst nahm Notiz von ihr. Ein Mann, der genauso füllig wie Vangelis war, legte mit seinem Fischerboot am Steg an. Iordannis fing geschickt die Leine auf und übernahm den Weinkanister, den der Mann ihm reichte. Dimitri schaffte zwei

Bierkästen herbei und legte einen leeren Sack darauf: Platz für den Neuankömmling, der für die normalen Stühle zu fett war.

Ich bin die einzige Frau auf dem Fest. Wassili könnte wenigstens grüßen. Wie sie zu mir herüberschielen. Lisas Blick ruhte auf dem Kapitän, der sich nicht um das Geschehen kümmerte und ihr ein himmlisches Lächeln schenkte. *Ich möchte wissen, was in diesem Kopf vorgeht. Was hat er in diesem Nest verloren? Mich?*

„Komm, trink. Das ist guter Wein aus den Bergen." Wassili stand auf einmal neben ihr am Feuer und gab ihr einen vollen Becher Wein. „Dein Onkel hat oft mit uns getrunken." *Auf einmal tut der so, als sei alles in bester Ordnung mit uns. Will er angeben vor den anderen? So wie auf dem Schiff nach Gavdos?* Lisa staunte über seine Beredsamkeit, die wie ein Wasserfall sprudelte. „Schau, so mußt du das machen", sagte Wassili und drehte selbst das Lamm ein paar Runden über dem Feuer. „Wie beim Walzer", sagte er lachend und begann zu singen. „Jam tata, jam tata."

Oder er klärt nur die Fronten zwischen sich, den anderen und mir? Er sieht wirklich attraktiv aus, mit Hemd, Pumphosen und polierten Stiefeln. So herausgeputzt habe ich ihn noch nie gesehen. Wassili prostete zum Tisch. Zwanzig Becher ragten in die Höhe: „Stin yamas!" Das hieß: Auf uns! *Keiner trinkt allein am Tisch. Wenn einer seinen Becher erhebt, trinken alle gemeinsam. Ich muß bei diesem jungen Wein aufpassen. Wie er rötlich schimmert, wie er schmeckt: fruchtig, bitter, wild, kretisch ... Den guten Wein behalten sie selber. Der ist zu schade für die Touristen.*

Das Fleisch duftete und bekam eine braune Kruste, das Fett tropfte in die Glut, entzündete sich und verdampfte in Wölkchen, die zum Himmel stiegen. Wassili spießte eine halbe Zitrone auf eine Gabel, tunkte sie in Öl und bestrich das Fleisch. Die Ölspritzer entfachten gelbzüngelnde Flammen, die er mit Wein löschte.

„He, Michalis. Du trinkst ja gar nichts", rief einer. Der Schäfer lächelte. *Er und der Kapitän passen nicht in diese Runde lärmender Männer. Sie sind zu ... zu anständig ... zu bescheiden ...*

Der Kapitän nahm ein Stück Brot, zerkrümelte es, formte Kügelchen aus dem hellen Teig, die er eines nach dem anderen genüßlich zerkaute.

Vangelis prostete ihm zu. Der Kapitän hob den Becher, führte ihn zum Mund und benetzte die Lippen mit Wein. Alle hoben ihr Glas und tranken.

„Wie lange noch?" fragte Lisa Wassili, der das Lamm wieder bestrich.

„Ein paar Minuten", antwortete er und schenkte ihr randvoll nach. *Kretische Minuten?*

Ungeduldig und hungrig wie Wölfe beobachteten die Männer jetzt jede von Lisas Bewegungen. *Die glotzen, als wollten sie mich verschlingen und nicht das Lamm. Ich könnte sie alle haben heute nacht. Ich werde mich mit keinem einlassen.* Lisa spürte die Wirkung des Weines. Gleichmäßig im Dreivierteltakt drehte das Lamm seine Runden über dem Feuer. Das Stummelschwänzchen ragte im rechten Winkel vom Rükken hoch, *die kleinen, verbrutzelten Hoden hängen wie schwarze Ostereier zwischen den Hinterläufen.* Die Männer klopften immer ungeduldiger mit ihren Bechern auf die Tische. Die Korbflasche wurde noch einmal aufgefüllt. Wassili gab Iordannis die Flasche und kam zum Feuer. Er lächelte Lisa an. *Nein, mein Lieber. Du wärest der letzte, der heute in Frage käme. Wie konnte ich nur an dich geraten? Zeus erschien mir doch in Gestalt eines schönen Schäfers. Warum habe ich mich nicht mit Michalis eingelassen?*

Wassili nahm das Lamm vom Feuer und hielt es in das Scheinwerferlicht, das vom Schiff kam. Die Männer grölten. Wassili befand das Fleisch für gar. Wie auf Kommando schoben die Männer Brot und Weinbecher beiseite. Das Lamm krachte auf die Tische und dampfte und duftete. *Schlagartig verwandeln sich Götter in Raubtiere.* Michalis zerschnitt den Draht, mit dem die Füße des Lamms am Spieß verankert waren, dann packte er es an den Vorderbeinen, und Vangelis zog den Spieß, einen Eisenstab, aus dem Leib. Mit bloßen Pranken zerfetzten die zwei den heißen Braten in große Teile und warfen sie über die Tafel. Die Männer zückten riesige Messer und machten sich über das Fleisch her. Vor Lisa landete ein Bein, sie langte danach, verbrannte sich die Finger, fluchte, verbiß sich den Schmerz. Das saftige, zarte rosa Fleisch, an dem die Kräuter aus den Bergen hafteten, zerging auf der Zunge. Knochen knackten, Fett spritzte. *Eine seltsame Szene, in der griechische Männer im besten Einvernehmen alle dasselbe tun, stumm und ohne zu wettern.*

Lisa glaubte, das Schreien der Lämmer in den Thymianbüschen zu hören. *Sie wissen, was sich hier unten abspielt. Seid lieber froh, ihr seid die Überlebenden dieses Osterfestes, und macht, daß ihr fortkommt, bevor Zeus euch schnappt!* Sie schielte zu Michalis. Auch er ließ sich das Fleisch schmecken, biß genüßlich hinein. Es dauerte nur ein paar Minuten, und vom Lamm war nichts mehr zu sehen. Literweise hatten die Männer des Dorfes dem Wein zugesprochen. Alle lobten das Fleisch. Von einem zweiten Holzkohlegrill brachte Iordannis noch mehr Fleisch und warf es auf die Tische.

Wassili stimmte ein Lied an: „Ich bin glücklich, mit meinen Freunden zu trinken."

Jeden Ton zog er in die Länge, baute Vibrati ein, sang wie ein Junge, der im Stimmbruch ist. Einige Männer fielen ein: „... mit meinen Freunden zu trinken." Ihre Adamsäpfel hüpften auf und nieder. Dann sang Michalis vor: „Ich trinke auf die Gesundheit meiner Freunde."

„... die Gesundheit meiner Freunde."

Sie erfanden ihre Lieder selbst, Lisa konnte keinen Reim ausmachen. Sie improvisierten auch die Melodien, klagend, bedächtig. Der Dicke auf den Bierkästen begann zu singen: „Ich liebe das kleine süße Ding unter dem Rock von Destemonia." Der Chor sang die Worte mit demselben Ernst wie die Lieder davor: „Ich liebe das kleine süße Ding unter dem Rock von Destemonia." Dann brachen sie in lautes Gelächter aus. Dimitri zückte seinen Revolver, ein älteres Modell, abgegriffen, aber funktionstüchtig. Sein ganzer Stolz. Fünf Schüsse pfiffen dicht an Lisas Ohr vorbei. Mit aller Kraft unterdrückte sie einen Schrei. Die warme Druckwelle erreichte ihre Wangen, und der Knall hallte in ihrem Körper wider. Sie ließ die halbgerauchte Zigarette fallen, duckte sich und hielt sich die Ohren zu. Die Männer lachten. Wassili zog einen Revolver, Andreas auch. Zehn Schüsse knallten durch die Nacht.

Vangelis und der Dicke auf seinem Bierkastenthron schauten ungerührt zu. Lisa zitterte vor Angst und hielt sich an ihrem Weinbecher fest. *Es könnte der letzte Wein sein, den ich jemals trinke.* Sie zündete sich eine Zigarette an. Die schmeckte ihr nicht. Während die anderen ihre Pistolen neu luden, zog Vangelis eine Magnum aus dem Gürtel und schoß senkrecht nach oben. Lisas Körper zuckte bei jedem Schuß zusammen. *Zeus sitzt am Tischende und beobachtet stumm und regungslos die Schießerei. Iordannis umrundet unentwegt mit der Korbflasche die Tafel. Der läßt sich nicht stören. Ich vertrage nicht die Hälfte vom dem, was ich heute getrunken habe.*

Plötzlich tat Lisa das gegessene Lamm unendlich leid. Sie hätte heulen können. Die Bilder vom Lämmerschlachten standen vor ihr. Dann glaubte sie in einem Kettenkarussell zu sitzen. *Oder startet das Raumschiff? Und ich mittendrin? Der Boden schwankt, entfernt sich, kommt wieder näher. Vielleicht bin ich in einem U-Boot und auf dem Wege in Poseidons Palast? Nein, nicht zu Wassili! O Gott, bloß keinen Wein mehr.*

Lisa blickte zum Schiff. Vom grellen Licht wurde ihr schwindelig. Alles andere lag im Dunkel. Kalter Schweiß trat auf ihre Stirn. *Ich muß ein Stück laufen. Dann verbraucht sich der Alkohol.* Lisa stand auf und mußte sich am Stuhl festhalten. Vorsichtig setzte sie einen Fuß vor den anderen und entfernte sich langsam vom Tisch. Das grelle Licht vom Schiff zog sie magisch an. Sie schloß die Augen und verlor das Gleichgewicht. Als sie mühsam aufgestanden war und in das Licht schaute, glaubte sie, eine Wolke schwebe auf sie zu. *Wo kommt die Wolke her? Was sind das für Gestalten darin?* Lisa riß die Augen auf und rang nach Luft. Wie eine undurchdringliche Mauer standen Oliver, Dionysos, Thomas, Zeus, ein tschechischer Gynäkologe, Sorbas, Odysseus, Bo, Poseidon, ihr Chef Matthias Vogt, Hermes im Schulterschluß vor ihr. Sie stieß einen leisen Schrei aus und sank auf den Planken des Schiffes nieder.

Lisa erwachte von einer unsäglichen Hitze. Ein Sonnenstrahl blendete ihre Augen und schmerzte im Kopf. Ihre Hand tastete die Umgebung ab: weich, warm. Zu warm. Sie lag in einem Berg von Schaffellen, die einen würzigen Geruch verströmten. Sie wollte sich aufrichten, da drehte sich ihr Gehirn wieder unangenehm im Kreis. Eine Art kleiner Baracke umgab sie, etwa halb so groß wie ihr Zimmer bei Georgia. Hier war sie noch nie gewesen, das wußte sie sofort. Bretterwände, ein schmales Fenster, durch das die Sonne schien, neben ihr ein Glas Wasser, die Schuhe ordentlich an der offenen Tür abgestellt, über ihrem dröhnenden Kopf eine Spinne in ihrem Netz, ein Tisch mit etwas Brot und ihren Zigaretten darauf, zwei Stühle, in einer Ecke eine Sitzbank aus ungehobeltem Holz, der Boden mit Fellen ausgelegt. *Ich bin im Himmel. Eine andere Erklärung gibt es nicht. Und draußen bimmeln die Himmelsglocken. Gar nicht übel, das Paradies ist wie die Erde. Und wenn ich noch ein bißchen schlafen kann …*

Der Raum duftete nach den Kräutern der Berge, nach Thymian, Dictamus und Salbei. Lisa hörte Schritte, das Geläut wurde lauter und kam näher. Michalis duckte sich unter der niedrigen Tür hindurch. *Das ist der Beweis. Zeus hat mich in sein Reich geholt.*

„Bist du in Ordnung?“ fragte er auf englisch. *Internationales Paradies, gut, warum ausgerechnet Englisch?*

„Ich weiß nicht“, stieß sie hervor und hob ihre Hand leicht in die Höhe, um ihm zu zeigen, wie geschafft sie war. Michalis brachte einen Spirituskocher in Gang. Er krümelte getrocknete Blätter in das kochende Wasser und rührte von Zeit zu Zeit um. Nach einer Weile goß er den grüngelblichen Dictamustee in zwei Keramiktassen und brachte eine davon an Lisas Lager. *O Zeus.*

„Ein bißchen viel Wein gestern.“ Seine Stimme klang zärtlich. „Trink, das tut dir gut.“

Lisa versuchte, ihre Gedanken zu sortieren: *Bin ich nun im Himmel oder nicht? Wenn ja, was hat der Wein von gestern damit zu tun? Und wenn ich wider Erwarten noch auf der Erde bin? In Michalis' Hütte?* Zuerst prüfte Lisa ihre Kleiderordnung. Sie war vollständig angezogen. *Ich bin in der Hütte des schönen Schäfers, im Reiche meines Zeus. Und er hat mich nicht angerührt. Seine Hütte ist ein ideales Liebesnest.* Michalis saß auf der Holzbank und trank seinen Tee. Lisa richtete sich mit aller Mühe auf, ihre Arme zitterten vom Wein und vor Erregung. Wortlos nahm Michalis seinen Schäferstab, einen zwei Meter langen Stock mit einem gekrümmten Ende, mit dem er die Tiere von Abhängen wegziehen konnte, und verließ die Hütte. Der Tee beruhigte Lisa, und sie fiel wieder in sanften Schlummer. Als Lisa erwachte, fühlte sie sich ausgeruht, nur im Kopf drehte sich noch etwas. Sie ging hinaus. Die Berge glühten im roten Licht der untergehenden Sonne. Das Meer leuchtete golden. Am Himmel schwebte eine langgezogene Schönwetterwolke. Weiter unten erkannte sie ihr Dorf. *Hier bin ich also. Da vorn ist ja mein Ölbaum. Endlose, menschenleere Weiten, verschlungene Bergzüge, kühle Schluchten und das Meer. Mit meinem Zeus könnte ich hier oben glücklich werden. Er ist ganz anders als die griechischen Männer. So still und in sich gekehrt. Er hat es nicht nötig, wie Wassili vor anderen lauthals anzugeben.* Da kam Michalis wieder. *Wie erhaben er ausschreitet. Ein Gott!* Lisa strich mit den Händen durch ihr Haar, versuchte, es zu ordnen. Ihre Haltung straffte sich. Sie wollte attraktiv sein für ihn.

„Wie geht es dir?“ fragte er.

„Viel besser“, sagte sie und lächelte.

„Bist du hungrig?“

„Hungrig wie ein Wolf.“

Aus seiner Umhängetasche holte er einen Schafskäse, der in feuchtes Papier eingewickelt war. *Hm, echter Schafskäse mit Klümpchen.* Er stellte einen Krug Wasser daneben und legte ein duftendes Stück Schwarzbrot dazu. *Zeus verwöhnt mich. So könnte es immer sein. Ich muß ihn fragen, woher er das Schwarzbrot hat. Jemand in den oberen Bergdörfern muß dieses dunkle Brot backen.*

„Kannst du für mich einen Brief nach Deutschland schreiben?“ fragte Michalis unvermittelt. Lisa nickte und nuschelte mit vollem Mund: „Klar, mache ich.“

Er räumte den Tisch ab und holte rosa Briefpapier, das er auf dem Tisch ausbreitete wie einen Schatz.

„Es ist ein Brief an eine Frau“, sagte er. Ein Stich durchzuckte Lisas Herz. Doch sie ließ sich nichts anmerken. *Mein Zeus ist vergeben, und ich bin nur Mittel zum Zweck.*

„Wie heißt sie?“ fragte sie, griff zum Kugelschreiber und legte sich ein Blatt zurecht.

„Rita.“ Michalis’ Blick wanderte verträumt über die Decke aus Stroh.

„Was soll ich schreiben?“ Um ihre Enttäuschung zu verbergen, bemühte sich Lisa um einen sachlichen Ton. *Ich hätte ahnen sollen, da ist ein Haken. Glückwunsch, Michalis. Ich war kurz davor, mich in dich zu verlieben.*

„Sie soll kommen“, sagte er. „Am neunten Juni für eine Woche. Schreib ihr was von Liebe und solchen Sachen und …“

Sie unterbrach ihn: „Ich kann keinen Liebesbrief schreiben, wenn ich nichts über diese Frau weiß. Du mußt mir schon etwas über sie erzählen."

Lisas Stimmung schwankte zwischen Verzweiflung und Neugier.

„Sie hat große Brüste und blonde Haare", sagte er.

„Weiter nichts? Wo hast du sie kennengelernt? Was ißt sie gern? Wo habt ihr es getrieben? Du mußt mir alles erzählen."

Du hast wohl nicht erwartet, daß ein Liebesbrief anstrengend sein kann. Aber ich will auch etwas davon haben. Michalis holte Luft. „Letztes Jahr im Juni sah ich sie im Adonis. Ich habe mich dazugesetzt, wir tranken Retsina und haben uns unterhalten. Später hat sie mich mit aufs Zimmer genommen. Sie schlief mittags mit mir, nie abends."

„Hast du sie geliebt?"

„Jeden Mittag."

„Und was habt ihr sonst gemacht? Spaziergänge oder Bootsfahrten?"

Michalis überlegte einen Augenblick, dann sagte er: „Nein, das war mit Anne. Rita soll mich nach dem fünfzehnten Juni besuchen."

Das kann ja heiter werden. „Bekommt Anne auch einen Brief?"

„Ja, den schreiben wir gleich. Zuerst Rita."

„Liebste Rita", begann Lisa den ersten Brief. Beim Schreiben übersetzte sie laut für Michalis. „Ich habe einen netten Mann gefunden, der Dir diese Zeilen in meinem Namen schreibt. Der Thymian blüht wie im letzten Jahr, und der Duft erinnert mich an die viel zu schnell vergangenen Stunden mit Dir. Es ist sehr warm auf Kreta, jeden Tag kommen neue Touristen an, und Du bist im fernen Hamburg. Ich denke oft an Dich. Schön wäre es, wenn Du am fünfzehnten Juni kommen könntest. Ich reserviere das Zimmer 14 im Adonis für Dich, Du weißt, das mit dem breiten Balkon und dem Blick auf das Meer." *Ich habe mit Elke dort gewohnt. Das Zimmer ist begehrt, es ist auch Willis Lieblingszimmer. Gut, daß ich Weihnachten ausgezogen bin aus dem Liebesnest.* Lisa schrieb weiter: „Der Wein steht schon kalt, um Deinen heißen Körper zu erfrischen. Ich freue mich auf Dich, nur Du kannst meine Sehnsucht stillen. Komm. Bis zur zweiten Juniwoche küsse ich Dich aus der Ferne. In Liebe ... Unterschreiben mußt du selbst", sagte Lisa und reichte ihm das Blatt. Michalis setzte seinen Namen in zackigen Lettern darunter. Nach den Briefen an Rita, Anne und Manuela zeichnete Lisa einen Kalender. „Damit du nicht durcheinanderkommst", sagte sie.

„Ich komme nicht durcheinander", erwiderte er. „Jetzt den Brief an Inge. Sie soll in der dritten Juliwoche kommen." Michalis beschrieb die Frau wie die anderen: große Brüste „wie Kirchenglocken" und blondes Haar. *Soviel Busen kann ich dir nicht bieten. Hast du mich darum in Ruhe gelassen? Nein, du weißt von Wassili, welche Ansprüche ich stelle.*

„Wir sind mit dem Boot hinausgefahren", sagte Michalis.

Lisa schrieb: „Liebste Inge, Du fehlst mir. Wie oft denke ich an unsere Zweisamkeit im Boot. Die Sonnenuntergänge auf dem Mittelmeer …“

„Nein, nicht so“, unterbrach Michalis. „Nicht soviel Romantik und Liebe. Sonst werde ich sie nicht mehr los. Sie soll nur kommen.“

Lisa ließ den Stift geräuschvoll fallen und sagte aufgebracht: „Willst du was von ihr oder nicht?“

Er knüllte das Papier zu einer kleinen Kugel, die er in die Ecke warf. „Sie soll nicht wieder so lange bleiben.“

„Soll ich ihr das schreiben?“ provozierte Lisa.

Krachend landete seine Faust auf der Tischplatte. „Die glaubt, ich sei nur für sie da; die bedrängt mich. Ich habe zu arbeiten.“

Aha, daher weht der Wind. Die Inge hatte sich zu sehr verliebt.

„Sie kann nicht vom Balkon vor allen herunterrufen, sie liebt mich. Ich muß an meine Familie denken.“

Du denkst nur an dich, bist keinen Deut besser als Wassili. Ich habe mich fallenlassen in seinen Armen; die griechische Erotik hat mich blind gemacht. Als ich versuchte, Wassili näherzukommen, da blockte er. Seit dem Süßwasserstrand hat er kein richtiges Gespräch mehr mit mir geführt. Ich wollte mehr über ihn erfahren, als nur, wie er ohne Hosen aussieht. Wie Michalis läßt er sich bewundern, doch wehe, eine Frau sagt ihm, was sie empfindet. Nur umarmen, nicht festhalten. Nur rüpeln, bloß keine Kinder. Nur flirten, nicht lieben, denn die nächste Frau kommt mit dem Mittagsbus.

„Kannst du dich an jede Frau erinnern?“ fragte Lisa neugierig.

„Nur an die, die ich wiederhaben will. Die anderen waren nicht so toll. Die habe ich vergessen.“

Dann ist es wohl eine richtige Ehre, von dir einen Brief zu bekommen?

„In der ersten Juliwoche ist schon Susanne da“, fiel Lisa auf, als sie die Termine verglich.

„Susanne für den Mittag. Inge dann abends.“

Susanne muß sich den Mann mit Inge teilen. Ich würde glatt ausrasten. Es war spät geworden. Lisa staunte über die Menge der geschriebenen Briefe: Barbara aus Berlin, Jutta aus Dortmund, Carola aus Flensburg, Chris aus Manchester, Caren aus Utrecht … *Er muß ja in der Saison zwanzig Frauen haben.*

Silvy im Dorf
189 Tage deutscher Einheit

„Hast du es schön hier!“ Silvy schwärmte, lief durch Lisas Wohnung, blieb am Ateliertisch stehen und bestaunte die colorierten Postkarten. Vor dem Spiegel probierte sie Lisas neueste Schmuckkreationen. „Darf ich die mal ausführen?“ Lisa lehnte in der Wohnzimmertür und schmunzelte. *Ihren Augen entgeht doch nichts. Ich werde sie ihr schenken.*

„Ich habe dir aus deiner Wohnung die gesamte Post mitgebracht. Alle Männer sehnen sich nach dir, auch dein Herr Vogt. Hier, Bo hat zweimal geschrieben." Silvy nahm aus ihrer Tasche ein ganzes Bündel Briefe. „Von deinem Willi soll ich dich küssen. Du sollst alle im Dorf von ihm grüßen, besonders den dicken Vangelis." Sie gab Lisa einen Kuß auf die Wange. „Neulich hat er mir eine Flasche schottischen Whisky mitgebracht." Silvy kramte in ihrer Tasche. „Hier habe ich zwei Zeitungsartikel, einen über Thomas' Hausbesetzung in der Schönhauser und den letzten Artikel von deiner Mutter über das Matriarchat der Urkreter. Ich habe ihn gelesen. Sehr interessant ..."

Lisa betrachtete das Bild, auf dem Thomas inmitten einer Hausbesetzergruppe saß, ein Mädchen im Arm. *Wie früher in Leipzig.* Dann überflog sie Elkes Artikel, die Überschriften: *Waren die Urgriechen Semiten, war ihre Hautfarbe schwarz? Kreta war das Amerika der Bronzezeit ... Diskos von Phaistos eine Anleitung zur Entjungferung ... Elke ist wahnsinnig. Woher sie das alles weiß?*

„Am 18. Mai kommt sie mit der ersten Gruppe zu dir. Sie hat mir einen Entwurf ihres Reiseplans mitgegeben. Du sollst ihn überarbeiten."

Silvy stand im Atelier vor Willis Einheitskalender und versuchte, damit klarzukommen. „Heute ist der hundertneunundachtzigste Tag seit der deutschen Einheit. Richtig?" Lisa nickte. „Ich dachte zuerst, es wäre ein Gregorianischer Kalender."

„Ich bin achttausendsechshundertsechsundsiebzig Tage vor der deutschen Einheit geboren", sagte Lisa und zeigte ihrer Freundin die Umrechnungstabelle auf der Rückseite des Kalenders.

„Hübsche Idee", sagte Silvy. „Seit der deutschen Einheit geht es mir besser, ich kann nicht klagen."

Lisa riß einen von Bos Briefen auf und las: „Liebes, ich bitte Dich nicht um Verzeihung, weil das Quatsch ist. Ich konnte doch nicht ahnen, daß Du es mit uns ernst meintest ..."

„Dieser Hurenbock", Lisa las nicht weiter, sie zerriß Bos Briefe, auch seine Postkarte aus New York.

„Es ist doch nur Papier. Männer ... Vergiß ihn", sagte Silvy und lachte. „Ich gehe schwimmen, kommst du mit? Wir können gleich hier vor dem Haus ins Wasser."

„Nein, ich habe noch zu tun", sagte Lisa. *Wenn ich ihr sage, daß an der Stelle, wo sie baden will, die alten Möbel der Panajia liegen, und daß die Kloake aus jedem Haus direkt ins Meer sickert ... Nein, lieber nicht.*

„Diese Wohnung, das Meer vor dem Haus, Sonne, Berge. Ich opfere Köpenick für Kreta. Wie heißen die griechischen Götter: Ares, Athene ..."

„Du denkst, nur weil ich in einem Urlaubsort lebe, habe ich die ganze Zeit frei?“ fragte Lisa. „Ich habe hier genauso einen Alltag zu bewältigen wie zu Hause. Ich muß auch einkaufen, saubermachen.“

„Und wie geht es deinem Griechen?“ fragte Silvy. *Wenn ich ihr die Geschichte mit Wassili erzähle ... nein, lieber nicht, soll sie doch selber die Oberflächlichkeit der griechischen Erotik studieren.*

„Ich bin zur Zeit solo.“

Silvy war auf die Terrasse gelaufen: „Wenn ich das vergleiche mit unserem Neubauviertel. Dafür würde ich tausend Alltage in Kauf nehmen. Überall Restaurants. Niemand steht Schlange. Bleib bloß hier, wo du bist. Ich hatte mir vorgenommen, nicht zu meckern, das eine mußt du dir dennoch anhören: Meine Kaufhalle. Wie in alten Zeiten. Am Eingang steht groß der Westname dran, drinnen stinkt es wie vor Jahren nach alten Kartoffeln ... Da tanzt ja ein Grieche, ist das toll hier!“

Lisa erkannte Iordannis, der auf Vangelis’ Terrasse vor zwei Mädchen tanzte. *Das hätte ich ihm nicht zugetraut, gleich gibt’s Krach mit Vangelis.*

„Es ist mir ein Rätsel, wie die das machen, die Kartoffeln sind verpackt und stinken“, regte sich Silvy wieder auf. „Oder: In der Tiefkühltruhe sind die Hähnchen weich.“

„Hör auf, mir graust’s“, bat Lisa. Sie hielt sich die Ohren zu.

„Apropos: grausen“, rief Silvy aus der Küche: „Wenn du die siehst, die Alten und die Arbeitslosen, wie sie sich gehenlassen. Kaputte Schuhe, fehlende Knöpfe, ungepflegt. Das schneidet mir jedesmal ins Herz, sie haben sich aufgegeben.“

Genervt zündete Lisa sich eine Zigarette an. *Worüber sie sich Sorgen macht. Warum geht sie nicht in den Westen einkaufen?*

„Endlich gibt es Margarine, die geschmacklos ist“, sagte Silvy gedankenversunken. Lisa hörte ihr nicht mehr zu, sie öffnete den Brief von Vogt. Geschrieben hatte ihn Frau Vogt. Im Briefkopf war ein Foto von ihr. Darunter stand: „dipl.-ing. laura vogt, via ostia 14, turini“. *Ich würde niemals mein Foto in den Briefkopf drucken lassen. Die Handschrift paßt zu ihr. Sie mag mich, sonst würde sie mir nicht schreiben ...*

Der Brief hatte einen Zusatz von Matthias Vogt. Diesen las sie zuerst: „Hallo Lisa, wie meine Frau Ihnen schon mitteilt, fehlen Sie uns. Schauen Sie doch mal bei uns in Neu-Isenburg vorbei! Mein Angebot steht noch, Sie können jederzeit bei uns anfangen ... liebe Grüße, Ihr Matthias.“

„Und?“ fragte Silvy. „Was schreibt dein heimlicher Schwarm?“ Lisa deutete lachend die Ochi-Geste an und legte den Brief beiseite. Silvy lief zum Kühlschrank, nahm sich eine Cola und setzte sich neben ihren Koffer auf das Messingbett.

„Sieh mal", rief Silvy, „meine neueste Errungenschaft!" Sie zog aus dem Koffer eine seidene Bluse hervor, altrosa und mit vielen überflüssigen Nähten. Lisa hielt sich die Bluse an, spiegelte sich in den Scheiben der Terrassentür und stichelte: „Wenn du die herumdrehst, ganz passabel."

„Du hast ja eine Ahnung", sagte Silvy mit gespieltem Ärger und nahm Lisa die Bluse weg. „Das muß so sein."

„Du mußt die Bluse nur mit dem nötigen Selbstbewußtsein tragen", provozierte Lisa lachend. Silvy ging darauf nicht ein, sondern erzählte: „Ich hatte früher eine Freundin, die für mich nach meinen Entwürfen genäht hat, meine eigene Schneiderin! Die Jacqueline, die kennst du doch noch? Dann habe ich im Westen nach Klamotten gesucht, die mir gefallen. Mag sein, es gibt vier, fünf Boutiquen, wo ich Sachen nach meinem Geschmack kaufen könnte, ich habe sie noch nicht gefunden. Also habe ich wieder meine Jacqueline. Das ist schon komisch, nicht wahr?"

Lisa setzte sich auf die Terrasse und las, was Laura Vogt geschrieben hatte.

„Liebe Lisa, bei unserem letzten Besuch in Berlin trafen wir Deine Freundin Alexandra Ullrich. Wir waren zusammen essen in den Offenbachstuben und sprachen über die Wende. Wir sprachen an diesem Abend auch oft über Dich. Du bist nicht nur unsere Kontaktfrau in Ostberlin gewesen, unsere engagierte Mitarbeiterin. Nein, Du warst mehr!

Wir sprachen über die Wahlkampagne im März 90. Es war für uns eine wichtige Zeit, leider konnten wir unsere Ziele nicht erreichen. Wir haben viel gelernt, doch letztlich scheiterte unser kapitalistischer Idealismus an den realsozialistischen Gegebenheiten …

Die Gespräche mit Dir haben Matthias gezeigt, wie groß die Unterschiede zwischen den beiden Gesellschaften in Deutschland sind. Heute spricht man so oft von Ostdeutschland und Westdeutschland, von Ossis und Wessis. Wäre nach Matthias' Vorstellung wirklich zuerst ein eigenständiges Ostdeutschland entstanden und dann Teil einer gesamtdeutschen Konföderation geworden, dann würden alle besser dastehen.

Für Matthias war die Wahl 90 eine große Enttäuschung, das weißt Du ja noch. Doch er achtet noch heute die politische Moral der Bürgerbewegung. Ich fahre nur noch selten nach Berlin, während Matthias schon eine Filiale in Leipzig plant. Im Augenblick erarbeitet er Expertisen, nach denen eine ostdeutsche Fabrik komplett demontiert und nach dem Osten Europas verkauft werden soll. Er kann einfach nicht mit ansehen, wie alles verschrottet wird, wo es doch woanders noch von Nutzen sein kann.

Wir denken oft an Deinen Optimismus. Erschien uns auch Dein Entschluß, nach Kreta zu gehen, anfangs als unüberlegt, ja vielleicht als naiv, so haben wir gelernt, daß Du Deinen Aristoteles richtig verstanden hast: ‚Suche dir einen Angelpunkt außerhalb der Erde, dann wirst du sie aus den Angeln heben können.'

Wir sind früher oft in unser Haus nach Kreta gefahren, wir kennen auch Dein Dorf. Im nächsten Monat fahren wir nach Lanzarote, auf die Kanarischen Inseln, wo wir vierzehn Tage mit unserem Katamaran segeln werden. Für Matthias mal eine Abwechslung vom ostdeutschen Streß.

Ich arbeite vierzehn Tage in Italien und vierzehn Tage bei Matthias. Ehe auf Distanz nennen wir das, es bekommt uns beiden. In Turin kannst Du mich besuchen. Am Türschild steht jetzt Dipl.-Ing. Laura Vogt.

Wenn Du genug nachgedacht hast, komm zurück, Du kannst bei Matthias mitarbeiten. Genieße die Südländer! ... Deine Laura."

„Neulich am Brotstand ...", Silvy kam auf die Terrasse, „nur drei Leute vor mir, und ich habe fast eine halbe Stunde gewartet. Ich hatte das Gefühl, die Leute rächen sich an denen hinter ihnen dafür, daß sie selbst so lange warten müssen."

„Silvy, bitte, hör auf damit, ich will es nicht hören", sagte Lisa. *Ich drehe durch. Früher wäre mir ihre stressige Art nicht aufgefallen.*

„Mit einer Flasche Sekt im Einkaufswagen werde ich an der Kasse angeguckt wie ...", Silvy stand in Gedanken schon wieder Schlange in ihrer Kaufhalle, „wie eine Privilegierte, wie eine aus dem Westen. Dabei haben andere Schnapsflaschen zum gleichen Preis im Wagen."

„Den Griechen ist es egal, ob du aus dem Osten oder aus dem Westen kommst", warf Lisa ein.

„Ach", seufzte Silvy, „du weißt gar nicht, wie sehr ich diesen Urlaub brauche. Kommst du nun mit baden?"

Silvys Sohn bändigte auf der Terrasse die rote Königin. „Die behalte ich." Die Katze wehrte sich. Marcel hielt sie fest: „Ich dressiere dich. Wie spricht die Katze? Los, sag mal miau, miau. Wie spricht die Katze?" Fauchend entwischte sie und flüchtete über den Palmwedel in Georgias Garten. „Habt ihr gehört", triumphierte er, „sie hat miau gesagt."

Franz, Silvys Mann, schleppte einen Koffer ins Zimmer und wischte sich den Schweiß ab: „Jedes zweite Haus ist ja ein Hotel."

„Nicht nur jedes zweite Haus." Lisa lachte. „Du kannst in jedem Haus wohnen, wo du willst. Alle bauen nur für die Touristen. In vielen Orten erwarten dich die Frauen schon an der Bushaltestelle und zerren an dir, damit du in ihrem Haus übernachtest."

„Dein Haus ist das schönste von allen", sagte Franz. Er küßte seine

Frau auf die Stirn. „Ich habe viel zuviel Feuchtigkeit verloren, die gehe ich jetzt auffüllen. Beim Kofferauspacken läßt du dir sowieso nicht hineinreden. Marcel, ella."

„Ach, das habt ihr schon gelernt", sagte Lisa belustigt. „Ella heißt nämlich: komm mit."

Während Silvy den zweiten Koffer auspackte, kochte Lisa Kaffee. Als sie auf der Terrasse saßen, entdeckte Silvy ihren Mann am Strand vor dem Adonis. „Er blüht richtig auf."

Lisa beobachtete, wie zwei Rennboote aus Gummi festmachten. Vangelis begrüßte geschäftstüchtig die zehn Insassen und nahm zwei lebende Langusten in Empfang. Marcel rannte zusammen mit den Dorfkindern hinter Vangelis her. *Er wird sie selbst grillen und mit Zitrone servieren.*

„Am Wochenende kommen oft die Neureichen aus dem Norden mit ihren Booten", erzählte Lisa. „Manchmal kommen auch Huren mit ihren Zuhältern aus Athen herüber. Dann geht es hier rund wie auf einer KoKo-Datsche. Sie spielen um viel Geld, und wenn sie besoffen sind, schießen sie nachts auf Flaschen oder Katzen."

Auf der Terrasse wurden Tische zusammengeschoben, an denen die lauten Neuankömmlinge Platz nahmen.

„Hat Franz noch immer keine Arbeit?" erkundigte sich Lisa und bot Silvy Kaffee an.

„Seit er im Fernsehen zugegeben hat, daß er für die Stasi Berichte geschrieben hat, sind seine Chancen gleich null."

„Im Fernsehen?"

„Ach, das weißt du ja noch gar nicht", sagte Silvy und erzählte von der Liveübertragung eines Täter-Opfer-Gesprächs. „Es fing ganz harmlos an, wie bei einer therapeutischen Gruppenversammlung. Franz und ein anderer IM saßen auf der Bühne, im Publikum lauter Opfer und zwei Arbeitskollegen von Franz ... also ehemalige Arbeitskollegen. Ich konnte sie noch nie leiden, na ja, auf einmal waren sie die anklagenden Helden, obwohl Franz über sie kein Wort geschrieben hatte. Er hatte ja nur sieben Berichte geschrieben; zwei davon las die Moderatorin vor, und er sollte dazu Stellung nehmen. Es waren zwei nichtssagende Berichte; über die Kleidung seiner Fahrschüler, ob sie verheiratet waren, welche Sorte Schnaps sie ihm schenkten und so weiter. Als Franz zugab, das geschrieben zu haben, da tobte das Publikum: Warum war ich im Bautzener Knast? Typen wie der haben mir mein Studium vermasselt. Ich habe seit fünf Jahren kein Visum für Ungarn bekommen. Und so weiter. Franz und der andere IM kamen gar nicht zu Wort."

„Wie denn auch?" sagte Lisa nachdenklich. *Es werden nur die kleinen Fische gefangen.*

„Franz hat mich und Marcel schützen wollen", sagte Silvy. „Sie sollten uns in Ruhe lassen. Ich hoffe nur, sein Seelenzustand bessert sich nach dieser Gewaltkur."

Wie Silvy das verkraftet, ich bewundere sie.

„Weißt du, Lisa, die Stasi fängt erst jetzt richtig an zu funktionieren, in meinem Kopf", sagte Silvy nachdenklich. „Es wird mir niemand glauben, daß ich nicht dabei war."

Auf der Strandpromenade rannte Marcel hinter Eleni und dem kleinen Stephanos her. Er hielt drohend einen Stock in die Höhe.

„Wie Kinder sich ohne Worte verstehen", sagte Lisa. „Kaum ist dein Sohn hier, da spielt er schon mit den einheimischen Kindern Räuber und Gendarm."

„Nein", erwiderte Silvy, „sie spielen Skins und Neger auf neudeutsch."

„Das erlaubst du ihm?"

„Was soll ich denn machen?" verteidigte sich Silvy. „Ich bin froh, daß er nicht im Hort ist nachmittags. Andere Kinder sehen ihre Eltern nur am Wochenende. Sonst würde er genauso wie die herumlungern, aggressiv Leute anmachen und in seinen Schulaufsätzen Gorbatschow und Kohl verfluchen, weil sie die Mauer aufgemacht haben."

„Und das kratzt dich gar nicht?"

„Es interessiert mich nicht mehr, verstehst du? Es kann nicht jeder weglaufen, so wie du."

„Ich bin nicht weggelaufen."

„Was soll's", sagte Silvy, während sie zwei Sektflaschen, Kaffee und das bestellte Graubrot auspackte. „Ich habe Urlaub, laß uns von etwas anderem reden. Wie geht's dir?"

Diese Förmlichkeit auf einmal. Wie schnell einen doch die deutsche Wirklichkeit einholen kann. Lisa Meerbusch brauchte dringend Ablenkung. Sie holte aus der Küche eine Schüssel mit Kopfsalat und Obst, eine Büchse Mais, ein Küchenmesser. „Hilfst du mir?" fragte sie und gab Silvy gekochte Kartoffeln zum Pellen. „Für Salat à la Meerbusch nachher."

„Wieder so einen quer durch den Gemüsegarten?" fragte Silvy. Lisa nickte. „Bier und Cola für die Männer sind im Kühlschrank. Den Sekt trinken wir Weiber. Familienabend."

„Die guten Avocados tust du in den Salat?" wunderte sich Silvy.

„Natürlich. Bei mir kommen nur gute Sachen in den Salat."

„Die sind doch dafür zu schade."

Raubautz schlich über die Terrasse. *Sie riecht die offene Thunfischbüchse und traut sich nicht näher.* Lisa ging auf die Terrasse und lockte die Katze mit einem Stück Thunfisch an, das sie ihr von den Fingern leckte.

„Oh, ist die niedlich. Und so zahm“, sagte Silvy.
„Es hat eine Weile gedauert, bis sie meine Lieblingskatze wurde.“
„Hast du noch mehr?“
„Wenn es nach Fisch riecht, zwanzig und mehr.“
„Franz hat eine Katzenallergie.“ Silvy zuckte mit den Schultern. „Wenn ich die so sehe, möchte ich die glatt mitnehmen.“
„Zum Baden geh lieber über den Berg zum Süßwasserstrand“, riet Lisa. „Hier vorn spannen die Männer.“
Silvy kicherte. „Vielleicht gefällt mir das?“

Lisa ging voran, Silvy und Franz hinter ihr keuchten. „Nicht so langsam, ihr Stadtkinder“, rief Lisa.
„Du hast gut reden,“ Silvy stöhnte. „Du bist im Training. Aber wir? Wir haben einen Fahrstuhl.“
„Genau“, pflichtete Franz ihr bei, der sich auf einen Stein setzte. „Wozu soll ich mich quälen, wenn ich normalerweise nur auf den Knopf zu drücken brauche.“
Marcel war vorausgeeilt und rief vom Gipfel des Berges: „Oh, lauter Rehe.“
„Das sind Ziegen“, belehrte ihn Lisa. Silvy brach in Gelächter aus: „Alles, was braun ist und vier Beine hat, sind bei ihm Rehe.“
„Jeden Morgen sitze ich hier“, sagte Lisa, als sie den Olivenbaum erreicht hatten.
„Und wo ist der Süßwasserstrand?“ wollte Silvy wissen. Lisa zeigte ihr den Pfad, den sie gehen mußte.
„Wir treffen uns später beim dicken Vangelis“, rief Lisa ihrer Freundin nach.
„Eine tolle Aussicht“, sagte Franz, der keine Lust zum Baden hatte.
„Hm“, machte Lisa. Ihr war seltsam zumute, denn allein mit Franz war sie noch nie. *Er läßt sich seine Probleme nicht anmerken, macht Urlaub, als sei nichts geschehen.*
„Und was machst du jetzt?“ fragte Lisa.
„Ich genieße Kreta“, antwortete er. Seine Stimme hatte einen mißmutigen Unterton. Lisa ließ sich nicht einschüchtern: „Ich meine, wie geht es in Berlin weiter?“
„Wie es aufgehört hat.“
Ein ganz anderer Franz. Warum ist er so kurz angebunden?
„Aha“, sagte Lisa beleidigt, „ich bin genau im Bilde.“
„Was willst du denn hören?“ fragte er scharf. „Hast du ein paar Stunden Zeit, dann sage ich dir genau, wie es in Berlin weitergeht. Dann sage ich dir auch, wie es mir geht, beschissen nämlich.“
„Warum bist du so aggressiv?“ wehrte sich Lisa. Er antwortete nicht, stierte vor sich hin. *Einigeln ist keine Lösung. Ich kann nichts für deine*

Stasigeschichte, also mach mich nicht an.

„Was ich nicht verstehe", begann Lisa zaghaft, „wie du so was fertiggebracht hast. Andere Leute auszuhorchen ist unmenschlich. Was ist da in dir vorgegangen?"

Franz fuhr herum, packte ihr Handgelenk. Sein Körper zitterte, er blickte sie so haßerfüllt an, daß sie Angst bekam. „Komm mir jetzt nicht mit dieser moralischen Scheiße", schrie er wütend. „Ich bin erpreßt worden ... und ich habe es für meine Familie getan. Ich habe deswegen keine bessere Stellung gekriegt, keine Gehaltserhöhung, kein Geld und keine Prämien. Die haben mir weder ein Auto noch Handwerker oder eine größere Wohnung besorgt. Ich habe genauso nach ungarischer Salami angestanden wie andere auch; und einen Farbfernseher haben wir uns erst jetzt mühsam zusammengespart. Ich hatte keine Reiseprivilegien; und vom Kommunismus überzeugt war ich schon gar nicht. Mein ganzes Verbrechen war eine Rede vom Balkon! Ich wollte auch einmal verreisen, habe ich in die Nacht gebrüllt. Damit hatten sie mich in der Hand. Ich hatte die Wahl: entweder Knast oder konstruktiv zur Erhaltung des Friedens beizutragen. Geht das rein in dein hübsches Köpfchen?" Er ließ ihre Hand los.

„Entschuldige." Nach einer Pause fuhr er fort: „Was wäre denn passiert, wenn sie dich nach deinem Treffen mit Oliver in Karlsbad geschnappt hätten?"

Lisa verstand seine Frage nicht. Sein Ausbruch hatte sie durcheinandergebracht.

„Sie hätten dich als Westspion hingestellt", sagte er, „du hättest nicht eine Stunde standgehalten, und nach einem Tag hättest du deine eigene Mutter verraten. Ich habe nur zwei Monate lang Stasiluft geatmet, und ich habe mich dabei hundeelend gefühlt. Ich schwöre dir, eines Tages hätte ich mich umgebracht. Ich hätte alles getan, damit Silvy mich verläßt, damit sie nicht mit hineingezogen wird, und dann hätte ich mich auf irgendeinem Friedhof aufgehängt."

Lisa saß stocksteif da. Für Momente hatte sie Bilder der Vergangenheit im Kopf. *Kneipen, in denen es urplötzlich still wurde, wenn Unbekannte eintraten; die Orwellschen U-Bahn-Züge am 1. Mai, die vom Abstellgleis in die Bahnhöfe einfuhren, und dennoch saß in jedem Wagen eine Person; die Ausweiskontrolle, als ich den Kranz am Mahnmal Unter den Linden niederlegte; die beschädigten Päckchen; die falsch zugeklebten Briefe; das Knacken in der Telefonleitung. Leute wie Franz haben so etwas getan. Jeder immer nur ein bißchen Dreckarbeit. Was Franz sagt, klingt verständlich. Nein, ich kann Verrat nicht entschuldigen.*

„Ich habe keine Berichte geschrieben“, sagte Lisa.

„Du begreifst gar nichts“, sagte Franz fast mitleidig. „Geschadet habe ich niemandem.“

„Dann sag mir, warum es so ein Theater in der Öffentlichkeit gegeben hat, wenn deine sieben Berichte harmlos waren.“

„Weil ich blöd war“, sagte er. „Ich bin zu den Leuten gegangen und habe mich bei ihnen entschuldigt. Das war mein erster Fehler. Ich habe mich im Fernsehen öffentlich zu meiner Schuld bekannt. Das war der zweite Fehler. Ich hätte wie die anderen die Fresse halten sollen.“

„Ist dir nicht wohler danach?“

„Das schon“, er lachte zynisch. „Es nützt mir nur nichts. Es hat mir nichts als Ärger gebracht, verstehst du. Der Ofen ist aus. Ich bin unten durch. Ich finde keine Arbeit mehr, weil jeder meine Visage kennt.“

Franz starrte auf die Bucht. Er nahm einen Stein und warf ihn wütend nach unten.

„Ich habe keinen Onkel gehabt, der mich beschützt hat und mir von seinem Valutakonto einen Kretaaufenthalt bezahlt hat.“

Lisa erstarrte. *Silvy hat mit Willi geredet, er war ja im Grandhotel zu Hause.*

„Red nicht so abfällig über meine Verwandtschaft!“ sagte sie scharf.

„Du willst die Wirklichkeit nicht wahrhaben. Und jetzt geh bitte, ich will allein sein.“

Lisa stand beleidigt auf. Solange sie in seinem Blickfeld war, zwang sich Lisa, aufrecht zu gehen. Als sie seinem Blickfeld entschwand, sackte sie in sich zusammen und heulte. *Ich wollte die große Seelentrösterin sein. Unschuldig schuldig. Franz hat von Anfang an gewußt, worauf er sich einließ, das haben sie ihm klipp und klar gesagt. Er hat versucht, sich zu entschuldigen. Das ändert nicht die Fakten: Er war dabei. Aber ich habe kein Recht, mich über ihn zu erheben. Und was er über Willi sagt, ist unfair. Willi war doch nur im Außenhandelsbereich tätig und nicht bei der Stasi. Ich habe nicht mitgemacht. Ich könnte höchstens versehentlich etwas gesagt haben über meine Freunde und Bekannten, und einer hat mitgehört. Auf der Straße, am Telefon, in der S-Bahn. Dann wäre das ganze Volk schuldig.*

13. Kapitel

Die Götter fürchten um ihre Existenz

Die Götter sitzen im hinteren Teil der Taverne „Zum weisen Zeus" und pokern. Sie haben einen Tisch mit einem Samttuch bedeckt, Berge von Geld vor den Augen. An einem Beistelltisch zählt Alexandro Geldscheine und bündelt sie unter Aufsicht von Ares. Vor der Taverne fahren ab und zu Autos und Busse vorbei. Draußen auf der Terrasse zur Landstraße vergnügen sich einige Griechen mit ausländischen Touristinnen. Die Göttinnen bedienen. Auf dem Boden steht eine Autobatterie, von der aus Drähte zu einem Autoradio auf der Theke führen. Mit Klebeband und Lötzinn sind zwei Boxen abenteuerlich an der Decke befestigt. Dionysos steigt auf eine Leiter und steckt die Enden von zwei dünnen Kabeln in die Boxen. Weil die Kabel wieder herausrutschen, klebt er sie mit Heftpflaster an. Sogleich dröhnt griechische Musik durch die Taverne.

Poseidon stürmt in das Hinterzimmer und stört das Pokerspiel: „Lisas Mutter ist eine Ketzerin!" Hermes folgt ihm aufgeregt.

Zeus schaut von seinen Karten auf.

„Was ist denn los?" fragt Aphrodite. Hera hört alles, obwohl sie auf der Empore sitzt und schmollt.

„Sie hat einen Artikel geschrieben", berichtet Hermes. „Darin steht die Übersetzung der minoischen Schriftzeichen auf dem Diskos von Phaistos. Da ist von Fruchtbarkeitskulten die Rede, von Minos und von … „

„Langsam, langsam", sagt Zeus. „Die minoische Schrift kann außer mir keiner lesen."

Hermes widerspricht ihm: „Ein Wissenschaftler aus dem Norden hat es getan."

„Aus dem Norden, natürlich", lästert Zeus. „Wie kann es einer wagen, der so weit weg von Kreta lebt, meine Schrift zu entziffern?"

Hermes antwortet: „Er hat den Diskos von Phaistos enträtselt und behauptet, die Minoer seien keine Griechen, sondern Einwanderer aus Afrika, Assyrien, Babylonien … sie seien eben Semiten gewesen, die ihre Fruchtbarkeitsgötter mitgebracht hätten. Der Mann aus dem Norden behauptet weiter, die Urkreter könnten sogar eine schwarze Hautfarbe gehabt haben."

„Dieser Unverfrorene", schreit Hera von der Empore und deutet eine Ohnmacht an.

Poseidon fängt sie auf und ruft: „Eine Beleidigung."

Hermes sagt: „Unsere ewige Allmacht in der Ägäis wird von menschlicher Wissenschaft angezweifelt. Das ist die Katastrophe."

Zeus donnert: „Glaubt dieser Geisteskranke etwa, es hätte vor uns auf Kreta Fruchtbarkeitsgötter gegeben?"

„Genau das." Hermes stöhnt und verteilt Exemplare der Zeitschrift mit dem Artikel. Er sagt: „Auf dem Diskos von Phaistos ist in allen Einzelheiten ein Entjungferungsritual beschrieben. In fünfundvierzig Versen unterhalten sich Mann und Weib, bis der Mann fragt: Bist du bereit? Das Weib antwortet: Ja, ich bin bereit. Darauf der Mann: Dann soll mein Vollzug stattfinden."

„Spinnerei", zetert Hera, die sich erstaunlich schnell erholt hat.

„I ri la", liest Hermes vor, „hi schi ta ka. I ri la, hi schi mi pa ta ka …"

„Schweig", gebietet ihm Zeus. „Die Lage ist ernst. Da ist ein Mensch, der glaubt, sich über uns hinwegsetzen zu können. Und da ist Elke Meerbusch, die diesen Unsinn auf Papier verbreitet."

Nur Athene, die die Pokerspieler mit Wein versorgt, bleibt ruhig. Sie fragt: „Warum scheut ihr Götter die Wahrheit?"

Hera fährt Athene zornig an: „Weißt du nicht, was das bedeutet?"

„Natürlich weiß ich das", antwortet Athene gelassen. „Den ägäischen Ursprung, auf den die Griechen so stolz sind, gibt es nicht. Oder anders: Dieser Ursprung hat auch einen Ursprung. Die Wurzeln des Abendlandes liegen nicht in Griechenland, sondern im semitischen Sprachraum. Na und?"

„Diese Behauptung negiert uns Götter", wütet Zeus. „Die Touristen kommen zu den Ursprüngen ihrer abendländischen Kultur. Wenn sie vom tieferen Ursprung erfahren, fahren sie demnächst alle nach Afrika, und wir Kreter machen Pleite."

„Ich verstehe eure Aufregung nicht", erwidert Athene. „Die meisten Touristen kommen der Sonne und des Meeres wegen."

„Der Artikel gefährdet unsere griechische Identität", schimpft Poseidon.

„Wir Götter haben den griechischen Menschen die Ideen von Demokratie und Kultur eingehaucht", sagt Zeus. „Und wir haben die Griechen befähigt, ihre Kultur weiterzutragen."

Aphrodite legt ihre Hand sanft auf Zeus' Schulter und sagt: „Der Artikel ist nur in einer Zeitschrift im Osten Deutschlands erschienen. Der wissenschaftliche Streit über die Entzifferung wird Jahrzehnte dauern, und wer weiß, was daraus wird."

Zeus kratzt sich das bärtige Kinn und meint: „Dann haben wir noch etwas Zeit, diese Angelegenheit aus der Welt zu schaffen. Wir könnten die Zeit zurückdrehen und die Ausgabe der Zeitung verhindern oder alle Exemplare einstampfen oder den Wissenschaftler nie auf die Welt kommen lassen."

„Das hat keinen Zweck", widerspricht Athene, „die Wahrheit kommt früher oder später doch ans Licht. Der Diskos von Phaistos wird seit der Jahrhundertwende, als man ihn fand, als das bedeutendste Fundstück der minoischen Kunst angesehen. Hunderte haben sich mit der Entzifferung beschäftigt. In aller Welt, nicht nur Sprachwissenschaftler, sondern auch Mathematiker."

„Meine Liebe", säuselt Hera, „du hältst das nur für eine Frage der Zeit? Ist das nicht sehr einfach für die Göttin der Weisheit?"

„Wäre es euch lieber", sagt Athene, „wenn die Menschen glauben, auf dem Diskos stehe die Anleitung zum Bau einer Flugmaschine, wie es zwei Amerikaner behaupten?"

„Wie bitte?" fragt Dionysos entgeistert. „Eine Flugmaschine?"

Athene lacht. „Die Flugmaschine sollte dazu dienen, die aus Afrika eingewanderten Minoer in ihre Heimat zurückzubringen. Diese beiden Hobbyarchäologen waren dem semitischen Ursprung sehr nahe."

„Du hältst diesen Humbug für Wahrheit?" donnert Zeus.

Athene wird ernst: „Du weißt genau, der Mann aus dem Norden hat recht."

Poseidon haut seine Faust auf den Tisch und ruft: „Als nächstes verbreitet diese Journalistin, daß Minos eine Königin war!"

„Damit ist unser mythisches Image gefährdet", erwidert Zeus bockig, „ja, unser Werk. Es gibt nur uns. Wir haben mit diesen Naturgöttern aufgeräumt. Niemand vor uns und niemand nach uns."

Zeus blickt ärgerlich auf Athene, die keinen Widerspruch wagt. Er befiehlt: „Elke Meerbusch wird von Kreta verbannt. Der Diskosartikel darf unsere mythische Welt nicht vernichten. Ich mache euch Götter dafür verantwortlich. Und ich werde euch strafen, wenn etwas schiefgeht. Ich werde euch verbrennen, in den kalten Lüften an Fesseln aufhängen, ich werde eine Feuersbrunst über euch schicken."

„Großer Zeus", ruft Hermes, „Elke Meerbusch ist mit einer Frauengruppe soeben auf Kreta gelandet."

Vierzig Frauen im Süden Kretas
227 Tage deutscher Einheit

Sonnabend, 18. Mai 1991. Der Morgen war noch jung. Nach einer Nacht wirrer Träume war Lisa freudig erregt und unsicher zugleich. *Die Frauen aus Berlin, die den Süden Kretas besuchen, sind Eindringlinge in mein Reich. Ich wünsche sie ins ferne Deutschland zurück, noch ehe sie ankommen. Ich höre schon die tausend Fragen. Warum, wieso, weshalb lebst du auf Kreta? Und ich ringe nach Antworten: Weil es hier warm ist. Weil es den Griechen egal ist, aus welchem Teil Deutschlands ich komme. Keine dieser Antworten wird sie zufriedenstellen. Denn ich kann keine hohe Gehaltseinstufung vorweisen, keinen Mann, bin nicht versichert, habe keine Arbeit.*

In der Ferne schälten sich die Konturen eines Reisebusses aus einer Staubwolke. Lisa Meerbusch ahnte, mit der Ankunft der Frauen würde ihr kretischer Rückzug zu Ende gehen. Der Bus stoppte am Ortseingangsschild von Mires. Lisa sah ihre Mutter auf dem Beifahrersitz mit dem Mikrofon winken. Hinter ihr lauter Frauenköpfe, vertraute Gesichter, Einheitsfrisuren, halblang, aufgedreht, pilzförmig. Großblumige T-Shirts, die Schultern frei, sonnenverbrannte Haut.

Deutsche Worte und eine Duftwolke aus Kölnisch Wasser, Rosenduft, Maiglöckchenparfüm schlugen Lisa entgegen, als sie in den Bus stieg. Junge, alte, herausgeputzte, sensationshungrige, übermütige, freche Frauen schauten sie an.

„Mann, bist du braun", rief Alexandra und wühlte in ihrer großen Handtasche, bis sie ein buntes Tütchen fand. „Lisa, das habe ich dir von meinem letzten Kudammbummel mitgebracht."

Lisa wickelte ein Paar Ohrringe aus, während der Bus sich in Bewegung setzte. *Ausgerechnet Doppeläxte, die es hier an jeder Straßenecke zu kaufen gibt.*

„Das ist typisch griechisch", erklärte Alexandra stolz ihr Geschenk. „Ich habe einen Griechen kennengelernt, der im Winter in Berlin lebt und bei seiner deutschen Freundin Schmuck fertigt. Du freust dich ja gar nicht."

„Doch, doch", sagte Lisa schnell. Sie schaute sich um, wer noch mitgekommen war. Zwei Frauen kannte sie nicht. *Westlerinnen, ein bißchen arrogant, zurückhaltend, fremd.*

Isolde Brenningmeyer aus Köln, die neue Kollegin von Elke, drängelte sich nach vorn.

„Na, Griechin, wie geht's? Siehst ja gut aus. Ich muß dich unbedingt sprechen. Ich schreibe einen Artikel über griechische Männer." Sie musterte Lisa und fuhr fort: „Über den weiblichen Sextourismus. Über die Emanzipierten aus dem Norden und ihre Sehnsucht nach den südländischen Machos."

„Da gibt es einiges zu berichten", erwiderte Lisa, sie dachte an Michalis' Liebesbriefe.

„Wir haben gleich Zeit für uns", sagte Elke statt einer Begrüßung, während sie das Mikrofon einschaltete: „Also, meine Damen, hier ist, wie versprochen, der Wochenmarkt von Mires, der sich vor uns auf der Hauptstraße einen Kilometer lang erstreckt."

Die Frauen stierten auf die vor Menschen brodelnde Straße. Alexandra hielt Lisa ein knisterndes Päckchen entgegen: „Elke meinte, Schwarzbrot fehle dir am meisten."

„Wenn ich dich nicht hätte", sagte Lisa und steckte das Brot in ihren Rucksack. „Ich weiß schon gar nicht mehr, wie Schwarzbrot schmeckt."

„Noch einen Rat, meine Damen", Elke Meerbusch versuchte, sich Gehör zu verschaffen, „kauft bitte, bitte keinen Kitsch. Denkt an euer Gepäck, das zwanzig Kilo nicht überschreiten darf."

Die Frauen drängelten schon aus dem Bus. Sie berlinerten, sächselten und sprachen Platt. Sie zupften Röcke, Hosen und Blusen zurecht, besserten das Make-up auf. *Wie Schulmädchen zur Jugendweihe.*

„Am besten, wir gehen auf dieser Straßenseite hin und auf der anderen zurück. Dann sehen wir alles", trompetete Heiderose und war sogleich im Marktgewühl verschwunden, zwischen brüllenden Händlern, die Berge von Militärstiefeln feilboten, und anderen, die Palmentöpfe anpriesen, tschiepende Küken, Gemüse und Fisch, Kleider, Schaufeln, Hacken, Seidenstoffe von dicken Ballen.

„Moment, ich hab einen Stein im Schuh. Wartet auf mich“, quengelte Alexandra.

„Elke wollte doch zuerst nach Phaistos zu den Minoern?“ fragte Karin enttäuscht. Alexandra zog sie in das Markgetümmel. „Wir waren gestern in Knossos und in Malia. Mach mal Pause, guck, da vorn gehen wir nachher Kaffee trinken, ja?“

„Vielleicht gibt es da auch Kuchen?“ fragte Gabi, eine Journalistin aus Frankfurt am Main.

„Für mich nicht“, lehnte Isolde ab, „der griechische Kuchen ist mir zu süß.“

„Das ist ja ganz was Neues bei dir“, rief Wally, „du stirbst doch für Süßes.“

„Es ist wie früher bei einem Ausflug am Internationalen Frauentag zum Müggelsee“, kommentierte Elke das Gewusel ihrer Kolleginnen. Lisa zog ihre Mutter in eine kleine Taverne. Alte Männer lungerten herum, der Fernseher plärrte. Ein Tisch am Fenster bot den beiden Frauen guten Ausblick. Durch staubige Scheiben beobachteten sie Heiderose, die Personalchefin, wie sie verzückt einen Berg golden glitzernder Sandaletten durchforstete. Mechanisch bestrich sie ihre Achselhöhlen und den faltigen Hals mit einem Florenadeostift aus sozialistischen Restbeständen: Duftnote Veilchentraum.

„Tja, ich bin jetzt Reiseleiterin“, sagte Elke stolz. „Hier ist übrigens die Salbe, die du haben wolltest.“ Sie holte aus ihrer Handtasche eine Riesentube hervor. „Je länger wir hier auf Kreta sind“, stellte sie fest, „desto weniger interessieren die Frauen sich für unseren Kulturfahrplan.“

„Wundert dich das?“ entgegnete Lisa. „Sie suchen die Sonne, den Strand und das Meer.“ Dann erkundigte sie sich, was aus Frau Braun geworden sei. Elke seufzte. „Erinnere mich bloß nicht daran. Die ersten Ämtergänge hast du ja noch mitgemacht. Wo ich auch hinkam: ‚Sie müssen den Rechtsweg einhalten. Sie müssen einen Antrag stellen, Sie brauchen diese und jene Unterlagen.‘ Einer auf dem Jugendamt im Westen hat mir Beihilfe zur Kindesentführung unterstellen wollen, stell dir vor!“

„Nein, das gibt's nicht! Das ist ja Verleumdung.“

„Der Papierkrieg zog und zog sich. Ich habe andere Zeitungen eingeschaltet, darüber lachten die Bürokraten nur.“

„Und dein Artikel über Elke Braun?“

„Ist abgeschmettert worden. In einer Zeit des Umschwungs müsse man das Augenmerk auf die großen, politischen Dinge lenken, hieß es in der Chefredaktion, da bliebe kein Raum für private Querelen."

„Also, wenn das keine große Politik ist, dann weiß ich auch nicht", ereiferte sich Lisa. „Und wie geht es Frau Braun?"

„Frau Braun wartet immer noch auf ihre Rehabilitierung. Zusammen mit Abertausenden. Das Ermittlungsverfahren gegen Ernst wurde niedergeschlagen."

Lisa sah, wie der Wirt mit den Fingern aus einem Wasserbad Spaghetti fischte. Er verscheuchte Fliegen aus der Vitrine und löffelte Fleischsoße auf den Teller. Dann schob er den Teller in die Mikrowelle. Neben der Vitrine saß eine alte Frau. *Eine Krähe wie Sophia ... Sicher seine Mutter.*

„Du hast versucht, Frau Braun zu helfen", sagte Lisa. Ihr letzter Satz ging im Gebrüll des Wirtes unter, der sich mit dem Alten, der an der Tür saß, anlegte. Der Alte quäkte mit brüchiger Stimme und machte dabei unzählige Ochi-Gesten in Richtung Wirt, der seinerseits ohne Pause schimpfte und schließlich auf den Alten zukam. Der Alte kreuzte die Beine und trank aus seinem Wasserglas. Plötzlich grinste er vergnügt, zeigte nach draußen, boxte dem Wirt lachend auf den Arm, und der Wirt lachte mit.

„Was haben die nur?" fragte Elke. Lisa zuckte mit den Schultern. Dann sah sie die Ursache des Palavers: Heiderose. Auf der gegenüberliegenden Straßenseite war ein beleibter Händler mit weißen Bartstoppeln und einem schwarzen Netztuch auf dem Kopf zu Heiderose gehumpelt. Er redete gestikulierend auf sie ein und schob ihr einen Hocker unter den Hintern. Genüßlich berührte er ihren nackten Arm und kniff sie in das weiche Fleisch, sie schrie auf.

„Leute wie Ernst haben wieder alles, Macht, Positionen, Grundstücke", sagte Elke. „Stell dir vor, der arbeitet jetzt als Richter am Familiengericht in Leipzig. Auf Probe. Ich fasse es nicht. Fett schwimmt eben oben." Elke blickte zu Heiderose.

Lisa wollte ihre Mutter ablenken: „Fährst du oft in den Westen?"

„Was soll ich denn da?" gab sie müde zurück. „In unserer Kaufhalle kriege ich jetzt alles, was ich brauche. Ich habe gar nicht die Zeit, rüberzufahren; ich arbeite zehn, zwölf, vierzehn Stunden am Tag. Es ist mir egal, ob ich irische Butter oder Butter aus Weißensee kaufe."

Die zwei Journalistinnen aus dem Westen kamen vorbei. „Ist dir nicht gut, Elke?" fragte Wally.

„Eine tolle Idee von dir, nach Mires zu fahren", sagte Gabi. „Ich war schon ein paarmal im Süden, habe nie gewußt, daß hier samstags Markttag ist."

Wally zog ihre Kollegin weiter. „Komm, wir gehen uns Griechen angucken." Sie eilten los. Als sich hinter ihnen die Glastür geschlossen hatte, sagte Elke: „Die beiden kommen aus Frankfurt. Ich werde aus ihnen nicht schlau. Sie wollten unbedingt mit uns mitfahren."

„In der Gruppe ist es billiger für sie", vermutete Lisa.

„Sicher, wenn sie mit mir reden, habe ich immer das Gefühl, ich sei behindert", sagte Elke nachdenklich. „Sie passen nicht so recht zu uns. Isolde, die ältere Kollegin aus Köln, ist da anders. Sie behandelt alle gleich. Sie hat so etwas mütterlich Burschikoses. Das gefällt mir an ihr."

„Ich schäme mich meiner sozialistischen Vergangenheit wegen nicht", sagte Lisa. „Ich weiß nicht, ob ich diese Ellbogenkämpfe zwischen Ost und West ertragen könnte, die nur sinnlos Kraft kosten."

„Die Überheblichkeit von Wally und Gabi bringen mich oft auf die Palme", sagte Elke. „Da kommen die zwei Grünschnäbel frisch von der Journalistenschule und dürfen den Alteingesessenen über den Mund fahren. Eine halbwegs intakte Gemeinschaft wird von solchen Leuten zerstört."

Elke lächelte verkrampft. „Wichtig ist nur, was an Leistung herauszuholen ist. Wer nicht sofort hundertprozentig mit Westgepflogenheiten umgehen kann, wird ausgestoßen. Gabi und Wally sahnen nur ab, kriegen die besten Aufträge. Gut, sie schuften auch, das muß ich ihnen lassen ... Ich zwinge mich ja, schärfer zu recherchieren. Die Westjournalisten trauen sich einfach mehr zu."

„Dafür fühlen die Ostjournalisten, was die Menschen in der ehemaligen DDR bewegt."

Lisa beobachtete das Getue des Händlers um Heiderose und fragte unvermittelt: „Wieso habt ihr Heiderose mitgenommen? Hat die nicht früher als stellvertretende Chefredakteurin lang genug den Ton angegeben und die Kolleginnen beim Parteisekretär und in der Chefredaktion angeschwärzt?"

„Sie kriecht mit denselben Methoden wie früher den Westlern in den Arsch."

„Sie hat nichts dazugelernt."

Der Wirt nahm den Teller aus der Mikrowelle und steckte einen Finger in die Spaghetti, um die Temperatur zu prüfen. Dann brachte er sie laut palavernd dem alten Mann, mit dem er sich eben noch gestritten hatte.

„Heideroses Zeit ist abgelaufen", sagte Elke. „Jetzt entläßt sie noch die Leute, am Schluß wird sie selber entlassen. Die Frauen aus der Gruppe schneiden sie. Gestern hat sie geheult. Ich mußte ihr ein Einzelzimmer geben."

„Und die Entlassenen, haben die nicht geweint?" rief Lisa. „Deine Kollegin Irene zum Beispiel?"

Der Händler draußen zog Heiderose zärtlich die rechte Sandale aus und streifte über ihren dicken Fuß einen Glitzerschuh, wobei er ihre

Waden streichelte. Heiderose juchzte auf. Plötzlich lief der Händler mit den glitzernden Schuhen in ein Kafeneon auf der anderen Straßenseite, Heiderose hinterher.

Lisa rief: „Was geht denn jetzt ab?"

„Laß sie ruhig", sagte Elke.

„Wenn das mal gutgeht."

„Irgend jemand wird sie schon bei ihrem Mann verpetzen", sagte Elke. „Seit wir hier sind, ist kein Grieche vor ihr sicher."

„Du meinst, mit der Figur ist sie vor keinem Griechen sicher", korrigierte Lisa grinsend. Heiderose setzte sich an einen Tisch vor die Tür des Kafeneons; neben ihr saß der Händler. Ihr Rock rutschte hoch und entblößte die fetten Knie. „Ramoto", fluchte Lisa, als sie sah, wie ein Kellner mit zwei kleinen Gläsern auf Heiderose zukam und kein Auge von den nackten weißen Beinen lassen konnte.

„Wenn dich einer anfassen sollte, gibt's Ärger", sagte Lisa.

„Ich weiß, ich weiß. Schau", sagte Elke und schüttelte den Kopf. Heiderose stieß lachend mit dem Händler an. „Jetzt trinkt sie mit ihm Raki."

„Ich kann nicht verstehen", sagte Lisa, „daß dieselben Leute bei euch noch immer auf den Chefsesseln sitzen. Die entscheiden wieder über Schicksale. Bei mir dürfte sie nicht einmal die Klos putzen."

„Du kannst nicht alle Leute an die Wand stellen", sagte Elke.

„Klar kann ich das. Für mich sind diese Leute gestorben, mausetot. Die haben gewußt, in wessen Boot sie saßen. Ohne diese Mitläufer, diese ewigen Schmarotzer, hätten wir vielleicht schon eher herfahren können."

„Ich glaube nicht", sagte Elke.

„In der Französischen Revolution waren sie konsequent."

„Man muß verzeihen können."

„Diese ewigen Kompromisse. Wir beschäftigen uns noch mit Sachen, die in einer richtigen Revolution längst erledigt wären. Die Erstürmung der Stasizentrale in der Normannenstraße war unsere einzige revolutionäre Aktion!"

Elke wollte ihre Tochter bremsen, doch Lisa schnitt ihr das Wort ab: „Du hast deinem Mann auch nicht verziehen."

„Das ist etwas anderes."

„Ich sehe da keinen Unterschied." Lisa ließ nicht locker. „Du warst zweiundzwanzig Jahre verheiratet, und ich möchte nicht wissen, was die Stasi alles über dich protokolliert hat: wie oft du im Delikatladen oder im Exquisit eingekauft hast, welche Fernsehsendungen du gut fandest, und über deine Artikel haben sie sicher oft gelacht."

„Ernst hat uns, seine Familie, jahrelang aus allem herausgehalten."

„Ich weiß noch, wie er mich noch im September neunundachtzig, an deinem Geburtstag, beschimpft hat. Ich hätte mit meiner Kündigung bei der Volksbildung dem Staat geschadet."

„Selbst als der Kahn schon sank, hatte er noch nichts begriffen", sagte Elke verbittert. „Als ich ihm eröffnete, ich werde mich von ihm scheiden lassen, war seine einzige Reaktion: Das werde ich zu verhindern wissen."

„Du hast ihm jahrelang geglaubt."

„Nein, ich habe zu ihm gehalten, weil er mein Mann war", sagte Elke. „Heute bin ich klüger."

„Willi hat mir geschrieben. Er ist froh, daß das Kapitel deiner Ehe beendet ist."

„Ach ja?" Elke schüttelte sich, als sei sie eben aufgewacht, schaute Lisa an, an ihr vorbei und sagte: „Übrigens, Willi hat vor seiner Abreise drei Postmietbehälter auf deinem Wohnzimmerschrank deponiert."

„Postmietbehälter?" fragte Lisa.

„Ich will damit nichts zu tun haben", wehrte Elke ab.

„Er schrieb etwas von Akten", erinnerte sich Lisa.

„Dabei sollte er unseren Reiseplan noch korrigieren; aber er ist einfach abgehauen. Ich glaube, England."

„Hat er noch etwas gesagt?" fragte Lisa.

„Nein, nichts weiter", sagte Elke zögernd nach kurzem Überlegen. „Nur schöne Grüße. Den Wohnungsschlüssel hat er Silvy zurückgegeben." *Das hört sich an, als sei es ihr unangenehm, über Willi zu reden.*

„Ich könnte nie wieder mit einem Mann zusammenleben, der eine völlig andere Auffassung von Recht hat als ich", sagte Elke leise. „In der Liebe möchte sich schon Gleiches zu Gleichem gesellen. Ich meine, in grundlegenden Fragen müßte man sich einig sein."

„Hast du das nicht vorher gewußt?

Elke konterte verärgert: „Hast du dir ein einziges Mal Gedanken darüber gemacht, daß wir im Sozialismus in einer Zweiklassengesellschaft lebten?" Lisa wollte antworten, doch Elke ließ sich nicht unterbrechen. Ihre Stimme hatte ungewohnte Schärfe. „Nein, das hast du nicht. Du hattest, genauso wie ich, die Spielregeln verinnerlicht. Fragen nach der Ungleichheit kamen dir nicht mal in den Sinn. Und jetzt rufst ausgerechnet du nach dem Henker?"

Lisa war sprachlos, sie schämte sich.

„Hast du protestiert, als dich der Kellner im Grandhotel drei Monate nach der Maueröffnung darauf aufmerksam machte, dies sei ein Devisenrestaurant? Du hättest dem ins Gesicht sagen sollen, verpiß dich … Hast du dich jemals aufgeregt, daß es Intershops gab?"

„Woher hätte ich denn wissen sollen, daß alles zwei Seiten hat?" verteidigte Lisa sich.

„Siehst du", sagte Elke, „da liegt das Dilemma. Ich trage da einen Teil der Schuld, ich habe dich erzogen. Von Ernst und Willi will ich nicht reden. Ich zum Beispiel: Ich habe früher bei einer DDR-Zeitschrift gearbeitet, die nun eine Westzeitschrift ist. Ich hatte noch nicht mal die Zeit, um grundlegend nachzudenken. Erst jetzt stelle ich Fragen, die ich mir schon früher hätte stellen müssen, zum Beispiel die nach meiner eigenen Identität. Ich hätte meine eigenen Werte und Überzeugungen viel früher überprüfen müssen. Ich hatte nicht den Mut." Leise fügte sie hinzu: „Ich war zu feige."

„Heißt das", fragte Lisa, „du glaubst an einen Neuanfang?"

„Na klar", sagte Elke und schaute ihre Tochter forsch an. „Vielleicht versuche ich es das nächste Mal mit einem jüngeren Mann. Warum nicht? Vielleicht mit einem jungen, hübschen Griechen?"

Lisa sah ihre Mutter ungläubig an, die sie strahlend anlachte. *Gleiches zu Gleichem? Du kennst die griechischen Männer nicht. Ich bin ja eifersüchtig! Meine Mutter als Konkurrentin? Lachhaft.*

„Mit einem, der dich nach ein paar Jahren verläßt", provozierte Lisa.

„Erst nach ein paar Jahren. So dumm wie du bin ich nicht, mein Töchterchen", antwortete Elke spitz.

„Und dann den nächsten?"

„Warum nicht, wie Alexandra, na klar."

„Wenn man vom Teufel spricht", sagte Lisa und deutete nach draußen.

Alexandra kam keuchend in die Taverne. Aus ihrer Tüte ragten frische Salatblätter, Artischocken und das Grünzeug eines Bündels Möhren.

„Kann ich meine Tüte bei euch abstellen?" fragte sie.

„Was wird denn das?" rief Elke erschrocken.

„Für Salat heute abend", sagte Alexandra ganz selbstverständlich.

„Salat?" Elke blickte fassungslos auf die Tüte. „Das Abendbrot ist organisiert und schon bezahlt."

„Was ist dabei? Wir essen heut abend frischen Salat zum Nachtisch."

„Und wer kocht deiner Meinung nach die Artischocken?" mischte sich Lisa ein.

„Die Küche natürlich", entgegnete Alexandra. „Ist doch üblich in Griechenland, im Restaurant kann man auch seine eigenen Sachen essen, wie bei uns: ‚Hier können Familien Kaffee kochen.'"

Lisa verdrehte die Augen.

„Hach, das ist ja alles so aufregend", schwärmte Alexandra und rauschte aus dem Restaurant. Alle Gespräche waren verstummt, die Männer blickten der attraktiven blonden Vierzigerin hinterher.

„Sie versucht, sich durchzuschlagen", dachte Elke laut. „Nur ihre Versetzung in die Grafik hat sie nicht überwunden."

„Wieso Grafik?" fragte Lisa. „Ihr wart doch zusammen in Oslo und habt den Artikel über den Diskos von Phaistos geschrieben."

„Die einzige, die das beantworten kann, trinkt da drüben Raki."
„Raki me mesé", verbesserte Lisa.
„Was?"
„Me mesé, das heißt mit einer Kleinigkeit dazu, Nüsse, Kekse ..."
Der Schuhhändler tätschelte Heideroses Schulter. *Heiderose genießt es, für die griechischen Männer attraktiv zu sein. In Deutschland schaut ihr niemand mehr nach.*
„Wie hast du es bloß geschafft, die Frauen zusammenzutrommeln im kapitalistischen Streß", wechselte Lisa das Thema.
„Hör auf! Das war ein Zeck, die Leute von den Redaktionen loszueisen. Dagegen ist die Reiseleitung ein Lacher."
„Sie schreiben doch sicher alle etwas über Kreta, dann ist das keine vertane Zeit."
„Es sind nicht nur Journalistinnen", sagte Elke. „Petra, die dort am Kleiderständer steht, ist Chefsekretärin. Oder Renate, die du kennst, unsere Botin. Die schreibt bestimmt keinen Artikel, die mußten unbezahlten Urlaub nehmen. Ich wollte unsere Frauengruppe von früher wieder beisammenhaben. Der DFD von früher geht nicht mehr zum Kaffeekränzchen, sondern fährt jetzt in den Süden."
Laut schwatzend zogen vier Frauen vorbei. Ihre grellbunten Sachen fielen im Marktgewimmel aus dem Rahmen. Jede schleppte mehrere Tüten, darin Kerzen, bunter Stoff, Apfelsinen, Kräuter.
„Gehören die etwa auch zu uns?" fragte Lisa vorsichtig.
„Leider, die ewig Linientreuen", sagte Elke. „Ich darf gar nicht an die Versammlungen früher denken. Wie haben sich gerade diese vier ins Zeug gelegt und ihre kommunistische Überzeugung verkündet. Und jetzt? Sie sprechen vom eigenen Marktwert und daß man sich so teuer wie möglich verkaufen müßte. Sie sind wie Hyänen, die mit allen lauteren und unlauteren Mitteln ums Überleben kämpfen. Darwinismus, die ostdeutsche Variante des Kapitalismus."
Die sind doch harmlos, wenn ich sie mit Ernst vergleiche, wie der sich nahtlos auf die Seite des einstigen Klassenfeindes geschlagen hat.
„Die toben sich auf Kreta richtig aus", sagte Lisa. Elke winkte genervt ab. „Die bunten Fummel sind die letzten Eroberungen aus der Hotelboutique in Malia."
Schon von weitem war Heideroses breites Lachen zu hören. Sie erzählte jedem von ihrem Flirt und den spendierten Rakis: „Stell dir vor, zum ersten Schnaps gab's Nüsse, zum zweiten Schafskäse, dann ein winziges Stück Kuchen und zum Schluß sogar kleine gegrillte Fische."
Ihre Füße glitzerten, Fettpolster drängelten sich zwischen den Riemchen und waren beängstigend rot.
„Meine Damen, alles einsteigen", rief Elke. Die Frauen hörten nicht auf, sich gegenseitig ihre Einkäufe zu zeigen:

„Hast du schon mal solche duftende Kräuter gesehen?"

„Bei den Kleidern konnte ich nicht widerstehen. So fürs Büro, ist doch praktisch, nicht?", sagte Erika. *Damit kann sie sich wieder bei ihrem neuen Westchef einschmeicheln.*

„Ein tolles Material."

„Reine Baumwolle. Kriegst du sonst nirgends."

Die Mittagssonne drückte auf die erhitzten Köpfe, von unten heizte der Asphalt die Körper auf. Manche hatten sich helle Taschentücher über das Haar gelegt. Heiderose bestrich sich wieder mit Veilchentraum, immer darauf bedacht, ihre Schuhe im Sonnenlicht funkeln zu lassen.

„Wo ist dein Mäxchen, Alexandra?"

Alexandra unterdrückte ihre Tränen und flüchtete sich in den Bus, den eine stinkende Wolke umnebelte.

„Meine Damen", erklang Elkes Stimme im Lautsprecher, „wir kommen jetzt zu einem der Höhepunkte unserer Kretareise. Die Messaraebene ist seit Jahrtausenden eine fruchtbare Gegend. Es liegt also nahe, daß die Minoer, nachdem sie aus dem südlichen Orient eingewandert waren, gerade hier ihre Paläste bauten und ihre Hochkultur entwickelten. Kreta war um zweitausendfünfhundert vor unserer Zeitrechnung das Amerika des frühen Altertums. Die Einwanderer brachten ihre Kultur und Religion mit. Es waren Fruchtbarkeitskulte, die den Ablauf ihre Lebens bestimmten. Während sich in Ägypten langsam eine patriarchalische Lebensweise durchsetzte und auch in den anderen Kulturen rund um Kreta der Himmel schon unter den männlichen Göttern aufgeteilt wurde, erlebte die Insel Kreta ihren kulturellen Höhepunkt in einer fast tausend Jahre dauernden matriarchalischen Epoche. In diesem Monotheismus wurde die Muttergöttin Rhea mit ihrem Sohngeliebten verehrt, der im Jahreszeitenrhythmus wächst und stirbt."

Die Griechen behaupten, es hätte nur einen König Minos gegeben und kein Matriarchat.

Der Bus bog links von der Hauptstraße ab, fuhr durch leuchtende Orangenhaine und quälte sich die Serpentinen zum Palast Phaistos hoch.

„Die minoischen Kreter versammelten sich mehrmals im Jahr in den Palästen, von denen die Archäologen bisher nur zehn gefunden haben."

„Und wann fahren wir baden?" unterbrach Wally Elke.

Alexandra hielt ihr den Reiseplan vors Gesicht und wies sie zurecht: „Hier steht alles. Also halt den Mund. Mich interessiert der Vortrag nämlich."

Elke ignorierte die Störung: „Jedes Frühjahr war der Palasthof von

Phaistos das Zentrum eines Fruchtbarkeitskultes. Es strömten Tausende Eltern mit ihren jungen Töchtern von überall her in den Palasthof zu einem riesigen Initiationsfest, einer minoischen Jugendweihe."

Elke hielt eine Imitation des Diskos von Phaistos in die Höhe. „Ihr kennt den Diskos aus dem Museum in Heraklion, Saal vier …"

„Nicht schon wieder Trümmer", platzte Julia dazwischen, „Trümmer, Trümmer und nochmals Trümmer."

„Jede dieser Hieroglyphen ist eine Silbe", rief Elke, die mit ihren Ausführungen die Unruhe zu übertönen versuchte. „In fünfundvierzig Versen, in einem Dialog zwischen Mann und Frau, wird die Initiation in allen Einzelheiten besungen. In einem orgiastischen Fest, das mehrere Tage dauerte, wurden die jungen Mädchen zu Frauen geweiht und entjungfert."

Es war, als hätte der Blitz in den Bus eingeschlagen, so laut jauchzten die Frauen auf und begannen sie durcheinanderzureden. Elke kam nicht mehr dazu, ihren vorbereiteten Text vorzutragen. Der Bus hielt in einer breiten Kurve vor den Palastanlagen, die Türen öffneten sich. In den klimatisierten Fahrgastraum drang heiße Luft. Die Sonne stand im Zenit und brannte unbarmherzig.

„Die fingen bei der Aufklärung auch mit den Bienen an", lästerte Wally.

„Also, ich fahre baden", verkündete Gabi. „Die Trümmer kenne ich schon, die interessieren mich nicht. Wer kommt mit?"

Drei andere Frauen gesellten sich zu ihr.

„Wo ist der Strand?" fragten sie.

„Zehn, zwölf Kilometer weiter in Matala", sagte Wally.

Elke konnte nicht eingreifen. Es ging alles zu schnell.

„Kommt, Mädels, wir chartern ein Taxi", rief Gabi.

Zu viert fielen sie über das einzige Taxi auf dem Parkplatz her. Der Taxifahrer stürzte mit einem Kaffeebecher auf sein Auto zu, wedelte mit dem freien Arm und wehrte laut ab. Die vier scherte das nicht. Sie quetschten sich in das Auto, winkten aus den heruntergekurbelten Fenstern und riefen: „Matala, please."

Der Taxifahrer gab seinen Protest auf und fuhr los. Gabi winkte: „Bis nachher. Tschü-hüs."

„Ach, ich freu mich auf den Palast", sagte Lisa, um ihrer Mutter Mut zu machen. *Ich weiß, wie aufgeregt sie ist.*

Heiderose holte sie ein und schnaufte. Die neuen Schuhe machten ihr zu schaffen. Aufgeregt fragte sie, als sie die ersten bearbeiteten Stein sah: „Und das ist alles historisch wertvoll?"

Die Luft war dickflüssig, die Hitze verschlang die Geräusche. Vor dem Kassenhäuschen staute sich die Abordnung. Münzen klimperten,

Postkarten wechselten den Besitzer.

„Gepfefferte Preise“, sagte Renate.

„Na bitte, die Fotos sind großartig“, sagte Petra, die Chefsekretärin, „da brauchen wir gar nicht mehr reinzugehen. Wer kommt mit, einen Kaffee trinken?“ Eine Gruppe Frauen folgte ihr. Unter schattenspendenden Platanen befreiten sie ihre Füße aus den Schuhen und atmeten erleichtert auf. Der Kellner stolzierte wie ein Gockel auf die Frauen zu.

„Ich würde vorschlagen“, sagte Elke, „wir gehen gleich in den Palast. Wir haben nur drei Stunden für die Besichtigung.“

„Drei Stunden?“ fragte Renate erstaunt.

„Ihr könnt euch ja die Rübe verbrennen; ich finde es hier im Schatten angenehmer“, sagte Erika aus dem Kulturressort.

„Ich bleibe auch hier“, stimmte Petra zu und begann, in ihrem Tagebuch zu schreiben. „Wir sind freie und mündige Bürger.“

„Ich habe mir einen Plan gekauft. Wir treffen uns ...“, Karin studierte den Plan, „... auf dem Zentralhof wieder.“

Elke holte Luft. Sie schaute Karin hinterher, die zu den Ruinen lief.

„Ich kann nicht mehr“, jammerte Elke leise. „Das mache ich nie wieder. So ein Hühnerhaufen.“

„Bleib ganz ruhig, ich erledige das“, sagte Lisa und ging in den Pavillon; gleich darauf erschien der Kellner mit einem Tablett voller Weingläser und verteilte sie unter den Frauen. Dann brachte er Wein in Krügen. Die Frauen jubelten. „Wenn das mein Mann wüßte“, sagte eine kichernd. Lisa prostete der Gruppe zu: „Auf die Minoer.“

Über Elkes Gesicht huschte ein Lächeln.

„Der Wein ist typisch griechisch“, belehrte Alexandra ihre Tischgenossin Ina und löffelte Kaffeesatz aus. „Die erste halbe Stunde Phaistos haben wir ja prima hinter uns gebracht.“ Heiderose lachte ausgelassen. „Ich finde den Palast prima.“

Lisa stellte sich auf einen Stuhl und rief: „Wer Phaistos nicht gesehen hat, der war nicht auf Kreta.“

Langsam erhoben sich die Frauen. Im Nordhof des Palastes begann Elke ihre Führung: „Stellt euch vor, ihr seid Jungfrauen ...“

„Lang, lang ist's her“, sagte Alexandra voller Inbrunst. Die Frauen glucksten.

„Wenn ich das noch mal erleben könnte“, sagte Petra verträumt.

„Du sei mal still“, platzte Heiderose heraus. „Du hast das mit deinen paar Lenzen gerade erst hinter dir. Was soll ich denn da sagen?“

„Ich habe zwei schulpflichtige Kinder“, verteidigte sich Petra.

Gekicher. Jetzt lächelte auch Elke. Sie wiederholte: „Also, stellt euch vor, ihr seid Jungfrauen und mit eurer gesamten Verwandtschaft hierhergekommen ...“

Weiter kam sie nicht. Renate schaute zum Himmel und flehte: „Lieber Gott, laß mich noch mal von vorn anfangen."

Es war bedrückend still geworden. Elke sagte leise: „Es ist Frühling, die Natur erwacht zu neuem Leben. Die Ebenen grünen, die Vögel bauen Nester. Die Flußbetten führen reißende Ströme; alles bereitet sich auf das kommende Jahr vor. Die Menschen passen sich dem Rhythmus der Natur an. Zu dieser Zeit werden die Jungfrauen in diesem Palasthof, dem Zentralhof, von Priesterinnen empfangen, die ihnen einen kühlen Trunk reichen ..."

Lisa saß auf einer Stufe und lauschte. Die Jahrtausende schienen nicht vergangen zu sein. Lisa sah in allen Einzelheiten, was ihre Mutter erzählte.

Jungfrauen füllten den Nordhof. Redakteurinnen, Sekretärinnen, Putzfrauen verjüngten sich, wurden zu Mädchen.

Die Mädchen stecken sich ihre langen Haare hoch und binden sie mit breiten farbenprächtigen Bändern zusammen. Ihre dicken Zöpfe werden an den Schläfen mit goldenen Nadeln, die wie Blütenkelche aussehen, festgesteckt oder am Kopf nach hinten gelegt. Die Gesichter färben sich die Mädchen mit wohlriechendem Puder weiß, die neugierig-schüchternen Augen und die Brauen umrahmen sie schwarz mit angespitzten Kohlestiften. Sie tragen eine rote Salbe auf die Lippen auf. Die Münder stehen noch einen Moment offen, bis sich die rote Farbe mit der Haut verbunden hat. Die vor Aufregung geröteten Wangen werden auf dem Jochbein noch röter geschminkt.

Unruhig springen sie hin und her, tuscheln, kichern und versuchen, zwischen den schmalen Gängen den Ort des Geschehens zu erspähen.

Priesterinnen halten sie zurück; sie tragen maßgeschneiderte Stufenröcke mit Schürzen, auf denen Schlangen, Doppeläxte und Delphine gestickt sind. Die Priesterinnen halten Füllhörner mit Wein. Jede Jungfrau hält einen Kelch, der nie leer wird. Die nackten Brüste leuchten in der Sonne, auch sie sind weiß gefärbt, und die dunklen Brustwarzen gleichen erblühenden Rosen. Um die Taillen schlingen sich breite Gürtel.

Dies ist der Tag, an dem die große Göttin Rhea in all ihrer Schönheit aus dem Reich des Todes wiederaufersteht und im Jahreszeitenrhythmus gedeiht. Die Jungfrauen dürfen einmal in ihrem Leben an diesem mystischen Schauspiel teilhaben.

Heute sind die Mädchen das erste Mal in ihrem Leben von ihnen getrennt, sie sind allein zu Tausenden. Vor den Mauern warten die Familien. Und immer mehr Mädchen betreten den Hof, der mit Blüten übersät ist. Am Rande haben sich Jungfrauen auf Steinplatten niedergelassen, tauschen Vermutungen aus, kichern beschwipst, hoffen angstvoll auf das Gefühl, das von den Dichtern als „sprudelnder Lebensquell" und „Liebe" besungen wird. In banger Vorfreude nippen sie an ihren Bechern, necken sich und erfreuen sich an ihrer eigenen Schönheit. Aus dem Nichts tauchen junge Männer auf, mit dunkler Haut und lockigen Haaren. Weiches, bemaltes Leder legt sich um ihre schmalen Hüften, die Haut glänzt von Öl. Die Mädchen beginnen zu singen, einige fassen sich bei den Händen und tanzen zuerst zaghaft, dann immer gelöster die labyrinthartigen Figuren, die auf die Bodenplatten gemalt sind. Alsbald mischen sich Flötenklänge in die Mädchenstimmen. Auf einem bauchigen Holzgefäß schlägt einer den Rhythmus, die Mädchen tanzen, springen, drehen sich wie im Rausch. Das Spiel zwischen Jungen und Mädchen beginnt: zufällige Berührungen, Blicke, Lächeln. Rasseln, Saiteninstrumente, Flöten, Trommeln und Gesang. Die Sonne läßt den Himmel erglühen, die Zypressen knistern, ein leichter Wind fährt in die Kleider und die Haare, die sich im Tanz auflösen und an den feuchten, heißen Wangen der Mädchen klebenbleiben.

Der Tanz wird wilder, in Reigen, Schlangen, einzeln und paarweise drehen sich die Mädchen. Der Schein offener Feuer erhellt die Gesichter.

Ein feierlicher Ton aus dem Palast versetzt die Tanzenden in gespannte Ruhe. Alle schauen auf die gegenüberliegende Theatertreppe, wo Mädchen mit feuerroten Haaren und weiten Hosen einen Stier vorführen, dessen Hörner wie Gold glänzen. Der Stier schnaubt, er läßt die Reiterinnen über seinen Rücken springen; die Sprünge werden waghalsiger, schneller, schwerer mit den Augen zu verfolgen. Die Jungfrauen jubeln bei jedem geglückten Kunststück und rufen: „Weiter, mehr, wir wollen noch mehr sehen." Eine Woge von Mädchenstimmen erfüllt den Palasthof. Zypressen duften herb, ringsherum wird Räucherwerk entzündet, das die Sinne erregt.

Der Stier galoppiert mit den Reiterinnen auf seinem Rücken durch die enge Gasse und entschwindet den Blicken der Jungfrauen, die erst jetzt das Einbrechen der Dämmerung gewahren. Die Feuer erlöschen. Dunkelheit bemächtigt sich des Nordhofes und der Gemüter der Mädchen.

Sie formieren sich zu einer langen Prozession. Einige weinen wie im Fieber, werden von Priesterinnen in die Arme geschlossen. Der Zug setzt sich in Bewegung, durch den engen Gang, der zu einer Treppe führt. Rechts und links ragen die Palastmauern empor, die Kühle ausstrahlen. Mädchen benetzen ihre Gesichter mit klarem Wasser, das in schmalen Kanälen zu ihren Füßen fließt.

Am Ende der Treppe erstreckt sich ein kleinerer Hof, in dessen Ecken leuchtende Feuer ein warmes, rotes Licht verströmen. Der Duft von Bienenwachs und Zypressenholz umfängt Mädchen, Priesterinnen und Jünglinge. Auf der breiten Treppe im Hof, die Gipfel des Idagebirges als Kulisse, steht die Oberpriesterin. Einmal im Jahr verkörpert sie die Fruchtbarkeitsgöttin Rhea.

Das schwache Licht, das sie vom Boden aus bescheint, läßt ihre Anmut nur ahnen. Sie trägt das prächtigste aller Kleider, golddurchwebt, schwer, die nackten Brüste sind blütenweiß.

Die Mädchen blicken gebannt zu ihr auf und verstummen. Nur das Rascheln der Kleider, dumpfe Schritte und ihr erregter Atem sind zu hören. Der Wind schweigt an diesem Ort.

Die Göttin hebt die Hand und hält den Diskos vor ihr Gesicht, dann beschwörend über ihren Kopf. Mit kräftiger Stimme singt sie:

„I-ri-la."

Die Jünglinge wiederholen: „I-ri-la."

Dann singt die Göttin weiter, und diesmal wiederholen die Mädchen ihre Worte: „Ich will benetzen lassen, Tiefpflug, dein Ackerland."

Der Gesang wird von Vers zu Vers kräftiger, mutiger, erotischer. Die Gesichter, vom Wein gerötet, drohen zu zerspringen, alle singen wie unter Hypnose.

Die Spannung steigert sich zur Orgie. Einige Jungfrauen reißen sich die feinen Stoffe von den Brüsten, als bekämen sie keine Luft mehr. Wieder ertönt die Stimme der Göttin, die regungslos auf der obersten Stufe steht, hinter ihr das Schwarz der Nacht. Sie scheint zu schweben. Die Jungfrauen sind betört vom Gefühl des Glücks, berauscht von Worten, Wein und Rauchwerk. Und von den Jünglingen unter ihnen. Sie warten auf die Erlösung, die sie zu Frauen macht.

„Bist du bereit?" singen die Priester.

Die Göttin antwortet: „Ja, ich bin bereit."

Die Mädchen singen ihr nach: „Ja, ich bin bereit."

Die Stimme der Priesterin ertönt zum letzten Mal: „Dann soll mein Vollzug stattfinden."

Die Jünglinge wiederholen: „Dann soll mein Vollzug stattfinden."

Als der Gesang von vorn beginnt, führen Priesterinnen die ersten Jungfrauen in flache Gebäude, die den Hof begrenzen. Es geschieht Tausende Male in dieser Nacht: Eine Priesterin hebt eine der Jungfrauen auf und führt sie zu den heiligen Kammern, wo sie von zwei anderen Priesterinnen in Empfang genommen wird. Eine Feuerschale erhellt und wärmt den Raum. Dem Mädchen werden die Augen verbunden, Hände führen sie zu einem Stuhl, halten sie fest. Ihre Röcke werden hochgebauscht, sie bäumt sich auf, will schreien, jemand hält ihren Mund zu und drückt sie auf den Stuhl zurück. Sie spürt einen flammenden Schmerz in ihrem Schoß. Als die Priesterin das Band von ihren Augen löst, weint die junge Frau. Durch ihren Tränenschleier sieht sie die Schale mit Öl, in der eine Priesterin den hölzernen Stößel vom jungfräulichen Blut säubert. Dann tritt sie hinaus in den Hof, in dem noch immer die Göttin singt.

Bei Sonnenaufgang haben die Mädchen ein anderes Antlitz. Die unwissende Spannung ist der Gewißheit gewichen, in den Kreis der Frauen aufgenommen worden zu sein. Jetzt dürfen sie heiraten. Einige sind noch verstört und weinen. Die Familien nehmen sich ihrer an. Die letzten leisen Schreie werden vom Gesang im Zentralhof des Palastes übertönt.

Priesterinnen rufen im Westhof zum Festmahl.

In den Duft von Weihrauch und Zypressenholz, von knusprigem Fladenbrot, gebratenem Fleisch, von lecker zubereiteten Meerestieren, süßen Speisen, von seltenen Gewürzen, Wein und fruchtigen Säften mischte sich süßlicher Veilchengeruch.

„Drängelt nicht so", versuchte sich Alexandra gegen das Gegacker der Frauen durchzusetzen. „Ihr kommt ja alle auf das Foto. Heiderose, du gehst in die zweite Reihe, laß lieber Petra nach vorne. Lisa, kannst du das Bild von uns machen?"

Die Frauen redeten und lachten. „Urarchaische Gynäkologen", platzte Renate heraus. „Mein Mann hat mich auch betrunken gemacht, damit ich mitkomme."

„Und die Minoer haben ihre Töchter einfach zum Entjungfern geschickt."

„Initiationsriten gab es in vielen Kulturen."

„Unsere Jugendweihe nimmt sich dagegen aus wie ein Kindergeburtstag."

„Ein Mädchen durfte also nur heiraten, wenn es entjungfert war?"

„Ich finde, das war praktisch eingerichtet. Viel natürlicher. Dann tut's in der Hochzeitsnacht nicht so weh."

„Wie sich das geändert hat! Meine Mutter ist damals total ausgerastet, als sie erfuhr, daß ich keine Jungfrau mehr war."

„Jahrtausende alte Wahrheiten haben wir mit unserer Religion einfach über den Haufen geworfen."

„Bei diesem Fest wurden die Jungfrauen gleich praktisch aufgeklärt!"

„Ob die das nur mit den Stößeln gemacht haben? Da nahmen an diesen Zeremonien doch auch Männer teil."

„Wie sollen denn ein paar Jünglinge in einer Nacht Tausende von Jungfrauen … na ja, ihr wißt schon."

„Das waren ja auch nur Männer!"

Lisa brauchte einige Sekunden, ehe sie in die Wirklichkeit fand. Alexandra sah sie verwundert an. Lisa fotografierte die Frauen in all ihrer Ausgelassenheit.

„Und jetzt noch eins vor den gewissen Räumen", schlug Heiderose kichernd vor. Die Frauen waren sofort dabei. Renate sagte: „Die Bilder bringen wir heute abend in Matala in ein Schnellabor und lassen für jede Jungfrau einen Abzug machen, einverstanden?"

„Jetzt fahren wir aber endlich baden", verlangte Petra.

Abends in Matala
227 Tage deutscher Einheit

Vom Balkon ihres Hotels beobachtete Lisa ein paar Jugendliche, die auf dem Matalafelsen herumkletterten. Im gelben Sandstein zeichneten sich die Höhlen der kretischen Ureinwohner ab. *Es hat nur fünfhundert Jahre gedauert, bis die Höhlenmenschen zehnstöckige Paläste bauten und eine der schönsten Kulturen begründeten.* Lisa zog sich ihre Stretchjeans und einen weiten Pulli über, unter dem sie während des Essens unbeobachtet einen Hosenknopf öffnen konnte. Sie rief ins Badezimmer: „Du kannst ruhig mein Seidenkleid anziehen, Elke. Ich geh schon mal vor und sage dem Wirt Bescheid, du kommst später."

In Matala hatte sich die Ankunft der Frauen schnell herumgesprochen. Die Männer pfiffen jeder Frau auf der Straße nach. *Sie träumen von einer erotischen Nacht mit vierzig Frauen.* Lisa spürte die Spannung. Mit seinen verwitterten Holzhäusern am Strand erinnerte der Ort an eine Wildweststadt. Lisa war allein und doch von Dutzenden beobachtet. Aus den Augenwinkeln sah sie die herausgeputzten Gockel in den Kafeneons.

Auf der Terrasse des Hotelrestaurants fand sie Erika, Ina und Renate, die gerade acht Tische zu einer großen Tafel zusammenschoben. Die drei Frauen waren aufgekratzt, hatten sämtliche Geheimnisse ihrer Koffer gelüftet. Modeschmuck klapperte an Hälsen, Handgelenken und Ohrläppchen. Hohe dünne Absätze klackerten auf den Steinplatten, übertönten die griechische Schnulzenmusik. Die drei buhlten um die Blicke der zwei jungen Kellner, die gelangweilt weiße Papiertücher an den Tischen befestigten. Ina, eine kleine Frau, die Chefin des Ressorts Modernes Leben, trug einen weitschwingenden weißen Rock und Julias Glitzer-T-Shirt mit der goldenen Aufschrift: Kiss me. *Stille Wasser sind tief.*

Lisa ging zum äußersten Ende der Terrasse und schaute zum Strand. Ein junger Mann warf seinen Bademantel hinter sich und lief lässig zum Meer. Er stoppte, als seine Füße das kalte Wasser berührten, schaute sich unschlüssig um und entdeckte Lisa. *Ein Rückzug wäre jetzt blamabel.*

Er sprang kopfüber in die kalte Flut. *Angeber.*

Ioannis, der Wirt, bei dem Lisa die Unterkunft und das Grillfleisch bestellt hatte, erkundigte sich nach Elke. Er gab sich erst zufrieden, als Lisa ihr baldiges Erscheinen versprach.

„Ist das ein romantischer Speisesaal", rief Alexandra begeistert. Sie hatte die Bluse über dem engen, kurzen Rock mit dem schmalen Ledergürtel gerafft, den sie in Mires gekauft hatte.

„Willis Kommentare am Rand sind ja lustig", sagte Lisa und las eine von Willis handschriftlichen Ergänzungen im Reiseplan vor: „Hier in Matala, müßt ihr Euch vorstellen, ist Zeus als Stier mit der Prinzessin Europa auf dem Rücken an Land gegangen. Zeus hatte sich, in einen schönen, weißen Stier verwandelt, in Phönizien einer Prinzessin genähert, die mit ihren Gespielinnen auf einer Wiese saß. Die Prinzessin setzte sich dem zutraulichen Stier auf den Rücken, und der entführte sie über das Meer nach Matala. Keine schönere Liebesbucht konnte er sich auf Kreta aussuchen." Lisa lächelte. *Willi macht mit seinem Halbwissen Elke Konkurrenz!* Sie las weiter: „Die Prinzessin erwachte am Morgen und machte sich die bittersten Vorwürfe, ihre Jungfräulichkeit so leichtsinnig hingegeben zu haben; sie wollte sich von den Klippen stürzen, sie wünschte dem Stier tausend Tode. Da erschien Athene und sagte: ‚Nun hab dich nicht so! Du hast am Liebesspiel mit Zeus Spaß gehabt.' Die Prinzessin aber klagte, raufte sich die Haare: ‚Wie sag ich's meinem Vater Agenor? Ich bin eine Sklavin. Mir bleibt nur der Tod!' Die Göttin hob die Hände: ‚Halte ein! Du wirst die Erdenfrau des Zeus. Deinen Namen soll ein Erdteil tragen, Europa. Das geschah 2031590 Tage vor der deutschen Einheit.'"

„Genau, die Zeitangabe ist korrekt", sagte Alexandra und mußte ihr Lachen unterdrücken. „Übrigens habe ich vorhin die Hufeindrücke im Sand bewundert."

„Keine Tischtücher", entschied Renate und begann, die Papierdecken wieder von den Tischen zu nehmen.

„Laß die Tischtücher", sagte Alexandra. „Das ist typisch griechisch."

Erika war gerade mit dem Falten der Servietten fertig und drapierte sie zu weißen Kegeln. „Hommage an das Idagebirge", interpretierte sie ihr Werk und beschrieb Tischkärtchen.

Die zwei Kellner fläzten sich auf den Tresen, rauchten, witzelten über die Hinterteile der Frauen und jedes Stück Fleisch, das unter den Rocksäumen sichtbar wurde.

Elke erschien in Lisas Seidenkleid, das Alexandra sofort bewunderte.

„Das ist ja wie bei einer Abschiedsparty im Ferienlager", kommentierte Elke die Dekoration.

„Die haben die typischen weißen Tischdecken wieder abgeräumt", beschwerte sich Alexandra.

„Sag mal", fragte Erika, „wie heißt die Kleine aus Bernau, die mit den wilden Haaren?"

„Wen meinst du?" fragte Ina, die aus Körben Besteck verteilte.

„Na, die junge ... nicht die feministische Carola, sondern die andere?"

„Petra? Heiderose?" stichelte Ina.

„Red keinen Stuß", sagte Erika, „ich will das gewissenhaft machen mit den Tischkarten."

„Sieglinde", sagte Alexandra.

„Ja, genau die." Erika füllte das letzte Kärtchen aus.

„Jetzt fehlen nur noch Girlanden und Papierschlangen", stänkerte Lisa.

„Störe mich nicht", sagte Erika, „ich erfülle gerade org.-technische Aufgaben bei der Plazierung von Gesprächsgruppen auf der Grundlage des momentanen Schlüssels der gegenwärtigen Freundschaftsbeziehungen, einander entsprechender Arbeitsbereiche sowie bestehender und Querstrich oder sich entwickelnder Bekanntschaften."

„Huh, das war ja gekonnt", sagte Alexandra und kontrollierte Erikas Sitzordnung. „Nein, so geht das nicht, setz Gabi und Wally auseinander, die Wessis glucken sowieso den ganzen Tag zusammen."

Ein Kellner brachte fünf Karaffen Wein, offenen kretischen Wein. *Die gefährliche Sorte.*

In dem kleinen Torbogen am Eingang zum Restaurant stand die Abordnung der Zeitschriftenredaktion, allen voran Heiderose. Zur Feier des Tages trug sie ein knallgelbes, enges Kostüm, dessen Nähte schwarz paspeliert waren. Um ihren Kopf wand sich ein farblich passendes Tuch, darüber prangte eine übergroße Sonnenbrille. *Sie sieht aus wie eine Hornisse.*

Alexandra und Ina alberten: „Wenn du jetzt noch drei schwarze Punkte auf dem Ärmel hättest …"

„Tut lieber was", sagte Lisa, und reichte ihnen Karaffen. Zusammen umkreisten sie die Tafel und schenkten ein.

„Besten Dank, Fräulein Serviererin", sagte Gabi, „Sie sorgen wie eine Mutter für uns."

„Du kannst Lisa zu mir sagen."

Gesprächsfetzen drangen an ihr Ohr.

„Die politische Arbeit hat nicht funktioniert."

„Du meinst, der Druck auf die Leute war nicht stark genug."

Lisa wollte sich den Abend unter keinen Umständen von Redensarten wie Es-gab-doch und Da-mußten-wir-immer verderben lassen. *Wo ich auch hinhöre, sind die Frauen damit beschäftigt, was zu Hause passiert.*

„Ich warte darauf, daß sich bei meinem Häuschen ein paar Urmenschen einfinden, die behaupten, sie seien die Alteigentümer und hätten vor ein paar tausend Jahren dort ihre Höhle gehabt."

„Darf ich bei solch schwerwiegenden Problemen stören", fragte Lisa, „und euch ein Glas Wein anbieten?"

„Du hast's gut", sagte Karin, „du kannst hier sein. Ich würde jede Woche zu den Palästen fahren."

„Es gibt noch andere schöne Dinge hier", erwiderte Lisa.

„Hast du … oh, danke, Lisa … Hast du die Postleitzahl von Hohenschönhausen?“

„Wer wohnt denn schon in Hohenschönhausen?“

Julia kam mit einer riesigen Schüssel aus der Küche: „Unser Kollektivsalat aus Mires.“

„Wie im tiefsten Sozialismus“, sagte Petra, „da mußte auch jeder seinen Beitrag leisten.“

Ein Windstoß verfing sich in Julias Glockenrock; sie juchzte, wand sich, um ihre nackten Oberschenkel vor den Blicken der Kellner zu verbergen. Die Frauen am Tisch amüsierten sich.

„Für jeden Geschmack etwas“, sagte Julia errötend mit einem Seitenblick auf die Kellner, die mit zwei weiteren Salatschüsseln hinter ihr standen.

„Für die Verzierungen bin ich verantwortlich“, sagte Alexandra.

„Eine deutsch-griechische Kreation“, rief Wally dazwischen. Gelächter. Die Frauen griffen zuerst mit Gabeln, dann mit bloßen Händen in die Salatschüsseln. Öl kleckerte auf die Tische.

Gabi sagte unvermittelt: „Ehrlich, wie das alles bei euch läuft, keine Technik, keine Infrastruktur, wie im Mittelalter. Das dauert ewig, bis da was passiert.“

Sie grenzt sich ab. Wir und ihr, uns und euch, Ost und West. Wir leben in einem Land. Ihre Überheblichkeit geht mir auf die Nerven.

„Tja“, sagte Alexandra provozierend, „ihr habt euch eben mit Bangladesch vereinigt und nicht mit der Schweiz.“

„Heiderose“, rief Julia über die ganze Tafel, „du sagst ja gar nichts.“

Heiderose schreckte auf, zog die Gabel aus dem Mund und nuschelte: „Mit vollem Mund spricht man nicht.“ Sie konnte sich vor Lachen nicht halten.

Alexandra beugte sich in Heideroses Richtung: „Beiß noch mal ab, dann versteh ich dich besser.“

„Mensch, paß doch auf“, kreischte Ina neben ihr. Ein ölgetränktes Avocadostück war von der Gabel auf ihren weißen Rock gefallen.

„Ach, ist das ärgerlich.“

„Gräme dich nicht, da hast du ein neues“, sagte Alexandra und fingerte ein Avocadostück aus der Schüssel.

„Ich meine den Rock. Um den ist es schade“, schimpfte Ina.

Alexandra nahm eine Serviette und wischte das Öl breit. „Gibt wenigstens keine Rotweinflecken.“

Neben Lisa unterhielt sich Helga mit Renate: „Meine Nachbarin, die hat's jetzt auch erwischt. Sie hat sofort ihre Abozeitung abbestellt, weil sie Angst hat, sie nicht mehr bezahlen zu können.“

„Das ist ja die totale Verweigerung“, sagte Renate, „ohne meine Tageszeitung könnte ich nicht leben.“

Helga stöhnte leise und wischte mit einem Weißbrotkanten das Olivenöl vom Teller: „Da wirst du fünfundfünfzig, und nun ist Schluß. Am besten, du legst dich schon mal irgendwo hin."

Einer der Kellner erschien mit einer Platte, auf der sich saftiges Fleisch türmte. *Hoffentlich verplappert er sich jetzt nicht. Wenn die Frauen hören, daß es gebratene Ziege ist, kann er das Fleisch gleich wieder mitnehmen.*

„Grilled lamb for the women", sagte der Kellner galant und stellte genau vor der gelbschwarzen Heiderose seine Ladung ab. Hinter dem Fleischberg verschwand sie fast. Für einen Augenblick verstummten die Gespräche am Tisch. Alle Augen waren auf das duftende Fleisch gerichtet.

„Typisch", sagte Julia, „typisch, immer zuerst die Bonzen und vom Feinsten."

Heiderose fuhr herum. „Das war nicht abgesprochen", versuchte sie zu scherzen. Nervös griff sie in ihre Handtasche und holte den Veilchentraum hervor.

Der andere Kellner brachte gleich zwei Platten.

„Lamb, lamb for the pretty ladies."

„Und sie hoben die Hände zum lecker bereiteten Mahle", rezitierte Elke ihren Homer. Die Frauen hielten überrascht in ihren Bewegungen inne. „Normalerweise wird jetzt ein Abenteuer aus der Odyssee erzählt", erklärte Elke mit einem Seitenblick auf Lisa, „heute geht es auch ohne."

„Was man nicht alles auf die Beine stellt, so ohne Männer", sagte Julia.

„Und ohne Chefs", ergänzte Ina.

„Auf die Frauen!"

Eine Weile war nur zu hören, wie Besteck auf Plastiktellern klapperte, dann wechselte sich das Knacken von Knochen mit genüßlichem Schmatzen ab. Fettige Finger griffen wieder und wieder zu den Platten, die abgenagten Knochen stapelten sich auf den Tischen. Der Wirt und die Kellner tauschten die Weinkaraffen aus. *Wie zufällig berühren die Männer die nackten Schultern der Frauen. Sie können es nicht lassen, jedesmal neu ihre Chancen auszuloten. Und die Frauen auch nicht, vor allem Heiderose.*

„So eine Fete könnten wir in Berlin auch mal wieder machen", sagte Renate. „Ist doch viel besser, wenn sich Ost und West auch privat näherkommen."

„Und nicht im Redaktionsstreß", fügte Helga hinzu. „Also Elke, meinen Glückwunsch. Schade, daß es keine Kulturfunktionäre mehr gibt, du hättest eine Auszeichnung verdient. Auf dein Wohl!"

„Auf Elke und die nächste Kretareise!" Lisa drückte ihrer Mutter unter dem Tisch die Hand. Ioannis klatschte hinter der Theke. Ein paar Frauen prosteten ihm zu: „Ya mas."

Gabi zündete sich eine Zigarette an und raunte ihrer Nachbarin zu: „Für mich ist nur wichtig, was die Leute können. Dieses Gefasel von Fachkompetenz, möglichst noch bewiesen durch irgendein Papier, das interessiert mich nicht."

Ina antwortete scharf: „Das schlägt jetzt ins andere Extrem um." Sie stellte ihr Glas etwas zu laut auf den Tisch und sagte beleidigt: „Da kommen irgendwelche Idioten, die im Westen nichts geworden sind, und markieren hier den fetten Max. Mensch, wir aus der DDR sind auch nicht blöd."

„Nimm mich als Beispiel", sagte Elke, „ich habe nicht in Leipzig studiert, habe mir alles selber angeeignet, von der Pike auf."

„An dem Tellerwäscher ist also was dran?" fragte Isolde.

„Absolut", bestätigte Elke, „so was war auch im Sozialismus möglich."

„Wir feiern heute Bergfest, stimmt's?" Erika schaute fragend in die Runde.

„Was ist denn das, ein Bergfest?" wunderte sich Gabi.

„Kennt ihr das im Westen nicht? Wenn die Hälfte der Ferienzeit um ist, feiert man Bergfest."

„Hab ich mal vom Film gehört", sagte Gabi.

Heiderose ließ sich von ihrem auserwählten Kellner nachschenken. Der holte sein Glas und setzte sich zu ihr.

„Oh, là là!" Alexandra klatschte in die Hände.

„Bist wohl neidisch?" Helga drohte lachend mit dem Finger. Alexandra schüttelte vorwurfsvoll den Kopf, Wally und Gabi musterten das Pärchen und nickten sich wissend zu.

„Ob die mit dem ins Bett geht?" flüsterte Ina ihrer Nachbarin zu.

Renate, die zwei Plätze weiter saß, antwortete laut: „Klar, warum denn nicht. Der sieht doch toll aus. Wenn ich da an meinen Alten denke …"

„War das lecker", Karin strich sich über den Bauch. „Jetzt muß ich hoch und noch ein bißchen dichten."

„Das ist nicht dein Ernst", entrüstete sich Helga.

„Doch", sagte Karin erregt. „Mein Chefredakteur hat mich nur unter der Bedingung mitfahren lassen, sofort nach unserer Rückkehr eine vollständige Reiseseite zu bekommen. Also, schönen Abend noch. Ich bin im Dienst."

Helga hielt ihren Arm fest: „Ich verbiete dir, heute abend zu arbeiten. Komm, trink mit uns."

„Verbieten ist verboten und streng untersagt", meldete sich Alexandra vom anderen Tischende.

„Den vierten Abend ziehst du dich nun schon zurück." Isolde versuchte zu vermitteln.

Karin wurde nervös: „Ich liebe meinen Job, und ich habe keine Lust, nächsten Monat auf der Straße zu sitzen. Kann ich jetzt gehen, bitte?"

Heiderose dolmetschte ihrem Kellner mit Händen, Füßen und den paar Brocken Englisch, die sie aus Schlagern kannte: „She – äh – loves – work – problem – money – ähem – every day ..."

„Jetzt übertreibe mal nicht", wollte Isolde Karin beschwichtigen. „Ein Glas trinkst du noch mit."

Karin verlor die Beherrschung: „Ihr Wessis, ihr tretet plötzlich aus dem Nichts hervor und spielt euch als die großen Lehrmeister der Freiheit auf."

„Jetzt wirst du unsachlich", fuhr Erika dazwischen. „Was hat Isolde mit deiner Arbeitswut zu tun?"

„Ihr könnt ja weitersaufen. Kümmert euch nicht um mich."

Gabi stand auf: „Du glaubst doch wohl nicht, daß du in deiner Stimmung heute abend auch nur eine lesenswerte Zeile hinkriegst?"

Das machte Karin hysterisch. „Laß mich los! Laßt mich doch alle zufrieden!"

Sie heulte und schrie: „Soll ich euch mal was sagen? Ich will nicht entlassen werden, denn ich hasse Aldifraß; ich will nicht erst kurz vor Toresschluß auf den Markt gehen, wenn die Preise fallen; ich will nicht am Monatsende ein paar Tage hungern; ich will nicht isoliert sein, weil ich nicht mehr in die Kneipe gehen kann. Ich will niemals betteln müssen, und auf Ämtern schon gar nicht. Könnt ihr das verstehen?"

„Laßt sie gehen", sagte Erika und lehnte sich im Stuhl zurück, „wenn sie denkt, dadurch ihren Job zu sichern."

Karin war fort.

„Irgendwo hat sie ja recht", verteidigte Elke ihre Kollegin. „Ich fühle mich ja selber als Deutsche zweiter Klasse."

Renate sagte: „Stimmt ja alles, aber sie muß sich nicht so aufspielen."

„Ich hab neulich gelesen, fast die Hälfte aller Erwerbsfähigen in der ehemaligen DDR sind ohne Arbeit oder müssen weit in den Westen pendeln", sagte Isolde.

„Also in meiner Familie", sagte eine der Frauen, „herrschen real existierende sechsundsechzig Komma sechs Prozent Arbeitslosigkeit: Mein Mann und mein Sohn haben keinen Job."

Matthias Vogt hat diese Katastrophe vorausgesehen. Warum haben seine Ideen kein Gehör gefunden? Wem nützt denn diese Massenarbeitslosigkeit? Sie kostet doch auf die Dauer mehr als Weiterbildung!

„Tja, man muß halt etwas tun, wenn man im Boot bleiben will", sinnierte Erika und aß eine Olive.

„Ha!" kreischte Julia. „Das mußt du gerade sagen. Deine Methoden stinken ja zum Himmel."

Erika war überrascht: „Welche Methoden?"

„Erzähl mir doch nichts", beharrte Julia und warf verächtlich den Kopf zurück. „Würde mich nicht wundern, wenn du mit dem auch ins Bett gehst."

„Jetzt reicht's!" schrie Erika. „Ich bin verheiratet."

Julia wandte sich an Alexandra neben sich: „Mit einem geschaßten Wrack von Parteibonzen. Ich möchte ja nicht tauschen mit ihr."

Erika sprang auf, stürzte zu Julia und schüttete ihr ein Glas Wein ins Gesicht. Julia schrie und griff nach ihrem Glas, Alexandra hielt sie zurück. Da langte sie nach dem Haufen Knochen und fegte sie über den Tisch. Erika konnte nur knapp ausweichen.

„Also das habe ich nicht nötig", kreischte sie, „ihr seid ja alle übergeschnappt. Die Ossis sind schlimmer als die Wessis!" Sie griff die Handtasche und verließ laut stöckelnd das Restaurant.

Heiderose rief dazwischen: „Hört mit dem Mist auf. Euer Benehmen ist ja peinlich."

„An deiner Stelle wäre ich ganz ruhig", fauchte Julia und setzte zum nächsten Angriff an. Sie leckte sich den Wein von den Lippen und strich gereizt die nassen Haare aus der Stirn. Der Tisch glich einem Schlachtfeld: fettige Tellerstapel, dazwischen Besteck, Olivenkerne, Essenreste, überquellende Aschenbecher, verkleckerter Wein.

„Wessen Unterschrift ist denn auf den blauen Briefen, he?" Aus Julias Augen sprühte Kampflust.

Die Personalchefin rang nach Luft, der Angriff traf sie unerwartet, die Augen weiteten sich; das Gesicht verfärbte sich knallrot.

„Warum mußte Ulla gehen?" fragte Alexandra. „Und Irene und Manuela und Heinz? Und von wem die ersetzt wurden, da brauche ich mich ja nur umzusehen", sie schaute Wally und Gaby feindselig an. „Warum bist du nicht wie alle anderen Funktionäre abgestürzt?"

Heiderose beschrieb mit ihrer Hand hilflose Kreise: „Ich ... ich mußte ..."

Alexandra fiel ihr ins Wort: „Du mußtest nicht. Du hattest immer für alles eine Rechtfertigung. Wenn es kein Obst für die Kinder zu kaufen gab, war das eine zutiefst ideologische Frage. Erinnere ich mich richtig, ja?"

Heiderose wurde klein auf ihrem Stuhl. Der Kellner an ihrer Seite, der nichts verstand, griente sie an.

„Als ob du nicht ganz genau wüßtest, wie gern ich Artikel schreibe", fuhr Alexandra fort. „Jeder Tag an meiner Schreibmaschine war ein Gewinn für mich, nicht materiell, sondern ideell."

„Stopp", Heiderose richtete sich auf. „Wenn Hexenverbrennung veranstaltet wird und ihr nur dieses Ziel habt, dann gehe ich besser gleich ..."

„Feigling", flötete Julia, ihr Gesicht glänzte vom Alkohol.

„Eine Verteidigung muß gestattet sein", beharrte Heiderose. Der Kellner war hinter den Tresen gegangen, den er gründlichst putzte.

„Ha, da bin ich aber gespannt." Alexandra lehnte sich zurück.

Julia sah Heiderose herausfordernd an: „Also gut, erzähl uns deine Märchen."

Lisa empfand die Spannung am Tisch fast körperlich. *Es knistert richtig, und das elektrische Licht verwandelt die Gesichter in Fratzen.*

„Ich will gar nicht vom Inhalt deiner Artikel vor der Wende sprechen, Alexandra", begann Heiderose. „Die waren linientreu bis zum Gehtnichtmehr. Das ist ein anderes Thema ..."

„Lenk nicht ab", unterbrach Alexandra.

„Das hatte ich nicht vor", sagte Heiderose gefaßt. „Fest steht, daß ich die Entscheidungen über Entlassungen nicht selber fälle. Ich bin nur Vollzugsbeamtin."

„Red dich nicht raus", Alexandras Augen verengten sich. „Sag mir offen, warum ich versetzt wurde."

„Gut, in deinem Fall kann ich es dir ganz genau sagen. Es wurde vorgeschlagen, dich zu entlassen. Argument: Du bist jung und findest schnell wieder Arbeit. Sie hätten dich mit ein paar tausend Mark entschädigt und aus der Traum. Ich war es, die sagte: Nein, die Ullrich hat Ahnung vom Seitenspiegeln, die können wir in der Grafik weiterbeschäftigen. Und da gerade jemand für die Grafik gesucht wurde ... Den Rest hast du ja miterlebt."

Alexandra schaute zu Boden. Julia rief: „Und all die anderen."

Schweigen.

„Glaubt ihr denn, mir macht das Spaß, Leute zu entlassen?" hauchte Heiderose in die Stille. „Aber es ist jetzt mein Job. Und ich kann nicht jedem hinterherheulen. Da gehe ich kaputt. So, das mußte mal raus."

„Gut verdrängt ist halb gewonnen." Julia war vom Alkohol beflügelt. „Und auch auf die Gefahr hin, daß ich die Nächste bin, die geht: Für mich bist du ein schäbiger Wendehals. So, das mußte auch mal raus."

Heiderose holte Luft, Schweißperlen standen ihr auf Stirn und Oberlippe. Sie stützte sich auf die Tischkante und atmete schwer, als sie sagte: „Soll ich mich in Formalin einlegen? Oder darf ich mich ändern?"

Julia sagte verächtlich: „Gestatten Sie, daß ich weine?"

„Also, Kinder, hört mal", sagte Isolde. „Wo sind wir denn überhaupt?" Sie war beschwipst. „Ich dachte, wir machen eine Reise nach

Kreta. Vertragt euch und genießt die paar Tage und macht nicht künstlich Streß."

Die Glühlampen unter dem Weinlaubdach schwankten im Wind. Die Frauen waren die einzigen Gäste im Restaurant. Der Wirt unterhielt sich mit den Kellnern hinter dem Tresen. Die Musik hatten sie längst abgestellt. Dafür plärrte ein Kofferfernseher neben der Kaffeemaschine.

„Ja also", murmelte Ina, „war ein netter Abend, ehrlich. Ich geh dann mal."

Mit ihr verließen auch andere die Tafel. Hinter dem Torbogen erst setzten die Gespräche wieder ein. „Ich möchte ja nicht abräumen müssen heute nacht."

„Blödes Ende heute abend, nicht wahr?"

„So tolles Fleisch habe ich noch nie gegessen. Da muß irgendein spezielles Gewürz dran sein."

Die Frauen, die geblieben waren, rückten zusammen.

Heiderose saß allein am Ende der Tafel. Hinter ihr am Horizont stieg der Mond wie eine große Apfelsine aus dem Meer. Sie stand auf, hielt sich an einer Stuhllehne fest, wankte über die Terrasse. Sie sah aus wie ein Gespenst, die Augen gerötet, kreidebleich das Gesicht, der Lidstrich verwischt, der Lippenstift abgeleckt. Sie tastete sich am Tisch entlang und die Stufen zum Strand hinunter.

„So, Kinder", sagte Isolde und rieb sich die Hände warm, „laßt uns jetzt von etwas Angenehmeren reden."

„Ich will euch mal was sagen", regte Petra sich auf. „Das Leben in der DDR war erträglich, ich hatte mich eingerichtet. Und der Umsturz war nicht abzusehen; zumindest ich habe das nicht voraussehen können. Soll ich mich jetzt dafür schämen, in der DDR glücklich gewesen zu sein?"

„Man stand vor der Alternative, entweder die DDR zu stürzen oder die eingeschränkte Freiheit und Demokratie in Kauf zu nehmen" sagte Renate. „Ein Sturz schien unmöglich."

Zwischen zwei Zügen an ihrer Zigarette sagte Isolde: „Ich glaube, wenn wir den Ostdeutschen vorwerfen, sie hätten sich mit Honni abgefunden, dann kann die Gegenfrage nicht ausbleiben: Und wir? Staatsfotos mit Erich gehörten doch in Bonn zum guten Ton."

Elke sagte nachdenklich: „Wir alle waren angesteckt von dieser Krankheit, der Anpassung. Und jetzt schon wieder. Das scheint eine Gesellschaftskrankheit zu sein."

„Die Zwänge sind doch dieselben geblieben; wir verhalten uns heute genauso angepaßt wie früher", sagte Alexandra. „Was sind denn die Wessis? Dissidenten etwa? Nonkonformisten? Daß ich nicht lache!"

„Ihr habt es mit der Anpassung weit gebracht", sagte Elke.

„Also ich weiß noch", erinnerte sich Isolde, „wenn ich Transit gefahren bin, wie ich den Kopf in Helmstedt an der Grenze eingezogen habe, um bloß nicht aufzufallen. Ich nehme mich da in keiner Weise aus."

„Und dieselben Kopfeinzieher lasten uns heute an, nicht wenigstens das Politbüro in die Luft gesprengt zu haben", sagte Alexandra.

„Auf einmal, plötzlich und unerwartet, ist der Feind weg", konstatierte Elke.

„Auf keinen Fall möchte ich die Zeit in der DDR zurückhaben", sagte Renate. „Ich weine ihr keine Träne nach. Was auch kommen mag."

Sie stellte ihr Glas auf den Kopf: „Machte mein Vater immer, wenn er genug hatte. Gute Nacht."

„Sie hat recht", sagte Alexandra. „Wenn ich unsere Marschroute richtig gelesen habe, ist morgen volles Programm."

„Tja, ich denke, wir sollten wirklich Schluß machen. Schlaft schön", verabschiedete sich Renate.

Am Felsen hatten Touristen ein Lagerfeuer entzündet, das Licht flackerte gegen den gelben Stein.

„Schaut mal", sagte Lisa, „jetzt kann man die Höhlen toll sehen."

„Welche Höhlen?" fragte Wally.

„Na dort", Lisa zeigte, „wo die Ureinwohner Kretas lebten und später die Partisanen. Ich gehe mal gucken, was da für Leute sind. Schönen Abend noch."

Sie verließ die Terrasse.

Der Sand knirschte wie Schnee unter ihren Füßen. Die langen, schräg auf den Strand zulaufenden Wellen rauschten. Die Schaumkämme wurden vom Mondlicht versilbert. Im Ort brannten nur noch vereinzelt Lichter. Am Strand schliefen Leute. Die Schlafsäcke glichen großen Schmetterlingskokons. Unter der Treppe eines Restaurants lagerten Pfadfinder, einer spielte Gitarre. Weiter oben in einem Restaurant sangen Leute deutsche Volkslieder. Eine Gestalt kam auf Lisa zu. Es war Alexandra.

„Ich finde es abscheulich, was da heute abend gelaufen ist", sagte sie. „Manchmal wünsche ich mir die alte Zeit zurück."

Sie gingen schweigend am Meer entlang bis zum Felsen. In der Felsenbar herrschte Hochbetrieb. Einige Griechen, unter ihnen der Busfahrer, luden die beiden Frauen ein. Lisa machte die Ochi-Geste und zog Alexandra weiter. Es war stockfinster. Hinter ihnen in den Felsenhöhlen stöhnten Liebespaare.

„Am schlimmsten sind nicht die Wessis", sagte Alexandra. „Ich meine, sie sind schlimm genug, aber wie unsere Leute ihnen hinten reinkriechen, kann ich nicht mit ansehen."

Alexandras Atem ging schnell und unregelmäßig. Lisa konnte ihr Gesicht nicht sehen in der Dunkelheit. Leise, mehr zu sich, sagte Lisa: „Die Leute sind selbst schuld, wenn sie die Westgepflogenheiten annehmen."

„Was heißt hier Schuld!" sagte Alexandra erregt. „Du hast keine Ahnung. Schuld haben die Leute, die das eigene Volk überwacht und die Stacheldrähte gegen das Volk gerichtet haben."

„Ich wehre mich gegen das große Schuldzuschieben auf die Staatsmänner oder anonymen Spitzel des Staatssicherheitsdienstes", entgegnete Lisa.

„Die jahrelange Angst hat uns zerstört", sagte Alexandra leise. „Mich jedenfalls. Die Angst war allgegenwärtig und hat uns stumm und gehorsam gemacht."

Nur nicht auffallen. Ja, das war unsere Lebensmaxime.

„Dafür müssen die Verantwortlichen bestraft werden", sagte Alexandra bestimmt. „Nicht nur die Funktionäre. Auch die im Westen, die jahrelang das sozialistische System finanziert und damit hochgehalten haben."

„Gefängnis ist nicht genug", sagte Lisa. „Viel zu einfach."

Der Nachtwind erfaßte Alexandras Rock. Als sie ihn festhielt, berührte sie Lisas Hand.

„Es geht nicht nur um die Mauertoten", sagte Alexandra. „Es geht auch um die Tausenden, die sich vor Verzweiflung umgebracht haben. Inzwischen sind es ja auch Spitzel, die sich reihenweise aufhängen. Es geht um die Schicksale, die diese Leute auf dem Gewissen haben."

„Was soll deiner Meinung nach mit ihnen geschehen?"

„Man sollte sie des Landes verweisen. Einfach rausschmeißen, in die Verbannung schicken ..."

„... und ihnen alle Chancen nehmen, genauso, wie sie anderen Menschen die Chancen genommen haben", ergänzte Lisa.

„Nach Wandlitz sollte man sie schicken", beharrte Alexandra auf ihrer Idee. „Eine Mauer drumherum und die gestürzte Regierung samt allen hohen Funktionären in kleine Datschen oder Container."

Lisa gefiel das. „Wandlitz als öffentliches Museum mit lebendem Inventar. Und die Verbannten müssen sich mit jedem unterhalten, der mit seinen Stasiakten unter dem Arm zu ihnen kommt."

„Genau", ereiferte sich Alexandra, „die Aktenberge werden vor die Tore von Wandlitz gebracht; die Leute kommen, manche werden einen Handwagen brauchen."

„Da könnte ein Handwagenverleih sein", witzelte Lisa.

„Die müßten jedem Rede und Antwort stehen, damit sie begreifen, welches Leid sie über das Land und ihre Mitmenschen gebracht haben."

„So lange“, sagte Lisa, „bis sie ihre Schuld abgetragen haben.“

„Das werden sie nicht überleben, sie sind so alt.“

„Verbannung heißt, sie könnten in Wandlitz nicht so weiterleben wie vorher. Geringe Rente und für jeden eine kleine Wohnung.“

„Und die Besucher, die Opfer, werden auf Waffen durchsucht.“ Alexandra lachte albern. Lisa spann den Gedanken weiter: „Es dürfen auch keine Stahlschienen von Hängeordnern mitgeführt werden. Oder Brieföffner.“

„Ich glaube“, sagte Alexandra nach einer Weile, „die werden nie begreifen, was sie getan haben.“ Ihre Stimme zitterte.

„Und Heiderose?“ fragte Lisa leise.

„Es wäre besser gewesen, sie hätte gekündigt und wäre mit der Abfindung gegangen.“

„Und sie entlassen munter weiter.“

„Das Gemeine ist, sie zwingen zur Zeit alle, neue Arbeitsverträge zu unterschreiben. Weißt du, was das bedeutet?“

„Nein.“

„Das sind sogenannte Änderungskündigungen. Dadurch können erworbene Rechte beschnitten oder gar abgeschafft werden. Oder du wirst beim Gehalt einfach niedriger eingestuft. Und wer nicht unterschreibt, der fliegt. Ich nehme Heiderose übel, daß sie da mitspielt, und daß sie schon im voraus gehorsam ist.“

„Es wird gemunkelt, sie wollen eure Zeitschrift ganz einstellen.“

Alexandra überging Lisas Bemerkung. „Mein Exmann verkauft Haushaltswaren auf Wochenmärkten, idiotisch“, sagte sie. „Aber er überweist das Geld für die Kinder. Ohne ihn fühle ich mich wohl, habe meine Ruhe, muß keine Rücksicht mehr nehmen.“

Alexandras Mann war ein zu häuslicher Typ, ein Klotz am Bein. Sie schwirrt lieber von einem Liebhaber zum anderen. Sex als Problemlösung.

„Der Kapitalismus ist keine Gesellschaftsordnung für Familien“, meinte Alexandra. „Alleinstehende Frauen mit Kindern trifft es am schlimmsten. Es ist ja nur eine Frage der Zeit, bis ich entlassen werde. Da mache ich mir nichts vor.“

Warum erzählt sie mir das alles? Sie muß ihr Herz ausschütten.

„Ich will mich selbständig machen. Meine Mutter gibt mir einen kleinen Kredit, und dann habe ich noch Anspruch auf die Abfindung vom Betrieb; davon kaufe ich mir Technik und eröffne ein Büro für Gestaltung. Renate würde mitmachen.“

Und die Liebhaber bleiben auf der Strecke.

„Jede freie Minute lerne ich an meinem Computer in der Redaktion; ein Ausbilder aus dem Westen hilft mir. Vom Arbeitsamt lasse ich mir dann die Umschulung bezahlen.“

Sie hat einen Computerfachmann kennengelernt, der sie auf diesen Trip geschickt hat. Mutig, in ihrem Alter noch einmal von vorn anzufangen.

„Hast du etwas von Matthias Vogt gehört?“ fragte Alexandra auf einmal.

„Wie kommst du auf den, ausgerechnet jetzt?“

„Ich würde schon gern einige seiner Staatsaktien oder Anteilscheine besitzen, oder die Hälfte meiner Wohnung, aus der ich wahrscheinlich raus muß ... Eigenbedarf.“

„Er hat mir geschrieben. Ich denke oft an ihn, er war nett.“

„Er war zärtlich“, sagte Alexandra.

Lisa traf der Schlag. *Alexandra hat mit Vogt geschlafen. Wann? Wie? Und Laura Vogt? Wahrscheinlich immer, wenn sie in Turin arbeitet. Das hätte ich ihr nicht zugetraut. Nicht Alexandra.*

„Das ist nicht wahr“, empörte sich Lisa.

„Na und? Stört dich das?“ fragte Alexandra. „Bist du etwa eifersüchtig? Jetzt, hier?“

Weiter kam sie nicht, denn neben ihnen stürzte eine Gestalt aus einer Felsenhöhle zum Meer und erbrach sich. Lisa erkannte Heiderose und hielt Alexandra zurück.

„Laß, die muß ihr Schicksal allein tragen.“

Ein Grieche schlich vorbei.

„Ja, ja, allein.“

In der Morgensonne zeichneten sich die beiden Paximadiainseln haarscharf vor dem blauen Himmel ab, eine Segeljacht steuerte auf die Bucht zu. Die klare Luft erlaubte eine Sicht über fünfzig Kilometer bis nach Frankokastello im Westen Kretas. Dahinter erst verlor sich die Küstenlinie im Dunst.

Die Frauen waren am Morgen fortgefahren. Lisa würde sie in drei Tagen am Ausgang der Samariaschlucht wiedertreffen. *So fern mir ihre Probleme auch sind, die Existenzkämpfe, die Angst vor der Zukunft – das berührt mich. Alles ist neu und nicht mehr sicher: Arbeit, Wohnung, Versicherung, Zinssätze. Dieses neue Deutschland – als ob es auf einem anderen Planeten liegt. Ich hätte dieselben Schwierigkeiten, wäre ich in Deutschland geblieben.*

Das Meer streichelte den Strand. Lisa drehte sich auf den Bauch. Heißer Sand rann durch ihre Finger, beruhigend. Jedes Korn hatte eine andere Farbe: Braun, Weiß, Grün, Scharlach, Schwarz, Türkis, Gelb, Orange, Zinnober. Die Segeljacht erweckte wieder Lisas Aufmerksamkeit. Der Zweimaster hielt direkt auf die Bucht zu. Lisa blickte durch das Fernglas. Schneeweiß die Segel, von dunklem Holz der Rumpf. Drei Leute konnte sie erkennen. In einer halben Stunde würde das Schiff die Bucht erreichen.

„Guck mal, endlich ein Millionär für mich“, hörte Lisa eine Frau rufen, nachdem die Segeljacht in der Bucht unter der Felsenbar neben einem grünen Fischerboot Anker geworfen hatte. Lisa beobachtete, wie zwei Männer hinter einer Frau vom Bug zum Heck liefen.

„Auch Reiche haben ihre Sorgen“, kommentierte die Frau neben ihr das Geschehen. „Kann ja nicht gutgehen, zwei Männer und eine Frau.“

Der ältere Mann schrie, die Frau fuchtelte mit den Armen. *Der Typ hat Ähnlichkeit mit Willi. Der andere ist jünger; ein Grieche, der ihr nur auf den Hintern starrt.* Der Ältere stieß die Frau vor sich her. *Nein, Willi würde mit einer Frau nie so umgehen.*

„Siehst du“, ereiferte sich ein Mädchen in knallrotem Bikini, „der Alte hat das Geld, der Junge kann's halt besser.“ Die Umstehenden lachten. Der Ältere nahm einen Koffer und schleuderte ihn auf den Felsen, wo er kurz auf der Klippe schaukelte und dann ins Wasser rutschte. Den Schrei der Frau konnte Lisa hören, auch das Echo, das der Matalafelsen zurückwarf. *Eine richtige griechische Tragödie!*

In ihrem Zorn schlug die Frau mit einem Fotoapparat auf den Älteren ein. Der Jüngere sprang ins Wasser, fischte den Koffer heraus und warf ihn über die Reling auf die Planken. Die Frau verließ mit dem triefenden Koffer die Jacht, nicht ohne ein paarmal mit dem Fuß gegen die Kajüte getreten zu haben.

Am Himmel kräuselte sich eine dünne Wolkenschicht. *Es gibt bald einen Wetterwechsel.*

14. Kapitel

Willi in Matala
228 Tage deutscher Einheit

Der Sand unter Lisas Ohr knirschte, es klang, als rieben Zähne aufeinander. Jemand lief vorüber, blieb neben ihr stehen. Im Gegenlicht erkannte sie eine männliche Gestalt. *Lange, helle Hosen, kurzärmliges, buntes Hemd, die eine Hand in der Tasche, die andere als Sonnenschutz vor der Stirn, obwohl da eine dunkle Brille ist. Ja, das ist der Typ vom Boot. Jetzt kommt der wohl an Land und sucht sich ein neues Abziehbild für seinen Kahn.*

„Na?“

Die Stimme kannte Lisa. Sie richtete sich auf, ihr schwindelte: Vor ihr stand Willi.

Oder ist das eine Fata Morgana? Spinne ich? Nein. Kein Zweifel, es ist Willi.

„Was machst du denn hier?"

Wie kommt der zu so einem Boot … Das ist bestimmt eine dieser Bonzenjachten.

„Welch charmante Begrüßung", sagte Willi und griente. „Gleich fragst du auch noch, wie lange ich bleibe."

„Woher weißt du … Wie hast du mich gefunden … Wieso …?"

Willi nahm Lisas Handtuch, schüttelte es aus und tupfte ihr behutsam den Sand vom Rücken.

„Ich dachte, du freust dich", sagte er enttäuscht. *Seit Monaten habe ich nichts mehr von ihm gehört.*

„Natürlich freue ich mich", stieß sie hervor. „Müßtest du nicht in Berlin sein?"

„Ich? Nein. Was soll ich in Berlin?"

„Du hast doch geschrieben, daß deine Firma von einer Untersuchungskommission auseinandergenommen wird."

„Ach", er winkte ab. „Das packen die auch ohne mich. Zur Not können sie mich abmahnen oder suchen."

„Woher weißt du, daß ich hier bin?"

„Wenn du gestattest, ich habe mit deiner werten Frau Mama den wunderbaren Reiseplan ausgearbeitet. Deshalb war es eine meiner leichtesten Übungen …"

„Elke ist vorhin abgefahren. Ihr habt euch um Haaresbreite verpaßt."

„Du bist ja hier", sagte Willi. Er nahm sie zärtlich in die Arme und umfaßte ihren Hintern. Lisa durchzuckte es wie ein elektrischer Schlag. *Wie lange ist es her, daß ein Mann mich so umarmt hat?*

„He, he, langsam", wehrte sie ab. „Du bist mein Onkel."

„So einen Luxus läßt sich kein Mann entgehen", sagte er und ließ sie los.

„Ich glaube, du verwechselst mich mit deiner Geliebten."

„Mit wem?"

„Na, mit der Frau, mit der du gekommen bist."

„Die vergiß mal. Die kleine Schnecke hat mich beklaut. Dabei hätte sie alles von mir haben können. Da war die andere besser. Die ist schon in Rhodos abgehauen. Wieso eigentlich?" *Frauen sind sein Problem. Dabei kann er so charmant sein.*

Er überlegte einen Moment. „Egal. Ich bin froh, daß die weg sind."

Lisa verstand nicht, wovon er redete. *Eines nach dem anderen. Fragen kostet nichts.*

„Und wer ist der Mann auf deinem Boot?"

„Manusso, mein Matrose. Was ihm im Kopf fehlt, hat er in den Armen."

„Ich hätte mit den Frauen wegfahren können. Woher wußtest du …?"

„Ioannis sagte, eine von den Frauen warte noch auf mich", sagte Willi und beschrieb mit der Hand Ioannis' dicken Bauch.

Willi taucht aus dem Nichts auf. Toll.

Lisa blickte zum Himmel. „Da kommt Sturm auf", sagte sie.

„Hm, sieht nicht gut aus."

„Dann wirst du wohl mit deiner Jacht hierbleiben müssen."

„Will ich aber nicht. Wir hauen ab, und du kommst mit."

Willi gehört mir ganz allein. Wie früher.

Lisa klemmte sich ihre Sonnenbrille auf den Kopf. „Zuerst lade ich dich rein symbolisch zu einem Bier aus dem Fach B wie Begrüßung ein."

„Quatsch", winkte er ab, „ich hab was Feineres aus dem Fach UÜ: unerwartete Überraschung. Komm, hol deine Klamotten."

Im Restaurant verabschiedete sich Lisa von Ioannis. Der meinte zu den Griechen im Café: „Wetten, der ist ihr Geliebter?"

Manussos Muskeln quollen aus den Armlöchern eines gelben Unterhemdes. Der Nacken ging konturlos in den kurzgeschorenen Kopf über. *Wie ruhelos die schmalen Augen sind.* Manusso musterte Lisa ungeniert, sie fühlte sich nackt unter seinem Blick. Er verstaute ihr Gepäck. *Wie selbstverständlich er sich überall auf dem Boot bewegt.*

„Und der klaut nicht?" fragte Lisa. Willi antwortete nicht, er startete den Motor. „Fijhe, hauen wir ab."

Das Boot gewann schnell an Fahrt. Die Bugwellen wurden höher, schäumten, der Fahrtwind verfing sich in Lisas Haaren. *Es gab also Leute in der DDR, die solchen Luxus genießen konnten. Und mein Onkel war in dieser Gegend zu Hause.*

„Ich bin froh, daß Manusso da ist", riß Willi sie aus ihren Gedanken. „Ohne ihn hätte ich die Jachten ganz allein in Schuß halten müssen." Er hatte plötzlich eine Flasche Champagner und zwei Schalen, ließ den Korken in die See schießen und goß ein. „Prost, Madame."

Jachten? Mehrere? Die Bucht von Matala lag schon weit zurück. Manusso stand unbeweglich am Steuer.

„Auf einer Jacht wie dieser hast du also deine sozialistischen Urlaube verbracht." Lisa blickte sich um.

„Und jetzt zum ersten Mal ohne Genossen", sagte Willi und ließ Manusso den Motor abschalten. Zusammen setzten die Männer das Hauptsegel. Da der Wind von achtern kam, rollte Manusso noch das Focksegel aus. Die Jacht gewann mehr und mehr an Fahrt. Das Focksegel reagierte auf jede Bö. Dort, wo das Meer sich kräuselte, griff der Wind stärker, die Jacht neigte sich, das Holz ächzte. Lisa setzte sich zu Willi.

„Deine Arbeitgeber", sagte sie, „haben ja jetzt zu Hause zu tun.

Hausarrest oder Bereithalten für die Untersuchungsausschüsse."
„Mal langsam. Das geht aus wie das Hornberger Schießen."
„Was bedeutet das?"
„Das bedeutet, daß im Westen eine Menge Leute profitiert haben von uns, jahrelang. Wenn das rauskommt, sind die weg vom Fenster."
„Waren die auch auf solchen Segeltörns dabei?"
„Na klar. Und ich habe alles rangeschafft: Schampus, Kaviar, Lämmer. Sogar die Mädchen habe ich aus Athen einfliegen lassen", begann Willi zu erzählen. *Wie bitte?* „Genosse Meerbusch, hier, Genosse Meerbusch, da ..." Willi sprach nur noch mit sich selbst, die Augen geschlossen und einen bitteren Zug um die Lippen. „Ich habe die Routen organisiert, von einer Insel zur anderen, von Hotel zu Hotel, wir hatten doch unsere eigene Fluglinie, die Interflug."
„Woher hatten die soviel Devisen?" fragte Lisa.
„Die Hotels gehörten ihnen ... äh, also der Partei oder befreundeten Firmen, oder wurden angemietet. Sie brauchten nur an die Rezeption zu gehen, tausend Dollar zu verlangen und den Betrag zu quittieren, wenn überhaupt. So einfach war das."
Wie lange die Leute in der DDR gewartet haben auf einen Ferienplatz. Und die Fettwänste haben Orgien gefeiert mit feudalen Büfetts und gemieteten Frauen. Dazu zotige Witze und Spott über den DDR-Pöbel, der sich in FDGB-Heimen und am Schwarzen Meer drängeln mußte. Und in der Kajüte stand zur Tarnung eine Luxusausgabe der gesammelten Werke von Marx und Engels. Ledereinband und Goldschnitt.
„In Berlin haben die mich sogar nachts aus dem Bett geholt für einen Hamburger", schimpfte Willi. „Nur weil sie zu dämlich waren, sich die Dinger in Wandlitz selber zu braten. Du, es gab Tage, da bin ich zehn-, fünfzehnmal in Westberlin gewesen. Ich habe alles organisiert, was du dir vorstellen kannst ... Nein, alles kannst du dir nicht vorstellen."
Er stierte in die Ferne. „Ich war anfangs, vor zwanzig Jahren, der Mann fürs Grobe, hatte aber Klasse. Und im Ausland brauchten sie natürlich zuverlässige Verbindungsleute, gerade wenn sie unter sich waren, wie auf so einer Jacht zum Beispiel. Zehn Jahre habe ich diese Südverbindungen aufgebaut. Im Sommer flog fast jede Woche eine Iljuschin von Schönefeld nach Santorini. Unser Anlaufziel war ein Hotel in Kamei."
Bist du nach Kreta gekommen, um mir das zu erzählen? Ich will das alles nicht wissen!
„Wenn in Buna zehn Waggons Polyvenyläthylenchlorid fehlten, da hat dein Onkel in Ludwigshaven einen Güterzug von dem Zeug gekauft und bar bezahlt."
Willi war einer der Geldboten. Deshalb durfte er überall hin.

„Wenn die Kollegen in Mittweida oder Zella-Mehlis ihr Soll nicht erfüllten und zusätzlich fünfzigtausend Spezialkugellager für die Kompressoren in den Kühlschränken brauchten oder irgendwo Diamantschleifköpfe oder einfache Modepailletten für Exquisitklamotten fehlten, dann habe ich das besorgt, besser gesagt, gemanagt. Oder die schwarzen Citroens für die Parteiniks, einfach alles, wovon andere nur träumen konnten. Wir sind in die Schweiz gefahren oder nach Liechtenstein, haben dort von unseren Firmenkonten das Geld geholt, kofferweise."

„Dieter Hugosch, Peter Schmidt, Siegfried Kretschmar", sagte Lisa langsam, jede Silbe betonend.

„Woher kennst du diese Namen?" fragte Willi erstaunt. „Das waren einige unsere Strohmänner in der Bundesrepublik."

„Aus meinem Tagebuch", sagte Lisa. *Den Hugosch werde ich wohl nie vergessen, wie der mich damals begrabscht hat.*

„Alle Geschäfte liefen über unsere eigenen Firmen im Westen ab, wenn sie nicht über den innerdeutschen Handel liefen", fuhr Willi fort. *Die Verstrickungen meines Onkels sind mir unheimlich.*

„Was die in Wandlitz privat wollten, von den Strumpfhosen für die hohen Damen bis zu Computerspielen, das haben die Jungs in Containern rüberbringen lassen."

„Auch Waffen?" fragte Lisa unsicher. Sie strich mit der Hand über die Reling.

„Nein, keine Waffen. Die kamen und gingen per Schiff über Rostock. Ich war nur für einen Haufen Firmen in der BRD und für den Luxus zuständig. Jetzt weißt du, warum ich so oft drüben war. Nicht nur wegen dieser blöden Videorecorder, Kühlschränke, Funktelefone für die Bonzen."

„Und in den Computern hat die Stasi ein ganzes Volk gespeichert", sagte Lisa nachdenklich.

„Computer wurden von Karl-Heinz Schröder von Chemnitz aus über Drittländer gehandelt, meist über Holland."

„Du konntest fahren, sooft du wolltest?" fragte Lisa.

„Klar", posaunte Willi. „Ich hatte ja einen Diplomatenpaß. Mit der Zeit kannten mich die Grenzer alle. Na, mehr mein Auto. Da brauchte ich an der Grenze nur zweimal kurz aufzublenden, und die Jungs wußten Bescheid. Na ja, ich habe ihnen auch mal ein Bier oder Magazine mitgebracht. So was merken sich die Leute."

„Du konntest also fahren, wohin du wolltest?"

„Im Prinzip schon." Nachdenklich sagte er: „Ich hätte drüben bleiben können. Aber sie hätten mich gefunden, ganz sicher. Eine Kugel für Willi ... Anfangs war ich für Westberlin und das Ruhrgebiet zuständig, von Zürich aus, Rom und Liechtenstein habe ich erst vierundachtzig übernommen."

„Was war denn in Zürich?" wollte Lisa wissen.

„Geld. Geldtransporte waren meine Spezialität ..."

„Und wovon lebst du jetzt?" unterbrach sie ihn.

„Von dem Geld, das niemand mehr haben will ..."

„Du willst mir doch nicht erzählen ..." Lisa war entsetzt. *Das Geld, das er mir gegeben hat, war geklaut. Und Elke hat auch Geld angenommen. Willi hat ihr ein Konto in Stuttgart eingerichtet. Mitgehangen, mitgefangen ... Das ist zuviel für mich.*

„Es begann am 9. November", sagte Willi. „Ich war in Zürich und mußte vierhundertfünfzigtausend DM in bar abheben. Mit diesem Betrag sollten am nächsten Tag in Leipzig Präzisionskugellager für Kühlschränke bezahlt werden, die für ein großes westdeutsches Versandhaus bestimmt waren. Am Abend dieses Tages war ich zum Essen eingeladen. Doktor Frohner, mein Freund und Direktor einer Züricher Bank, empfing mich Ahnungslosen in seiner Villa in Herrliberg mit folgenden Sätzen: ‚Wilhelm Kurt Paul Otto Meerbusch, setz dich. Ich muß dir drei Dinge mitteilen. Erstens, die Mauer ist gefallen. Zweitens, du wählst von jetzt an CDU. Und drittens, wir müssen uns um eine neue Identität für dich kümmern.'"

„Und hast du die CDU gewählt?" fragte Lisa spöttisch. *Ich kann und will das nicht glauben.*

Willi schaute in die Ferne, dorthin, wo Kretas Küste vorbeiglitt. Agia Gallini, die Stadt am Berg, war nur ein weißer Fleck. Die mächtigen Felsen bohrten sich in den grauen Himmel.

„Als Kapitalist habe ich die Partei des Kapitals gewählt", sagte er selbstgefällig.

Ich habe links gewählt, die SPD, Bündnis 90 und die PDS. Meine Stimme habe ich Ostdeutschland gegeben. Heute würde ich sicher das Bündnis wählen und zur Minderheit zählen. Mein eigener Onkel hat sich kaufen lassen. Wen wohl Vogt gewählt hat?

„Was wußte Ernst von dir?" erkundigte sie sich. „Ich erinnere mich noch, wie ich euch als Kind beobachtet habe, durchs Schlüsselloch, wie ihr den Westschnaps in Ostflaschen gekippt habt beim Schachspiel. Der Trichter lag rechts oben im alten Sekretär. Immer griffbereit."

„Ja, das waren noch idyllische Zeiten."

Ich durfte keinen Westmist haben, und mein Vater selber trank Westschnaps.

„Ernst ist ein Korinthenkacker", sagte Willi.

„Ein was?"

„Ein Prinzipienreiter, der in kleinen Portionen kackt. Je höher er stieg, um so unmenschlicher wurde er, desto nützlicher war er dem

Staat. Er war Teil der perfekt organisierten Unterdrückungsmaschinerie, weil er sich bis zum Schluß mit ihm identifiziert hatte."

Lisa hörte stumm zu, wie Willi über ihren Vater herzog. „Letztenendes war Ernst aber nur Informationsgeber in einer Einbahnstraße. Er hatte wie viele keine Einsicht in die jeweiligen Operationen. Ernst hat streng nach Anweisungen geurteilt. Oder nach Empfehlung, wie du willst."

Warum habe ich das nie gemerkt?

„Deine Mutter und du, ihr konntet dieser Autorität nicht entfliehen, weil er die kaputte sozialistische Moral bis in seine Familie hinein durchsetzte."

Willi wischte sich über das Kinn und stöhnte leise.

„Du hast mich ab und zu da rausgeholt", sagte Lisa. „Bei dir habe ich mich wohl gefühlt."

„Das habe ich getan", sagte er, „weil ich das psychische Elend, das mein Bruder um sich verbreitete, nicht mit ansehen konnte. Dafür habe ich ihn gehaßt."

„Gehaßt?"

„Ernst war immer der Größte", sagte er. „‚Willi, nimm dir ein Beispiel an deinem großen Bruder', höre ich noch heute Opa Herbert reden. ‚Willi, von Ernst kannst du dir eine Scheibe abschneiden.' Wie oft mußte ich das ertragen. Dafür haßte ich Ernst. Er studierte, ich ging in die Tischlerlehre. Wie er zu seinem Studienplatz gekommen ist, das kannst du dir ja denken."

„Nein."

„Die Staatssicherheit, wer denn sonst? Weil Opa Herbert seinen Grundbesitz nicht in die LPG einbringen wollte, wurde Ernst nicht zum Abitur zugelassen. Er mußte sich erst als Schweinehirt bewähren. Also Facharbeiter für Veterinär … irgend so was."

„Davon hat er nie etwas erzählt", wunderte sich Lisa. *Es ist nichts Schlechtes daran, Schweinehirt gewesen zu sein.*

„Plötzlich durfte er sein Abendschulabitur machen; und ratz-batz hatte er seinen Studienplatz in Halle. Na ja, wer in Halle an der juristischen Fakultät studiert hat … Von da an ging es mit ihm steil hinauf. Ich habe ihn nicht geworben. Ich nicht."

„Du warst also schon bei der Staatssicherheit zu dieser Zeit?"

„Ja. Mich brauchte man nicht mal groß zu überzeugen. Seinerzeit wollte ich – ehrlich, Hand aufs Herz – der jungen sozialistischen Republik helfen. Ich habe gesagt: Dienst ist Dienst, und Schnaps ist Schnaps. Familienkunkelei habe ich abgelehnt."

Ich höre wohl nicht richtig. Willi redet wie über einen Ruderklub.

„War ja auch eine gute Sache, die Sicherheit des Staates zu unterstützen."

„Und du?"

„Ich stand mein Leben lang im Schatten meines Bruders. Kannst du dir das vorstellen? Nein, du hast keinen großen Bruder, den hast du nicht." Es klang wie ein Vorwurf. „Ich war elf Jahre alt, da klaute ich ihm aus Wut eine Mark aus der Sparbüchse. Ich wollte ihm nur irgendwie wehtun. Eine einzige Mark. Weißt du, was Ernst sagte? ‚Eine Mark oder eine Million, das ist dasselbe, du bist ein Dieb.' Er hat mich einen Dieb genannt. Auch vor Herbert. Dafür haßte ich ihn. Und ich habe mir geschworen, ihm das heimzuzahlen."

Willis rotes Gesicht war ganz nah, Lisa spürte jeden Luftzug aus seinem Mund.

„Du haßt ihn heute noch, nicht wahr?" fragte sie leise und fürchtete sich vor seinem Ja.

„Ach, weißt du", Willis Stimme klang gelassen, „ich habe mich gerächt an ihm. Frag nicht. Ich erzähle dir auch diese Geschichte: Er war selbst mal drüben."

Lisa erstarrte: „Vati? Unmöglich."

„Ist schon Jahre her. Heimlich natürlich."

„Wie?" Lisa weigerte sich zu glauben, was Willi da erzählte. *Jetzt lacht er. Über Ernst, über sich? Oder über mich?*

„Ich wurde ja nie kontrolliert an der Grenze. Kurz vor der Grenze befahl ich Ernst, duck dich, schon waren wir im Westen."

„Das ist nicht wahr!"

„Zu seiner Entschuldigung muß ich sagen, er war damals auf mein Betreiben hin nicht mehr ganz nüchtern."

Ich weiß nicht, ob ich heulen oder die Geschichte einfach urkomisch finden soll.

„Die erschießen uns, hat er unterm Handschuhfach gewinselt, wir werden abgeknallt." Willi lachte laut und mußte husten. „Und weißt du, was wir in Westberlin gemacht haben? Gesoffen haben wir. Vom Westen hat der nichts gesehen. Ich schleifte ihn von einer Kneipe in Neukölln in die andere, und wir soffen bis zum Umfallen. Und er hat ständig gefleht, daß er wieder zurück will. Ist das nicht ulkig?"

Ernst, der andere Leute einsperrte, weil sie in den Westen wollten, der war selber im Westen, illegal, unrechtmäßig. Und Willi ist nicht viel besser.

Lisa nahm das Fernglas, verbarg dahinter ihre Tränen, dann explodierte sie. Sie schrie: „Warum hast du das getan?" Lisa stand auf und ging an die Reling.

Willi grinste und fragte: „Wo willst du denn hin?"

„Ich brauche frische Luft", gab sie zornig zurück.

„Wir sitzen die ganze Zeit draußen."

Lisa reagierte nicht.

Manusso kam zu Willi und sagte: „Schlechtes Wetter, nicht gut."

Willi studierte die Wolken und erwiderte nachlässig: „Kann sein."

Er nahm den Champagner und ging zu Lisa. *Wie er lächelt. Ich kann ihm nicht böse sein, meinem Willi. Scheiße.*

„Auf dem Rückweg waren wir sternhagelzu", schwärmte Willi. „Als Ernst sich an der Grenze wieder ducken mußte, hat er gekotzt. Der Idiot hat mir das ganze Auto vollgekotzt. Aber das war es mir wert."

Regungslos stand Lisa im scharfen Fahrtwind.

Willi hat seinen Bruder abhängig gemacht, erpreßt. Ernst mußte ihn jetzt akzeptieren.

„Das ist das erste Mal, daß du so mit mir redest", sagte sie.

„Hm", machte Willi und schaute zu Manusso, der hinter dem Steuer gestikulierend auf das schlechter werdende Wetter hinwies. Hohe Wellen, die Vorboten des Sturms, spritzten über das Deck. Der Horizont begann zu schaukeln, die Gischt schlug Lisa ins Gesicht. Es wurde kühl.

„Warum hat Elke dir erlaubt, mich so oft zu treffen?" fragte sie. „Du warst doch mit deiner Moral Gift für den Hausfrieden."

Willi zog die Augenbrauen hoch, als ob er es selbst nicht wüßte, und sagte: „Elke war nicht so verbissen." Er schaute abwechselnd in die Ferne und auf die Bugwellen.

„Elke hat sich befreit", sagte Willi nach einer Weile. „Das rechne ich ihr hoch an. Sie hat sich befreit von diesem Mann und seiner staatstreuen Autorität. Sie hätte es eher tun müssen."

„Sie brauchte einen Anlaß", sagte Lisa.

„Ohne die Affäre mit Trude hätte sich Elke nie scheiden lassen können", sagte Willi.

Er legte seinen Arm um Lisa, als sie unvermittelt fragte: „Hast du jemanden umgebracht oder Leute bespitzelt und dafür Geld genommen?"

„Nein, aber ich war dabei, verstehst du, Lisa? Ich war bei dieser Firma. Deshalb habe ich in Deutschland keine Chance mehr."

Ich hab's befürchtet.

„Wo liegt deine Schuld?" fragte sie.

„Ich habe den Leuten das Leben angenehm gemacht, ich habe das Volkseigentum mitverschachert."

„Du hast dir Frauen mit Parfüm gekauft", sagte Lisa einlenkend.

„Zum Beispiel."

„So was hattest du gar nicht nötig; bei den vielen Frauen, meine ich."

„Ist das ein Kompliment?"

„Hast du jemanden verraten?" Lisa blieb hartnäckig.

„Weiß nicht. Ich habe protokolliert, oft, und die Protokolle meinem Chef gegeben. Sicherlich waren da Informationen drin, die er nutzen konnte. Mit Manfred Kronbecher mußte ich reden, und er erwartete

Protokolle von mir. Und ob du es willst oder nicht, Lisa, immer war ein winziges Mosaiksteinchen zum großen Verrat dabei."

„Ich frage nach absichtlichem Verrat", sagte Lisa. „Wie konntest du das alles tun?"

„Denkst du, andere Länder machen so was nicht?" fuhr er auf. „Der Bundesnachrichtendienst, der Verfassungsschutz, die arbeiten alle genauso."

Lisa fühlte sich so elend wie in der Stunde, als sie mit Franz auf dem Berg saß. *Moralische Scheiße, hat Franz gesagt ... Ich will und muß es verstehen. Wie sehr habe ich Franz angegriffen und jetzt ...* Sie sah Willi lange an und sagte dann, jeden Satz betonend: „Bis vor kurzem habe ich versucht, die sozialistischen Auffassungen in mir aufrechtzuerhalten. Bei allem, was jetzt ans Tageslicht kommt ... Leute wurden rund um die Uhr beschattet, nicht mal auf dem Klo oder im Bett waren sie allein, die Stasi schreckte ja vor nichts zurück, Leute wurden eingesperrt, gefoltert, vergewaltigt und ... ermordet ... Für die Täter war es ein ungeheures Armutszeugnis, für die Opfer die Katastrophe. Und wenn Sozialismus zu solchen Zuständen führt, dann verabscheue ich den Sozialismus. Mir wird kotzübel, wenn ich zurückdenke."

„Anfangs hatten wir noch Ideale", sagte Willi.

„Ihr habt die Ideale verraten", sagte Lisa.

Er holte aus der Kajüte einen dicken blauen Wollpullover, den er Lisa um die Schultern legte. Der Pullover roch nach seinem Rasierwasser; Lisa sog den Duft ein und fühlte sich einen Moment so geborgen wie damals, als sie noch auf dem Schoß ihres Onkels sitzen durfte.

„Ich habe dich immer verehrt und geliebt wie einen Vater."

„Ich habe dich immer verehrt und geliebt wie eine Tochter", erwiderte er mit belegter Stimme.

„Wer Liebe und Freundschaft heuchelt, der begeht ein Verbrechen gegen die Menschlichkeit. Das war in allen Kulturen so."

„Ich habe mitgemacht", sagte er. Dann blitzte sein goldener Eckzahn, denn er lachte wieder. „Soll ich jetzt ins Wasser springen, strenge Richterin?" *Er nimmt mich nicht ernst.*

„Du sollst nur begreifen, in was für einem Apparat du gearbeitet hast."

„Hältst du mich für blöd?" rief Willi.

„Nein, aber du weißt mehr, als du zugibst. Und ich finde, das ist jetzt der falsche Zeitpunkt für Rücksichtnahme auf mich." *Was rede ich da? Ich will damit nichts zu tun haben.*

„Machst du mich jetzt für die ganze Entwicklung verantwortlich?" fragte Willi aufgebracht.

„Nur durch Leute wie dich konnte sich die DDR so lange halten."

„Ich habe im Auftrage des Staates, oder unserer Firma, weltweit mit Geld und Waren gewirtschaftet, Zinsen und Gewinne abgeholt, die nicht alle in die Volkswirtschaft flossen. Okay, meine große Schuld besteht darin, mitgeholfen zu haben, ein System aufrechtzuerhalten. Meine kleine Schuld ist der private Luxus, den ich mir vom Kuchen abgeschnitten habe. Was soll's? Schuldig oder nicht schuldig, was spielt das in Deutschland für eine Rolle? Heute werden ja alle gehängt, deren Name nur mit S anfängt. Was mein Leben ausmacht, das weiß nur ich. Und wie sagen die Himmelsoffiziere so schön: Diese Last muß ich allein tragen."

Der Wind war stärker geworden, am Himmel rasten die Wolken in Schichten. Das Meer war grauschwarz und trug weiße Schaumkämme. Die Jacht wurde hin- und hergeworfen. Willi gab Lisa einen breiten Gürtel mit Karabinerhaken. Sie sollte sich zur Sicherheit an der Reling anseilen. „Der Kahn ist hochseetüchtig", brüllte er gegen den Wind, „aber wir nicht!"

„In unserem Dorf können wir nicht ankern", rief Lisa ängstlich. An der Küste flüchteten Boote und Schiffe in Richtung Chora Sfakion. Doch auch in Chora Sfakion schlugen meterhohe Wellen über die Mole. Lisa konnte einzelne Häuser des kleinen Ortes erkennen: Restaurants und Pensionen, Souvenirläden, die kleine Bar am Hafen, die Bude, wo die Tickets für die Fähre nach Roumeli verkauft wurden. Im Windschatten unter dem Fahrerhaus fühlte sich Lisa sicher.

„Hast du keine Angst, daß eines Tages jemand zu dir kommt und sagt, er habe deine Akte gefunden?" fragte Lisa.

„Logisch. Wenn man eine Geschichte hat, muß man auch dazu stehen." Er sprach sehr laut. „Meine Akte wird niemand finden."

„Wahrscheinlich", sagte Lisa gegen das Heulen des Windes, „wahrscheinlich habe ich es dir und Ernst zu verdanken, daß ich nicht dahineingeraten bin."

Warum bin ich verschont geblieben? Ich habe alles getan, um der Stasi in die Fänge zu geraten, wie Franz meinte. Und dessen Vergehen waren nur die vom Balkon im Suff gebrüllten Worte. ‚Ich will auch einmal in Freiheit Urlaub machen können, in Teneriffa.'

„Was willst du mit der Jacht anfangen?" fragte Lisa.

„In Ägypten verkaufen. Ich verkaufe alles, was nicht im Inventar der Treuhand steht."

„Das ist keine Lösung", unterbrach Lisa ihn.

„Warum kannst du das Leben nicht nehmen, wie es ist?" fragte Willi. „So wie früher. Für heute abend habe ich eine Languste im Kühlschrank, und wir können Schampus trinken, bis wir schwarz werden."

„Zuerst müssen wir Loutro erreichen", sagte Lisa und studierte die

Schiffsbewegungen an der nahen Küste. Sieben Boote verließen den Hafen von Chora Sfakion und fuhren nach Loutro. *Das untrügliche Zeichen für heftigen Sturm.*

„Wir sollten schleunigst nach Chora Sfakion", rief Willi. „Manusso, Segel reffen, schnell."

Willi startete den Motor und steuerte landwärts.

„Loutro ist sicherer. Wenn's wirklich schlimm wird, ist Loutro besser", versicherte Lisa. „Du siehst doch, wie die Boote Chora Sfakion verlassen."

„Woher weißt du das?"

„Das ist nicht der erste Sturm, den ich erlebe."

Besser, wir machen es so wie die Einheimischen; die kennen sich aus.

Manusso deutete auf die Schiffe und auf die Schaumkronen am Horizont: „Gefährlich, sehr gefährlich."

„Hurry up, Manusso, fijhe, nach Loutro."

Sie nahmen Kurs auf das Leuchtfeuer: zwei Sekunden Leuchten, acht Sekunden Pause. Die Jacht gewann an Fahrt. Nach zwanzig Minuten war das Leuchtfeuer von Loutro direkt vor ihnen, schien aber kaum näher zu kommen.

Wenn die Jacht durch ein Wellental steuerte, kamen die Wellenberge in Kopfhöhe auf Lisa zu, ehe sich der Schiffsrumpf hob. Das Wasser peitschte schon über das Deck. *Ich habe Angst. Die Jungfrau ist auch im Sturm umgekommen. Ich will nicht ertrinken.* Manusso hatte Mühe, den Kurs zu halten. *Heilige Panajia, Maria, gib, daß wir heil ankommen. Ich stifte dir auch eine große Kerze. Hilf uns!*

Als Lisa eine halbe Stunde später in Loutro festen Boden unter den Füßen spürte, konnte sie ihr Glück kaum fassen. Die Jacht war in der sicheren Bucht verankert. Manusso kam von dort in einem kleinen Boot, das einem Hotelbesitzer gehörte. *Der Wirt freut sich über das unverhoffte Geschäft mit uns.*

Von Loutro aus führten keine Straßen ins Inselinnere. Statt Autos besaßen die Einheimischen Boote, mit denen sie alles, was sie zum Leben brauchten, transportierten. Lisa ging los, um eine Kerze zu kaufen. Die Verkäuferin im Minimarkt, eine Frau, der das Lächeln in die Wangen gewachsen zu sein schien, verstand nicht sofort, was Lisa wollte.

„Kerzen?" fragte sie erstaunt.

„Ja, braune, für die Kirche."

Es ist ungewöhnlich, daß eine Touristin Kerzen für die Kirche verlangt. Lisa sah sich im Laden um und entdeckte kleine Keramikhäuschen, die zu Dutzenden im Kreis aufgebaut waren. Eines erinnerte sie an Georgias Haus. Lisa stellte es neben die Kasse. Inzwischen hatte die Verkäuferin den Karton mit den Kirchenkerzen gefunden. Sie waren in braunes Wachspapier eingewickelt.

„Wie viele?“ fragte sie.

„Fünf“, sagte Lisa und spreizte die rechte Hand. „Und das Haus.“

Die Verkäuferin tippte die Preise in die elektronische Kasse. „Bist du mit dem schönen Schiff gekommen?“ fragte sie. Lisa nickte. *Warum fragt sie? Das ganze Dorf hat gesehen, wie wir angekommen sind.*

„Wie lange bleibst du mit deinem Mann in Loutro?“ Die Verkäuferin lächelte.

Wieso Mann?

„Ich weiß nicht.“

Lisa ging mit den Kerzen in der Hand über die Terrassen vor den Restaurants. Ein paar griechische Frauen blickten ihr nach. Aus einem Haus schaute eine alte Frau, die Georgia ähnelte. Lisa grüßte sie und lief über den Strand. Erst als sie zur Kirche einbog, gewahrte sie, daß ihr Frauen folgten. *Was die auf einmal für eine Aktivität entwickeln können, bloß weil eine Touristin ... Sie denken, ich bin schwanger und erbitte den Segen der Heiligen Panajia?*

Lisa hatte es sehr eilig. Keiner sollte sie hindern, ihr Versprechen zu halten. Sie betrat die Kirche, ohne sich zu bekreuzigen. Aus dem Sorbas-Buch wußte sie, wie gefährlich es war, zuerst auf die falsche Brust zu tippen. Leider hatte sie vergessen, welche Seite die falsche war. Deshalb ließ sie es lieber ganz. Von den Wänden lächelten ihr die Heiligen Mut zu. Sie trat vor das Bild der Jungfrau mit dem Kind auf dem Arm und flüsterte: „Danke für dein Geleit durch den Sturm. Hab Dank. Und wie versprochen, schenke ich dir diese Kerzen.“

Mit ihrem Feuerzeug steckte Lisa die erste Kerze an und befestigte sie auf der Spitze des goldenen Ständers vor Marias Bild. An dieser Kerze entzündete sie die anderen vier und ordnete sie gleichmäßig im Kreise an. Im flackernden Licht schien es, als lächelte die Heilige Jungfrau. Seltsame Geräusche störten Lisa. Im schmalen Eingang zur Kirche sah sie die Gesichter der Frauen, die ihr gefolgt waren. Sie tuschelten. Weil sie schwarze Kleider trugen, hatten sie scheinbar keine Körper. *Sie erinnern mich an die Gespenstergeschichte von den Fliegenden Köpfen, die mir als Kind Grauen eingeflößt hat.* Lisa ging langsam auf die Gesichter zu.

„Ich habe der Jungfrau gedankt.“

„Warum?“ fragte eine jüngere Frau.

„Schau auf das Meer. Wir waren draußen im Sturm, ich habe gebetet zur Jungfrau, damit wir lebend das Land erreichen. Sie hat uns geholfen. Ich habe ihr für mein Leben gedankt. Verstehst du?“

„Ja“, sagte die Frau und übersetzte Lisas Worte den anderen.

Willi saß im Restaurant Ilios vor einer Flasche Retsina. Draußen vor der Bucht schlugen die Wellen an der Leuchtturminsel hoch. Der

Wind bildete Windhosen, packte das Wasser aus dem Meer, sammelte es, trug es in riesigen Schwaden zur Küste und schleuderte es in die Felsen. Im Dorf war vom Sturm wenig zu merken, noch schützte die kleine Leuchtturminsel die Bucht.

„Manusso sagt, der Wind wird sich heute nacht drehen." Willi sah sorgenvoll zur Jacht hinüber. „Wir werden wohl kaum Schlaf finden."

„Ghadafi läßt grüßen." Lisa prostete Willi zu.

„Wieso Ghadafi?"

„Wenn der Wind dreht, wird es Blut regnen. Morgen kannst du überall feinen, roten Staub wegwischen."

„Feiner, roter Wüstensand", sagte Willi. „So was kenne ich aus Teneriffa, wenn im Oktober die Winde von Afrika den Sand herübertragen."

„Woher kennst du denn Teneriffa?"

„Die Partei hatte überall ihre Bastionen."

„Ich habe dich oft beneidet, wie du einfach so fahren konntest. Hattest du nie den Wunsch, drüben zu bleiben?"

„Drüben bleiben? Wozu? Den Wessis waren wir mit unseren Erwartungen immer schon lästig."

Lisa spürte, wie ihr der Retsina in den Kopf stieg, obwohl sie ihn mit Cola verdünnt hatte.

„Was erwartest du denn von der Einheit?" fragte Lisa.

„Die steht auf dem Papier. Mehr nicht. Jeder lebt in seinem Ghetto. Eine Konföderation für den Anfang wäre besser gewesen."

„In zehn Jahren werden wir die besseren Deutschen sein", behauptete Lisa. „Phönix ... Felix aus dem Aschenkasten, wie die Erfurtomi zu sagen pflegt."

„Vielleicht in zehn Jahren", sagte Willi nachdenklich. „Bis dahin müssen wir uns selbst helfen."

Manusso saß mit dem Wirt zusammen. *Die kennen sich gut, das sieht man.* Lisa konnte mithören, wie er den Bootsmann ausfragte.

Die Frau des Wirtes brachte Willis Languste, die sie mit Zitronenscheiben garniert hatte. Die Languste lag auf hellgrünen Salatblättern, goldbraun gebackene Pommes bildeten einen Ring am ovalen Tellerrand. Manusso nahm der Frau den Teller an der Tür ab und servierte. Lisa sah die neidischen Blicke der Gäste. *Die machen alle mehrmals im Jahr Urlaub, für Luxus ist da kein Platz.*

„Was machst du, wenn du aus Ägypten wiederkommst?" fragte Lisa.

„Das Abitur."

„Du spinnst. Mit fünfzig noch die Schulbank drücken?"

„Danach werde ich studieren."

Lisa verschluckte sich vor Lachen. Als wieder ein paar Gäste zu ihnen herübersahen, verging ihr das. *Die denken an den Altersunterschied oder an die Languste.*

„Hast du keine Angst, wenn du zwei Jahre nach der Wende mit so einem Bonzenboot auftauchst?"

„Bei einer Firmenauflösung bleibt immer ein Rest."

„Ich denke, das ist alles erfaßt."

„Von wegen. Die wissen bis heute nicht, wie groß dieser Staat im Staate war. Es gibt noch nicht mal eine Liste der ausländischen Firmen, von den Konten ganz zu schweigen. Finde mal ein gelöschtes Konto."

„Und du warst mittendrin. Hast du jemals gezweifelt?"

„Oft, Lisa, oft. Zum Beispiel in den Gesprächen mit meinem Freund Küde, dem Bankdirektor in Zürich", erinnerte sich Willi. „Der hat zu mir gesagt: Wilhelm Meerbusch, du bist ein Mitläufer, aber das ist deine Sache. Ich bin nur an den Zinsen interessiert. Siehst du, das ist der Unterschied zwischen Kapitalismus und Sozialismus."

„Und später?" fragte sie.

„Die Firma war ein Konzern, so groß wie Esso, Thyssen, Flick vielleicht, und kein Gemischtwarenladen. Wenn ich zurückdenke, wie stümperhaft wir angefangen haben. Wir waren damals blutige Anfänger, Amateure."

„Amateure?"

„Zuerst wurde so eine Art Festgeldkontenpolitik betrieben, damit die Bonzen etwas Kleingeld für ihre Westausflüge hatten", erklärte Willi. „Fast alles lief in bar."

„Die haben die harte Mark, die überall anlandete, einfach auf Sparbücher getan, anstatt zu investieren?"

„Ja, anfangs. Bald reichten die Zinseinnahmen nicht mehr für den Luxus, geschweige denn für den Einkauf von West-Know-how. Dann haben sie das Bankenprinzip entdeckt, haben Mitarbeitern und Leuten, die der Firma durch ihre politische Haltung verbunden waren, Kredite gegeben. Mit diesem Geld wurden im Ausland Firmen gegründet. Jeder Solidarkumpel, Strohmänner aus dem Westen, konnte mit einsteigen, sonst hätte das nicht funktioniert. Einem aus dem Osten allein hätten die Banken nicht getraut. Ich habe Firmen über Firmen gegründet. Und mindestens fünfhundert Millionen bewegt im Jahr."

„Du hast Monopoli gespielt? Mit richtigem Westgeld?"

„Wir kauften ein und auf, was das Zeug hielt, anfangs ohne groß zu überlegen, nur bei ein paar Druckereien sah ich einen Sinn. Später mit allen Tricks und Feinheiten kapitalistischen Wirtschaftens. Das Geld mußte bewegt werden, um sich zu vermehren."

„Nach dem Motto: Wie entdecke ich die Marktwirtschaft", sagte

Lisa. „Mit dem Spielgeld, das euch zufloß aus Antiquitätenverkauf und Intershops, aus den Autobahngebühren, Cashgeschäften und Milliardenkrediten, habt ihr euer geheimes Imperium aufgebaut."

„Sechzig Leute waren allein damit beschäftigt, Firmen zu gründen und sie nach Geldtransaktionen wieder aufzulösen. Die meisten haben nach der Wende nur noch in die eigene Tasche gewirtschaftet; sie haben sich die Firmen angeeignet oder die Konten geplündert, deren Nummern sie kannten. Das war abzusehen."

„Du auch?"

„Ende vierundachtzig begannen wir, das Geld zu verstecken."

„Warum, wozu?" fragte Lisa.

„Der Staat war bankrott. Einige Kollegen verhandelten in Bonn über ein Zusammengehen der beiden deutschen Staaten, Konföderation und so. Nach Auflösung vieler Firmen und der Vernichtung der Unterlagen begann unsere Zentrale, das Geld auf Geheimkonten zu verstecken. Nur wenige wußten die Nummern. Viele unserer ausländischen Gewährsleute haben sich einfach mit ihrem festen und flüssigen Kapital abgeseilt."

„Und wo ist das Geld jetzt?"

„Neunundachtzig wurde begonnen abzuräumen, wie im Selbstbedienungsladen. Es wurden neue Firmen gegründet bis Mitte letzten Jahres, nicht mehr im Ausland, sondern mehr bei uns, da die alten Firmen beobachtet wurden. Dafür wurde Geld von außen zurückgeschafft. Ich wußte zum Schluß nicht mehr, wohin ich das Geld bringen sollte, weil der Militärstaatsanwalt einige Empfängerfirmen, am Wickel hatte. Na ja, da hab ich das Geld behalten und auf Konten geparkt."

„Und die Konten?"

„Was niemand weiß, macht niemanden heiß."

„Hast du keine Angst?" fragte Lisa. *Es schaudert mich.*

„Nein. Oder jetzt vielleicht ein bißchen. Aber nur, weil alles so leicht klappt."

„Du meinst die private Abwicklung?"

Wenn auch nur zehn Prozent davon stimmen, was Willi sagt ... Irgend etwas muß wahr daran sein ...

„Jeder greift ab, was er nur kriegen kann", sagte Willi. „Hugo, Peter, na eben die Leute, mit denen ich früher immer zusammen war, die mit den Millionen spekulieren, die sie an Land gezogen haben, und denken, sie hätten Ahnung von Geschäften." Willi schüttelte den Kopf. „Sie sind Amateure geblieben."

„Du machst alles besser, ja?" Lisa lauerte auf seine Antwort.

„Ich bin ja nicht blöd", sagte er. „Sollen die anderen ruhig ihre kleinen Geschäfte machen."

„Ich bin froh, daß ich damit nichts zu tun habe." Lisa dachte laut. „Du nimmst dem Staat das Geld weg."

„Welchem Staat?"

„Der Bundesrepublik Deutschland"

„Diesem Staat hat das Geld nie gehört."

„Dann könnte man es als Brautgeschenk für die Vereinigung betrachten", schlug sie vor.

„Du bist betrunken."

„Das ist wahr. Mir ist schon ganz schwindlig von deinem Krimi. Als Kind fand ich deine Geschichten lustig. Wenn ich ehrlich sein soll, jetzt kriege ich's mit der Angst zu tun."

„Mach, daß du ins Bett kommst", sagte Willi in einem Tonfall, der sie an die gemeinsamen Ostseeferien in Zinnowitz erinnerte.

Wellenschläge erschütterten das Haus. Lisa wachte auf. Sie zählte die Sekunden von einem Beben zum nächsten: fünfzehn Sekunden, siebzehn, dreiundzwanzig. Lisa dachte für Momente an Willis Erzählungen. *Das Geld, das mir Willi gegeben hat, stammt aus Unterschlagungen. Bis heute morgen hatte ich einen Onkel, den ich liebte. An einem einzigen Tag ist alles zerstört worden, verbrannt. Und die Asche stinkt. Ich liebe ihn auch jetzt noch, aber ich fürchte mich vor seiner Geschichte. Warum hat er mir das erzählt?*

Der Sturm fauchte durch die Bucht von Loutro, kämmte die Lücken zwischen den Häusern durch, fing sich in jeder Ritze und jaulte dabei wie ein Wolfsrudel. Als Lisa die Augen schloß, sah sie ihr Haus im Dorf, Georgia, den Nudeltopf auf dem Herd, Iordannis ... *Der Sturm wird stärker. Hoffentlich passiert den Booten draußen nichts.*

Das Blinken des Leuchtturms, das durch die Fensterläden drang, fiel mit einem Wellenschlag zusammen. *Die Geräusche hier sind ungewohnt, und dieses Zimmerchen ist nicht mein Zuhause. Und Willi schnarcht; die ganze Taiga sägt er ab.*

„Willi", sagte Lisa zum x-ten Mal. Er räusperte sich, nach vier Atemzügen setzte seine Säge wieder ein. Lisa gab auf.

Sie hörte, wie der Stuhl auf dem Balkon an die Brüstung knallte und umkippte. Über ihr auf dem Dach ächzte der Wassertank. Je mehr sich Lisa zur Ruhe zwang, desto schneller schlug ihr Herz. Sie hatte Angst, das Hotel könnte dem Sturm nicht standhalten.

Sie stand auf, um den Stuhl hereinzuholen. Sie wickelte sich das Laken um den nackten Körper. Als sie auf den Balkon trat, peitschte ihr mit Sand vermischtes Meerwasser ins Gesicht. Die Balkontür quietschte, Willi wachte auf.

„Was ist denn los?"

„Nichts, nichts", sagte Lisa.

„Mann, das ist ja wie Weltuntergang", fluchte er, halb aufgerichtet im Bett.

Am Steg liefen Männer aufgeregt hin und her. Im Schein von Taschenlampen verankerten sie ihre Boote neu.

„Ich glaube, der Wind hat gedreht", sagte Lisa, als sie den Stuhl ins Zimmer brachte. „Da sind ganz viele Leute bei den Booten."

Mit einem Satz war Willi auf. In seinem gestreiften Pyjama glich er einem Häftling. Ein Blick genügte ihm. Hastig zog er sich Hosen über den Schlafanzug und rannte aus dem Zimmer. „Manusso, ella", rief er eine Etage tiefer. *Endlich schnarcht keiner mehr.* Lisa schloß das Fenster, löschte das Licht und legte sich hin. Willi würde das schon schaffen. Minuten später träumte sie. *Loutro liegt nicht auf der Erde. Wenn ich nur lange genug die Luft anhalte, kann ich es schaffen bis zu den Gassen zwischen den hohen, weißen Wänden, wo man den Himmel nur sieht, wenn man genau in der Mitte steht. Ich bin durchsichtig. Die ganze Stadt gibt keinen Laut von sich. Da ruft jemand nach mir: Komm! Unter mir schwebt eine Gestalt. Komm, ruft sie. Jetzt streckt die Gestalt den Arm aus nach mir und berührt meinen Fuß. Das Streicheln ist schön. Und wenn ich meinen Fuß tiefer halte? Warum fliegt diese Gestalt nicht einfach höher zu mir herauf? Da, wieder das Rufen: Komm! Was ist das? Der Arm wird länger, packt meinen Fuß, zieht mich tiefer, streichelt meine Wade, umkreist zärtlich mein Knie und zieht mich tiefer, langsam, ganz langsam. Die fremden Hände wandern auf meinen Schenkeln, zwingen meine Beine auseinander, liebkosen mich …*

Lisa lag schief, irgend etwas ließ sie zur Seite rollen. Von draußen dröhnte das Meer ins Zimmer, sie hörte das Wasser auf die Terrassen klatschen. Ein Mann beugte sich über sie. Lisa wollte den Traum nicht verlieren, das Streicheln. *Gleich, eine Sekunde noch. Dann platzen die feuerroten Kugeln und ergießen sich über meinen Leib.* Der Mann zog das Laken weg, sie atmete tief ein und hielt die Luft an. Seine Haut war warm und an den Oberarmen samtweich. In der Dunkelheit tastete sie sanft über ein erhitztes Gesicht, über Bartstoppel, über Lippen. Sie fuhr über das Haar, die Wangen, die Augen, Falten und über eine Glatze am Hinterkopf. *Willi!* Lisa erkannte ihn ganz deutlich.

„Willi?"

Keine Antwort. Dafür spürte sie seine warme Hand auf ihrem Schoß. Ihr Herz raste.

„Nein", stieß sie hervor, die eigene Stimme klang fremd.

„Komm schon", flüsterte Willi schlaftrunken. *Er muß von einer Frau träumen. Und nur, weil ich zufällig neben ihm liege …*

Lisa entzog sich, rückte von ihm ab und wickelte sich in das Laken. *Ich muß Zeit gewinnen, muß meinen Körper auf Normaltemperatur bringen.* Wieder kam seine Hand näher. Lisa wich zuerst aus, dann nahm sie die Hand und streichelte sie sanft. *So zärtlich geht also mein Onkel mit seinen Geliebten um. Er hat mich mehr erregt als alle Männer zuvor.* Sie mußte lachen. Willi öffnete die Augen.

„Worüber lachst du?"

Die Wahrheit kann ich ihm schlecht sagen.

„Ach, weißt du", sagte sie, „du scheinst mich mit jemandem zu verwechseln." Sie knipste die Nachttischlampe an. *Ich kann doch nicht mit ihm schlafen … Das ist Inzest … Er ist mein Onkel.* Glühend heiß stieg in Lisa die Erinnerung an das kleine Fummelchen hoch, das Kleidchen, das sie nur in Willis Auto tragen durfte. *Er hat mir damals Geschenke gemacht wie seinen vielen Verlobten.*

Willi lehnte sich zurück und brummte: „Beinahe hätte ich mit dir geschlafen." Er lachte in sich hinein. *Meine ganze Kindheit hindurch hat er sich um mich gekümmert, mir gezeigt, wie man sich schminkt, was modern ist und was Kitsch, er hat mir geraten in Sachen Liebe, bei ihm habe ich gelernt, in Maßen zu trinken und welche Drinks ich unauffällig mit Wasser mischen kann. Er hat eine Dame aus mir gemacht, mir Sicherheit gegeben. Er war der erste Mann, der mir gesagt hat, daß ich schön bin.*

„Weißt du, ich habe mir immer dich als meinen Vater gewünscht, verstehst du."

Er schaute sie lange an und streichelte über ihr Dornenknie.

„Die Manövernarbe hast du ja immer noch."

„Eine Narbe aus dem Kalten Krieg, ja, ich spüre sie oft."

Willi drückte sie zärtlich an sich und gab ihr einen Kuß auf die Stirn.

„Schlaf gut", brummte er.

Lisa war aufgewühlt. Sie konnte nicht einschlafen. Schließlich richtete sie das Kissen als Leselehne her und kramte in Teddys Bauch ein Buch hervor.

„Ausgerechnet die Antigone, die Tochter des Ödipus", murmelte sie leise. Sie las, bis ihr die Augen schmerzten. *Wo jetzt Stephanos sein mag?*

In der Dämmerung wurde Lisa von einem Schiffshorn geweckt. *Halb sechs, was ist los da draußen?* Willi schlief fest. Lisa schlich auf Zehenspitzen durch das Zimmer und öffnete die Fensterläden. Milchiges Grau lag über Loutro. Die dicke Wolkenschicht vereinigte sich mit dem Meer, einen Horizont gab es nicht. Lisa zählte siebenundzwanzig Boote in der Bucht. Sie schaukelten wild und zerrten an den Ankerketten. Dazwischen die Jacht. In Lisas Haaren verfing sich naßkalt der Wind. Die weißen Häuser mit ihren geschlossenen Fensterläden glänzten matt in der Dämmerung. *Wie im tiefsten Kretawinter. Armer Odysseus. Solche Stürme hast du mitten auf See erlebt, kein Wunder, daß du sooft Schiffbruch erlitten hast.* Die Luft schmeckte salzig. Lisa lehnte sich auf die Balkonbrüstung. Salzplättchen blieben an ihren Fingern kleben. *Schlechtes Wetter ist für mich schönes*

Wetter. Zwei Männer versuchten, ihre Boote, die zu nahe gekommen waren und sich gegenseitig zu zerschmettern drohten, voneinander zu lösen. Vor einem Hotel stapelten sich rote Kanus. Ein Mann lief über den Strand, wich tänzelnd den Wellen aus und flüchtete auf eine niedrige Mauer.

Hinter dem Felsen tauchte ein großes Fährschiff auf. *Wo kommt das Schiff mitten in der Nacht her?* Lisa hielt es nicht mehr aus auf dem Balkon, sie mußte hinunter in das Tosen, wollte den Wellen ganz nahe sein. Sie schlüpfte auf Strümpfen aus dem Haus, um Willi nicht zu wecken. Erst auf der Treppe zog sie die Kletterschuhe an. Sie stieg über Bauschutt, alte Möbel und eine modrige Matratze. Vor einem Restaurant standen aufeinandergestapelte Tische. Zwischen zwei Wellen sprintete Lisa daran vorbei zum Grill, auf dem am Abend noch ein Lamm gebrutzelt hatte. Das Ilios erreichte sie völlig außer Atem. Der dicke Wirt sah aus dem offenen Fenster.

Lisa grüßte. Würdig nickte er mit dem Kopf, ohne die Fähre aus den Augen zu lassen, die sich anschickte, am langen Steg zu ankern. Im Aschenbecher türmten sich Kippen.

„Hast du nicht geschlafen heute nacht?“ fragte sie und setzte sich.

„Schau“, sagte der Wirt und wies auf das Meer. „Coffee?“ Sie lächelte ihn an und nickte.

„Zwei Nescafé“, donnerte er in die Küche. Ein Araber, wohl ein Tunesier, brachte den Kaffee, stampfte mit dem Fuß auf, klatschte und rief: „Fihje.“

Eine Katze sprang zur Tür heraus. Lisa blickte ihr nach.

„Deine Katze?“ fragte der Wirt.

„Ja“, log Lisa.

Er hob die Schultern, ging in die Küche und brachte einen kleinen Fisch, den er auf die Terrasse warf. Im Nu zankten sich drei Katzen um die Beute.

„Wir füttern nur unsere eigenen Katzen“, erklärte er.

Der Wirt vom Grill nebenan stapfte fluchend herein und nuschelte einen Gruß.

„Ella“, donnerte der dicke Wirt, und der Araber brühte neuen Kaffee auf. Der Grillwirt steckte sich eine Zigarette an und schimpfte. Lisa hörte heraus, die Fähre konnte nicht anlegen, weil eines der Fischerboote im Weg war. Der Wirt brüllte etwas und stapfte hinaus.

Lisa wollte ihren Kaffee bezahlen.

„Ochi“, sagte der Wirt. „Der ist ein Geschenk von mir.“

Lisa bedankte sich in perfektem Griechisch und verließ das Ilios.

„Heute machen wir eine Landpartie.“ Lisa fuhr herum.

„Hallo Willi.“ Lisa umarmte ihren Onkel. *Er soll öffentlich genießen, was ihm privat nicht zustand. Hier ist es ungefährlich.*

Lisa Meerbusch sehnte sich nach Stephanos, dem Griechen aus Leipzig. *Ob er noch auf der Insel wandert?*

Der Anstieg zum alten venezianischen Kastell war anstrengend. Der steinige Zickzackpfad war von Thymianbüschen, Moos und Gräsern überwuchert, der Boden vom Regen rutschig. Lisa blieb zurück, pustete. *Verdammte Raucherei.* Ihr Schnaufen übertönte Ziegengeläut, Insektenbrummen und Vogelgezwitscher. Sie wollte um keinen Preis klein beigeben. *Irgendwann müssen wir doch oben sein.*

„Auf dem Berg war bis zum elften Jahrhundert eine blühende Stadt", sagte Willi. *Wie der bei diesem Anstieg noch Referate halten kann.* „Phönix hieß sie, ist wahrscheinlich mit dem antiken Phönix identisch." Der Pfad war mit braunen Felssteinen befestigt, auf denen blaue Farbtupfer den Weg nach Finix, einem kleinen Anwesen, wiesen. Das Plateau, auf dem sie gingen, schob sich wie eine Landzunge ins Meer. Unten am Meer leuchteten zwei weiße Häuser, eine Taverne und ein Hotel, Finix: das moderne Phönix. Der Abstieg dauerte nicht lange. An einem kleinem Steg im Windschatten lag Willis Jacht. Manusso war mit ihr um die Landzunge gefahren und arbeitete an Bord. Willi betrat die Hotelterrasse, begrüßte den Besitzer und stellte Lisa vor. Zwei hübsche Burschen kamen dazu, der eine vielleicht sechzehn, der andere ein Jahr älter.

„Und das sind die beiden jüngsten Söhne", sagte Willi. „Der älteste ist in Chania. Er kommt noch."

Aus dem Haus traten drei Frauen. Willi grüßte sie ebenso freundlich und sagte zu Lisa: „Das ist die Frau des Wirtes. Die mit dem Baby ist die Frau des Ältesten, daneben die Oma, also die Mutter vom Wirt. Willst du etwas trinken?" Willi zauberte aus seiner Jacke eine Flasche Kognak und gab sie dem Hausherrn. Der strahlte und öffnete die Flasche sofort. Der Jüngste brachte Gläser. Die Frauen des Hauses tranken nicht mit, sie ermunterten Lisa mit kreisenden Armbewegungen: „Ella, ella! Stin yashou!"

„Stin yamas", sagte der Wirt und trank. Seine Stimme klang offen, war warm und angenehm.

Die Terrasse glich mit ihren zum Meer hin geöffneten drei Rundbögen einem Tanzsaal. Drei Reihen Tische standen gegeneinander versetzt, ein paar Touristen saßen im Schatten. *Willi und Manusso müssen schon oft hier gewesen sein. Woher sollte Willi sonst wissen, welchen Kognak der Hausherr am liebsten trinkt? Vielleicht stammt Manusso aus dieser Gegend? Und ich dachte, ich könnte ihnen Kreta zeigen.*

Der Jüngste kam mit einer Papiertischdecke, Flaschenbier und Gläsern aus dem Haus. Willi schob Tische zu einer Tafel zusammen. „Wir feiern ein Fest heute."

„Wie viele Leute werden kommen?“ fragte der Hausherr.

„Weiß ich nicht genau“, erwiderte Willi, „eine Menge.“

Sie stellten sechs Tische zusammen.

„Was für ein Fest?“ fragte Lisa erstaunt. *Er hat mir nichts davon erzählt.*

„Eben ein Fest“, sagte Willi. „Alles ist schon organisiert.“ Er schaute zum Himmel: „Hoffentlich hält das Wetter.“ Die Wolkendecke war aufgerissen. Für Minuten schien die Sonne, und dann wurde es sehr warm. Doch einige Wolken waren bedrohlich grau, sahen nach Regen aus. Die Mitte der Terrasse wurde von einer Familie mit etlichen Kindern bevölkert, am Rand saß ein älteres Paar mit Knickerbockern und Wanderschuhen. Rote Wollstrümpfe wärmten die strammen Waden. Der Mann suchte den Horizont mit dem Fernglas ab. *Warum betrachtet der komische Alte ab und zu Willi durchs Fernglas. Wenn er mich fixiert, knall ich ihm eine, diesem Voyeur.* Am Tisch daneben kicherte ein junges Pärchen. Sie hatten einen Koffer bei sich, der offensichtlich ein Musikinstrument enthielt.

„Es wird einige Zeit dauern, bis es soweit ist“, sagte Willi geheimnisvoll, „was lange währt, wird gut.“ Voller Genuß trank er sein Bier. *Zeit haben wir genug, und wenn Manusso den Weg übers Wasser geschafft hat, können wir auch mit der Jacht zurückfahren und müssen nicht klettern.* Der junge Mann öffnete den Koffer und nahm ein Saxophon heraus. Sein Spiel klang wehmütig, erinnerte an Blues aus New Orleans. Die Freundin hatte das Kinn aufgestützt, sah den jungen Mann versonnen an. Lisa fotografierte die beiden, im Hintergrund saßen die beiden Wanderer. *Ein schönes Bild. Jetzt ist die richtige Stimmung, um mit Willi zu reden. Über die letzte Nacht, über meine Kindheit … Nein, erst muß ich wissen, welche Rolle mein Vater bei der Stasi gespielt hat.*

„Hat Ernst beim MfS mitgemacht?“ fragte sie unvermittelt.

„Hat er“, sagte Willi, als würde er über die Zutaten zum Fest sprechen.

„Das ist alles? Ist das wirklich alles, was du dazu zu sagen hast?“

„Alles“, antwortete Willi fest. „Es ist alles, den Rest kannst du dir denken.“

Da knallte es laut.

Lisa fuhr zusammen. „Was war das?“

Der Musiker brach mitten im Ton ab.

„Ein Schuß“, sagte Willi.

„Für das Fest?“

„Hm.“ Er lächelte zufrieden, wie immer, wenn alles am Schnürchen lief. Der Hausherr kam zurück, das Gewehr über der Schulter. Lisa schaute Willi fragend an. Der grinste nur und stand auf, um das

Gewehr zu begutachten. Der Saxophonist spielte weiter. Verträumt ruhte Lisas Blick auf der kleinen Kirche neben dem Hotel. Das Gras ringsherum stand hüfthoch, auf der Wiese blühten Mohn und Margeriten, dazwischen leuchtend gelbe Blüten. *Hier würde ich gern meine Hochzeit feiern. Mit Stephanos?*

„Der Wirt hat ein deutsches Gewehr, eins aus dem zweiten Weltkrieg." Willi riß Lisa aus ihren Träumen.

„Daran ist nichts Besonderes", sagte Lisa. *Die meisten Kreter haben Waffen.* „Das ist eine Beutewaffe. Wie die anderen auch."

„Woher willst du das wissen?" fragte Willi.

„Die Zivilbevölkerung hatte keine Waffen, als die Deutschen kamen", sagte Lisa. „Die Partisanen mußten sie sich Stück für Stück von den Besatzern holen. Jetzt sind viele Kreter bewaffnet, obwohl es verboten ist. In der Nähe großer Städte verstecken sie ihre Pistolen im Kofferraum." Lisa genoß es, mehr zu wissen als ihr Onkel.

„An dem Gewehr klebt Blut", sagte Willi.

„Meinst du etwa, die Deutschen sind mit den Kretern zimperlich umgegangen? In Anogia zum Beispiel ..."

„Sie haben das Dorf dem Erdboden gleichgemacht und die neunhundert Bewohner ermordet, ich weiß. Sie haben Vergeltung geübt, weil die Partisanen den General Kreipe entführt hatten."

„Die Kreter sind sehr stolz auf ihre Vergangenheit", sagte Lisa.

„Sie besitzen auch die seltene Fähigkeit, sich mit ihren Gegnern zu versöhnen", sagte Willi mit einem merkwürdigen Unterton in der Stimme. Der Wanderer wollte ein Bild von Willi und Lisa machen, doch Willi wehrte energisch ab. „Keine Fotos, bitte!"

„Ihre Tochter hat uns doch auch fotografiert", konterte der Wanderer. Er machte trotzdem ein Foto, dabei lachte er Willi an. *Warum läßt Willi sich nicht fotografieren?*

Es fing an zu nieseln. Hinter dem Dachende wurde der Betonboden dunkel gesprenkelt. Eine rote Hibiskusblüte am Haus wippte bei jedem Tropfen, der sie traf. Eine Schwalbe suchte Schutz auf einer offenstehenden Tür. Sie hüpfte auf und ab, erkundete das Zimmer, kam wieder herausgeflogen und ließ sich auf der Wäscheleine nieder. Die Hausfrau streckte die Hand hinaus, prüfte die Stärke des Regens, ließ die Laken und Kissenbezüge auf der Leine hängen. Vom Grill stieg Qualm auf. Der jüngste Sohn hatte Mühe, das Feuer in Gang zu bringen. Die Holzscheite brannten schlecht an. Der andere Sohn rieb Metallroste mit einer in Öl getränkten Zitrone ab. Die kinderreiche Familie wünschte guten Appetit und wanderte durch das Bergtal nach Livathiana.

Der Hausherr setzte sich zu Willi und erkundigte sich: „Mein Freund, wo bleiben die Gäste?"

„Die kommen noch“, beruhigte Willi ihn und beschrieb einen weiten Bogen mit dem Arm.

„Ich habe niemanden gesehen“, sagte der Hausherr.

Willi zeigte in die andere Richtung.

„Da auch nicht.“ Der Hausherr grinste.

„Er hat sicher schon durch sein Fernglas die Landschaft nach unseren Gästen abgesucht“, vermutete Lisa.

Willi zeigte auf die Jacht.

„Ah, du holst sie aus Chora Sfakion ab“, sagte der Hausherr.

„Vielleicht. Was trinkst du?“

Der Hausherr schüttelte den Kopf. „Tipota.“ Nichts.

„Einmal Tipota, bitte“, rief Willi. „Ein großes Glas!“

Der Hausherr lachte schallend. Seine Augen blitzten. Der mittlere Sohn guckte aus dem Schuppen, wo er Joghurt zubereitete, seine Frau lachte auch. *Den Witz haben alle verstanden, Tipota heißt „nichts“, ist aber auch der Name eines griechischen Likörs. Willi lächelt zufrieden. Manchmal ist er wie ein Kind.*

„Was Ernst betrifft“, begann Willi zu reden, „das ist eine lange Geschichte, glaub mir.“

„Erzähl sie mir!“

„Er ließ sich anwerben, einfach deshalb, weil er wegen Herbert nicht studieren konnte. Als Großbauer gehörte Opa zu den reaktionären Kräften, unter anderem, weil er ständig auf die Russen schimpfte. Er hat ihnen niemals verziehen, was er in der sowjetischer Gefangenschaft erduldet hat.“

„Genau, wann, wo und wie?“ drängte Lisa. *Ich ahne Furchtbares.*

„Das MfS hat Ernst verpflichtet und sein Studium finanziert. Sie hatten ein ganzes Nest an der juristischen Fakultät in Halle eingerichtet. Ernst hat bis zu seiner Berufung nach Berlin Leute bespitzelt, auch gegen Geld. Er hat Auszeichnungen bekommen, Gold, Silber, Bronze, alles mit Preisgeld, ganz abgesehen vom militärischen Grad. Er hat es bis zum Hauptmann gebracht, ohne im Dreck herumgekrochen zu sein.“

Ein höllischer Abgrund. Mein Vater! Das ist das Ende. Ich sitze mittendrin. Niemand wird mich mehr ansehen, wenn das rauskommt.

„Woher weißt du das alles?“ fragte sie mit zittriger Stimme. *Es tut weh. Und Elke, die bringt sich um.* „Hat Elke etwas gewußt?“

„Nein.“

„Sei nicht so kurz angebunden, Willi“, sagte Lisa aufgeregt.

„Ich hätte nicht davon anfangen dürfen, jetzt, wo Ernst sowieso weg ist und mit Trude zusammenlebt.“

Ein Fischerboot fuhr um die Landzunge. Es sprang von Welle zu Welle. Genau im richtigen Augenblick stellte der Fahrer den Motor ab. Langsam glitt das Boot über das Wasser und hielt genau am Steg.

„Mein Sohn", verkündete der Hausherr und lief hinunter. Die beiden anderen Söhne folgten ihm. Der älteste stellte Säcke, Kartons und Tüten auf den Steg. Er nickte der Mutter zu und seiner Frau, die mit dem Baby auf dem Arm an der Terrassenbrüstung lehnte. Die Einkäufe blieben am Steg, und der Sohn kam ins Restaurant, wo er als erstes eine Flasche Limonade in einem Zug leertrank.

Mit Benzin hatte der jüngste Sohn das Feuer endlich in Gang gebracht. Der Baumstamm brannte lichterloh. Sein Bruder brachte eine große Schüssel mit rohem Fleisch.

„Hoffentlich ist es eine Ziege", flüsterte Lisa.

„Ich hatte Lamm bestellt", protestierte Willi.

„Ziegen schmecken besser, glaub mir."

Willi rieb sich unsicher die Nase, traute dem Frieden nicht. Lisa ging zum Grill und fragte: „Katzicka, Ziege?"

„Lamb", antwortete der Junge bestimmt. *Er lügt, denn das abgehäutete Tier hat eine schwarze Fellquaste am Schwanz, und mit Quaste kann es nur eine Ziege sein. Touristen wollen keine Ziegen. Dabei ist Ziegenfleisch viel zarter.*

„Du schwindelst", sagte Lisa. „Das macht nichts. Ich esse Ziege lieber."

Eine halbe Stunde später, das Holz glühte, legte der Hausherr eigenhändig das Fleisch auf den Grill. Der mittlere Sohn überwachte das Feuer und träufelte Wasser über das Fleisch.

Willi ging in die Küche und bestellte lautstark Wein und Salat für zehn Personen.

„Wo sind deine Gäste?" fragte der Hausherr wieder und schickte seine Frau in die Küche.

„Ihr seid meine Gäste", verkündete Willi. Ungläubige Blicke. „Ja", bestätigte Willi. „Du und deine Familie, ihr alle. Ella, Manusso, ella!" rief er zur Jacht hinüber. Er lud auch die zwei jungen Leute ein, die neidisch das Gelage beobachteten. Die beiden Wanderer verabschiedeten sich schnell. Vier Platten voller Fleisch, schwarzbraun gegrillt, standen bald auf der Tafel. Der Wirt brachte griechischen Hartkäse, seine Frau Schalen mit Tzatziki. Willi schenkte Wein ein. Der älteste Sohn eröffnete das Essen, indem er dem Ziegenbock die Hoden abschnitt und sie seinem Vater anbot. Als dieser ablehnte, aß er sie selbst genüßlich. *Ein Privileg.*

„Wieso hast du die Familie eingeladen?" fragte Lisa kauend. „Gibt es einen besonderen Anlaß?"

„Weil es mir Spaß macht", erwiderte Willi.

Am Morgen hatte Manusso zu tun, den Kurs gegen die direkt auf die Jacht zulaufenden Wellen zu halten. Je weiter sie nach Westen fuhren, desto ruhiger wurde das Meer. Nach einer Stunde Fahrt lag vor ihnen Agia Roumeli wie eine weiße Narbe zwischen dem grünem Meer und den braunen Bergen. Manusso deutete auf zwei große dunkle Flecken nahe dem Ufer, die einen Durchmesser von mehr als dreißig Metern hatten. *Es sieht aus, als wäre unter der Oberfläche eine voll aufgedrehte Riesendusche. Süßwasserquellen im Meer, die aus den Bergen gespeist werden.*

„Wenn man das irgendwie auffangen könnte", rief Lisa zu Willi auf die Brücke. Er zuckte mit den Schultern. „Wer soll das denn bezahlen?"

„Wenn man das anzapfen könnte, wie fruchtbar könnte die Gegend sein: blühende Gärten, Plantagen."

Am Steg von Agia Roumeli schaukelte ein dickes, älteres Fährschiff. Die Jacht machte auf der anderen Seite des Steges fest. Ein Mann erschien und rief, die Jacht könne da nicht anlegen, weil die große Fähre gleich komme. Er wies zum Horizont, wo die Samaria schon zu sehen war.

„Wir laden nur aus, Nicolatschi", brüllte Willi den Mann an. „He, Manusso, ella! Beeil dich!"

Manusso ließ sich nicht aus der Ruhe bringen, lud die Taschen aus und verwirrte Nicola, als er ihm zurief: „Nicolatschi, wann gibst du mir endlich die Leinen, die Fähre legt gleich an!"

Wütend warf Nicola die Leinen an Bord, und Manusso steuerte zum äußersten Ende des Strandes, wo eine kleinere Anlegestelle in den Felsen gehauen war. Lisa und Willi trugen das Gepäck vom Steg.

Ein selbstgebasteltes Vehikel mit einem dreieckigen Fahrerhaus aus grünem Blech knatterte zum Steg. Das Gefährt, eine Mischung aus Krankenfahrstuhl und Dumper, war überall verbeult. An einigen Stellen schien das rostige Gehäuse nur von Aufklebern zusammengehalten zu werden. Ein hübscher junger Mann stieg aus und umarmte Willi. Die Zigarette im Mundwinkel, fuhr er sich durch die schwarzen Haare. In der Gesäßtasche seiner Jeans steckte der Rechnungsblock, das Zunftzeichen aller kretischen Kellner. Ein Geldbündel beulte die Brusttasche des buntkarierten Hemdes aus. Er bot Lisa eine Zigarette an, und sie steckte sie sich wie ein Mann hinters Ohr. Er warf das Gepäck auf die Ladefläche seines Fahrzeugs. Die Fahrertür ging nicht zu. Er fluchte, stieg aus und reparierte das Auto mit einem Faustschlag, worauf die Türverkleidung nach unten klappte. Endlich knatterte das Gefährt los. Willi lief hinterher zum Restaurant.

Lisa bewunderte einen glänzenden Hai, der an einem kleinen Kran hing. „Hast du den gefangen?" fragte sie den Fischer, der ein großes spitzes Messer an einem Wetzstein schärfte.

„Ja, heute nacht“, antwortete er.

Kopf und Flossen hatte der Fischer schon abgeschnitten, und der Fisch maß noch etwa einen Meter. Nun ritzte der Fischer über die gesamte Länge des Hais eine Linie in die silberne Haut. Dann polkte er einen Hautzipfel ab, den er sich um den Zeigefinger wickelte. Er riß damit die Haut vom weißen Fleisch und warf die Fetzen den Katzen zu, die den Fisch schon umkreisten.

Das dickbäuchige Fährschiff hupte. Zwei Touristinnen brachten ihr Gepäck zum Steg. Sie verabschiedeten sich von dem Fischer mit einer Umarmung. *Sie hatten eine aufregende Nacht? Das Fährschiff bringt sicher die Ablösung.* Zum Abschied winkte der Fischer ihnen mit dem blutigen Messer. *Der flirtet auch mit jeder. Nein, du brauchst mir gar nicht zuzuzwinkern! Ich weiß von Willi, daß du verheiratet bist.* Lisa ging zum Restaurant. Auf der Terrasse unter einem Maulbeerbaum frühstückte eine Familie.

„Ich glaube, Berlin ist schöner als Hamburg“, sagte der Mann hinter der Goldrandbrille mit plattdeutschem Akzent.

„Das ist das Mittelmeer, oder?“ wollte sich die Braungelockte mit der Rüschenbluse bei ihrem Mann vergewissern.

„Das ist ja alles irgendwie miteinander verbunden“, antwortete er.

„Ja, oberhalb von Kreta ist das Ägäische Meer“, beharrte sie.

„Ja, und unten das Libysche“, ergänzte eine der Töchter.

Eine schwarzgekleidete alte Frau säuberte den Eingang und die Fensterscheiben mit einem Wasserschlauch. In den Blumenkästen neben der Treppe kämpften Phlox, Margeriten und eine Fächerpalme mit der Trockenheit. Auf dem Dach flatterten schneeweiße Laken.

Der Fischer brachte den Hai in die Küche. *Geht er so langsam, weil der Fisch so schwer ist oder damit ihn möglichst viele Frauen sehen?*

Dann führte er sie zu ihrem Zimmer. Es war ein hoher Raum, größer als das Wohnzimmer bei Georgia. Und heller. Wie der Flur hatte es einen abgeschliffenen und versiegelten bunten Steinfußboden.

Die Samaria ließ wieder ihre Hupe ertönen. Lisa beobachtete das Gedränge auf Deck. *Es sind mehr als fünfhundert Leute. Das wird ein gutes Geschäft heute. Ich werde mindestens zehn Ohrringe los.*

„Magst du ein Bier?“ fragte der Fischer im Gehen. „Komm doch mit! Die Leute sind interessant. Manche Touristen sitzen den ganzen Tag in meinem Restaurant und gucken sich Leute an.“ Lisa nahm ihren Schmuckkasten und folgte ihm zur Terrasse. Dort suchte sie sich einen Tisch am Geländer und setzte sich mit dem Blick zum Meer. Die Terrasse war mit einem Bastdach überzogen, das angenehmen Halbschatten bot. Auf Lisas Oberschenkeln tanzten Sonnenflecken.

„Nach England wollte ich schon immer mal fahren“, sagte der Mann mit der Goldrandbrille. *Einer aus dem Westen, der noch nicht in England war? Diese Norddeutschen sind eine schwer einzuschätzende Zielgruppe.* Lisa beschloß, die Aufmerksamkeit der Plattdeutschen zu wecken, und öffnete den Schmuckkasten. Sie richtete den Spiegel so ein, daß er die Tochter blendete. Dann begann sie Stecker für Ohrringe zu biegen.

Nur die Frau des Fischers kam, nahm ein Paar fertige Ohrringe heraus und betrachtete sie genau. Sie hielt den Schmuck an ihre Ohren.

„Sie sind für dich, wenn sie dir gefallen", sagte Lisa und reichte ihr den Spiegel. Die Frau juchzte leise auf.

„Nein, nein, nein", wehrte sie ab.

„Ein Geschenk", sagte Lisa, „für gute Freunde." Der Fischer, der sie nicht aus den Augen gelassen hatte, rief: „Sehr chic." Seine Frau errötete. *Ein Grieche, der mit seiner eigenen Frau flirtet. Der Typ ist was Besonderes.* Er setzte sich zu Lisa und nahm ihr Fernglas. Er betrachtete es und drehte es in der Hand, ehe er durchschaute.

„Verkaufst du das Fernglas?"

Lisa zeigte ihm die Ochi-Geste.

„Deines ist besser als meines." Er schaute sich ungeniert die halbnackten Frauen am Strand an. Lisa sagte schmunzelnd: „Lauter Katzickas ohne Fell." Wie ein ertappter Junge stand er auf und gab ihr wortlos das Glas zurück. Doch plötzlich zeigte er auf Manusso, der die fünfhundert Meter am Strand entlang tiefe Spuren im Sand hinterließ und sagte verschmitzt: „Dein Mann kommt."

Das dumpfe Stampfen des Schiffsmotors des Fährschiffes wirkte im Ort wie ein Wecker. Ein Postkartenständer wurde vor den Supermarkt geschoben, direkt in den Weg. Die Ticketbude der Fährschiffahrt öffnete die Fensterläden. Im Restaurant Faraggi stand der Wirt mit einer weißen Kochschürze am Eingang. Im Lokal nebenan brüllte der Besitzer seine Kellner an, sie sollten gefälligst die Aschenbecher verteilen. Auch im Imbißwagen am Steg kam Hektik auf. Ein junger Mann, der so dick war, daß er das Hemd vorn nicht mehr zuknöpfen konnte, legte Sandwiches aus, postierte den Metaxa mit sieben Sternen in Augenhöhe der Kunden und hängte ein Gestell mit Süßigkeiten an die Vorderfront. Dann wischte er die Tische ab und befestigte ein Schild über der Eingangstür des Wagens: Ice cream.

„He, Iorgos", rief der Fischer zu ihm hinüber. „Wie geht's dir morgen?"

Der Dicke vom Imbißwagen wollte gerade antworten, da begriff er den Unsinn der Frage. „Weiß ich nicht."

Lisa ging Willi entgegen, der frisch geduscht aus dem Hotel kam. Durchgeschwitzt erreichte Manusso das Restaurant. Er lief, als sei er hier zu Hause, zum Personaltisch an der Treppe und rief: „Einen Frappé, bitte."

Die Samaria glich einem Ameisenhaufen. Alle wollten gleichzeitig an Land. Die Touristen drängelten die steilen Treppen nach unten. Ein schmächtiger Matrose stand mit durchgedrücktem Kreuz ganz vorn auf der Ladeklappe, die sich langsam öffnete, und rührte sich nicht. Er sah aus wie die kleinen Figuren der minoischen Adjutanten im Museum von Heraklion. Durch ganz Agia Roumeli dröhnte der Rückwärtsgang der Fähre. Sie legte zentimetergenau an. Zuerst fuhren die Laster über die Ladeklappe an Land. Auf einem waren zwei Mulis festgebunden, vor ihren Schnauzen gelbes Stroh und die Lastensattel. Dann ergoß sich der Menschenstrom über den Ort. Willi legte seinen Arm um Lisa. „Schau dir die Touristen an, wie gestreßt die jetzt schon sind."

„Bier, Coca Cola, alles kalt", rief Iorgos unten in seiner Imbißbude.

„Coffee, Gyros, Fisch", rief der Fischer in die Menschenmenge, die sich zähflüssig an seinem Restaurant vorbeischob. Vor den Bäuchen der Touristen baumelten Videokameras und Fotoapparate. Reisetaschen und Stadtrucksäcke schubberten aneinander. Sie trugen Kinder auf den Armen, andere Schoßhündchen. An Lisa stolzierten rotgeschminkte Lippen vorbei, bauchfreie T-Shirts, Stoffschuhe, bandagierte Knöchel, Skistöcke, Strohhüte mit bunten Bändern. *Die meisten sind Westdeutsche. Sie rennen auf die Samariaschlucht zu, als jage sie der Teufel. Die schwitzen schon zwei Kilometer vorher.* Gruppen sammelten sich, Reiseleiter hielten Schilder hoch. Ein Mittfünfziger mit Halbglatze verglich an der Ticketbude die ausgewiesenen Rückfahrzeiten der Schiffe mit Eintragungen in seinem Taschenkalender. Der Wirt vom Restaurant Faraggi verhieß den Leuten alle möglichen Leckereien: Spaghetti, Pizza, gegrillten Fisch, Souvlaki, Tzatziki. Er sprach deutsch und erntete dafür dankbare Blicke. Viele Wanderlustige blieben in den Restaurants hängen. Auf Lisas Terrasse wurde es laut. Der Fischer und zwei Kellner eilten mit gezückten Blöcken an die Tische und riefen ihre Kommandos in die Küche und zum Grill. „Einmal Oktopus und einen Salat für zwei!" Am Grill, wo ein deutscher Gastarbeiter wirbelte, stiegen Rauchwolken auf, beide Roste waren voll bedeckt mit Steaks, Fisch und Bouletten. Ab und zu zeigte er den gaffenden Touristen die gerade aufgetauten Oktopusse. Eine rothaarige Frau spazierte mit schwerem Rucksack und drei kleinen Mädchen am Restaurant vorbei. Der Fischer grüßte sie laut. *Nanu? Ich dachte, Kinder schützen vor griechischen Männern.*

„Hast du Zimmer?" fragte sie. Der Fischer schüttelte bedauernd den Kopf. „Heute bin ich ausgebucht." Sie lächelte und zog weiter.

„Du weißt", sagte Lisa zu Willi, „gleich kommt Elke mit ihrer Gruppe."

„Ich habe mich schon um das Gepäck der Frauen gekümmert, das mit dem Fährschiff gekommen ist. Nach dem ersten großen Ansturm im Restaurant fährt der Chef es persönlich ins Hotel."

„Welcher Chef?"

„Na, dein heimlicher Schwarm, der Haifischfänger von Agia Roumeli."

Lisa tat, als habe sie die Bemerkung überhört, und bog mit einer Uhrmacherzange eine Öse aus Silberdraht. Sie sagte: „Alexandra ist auch in der Gruppe."

„Na und?"

„Verstehst du denn nicht", sagte Lisa und blickte ihn fragend an, „was passiert, wenn die Frauen mitkriegen, wer du bist. Das sind alles Journalistinnen, eine mehr als die andere gierig auf Storys, und wenn die etwas rauskriegen, Willi, begreif doch, das könnte eine Katastrophe werden."

„Hm", machte er und stützte seinen Kopf in die Hand.

„Hm", äffte sie ihn nach. „Wie stellst du dir das vor?" Die fertige Öse befestigte sie an einem Ohrring.

„Dann bin ich eben dein Liebhaber." Er grinste.

„Oh, ich glaubte, das Thema hätten wir abgehakt."

„Hast du eine bessere Idee?"

Lisa nahm ein durchlöchertes Messingblech und bog es zu einem Zylinder, den sie am Silberdraht befestigte. „Sieht irgendwie türkisch aus, nicht wahr?"

„Hör endlich mit der Fummelei auf", sagte Willi.

„Also komm", wandte sie ein, „auf so ein Geschäft warte ich seit einem halben Jahr. Ich kann heute mindestens zehn Teile verkaufen. Davon lebe ich gut fünf Tage mit allem Drum und Dran, Wein eingeschlossen."

„Mir ist es wichtiger, mich mit dir zu unterhalten, und du sollst mir zuhören, nicht nur mit halbem Ohr."

Lisa legte ihre Arbeit beiseite.

„Ich habe dir einen Umschlag mit einigen Papieren in deinen Teddy gesteckt", sagte Willi. „Da ist mehr Geld drin, als du brauchst."

„Ich brauche dein Geld nicht. Ich komme sehr gut selbst zurecht."

„Laß das Geschäft heute sausen, Lisa, und pack ein. Bitte."

„Ich will dein Geld nicht."

Das Geld stammt aus seinen geheimen Quellen. Wenn ich es annehme, und es ist registriert, was passiert dann?

„Es ist für den Notfall. Kannst es ja aufheben und mir in Deutschland wiedergeben. Heute bist du eingeladen und mußt dir nicht dein Essen verdienen."

Ich will ihn nicht verärgern.

„Okay, danke", sagte sie lächelnd, legte die Einzelteile in den Schmuckkasten und klappte ihn zu.

„Ich habe Fisch organisiert", lenkte er ab.
„Was hast du? Etwa den Hai?"
„Klar, den verputzen wir alle zusammen."
„Wenn das mal gutgeht."
„Hör zu, Kindchen ..."
„Ich bin nicht dein Kindchen."
„Also, hör zu. Ich wollte wegen des Umschlags mit dir reden", begann Willi.
„Welcher Umschlag? Ach, der mit dem Geld."
Ein schwarz glänzender Brummer umschwirrte Lisa. Sie wußte, daß die Käfer auch beißen oder stechen konnten. Willi verjagte den Käfer mit der Hand.
„In dem Umschlag habe ich einige persönliche Unterlagen nach Bereichen geordnet. In einem dicken Kuvert ist Geld, das du bitte für mich auf deiner Rückfahrt bei irgendeiner Bank einzahlst. Anteile, du weißt schon."
„Willi, ich will da nicht reingezogen werden."
Das kann ich ihm unmöglich abschlagen. Er bittet mich zum ersten Mal um etwas. Er wird mich nicht absichtlich in Schwierigkeiten bringen. Nein, das tut er nicht. Wenn er mich um etwas bittet, kann das nur eine ungefährliche Angelegenheit sein.
„Auf einem Kuvert steht: Lisa. Das Geld ist für dich." Lisa wollte protestieren, doch Willi fiel ihr ins Wort: „Wenn du es nicht brauchst, heb es für später auf. Ich erinnere mich gut an einen Ausspruch von dir. Ich möchte nie arm sein, hast du mal gesagt."
„Ja, das stimmt."
Der Kapitän der Samaria kam am Restaurant vorbei. Manusso rief ihm vom Personaltisch etwas zu, wollte ihn in ein Gespräch verwikkeln. Der Kapitän nickte nur und ging würdevoll weiter.
„Bis jetzt", sagte Lisa niedergeschlagen, „glaubte ich, das ginge mich alles nichts an. Aber wenn ich auch nur einen Pfennig von dir annehme, mit vollem Bewußtsein, dann stecke ich mit drin. Und dann kann jeder mit dem Finger auf mich zeigen."
Die Norddeutschen am Nebentisch gingen nahtlos vom Frühstück zum Mittagessen über. Der Wind trieb den Geruch der Mulis bis ins Restaurant.
„Es ist allein unsere Sache, die meiner Generation", versuchte Willi einzuwenden.
„Das ist doch nicht wahr! Wenn ich hier einem Touristen aus dem Westen sage, wo ich herkomme, wer meine Familie ist, hat der sofort ein Vorurteil gegen mich und denkt, ich könnt auch bei der Stasi gewesen sein. Die Westdeutschen können nicht differenzieren."

„Sie wollen nicht", sagte Willi. „Es ist eine reine Schutzbehauptung, so müssen sie keine Verantwortung übernehmen."

Lisa dachte an das Kuvert.

„Hör zu. Ich erledige das mit den Geldüberweisungen für dich", versprach sie. *Hoffentlich bekomme ich keine Scherereien damit.*

„Danke", sagte Willi und stand auf. Er sah nicht, wie bedrückt Lisa war. „Dann will ich mal schauen, ob das mit dem Fisch seinen kretischen Gang geht."

„Wo willst du hin?"

„In die Küche. Wohin denn sonst?"

„Du kochst?"

„Ich will nur organisieren, daß sie Pellkartoffeln zum Fisch servieren", rief er im Gehen.

Ich sehne mich ganz weit weg. Am besten wäre es, wenn ich mit Willi abhaue. Nach Ägypten? Allein kann ich mich aus diesem Sumpf nicht herausziehen. Nein, Flucht ist Feigheit.

15. Kapitel

Eklat in Agia Roumeli
230 Tage deutscher Einheit

Wie aus dem Boden gestampft, stand Elke am Tisch. Lisa erschrak: „Du bist ja schon da?"

„Ich bin fix und fertig." Elke stöhnte wie üblich. „Aber schön war's."

„Und die anderen?"

„Die kommen ..." Elke war ganz außer Atem. „Ich bin extra schneller gelaufen, falls noch etwas zu regeln ist."

„Hallo, Schätzchen", grüßte Willi, „auch ein Bier?" Er stellte ein frisch gezapftes Paulaner vor sie hin. Elke lief rot an, ihre Kinnlade klappte herunter, vor Schreck schaute sie sich nach allen Seiten um. Dann griff sie nach Willis Arm.

„Nein, ich träume nicht", sagte sie tonlos und trank das Bier aus, ohne abzusetzen.

„Was hast du dir dabei gedacht, hier aufzutauchen?" fragte sie Willi und schaute von ihm zu ihrer Tochter. *Elke weiß von Willis Machenschaften. Sieht sie auch, daß ich es weiß?*

Willi legte sein herzgewinnendes Lächeln auf: „Wir veranstalten eine Party."

Elke fuhr sich nervös durch die Haare und stellte fest: „Deshalb hast du am Reiseplan mitgearbeitet."

„Und ich dachte, ich könnte euch überraschen", sagte er und spielte den Gekränkten.

„Charmeur. Wenn eine der Journalistinnen mitkriegt, wer du bist, ich weiß nicht, was dann passiert."

„Wer außer dir und Alexandra weiß denn schon, wer Willi ist?" versuchte Lisa ihre Mutter zu beruhigen.

„Lisa", Elke guckte streng, „hauch mich mal an. Igitt, du riechst nach Alkohol."

Alexandra schleppte sich ins Restaurant. „He, Willi, das ist ja eine Überraschung. Gut siehst du aus!"

Alexandra umarmte ihn herzlich, Willi griff ihr an den Hintern. *Eine Geste der Gewohnheit, er kann es nicht lassen.*

„Die erste angemessene Begrüßung auf Kreta", freute sich Willi, „ich hatte Sehnsucht nach euch."

„Damit wir uns richtig verstehen", unterbrach Elke die Begrüßung streng, „keine von den Frauen erfährt etwas."

„Was denn?" Alexandra verstand nicht. „Wer soll was nicht erfahren?"

„Alexandra, liebste Freundin, Willi ist für die Frauen der Geliebte von Lisa, du bist zu alt."

„Ich bin zu alt? Wetten, daß ich genau die Richtige bin", sprudelte Alexandra.

„Also ich habe nichts dagegen. Von mir aus", sagte Willi.

„Ich mache da nicht mit", widersprach Lisa und befreite sich von Willis Arm. „Das ist Irrsinn. Mit so einem Affentheater kommen wir nie durch."

Die Unterhaltung am Nebentisch verstummte. Drei Frauen in Safarihosen und Tropenhüten witterten einen Krach und lauschten gespannt. Elke setzte sich schnell und zischte: „Nicht so laut."

„Schau", sagte Willi versöhnlich, „ich wohne ja nicht in eurem Hotel, sondern auf meinem Boot. Was ist daran so schlimm?"

„Auf welchem Boot?" fragte Elke verwirrt.

„Das da hinten", sagte Lisa und zeigte zur Anlegestelle am Strand.

„Du meine Güte, das ist doch die Jacht von ..." weiter kam Elke nicht.

„Na und?" schnitt er ihr das Wort ab. „Das ist die Jacht von ... von Herrn Münchmeier."

„Ich habe Fotos", beharrte Elke, „da bist du mit diesem ..."

Willi verzerrte das Gesicht, fletschte mit den Zähnen und säuselte mit verstellter Stimme: „Rotkäppchen ..." Als die drei Frauen lachten, sagte er: „Na gut, das nächste Mal komme ich mit einem Hubschrauber."

„Huhu!" Renate und Julia riefen von weitem. Nach und nach trotteten die Frauen der Gruppe ins Restaurant. *Der Weg durch die Schlucht hat sie etwas lädiert. Hoffentlich suchen die jetzt nicht bei Elke Trost. Die hat ganz andere Sorgen.*

„Na, dann verziehe ich mich lieber", sagte Alexandra. „Ein Königreich für eine Dusche." Zu Lisa sagte sie schnippisch: „Viel Spaß mit deinem väterlichen Geliebten."

Zimtzicke, was bildet sie sich ein?

„Guckt mal", flötete Julia, „die haben wir einer alten Frau abgekauft." Sie hielt Elke ein dreieckiges Tuch unter die Nase und musterte Willi neugierig. „Echte griechische Handarbeit. War gar nicht teuer, zweitausend nur. Sag mal", sie wandte sich an Lisa, „wie trägt man das eigentlich?"

„Na so", Renate nahm das Tuch und versuchte es Julia um den Kopf zu wickeln. Ihre Wangen waren sonnenverbrannt. Willi amüsierte sich, und das stachelte Renate an; sie zog das Tuch fester. *Die beiden gebärden sich wie junge Hennen vor Willi.*

„Aua! Laß das", wehrte sich Julia. „Den ganzen Weg geht das schon so. Was ich mit dieser Frau aushalten muß." Sie zog Renate mit sich fort: „Kommst du mit baden?"

„Hab keinen Bikini mit."

„Gehst du eben ohne." Die beiden liefen zum Strand.

Heiderose, die Willi schon eine Weile gemustert hatte, drängelte sich durch die Frauen zu Elke. Ihre Oberschenkel schwabbelten unterhalb der kurzen Hosenbeine. Die Krampfadern hatten sich während der Wanderung zu voller Größe und Bläue entwickelt. Sie wedelte mit einem großen Stück Papier. Darauf stand in goldenen Lettern: „Samaria Diplom".

„Soll ich dir auch so was besorgen?" fragte sie. „Die gibt's da hinten im Souvenirshop. Du trägst nur noch deinen Namen ein als Beweis dafür, daß du durch die Schlucht gelaufen bist. Hast du mal einen Stift?"

Lisa stützte ihren Kopf auf die Hand, damit Heiderose nicht sehen konnte, wie sie lachte. Elke sagte: „Nein, danke. Trink was, dein Körper braucht jetzt eine Menge Flüssigkeit."

„Kennen wir uns nicht?" fragte Heiderose plötzlich Willi. *Sie fixiert ihn, als wäre sie hier auch Personalchefin.*

„Nicht, daß ich wüßte", tat Willi überrascht, lächelte, antwortete gelassen: „Gestatten Sie, Münchmeier, Hubert Münchmeier aus Dortmund."

Heiderose wiegte ungläubig den Kopf: „Ich könnte schwören, ich habe Sie schon mal gesehen. Beim Bier wird es mir einfallen."

Lisa sah, wie Elke fassungslos Willi anstarrte, dann losprustete: „Münchmeier ... gestatten Sie, Hubert ..." Der Lachkrampf nahm ihr den Atem. „Münchm..."

„Gehört das Propperweib etwa auch zu deiner Truppe?" fragte Willi und musterte nachdenklich Heiderose, die dem Wirt eine Kußhand zublies.

Elke seufzte und nickte. „Die läßt du besser in Ruhe."

„Wieso?" fragte Willi. „Die ist doch noch ganz rüstig."

Heiderose kam mit ihrem Bier zurück. „Ist noch ein Plätzchen frei für mich?" Ohne eine Antwort abzuwarten, setzte sie sich. Willi lächelte ihr zu, und Heiderose schenkte ihm einen schmachtenden Blick.

„Komm mit", sagte Lisa zu Elke, „ich zeige dir unser Zimmer."

Alexandras Gesang unter der Dusche war bis in den Flur zu hören.

„Wir schlafen zu dritt im Zimmer", sagte Lisa, als sie die Tür öffnete. „Du, Alexandra und ich. Ging nicht anders, sonst hätte eine von uns in einem anderen Hotel ..."

„Kannst du für einen Moment aufhören?" Elke polterte an die Badezimmertür. Lisa war beleidigt. *Warum freut sie sich nicht? Alles klappt doch bestens.* Elke setzte sich auf den Bettrand und starrte ausdruckslos auf die Wand.

„Ach, wie gut, daß niemand weiß ...", jodelte Alexandra unter der Dusche.

„Aufhören!" schrie Elke. *Meine Mutter ist der Situation nicht gewachsen.*

Lisa war auf den Balkon gegangen und redete durch das Fensterchen mit Alexandra: „Du mußt sie verstehen."

„Darf man sich nicht einmal mehr freuen, oder ist das schon wieder verboten?"

Am Strand schlenderten zwei Gestalten zur Jacht. *Nicht zu fassen: Manusso und Heiderose. Die läßt keinen aus. Und Willi, das Schlitzohr, war sicher der Kuppler.* Auf der anderen Ortsseite sah Lisa ihren Onkel zum Steinstrand laufen. Er blieb ausgangs der Samariaschlucht stehen und begann, sich auszuziehen. *Mit seinen fünfzig ist er ein sehr attraktiver Mann. Das kann ja lustig werden heute abend.* Willi blickte zurück zum Dorf, erkannte Lisa auf dem Balkon, winkte. Lisa Meerbusch merkte, wie ihr das Blut in den Kopf schoß. Sie dachte an die letzte Nacht und winkte unsicher zurück. *Angriff ist die beste Verteidigung.* Sie ging ins Zimmer, versuchte, ihre Mutter zu beruhigen: „Willi ist heute abend der reiche Wessi aus Dortmund, und ich spiele seine Geliebte. Zufrieden?"

„Der und aus Dortmund! Nur gut, daß er nicht mehr sächselt."

Lisa legte sich aufs Bett. Alexandra kam aus dem Bad und wühlte in ihrer Reisetasche. Lisa bemerkte, wie nervös sie dabei war, und hörte, daß sie leise mit sich selbst sprach: „Wo ist denn nur mein Badeanzug?" *Ob sie auch Willi erspäht hat?* Alexandra fand den Badeanzug und rannte aus dem Zimmer.

Die Schiffshupe dröhnte zweimal, Lisa schreckte aus dem Schlaf hoch und saß verträumt im Bett. *Wenn die Fähre weg ist, will Willi das Fischessen vorbereiten.* Auf dem Balkon stand Elke am Geländer und sah zum Pier. Dort warteten fast tausend Menschen. Die Wellen waren stärker geworden und klatschten rhythmisch gegen die riesige Laderampe, die auf dem Beton hin und her rutschte. Immer zwischen zwei Wellen ließen die Matrosen einen Schub Passagiere an Deck.

„Hier könnte ich es aushalten", schwärmte Elke. Ihr gefiel es, dem Gewimmel unten zuzusehen.

Der Strand war vereinsamt, ein Mann klappte Sonnenschirme zusammen und stapelte Liegestühle. Die Sonne stand knapp über dem Felsen. *In zehn Minuten ist sie verschwunden, dann wird es kühler.* Die Jacht lag ruhig im Windschatten am Ende der Bucht. Eine Frau sprang von der Jacht aus ins Wasser und schwamm mit kräftigen, gleichmäßigen Zügen zurück, kletterte an Bord und hüllte sich in ein Badetuch, das Willi ihr entgegenhielt. *Das ist ja Alexandra!* Lisa beobachtete die beiden durch ihr Fernglas. Sie sah, wie sie sich küßten, spürte Eifersucht. *Ich möchte auch mal so unbefangen mit Männern umgehen können. Es sieht aus, als hätten die beiden seit Jahren etwas miteinander.*

Auf der Terrasse saßen nur noch die Gäste, die über Nacht bleiben wollten. Die Frauen hatten mehrere Tische am Geländer zusammengestellt, wo man einen freien Blick aufs Meer hatte. In der Küche kochte ein großer Topf Pellkartoffeln. Die Frau des Fischers kam mit einem Korb Tomaten, Gurken und Grünzeug in die Küche und begann, den Salat vorzubereiten. Neben dem Grill lagen die Haifischsteaks aufeinandergestapelt. Julia faßte Lisas Arm, rollte mit den Augen und flüsterte: „Das Schiff gehört wirklich ihm?"

„Ja", antwortete Lisa. Julia hatte sich von einem Griechen das Fernglas geborgt und entdeckte Alexandra, die zusammen mit Willi zum Restaurant zurückkam. Sie erstarrte vor Neid zur Marmorsäule. Zu Elke, die gerade die Terrasse betrat, sagte sie: „Das läßt du zu? Alexandra flirtet mit dem Freund deiner Tochter!"

Auch das noch. Wenn Elke jetzt ein falsches Wort sagt. Warum nur hat Willi darauf bestanden, die Frauen zu treffen? Wegen Alexandra? Elke war bleich wie die Papiertischdecke. Sie schluckte statt einer Antwort. Renate drängelte sich zwischen Mutter und Tochter. „Wie lange kennst du den Typen schon? Hast du mit dem geschlafen?"

Heiderose antwortete für Lisa: „Warum nicht? Das ist mir mal ein Mann."

„Hast du nun oder hast du nicht", bohrte Helga, „mir kannst du es ruhig sagen."

„Eine Lady genießt und schweigt", wand sich Lisa aus der Schlinge.

„Ob der uns mal auf seine Jacht läßt?" fragte Wally.

„Wenn du nett zu ihm bist", sagte Helga. „so wie Alexandra, dann sicher."

Lisa kochte vor Wut. *Was bildet die sich ein? Eifersüchtig bin ich schon …*

„Ich war auch noch nicht auf so einer Jacht." Julia wickelte sich ein Eis aus.

„Wenn du ständig frißt, wird dir das nie gelingen", rief Renate schnippisch. „Der steht auf schlanke Frauen. Solche wie Alexandra oder Lisa."

„Stell dir mal vor", schwärmte Karin, „einen ganzen Urlaub auf einer Jacht im Mittelmeer. Nur das Meer, der Himmel und dieser Mann."

Gabi unterbrach sie: „Ich glaube nicht, daß der auch einen Schreibtisch an Bord hat, wo du deine Artikel schreiben kannst."

„Sei nicht so gemein", erwiderte Karin, „du bist ja selber scharf darauf, die Jacht zu sehen."

„Mich interessiert nur die Kajüte", konterte Gabi. Weiter kam sie nicht, denn Willi und Alexandra stiegen die Stufen zur Terrasse hoch. Die Gespräche hörten auf. Willi ging zum Grill und legte Haifischsteaks auf den Rost, die ihm der Deutsche reichte. Er war schnieke herausgeputzt. Alexandra fand sichtlich Gefallen daran, von den Frauen respektvoll gemustert zu werden.

„Sag mal, Lisa, woher kommt der?" fragte Wally.

„Deutschland", antwortete sie abwesend. „Hubert Münchmeier aus Dortmund."

Alexandra erzählte jedem, der es wissen wollte, von der Jacht. Sie wußte Geschichten von Herrn Münchmeier zu erzählen, die alle ihrer Phantasie entsprungen sein mußten. Lisa riskierte ab und zu einen Blick zu ihrer Mutter, die abwesend dasaß. *Sein Zusammensein mit Alexandra hat sie völlig durcheinandergebracht. Er ist ihr Schwager. Warum hat sie sich so zickig? Wenn Willi nicht bald am Tisch auftaucht, droht der Abend zum Fiasko zu werden.*

Lisa ging zum Grill. „Laß dich von Manusso ablösen, ich muß mit dir reden." Der Ton ihrer Stimme ließ keinen Widerspruch zu.

Schweigend ging Lisa mit Willi die kleine Gasse zum Restaurant Tara, wo sie ihren Onkel eindringlich bat: „Morgen früh mußt du weg sein, Willi." In diesem Augenblick bog Heiderose um die Ecke, begleitet von einem Kellner aus dem Tara. Sie war betrunken. *In Kreta ist sie die reinste Sexbombe. Die läßt jeden an sich heran. Warum auch nicht?* Heiderose kam ganz dicht an Willi heran und zischte: „Dich kenne ich, und ich kenne den PC, den du meinem Chef gebracht hast."

„Sie müssen sich irren." Willi war in Bedrängnis. Lisa sagte auf griechisch zu dem Kellner, er solle mit ihr verschwinden, dieser zog

Heiderose weiter. Sie aber riß sich los: „Ich irre mich nicht, ich kann mir Gesichter gut merken. Sonst wäre ich nicht Personalchefin geworden, verstehst du, Genosse?“

„Ich weiß wirklich nicht, wovon Sie reden“, sagte Willi. „Vielleicht habe ich einen kommunistischen Doppelgänger?“ Sein Lachen klang verkrampft.

„Verstehst du jetzt, warum du fort mußt“ sagte Lisa. Willi stierte ins Dunkel. *Ich möchte wieder klein sein, klein und ahnungslos, und ich möchte meinen Onkel von früher wiederhaben. Den Onkel, den ich bewundert habe. Aber es hat ihn in Wirklichkeit nie gegeben. Er war von Anfang an dabei. Und ich stecke nun mittendrin in seinen Geschäften.*

„Wenn man eine Geschichte hat, muß man auch dazu stehen, mein Kind“, sagte Willi, sichtlich berührt von der Konfrontation mit Heiderose. *Willi hat niemanden, mit dem er reden kann. In Matala war er noch der Gentleman, auf dem Weg nach Loutro wurde er zum Stasioffizier, der zusammen mit seinem Bruder dem Staate ergeben war, und jetzt ist er ein Wirtschaftskrimineller, der sich am Volksvermögen bereichert. Mich hat er mit hineingezogen. Wenn ich schweige, mache ich mich strafbar. Wenn ich rede … nein, das bringe ich nicht übers Herz.*

„Ich habe euch alle da rausgehalten“, sagte Willi. „Das mußt du mir glauben.“

Rausgehalten? Der Name Meerbusch muß ja in den Computern des Verfassungsschutzes aufleuchten wie verrückt. Lisa verwünschte die Frauen, die im Restaurant zu singen angefangen hatten. Schrille Töne drangen durch die Nacht.

„Ich fahre morgen ab. Ehrenwort“, sagte Willi. Er umarmte Lisa. Sie schmiegte sich fest an ihn, damit er ihre Tränen nicht sehen konnte. Seine Haut duftete nach Salz und seinem Rasierwasser.

Willi tauchte in die Dunkelheit. Lisa ging zum Strand. Sie war traurig. Die Frauen konnte sie an diesem Abend nicht mehr sehen. Als sie ins Hotelzimmer kam, packte Alexandra ihr Schminktäschchen ein, lächelte in den Spiegel und tupfte sich etwas Parfüm an den Hals. Sie hatte ein Make-up aufgelegt mit allem, was dazu gehörte.

„Willst du noch ausgehen?“ fragte Elke, die auf dem Bett saß und ihrer Freundin zuschaute. „Hast du nicht genug gefeiert? Außerdem ist alles geschlossen um diese Zeit.“

„Alles nicht“, sagte Alexandra und begann, ihren Koffer zu packen. „Ich gehe auf die Jacht und fahre mit Willi.“

„Was?“ fragten Elke und Lisa gleichzeitig.

„Vielleicht nur bis zum nächsten Ort“, sagte Alexandra. „Wie hieß der gleich? Lisa, du weißt immer alles. Chora … irgendwas. Da warte ich dann auf euch.“

Das kann nicht wahr sein. Meint es Willi ernst mit Alexandra?

„Das geht nicht", regte sich Elke auf. „Wir sind zusammen gekommen und müssen …"

„Genau. Wie im Kindergarten", provozierte Alexandra. „Ich habe deinen Reiseplan. Notfalls nehme ich mir ein Taxi und fahre euch hinterher. Dem Fahrer halte ich den Zettel hin und frage: Posso kanis? Was kostet es? Seht ihr, das kann ich schon."

„Du darfst nicht mit ihm fahren", sagte Elke mit scharfer Stimme. *Mit welchem Recht spielt sich Elke so auf?*

„Die ganze Reise meckerst du herum", erregte sich Alexandra. „Bis jetzt habe ich dir geholfen, und auf einmal legst du mir einen Klotz vor die Füße. Das klingt ja, als hättest du selber etwas mit ihm."

„Laß sie", sagte Lisa zu ihrer Mutter. „Wenn sie unbedingt will." *Ich muß mich zusammenreißen; es reicht, daß Elke die Beherrschung verliert.*

Alexandra lächelte süß: „Wißt ihr, ich mache mir nichts aus Griechen. Die sehen zwar ganz nett aus, aber jeden Abend mit einem anderem, das ist nicht meine Wellenlänge. Der Willi ist okay. Was dagegen?"

Elke wurde blaß. „Du hast was mit ihm!" schrie sie.

„Und wenn …", antwortete Alexandra angriffslustig, „und wenn ich schon länger was mit ihm habe?"

Hat Alexandra etwa mitgemischt in seinen Geschäften? Ist sie schwanger von ihm? Alexandra machte den Koffer zu. „Langsam reicht es mir. Zwanzig Jahre lang habt ihr euch von Willi aushalten lassen, und jetzt seid ihr eifersüchtig, ach, was rede ich. Er ist nicht euer Eigentum, basta."

Elke schrie: „Das halte ich nicht aus." Sie schluchzte, warf sich aufs Bett, schüttelte sich, als Lisa sie berührte.

„Wir sehen uns irgendwo", sagte Alexandra gelassen. *Es herrscht eisige Kälte zwischen diesen guten Freundinnen. Und alles wegen Willi.* „Spätestens am Flughafen. Oder im Museum in Re-tüm … na, ist ja egal … Wenn ich nicht da bin, fliege ich von Ägypten nach Berlin."

„Ägypten?" Elke blickte Alexandra mit aufgerissenen Augen an. „Du bleibst, ich befehle es dir."

„Du kannst mich mal." Alexandra knallte von außen die Tür zu.

Eine Weile war es still. Lisa brach das Schweigen. „Warum regst du dich auf? Alexandra ist erwachsen."

„Was sollen denn die Frauen denken?" entgegnete Elke.

„Nicht die Frauen", sagte Lisa langsam. „Was denkst du?"

Elke hockte wie ein Häufchen Unglück auf der Bettkante und schluchzte. *Wieso macht Elke so ein Theater?* Lisa ließ ihrer Mutter Zeit, sich zu beruhigen. Sie rauchte auf dem Balkon ein Pfeifchen. *Vielleicht wollen beide Frauen Willi haben? Arme Elke, du kämst doch nur vom Regen in die Traufe.*

„Soll ich dir ein Glas Wasser bringen?" fragte Lisa an der Balkontür. Elkes Augen waren verquollen. Sie umklammerte ihr Taschentuch und probierte ein Lächeln.

„Weißt du", begann Elke, „Willi, also dein Onkel, mein Schwager … der …" Sie atmete schwer. „Ich kannte ihn noch vor Ernst. Er war charmant; er hat mich verwöhnt … Bei ihm fühlte ich mich als Frau … Nun gehört nicht sonderlich viel dazu, eine Zwanzigjährige zu beeindrucken, ich gestehe … ja, ich war schwer verliebt in Willi, weil er … weil er so lebendig war, verrückte Ideen hatte, weil … ach, es war wie ein Traum."

„Und Ernst?"

Elke lächelte matt und nahm Lisas Hand. Elkes Hand war eiskalt. „Ernst war ein kühler Kopf, strebsam, korrekt, linientreu; er hatte ein festes Einkommen und eine abgesicherte Laufbahn vor sich. Das war der bessere Vorzeigemann. Zu blöd, das jetzt zu erklären, es klingt affig."

Elke suchte nach Worten, blieb oft stecken bei ihrem Geständnis. „Willi war der interessantere Bruder. Ich habe Ernst geheiratet, weil du unterwegs warst. Willi wünschte mir Glück, er schenkte uns … mir die Thermoskanne, die er im Auto hatte, gefüllt mit Pralinen, und ganz unten war ein goldenes Armkettchen mit meinem Namen drauf."

„Aber warum hast du Ernst geheiratet?"

„Willi war in meiner Familie der Zigeuner, der Herumtreiber ohne Abitur. Ernst hat in der Familie über ihn gespottet, wenn er nicht da war. Versteh doch."

Sie schaute Lisa flehend an. „Was weiß ich, was mir damals im Kopf herumspukte. Ich wollte Sicherheit, ein geordnetes Leben auch für das Baby … Für dich. Jeder hat mir zu Ernst geraten. Sonst hätte ich mich anders entschieden."

„Für das Zigeunerleben? Dann würdest du voll mit drinhängen in Willis Schlamassel."

„Ich wäre glücklich gewesen. Zwanzig Jahre lang. So war ich nur abgesichert."

Lisa konnte lange nicht einschlafen. *Alles hat seinen Preis.*

16. Kapitel

Die Götter sorgen sich um Lisa Meerbusch

„Euch kann man es wohl nie recht machen", grollt Zeus, als er die betretenen Gesichter der Götter sieht. „Die ganze Zeit über habt ihr darauf gedrungen, Lisa Meerbusch von Kreta zu vertreiben. Jetzt, da ihre Zeit gekommen ist, seid ihr beleidigt."

Keiner der Götter erwidert etwas. Hera gibt ein schnippisches „Pffh" von sich, Dionysos stiert in seinen Weinbecher, Poseidon hat sich seinen Walkman aufgesetzt, Ares putzt sehr intensiv seinen Schild, Aphrodite schminkt sich die Lippen, Athene nickt wissend. Nur Hermes begehrt auf: „Ich wollte von Anfang an, daß Lisa Meerbusch bleibt. Es ist alles eure Schuld."

Eris flüstert Zeus etwas ins Ohr. Zeus braust auf. „Du sei still! Diese Frau hat sich eingelebt, und sie kommt gut zurecht im Dorf, auch jetzt, wo die Touristen alle da sind."

„Sie gehört in ihre Heimat", beharrt Eris.

„Ihre Heimat existiert nicht mehr", sagt Ares.

Athene schreitet von der Empore herunter. „Zeus hat recht", sagt sie, worauf er ihr zufrieden zunickt. „Lisa Meerbusch wird sich überall in der Welt zurechtfinden. Und zwar als Deutsche. Sie wird sich weder bedauern, eine Ostdeutsche gewesen zu sein, noch wird sie ihren Ursprung verleugnen. Sie hat auf Kreta gelernt, ein Mensch zu sein."

„Sie hat auf Kreta ihre Identität wiedergefunden", bemerkt Hermes altklug und erntet böse Blicke von Hera.

„Sie hat eine Schuld abzutragen", sagt Zeus hintersinnig.

„Welche Schuld?" fragen die Götter.

„Die Schuld von Willi Meerbusch."

Fragendes Getuschel erfüllt die Taverne. Dann erhebt Zeus seine Stimme: „Willi Meerbusch war ein Schuft."

„War?" fragt Hera.

„Jawohl", antwortet Zeus. „Er hat sein Volk verraten, indem er dessen Eigentum verschwendete, indem er Berichte schrieb, indem er das Vermögen des Volkes vor dem staatlichen Zugriff versteckte und es nur für seine privaten Zwecke nutzen wollte."

„Er war ein Offizier im besonderen Einsatz, ein Oibe", sagt Hermes.

„Dafür muß er doch nicht büßen", wirft Ares ein.

Aphrodite bittet: „Seid in eurer Strafe nicht zu hart mit ihm, denn er liebte die Frauen."

„Lisa Meerbusch wird die Schuld abtragen müssen; die Schuld ihrer Väter. Nebenbei lernt sie die letzte Lektion über die Griechen", fährt Zeus fort. Die Götter verstehen nicht.

„Lisa Meerbusch", erklärt Zeus, „wird lernen, daß viele kretischen Hoteliers und die Imbißbudenbesitzer in Mecklenburg genau dieselben Probleme haben."

„Weil es Kleingeister sind?" fragt Hermes vorsichtig.

„Mehr noch", antwortet Zeus. „Es sind Menschen, die für Geld ihre Kultur, ihre Identität aufgegeben haben. Lisa Meerbusch selbst wird ebenso auf die Probe gestellt werden. Auch das ist arrangiert. Sie wird viel Geld besitzen. Fraglich ist nur, ob sie sich von all dem Geld beeindrucken läßt."

„Gewinnt sie im Lotto?" fragt Hermes.

„Ach, mein Söhnchen", sagt Zeus liebevoll. „Ins Lotto mischen wir Götter uns nicht ein; das Glück bleibt dem Gesetz des Zufalls überlassen. Ich rede von Größerem, vom Schicksal."

Veränderungen im Dorf
232 Tage deutscher Einheit

Am Mittag des 23. Mai traf Lisa in ihrem Dorf ein. Sie dirigierte den Taxifahrer zur Strandpromenade. Alles hatte sich verändert. Vor jedem Restaurant standen Tische und Stühle über den ganzen Weg bis an das Geländer, hinter dem das Ufer zum Meer abfiel. Für Autos gab es kein Durchkommen mehr, die mußten die kleine Straße zwischen den Häusern benutzen. Das Adonis war gut besucht, und Hochbetrieb herrschte auch in Ioannis' Bar am Steg. Vor dem Aphroditi spendeten Markisen Schatten. Eine Tafel versprach: Today's Special – Octopus. Auf einem selbstgemalten Schild bot jemand Yogakurse oben in den Ruinen an. Zum Wasser hin stand ein Kiosk, in dem Christina Eis, Postkarten und Souvenirs verkaufte. Sie trug ein schwarzes Kleid.

Maria spazierte, einen nagelneuen Kinderwagen vor sich herschiebend, auf der Strandpromenade. Auch sie trug Schwarz. Sie grüßte nur kurz, ging weiter. *Was ist passiert? Wo ist Iordannis?*

Georgia hockte auf ihrem Stühlchen und beobachtete die Hauptstraße.

„Panajia, Panajia", begrüßte Georgia Lisa mit aufgerissenen Augen. „Wo warst du, Panajia?" Es klang barsch.

Lisa begann zu erzählen. Georgia hörte ihr nur für einen Moment zu und fing an zu klagen: „Mein Rücken schmerzt so stark, kannst du mir nicht etwas von deiner Salbe geben?"

Über Lisas Gesicht glitt ein Lächeln. Sie suchte ihre Muskelkatersalbe heraus und rieb Georgia den Rücken ein. *So kenne ich meine Wirtin. Sie hat mich vermißt.*

„Ich bin wieder zu Hause, Georgia. Ich gehe nicht mehr weg."

„Wieso, hast du einen Mann gefunden?"

„Ich kann ohne Mann leben wie du."

„Wassili war nicht gut für dich", murmelte Georgia kopfschüttelnd. *Ich weiß, ich weiß, er war verheiratet.*

„Vielleicht finde ich einen Mann", sagte Lisa.

„Pavlos ist tot", sagte Georgia. „Du mußt Trauer tragen!"

Lisa ließ alles liegen und rannte zu Dorothy. Eine Reisegruppe lärmte auf der Terrasse.

„Ich bin total im Streß", klagte Dorothy unter der Last eines vollen Tabletts. „Bedienst du dich selbst?" Lisa ging hinter die Bar, nahm ein hohes Glas, goß einen doppelten Malibu hinein, füllte mit Orangensaft auf und tröpfelte vorsichtig über einen kleinen Löffel etwas Rotwein darüber, so daß der Cocktail zweifarbig blieb. *Georgia denkt, ich muß als Schwiegertochter Trauer tragen.* Es dauerte eine Weile, bis Dorothy zurückkam. „Wir dachten schon, du bist wieder nach Deutschland gefahren."

„Sag mal, Dorothy, ist Pavlos wirklich gestorben?"

„Pavlos, ja. Wußtest du das nicht? Ach, du warst ja weg."

Als Lisa den Drink bezahlen wollte, winkte Dorothy ab: „Nächstes Mal."

Lisa überquerte die Hauptstraße, ging in Pavlos' Kafeneon. Hinterm Tresen wusch die Bäckerin Geschirr ab. *Pavlos war ihr Bruder. Was sagt man in Griechenland, wenn einer gestorben ist?* Als die Bäckerin Lisa sah, sagte sie: „Es ist schön, Panajia, daß du wiedergekommen bist."

„Ja, ich bin wiedergekommen. Es tut mir leid; ich mochte Pavlos."

„Schon gut", sagte die Bäckerin, „danke."

Lisa bestellte sich einen griechischen Kaffee. Sie schaute flüchtig auf die kaffeetrinkenden Männer. *Was gaffen die mich alle so an? Wie eine Fremde. Am liebsten würde ich sie anschreien: He! Ich bin es, Lisa Meerbusch. Ich habe doch den ganzen Winter mit euch verbracht. Erkennt ihr mich nicht wieder?*

Lisa beschloß, an diesem Tag in alle Restaurants des Dorfes zu gehen, damit jeder sah, sie war zurückgekehrt. Am Abend kam Lisa betrunken nach Hause. *Georgias vorwurfsvollen Blicke sind wie Nadelstiche. Sie mustert mich, als wäre sie eine Concierge aus einem französischen Film.* Auf der Terrasse saß die rote Königin und maunzte. Lisa gab ihr Trockenfutter zu fressen. „Mir ist kalt", sagte Lisa traurig zur Katze. „Nicht wegen des Wetters, verstehst du?" Die Katze knackte die Futterringe, die Lisa ihr zuwarf. Lisa streichelte ihre Lieblingskatze und erzählte von ihrem Leid. „Wassili saß im Adonis und hat mich nicht mal angeschaut. Ich war Luft für ihn. Er hat mit einer Touristin geflirtet. Es ist nicht so, daß ich etwas von ihm will. Nein, nein. Fakt ist nur, daß wir eine Zeitlang zusammen waren. Er scheint es einfach vergessen zu haben. Ach, meine rote Königin, ich fühle mich so elend. Was ist bloß aus meinem Dorf geworden. Ich war doch nur kurz verreist."

Lisa fühlte eine unangenehme Leere im Herzen. *Zum Glück sind die Frauen nicht in mein Dorf gekommen. Kreta gehört mir. Die Touristen machen mir das Terrain streitig.*

Lisa ging auf dem Berg durch die alte Stadt. Vor Michalis' Schäferhütte sah sie ein stämmiges Mädchen im Bikini. *Ist das jetzt Rita, Susi oder Hannelore?* Das Mädchen breitete ein Handtuch aus und legte sich zum Sonnen darauf. *Wie vertraut war ich damals mit Michalis. Alles vorbei.*

Eine schrille Stimme zerschnitt die Luft. Lisa stand vor der Kirche. Blasse Vogelaugen richteten sich auf sie. Lisa wich zurück. Auf der niedrigen Friedhofsmauer hockte Sophia, schwarz gekleidet, und ihr Anblick war furchterregend. *Gleich verwandelt sie sich in eine Krähe und fliegt empor.* Sophia rappelte sich auf und humpelte ans Tor. „Panajia, Panajia", schrie sie.

„Yassou", grüßte Lisa zaghaft.

„Yassou, Panajia", kreischte die Alte.

„Ya-a", ertönte eine dunkle Stimme.

Lisa erschrak. Zu Füßen Sophias, auf dem spärlichen Moos, saß ein staubbedeckter, schwitzender Mann. Ein Bein ließ er in ein frisch ausgehobenes Grab baumeln. Er stützte sich auf das andere und rauchte. Hacke und Schaufel lagen neben ihm. *Der Totengräber! Das Grab für Pavlos.*

Sophia musterte Lisa argwöhnisch. Dann verzog sie ihren Mund, zeigte ihren einzigen, gelben, schiefen Zahn, der sich in die Unterlippe bohrte. Lisa lächelte verlegen.

„Ella, ella", krächzte Sophia und bot Lisa den Platz neben sich auf der Friedhofsmauer an. Zögernd näherte sich Lisa. Kaum war sie in Sophias Reichweite, schnellten deren knochige Finger an Lisas Unterleib. „In Ordnung. In Ordnung", nuschelte sie und zerschlug mit einem Stein eine Walnuß. Sie streckte Lisa ihre von Arbeit und Sonne zerfressene Hand entgegen, in der die braunschwarze Walnuß fast unsichtbar lag. Lisa nahm die Nuß. „Danke", stieß sie hervor.

Aus der schwarzen Schürze fielen einige Nüsse direkt in das ausgehobene Viereck. Der Mann brummte, klaubte sie heraus und gab sie Lisa. Die reichte sie der Alten weiter.

„Nein, für dich. Nimm sie nur", sagte Sophia.

„Vielen Dank", hauchte Lisa.

Der Mann schnippte seine Zigarettenkippe über die Mauer, hackte die Steine locker und schaufelte sie zusammen mit Erde aus dem Grab. Sophia plapperte ununterbrochen mit einer Stimme, die sich wie Krähengeschrei anhörte; sie schoß in die höchsten Tonlagen, um dann wieder in einem Gemurmel zu zerfließen, das wieder zu Geklirr anschwoll. Lisa schwindelte. Jede Silbe stach wie tausend Dornen. Einige Wörter verstand Lisa: Kopfweh, altes Dorf, Kinder. *Die Griechen lassen mir keine Chance, sie zu verstehen, sie hüten ihre Sprache wie ein Geheimnis.* Der Totengräber, etwa Ende Vierzig, untersetzt, antwortete oder widersprach Sophia gelegentlich. Um so eifriger redete sie auf ihn ein.

„Was ist passiert?“ fragte Lisa den Mann, der seine Arbeit fortsetzte. „Hier liegen Pavlos' Brüder, die Zwillinge, begraben, und sie will nicht, daß die Knochen der beiden durcheinanderkommen, weil sie sich immer gestritten haben.“ Während er die losen Brocken aus dem Erdloch schaufelte, erzählte er: „Sie waren Zwillinge. Als sie zusammen mit ihren Eltern und den Großeltern in Georgias Haus ermordet wurden, war Sophia gerade sechs oder sieben Jahre alt, die Zwillinge fünf. Ihre ganze Familie ist hier begraben.“ *Nur Georgia, Sophia und Pavlos haben den Mordanschlag im Jahr 1925 überlebt.* Sophia merkte, daß von ihr die Rede war, und reckte ihr bärtiges Kinn in seine Richtung. Sie rutschte von der Mauer und hinkte die paar Schritte zum Grab. Ihre Blicke wanderten im metertiefen Viereck umher, als suche sie etwas. Sie gab langgezogene, sirenenhafte Töne von sich.

„Fihje“, verscheuchte der Mann sie wieder und warf ihr eine Nußschale hinterher.

„Was hast du gesagt, was hast du gesagt?“ keifte sie.

„Ach, sei still“, fuhr er sie an, „du siehst doch, ich habe zu tun.“ Zu Lisa gewandt sagte er: „Seit zwei Tagen schon beobachtet sie mich.“

„Was hast du gesagt?“

„Verflucht“, schimpfte er und schniefte. „Sie ist schwerhörig.“

„Ist das hier dein Beruf?“ fragte Lisa vorsichtig.

„Nein“, antwortete er, legte die Schaufel weg und zündete sich wieder eine Zigarette an. „Normalerweise restauriere ich Häuser oben im alten Dorf. Gräber schaufeln, das traut sich keiner. Sie sind abergläubisch.“ Er lachte. „Nicola, du machst das, sagen sie. Pro Tag kriege ich dreißigtausend Drachmen dafür. Von mir aus könnte alle drei Tage einer sterben.“

Lisa war unheimlich zumute. Sie beugte sich über das Grab und entdeckte einen Stapel weißer Stöcke auf einem schmutzigen Leinentuch. *Nein, keine Stöcke, sondern Knochen. Kinderknochen.* Ihr schauderte. Nicola senkte seine Stimme: „Damals hat man die Brüder dicht nebeneinander begraben, damit sie sich wieder versöhnen. Das hilft aber nicht, sagt der Mythos. Die beiden müssen vereint werden. Ganz eng. Schau, ich zeige es dir.“ Er lupfte einen Stoffetzen auf dem Grunde des Grabes. Darunter lagen auch die beiden kleinen Schädel. „Sophia darf es nicht sehen“, flüsterte er, „sonst schreit sie und trommelt das ganze Dorf zusammen. Die glaubt, es bringt Unglück, wenn man sie vereint.“

Sophia schnaufte hinter Lisa, Nicola warf geschwind den Stoff und eine Schippe Erde auf die Knochen.

„Was ist?“ schrillte sie.

„Tipota!“ brüllte er. „Nichts!“

Sophia jammerte, über das Grab gebeugt. Bei jedem Wort entsprang ihrem Mund ein Nußkrümelchen.

„Sie meint, ich soll ihre Körper ja getrennt lassen“, übersetzte er Lisa das Gestammel. „Dabei mache ich genau das Gegenteil. Nach dem Tod müssen die Menschen für die Ewigkeit friedlich vereinigt werden.“

Unauffällig beförderte Nicola ein Stück Draht in das Grab. „Was gibt es Schöneres als Zwillinge?“ sagte er, während er die kleinen Knochen mit Draht zusammenknotete. Jedesmal, wenn sich die Alte dem Grab näherte, schlug er den Stoff über sein Werk und warf ihr eine Schippe Erde vor die Füße. *Sophia fühlt sich als die Bewacherin der toten Seelen im Dorf. Und Nicola ist ein irdischer Gott, der die überirdischen Schicksale zusammenführt, ein Ruhe- und Friedensstifter.* Nicola wickelte den Stoff zusammen. Sophia wurde unruhig. Er trug die Knochen gemeinsam mit dem Werkzeug hinter die Kirche. Lisa folgte ihm in sicherem Abstand. Unter dem runden Fenster war eine kleinere Grube, in die er das Bündel fallen ließ. Er wälzte einen großen Stein darüber. Die Knochen knackten.

„Jetzt können sie nicht mehr hinaus“, sagte er und wischte sich die Hände an der Hose ab. Der mächtige Stein flößte Lisa Respekt ein. „Wenn sie Pavlos bringen, lege ich sie neben ihn. Es soll endlich Frieden unter die Seelen kommen!“

Die Alte schlurfte heran und beäugte den Stein. Ihre trüben Augen konnten nichts erkennen. Der Mann ordnete sein Werkzeug an der Friedhofsmauer und schmunzelte.

Als Lisa den Berg hinunterstieg, fiel ihr Blick auf das Aphroditi. *Seit ein paar Tagen arbeitet dort ein junger Engländer am Grill.*

Lisa ging zu Dorothy, die einer Gruppe Radfahrer den Frühstückstisch deckte. Sie richtete die Bestecke an der Tischkante aus und legte auf jeden Teller zwei dänische Butterpackungen, ein Näpfchen mit Marmelade und eines mit Honig aus Bayern.

„Sieht schön aus der Tisch, nicht wahr?“ sagte Dorothy beifallheischend. „Na ja, für siebenhundert Drachmen mußt du schon was bieten. Trinkst du einen Kaffee mit? Der ist gerade fertig.“ *Sie hat sich verändert. Richtig geschäftstüchtig ist sie geworden.*

Dorothy rannte in die Küche, wo die Kaffeemaschine dampfte. Ihr Mann Andreas preßte auf einer kleinen Maschine Apfelsinen aus; Dorothy stellte ihm eine Glaskanne hin. Dann setzte sie sich zu Lisa an den Abwaschtisch.

„Heute ist viel los, die Saison fängt gut an, wir können uns nicht beklagen." Dorothy nahm sich eine Tüte Apfelsinen und begann, sie für Andreas zu halbieren, der mit dem Auspressen kaum nachkam. „An deiner Stelle", sagte sie, „würde ich mir wieder einen Mann suchen. Es laufen genug herum." Sie trieb ihren Mann zur Eile an. „Darling, beeil dich. Die Radwanderer wollen pünktlich ihr Frühstück haben."

„Kann ich dir helfen?" fragte Lisa.

„Laß man, das Servieren lasse ich mir nicht nehmen. Da kommen ja schon die ersten."

Zwei junge Männer in knallbunten, enganliegenden Anzügen nahmen an der Tafel Platz, nachdem sie ihr Gepäck, zwei Rucksäcke, die genauso bunt waren wie sie selber, am Eingang abgestellt hatten. Um ihre Hüften hatten sie Gürteltaschen gebunden.

Dorothy stellte zwei Gläser Orangensaft auf ein Tablett und ging zur Tür. Lisa wußte, daß sie das Tablett dort, wo ihr Mann sie nicht mehr sehen konnte, noch einmal abstellen würde. Der Spiegel an der Tür war nur dazu da, damit Dorothy ihr Aussehen kontrollieren und, wenn nötig, korrigieren konnte. Freundlich lächelnd servierte sie den Saft. Die Männer musterten sie anerkennend. Dorothy genoß das, schaute für eine Sekunde fasziniert auf die hellblaue Nylonhose eines der Männer, unter der sich die Muskeln abzeichneten.

„Na, das sind endlich mal Männer", sagte Dorothy schwärmerisch, als sie wieder in die Küche kam. „Weißt du, die kommen in acht Tagen wieder, wenn sie auf dem Rückweg sind." Sie holte aus dem Kühlschrank eine große Aufschnittplatte und wurde auf der Terrasse mit Beifall empfangen. Durch das kleine vergitterte Küchenfenster sah Lisa, wie Dorothy sich mit jedem unterhielt und fleißig Extrawünsche notierte. *Nur noch Streß, die Jagd nach Geld. Mein Dorf ist verschwunden. An seine Stelle tritt ein anderes Dorf, das nur äußerlich dem alten gleicht.* Der Toaster krachte und spuckte goldbraune Weißbrotscheiben aus. Dorothy stürzte herein, verbrannte sich die Finger, schichtete das Brot in Körbchen, die sie mit Servietten ausgelegt hatte, und rief im Hinausgehen: „Sind die Boys nicht niedlich? Das klingelt in der Kasse heute! Juchu."

Ein Mann mit kurzgeschorenem Kopf schob zwei pinkfarbene Rennräder auf die Straße und prüfte den Luftdruck der dünnen Reifen. Hinter ihm kam eine Frau, die einen übergroßen Rucksack abstellte; auch sie trug Radfahrerkluft. Die Haare hatte sie zusammengebunden und den Pferdeschwanz hinten durch den Verschluß ihrer Schirmmütze gezogen. Die Oberschenkel leuchteten feuerrot unter der dick aufgetragenen Sonnencreme. Ein kleiner Bus fuhr vor, der Fahrer stieg aus und schob die hintere Tür auf. Er schichtete die Rucksäcke neben Ersatzräder, Werkzeugkästen, Kisten mit Früchten.

„Die wollen heute über den Paß nach Amari fahren", erklärte Dorothy.

„Das sind über vierzig Kilometer", ergänzte Andreas.

„Die fahren jeden Tag so eine Strecke", schwärmte Dorothy. „Bergauf, bergab. Ach, diese Muskeln." Übermütig balancierte Dorothy das Tablett mit neuem Orangensaft. *Die Gruppe sieht lustig aus mit ihren engen, grellbunten Hosen, zwölf Männer und drei Frauen. So eine Ackerei im Urlaub wäre nicht mein Fall.*

Vor der Hotelterrasse begutachtete Andreas die Räder: „Nur das Beste. Der eine hat ein Radio am Rad."

Ein Radfahrer kam mit drei Postkarten aus dem Hotel. Es waren Lisas retuschierte Fotos.

„Eine Karte kostet sechshundertfünfzig Drachmen", sagte Andreas, „weil sie handkoloriert ist."

Dorothy verdient an einer Karte fünfhundert Drachmen! Hätte ich diesen Endpreis gewußt, hätte Dorothy mir das Doppelte zahlen müssen. Im Hintergrund diskutierte Dorothy mit dem Chef der Gruppe.

„Nein, der Orangensaft geht extra, der ist nicht im Preis inbegriffen. Das war so verabredet", beharrte sie. *Das sind fünfundzwanzig Gläser Orangensaft zu dreihundertfünfzig Drachmen, macht zusammen achttausendsiebenhundertfünfzig Drachmen, also knapp achtzig Mark. Dorothy ist von Kopf bis Fuß Geschäftsfrau.*

„In allen Hotels gehört Orangensaft zum Frühstück", widersprach der Leiter.

„Bei mir nicht, das habe ich euch am Telefon gesagt. Ich habe den zusätzlichen Filterkaffee nicht berechnet, und auch das Brot nicht. Den Orangensaft muß ich dir berechnen."

Dorothy kämpft wie eine Löwin um ihr Geld. Der Leiter zückte schließlich das Portemonnaie. Erhobenen Hauptes und zufrieden lächelnd kam Dorothy in die Küche zurück, ein pralles Geldbündel fest umklammernd.

„Die wollten nicht zahlen", sagte sie. Sie machte eine Pause und sagte geheimnisvoll: „Und sie kommen wieder."

„Wieso?" fragte Lisa. „Ich denke, der hat sich geärgert."

„Das ist alles Verhandlungssache, habe ich gesagt, ich werde mit meinem Boß reden! Wenn der einverstanden ist, kriegt ihr euren Orangensaft umsonst." Sie lachte laut. „Dafür ziehe ich ihnen dann das Obst ab."

Ein blaues Taxiboot tuckerte in die Bucht. Auf den Bänken saßen Männer, schwarz gekleidet, regungslos und würdig. Lisa zählte etwa dreißig Leute. An der Spitze thronte Papa Iannis. Das Boot legte am Gemeinschaftssteg an. Iordannis fing die Leine auf. Die Schwarzgekleideten entstiegen dem Boot, formierten sich auf dem Steg zu einem Trauerzug, der sich langsam in Bewegung setzte.

Eine ungewöhnliche Stille lag in der Luft. Aus keinem Restaurant war Sirtaki zu hören. Die Touristen unterhielten sich leiser. Der Trauerzug erreichte die Strandpromenade. Touristen strömten aus den Restaurants, machten Fotos. *Pavlos wird beerdigt. Für die Touristen ist das ein Schauspiel. Vielleicht denkt der eine oder andere jetzt an Sorbas.* Vangelis kam Lisa entgegen. Er trug eine schwarze Jacke, schwarze Pumphosen, polierte Stiefel und um die Stirn das dreieckige schwarze Tuch. Bei jedem Schritt schwenkte er lässig seinen Schäferstab. Lisa überlegte angestrengt, was herzliches Beileid auf griechisch hieß. Doch Vangelis ging an ihr vorüber, ohne Gruß, ohne einen Blick. *Das Adonis ist heute geschlossen. Vangelis richtet die Trauerfeier aus, die ihm mehr einbringt als die Touristen, die bloß Cola trinken und sein griechisches Fastfood bestellen.*

Im Aphroditi bediente der Engländer. Er begrüßte Lisa, indem er den Rechnungsblock hob. Das Restaurant war voll. „Coffee?" fragte er Lisa, während er den Tisch eindeckte. Sie lehnte ab. Der Engländer nickte und räumte den Nebentisch ab. Sie schaute ihm hinterher.

Die Trauerprozession hatte den Friedhof erreicht. Hinter der Balkontür beobachtete Lisa durchs Fernglas, wie Vangelis und Dimitri, Iannis von der Bar, Stavros und Stella mit dem kleinen Stephanos vor der Kirche warteten. Eine Gruppe Frauen, ihnen voran Christina, erreichte eben das Tor, dahinter humpelte Georgia.

Das ganze Dorf geht zur Zeremonie. Ich gehöre nicht dazu, mich will niemand dabeihaben. Lisa Meerbusch ist nur eine von vielen; eine eingemietete Touristin, die zufällig etwas länger bleibt. Wann hat Georgia mir das letzte Mal eine Apfelsine geschenkt? War es vor drei Wochen, als ich die Miete zahlte? Auch Iordannis behandelt mich wie eine Fremde.

Lisa holte sich ihr tschechisches Senfglas und goß Wein ein. Dieses Relikt aus alten Zeiten erweckte in ihr wieder die Sehnsucht nach Berlin. Sie prostete sich im Spiegel zu. *Wollte ich etwa Griechin werden?* Lisa schminkte sich die Lippen, zog einen Strich um die Augen und tupfte sich Parfüm an den Hals. Sie ging ins Aphroditi und setzte sich an den ersten Tisch an der Vitrine. Der Engländer lächelte sie an. *Das tut gut.* Sie bestellte eine Cola und verfolgte seinen lässigen Gang in die Küche. Als er wiederkam und ihr die Cola brachte, sagte er: „Du mußt etwas essen. Dimitri sagt, das ist ein Restaurant und kein Café."

„Das ist ja ganz was Neues", wunderte sie sich. *Im Winter waren dem Hausherren die hundert Drachmen von mir nicht zu schade, jetzt blockiere ich einen Platz, weil er das Zwanzigfache verdienen könnte. Er behandelt mich wie eine Touristin; gut, dann benehme ich mich auch so.*

„Was machst du heute abend?“ fragte sie unvermittelt. Der Engländer zuckte mit den Schultern.

„Laß uns was zusammen trinken“, schlug sie vor.

„Geht nicht“, bedauerte er, „ich arbeite bis Mitternacht.“

„Dann eben danach.“

„Wenn du willst.“

„Ich will“, erwiderte Lisa und ging.

Im Adonis hatte sich die Trauergesellschaft eingefunden. Im Vorbeigehen sah Lisa durch die offene Tür die schwarzen Gestalten an einer langen Tafel sitzen. Draußen waren alle Tische und Stühle zusammengeschoben; ein Schild hielt Neugierige fern: closed.

In ihrer Wohnung bereitete Lisa alles für Mitternacht vor, sie polierte zwei Gläser, stellte Raki und Wein kalt. Sie schob die Teddytasche unter das Bett, zog die Laken glatt, stellte eine Kerze auf den Tisch. Dann forstete sie ihre Sachen durch, überlegte, was sie anziehen würde. Sie entschied sich für den langen Seidenrock, Sandalen, ein enganliegendes T-Shirt und den roten Seidenschal als breiten Gürtel. Sie spiegelte sich in den Scheiben der Balkontür und fand sich sehr weiblich. Dann entkleidete sie sich wieder und duschte ausgiebig. Vom heißen Wasser bekam sie Gänsehaut, ihre Brustwarzen wurden klein und straff. Seifenschaum glitt über ihren Bauch und zerfloß in den Schamhaaren. Sie verteilte die Seife zwischen ihren Beinen, und ein feuriger Schauer erfaßte sie. Nach dem Duschen spritzte sie sich Parfüm in die Handfläche und bestrich ihren Körper damit. *Erst werde ich mich sonnen und dann schlafen, um die ganze Nacht wach zu sein.*

Es wurde Mitternacht. Lisa hatte im Aphroditi eine gegrillte Scheibe Schwertfisch gegessen und fühlte sich wohl. Der Engländer, der noch arbeitete, sah oft zu ihr. *Er will mich haben. Das fühle ich. Und Lisa Meerbusch braucht heute dieses Gefühl.*

Kurz nach ein Uhr setzte er sich mit einem Bier und einem „Sorry“ zu ihr an den Tisch.

„Ist dir kalt?“ fragte er und legte seinen Arm um ihre Schultern.

Lisa schmiegte sich an. *Er riecht nach Frittieröl und Schweiß.*

„Wie heißt du?“ fragte sie.

„Harry. Laß uns gehen“, drängte er.

Sie standen auf und gingen Arm in Arm aus dem Lichtkegel des Restaurants. Auf der Strandpromenade küßte er sie. Georgia schlief. Leise stiegen sie die Treppe hinauf, Harry musterte Lisas Wohnung. Er sah die beiden Gläser, die Kerze und spielte den Hausherrn.

„Wollen wir etwas trinken?“ fragte er und öffnete, ohne die Antwort abzuwarten, den Kühlschrank. „Wein, Bier oder Raki?“ Lisa saß am

Tisch, die Beine übereinandergeschlagen, den Seidenrock bis über die Knie gerafft.

„Für mich Wein", antwortete sie und zündete die Kerze an. Er schaltete das Licht aus und setzte sich zu ihr. Er goß sich einen Raki ein. „Cheers." Das Bier trank er aus der Flasche. Lisa nippte an ihrem Wein. Im flackernden Kerzenlicht sah sein Gesicht sanft aus. *Wenn er lächelt, zeigen sich Grübchen direkt an seinen Mundwinkeln. Sein Nasenbein ist gewölbt wie bei einem Araber. Seine Haltung ist lässig, fast griechisch. Er ist ein Schlaks, zu lange Arme und Beine, die ihm im Weg zu sein scheinen. Er hat lange Wimpern und eine angenehm dunkle Stimme.* Nach dem dritten Raki knöpfte sich Harry das Hemd auf. Ein paar schüchterne Brusthaare kamen zum Vorschein. Er lächelte sie an. Lisa schloß für einen Moment die Augen. Er streckte seine Hand aus, in die Lisa die ihre legte. Harrys Hand war warm und trocken. Ohne loszulassen, ging er um den Tisch, zog Lisa hoch und führte sie zum Bett. Er setzte sich auf die Bettkante. Lisa stand vor ihm. Sie streifte sich das T-Shirt ab. Er nahm vorsichtig ihre Brüste, streichelte ihr über den Rücken und über den Hintern.

„Kein Slip?" flüsterte er. „Du bist süß." Er setzte sich auf das Bett, küßte ihren Bauch und hob den Seidenrock. Lisa stand vor ihm, spürte ihre Erregung und stöhnte. Da zog er sie herunter zu sich, legte sie auf den Bauch. Lisa drehte sich um. *Ich will gestreichelt werden, jetzt.* Er riß den Rock herunter, Nähte platzten, der rote Schal blieb am Bauch. Er krallte sich in ihre Lenden, Lisa schloß die Augen, wollte die Lust zurück, umklammerte seine Handgelenke und schob sie an ihre Schenkel. Er steckte zwei Finger in ihre Scham. Ihre Feuchtigkeit schmatzte, er legte sich über sie, ließ wieder von ihr ab, hob ihr Becken an, spreizte ihre Beine, drehte sie wieder um. Lisa kauerte auf allen vieren. Er kniete hinter ihr und hielt sich an ihren Beckenknochen fest, kniff schmerzhaft in ihr Fleisch, leckte ihren Rücken. Lisa spürte keine Erregung mehr, es tat weh, aber sie genoß seine Gier. Für ihn war sie in diesem Moment die attraktivste Frau der Welt. Und Lisa wollte genommen werden. Sie wußte, er schlief nicht mit Lisa Meerbusch, sondern nur mit einer Süßen, die er nicht mal nach dem Namen gefragt hatte.

„Was ist los?" fragte er. Sie drehte sich zu ihm um, sah sein verschwitztes Gesicht.

„Nichts", antwortete sie. Er stieß wieder zu, schneller und schneller, gab tierische Laute von sich. Lisa erhob keine Ansprüche mehr. Sie wollte ihn zufriedenstellen, stöhnte, hechelte, wie sie es aus Filmen kannte.

Der Tote in der Zeitung
241 Tage deutscher Einheit

Am nächsten Tag ging Lisa ins Aphroditi. Sie wollte sich von Harry ein Steak grillen lassen. *Er wird mir ein besonders großes aussuchen.*

Harry arbeitete am Grill und war in eine blaue Wolke gehüllt. Er löschte die Flammen, die unter dem Rost hervorzüngelten. Als er Lisa erblickte, winkte er sie zu sich heran:

„Du mußt heute Fisch essen. Der ist frisch, von heute nacht."

„Okay, Fisch, bitte, und ein Bier."

Sie setzte sich in seine Nähe und atmete den Duft vom Grill. *Ich könnte in Kreta bleiben mit dem Engländer. Warum nicht? Am Tage, wenn er arbeitet, verkaufe ich Schmuck und Postkarten; ich kann ihn immer sehen; abends sind wir zusammen, und ich brauche die anderen Männer nicht in Schach zu halten.*

Sie beobachtete Harry, wie er zwischen Fritteuse und Grill hantierte. Dimitri stand vor der Auslage und erklärte jedem, was ohnehin zu sehen war: „Lambchops, grüne Bohnen, gefüllte Tomaten, Spaghetti." Damit die Gäste nicht wegliefen, legte er ihnen eine Hand auf die Schulter. Einmal angesprochen, konnte ein Pärchen seinem Restaurant kaum mehr entkommen. Dimitris Vater saß auf der Terrasse. Den großen Kaffeepott umklammerte er mit beiden Händen. Obwohl die Sonne brannte, trug er eine fusselige graue Strickjacke. Ein junges Mädchen in kurzen Hosen lief vorbei. Der alte Herr erhob sich und schaute ihr mit offenem Munde nach, bis sie hinter der nächsten Ecke verschwunden war.

Harry setzte sich zu Lisa, trank einen Schluck Bier aus ihrem Glas. Kaum saß er, rief ihn Christina und zeigte auf einen Tisch: „Zwei Koteletts und einen Salat, Harry, und zwar schnell."

„Sorry", sagte er, und Lisa überlegte, ob er sich für sein Gehen entschuldigte oder für die ungefragte Benutzung ihres Glases.

Neben Lisa maulte eine Frau ihren Mann an: „Laß uns endlich zum Strand gehen."

„Bei der Hitze. Ich verbrenne mir doch nicht den Schädel. Wir wandern in die Berge, ab fünfhundert Meter Höhe genießen wir dann den frischen Meereswind."

Lisa lächelte Harry an, der ihr ein rundes Schwertfischsteak in öliger Zitronensoße brachte. „Extra für dich", sagte er, blieb einen Augenblick hinter ihr stehen und musterte von oben ihren Ausschnitt. Lisa ließ ihn die Ochi-Geste sehen. Er wippte seinen Kopf. „Du bist heute eingeladen."

„Ich will braun werden", zeterte wieder die Frau am Nebentisch.

„Mach keinen Aufstand", zischte ihr Mann.

Die Frau schleuderte bockig ihre Badetasche zu Boden. Sonnenmilch, Handtuch, ein Buch und eine Zeitung flogen unter den Tisch. „Ich denke, wir machen Urlaub."

Manche Leute brauchen Streit wie die Luft zum Atmen. Sie sollten sich freuen, beieinander zu sein. Die Frau sammelte ihre Sachen auf. Die Zeitung ließ sie unter dem Tisch liegen. Dann ging das Ehepaar.

Lisas Blick streifte die Zeitung. *Boulevardzeitung.* Irgend etwas zwang sie, noch einmal hinzuschauen. „Wer kennt diesen Mann?" Unter der Überschrift war ein unscharfes Foto. Lisa hob die Zeitung auf. *Ein Toter, aufgedunsen, halb von einem Tuch bedeckt.* Ihre Augen rasten über den Text. Sie begann zu zittern.

„Reisende an der Nordküste Afrikas ermordet. Zusammen mit seinem Bootsführer wurde ein Dortmunder Kaufmann aus dem Westhafen von Alexandria gefischt. Wie erste Ermittlungen der ägyptischen Polizei ergaben, hielt er sich noch am Montag in einem großen Kairoer Hotel auf. Nach der Jacht des Deutschen wird gefahndet, sie ist wahrscheinlich gestohlen worden. Die deutschen Papiere des Toten, die ihn als Hubert Münchmeier ausweisen, sind offensichtlich gefälscht, denn der echte Hubert Münchmeier lebt in Dortmund und erfreut sich bester Gesundheit. Die Polizei hat nun Interpol zur Klärung dieses mysteriösen Mordes eingeschaltet."

Manusso. Manusso hat ihn erschlagen. Aber der ist ja auch tot. Und wo ist Alexandra? Das ist ja furchtbar, grauenhaft! Das kann nicht sein. Eine Verwechslung! Dieses gemusterte Hemd gehört Willi, er war auf dem Wege nach Afrika. Das ist ein verrückter Zufall … Ich träume nur … Afrika, Münchmeier, das Hemd; so viele Zufälle auf einmal? Mit falschen Papieren. Armer Onkel Willi, du wußtest immer und überall Rat, nur dir selbst konntest du nicht helfen. Lisa wunderte sich, daß sie nicht heulte. Im Kopf schreiende Leere, durch die Willis Gesicht zuckte. Regungslos starrte sie auf das Foto, las hundertmal den Text. Sie grübelte, wer von beiden der Tote war. *Das Designerhemd gehörte Willi, keine Frage, aber die Figur der Leiche?* Lisa hatte Wasserleichen schon in Krimis gesehen, wußte, wie entstellt die sein konnten.

Sie blickte sich wie gehetzt nach allen Seiten um. *Warum Willi? Des Geldes wegen?* In ihrer Phantasie erlebte sie den Mord mit. *Vermummte Gestalten, die auf die Jacht kommen, Waffen tragen. Sie schlagen Willi nieder, fragen ihn nach Geld, fragen, schlagen … er wird ohnmächtig. Zwei, drei andere verprügeln Manusso, bis auch der sich keuchend auf den Planken krümmt. Sie treten mit voller Kraft Willi in den Bauch, er röchelt, sie fragen ihn, wo ist das Geld? Willi bleibt standhaft, sagt nichts. Sie hacken Manussos Hände ab, der brüllt wie am Spieß. Willi schreit. Sie hacken Manussos Kopf ab, Blut spritzt über das Deck. Aber Willi sagt nichts … Wenn die Mörder wissen, wer Hubert Münchmeier alias Willi Meerbusch war, dann wissen sie auch von Lisa Meerbusch und wo ich bin. Ich habe Angst. Und wenn die nun die Suche nach dem Geld aufgeben, weil sie auf der Jacht Geld gefunden haben? Vielleicht suchen sie die Papiere, die ich im Rucksack habe? Die Mörder werden auftauchen, da bin ich mir sicher. Kreta ade.*

Ein durchsichtiger Tropfen fiel auf die Zeitung und hinterließ einen ovalen Fleck. Noch einer und noch einer. Jetzt erst spürte sie ihre feuchten Wangen und die fragenden Gesichter in ihrer Nähe. Sie stand auf, der Stuhl kippte hinter ihr um; wie in Trance steuerte sie ihr Haus an.

„Besoffen", „Sonnenstich", „Fischvergiftung", hörte sie die Leute flüstern. Harry, der ihren Teller abräumte, beachtete sie nicht.

Auf dem Bett krampfte sich ihr Körper zusammen. Ein Schrei. Sie preßte das Kopfkissen an ihren Mund und schrie. Sie schrie, bis ihr der Hals weh tat, trampelte, boxte, weinte und lag dann erschöpft auf dem Bett, starrte auf die weißen Wände. Die Zeitung lag zerfetzt auf der Erde.

Warum? Warum Willi? Ich muß aufwachen. Laßt mich endlich aufwachen. Lisa weigerte sich zu glauben, was passiert war. Sie hörte nicht auf zu zittern, und die Angst blieb.

Ich muß Elke warnen! Sie ist noch vier Tage mit ihrer Gruppe unterwegs. Ich muß sie suchen. Ich muß ihr ein Telegramm schicken. Lisa zwang sich, etwas Gewohntes zu tun, sich einen Kaffee zu kochen. *Das Beste bei Panik ist Besonnenheit. Das waren … das sind Willis Worte. Ich muß eine Reihenfolge erdenken, Prioritäten setzen. Auf keinen Fall etwas überstürzen.* Das Wasser dampfte. Fahrig brühte Lisa den Kaffee auf, verschüttete Wasser. *Und Alexandra? Von einer toten Frau ist nicht die Rede.* Verstört sammelte sie die Zeitungsfetzen auf und las den Artikel noch einmal. *Nein, von Alexandra weiß keiner. Wo steckt sie? In Ägypten? Oder war sie vorher abgesprungen? Die Jacht ist gestohlen worden. Wer hat sie gestohlen? Alexandra? Nein, Geld war nicht ihr Ding. Und sie hat Willi wirklich gemocht. Also wer, aus welchem Grund? Wenn die Alexandra entführt haben? Es ist ja schon so mancher aus der Wüste nicht wiedergekommen.*

Lisa Meerbusch verstrickte sich in einem Wust von Fragen. *Raubmord ist zu einfach. Die verstümmelte Leiche spricht dagegen. Warum gibt es von der zweiten Leiche kein Bild?*

Lisa trank den Kaffee. Langsam kristallisierte sich aus dem Gedankenwirrwarr der Entschluß heraus, daß sie so schnell wie möglich nach Hause mußte. *Willi hat bei mir etwas sichergestellt. Haben die Postmietbehälter etwas mit dem Mord zu tun? Vielleicht gibt es da Hinweise.* Lisa wurde heiß und kalt zugleich. *Auf meinem Wohnzimmerschrank tickt eine Bombe. Drei Postmietbehälter voller Geld – Verbrechen – Bundesnachrichtendienst – Verhöre – Hausdurchsuchungen – Teddy aufgeschlitzt – heilloses Durcheinander auch in Elkes Wohnung …*

Lisa ohrfeigte sich rechts und links, um langsamer zu denken. Die Postmietbehälter kreisten über ihrem Kopf schneller und schneller, bis sie zu einem rasenden Ring verschmolzen, sie rissen alle Gedanken mit sich fort und stürzten auf Lisas Bett.

„Hilfe!" schrie sie aus Leibeskräften, „Hilfe!" Sie duckte sich. *Wenn jetzt Georgia kommt?* Sie hörte die gewohnten Geräusche, Möwen, Gekreisch von Badenden, Gelächter aus dem Adonis, alles normal. Keine Schritte, kein Klopfen. Der Hilfeschrei hatte sie zur Besinnung kommen lassen. Sie atmete schwer. Sie begann wahllos ihre Sachen zu packen, versuchte sich auf die Organisation der Rückfahrt zu konzentrieren. *Das launische Meer, das kristallklare Wasser werden mir am meisten fehlen.*

Der Film des letzten halben Jahres lief im Zeitraffer ab: *Ankunft im Schnee, mein Dorf, Wassili, das Saisonerwachen, Silvy und Franz, das erste Bad im Meer, Willi, Elke, Willi, Willi, Willi. Was soll werden ohne ihn?* Lisa Meerbusch verbot sich, diesen Gedanken zu Ende zu denken, es funktionierte nicht. Allein der Blick auf die Teddytasche trieb ihr wieder die Tränen in die Augen. Zuerst wusch sie sich das Gesicht, dann trank sie einen Raki, lächelte zaghaft. Sie sah Iordannis mit Touristen auf dem Gemeinschaftssteg. *Er vermittelt wieder eine Bootsfahrt zum Süßwasserstrand.*

Auf der Terrasse betrachtete Lisa den Berg durchs Fernglas. Auf dem Zickzackweg zum Plateau wanderten buntgekleidete Touristen in kleinen Gruppen auf das Dorf zu. An ihrem Lieblingsplatz unter dem Olivenbaum saß eine Frau und zeichnete. Die Kirche mit dem Friedhof leuchtete unschuldig in der Nachmittagssonne. Am Strand in der Bucht packten die ersten ihre Badesachen zusammen, schlossen die Sonnenschirme. Zwischen den Tetrapoden tobten Kinder. Einer schwamm im türkisfarbenen Meer. In den Restaurants der Strandpromenade fanden sich die ersten Abendgäste ein; die meisten würden bis nach Mitternacht dort sitzen. Ein Vogelschwarm schwirrte vorbei. Über dem Meer funkelte der erste Abendstern.

Lisa Meerbusch verabschiedete sich im stillen von ihrem Berg mit dem Ölbaum, der ihr Vertrauter geworden war, von der Landschaft mit den duftenden Thymianbüschen, von der Sonne, die das Dorf rotgolden färbte, vom launischen Meer, das jetzt sanft das Ufer leckte, von ihren Lieblingen, den Katzen, von Georgia und ihrem Haus und von Sorbas. *Dich werde ich wohl nie wiedersehen, Sorbas. Aber du wirst mir auch nicht fehlen.* Raubautz oder das Tigerchen – genau konnte Lisa es nicht erkennen – sprang über die Wellenbrechersteine. Alle Boote lagen am Steg vor Anker.

Rucksack und Teddytasche lagen gepackt auf dem Bett. Lisa ging zu Iordannis. Iordannis hatte sich herausgeputzt mit weißem Hemd und einer gebügelten dunklen Hose, er hatte sich die Haare gekämmt und das Kinn rasiert. Gemächlich drehte er sich halb zu ihr um, als sie ihn rief. *Im Sommer glänzt er durch griechische Arroganz.*

„Morgen fahre ich", sagte Lisa.

„Aha."

„Und das wollte ich dir schenken." Sie reichte ihm das Fernglas. Iordannis' Augen blitzten auf, ein Lächeln zuckte über seinen Mund. Dann nahm er das Fernglas, steckte es unter sein Hemd und lief vom Steg, ohne sich umzusehen. *Komische Art, sich zu bedanken.*

Lisa ging zu Dorothy. Die war gerade dabei, die Rechnung für einen Gast zu schreiben.

„Trink einen Schluck mit mir", bat Lisa.

„Sorry, ich muß arbeiten."

„Zum Abschied", bat Lisa.

„So plötzlich?" fragte Dorothy und unterstrich die Summe auf ihrem Zettel doppelt. „Warte einen Moment."

Der Tod von Willi schmerzte. Ein dumpfer Druck, mal schmerzhaft, mal kaum zu spüren, aber immer da.

Dorothy brachte zwei Martini. „Na dann, guten Flug."

„Wünsch mir lieber eine gute Landung." Lisa versuchte ein Lächeln.

„Und warum fährst du?"

Was soll ich ihr sagen? Weißt du, mein Onkel, der war ein ganz großes Tier beim Geheimdienst, den haben die jetzt umgebracht, und in meiner Wohnung liegen wahrscheinlich ein paar Millionen Dollar, die ich in Sicherheit bringen muß … Soll ich ihr das sagen?

„Meine Oma ist gestorben", log Lisa und fluchte insgeheim, sich keine bessere Ausrede zurechtgelegt zu haben.

„Oh, das tut mir leid", sagte Dorothy und sah aus, als ob sie gleich weinen wollte.

„Ich kannte sie kaum", tischte Lisa die nächste Lüge auf, damit Dorothy nicht wirklich noch heulte.

„Na, dann wünsche ich dir Glück", sagte Dorothy. „Ich muß wieder arbeiten. Du weißt ja, acht Monate von früh bis spät. Also … Schreib mal." Sie drückte Lisas Schulter, beugte sich hinab und küßte sie auf beide Wangen.

Lisa saß im Aphroditi und trank die zweite Flasche Retsina. Die Mikrowelle klingelte, es roch nach gebratenem Fleisch. Harry zwinkerte ihr vom Grill aus zu. Sie hatte keinen Blick für ihn.

Was ist, wenn in Willis drei Kisten nur Kleidung ist? Dann habe ich mir Sorgen gemacht wegen ein paar alter Hemden. Zu ulkig.

„Ich möchte noch eine Flasche Retsina und eine Flasche Cola." Lisa rief laut nach dem Kellner, der mit zwei Mädchen flirtete. „Retsina, hörst du, und vergiß die Cola nicht!" wiederholte Lisa. *Ich bin bestimmt reich und kann mir jetzt alles erlauben. Was kostet die Welt?*

Lisa schaute zum Sternenhimmel. *Danke, Willi, für die großzügige Erbschaft. Jeder Stern ist ein Fünfmarkschein. Oder ein Zwanzigmarkschein? Oder gar ein Riese?* Ihr wurde schwindlig. Sie schloß die Augen, und ihr Kopf fuhr sofort Karussell. *Ich sollte etwas essen. Mit nüchternem Magen zu trinken bekommt auch der neureichen Lisa Meerbusch nicht. Ein Königreich für eine gekochte Kartoffel! Ja, Willi, das war dein Geheimtip. Mit einer großen Pellkartoffel im Bauch hast du selbst mich unter den Tisch getrunken.*

Vielleicht sind die Postmietbehälter ja auch voller Ostgeld? Millionen ungültiger DDR-Mark? Und Willi war nicht mehr dazu gekommen, sie rechtzeitig umzurubeln?

Lisa ging auf die Toilette. In der Nebenkabine hörte sie jemanden schluchzen.

„Alles in Ordnung?" lallte sie.

Ein Seufzer kam als Antwort. Lisa vergaß, warum sie hergekommen war, und wartete, bis die Kabinentür sich öffnete. Heraus kam eines der Mädchen, mit denen der Kellner geflirtet hatte.

„Gemein, gemein", jammerte sie.

„Was ist gemein?" fragte Lisa und zwang sich zur Konzentration.

„Erst macht der mich an, und dann ..." Die junge Frau konnte nicht zu Ende sprechen, heulte. Lisa war ratlos. *Sollte ich der Gekränkten sagen, daß sie froh sein soll und nichts, gar nichts verpaßt? Soll ich ihr einen Vortrag halten über griechische Liebesbeziehungen?*

Lisa setzte sich mit ihr auf die Stufe vor der Toilette, legte den Arm um ihre Schulter und wartete. *Bin ich bescheuert! Als ob ich nicht selbst genug zu verkraften hätte.*

„Setz dich an meinen Tisch", schlug Lisa vor.

Das Mädchen schüttelte den Kopf: „Danke, aber ich gehe wohl besser schlafen und störe das junge Glück nicht."

Lisa kehrte zu ihrem Tisch zurück und begriff die Welt nicht mehr: *Da sitzen zwei Kellner und zwei Mädchen. Die beiden Kellner kommen auf mich zu. Wie gleich die aussehen.* Die Nullen auf der Rechnung tanzten vor ihren Augen und verschwammen zu einer vagen Erinnerung an die großen Scheine in ihrem Geldbündel. *Seit wann gibt es Achttausender in Griechenland?*

Der Nachtwind erfaßte das Wechselgeld. Lisa sprang ihm nach und stürzte zu Boden. Betonstaub klebte an Handflächen und Lippen.

Was soll das Kneifen in meinem Arm? Warum laufen die beiden Kellner links von mir? Warum steht das Meer so hoch? Warum sind da so viele Lampen? Es ist dunkel. He, Harry, loslassen, was soll das ...

Abschied vom Dorf
242 Tage deutscher Einheit

Lisa hatte eine traumlose Nacht. Als sie erwachte, dämmerte es. Das Wasserglas stand unberührt auf dem Nachttisch, daneben die Aspirinbrausetablette, noch eingewickelt. *Halb sechs. Es ist heute, und Willi ist tot.*

Im Spiegel sah sie Schorf an ihrer Schläfe, umgeben von einem gelblichgrünen Fleck. Die Berührung ließ hundert Seile durch ihren Schädel pendeln. Die Handflächen waren zerkratzt, Schorf auch auf den Knien. Die Erinnerung an den letzten Abend kehrte zurück. *Hat Harry mich nun nach Hause gebracht, oder bin ich gekrochen? O Gott, ist mir schlecht.*

Lisa kramte ihre Badesachen aus dem Rucksack und ging zum Strand. Frische Morgenluft, eine Wohltat. Ein Flugzeug malte weiße Spuren in den Himmel, die Sonne war schon aufgegangen und mußte gleich über den Bergen erscheinen.

Lisa verdrängte den Gedanken an die Abwässer in der Bucht, an Autobatterien, Farbdeckel und den anderen Müll im Meer. Die See umarmte sie kühl und weich; Lisa war die einzige, die Wellen verursachte. Am Ufer belud Vangelis wie jeden Morgen sein Boot mit schwarzen Plastiksäcken. Lisa strampelte im Wasser, spritzte, um auf sich aufmerksam zu machen, damit Vangelis sie nicht überfuhr. Das Motorgeräusch ließ die Luft vibrieren. *Er fährt in die Bucht hinter dem Berg, um seinen Müll abzuladen.*

Mit jedem Schwimmzug fühlte sich Lisa besser, die Kälte weckte ihre Lebensgeister. Als sie sich abtrocknete, stieg vom Müllplatz hinterm Berg eine Rauchsäule auf. Lisa hatte den stechenden Geruch in der Nase. Vangelis kehrte zurück. Sie ging langsam zurück in ihre Wohnung. Dort strich sie mit den Händen über Bett, Nachttisch, Gaskocher und Wände. Unter dem Palmwedel auf dem Balkon lag die rote Königin. Lisa streichelte sie. „Du mußt von nun an allein zurechtkommen.“ Sie schüttete das restliche Trockenfutter auf die Terrasse. Vitzliputzli und Raubautz schossen aus der Palme und balgten sich darum. Lisa beobachtete eine Weile das Spiel der Katzen, dann schloß sie leise die Balkontür von innen. Sie trug ihr Gepäck die Holztreppe hinunter. Georgia hockte auf ihrem Stühlchen, als habe sie auf Lisa gewartet. Iordannis brachte ihr frisches Weißbrot.

„Einen schönen Tag euch beiden“, sagte Lisa.

„Was wird aus der Wohnung?“ fragte Georgia.

„Die ist jetzt frei.“

Georgia brubbelte, und Iordannis sagte: „Sie will die Miete für Juni. Der Monat hat schon angefangen.“

Lisa war perplex. Dann stieg Wut hoch. „Sie kann jederzeit an andere Leute vermieten. Die Einrichtung schenke ich ihr."

Iordannis übersetzte. Georgia wurde laut, fluchte, bedauerte sich als arme Frau, die immer benachteiligt werde. Lisa sagte zu Iordannis: „Sie braucht nur einmal laut zu rufen, und schon ist die Wohnung wieder vermietet."

„Vertrag ist Vertrag", erwiderte Iordannis. *Welcher Vertrag?*

Lisa gab auf. *Wenn ich mich jetzt auf eine Diskussion einlasse, dann wird es grundsätzlich. Zum ersten Mal verstehe ich, warum Vangelis und die anderen auf Georgias Tod warten. Sie ist geizig und obendrein nachtragend und gehässig. Warum macht sie so was mit mir? Sie denkt sicher an den Vertrag mit der Panajia, den sie vor dreißig Jahren geschlossen hat. Schnell nach Berlin zu kommen, ist jetzt wichtiger, als um diese verteufelte Uraltmietschuld der toten Panajia zu feilschen.* In ihrer Gürteltasche war das Drachmenbündel, ein Fünftausender, drei Fünfhunderter, etliche Hunderter. Dazu ein paar Münzen. Im hinteren Fach steckten vier deutsche Hundertmarkscheine von Elke. *Das griechische Geld reicht nicht aus für die Miete.* Lisa fiel das Päckchen ein, das Willi ihr in Agia Roumeli zugesteckt hatte. *Da muß auch griechisches Geld drin sein. Was soll ich in Deutschland mit den ganzen Drachmen? Willi sagte ja, das sei mehr, als ich brauche.*

Lisa stellte den Teddytasche ab und begann, das Päckchen zu suchen. Sie tastete sich an der Innenseite zu Teddys Kopf. Sie stieß auf etwas Hartes, hielt ein dickes Umschlagbündel in der Hand, mit Klebeband und Strippe verschlossen. Sie knüpfte die Strippe auf, entfernte das Klebeband. Mehrere Briefumschläge waren darin. Auf einem der Umschläge stand: Persönlich. *Den werde ich später im Taxi öffnen.* Lisa drehte Georgia und Iordannis den Rücken zu. Sie öffnete den Umschlag, auf dem sie ihrem Namen sah. *Nein, das kann nicht wahr sein. Dollars, Mark, Franken, gebündelt, lose … Willi ist wahnsinnig, was soll ich mit dem ganzen Geld? Das sind ja Tausende.* Sie klappte den Umschlag zu. *Da kann ich jetzt nicht hineingreifen, vor Georgias und Iordannis' Augen.* Sie legte die Umschläge in den Teddy zurück und schnürte ihn hastig zu. Auf der Strandpromenade hupte der Fahrer des Taxis, das sie bestellt hatte. Georgia krächzte und hielt die Hand auf, als Lisa die Gürteltasche öffnete.

„Iordannis", murmelte Lisa, „frage sie, ob sie auch deutsche Mark nimmt."

Georgias Augen leuchteten auf, als ihre Finger die drei blauen Scheine umschlossen.

„Panajia, Panajia." Georgia war auf einmal sehr freundlich.

„Sie sagt, du sollst bald wiederkommen", sagte Iordannis gerührt. Lisa verabschiedete sich. *Vielleicht in zwanzig Jahren.*

Iannis, der Taxifahrer, warf das Gepäck in den Kofferraum und öffnete ihr die Tür. *Vielleicht sehe ich das alles zum letzten Mal?*

„Wohin?“ fragte Iannis.

„Heraklion, Flughafen“, sagte sie. „Wieviel kostet das?“

Wie aus der Pistole geschossen entgegnete er: „Achtzehntausend.“

Hinter dem Dorf begannen die weiten Plantagen, dann stieg die Straße an, die Berge waren schnell erreicht. Auf den Hängen weideten Ziegen und Schafe. Der Thymian duftete. Das Meer war ruhig; nur ganz weit draußen kräuselte ein Wind die Oberfläche. Die Sonne spiegelte sich tausendfach in den winzigen Wellen. Ihr Dorf wurde kleiner und kleiner, bald verschwand es hinter einem Berg, bald kam es wieder zum Vorschein. *Als ob es mir zurufen will: Fahr nicht fort.*

Der rauhe Abschied von Georgia ging ihr nicht aus dem Kopf. *Sie war nicht freundlich zu mir, sondern zu meinem Geld. Sie hat mich am Schluß wie eine x-beliebige Touristin behandelt. Alle haben das getan. Ich bin die fremde Jungfrau geblieben. Was habe ich denn erwartet? Blauäugig dachte ich, weil die Sonne scheint und weil es so schön warm ist, würden mich alle lieben, vor allem Georgia. Wie anmaßend von mir; die Griechen leben im zwanzigsten Jahrhundert wie ich.*

Sie dachte an die Umschläge mit dem Geld, die in ihrer Teddytasche waren, und bekam einen Schreck. *Der Teddy ist im Kofferraum! Ich muß ihn mit dem Päckchen in meiner Reichweite haben. Schließlich sind da Willis Sachen drin, vielleicht sein richtiger Paß oder sein Sozialversicherungsausweis. Bei jedem Halt könnte jemand kommen und den Teddy aus dem Kofferraum nehmen.*

Sie tippte Iannis auf die Schulter: „Ich brauche eine Toilette.“

Er bremste mitten in der Landschaft und grinste. „Bitte.“

Ringsum waren nur Thymiansträucher, die wie riesige Igel aussahen, kein einziges hohes Gebüsch, hinter dem sie sich hätte verstecken können. *Das könnte dir so passen, mich im Rückspiegel zu beglotzen. Ganz zu schweigen von den Schäfern mit ihren Ferngläsern. Ausgeschlossen.*

„Ich brauche eine richtige Toilette, ein Haus, eine Taverne, verstehst du?“

Iannis zuckte mit den Schultern, fuhr weiter. Im nächsten Bergdorf hielt er vor einem Kafeneon an. *Soll er ruhig denken, ich habe meine Tage, dann läßt er mich in Ruhe.* Sie nahm den Teddy aus dem Kofferraum und ging in das Kafeneon. Iannis folgte ihr und palaverte gleich mit ein paar alten Männern. *Dann habe ich Zeit.*

„Kaffee?“ fragte sie ihn.

Er lehnte ab. *Es ist wohl unter seiner Würde, sich von einer Frau öffentlich einladen zu lassen.* Lisa fragte den Wirt nach der Toilette. Er zeigte ihr einen Schuppen auf der anderen Straßenseite. Vorsichtig öffnete die Tür und war froh, nicht wirklich zu müssen. Zwei Trittbretter und ein

Loch in der Mitte. Um das Loch herum war es schlammig. *Wo soll ich denn hier meine Sachen auspacken?* Sie hockte sich und stellte die Teddytasche vorsichtig auf ihre Knie und öffnete sie. Dann hielt sie das Umschlagbündel in den Händen. *Es wiegt mehr als ein Kilo.* Ihre Hände zitterten, als sie das Kuvert mit ihrem Namen aufklappte. *Soviel Geld hatte ich noch nie in den Fingern. Und das soll mir gehören?* Ein Bündel Dollar, auf der Banderole stand: zehntausend. Dahinter steckten französische Francs und Schweizer Franken. Dann ein paar einzelne Dollarnoten und ein dickes Bündel D-Mark, zusammengehalten von einem Gummi: Hundertmarkscheine, Tausender, ein paar Zweihunderter. Lisa ließ den Umschlag sinken. Tränen stiegen ihr in die Augen, flossen über die Wangen. *Madame muß sich jetzt zusammennehmen.*

Das Dornenknie begann, in der Hocke zu schmerzen und erinnerte sie daran, wo sie war. Der Geruch, der aus dem Loch zwischen den Trittbrettern drang, wurde unerträglich. Im gleichen Moment erschrak sie gewaltig. *Ich bin reich. Welch ein Vermögen liegt dann erst auf meinem Wohnzimmerschrank. Ich glaube, die nächste Tote bin ich.*

Auf einem dicken Umschlag stand das Wort: Banken. Drinnen lagen Banküberweisungen sowie Verträge in Englisch und Deutsch, ein paar Zettelchen mit Nummern. *Telefonnummern, Kontonummern? Das muß ich zu Hause in Ruhe studieren.* In einem anderen Umschlag lag Geschäftspost oder etwas in der Art. *Auch Lektüre für Berlin.* Es folgte ein weiterer Umschlag mit Schriftstücken, dann einer mit Geld. Der war an Elke adressiert. Er war so schwer wie der für sie bestimmte. Da war noch einer für Opa Herbert, etwas dünner. Für Ernst war kein Umschlag dabei. Das wunderte sie. Lisa überlegte, wo sie das ganze Geld aufbewahren könnte. Es im Kofferraum zu lassen, ging nicht. *Das Päckchen ist zu groß für die Gürteltasche. Und unterm T-Shirt fällt es erst recht auf.* Das griechische Geld steckte sie sich in die Gürteltasche. Sie stopfte die Sachen wieder in den Teddy, hielt ihn fest an sich gedrückt und setzte sich ins Auto. Iannis kam.

„In Ordnung?“ fragte er.

„Ja, ja.“

Das viele Geld beunruhigt mich. Ich muß schnell wissen, wieviel in den Kartons zu Hause ist. Ein Postmietbehälter ist etwa vierzig bis fünfundvierzig Zentimeter dick und so groß wie der halbe Rücksitz. Oder größer? Lisa holte ihr Drachmenbündel hervor und zählte die Scheine. *Zwanzig Stück sind zusammen etwa drei Millimeter dick. Also muß ein Zentimeter etwas über sechzig Scheine ausmachen; zusammengepreßt von einer Banderole vielleicht achtzig oder gar hundert? Ich gehe mal von hundert aus, das rechnet sich leichter, und ich nehme an, daß die Postmietbehälter vierzig Zentimeter hoch sind. Das wäre dann: Behälterhöhe mal einhundert Scheine, macht viertausend Scheine.*

Sie notierte die Zahl und maß mit einem Hundertdrachmenschein den Sitz ab. Die verwunderten Blicke des Fahrers versuchte sie zu übersehen. Zwölfmal paßte der Schein nebeneinander und dreimal längs übereinander. Sie ergänzte ihre Formel: Behälterhöhe mal Anzahl der Scheine mal Breite mal Länge.

Ich wage kaum, die Nullen anzuhängen. Ich weiß nicht, was für Dollarnoten da drin sind. Zwanzigdollarscheine? Hundertdollarscheine? Oder Eindollarscheine?

Lisa rechnete mit Zwanzigdollarnoten und setzte jeweils zwischen drei Nullen der besseren Übersicht wegen Pünktchen. *Ich werde ja wahnsinnig, wenn ich weiterrechne ... Fast drei Millionen Dollar mal drei Postmietbehälter mal Umtauschkurs zur D-Mark ...*

Lisa schluckte und rechnete jetzt alles mit Schweizer Franken. *In welchen Größenordnungen handelt man die normalerweise? In Fünfhundertern? Und wie ist der Umtauschsatz?* Sie nahm sich vor, das auf dem Flughafen in Erfahrung zu bringen.

Erschöpft lehnte sie sich zurück und sah sich in ihrem Wohnzimmer Geld zählen. Auf dem Fußboden Geldstapel, im Flur, auf dem Fernseher, überall. *Als erstes werde ich in Berlin meine Wohnungstür sichern, mit mindestens drei Schlössern wie in den amerikanischen Filmen. Nein, mehr als zwei Schlösser fallen auf. Oder doch? Und hinter der Holztür eine zweite Tür aus Stahl. Nein, ich kann soviel Geld nicht in meiner Wohnung aufbewahren. Auf mein Konto kann ich es auch nicht bringen. Ein Nummernkonto in der Schweiz?*

Lisa Meerbusch wußte nicht genau, wie man sich ein Nummernkonto einrichtete, so was lag bis jetzt außerhalb ihres Interessenbereiches. *Oder ich fahre nach Monaco, ins Steuerparadies. Ziehe ich eben um. Warum nicht? Ist es dort warm?*

Oder ich deponiere das Geld bei der Moskauer Bank. Hat Matthias Vogt auch gemacht. Die Russen sind ja froh, wenn sie Bargeld kriegen, und fragen nicht viel. Außerdem kennt mich dort keiner. Und wenn die Moskauer Banken es eines Tages nicht mehr zurückzahlen können? Fahre ich eben nach Budapest, nach Prag. Reisen wollte ich sowieso. Und die Kosten für Geldunterbringen sind Spesen.

Meine Wohnung kann ich nicht mehr lüften, nicht mal die Gardinen aufziehen. Ausgehen kommt nicht mehr in Frage. Ich habe nicht mal ein Telefon, um mir eine Pizza ins Haus bringen zu lassen. Liebschaften kommen von jetzt an nur noch außerhalb meiner Wohnung in Betracht.

Das beste wäre, wenn ich umziehe, in einen anderen Stadtteil, meine Spuren verwische. Geld genug habe ich ja. Vorsichtshalber werde ich soviel wie möglich Scheine wechseln. Die Hundertmarkscheine beim Zigarettenkaufen, die größeren auf Postämtern und Banken. Und wenn mich da jemand fragt, woher ich die großen Scheine habe? Sage ich einfach: Ich wollte schon immer mal einen Tausender in der Hand halten. Dafür kann ich mir ja beim Bäcker nicht mal ein Stück Kuchen kaufen, weil nie soviel Wechselgeld in der Kasse ist. Hoffentlich sind die Scheine nicht registriert.

Ob in Willis Geschäfte auch das blonde Mädchen, das er vom Schiff gejagt hat, verwickelt ist? Da gab's ja noch ein Mädchen, das schon in Rhodos eine Fliege gemacht hatte. Waren die Spione? Aus welchem Land? Sind Willis Kollegen mit im Spiel?

Haß stieg in Lisa Meerbusch hoch. Sie faßte den Entschluß, ihren Onkel zu rächen. *Die Mörder müssen sterben, das ist das mindeste. Ich werde sie eigenhändig umbringen. Nein, auch das geht nicht. Ich muß so unauffällig wie möglich bleiben. Also einen amerikanischen Detektiv engagieren, der sich nichts aus dem Stasihorror macht. Ja, da wäre das Geld gut angelegt.*

Wenn die Leute wissen, daß Willi soviel Geld besitzt, dann werden sie auch recht schnell dahinterkommen, wo er es versteckt hat. Das ist ja eine richtige Bedrohung! Vielleicht ist es gar nicht gut, jetzt nach Berlin zu fahren. Vielleicht führe ich Willis Mörder geradewegs zu den Postmietbehältern, und dann bin ich die nächste Tote. In meinem Dorf haben die mich nicht gefunden. Oder noch nicht gefunden? Eine Frage der Zeit. Wer sind die? Langsam, Lisa, langsam. Also: Sie haben mich nicht gefunden, das ist Fakt. Wenn die eine Ahnung von den Kisten hätten, wären die längst in meiner Wohnung gewesen. Wenn die aber keine Ahnung haben, dann ist das Geld, wenn es denn welches ist, in Pankow am besten aufgehoben. Es besteht also gar keine Notwendigkeit, sofort nach Pankow zu fahren. Entweder die haben die Postmietbehälter schon, oder sie suchen noch danach.

Ich muß in die Schweiz zu einem Schönheitschirurgen, weil ich ein neues Gesicht brauche. Und dann ist Selbstverteidigung vonnöten, und zwar im Crashkurs.

Epilog

Ares beobachtet gespannt das Taxi, in dem Lisa Meerbusch fährt.

„Sie muß Willi rächen!" ruft er ein ums andere Mal.

„Hitzkopf", tadelt ihn Athene. „Ich hätte geglaubt, du seist ein Gott und kein emotional handelnder Mensch. Lisa Meerbusch muß Schuld abtragen und nicht neue Schuld auf sich laden."

„Sie muß Willis Mörder bestrafen", verlangt Ares.

„Sie könnte wie Iphigenie in fremden Landen umherirren", schlägt Zeus vor. „Irgendwie muß sie ja Willi rächen und so seine Schuld abtragen."

Athene hebt die Hand. Die Götter hören ihr zu. „Willi Meerbuschs Schuld ist, daß er wissentlich und willentlich ein Offizier im besonderen Einsatz war. Sein besonderer Einsatz bestand darin, mitzuhelfen, den Staat wirtschaftlich von innen her auszuhöhlen. Seit Jahren war der Staat bankrott; und da fing man an, systematisch Milliarden ins Ausland zu schaffen und über Firmen und Unterfirmen, deren einzelne Geschäfte nicht mehr nachzuvollziehen waren, das Geld zu waschen, von Konto zu Konto zu verschieben. Willi Meerbusch hat dabei mitgeholfen."

„Das hieße ja", kombiniert Ares, „der ganze politische Umsturz wäre vom Geheimdienst organisiert worden!"

Die Götter verstehen nicht.

„Hermes, wo sind die genauen Zahlen? Besorge die letzten Kontenauszüge, kläre uns auf, aber schnell!" brüllt Zeus ungehalten.

„Es gab einen Staat im Staate, den Geheimdienst." Hermes liest aus den ersten Meldungen, die der Laserdrucker ausspuckt. „Innerhalb des Geheimdienstes gab es wiederum einen Staat. Ihr müßt euch das vorstellen wie eines der fünfzig Argusaugen: Der weiße Augapfel ist das Volk, der Pöbel, der den Reichtum erarbeitet; die Iris ist der Geheimdienst mit seinen Mitarbeitern, Zuträgern und Eliteeinheiten, also der äußere Ring, in dessen Mitte der innere Ring die absolute Auslese oder Führerschicht, Drahtzieher, wie ihr wollt, von rund zweitausend Leuten vereint. Ihr müßt euch den inneren Ring wie eine Pupille vorstellen. In der Pupille fließen alle Informationen zusammen, getragen vom Augapfel und geschützt durch die Iris. Und der innere Ring, der über das ganze Imperium Bescheid wußte und alle Aktionen plante, wollte alleiniger Nutznießer des Staatesvermögens sein."

„Geld macht doch nicht glücklich", sagt Zeus kopfschüttelnd.

„Der Kapitalismus lehrt", führt Hermes weiter aus, „daß Vermögen nur dann etwas taugt, wenn es sich vermehrt. Also mußte eine Struktur geschaffen werden, die das Vermögen sichert. Um diese Idee durchzusetzen, bedurfte es Handlanger. Leute wie Willi Meerbusch gehörten zum inneren Ring. Die Regierung, die Partei, ja selbst der Stasiminister gehörten nur zum äußeren Ring. Sie zu opfern, dem Volk zum Fraß vorzuwerfen, war

einkalkuliert, so wie man im Schachspiel die Bauern opfert. Der Untergang des morbiden Staates war unausweichlich, man konnte den Zeitpunkt berechnen. Am Schluß mußte man nur noch den Staat auflösen, der kein Vermögen mehr hatte. Die Stimmung im Volke war explosiv, eine revolutionäre Situation, wie Marx – entschuldige Zeus –, wie Marx sie beschrieben hatte; die Widersprüche im Lande hatten sich verschärft, die Leute wanderten zu Tausenden aus. Der äußere Ring bot ein letztes Mal alles auf, was an Überwachung und Polizeiterror zur Verfügung stand, um den vierzigsten Jahrestag einigermaßen über die Bühne der Weltöffentlichkeit zu bringen, doch das Klima im Lande verschlechterte sich weiter. Um nicht von den Menschen überrascht zu werden, inszenierte der innere Ring des Geheimdienstes die Wende selber. Es mußte nur so aussehen, als ob die Wende vom Volke gekommen wäre. Da der Nährboden bereitet war, machte das Volk mit, es identifizierten sich die Intellektuellen, die Kirchen, die Bürgerbewegungen, die Oppositionellen sofort mit den Ereignissen. Die zweitausend im inneren Ring hatten nichts mit Sozialismus im Sinn, die Partei diente nur als Schutzmäntelchen für ihre Geschäfte. Ihr internationaler Einfluß war inzwischen so groß geworden, daß sogar ausländische Regierungen den inneren Ring schützten, weil sie selber mit in den Machenschaften steckten. Warum konnte denn der im Volksmund als Devisenbeschaffer bezeichnete Mann rechtzeitig fliehen? Altbundesdeutsche Köpfe wären gerollt, hätte er ausgesagt.“

„Das ist ja wirres Zeug, was du da erfindest“, sagt Aphrodite nach einer Weile. „Du glaubst doch nicht im Ernst daran, daß die Wende von oben kam.“

Poseidon pflichtet ihr bei: „Ohne den Mut der Leute, sich endlich aufzulehnen, wäre gar nichts passiert. Das sind Helden. Sie konnten nicht von ihrem Erfolg ausgehen. Im Gegenteil, sie mußten mit einem Blutbad rechnen, wie es in China stattfand.“

„Ha, wirres Zeug?“ Ares setzt sich auf den Tisch. „Ein Blutbad war nicht nötig, das hätte nur unbequeme Fragen aufgeworfen. Der innere Ring wollte unentdeckt verschwinden. Ich könnte euch davon erzählen, wie das Imperium funktionierte, welches die Geldwäscherfirmen waren, wie man Roulette gespielt hat, wer alles umgekommen ist, nur weil er den Mund aufgetan hat, auf welchen Kanälen …“

„Verschone uns“, gebietet Zeus, „wir wissen es.“

Hera entgegnet: „Wir haben die Möglichkeit zu helfen, eben weil wir alles wissen. Warum sagen wir den Menschen nicht, wo sich das Geld befindet?“

„Was bringt das“, sagt Zeus verächtlich. „Sollte das Geld gefunden werden, wird es denen, die es erarbeiteten, nie zurückgegeben. Diejenigen, die dem inneren Ring angehören, werden sich über kurz oder lang gegenseitig zerfleischen, weil jeder versuchen wird, dem anderen das Geld abzu-

jagen. Sie haben jegliche Relationen für Werte verloren. Ob eine Mark oder tausend oder eine Million, das ist für sie dasselbe. Wir brauchen nur zu warten."

„Und was wird aus Lisa Meerbusch?" fragt Hermes besorgt. „Gehört sie jetzt auch zum inneren Ring?"

„Das hängt ganz von ihr ab", antwortet Athene.

Der Rausch des Reichtums ließ Lisa Meerbusch die ganze Taxifahrt über nicht los. *Ich bin ein Rädchen im Gewirr der Ereignisse und Interessen. Vielleicht lastet ein Fluch auf dem Geld? Ich muß überlegen, wie ich die Millionen loswerde.*

Lisa Meerbusch holte ein Schreibheft hervor und machte sich Notizen.

Erste Möglichkeit: Das Geld abgeben.

Wie wohl die Behörde reagiert, wenn ich ins Rathaus komme und sage: „Entschuldigen Sie, meine Herren, ich habe hier ein paar Millionen ..." Ich hätte eher Handschellen an meinen Gelenken, als daß ich den Satz zu Ende sprechen könnte. Wahrscheinlicher ist, daß die mich gleich in eine Zwangsjacke stecken.

Zweite Möglichkeit: Das Geld anonym zur Behörde schicken. Zu welcher Behörde?

Dritte Möglichkeit: Das Geld ins Finanzministerium bringen? ...wo es dem armen Westen zugute kommt? Nein. Niemals.

Lisa Meerbusch warf den Kugelschreiber hin und blickte aus dem Fenster, ohne etwas von der Landschaft wahrzunehmen. *Alles Quatsch. Ich muß ein richtiges Konzept machen. Ich muß das Erbe meines Onkels antreten, muß das Geld sinnvoll verwenden.*

Idee Nummer eins:

Dieses Geld gehörte dem Volk der DDR. Die DDR gibt es nicht mehr, wohl aber das Volk. Also werde ich die Scheine vom Fernsehturm herunterfallen lassen. Am besten, ich gebe anonym in der Berliner Zeitung eine verschlüsselte Annonce in der Rubrik Stellengesuche auf: „Montags, mittwochs und freitags nach siebzehn Uhr regnet es bei Westwind in der Karl-Marx-Allee Geld." Das Volk der DDR wird schon wissen, daß es sich um sein Volkseigentum handelt. Sicherlich muß ich zuerst die Aufsichtspersonen im Restaurant des Fernsehturms bestechen, damit sie ein Fenster für mich öffnen. Ich werde gegen sechzehn Uhr im Restaurant einen Personaltisch einrichten, der genau um siebzehn Uhr gen Osten zeigt. Das muß minutiös berechnet werden, denn das Restaurant dreht zwei Runden pro Stunde. Kaffee und Kuchen für mich, denn ich muß in der Höhe nüchtern bleiben, und Champagner fürs Personal, ich rechne mal mit drei Flaschen zu je hundertdreißig Mark. Das sind Spesenkosten. Für drei Flaschen Champagner wird die Aufsicht schon die Klappe halten. Eintritt plus zehn Prozent

Trinkgeld macht vierhundertsiebenundfünfzig Mark sechzig, aufgerundet vierhundertsechzig Mark. Die muß ich vor der Aktion aus dem Teddy nehmen. Für zwanzig Sekunden wird das Fenster geöffnet, und ich werfe die losen Scheine heraus. Pro Aktion werfe ich dreihunderttausend Mark aus dem Fenster; wenn dreitausend Leute kommen, sind das hundert Mark für jeden. Gerechte Taschengeldaufbesserung.

Idee Nummer zwei:

Das Geld an alte Leute verteilen.

Ich könnte am Tage der Rentenauszahlung auf der Post die Rentner beobachten und den Ärmsten, die gerade mal fünfhundert Mark ausgezahlt bekommen, hinterherlaufen und ihnen Geld in den Briefschlitz werfen. Dazu müßte ich einen Brief schreiben: Liebe Oma oder lieber Opa, das ist das Geld für die Kohlen im Winter.

Wenn die so stolz sind wie meine Erfurtomi, dann nehmen die kein Bargeld an. Soll ich die Kohlen kaufen und heimlich in die Keller bringen? Das wäre ja eine Schufterei.

Lisa Meerbusch stöhnte. Auf einmal fiel ihr Alexandra ein.

Idee Nummer drei:

Alexandra war Willis letzte Frau und hat somit Anspruch auf ein Erbe. Für den Fall, daß sie überlebt hat, gehören ihr – sagen wir – dreißigtausend Mark. Sie war schließlich nur eine knappe Woche lang Willis Frau.

Lisa stutzte. Was Alexandra betraf, mußte sie sich eine Variante überlegen.

Idee Nummer vier:

Für den Fall, daß Alexandra verschollen bleibt, bezahle ich die Ausbildung ihrer beiden Kinder und werde sie so lange unterstützen, bis sie auf eigenen Füßen stehen.

Lisa Meerbusch lächelte. „*Auf eigenen Füßen*“, *das war einer der Lieblingsausdrücke von Ernst, und jetzt verwende ich diese Worte.*

Weiter: Ich werde Alexandras Kindern zu Weihnachten, zum Geburtstag und bei ähnlichen Gelegenheiten größere Beträge zukommen lassen, für den ersten Haushalt, ein Auto, na, was eben in einer modernen Gesellschaft alles so anfällt.

Und ich? Ich bekomme ein Gehalt für die Geldverteilungsarbeit, zweitausendfünfhundert Mark monatlich, zuzüglich Weihnachts- und Urlaubsgeld. Soviel, wie ich bei Vogt verdient habe.

Die Kosten für die Geldwäsche und Geldverwaltung laufen extra. Eine Buchführung darf nur in meinem Kopf existieren. Ich darf keine Spuren hinterlassen.

Idee Nummer fünf: Technik kaufen.

Ich könnte eine moderne Dienstleistungsfirma aufmachen und Leuten Doktorarbeiten, Bewerbungen und dergleichen schreiben.

Lisa Meerbusch faßte sich an den Kopf. *Das habe ich mit soviel Kohle gar nicht nötig.*

Idee Nummer sechs: Spenden und den Namen Meerbusch bis in alle Ewigkeit erhalten.

Wem spenden und wofür? Außerdem laufe ich dann Gefahr, gefragt zu werden, woher ich das Geld habe?

Idee Nummer sieben: Ökologie.

Ein Biotop kaufen und erhalten. Gesund leben bis zum Schluß. Ungespritztes Obst und Gemüse, Eier von glücklichen Hühnern, lustvoll gezeugte Lämmer …

Lisa Meerbusch verlor jeden Boden unter den Füßen, berauscht vom Geld.

Idee Nummer zwölf: Blumen.

An alle möglichen Adressen Blumen schicken. Freude bereiten. Das Telefonbuch rauf und runter …

Idee Nummer vierunddreißig: Kindersachen.

Den Kindern, die verlumpt auf der Straße herumlaufen, könnte ich Pullis, Hosen, Schuhe kaufen und gleich anziehen. Dazu Schokolade, Bonbons, Kuscheltiere, kleine Überraschungen. Genauso, wie Willi es mit mir machte.

Idee Nummer siebenundsechzig: Wohnungen für Großfamilien.

Leuten, die von den Alteigentümern rausgeworfen wurden, könnte ich ein neues Zuhause besorgen.

Idee Nummer einhundertneunundachtzig: Schwarzbrottransfer nach Kreta.

Eine Bäckerei kaufen, die schon früh um drei oder vier Uhr frisches, dunkles, knuspriges Brot bäckt …

Bei dem Gedanken an Schwarzbrot lief Lisa Meerbusch das Wasser im Mund wie ein Sturzbach zusammen. Sie hörte die Brotrinde krachen, atmete den Duft und schmeckte Sauerteig.

Sie schloß genüßlich die Augen und fuhr mit dem Taxi an einem Brotregal entlang, das von Rethymnon bis nach Heraklion reichte, die Luft über den heißen Broten flimmerte, der Duft benebelte alle Leute. Und sie sah sich im Büro ihrer Bäckerei den Brotvertrieb organisieren. *Binnen vier Stunden müssen die Brote in ausgewählten Geschäften Kretas zum Verkauf angeboten werden. Natürlich Südküste bevorzugt, natürlich irgendwie warmgehalten. Im Hof hupen die Laster, die das Schwarzbrot nach Schönefeld bringen. Die Meerbusch-Airline wird immer gesondert, freundlich und schnell abgefertigt. In Kreta warten schon die Tieflader darauf, die Paletten mit dem Schwarzbrot abzuholen. Für die Qualitätskontrolle bin ich selbst zuständig, jeden Tag ein frisches Schwarzbrot, so lange, bis ich mich nach einem Weißbrot sehne. Das dauert sicher Jahre …*

Idee Nummer zweihundert: Ein monumentales Grab für Onkel Willi.

Ich könnte eins mit einer Kapelle kaufen, die man verschließen kann. Wenn ich Kummer habe, kann ich dahin flüchten. Nein, das nutzt ihm gar nichts, und er würde mir gehörig die Meinung geigen, das Geld so zum Fenster hinauszuwerfen.

Idee Nummer zweihundertvierzehn: Kinojahreskarte.

Ich muß alle Mafiafilme sehen. Oder ich werde mich besser unter falschem Namen in einer guten Videothek anmelden, da ist die Auswahl größer, und ich bin nicht vom Spielplan der Kinos abhängig. Ich könnte am Tag fünf Filme sehen, damit ich auf die gängigen Tricks der Verbrecher gefaßt bin. Parallel dazu werde ich mir sämtliche verfügbaren Kung-Fu- und Karatefilme besorgen.

Idee Nummer zweihundertdreiundvierzig: Ein Weiterbildungszentrum einrichten.

Alleinstehende Frauen mit Kindern, die ärmsten, ausbilden. Siebenundneunzig Prozent der Frauen hatten in der DDR Arbeit. Vogt hat gesagt: „Chancengleichheit, verstehen Sie?" Und ich habe die Mittel dazu auf meinem Wohnzimmerschrank in Pankow. Ich werde Computer kaufen und Kurse organisieren. Wenn die Frauen erst mit der Technik umgehen können, bekommen sie auch wieder Arbeit. So werde ich kleine trojanische Pferde in die Marktwirtschaft setzen. Lisa Meerbuschs Kurse werden natürlich kostenlos sein, einschließlich aller Spesen für Reisen, Verpflegung und Unterbringung. Ich muß überall Informationsbüros anmieten, ausstatten, Anzeigen in die Zeitungen setzen lassen, ich brauche sicherlich Assistenz.

Allein schaffe ich das nicht. Also muß ich erst mal eine Gesellschaft gründen. Mit Vogt zusammen? Das wäre eine echte Partnerschaft zwischen Ost und West. Doch wie gründe ich eine Gesellschaft? Ich muß mich mit dem GmbH-Recht befassen ... Lisa Meerbusch muß noch viel lernen, bevor sie das Geld sinnvoll ausgeben kann.

Ich habe Angst. Das viele Geld hilft mir nicht über Willis Tod hinweg.

Das Taxi fuhr durch enge Serpentinen in ein langezogenes Bergtal. Ein paar Motorräder und Pritschenautos verfolgten das Taxi. *Da sind sie schon, Willis Mörder. Ich habe Angst.* Lisa schloß die Augen, da setzten die Verfolger hupend zum Überholen an. Der Taxifahrer hupte zurück. Wassili und Michalis fuhren voran. Lisa erkannte Dimitri und den dicken Vangelis in seinem roten Pritschenwagen. Iordannis hockte auf der Ladefläche und winkte ihr zu. *Ob die von dem Geld wissen? Nein, die fahren in ihre Bergkneipe, wo sie einmal im Monat mit den Hirten einen heben.*

Lisa Meerbusch öffnete das Briefkuvert mit der Aufschrift: Persönlich.

„Meine liebe Lisa,

wenn Du diese Zeilen gelesen hast, wirst Du Dich fragen, warum, warum, warum?

Du sitzt an Deinem griechischen Strand und denkst nach über die Ursprünge der Menschheit, der Demokratie und der menschlichen Seele.

In manchem Augenblick spürst Du Deine Befindlichkeit, Deine Ohnmacht, Deine Hilflosigkeit.

Wie Deine Mutter denkst Du über das Schicksal nach, dem der Mensch nicht ausweichen kann, das vorherbestimmt ist in größeren Bahnen. Ich weiß noch, wie Du als Kind nach dem Tod fragtest und das Sein hinter dem Sein nicht begreifen konntest. Ich erinnere mich, wie Du ängstlich meine Nähe suchtest ...

Ich erinnere mich, wie Du fragtest: Warum kannst Du nicht mein Vater sein?

Dein Instinkt ließ Dich spüren, daß uns etwas Besonderes verbindet, mehr als nur gegenseitige Zuneigung.

Jetzt ist der Augenblick gekommen, wo ich Dich in unser gemeinsames Geheimnis einweihen muß, jeder Tag später wäre zu spät. Du bist meine Tochter. Ja, Du bist es.

Frage nicht, warum Du es erst jetzt erfährst.

Frage nicht, die vielen Antworten würden weh tun.

Deine Mutter und ich haben in Berlin bei unserem letzten Treffen beschlossen, Dir das zu sagen.

Elke und ich, das heißt wir, Deine Eltern, wollen uns somit von einer gemeinsamen Schuld befreien.

Sehnsucht und Liebe treffen sich nun in dieser engsten Beziehung, zu der ich immer meinen Beitrag geleistet habe und leisten durfte.

Sei umarmt, Tochter. Dein Vater, Dein Willi.

Wenn ich aus Ägypten zurück bin, sollten wir uns zu dritt mal bei einem Glas Champagner treffen, irgendwo."

Lisa Meerbuschs Fahrt nach Hause wurde eine lange Reise.

demnächst im Verlag Das Neue Berlin

ANKUNFT DER PANDORA

Ein Roman von Kerstin Jentzsch

Wie geht Lisa Meerbuschs Geschichte weiter?
Tritt Lisa Meerbusch das Erbe Ihres Vaters an? Gelingt es ihr, seinen Tod zu verwinden? Wird sie ihn rächen?

Diese und andere Fragen werden Sie, liebe Leserin und lieber Leser, nach Ende meines ersten Romans bewegen.

Es ist ungewöhnlich, daß sich eine Autorin an ihre Leser wendet. Mich interessiert aber Ihre Meinung und Ihre Kritik.

Was hat Ihnen die Lektüre gegeben?
Welche Passagen des Buches haben Sie zum Nachdenken angeregt?
Welche Stellen haben Ihnen nicht gefallen?

Schreiben Sie mir bitte an den
Verlag Das Neue Berlin
Kronenstraße 3, 10117 Berlin.

Ich werde Ihnen antworten.

Ihre Kerstin Jentzsch
Berlin, im März 1994

demnächst im Verlag Das Neue Berlin